MW00628175

Lucha oculta

Lucha oculta

Corín Tellado

Esencia/Planeta

Obra editada en colaboración con Editorial Planeta – España

© 1992, 2022, Corín Tellado
www.corintellado.com
comercial@corintellado.com

© 2022, Editorial Planeta, S. A. – Barcelona, España

Derechos reservados

© 2022, Editorial Planeta Mexicana, S.A. de C.V.
Bajo el sello editorial ESENCIA M.R.
Avenida Presidente Masarik núm. 111,
Piso 2, Polanco V Sección, Miguel Hidalgo
C.P. 11560, Ciudad de México
www.planetadelibros.com.mx

© Diseño e ilustración de la portada: Planeta Arte & Diseño
© Imagen de la portada: Apéritif estudio

Primera edición impresa en España: junio de 2022
ISBN: 978-84-08-26126-1

Primera edición impresa en México: agosto de 2022
ISBN: 978-607-07-8670-9

Esta es una obra de ficción. Los nombres, personajes, lugares y sucesos que
aparecen son producto de la imaginación del autor o bien se usan en el marco de
la ficción. Cualquier parecido con personas reales (vivas o muertas), empresas,
acontecimientos o lugares es pura coincidencia.
El editor no tiene ningún control sobre los sitios web del autor o de terceros ni de sus
contenidos ni asume ninguna responsabilidad que se pueda derivar de ellos.

No se permite la reproducción total o parcial de este libro ni su incorporación a un
sistema informático, ni su transmisión en cualquier forma o por cualquier medio, sea
este electrónico, mecánico, por fotocopia, por grabación u otros métodos, sin el permiso
previo y por escrito de los titulares del *copyright*.

La infracción de los derechos mencionados puede ser constitutiva de delito contra la
propiedad intelectual (Arts. 229 y siguientes de la Ley Federal de Derechos de Autor y
Arts. 424 y siguientes del Código Penal).

Si necesita fotocopiar o escanear algún fragmento de esta obra diríjase al CeMPro
(Centro Mexicano de Protección y Fomento de los Derechos de Autor, http://www.
cempro.org.mx).

Impreso en los talleres de Impregráfica Digital, S.A. de C.V.
Av. Coyoacán 100-D, Valle Norte, Benito Juárez
Ciudad De Mexico, C.P. 03103
Impreso en México –*Printed in Mexico*

*A mis nietos Julio, Cristina y María Corín
Castro Tellado, de su «Tatín»*

Dijeron que antiguamente se fue la verdad al cielo: Tal la pusieron los hombres, que desde entonces no ha vuelto.

LOPE DE VEGA

1

El testamento

Don Paco Onea, notario del recientemente fallecido don Teodoro Urrutia, Teo para todos, lanzó una aviesa mirada a su alrededor, se caló las lentes de concha sobre la nariz, emitió un leve carraspeo y habló con voz un tanto enronquecida, no se sabe si por su afición al aguardiente, por nerviosismo o porque así era su voz de toda la vida:

—Espero que no falte nadie. A ver, tengo aquí la lista de todas las personas que, según el difunto deseaba, han de estar presentes en la lectura de sus últimas voluntades. Háganme el favor de responder cuando mencione sus nombres. A saber, ¿Andrés Urrutia?

—Aquí estoy.

Don Paco elevó un poco más sus ojillos ratoniles y como un rayo de sol entraba por el ventanal, fue a caer justo contra los cristales de sus gafas, pero ello no le impidió ver perfectamente al primogénito del difunto. Pasó después a mencionar a la esposa de Andrés.

—Isabel Sarmiento de Urrutia.

—Sí.

—Mappy Urrutia Sarmiento.

—Estoy aquí.

Don Paco elevó los ojillos y esta vez vio con toda claridad la belleza que era la criatura de dieciocho años, hija de Andrés e Isabel y nieta del difunto.

—Jesús Urrutia Sarmiento.

—Aquí me tiene.

—Ejem. ¿Helen Bellante, su esposa?

—Estoy aquí —dijo la aludida.

Don Paco lanzó sobre ellos una mirada analítica. Jesús Urrutia Sarmiento asía contra sí una esbelta y menuda figura rubia. El notario les calculó los años. Ninguno de los dos pasaba de los veintiséis.

—Bernardo Urrutia Sarmiento.

—Soy yo.

Don Paco hizo un alto para fijarse en el joven fuerte y atlético que cubría su rostro con una cierta barba que parecía mal afeitada. ¿Edad?, unos veinticuatro, si los tenía. De momento, según quedaba escrito en el testamento que portaba, el tal Bernardo, Bern para todos, se hallaba soltero y sin compromiso igual que su hermana Mappy. Así pues pasó ojos y lentes por el lujoso salón-biblioteca para fijarlos en el grupo formado a la derecha de los anteriores.

Don Paco podía ver además, a través del ventanal abierto de par en par en aquel instante, el enorme parque, el jardín, la cancha de tenis, la piscina y los setos que se extendían a todo lo largo de la vasta propiedad. Y lo de vasta lo sabía por el testamento que llevaba, no porque él tuviera acceso a la lujosa propiedad de los Urrutia. Volvió a carraspear, lamentó no tener a mano un buen brandy y se enfrentó de nuevo con el contenido de sus anotaciones. Pero antes Andrés Urrutia, Andy para sus amigos y conocidos, dio un paso al frente. Era un tipo alto, firme, atlético, de cabellos negros, con algunas hebras de plata indiscretas alterando la negrura de su pelo. Un tipo de ojos vivos, negros, de expresión fría y calculadora. Un tipo, según sabía don Paco, poderoso, suave, pero pendenciero y poco amigo de hacer concesiones. Pues se temía que tendría que hacerlas.

—¿Hay necesidad, don Paco, de que la familia Morán Gómez esté presente en la lectura del testamento de mi padre?

—Hum, ejem... Aquí dice el fallecido que han de estar presentes los que están; y para saber si están, me estoy preocupando de preguntarlo, señor Urrutia. —Dicho lo cual volvió a dirigir sus lentes hacia el grupo formado por las personas que se apiñaban unas contra otras al otro extremo del salón-biblioteca—. ¿Don Pablo Morán Gómez?

—Soy yo.

Don Paco le calculó la edad. Cuarenta y tantos años, pocos menos que Andrés Urrutia. A su lado había una dama aún joven y de buen ver. No tan elegante como Isabel Sarmiento, pero sin desmerecer demasiado.

—¿Salomé Pimentel?

—Es mi mujer y está aquí presente —dijo Pablo Morán Gómez con una cierta dureza, al tiempo que aferraba contra sí la menuda figura femenina.

—¿Tatiana Morán Gómez?

—Soy yo, señor Onea.

Don Paco no parpadeó, pero sí que miró extrañado a la monjita de rostro apacible y sonrisa tópica.

—¿Tatiana Morán Gómez? —preguntó tras una leve inclinación de cabeza ante la monjita.

Pablo Morán replicó brevemente.

—Es ésta; y es además mi hermana.

El notario volvió a lanzar otra mirada hacia ambos grupos. Apreció la irritación de los Urrutia Sarmiento y la apacibilidad tal vez fingida de los Morán. Decidió continuar tras esbozar una sonrisa de aprobación.

—Borja Morán Gómez.

—No ha podido venir. Pero no tendrá inconveniente en visitarlo o tal vez llegue después.

—Le he citado para hoy y ahora.

—Lo siento, señor Onea.

—Es que, esté o no esté presente, debo dar lectura al testamento.

Andrés Urrutia dio un paso al frente.

—¿Es preciso esto? Mi padre en su lecho de muerte no me dijo...

—Pero sí que me lo había dicho a mí. ¿Quiere hacer el favor de volver a su sitio?

De mala gana, Andrés se sentó en su sillón, del cual se había levantado.

—Veamos —añadía el notario calando las lentes, con la punta del dedo meñique en el canalito que formaban sus gafas, seguramente por haber pasado muchos años reposando sobre su nariz—, por último he de preguntar si está presente Melly Sacuas.

Una joven rubia, de una edad indeterminada, porque tanto podía tener treinta años como diez menos, pecosa y delgadita, con los senos bien puestos, dijo con vocecilla temblorosa:

—Soy yo, señor.

—Pues estamos todos. —Carraspeó de nuevo el notario—. De modo que procedo a leer las últimas voluntades de nuestro querido difunto don Teodoro Urrutia y Moralta. Tengan la bondad de quedarse callados, escuchar hasta el final y después, si gustan, hacen los comentarios que tengan que hacer si ha lugar, o impugnan el testamento si les parece mejor o si la ley los ampara, que lo dudo.

Andrés Urrutia se dispuso a levantarse de nuevo, pero el notario le miró con dureza con sus ojillos que, tras las gafas, parecían tremendamente aumentados.

—No, señor Urrutia, no hable, muévase cuanto guste pero, por favor, no haga ruido. Eso es. Procedo a la lectura. Ya saben cuántas palabras vacías se dicen antes de entrar de lleno en lo que interesa a los vivos, de modo que todo eso lo pasaré por alto. Mi ayudante les dará después una copia completa de lo que he dejado sin leer y de lo que voy a tener el gusto de leerles, y después deciden lo que deseen decidir, repito, si es que pueden. El difunto estaba en sus cabales, con todos los sentidos en su sitio, el día que redactó este documento. Y para su confirmación les diré que fue redactado hace cinco años... Por lo cual hemos de pensar que el naviero hizo aquello que siempre tuvo en mente hacer. —Lanzó una breve mirada a los dos grupos que se separaban entre sí, carraspeó de nuevo y empezó a leer.

—«Dejo a mi hijo Andrés Urrutia el palacio donde vive con su esposa e hijos, así como la cuadra de caballos de pura sangre, con todos sus criaderos y el picadero en cuestión; la flota naviera compuesta por seis buques de carga y tres transatlánticos de pasaje, y también las oficinas y los almacenes de los muelles centrales, con todas las consignas que yo he ostentado hasta el momento. Dejo también las dos cuartas partes de mi fortuna, los valores anotados en este mismo documento y la participación accionarial consiguiente en las compañías que se mencionan al dorso. Valores y cuentas bancarias han sido ya traspasados, con el fin de evitar el gravamen de las plusvalías. Pienso que Andrés va muy bien servido. Mis albaceas le indicarán cuánto y cómo ha de heredar a mi muerte. Don Francisco Onea sabe muy bien, y además al dorso queda consignado, a cuánto asciende dicha fortuna en valores, dinero contante y sonante, además de las acciones de empresas procedentes de la sociedad matriz, Teo Urrutia, S. A. —El notario hizo un alto, elevó su calvicie, miró a su alrededor y vio a Andrés con una sonrisa de lado a lado—. A mis nietos Mappy, Jesús y Bernardo Urrutia Sarmiento les dejo una dote que asciende a mil millones de pesetas en acciones y que su padre habrá de entregarles en el momento en que cualquiera de los tres desee separarse de la sociedad, lo cual particularmente no les aconsejo porque dejarían sin una pata al *holding* por el cual hemos luchado todos durante nuestra vida. De todos modos, aquel que desee formar su propia vida o compañía, o lo que le dé la gana, habrá de verse obligado a renunciar a todo lo demás o bien, si permanece en la sociedad, a recibir los dividendos que genere el capital de las acciones mencionadas, colocadas en el *holding* Teo Urrutia, S. A.»

Los hijos no parpadearon ni se movieron, sólo Helen se movió un poco en el butacón y miró a su marido, Jesús, que parecía atento mientras escuchaba lo que decía el notario y ajeno a su mujer.

Mappy (rubia, de lacio pelo, ojos verdes, sonrisa abierta, morena por el sol, esbelta y preciosa) miraba a su alrededor con cierto nerviosismo. Había cosas que ella no acababa de entender, pero... tampoco era como para preguntarlas en aquel instante, o tal vez en ningún otro, porque la persona que le podía responder a todas y cada una de ellas no se hallaba presente y además no ignoraba que su padre la hubiera matado si tuviese una mínima idea de la persona por la cual ella se interesaba.

El notario, ajeno a Mappy y a todo lo que bullía en su preciosa cabecita, continuó su lectura y esta vez el carraspeo fue doble, porque sabía que iba a sentar como un tiro lo que quedaba por leer.

—Continúo y le ruego, señor Morán, que preste atención.

—¡Es lo que no entiendo —gritó Andrés Urrutia enfadadísimo—, qué tiene que hacer aquí la familia Morán cuando usted sabe muy bien...!

—Un segundo, señor Urrutia —le atajó el notario con voz atronadora—, mientras leí lo que a usted le interesaba, nadie me interrumpió. Espero que ahora sea usted educado y se calle.

—La familia Morán ha vivido siempre dentro de esta propiedad por pura casualidad —dijo Andrés, perdiendo un poco su cortés hipocresía de hombre bien educado—. Mi padre se empeñó en darles una parte de la finca y les permitió incluso levantar su casa dentro de su extensa finca. Pero mi padre ha muerto y yo tengo el deber de pedirles que se marchen.

—Señor Urrutia, si continúa gritando me veré en la obligación de enviarlo fuera de esta estancia. Estoy leyendo las últimas voluntades de un muerto y usted ha de respetarlas por encima de todo. De modo que voy a seguir. Digo que el señor Morán debe prestarme toda su atención. El hecho de que su hermano Borja no se halle presente carece de importancia, porque realmente él no tiene nada en este testamento y se le pedía asistencia por pura cortesía. O más bien porque el difunto señor Urrutia así lo consignaba en sus últimas voluntades, pero sólo en deferencia a su hermano. Igual que Salomé Pimentel, que está presente en calidad de esposa de Pablo Morán, y su hermana Tatiana. Ésta sí ha de estar presente por cuanto ha sido citada, si bien ignoraba que fuera monja... —Inclinó la cabeza reverencioso y añadió—: Pero para el caso que me ocupa, el hecho de que sea monja no indica que deba irse, sino más bien todo lo contrario. —Volvió a inclinar la cabeza y decidió entrar de

lleno en el asunto—. «Que Pablo Morán y Tatiana son mis hijos
naturales no lo ignoraba Andrés ni nadie de mi familia. Que siempre quise a mi buena Margarita, madre de Pablo y Tatiana, es sabido y lógico, y que a la hora de mi muerte quiero reconocer lo que
no reconocí en vida. Ésta es la razón de que os haya reunido. Me
imaginaba que Borja, que a fin de cuentas es el único hijo de su
padre, no iba a estar presente y también eso me parece lógico. Pero
vamos con lo que nos interesa y seguramente interesa a Pablo y
Tatiana. He sido un hombre honesto, todo lo honesto que se puede
ser dentro de lo que son las tentaciones humanas, a las cuales ni la
honestidad puede escapar. He apreciado a mi amigo Serafín Morán
cuanto se puede apreciar a alguien, pero no he podido dejar de
desear a su mujer. Por eso, en las largas ausencias de Serafín como
capitán de mis mejores buques he pasado algún buen rato con
Margarita, y hemos de ser sinceros y admitir que ningún marido
tiene derecho a dejar sola a una esposa como Margarita, y que lo
lógico fue que ella y yo nos entendiéramos.»

La irritación de Andrés tocaba techo. La pena de Tatiana, la
monjita, era infinita y pasaba silenciosa las cuentas de su rosario
mientras oía tanta impunidad, tanta impureza, y pensaba que su
madre, Margarita, estaría en el infierno dando cabezazos.

Se diría que Salomé Pimentel no escuchaba nada, porque todo
o casi todo lo tenía más que sabido. En cambio, Isabel Sarmiento
parpadeaba mirando a su marido y pidiendo a Dios que no estalla-
se. Mappy pensaba en otra cosa muy diferente y tanto Jesús como
Bern ya calculaban qué sería mejor, solicitar el capital o continuar
en el *holding* dirigido por su padre. Helen, la esposa de Jesús, tenía
buen cuidado de no pronunciarse ni de que en su rostro se aprecia-
ra motivación alguna en su sonrisa cuajada de ansiedad.

—«Si os habéis hecho un nombre, y lo habéis llevado siempre
con cordura y dignidad y la vida os ha dado, con mi ayuda, una
buena vida, no creo que ahora, querido Pablo y querida Tatiana,
os interese para nada llevar mi apellido. A fin de cuentas ya tenéis
el vuestro. Tatiana, no sé si con buen juicio, se hizo monja, lo cual

no dejará de ser sorprendente y yo diría que conveniente, porque sabrá rezar por su madre y por mí, o al menos por su madre, si cree que ésta cometió un pecado por amarme, pero resulta que no hemos cometido pecado alguno; yo me consolé con ella y ella se consoló conmigo durante las ausencias de su esposo, y el esposo, que fue un buen amigo mío, jamás me hizo reproche alguno porque fue más considerado que nadie y entendió que su mujer sola no lo pasaba tan bien como con su amigo. De todos modos, si bien estoy diciendo algo que nadie ignoró jamás, reparé el mal que hubiera podido hacer teniéndolos a todos cerca. Serafín estuvo muy de acuerdo cuando le di el trozo de terreno al final del campo de golf para levantar su vivienda. He dado muchos paseos de mi mansión a la suya y nunca me hizo reproche alguno. Es más, velé su cadáver y velé más tarde el de su mujer, Margarita, mi buena amiga. Como todo esto que digo ya lo sabíais aunque no os diera la gana admitirlo, paso pues a dejar bien claro qué fortuna dejo a mis dos hijos naturales. Vuelvo a repetir que Borja es hijo de Serafín y Margarita porque cuando nació, su padre y buen amigo mío, el capitán Morán, ya estaba retirado debido a su penosa enfermedad y consolaba lógicamente a la que en otros tiempos había sido su solitaria esposa.»

—¡¡Hay que oír todo esto?! —gritó Andrés Urrutia fuera de sí y perdiendo un tanto su compostura de señor flemáticamente elegante.

—Es preciso.

—Dígame, todo eso lo hemos sabido siempre. ¿A qué fin resucitar ahora viejas historias? Diga lo que tenga que decir y acabemos.

—Lo que tengo que decir —replicó el notario— lo estoy diciendo. Fui amigo de su padre y consejero, y ahora soy su albacea. Y mi deber es leer lo que está aquí escrito. No creo que nadie se rasgue las vestiduras por tan poca cosa.

—Calma, Andy —susurró la esposa.

Andrés cambió una mirada extraña con la nurse de sus nietos y pensó que muchas cosas se repetían en la historia, pero cada cual las vivía a su manera y por supuesto no era tan indiscreto como

Teo, su padre, lo fue. Y lo peor de todo era que lo seguía siendo cuando ya estaba enterrado, cubierto su mausoleo con grandes coronas y ya se había rezado por él en su espléndido funeral.

Lo irritante, pensaba por su parte Pablo Morán, era que Teo, su padre, fue siempre bajo. Murió como un santo y, además, junto al obispo... Tal vez por eso su hermano Borja se mantuviera ausente y tampoco le extrañaba nada, dado que el muerto había ofendido tremendamente a su madre, aunque de vez en cuando apareciera por su casa apeándose de su Porsche último modelo e hiciera la vista gorda ante lo que sucedía, había sucedido o aún podría suceder en su entorno.

—«Siempre os he querido tener cerca a todos —añadió el notario continuando su lectura— y por suerte lo he logrado. Tú, Pablo, te has entendido bien con el periódico que te di y parece que vives estupendamente. Tu hermana Tatiana, como digo, se ha metido a monja, pero se ha llevado una buena dote. Ahora mismo le dejo un paquete accionarial en tu periódico, lo cual te dará a ti margen para entregarle la cantidad que acordéis entre ambos de sus dividendos, porque ya no tienes más socio que tu hermana en el semanario, puesto que lo dejo plenamente en tu poder y a ti como dueño absoluto de esa publicación. Ya sé que a tu hermano Borja le has puesto una buena cantidad en las manos. Sabrás que no me fío nada de él, y lo siento porque es tu hermano. Tenlo atado y no le des alas, que con las que le diste te está comiendo todo el cuerpo. Nadie podrá jamás echarte de tu casa, dejo escriturada esa propiedad a tu nombre, por lo cual puedes vivir ahí con tu mujer Salomé y tus dos hijos, María y Raúl, que ahora estudian en Estados Unidos. Espero, pues, que todos en adelante os llevéis muy bien, como ha ocurrido durante mi vida. Confiemos en que Andrés te considere su hermano aunque no lleves su apellido, porque si así lo hicieras menguarías la dignidad de tu padre y no se lo merecía. Ni se lo mereció en vida. Fue tan buen amigo mío que nunca me reprochó haber compartido con él su mujer.»

Ahora fue Pablo Morán el que gritó:

—¡¿Debo seguir escuchando esto?!

—No. Ya que nada queda por decir, pero a buen seguro que lo ha dicho todo y espero, al igual que el difunto, que nada se altere en vuestras familias. Sois vecinos, los dos metidos en el mismo paraíso, en la misma jaula de oro. Todo lo que hagáis para pelearos será en detrimento del buen juicio de un hombre honrado como fue Teo Urrutia. —Recogió su cartera, cerró el portafolios y dio a su secretario, que había escuchado impertérrito cuanto había acontecido allí, un puñado de copias—. Ve entregándoselas a todos —le apostilló— para que no se desentiendan de sus obligaciones. —Dicho lo cual se despidió con una inclinación de cabeza.

El enfrentamiento entre Pablo Morán y Andrés Urrutia tuvo lugar inmediatamente después de cerrarse la puerta.

—Todo esto deberías haberlo evitarlo. ¿No tenías ya el periódico? ¿Qué demonios esperabas de la lectura del testamento?

—Esperaba lo que esperabas tú, que te dejara sin nada y me lo diera todo a mí.

—Pero tú no has conocido a Teo.

—Yo he conocido a tu padre tanto como tú, aunque no lleve su apellido ni me interesa llevarlo, porque si quisiera ahora mismo recurriría a la ley y, te gustara a ti o no, me reconocerían como hijo de tu padre. Pero he tenido el mío, ¿queda claro?

—Pablo —murmuró Salomé asiendo el brazo de su marido—, ten calma, querido.

—Andy —decía a su vez Isabel tirando más levemente del brazo de su esposo.

Pero Andy sacudió aquel brazo, levantó la mano en el aire y empezó a moverla con tal irritación que la esposa se separó temiendo que le diera un manotazo en plena cara. Pablo salió con su esposa y seguido por Tatiana, que no había dejado de pasar las cuentas de su rosario.

Jesús y Bern se miraban un tanto perplejos. Por supuesto que sabían toda la historia del viejo abuelo, pero no que a la hora de su muerte lo reconocería de viva voz y por escrito, como había hecho.

—Fue un tipo despreciable —dijo Helen tirando de la chaqueta de su marido.

—Fue un tipo estupendo, Helen; gracias a él vivimos todos como reyes... —y sonrió beatífico a su hermano Bern, que se limitaba a elevar una ceja. En cambio Mappy, enfundada en su pantalón blanco impecable y su camisa negra de seda anudada a la altura del vientre moreno y terso que dejaba ver, miraba ansiosamente por el ventanal.

Podía ver la zona ajardinada que rodeaba la enorme piscina olímpica, tan azul y con el agua tan clara. Las hamacas de colores aquí y allí y la especie de puente que sobre la mitad de la piscina separaba una zona de otra y la escalera que conducía a la parte posterior de la cancha de tenis. Veía también, allá a lo lejos, la torre, que era lo único que divisaba de la casa de los Morán. La historia a ella la traía totalmente sin cuidado. *Sottovoce* la sabía toda la zona, la capital y dondequiera que se hablara de Teo Urrutia, y por suerte no se dejaba de hablar desde Santander a Suiza, pasando por Madrid y Londres, y en cualquier parte del mundo que entraran los buques con la firma de los Urrutia.

Oía a sus hermanos cuchichear y los veía a los tres, incluyendo a Helen, su cuñada, caminar por la zona de la piscina indiferentes ya a todo lo que había ocurrido en el despacho-biblioteca. También oía a su padre en el salón pateando las alfombras de lado a lado; entretanto, la vocecilla de su madre decía insistentemente:

—Andy, por favor, querido, por favor, que ya sabías poco más o menos lo que ibas a escuchar.

—Maldita sea, Isa. ¿Por qué? No me importa que le haya dejado el periódico. Total..., lo perderá como perdió otras cosas. No se trata de eso, por mil demonios, se trata de la vecindad. ¿Por qué no les dejó otra casa? Tiene...

—«Tenemos», Andy.

—Pues «tenemos», de acuerdo. Puesto que soy su heredero, debería permitirme entonces que le diera una casa en el fin del mundo para que se fuese lejos de mi vista. Pero no, ¡qué disparate! Me lo metió siempre por las narices y lo voy a seguir teniendo ahí quiera o no quiera. Y eso es lo que me saca de quicio.

Mappy vio pasar a la nurse por debajo del ventanal con sus dos sobrinos, Sol y Tati —Sol, de dos años, y Tati, de tres y medio—, que caminaban delante de ella muy tiesecitos y en traje de baño y chancletas.

—Andy, sé razonable; ellos tienen su entrada particular, y si queréis no os veis en meses. ¿Por qué te enfadas así?

Andy miró a su mujer y por su mente pasó como un relámpago la idea de estrangularla. Pero la pobrecita era dócil, buena y tan simple como seguramente lo fue Serafín Morán.

—Intento calmarme, querida.

—A fin de cuentas, es tu hermano.

—No me digas eso jamás.

—Es posible que Pablo no esté tan enfadado.

—¿Y cómo puede estarlo? Ha disfrutado siempre del afecto de mi padre.

—Que era el suyo, a fin de cuentas.

—Que era narices, Isa, narices. Lo engendró y a saber si ha sido así o fue un quijote. El caso es que ha vivido siempre como un rey y toda su familia se codea con lo mejor. Pero yo te digo...

—No digas, Andy, no digas... Tú no has vivido mal.

—Yo he tenido que cargar con la responsabilidad de todo, porque mi padre me la ponía encima de las costillas y me la metía en el cerebro como si fuera lo único bueno que hizo en su vida. Y estaba forzándome, ¿entiendes? Pero no, querida, tú no entiendes. Tú eres una buena chica... Tú sabes que yo soy un buen chico. Y mis hijos me adoran, ¿no es todo así?

—Pues sí.

—Entonces olvidémoslo si nos es posible —y salió después de hacer una carantoña a su mujer, que se quedó muy calmada.

Por su parte, Andrés Urrutia se dirigió a la zona de la mansión donde mejor podía desahogarse. Con su pantalón milrayas, su polo Lacoste rojo y su aire de jovenzuelo con cincuenta años encima, se deslizó hacia los vestuarios y salió al rato en traje de baño, con una toalla en torno al cuello y dispuesto a dar unas cuantas brazadas en la piscina.

Desde el ventanal Mappy seguía distraída todas las evoluciones. Las de sus hermanos, que subían a la cancha de tenis, la de Helen, que se tendía sobre una hamaca en traje de baño a tomar el sol y la de Melly, la nurse, que con pantaloncito corto y camisa de algodón estaba desvistiendo a sus sobrinos. Veía también cómo su padre, fuerte, ancho, mostrando su masculinidad a través del traje de baño corto, se tiraba al agua y nadaba de un lado a otro con una gran maestría. Y le veía detenerse al fin y agarrarse a la orilla de la piscina junto a sus nietos. Su padre, pensaba Mappy, era un señor encantador, elegante, dicharachero, honesto, cabal y trabajador. Suave y delicado con su madre, amigo de sus amigos, capaz de enamorar aún; por eso a ella no le extrañaba nada que su madre estuviera loca por él y repitiese todo aquello que su esposo hubiera dicho.

En aquel instante estaba ejerciendo de abuelo, y hasta sacaba la mano del agua y metía en ella a Sol, a la vez que le decía algo a la nurse, de modo que ésta se quitaba los shorts y la camisa y se quedaba en bikini, y luego se introducía en el agua con Tati.

Mappy lanzó una mirada verde intensa hacia el sendero, la carretera serpenteante que procedía de la ciudad y por donde no había coche alguno, cuando ella tenía entendido que de un momento a otro tendría que aparecer.

—¿Es que no tomas el sol, hija?

Se dio la vuelta topándose con el bondadoso rostro de su madre.

—Me ha dejado aturdida todo lo que ha ocurrido esta mañana.

—Tampoco es para tanto —adujo la dama tomando asiento—. Era de suponer. Lo que más irrita a tu padre es... la proximidad. Lo del periódico ya lo sabía, o cabía suponer que nunca se lo quitaría a Pablo. Tampoco entiendo la irritación de tu padre. A fin de cuentas son hermanos, lo quiera o no, por mucho que no lleven el mismo apellido. Pero las razones están claras.

—¿Siempre han vivido en esa mansión próxima a la nuestra?

—Desde que yo me casé con tu padre, sí. Y supongo que antes

también. Pablo es diez años menor que tu padre. Pero que no se sorprendan ahora, si siempre han sabido que tu abuelo Teo era como era. Afortunadamente su hijo no salió a él.

—Pablo tampoco.

—Yo no vivo en casa de Pablo. Ni siquiera la conozco.

—Yo la veo por fuera cuando voy camino del picadero. Es poco menos que ésta...

—Pero las separa un campo de golf... Eso ya es mucha separación. Y no digo nada de los negocios. Son opuestos. Tu padre se dedica a su flota naviera y a todo lo que implica el *holding* Urrutia, S. A., mientras que Pablo va por el camino de las letras y su empresa es de periódicos...

Las dos se acodaron en el ventanal; divisaban toda la zona de la piscina donde el sol pegaba de firme. Helen tostándose al sol y Melly con su jefe, intentando enseñar a nadar a los dos críos.

—Papá es muy aficionado a los bebés, ¿verdad, mamá?

—Son sus únicos nietos, hija. Ya puedes tú ir pensando...

—Yo iré a la universidad, mamá. Ya lo he dejado claro. El colegio inglés se acabó... Espero que papá lo entienda.

—Sí, sí, faltaría más. En eso hemos quedado. El año pasado lo decidimos de mutuo acuerdo. ¿Qué vas a estudiar?

—No lo sé aún.

—No vaya a ser que te quedes como tus hermanos: a la mitad. Jesús empezó derecho y a los tres años se casó. Con lo cual la carrera se quedó por el camino. Bern es el mejor jugador de tenis aficionado, pero de otras cosas apenas si se preocupa.

—No digas eso. Va a la oficina con papá.

—Oh, sí. Pero me pregunto si hace algo. Y tú, ¿qué haces ahora aquí, que no te vas a tomar el sol o a bañarte?

—Es que... estoy un poco cansada de haber tomado el sol ayer todo el día. Prefiero mirar desde aquí.

—Pues yo me retiro a mi salón particular.

Mappy se quedó allí esperando ver aparecer un coche especial.

* * *

—Mientras los niños duermen...

—Señor...

—Melly, te dije que a solas somos Andy y Melly...

—Es que tus hijos...

—Olvídate de ellos, cada cual en esta casa tiene su lío. Están demasiado ocupados para enterarse de nada. —Por debajo del agua, sujetando a la niña, tocaba los muslos de la francesa—. No pienso ir a la oficina. Daré un paseo por el campo de golf y terminaré en la choza. Ya sabes...

—Señor, yo...

—Melly, no me impacientes. Mira cómo estoy. Será mejor que mandes a los chicos con su madre y te escurras bajo el agua. Te tengo que tocar más...

—Pero...

—Melly...

—Sí, señor —y sacó a los críos del agua diciéndoles en voz baja—. Ir a ver a mamita...

—Sí, sí... —decían los niños, echando a correr.

Rápidamente la nurse se sumergió y algo lo hizo a su lado enroscándose en su cuerpo y tocándole los senos y los muslos de tal modo que por un segundo sólo se vio un nudo dentro del agua, pegado casi a la orilla. Pero Helen gritaba desde su hamaca:

—¡Que me mojas, Sol!, ¡señorita, señorita!...

La señorita intentaba escaparse de las tenazas que la sujetaban. Estaba temblando, pero no de frío. El señor era tan especial, tan... varonil..., tan...

—Señor...

—Ahora no puedes dejarme. Maldita Helen... No la oyes, ¿entiendes? No la oyes...

—Pero es que nos van a ver, señor...

—Por todos los demonios, ¿es que pretendes dejarme así...? Mira, ahora mismo salgo y tú delante de mí. Pero deja a los críos con su madre, que es todo lo que tiene que hacer a esta hora, y diles que te duele la cabeza. Te vas a tu cuarto y yo... apareceré después. Enseguida...

—La señora...

—Nunca se entera de nada. La pobrecita es muy buena.

—Es que...

—No me digas que no tienes ganas.

—Es que me ha puesto usted...

—Como estoy yo, ni más ni menos... Anda, yo salgo ya. —Salió a toda prisa caminando hacia el vestuario a grandes zancadas.

—Papá —decía Helen—, no debes enseñar a los niños a nadar. Son muy pequeños... Deja que den un paseo con la nurse.

—Por mí —dijo su suegro— puedes hacer lo que gustes, pero te aseguro que me acabo de acordar de unas cartas que debo traducir, de modo que hazme el favor de quedarte tú con los niños o llama a una criada para que se ocupe de ellos. A Melly la necesitaré yo en el despacho unos treinta minutos.

Helen se levantó de mala gana.

—Iré a la piscina infantil, pero no la retengas mucho, papá. Siempre te acuerdas de hacer cosas cuando te apetece a ti.

—Yo soy un hombre de empresa —rezongó Andrés sin dejar de caminar. Enseguida apareció la nurse. Tan rubia, tan esbelta, con esos pechos...

—Señorita Helen, el señor...

—Ya lo sé.

—¿Ya... lo sabe?

—Me acaba de decir que tienes que traducirle no sé qué. Pues date prisa. Yo estaré media hora con los chicos y si tardas más, mándame de casa una criada.

—Sí, señorita Helen.

—¿Dónde anda mi marido?

—Está jugando al tenis con el señorito Bern.

—Ellos a lo suyo...

«Y tú —pensó la muchacha—, y yo..., y Mappy que está esperando...» Se alejó con sus pantaloncitos y su camisa demasiado pegada al cuerpo, pensó Helen distraída. Aquella joven era muy pudorosa, pero alguna vez se mostraba demasiado insinuante. Si hasta se le notaban los pezones a través de la tela mojada...

La nurse en cuestión entró por la puerta del jardín, dobló los soportales, atravesó un pasillo y se fue escaleras arriba hacia su cuarto. Pero no llegó a entrar en él. Al cruzar el rellano vio la puerta del salón-biblioteca abierta y una mano que se movía y un siseo que la reclamaba. Corrió mirando aquí y allí. No había nadie. Aquella parte del palacio estaba casi siempre vacía y además en aquel instante la señora estaría en el salón, su salón particular, Mappy esperando desde el ventanal, los dos señoritos jugando al tenis y el servicio trabajando al otro lado de la mansión.

Andrés Urrutia estaba sudoroso y fuera de sí, nervioso, casi tembloroso. Así que cerró él mismo la puerta y allí atosigó a la francesita quitándole la camisa y los pantaloncitos cortos y por añadidura el bikini. La apretó entre su cuerpo y la pared empezando a sobarla de tal modo que la chica se pegó a él y se retorció contra sus masculinidades. Al final los dos dieron con sus huesos en el canapé y el macho cabrío que era Andrés Urrutia se despachó a gusto con la fogosa, simplona y apacible joven. Además, la chica sabía lo suyo. Lo que él le había enseñado en aquellos meses y lo que traía aprendido. Era una gozada andar por su cuerpo, penetrarla y verla temblar de felicidad, retorcida y suspirando. Jamás en su larga lista de conquistas —y él era de los que sabían sacarle a la vida el mayor partido al estilo Teo Urrutia— poseyó a mujer más agradecida, que menos pidiera, que más entregara y que más ayudara en la faena impúdica de lo prohibido. Acababan los dos extenuados, pero Andrés, cuando ya no la necesitaba —la había poseído profunda y gozosamente—, se quedaba lacio, volvía a su negligencia y solía decir con voz queda, agradecido:

—Eres una hembra de cuidado, Melly. Otro día te enseñaré otras cosas...

—Es usted muy hábil, señor...

—No me digas que no has hecho estas cositas con otros... amiguetes...

—Pero ninguno tan fuerte, tan experto y tan generoso como el señor...

Andrés se relamía de gusto. Le daba dos palmaditas en las posaderas y le decía cariñoso:

—Vístete, querida. Y ve con los niños de mi nuera...

—¿Cuándo, señor?

—Pues cuando me caliente... Y verte con esos pantaloncitos y esa camisa... Hala, hala, ahora corre...

Y al rato, con sus pantalones de milrayas y su polo Lacoste, se dirigió al salón.

—Querido, ¿dónde te has metido?

—Renegando aún con todo ese lío del testamento. ¿Dónde anda Mappy? Tengo que hablar con ella. —Se apoltronó en un sofá no lejos de su esposa—. Isabel, me ha irritado mucho el asunto de los Morán. Tiene que haber alguna fórmula para que dejen esta zona. Voy a visitar esta tarde a Pablo. Tal vez un arreglo amistoso... Cuando terminen la casa de Jesús y Helen, quedará muy a la vista de la de los Morán. Eso no me agrada. Después Bern querrá hacer la suya y ya no digo Mappy.

—Por favor, si ésta es enorme. Se pueden hacer veinte mansiones y no molestarse unas a las otras. Además, Bern ya ha dicho que la hará en la zona del picadero... Si lo hace así, ni le veremos. Está a tres kilómetros. Y todo esto tiene una extensión de veinte.

—Veinte, que, como heredero de mi padre, no deberían partirse de ninguna manera. Para mis hijos y para nosotros, y todo lo demás fuera. Eso es lo único que me interesa.

—Tendrás que contar con Borja.

—¿Borja? Él no es mi hermano. Es hermano de mi hermano, pero no mío.

—No lo dudo, pero su hermano un día le dio dinero y mira dónde se está montando... Compró el semanario más endeble del país y se está gastando lo poco que tiene.

—Eso de que se lo está gastando...

—¿Qué quieres decir, Andy?

—Pues quiero decir que ha comprado, en efecto, un semanario de nada, pero... yo lo veo en todas partes y está pagando una publicidad... desmedida. ¿Que se está gastando lo que gana un tipo ratonil como Borja? Me asombraría. Ése no es de mi raza, Isa, pero es de la raza de su padre, y si un tipo aguantó tanto sin rechistar..., me imagino lo que estará haciendo su hijo, que no ignora nada.

—Pero si Borja es una gran persona...

—¿Y quién lo duda? Pero sabe ganar dinero y me temo que... sepa ganarlo demasiado bien y el día menos pensado se hará con el periódico de su hermano. ¿Lo ves? Es en lo que menos estoy de acuerdo. Pablo no es un buen negociante... No es un empresario al uso y ese periódico, si fuese mal, lo lógico sería que mi padre lo pusiera en mis manos, o al menos en sociedad. Pero no, se lo ha dejado todo.

—No digas eso. A ti te ha dejado la flota y todo lo demás. ¿Cómo puedes ambicionar lo de Pablo?

—Eres demasiado noble, cariño, por eso te quiero tanto.

Y su fina y cuidada mano pasaba como con desgana por la mejilla de su mujer, que lo cierto es que era muy hermosa aún. Pero a Andrés le gustaba la carne fresca y su mujer ya estaba demasiado vista para él.

—Recuerda que esta noche tenemos una invitación para la fiesta privada de los Bergara.

Andy entornó los párpados. Evocó por un segundo a su amigo Ignacio y a su mujer Belén y lo bien que se movía ésta detrás de las cortinas mientras su marido, que era diputado, hablaba de política.

—Sí, sí. Faltaría más... Prefiero, por supuesto, las fiestas privadas. Un buen acuerdo que ahora no sean públicas.

—Pero se bebe demasiado y luego una se muere de sueño.

—Cariño, es que tú... eres muy hogareña. Pero de vez en cuando no queda más remedio que hacer un esfuerzo. ¿Qué te parece si la semana próxima la ofrecemos nosotros?

—¿Y qué otro remedio nos queda, Andy?

—Ahora me voy a cambiar y me iré un rato al centro. Con esto del testamento hoy no he pasado por mi despacho. Cuando terminen la partida tus hijos, diles que los espero en la naviera.

La besó en el pelo y al rato Mappy, que seguía apoyada en el ventanal, vio salir el Mercedes azul de su padre circulando avenida abajo y luego deslizarse hacia la autopista por la serpenteante carretera privada.

* * *

—No llores, Tatiana. Tú lo sabías. Es más, Teo siempre pensó que te habías hecho monja por lo que sabías.

—Yo no sabía nada. —La monjita sollozaba—. ¿Cómo puedes aguantar aquí después de oír todo lo que ha dicho el notario? Será tu hermano, pero...

—Yo me hubiese ido, Tatiana —decía Pablo contrito—, pero Borja...

—¿Y qué tiene que ver Borja? No es hijo de nuestro padre.

—Por eso precisamente. Pero es tan dueño de esta casa como yo.

—Es hijo de vuestra madre —apuntó Salomé—, la casa se la regaló Teo Urrutia a tu padre y ahora mismo está escriturada a nombre de los tres. Y para dejarla, Borja tendría que estar de acuerdo; y no lo está.

—Pero... debería ser el más avergonzado.

—Con la venganza no se come, Tatiana. Eso será lo que te diga Borja si le hablas del asunto. Yo le di dinero, y no demasiado, pero él anda liado. Se ha ido a Madrid, se compró un semanario que no valía un duro y ahora ahí lo tienes. Está ganando dinero. Está montándose en el dólar..., ¿qué te has creído? No me extrañaría nada que terminara siendo más rico que un Urrutia. Tú dime ahora qué hago con tus dividendos. El periódico va bien, pero no de maravilla. Desde que Borja se enteró y lo dejó... yo me las veo y me las deseo. Además, no tengo las ambiciones de Borja ni de los Urrutia. Está claro que tengo más de mi madre.

—No la nombres...

—Perdona, Tatiana —intervino Salomé—, pero son cosas que ocurren. Lo que sucede es que nunca se supieron como ahora y me temo que los Urrutia harán todo lo posible por echarnos de aquí.

—¿Y cómo lo conseguirán?

—Siempre hay leyes o razones monetarias, o qué sé yo. Mira, por mí me iba ya... Pero te repito que Borja no es del mismo parecer. ¿Ves ese campo que se extiende al otro lado? No es de los Urrutia. De esta zona hacia ese extremo pertenece a gentes de cualquier parte. Los Urrutia no lo saben, pero yo sí sé que Borja se ha comprado todo ese trozo tan grande. Y Andrés Urrutia no lo sabe.

—No me irás a decir que Borja intenta ser tan rico como los Urrutia.

—Me temo que sí.

—Pero eso es ir contra natura.

—Borja a la natura la hace a su medida, un poco como Andrés Urrutia.

—No te entiendo.

—Mejor para ti.

—Me siento muy..., ¿cómo diría? —la monjita sollozaba—, ¿destrozada, avergonzada, maltratada? Nuestro padre ha trabajado de capitán toda su vida; cuando se jubiló por enfermedad, nuestro estatus social no bajó nada. ¿Me vas a decir que nos mantenían los Urrutia?

—Es mejor que te sientes y escuches. —Pablo se armó de paciencia—. Eso es, Tatiana, eso es. Ya sé que ahora te llamas Eustaquia, pero para mí sigues siendo mi hermana menor, mi querida Tatiana. Tal vez hayamos cometido un error no habiéndote puesto al tanto de la situación. Por supuesto que nos ha mantenido siempre nuestro padre. Quiero decir, el que tú creías que lo era. De eso no cabe duda. Él jamás mencionó nuestra paternidad, pero lo sabía porque mi madre, nuestra madre, siempre me lo dijo, por ser el hermano mayor. Y, además, Teo Urrutia no salía de esta casa, ni en vida de papá ni cuando viajaba el capitán ni cuando retornaba. De ahí que sea tan fácil el que se sepa que una esposa no puede quedarse embarazada sin marido, ¿entiendes? Si Morán, el marido de mamá y el que pasó por nuestro padre, estuvo de acuerdo en los favores que le hacía a nuestra madre su jefe y amigo, es algo que nunca sabremos. Se ha muerto con su secreto. Pero hasta su muerte hemos vivido muy bien y ahora vivimos mejor. Aunque, repito, tu dote para irte al convento la aportó Teo Urrutia, el periódico lo puso en mis manos y esta casa está escriturada a mi nombre. No como te ha dicho Salomé. Quedó claro en la lectura del testamento que antes de morir la escrituró a mi nombre, pero yo soy más hermano de Borja que hijo de Teo Urrutia. No sé si me explico.

—Lo mejor es que me marche, y como en el convento aporté mi dote en su momento, no necesito los dividendos ni los quiero. Pero, por favor, convence a Borja para que deje a un lado sus venganzas o sus ambiciones o lo que sea. Dile cuando le veas que yo te he dicho que prefiero que dejes este lugar y os olvidéis de una vez de ese pasado bochornoso.

—Lo de bochornoso —adujo Salomé un tanto dolida porque a ella le gustaba su casa, y es que allí se había casado y dado a luz a sus dos hijos— es según cómo se mire. Cuando las cosas no se ignoran, lo mejor de todo es afrontarlas, asimilarlas y, si se puede, olvidarlas. Al menos eso es lo que Borja dice.

—Borja aún no tiene treinta años y su posición económica es muy buena; ¿qué sabe Borja del dolor humano?

—Querida Tatiana, no creo que a Borja le guste nada, pero nada, ¿eh?, que su madre haya sido la amante del multimillonario.

—Pero ha tomado un dinero que tú le diste.

—Es una forma, querida Tatiana, de enfrentarse a la vida. Yo le di en su momento, cuando terminó la carrera de leyes, cinco tristes millones. Creo que eran de su padre. Lo único que dejó su padre en su cuenta corriente. Si yo poseía mi periódico y Borja trabajaba en él, lo lógico era que fuese honrado con el dinero de su padre, y se lo di. Eso fue todo. Si algo hizo Borja fue hacer un buen uso de ese dinero.

Se compró uno de esos semanarios chismosos que se venden un montón, y ahora vive de eso y se nota que le proporciona dividendos porque anda loco por asociarse conmigo, cosa que yo estoy pensando porque desde que Borja me dejó hace cosa de tres años, cuando se enteró de toda la movida, y se murió nuestro padre, las cosas en la editorial no marchan bien, aunque los Urrutia me envidien lo poco que supone esa posesión.

—Lo que no entiendo es cómo Borja, sabiendo lo de su madre, nuestra madre —se lamentaba Tatiana—, se ha quedado tan tranquilo y se codea con los Urrutia cuando viene por aquí. Eso es lo que he creído entender en una conversación que he sostenido con Isabel.

—La pobre Isabel es una víctima más de su obseso marido. Pero afortunadamente para ella no se entera de nada. Ha muerto Teo, es bien cierto, y que se retuerza en los infiernos, pero queda Andy, que es menos escrupuloso aún, porque ése hace las cosas, y ahí las deja. Sin compensación alguna. Actúa como si le debieran los favores que le hacen. Y los favores que reclama Andy son siempre relacionados con el sexo.

—Dios mío, vivís en un mundo de depravados.

—Tampoco es eso, Tatiana —intervino Salomé—, yo soy feliz con mi marido y aquí ambicionamos poco. Somos una familia bien avenida y tenemos a nuestros dos hijos estudiando en Estados Unidos porque nos interesa tenerlos alejados de ese núcleo cenagoso, y además para que regresen hechos unas personas decentes. En cuanto a Borja, una cosa es lo que haga y otra lo que piense. Una lo que dice y otra lo que hace.

—Yo debo tomar el autobús ahora a las doce —dijo Tatiana como si saber demasiadas cosas de toda aquella sorprendente historia la ofendiera—. De modo que voy a hacer mi maleta. Y por mí no te preocupes en absoluto, Pol —sus hermanos siempre le llamaban así desde que habían empezado a hablar—. No me envíes dividendos porque yo no necesito dinero, ya sabes que el que tuve que aportar lo aporté en el momento oportuno. Además, nuestro convento es también colegio y yo soy profesora de Historia. Con lo que pagan las alumnas vivimos todas muy bien. En nuestro mundo, que no se parece nada al vuestro. Voy a rezar mucho por que Dios perdone todos los pecados de nuestra madre.

* * *

De la autopista que cruzaba desde Santander a Torrelavega salían varias desviaciones, pero en una en particular, casi a la misma altura de la entrada de la carretera privada, ponía un cartel que decía LOS ROSALES, PROPIEDAD DE LA FAMILIA URRUTIA y desde ahí se entraba en el recinto, que era como un pueblo entero sin casas, con sólo dos mansiones separadas entre sí por enormes prados y vallas. Había dos carreteras empinadas y cada una iba a dar a un lugar diferente. Una a las propiedades de los Urrutia y otra menos larga y aparatosa o menos suntuosa que conducía a la casa palacio de los Morán.

La difunta señora Urrutia había muerto apenas cumplió Andrés los quince años. Teo jamás volvió a casarse, si bien mantuvo aquella relación que dio origen a todo lo antedicho.

Mappy, la jovencita que acababa de regresar definitivamente del colegio inglés donde se pasó años salvo en período de vacaciones, cuando retornaba a casa de su padre, había permanecido ignorante de todo el barullo moral o inmoral que se movía entre sus muros.

Al quedarse solo el poderoso Urrutia, que carecía de escrúpulos y la moral era cosa de su único patrimonio y la manejaba a su manera y gusto, tuvo sus entretenimientos, en particular Margarita Morán, que era la esposa del capitán más importante de la flota Urrutia. Ésa fue tal vez la razón de que un día Teo Urrutia se sintiera sumamente generoso y regalara a su amigo la parcela, y después el palacete que se alzaba en la distancia, separada de sus propiedades por un valle que partía la zona y la dejaba del todo apartada del campo de golf y los extensísimos terrenos que correspondían por entero a los Urrutia. No lejos de la mansión principal se estaban construyendo la vivienda Jesús y Helen, y había otra cercana al picadero, el cual quedaba en la zona alta de la extensión y que sería donde en su momento levantaría Bern su hogar. Para Mappy quedaba un lugar que ella misma había elegido, cerca de los acantilados, de forma que el yate de los Urrutia se hallaba siempre anclado en el puerto privado que era una parcela más adjunta a todo el terreno que pertenecía a la misma familia. Todo aquello se hallaba acotado por altos muros cubiertos de yedra, y si se deseaba, se compartía la misma carretera de acceso, y si no, los Morán tenían la suya propia, cuya entrada era la misma pero se desviaba por la izquierda hacia el interior, que era donde se hallaba ubicada su mansión.

La campiña cántabra suponía una nota más al precioso paisaje. Para llegar al Sardinero, punto neurálgico de la ciudad, recorrían Andrés Urrutia y sus dos hijos más de treinta kilómetros diarios, dado que sus oficinas se hallaban en el mismo centro del Sardinero, en un enorme edificio coronado por letras iluminadas de noche que rezaban: TEO URRUTIA, S. A. Y en los muelles se alzaban enormes almacenes y las oficinas de despacho de buques que se consignaban desde aquel punto. A veces el recorrido lo hacían en helicóptero, dado que en lo alto de la propiedad, a poca distancia del picadero, había un helipuerto, y en las terrazas del edificio donde poseían las oficinas de reglamentación profesional los helicópteros aterrizaban sin obstáculo alguno.

El *jet* privado se hallaba en el aeropuerto y proporcionaba un servicio fundamental porque Andrés Urrutia, al tomar el timón de la dirección de las empresas navieras, tan pronto se hallaba en Santander como en Londres o en Holanda. Y no digamos ya Madrid o Barcelona, donde poseía igualmente casas consignadas, de tal guisa que rara era la semana que el señor Urrutia hijo no viajaba por todo el mundo en su lujoso avión privado siempre a punto para salir volando.

En cambio Pol Morán, como familiarmente lo llamaban, poseía un diario local y de ello vivía; aunque tras la salida de Borja la cosa no marchaba como él quisiera. Había lagunas y falta de dinero, y por lo visto su padre al morir le había dejado como dueño absoluto, pero sin un duro en efectivo salvo el que pudiera ganar con su periódico y lo que a veces le aportaba Borja cuando acudía a visitarle. En su casa éste poseía una habitación y un despacho, fax y télex con el fin de no perder el contacto con sus empresas de revistas de Barcelona y Madrid. Con los cinco millones que en su día le entregó Pol, había hecho más Borja en aquellos pocos años que él en toda su vida.

La entrada de la casa de los Morán era amplia. Se subían seis escalones y se topaba uno con el porche y enseguida se accedía al vestíbulo, que era como un salón inmenso. Al fondo, una escalera de madera noble con grueso pasamanos conducía a la parte superior, donde se hallaban los dormitorios con un baño incorporado en cada uno. La mansión era regia, pero distaba mucho de ser como la de los Urrutia, que además de enorme y tener grandes terrazas estaba llena de obras de arte, y las carreteras que partían de la mansión y sus jardines tanto podían conducir al campo de golf como al picadero, al helipuerto o a los muelles privados que se hallaban bajando hacia los acantilados por una carretera asfaltada y serpenteante muy fácil de recorrer pese a su empinada situación, porque conducía directamente hacia el mar.

Desde la casa de los Morán se veían muchos prados, pero no las propiedades de los Urrutia; aunque la distancia era corta, estaban ocultas por la arboleda. El que no conociera la historia de ambas familias podría pensar, y de hecho muchos lo pensaban, que se trataba de dos familias y dos fincas diferentes.

En aquel instante Pol Morán regresaba en su Land Rover de llevar a su hermana Tatiana al autobús que la conduciría a Gijón, lugar donde ella vivía con sus compañeras de hábito en un convento dedicado a la educación mixta de párvulos.

Anochecía, y Pol se preguntaba dónde andaría Borja. Había dado su palabra de asistir a la lectura del testamento, pero por lo visto el asunto no le interesaba para nada y tampoco a Pol le asombraba la hábil reacción de su hermano pequeño, hijo de un padre que no tenía nada que ver con el suyo y de una madre que los parió a los dos, pero a la que Teo Urrutia había mancillado, y eso a Borja no le había sentado nada bien, pero que nada bien.

La última vez que le vio fue por Navidades, y recordaba muy bien que se iba a jugar al tenis con los hermanos Urrutia como si jamás en su vida se hubiera sentido incómodo con lo que Pol sabía que era una herida que sólo curaría con la misma medicina que había usado Teo Urrutia. Claro que eso era sólo una suposición. Presentía que Mappy no era ajena a la existencia de Borja, pero eso valía más no pensarlo. No lo había comentado ni con su mujer. Pero... él tenía ojos en la cara y un cerebro que funcionaba, y había visto cosas un tanto retorcidas y extrañas. Naturales en otras personas, pero premeditadas sin duda en la existencia ambigua y oscura del rencor de su hermano menor..., hijo de su madre e hijo del hombre que debió de ser su padre, o eso suponía.

Pol Morán, un tipo alto y fuerte, de gran corpulencia, de expresión apacible y cabellos entre rubios y castaños, desmontó pesadamente del Land Rover y se dirigió directo al dormitorio que compartía con su mujer. Él llevaba casado casi veinte años y sin embargo seguía amando a Salomé. Nunca le había sido infiel debido quizá al estigma que llevaba dentro, y aún la deseaba como el primer día aunque de manera más apacible, pero a veces las pasiones se excitaban y convertían a su mujer en una buena y poderosa amante como él sabía serlo. Aquella noche, por la razón que fuera, él deseaba apretarse en la turgencia de sus senos, penetrarla y poseerla, y retozar con ella como si en aquel preciso momento llevasen solamente dos días casados. Tal vez los motivos estuvieran en sí mismo o en la situación que había vivido, o en cualquier otra motivación que tampoco era como para ponerse a analizarla. Había comido con su hermana en la estación de autobuses. Consoló a Tatiana como pudo y pensó que para él el asunto vivido era un hábito con el cual iba vestido desde hacía muchos años. Eso y saber que en aquel tiempo los asuntos de los Urrutia no le interesaban para nada, ni tampoco el parecer de Andrés, le conducían a participar con su mujer de sus excitaciones íntimas, de sus deseos, y tal vez así encontraba la fórmula para zafarse de cosas que hacía tiempo que ya no recordaba.

Se deslizó escaleras arriba y entró en su cuarto, despojándose de la camisa y habiendo dejado el suéter de lana que llevaba colgado a la espalda, anudado por las mangas, en una butaca del vestíbulo.

—¿Pol... eres tú?

Pol ya se había deslizado en el ancho lecho y asía contra sí el macizo cuerpo de su mujer. Una mujer palpitante, redondita, no tan elegante como Isabel Urrutia, pero muchas veces más incitante y más excitante. Él tenía cuarenta y cuatro años y su mujer tres menos. Estaban en lo mejor de la vida y sus constantes vitales demasiado vivas para dejarlas adormecer.

Había dejado sus ropas sobre la moqueta y enseguida saltaron por los aires los encajes de su mujer.

—Cómo vienes, Pol...

—¿No quieres?

—Oh, sí...

Y se apretaba instintivamente contra él, de tal modo que Pol empezó a sobarla, a medirla con sus dedos, a buscarle la boca y los senos, y todo con un cuidado reverencioso, pero excitante... Le gustaba recrearse y también usar todas sus habilidades para encender a su pareja, cosa que lograba enseguida, y entonces Salomé se transformaba en una dulce descarada... Dilataba sus labios, dilataba su cuerpo y ambos confundían sus suspiros y sus fuertes apetencias. Se decían cosas, todas esas que olvidas inmediatamente después de haberlas vivido y saboreado, y si te dicen que las has dicho las niegas avergonzado, pero en el momento de vivirlas resultan indispensables y, además, son como pálpitos subliminales.

Pol era un hombre honesto, tal vez por el estigma que llevaba en su cerebro o tal vez porque su pareja le correspondía, a ella le gustaba ser seducida y sabía seducir. Eran dos maduros amantes que gozaban juntos infinitamente. Se hablaban de la misma manera, se retorcían de gusto en la misma alfombra o se pegaban uno al otro contra cualquier tabique. Y Salomé siempre estaba a punto y por poco que él hiciera era para ella una motivación, sabía responder, sabía dar y recibir, y cuando terminaba la explosión pasional, su marido no se marchaba ni ella se tiraba al suelo. Se quedaban juntos mirándose, sintiendo aún el calor de sus cuerpos, y entonces Pol, como un crío grandote, posaba su cabeza entre los senos femeninos y sus labios rozaban con cuidado los pezones erectos. Era así, ni más ni menos, y pese a ser padres de dos jovenzuelos, como se necesitaban ambos.

Mientras eso ocurría en su habitación, en la de Andy Urrutia decía Isabel:

—Hace tres días que no vienes a mi lecho, Andy.

Y Andrés Urrutia, desde su cama paralela a la de su mujer murmuraba bostezando:

—Sé buenecita, Isa, querida... Estoy molido de trabajo; ¿mañana?, ¿quieres mañana?

—Lo que tú digas, Andy, lo que tú digas.

Andy pensaba en los senos turgentes de Belén Bergara que había tocado a gusto detrás de las cortinas. Ignacio, el abogado diputado, marido de Belén, solía liarse a hablar de política; entretanto él sabía buscar detrás de las cortinas el momento propicio. Belén tenía un cuerpo impresionante y estaba deseosa de la pasión de un hombre...

—Pienso hablar con Borja tan pronto le pille a mano —decía Andrés Urrutia en la mesa aquel mediodía—. Es un hombre de negocios, y mientras su hermano Pablo se pierde en mesuramientos, se le está quedando desmesurado el negocio. Deseo hacerme con él y estoy seguro de que Borja lo entiende.

*   *   *

Mappy se había cansado de mirar hacia el sendero y se mantenía firme ante su cubierto. Miraba aquí y allí. Bern, como de costumbre, con su incipiente barba que siempre llevaba mal cortada o eso parecía, comía distraído. Jesús le hacía carantoñas a su mujer por debajo de la mesa, como si no tuviera tiempo de hacérselas a solas. Su madre, como era habitual, elegante, erguida, fría y distante, pero tierna con su familia, escuchaba embelesada lo que decía su marido. Helen tenía más que suficiente con retirar la mano que por debajo de la mesa su esposo le metía entre los muslos.

—¿Qué le vas a pedir a Borja, padre? —preguntaba Bern distraído.

—Dicen que le va bien con ese sucio semanario. Pero Borja es ambicioso y el que su hermano viva en esta propiedad, o donde quiera, le tiene sin cuidado y hemos de entender, y yo así lo entiendo, que domina a Pol. Borja domina a Pol desde todos los ángulos. Por esa razón he de convencerlo y a Borja sólo se le convence con dinero.

—Estás decidido a que dejen su casa.

—Por supuesto. ¡Jesús! Pero deja a tu mujer en paz, ¿quieres? ¿Es que no tienes tiempo en otro sitio? Me gusta la mesura en la mesa, y cuando hablo quiero que se me escuche.

—Perdona, padre.

—De acuerdo... Pues como os decía, Borja es ambicioso y que yo sepa, si bien ese semanario se vende, también le avergüenza. Un buen puñado de millones... no los despreciará Borja con facilidad.

—Pero está Susana Pimentel, la parienta de su cuñada. Y que yo sepa, es la que manda y ordena en el semanario —apuntó Bern.

—Eso son tonterías. Ganas de perder el tiempo. Lo que diga Borja es lo que vale, y Susana se conformará con recibir una indemnización. ¿Adónde vas, Mappy?

La joven, que hacía ademán de levantarse, se quedó sentada, con el busto erguido. Una mueca extraña tensaba su gordezuela boca.

—He terminado, papá.

—No mientras tu madre no se levante. De modo que quédate donde estás. Además, me gusta que todo lo que yo digo se escuche y exijo que mis hijos me ayuden a reflexionar. Y tú misma, has de decirme qué vas a estudiar. Dónde y qué harás y en qué universidad.

—Derecho y en Santander, papá.

—¿Decidido?

—Sí.

—Pues ya lo sé. Pero ahora vamos a hablar de lo que nos interesa. No me gusta la vecindad, al margen del parentesco que según la ley no existe, y lo que haya pasado, ha pasado ya y el que ocasionó los desaguisados ha muerto; queda, pues, lo que procede hacer. Pol es un infeliz. Pero Borja es ambicioso y voy a hacerle una buena oferta para que convenza a su hermano y se lleve a su familia lejos de esta propiedad.

—Tal vez Borja prefiera complacer antes a su hermano que hacerse con unos millones.

—Jesús, tú no eres empresario. No tienes idea del poder que da el dinero ni sabes organizarte porque todo te lo han dado hecho. Borja, en cambio, es un empresario de poca monta, pero le roe la ambición. Vive en un mundo donde el dinero es el que manda, y repito que el semanario que él sacó de la nada le dará un dinero, pero nunca el que Borja necesita para sus desmesuradas ambiciones. Además, es amigo vuestro, un buen conversador conmigo. Lo que ha hecho su madre le tiene sin cuidado. A la vista está, ni siquiera ha venido para estar presente en la lectura del testamento de nuestro padre. ¿Razones? Muy lógicas. Él no iba a recibir nada y Borja no entiende de situaciones donde no se le proporcione nada. Voy a tratar el asunto con él, de modo que si os enteráis de que ha llegado, cosa que hará durante el fin de semana, me avisáis. Le voy a citar en el despacho del centro, en la sede, y espero que nos entendamos.

Mappy, con voz tenue, pidió permiso para levantarse.

—Puedes irte —dijo el padre sin mirarla apenas—. Si ves tú a Borja antes que tus hermanos, recuerda decirle lo que yo pretendo. Bueno —se exaltó—, sólo que deseo verle. No cometas la ingenuidad de hablarle del asunto que me ocupa. De eso ya me encargaré yo.

Enfundada en sus pantalones cortos tipo bermudas de un tono azulón, y una camisa de algodón de manga corta, y calzando playeras, Mappy se alejó del comedor, cruzó el amplio vestíbulo, se topó con la nurse, hizo unas carantoñas a sus dos sobrinos y se alejó a paso lento. Primero se recostó en la balaustrada y miró hacia el fondo del sendero que desembocaba en la carretera, la cual, al iniciarse desde el mismo fondo del campo de golf, se partía en dos, conduciendo una hacia su casa y la otra perdiéndose serpenteante hacia la casa de los Morán.

Mappy vio salir a sus hermanos y a Helen camino de la zona de la piscina. Vio a su madre a través del ventanal acomodarse en su sillón orejero en el salón privado y vio a su padre en su Land Rover dirigirse al helipuerto.

—Un buen día, señorita Mappy —dijo Matías desde el fondo del jardín, y por señas le mostraba algo.

Mappy dejó la balaustrada, torció por la escalinata y se fue mansamente detrás del jardinero, que empuñaba una manguera.

—¿Qué sucede, Matías?

—Está en el acantilado —susurró el joven jardinero—. Me ha dado esto para usted.

Mappy asió el papelito y se fue sin leerlo ni replicarle nada a Matías. Cuando leyó el contenido del papelito, giró sobre sí. Miró en todas direcciones. Se perdió súbitamente en el porche, entró en la casa, atravesó el vestíbulo y a toda prisa llegó a su dormitorio.

Un dormitorio precioso. Blanco, femenino. Habitación, salita, baño y vestidor, todo de la mejor calidad y vanguardista. No concordaba con el resto de la casa, pero cuando ella aquel verano había regresado definitivamente, su madre le dijo: «Éstas son tus dependencias. De modo que haz con ellas lo que te apetezca. Cuando hayas cumplido dieciocho años, y te faltan unos días, tu padre te regalará un coche. En el dormitorio puedes hacer lo que te dé la gana, decóralo como prefieras». Y lo había decorado de aquel modo. Funcional, contrastando con la solera del palacio.

Era su mundo y por tanto nadie intervino para nada en sus gustos y aficiones. En aquel instante y a toda prisa se quitó las playeras, las bermudas y la camisa. Se quedó desnuda. Perfecta de líneas, esbelta, con dos senos turgentes, erguidos. Unos muslos redondeados, unas largas piernas, unas caderas proporcionadas, una altura de uno sesenta y seis y una juventud fresca, lozana, con una expresión en la mirada verde intensa, ¿melancólica? Por lo menos inquieta.

Las carnes prietas, la nariz un poco chata, con las aletas palpitantes y la boca de beso sensual, con la lengua roja que asomaba con cierta excitación...

Se puso rápidamente unos pantalones negros de fina tela de lino. Una camisa de corte masculino que si cabe la hacía más femenina y unas polainas negras. Asió la fusta. Se recogió el cabello en lo alto de la cabeza, lo sujetó con una goma y puso encima la visera a cuadros. Así salió de nuevo. Nadie la detuvo. Nadie le preguntó adónde iba; se dirigió a paso firme a las caballerizas y vio su purasangre ensillado... Matías sujetaba las bridas... De un ágil salto subió al potro diciendo:

—Matías, si preguntan... di que estoy en el picadero.

—Sí, señorita. Procure galopar por el sendero y vaya paralela a la carretera. Es peligroso ir a caballo hasta el acantilado.

El caballo fue al galope y la jinete sentía en sus senos una palpitación de ansiedad mal contenida.

Borja Morán, con su fueraborda atado en el malecón que se guarecía en la especie de cala, ya había saltado a tierra.

Un tipo fuerte, ancho, de una estatura más alta de la media. Negro cabello, negros ojos, una mirada aguda, densa. Una mirada que solía ser plácida cuando él lo deseaba, mansa cuando le convenía, viva cuando algo le azuzaba y siempre firme y rigurosamente serena. Moreno de piel, rasurado, con unos dientes de lobezno hambriento, sonrisa cautivadora, un poco relajada, muy sensual, miraba a través de unos prismáticos. Tal vez el condenado Matías no hubiese dado su recado.

El mar se mostraba manso y él había navegado desde Santander sin ningún tropiezo. Había dejado el Porsche en el parking del hotel y esperaba regresar, tomar el avión y volverse a Madrid.

Vestía pantalón tejano, camisa de manga corta azul celeste abierta desde el ombligo de forma que mostraba su pecho nervudo y fuerte sin vello. Un medallón colgando de una cadena parecía posarse en su pecho como algo imprescindible. Calzaba mocasines negros de una gran flexibilidad y no llevaba calcetines. Sus largas piernas se doblaron un poco y gritó desde lo alto:

—¡Si te asomas, te mato!

—¡Mucho tiempo!

—Lo justo, Susan..., lo justo y sólo lo justo.

—Me has prometido...

—Sé muy bien lo que te he prometido.

Y su voz firme, un poco bronca, era tajante.

—O te aguantas o tírate al agua. Pero de aquí no vas a salir, de modo que métete en la cabina. Yo iré hacia el chamizo ese... ¿Lo ves? Está ubicado al otro extremo del embarcadero. Si te asomas... juro que te mato.

—Pero ¿qué pretendes ahora? ¿No ha sido suficiente con lo de este invierno?

—Fue muy poco.

—Borja...

—Te digo que te calles, maldita sea, Susan. Si vuelvo a ver tu cabeza, te tiro algo y te la destrozo —y súbitamente dulce—: Cariño..., sé buenecita. Soy todo tuyo, eso bien lo sabes...

—Si te descubre tu hermano...

—¿Pol? No digas tonterías. Pol está convencido de que sigo en Madrid. ¿Qué has dejado en el contestador?

—Lo que me has dicho.

Borja tiró los prismáticos por el aire de forma que la chica morena, esbelta, joven, que miraba desde el interior del fueraborda los recogió con sus manos.

—Sólo una hora —dijo.

Borja lanzó hacia la embarcación una mirada aguda, densa.

—Tú esperarás el tiempo que yo diga. Y a callar, Susan, a callar.

Y a paso firme se dirigió al chamizo. Era un pequeño almacén donde se guardaban los remos, los motores y alguna que otra cosa relacionada con el mar y el yate de los Urrutia, que a buen seguro estaría atracado al otro lado, en el mismo embarcadero privado, pero que debido al alto muro nada tenía que ver un lugar con el otro. Por el lado del muro perteneciente a los Urrutia la mano del hombre había hecho de las suyas. Había formado el muelle, el embarcadero y una especie de ensenada.

En cambio, por el otro lado no se veían más que acantilados y una especie de rampa que el mar había lamido hasta destrozar las aristas de las peñas. Allí estaba amarrado el fueraborda pequeño.

Se perdió por los acantilados y desembocó en el prado, y se fue directamente hacia el chamizo. Encendió un cigarrillo y fumó muy deprisa. Hasta el extremo de que las mejillas se le hundían para salir de nuevo de su agujero.

Se quedó medio oculto oteando el sendero. Pensaba en muchas cosas, pero ninguna de ellas dulcificaba su mirada ni hacía que sus ojos adquirieran fiereza. Borja Morán sabía dominarse. Era duro como un peñasco. Nunca sería un títere ni un hombre de papel. Conocía sus limitaciones y sus metas. Las había estudiado paso a paso, escalón a escalón durante años, y empezaba a saber mover sus pies y los dedos de los pies y los bolsillos y, lo que es mejor, los sentimientos ajenos.

Se dejó caer en un tronco y separó las piernas de modo que acodó los brazos en los muslos y evocó otro momento. Una diferencia, sin embargo, imponía o separaba un momento de otro. Aquel que evocaba había ocurrido en invierno. Casi rozando las Navidades. El mismo lugar con un mar embravecido y un mirar sin ver...

Y un verlo todo.

Fue entonces como si la visión de su propia existencia se configurara marcando sus propias connotaciones. Era rubia, y de ojos verdes, esbelta..., fresca, joven..., un mirlo blanco para gozar de él. ¿Un flechazo?

No era él hombre de flechazos. No era él hombre de sentimientos fuertes, no era él un hombre emocional... Aunque sí era un tipo de fuerte temperamento y mayores ambiciones y muchas iras dentro...

No hacía entonces ni cuatro años que Pol le había dado el dinero que dejó su padre. Cinco millones que en aquel momento, después de comprar el semanario y remozarlo, podía convertir en cincuenta vendiendo. Pero no estaba en su ánimo vender nada, sino comprar y comprar. Tal vez ni Pol supiera la compra que había efectuado aquel invierno. Con un semanario cochambroso que le costó muy poco porque los editores perdían dinero, logró él, en la primera embestida, vender sesenta mil ejemplares, y puesto que estaba basado en el morbo, la tirada superaba ya los doscientos mil.

En silencio, con hombres de paja y Susan a la cabeza, había comprado aquel mismo invierno otro semanario de contenido deportivo que marchaba muy bien. Había logrado todo el prado que se deslizaba desde aquella parte donde él se hallaba justamente hacia la carretera.

Y pensaba que con el tiempo empezaría a funcionar su plan. No era hombre que cediera en sus terrenos y, por tanto, tampoco en sus ambiciones o decisiones, y antes de emprender la marcha empresarial había medido los pros y los contras desde la misma raíz.

Sabía además que los fletes de los barcos no marchaban bien, que las lagunas de las divisas se convertían en lagos infinitos, y sabía también qué vicios frecuentaba Andrés Urrutia y de qué forma confiaba en su amistad.

Había luchado durante años, justo desde que finalizó su carrera de leyes afincado en Madrid, por alimentar las amistades de políticos sensatos, cuyos tráficos de influencias compartía... Había sabido sembrar el camino y empezaba a pisar firme. Pero antes... también tenía sus debilidades.

Y aquéllas lo mantenían allí, con el fueraborda atracado, una habitación en el hotel Bahía de Santander... Y una cita pendiente.

Se levantó del tronco de madera donde estaba sentado y atisbó el sendero que bajaba desde lo alto del acantilado.

Y fue entonces cuando divisó a potro y jinete.

2

La ingenuidad de Mappy

—No entiendo, no entiendo —decía Mappy tirándose del potro y mirando a Borja, que a su vez daba una palmada al animal y éste salía disparado hacia los pastos—. Papá te esperaba. Todos te esperábamos para la lectura del testamento. Después resultó que sí estuvieron Tatiana y Pol, pero no dijeron que no fueras a venir y yo te esperaba y... Para, ¿qué haces?

—Te tomo la mano. Ven, Mappy. No pude. Los negocios me retuvieron lejos y cuando llegué a Santander sólo pensé en verte... Supongo que... no les contarías a tus padres lo nuestro.

—Es lo que no lo entiendo. Si papá te admira. Dice que quiere verte. Es tu amigo. ¿No son tus amigos mi padre y mis hermanos?

—Pues claro, ¿quién lo duda?; pero ¿quién es capaz de ser cómplice de este secreto? Piensa que la última vez que nos vimos fue en Barajas, cuando salías de la terminal de vuelos internacionales y te ibas a toda prisa al vuelo regular a Santander. —Había logrado entrar con ella en el chamizo y la hacía sentar junto a él en el tronco de madera—. Mira, Mappy, mira. Si ahora, a tu edad, que es muy poca y eso lo sabes tú y lo sé yo y todos los tuyos y los míos, decimos lo que sentimos el uno por el otro, tu padre se enojará y con toda la razón del mundo. ¿Es que no te gusta el secreto, la complicidad? Además —le pasó un brazo con cuidado por los hombros— no vamos a contarles ahora que nos hemos conocido en la nieve, que ni tú sabías quién era yo ni yo quién eras tú. Que nos miramos y nos gustamos. Porque no habrás olvidado la estación de Braña Vieja, ¿verdad? Alto Campoo está fijo en mi mente como algo diferente, algo que no me esperaba el pasado año. ¿O es que lo has olvidado ya?

Mappy suspiró.

—¿Se puede olvidar algo semejante?

Y sus párpados temblaban. Borja pensó un montón de cosas de las cuales sólo dijo una.

—Tengo una cita mañana con tu padre. Le he dejado un recado en el contestador de su oficina, pero no me parece propio que le hable de ti, de nosotros, de aquella estación invernal. Yo no sabía entonces, Mappy, que tú eras la hija menor de los Urrutia. Yo no tengo nada que ver con esa historia de tu abuelo, con la procedencia de mis hermanos de madre. Son cosas naturales a fin de cuentas. Y si no fui a la lectura del testamento fue debido a mis empresas personales, a que el viejo nada me iba a dejar, a que yo no formo parte de vuestros líos. Y digo «vuestros» por evitar más explicaciones, porque realmente tuyos y míos no son, que nosotros hemos de mantenernos al margen.

—Pero... ¿Por qué callar?

—¿Es que le vas a decir a tu padre, que es mi amigo, que yo te seduje en la estación de esquí? No sería bueno, ni estaría tu padre de acuerdo en dejarte que me vieras... Una cosa son los negocios, otra la vecindad y otra que para ti tiene planeada una vida amorosa diferente.

—¿Diferente a lo que yo decida?

—No te alteres, Mappy. Te me escapas de las manos y no debes hacerlo. Vamos a ser razonables: no sabíamos quiénes éramos debajo de aquellas ropas de invierno. Nos encontramos en la pista. Cuando nos vimos en el telesilla, camino de la pista de Pidruecos, no imaginábamos ni por lo más remoto que fuésemos vecinos. Tú estabas pasando las vacaciones en Los Rosales. Yo las pasaba en casa de Pol. No tenías ni diecisiete años... Y yo era un hombre de veintisiete de vuelta de todo...

—Papá nos mataría si supiera...

—¿Lo ves? Tú lo reconoces. Piensa que mis negocios con tu padre poco a poco me irán acercando más. Por otra parte, tú vas a estudiar en Santander... Yo paso todas las semanas un día por la capital cántabra... Todo será muy fácil. ¿Que cuando nos convenga lo decimos? Es lo natural. Pero ahora...

—Es que en todo el invierno, después de aquellas Navidades en que nos despedimos en Barajas, yo camino de Santander y tú de Berlín..., no hemos vuelto a vernos. No hemos hablado. Yo...

—Lo sé, cariño, lo sé. Oye..., ¿qué te parece si nos vemos en mi hotel esta noche? ¿Te dejan salir?

—No.

—¿No sales nunca por las noches?

Mientras hablaba en voz baja, la iba atrayendo más y más hacia sí, de modo que su voz era ya casi un suspiro y tenía la cabeza femenina apoyada en su pecho y la yema de un dedo le recorría los gruesos labios.

—Mappy querida, no te he visto, es muy cierto, pero te he echado de menos. He pensado en ti, he dudado, estuve tentado de acudir a la lectura del testamento, pero no sabía si estabas preparada para disimular.

—Es que yo quería gritarlo.

—¿Lo nuestro? Ni se te ocurra. Tu padre me aprecia, tus hermanos a veces me necesitan. Pero ni me quiere por yerno, que para ti tiene otros proyectos, ni tus hermanos me soportarían como cuñado porque yo, sin haber tenido nada que ver en esa vieja historia, formo parte de ella quiera o no quiera. ¿Te imaginas a tu padre aceptándome por marido de su benjamina? Además, Mappy, yo tengo mucho por delante, estoy emprendiendo grandes batallas, deseo y necesito llegar muy alto; y ¿qué soy ahora? Un pobre diablo que se abre camino a trompicones y cuando llegue a ti ha de ser con la cabeza alta y nadie podrá negarme tu mano. No sé si me entiendes.

—Sé que te tengo cerca —susurró Mappy ilusionada, temerosa, mirando aquí y allí—; ¿estás seguro de que no nos verá nadie?

—Claro. Para eso tengo un vigilante en la barca. Además, tu familia no tiene por qué aparecer por esta parte porque no es suya.

La doblaba contra sí, y con cuidado, con un mimo y un exquisito movimiento reverencioso le hablaba quedamente en el oído mientras sus dedos la sujetaban y con disimulo se posaban en sus senos.

—Lo paso muy mal cuando no te veo, cuando no te toco. Desde aquel día en Alto Campoo, ¿te acuerdas? No he vuelto a mirar a mujer alguna. He sido un tonto conteniendo tanto mis sentimientos. He vivido en vilo esperando este momento. Pero vuelvo a repetirte que tal vez yo sea un ser raro, un jugador divertido o un miedoso, pero prefiero mantener oculta esta relación. Piensa un poco, Mappy. ¿Te permitiría tu padre que yo te cortejara?

—No lo sé.

—Claro que no. Y si le digo que te he robado la virginidad...

—¡Calla!

Y sus dedos le tapaban la boca. Borja la asió más contra sí.

—¿No quieres ahora?

—Oh, no, tengo mucho miedo. He pasado ya lo mío...

—Pero te gustó mucho compartir aquellos instantes. Yo no he podido olvidarlos. Por eso cuando a tu regreso de Londres te vi en Barajas y quise que pasaras la noche conmigo...

—¡Calla, calla!

—Te escapaste, me suplicaste que te dejara libre, que otro día... Yo respeté tu decisión. Me sacrifiqué... Pero hoy estaba tan aturdido, tan deseoso... No me lo puedes negar, Mappy, no puedes...

—¿Qué haces?

—Ya lo ves, te toco, te tiendo aquí..., estás temblando. Por favor, no me mires de ese modo. No me llores..., piensa que aquella vez..., recuerda... La nieve nos rodeaba, yo entré sigiloso en tu apartamento... Empezaste a llorar, pero te abrazabas a mi cuello.

—Es que no podía, ni puedo ahora, ni podré nunca. Eres... eres... Yo no sabía que el amor, la intensidad pasional, el sexo... Yo no sabía... Lo aprendí todo contigo y vivo en vilo esperando ver aparecer tu coche... —Se ahogaba su voz—. Ay, Borja, ay...

—Querida, querida niña...

Y la voz de Borja en los labios femeninos se hacía bronca, sensual, ¿emocional? «Tal vez —pensaba Borja—, me estoy metiendo muy a fondo y de todo esto... salga yo mal parado. Hay mujeres que pasan por la vida de un hombre sin dejar huella y hay otras que dejan una indeleble...»

* * *

—Hay que ser consecuentes, Borja. Vamos a sentarnos. Ponte cómodo. Cuando he llegado a la oficina esta mañana y he oído tu mensaje, me he dicho que merecía la pena escuchar el contestador. De modo que toma el café —se lo servía él mismo en el suntuoso despacho—, y vayamos a lo que nos interesa. Tú y yo siempre nos hemos entendido. Pol es un idealista, pero de ideales sólo viven los tontos. Desde que tú dejaste el periódico y te metiste en tus cosas, la editorial no marcha bien. Mi padre debería haber sido más clarividente, debería haber entendido que el hombre de negocios soy yo y no él. ¿Qué opinas tú? Es tu hermano, pero también lo es mío... Yo nunca quise hacerle daño. Pero me saca de quicio que dirija ese periódico y se le escape de las manos.

—Ve al grano, Andy. Dispongo de poco tiempo. El lunes a primera hora regreso a Madrid. Es cierto que vengo todas las semanas porque me gusta echarle una mano a Pol, pero... no puedo ni debo olvidar mis propios asuntos.

—A ver. —Andrés Urrutia se repantigaba en su sillón de presidente, entretanto Borja saboreaba el café a pequeños sorbos—. A ver, Borja. No me digas que dada tu talla personal te conformas con un semanario cutre, donde se alimenta el morbo de unos pobres infelices. Eso no da categoría ni dignidad. Tú has nacido para grandes empresas.

—¿Como las tuyas?

—No intento acapararte. Sé que sería imposible.

—Oye, Andy. Estoy pensando que si tanto consideras que merezco la pena, déjame cortejar a tu hija Mappy.

Andrés se alzó súbitamente. Lo miró furioso, después dulcificó su mirada y dijo manso:

—Tú sabes, Borja, que yo soy un hombre leal, un hombre de empresa, pero también un hombre de hogar, y tengo para mi hija planes muy concretos..., al margen, por supuesto, de hombres como tú, que si bien son sensatos como empresarios, como maridos son una...

—Yo que tú en esta cuestión —replicó Borja jocoso— sería más sincero.

—Explícate.

—Esperas para tu hija un tipo de tu calaña y tu calaña, Andrés, es... muy alta. ¿No?

—No hablas en serio, ¿verdad?

—Pues claro que no, Andy, pues claro que no. Te gastaba una broma. A ver, digo yo qué es lo que deseas en concreto. Llevo un mes oyendo cómo mi secretaria me pasa tus recados, los que dejas en mi oficina de Madrid. No acudí a la lectura del testamento de tu padre porque en ello nada me iba ni nada me venía. Tu padre decía de mí que era un engendro familiar, pero pienso que me apreciaba.

—Y tú en el fondo le admirabas.

Borja entornó los párpados. Recordó muchas cosas, pero no dijo ninguna. Era un tipo pausado, se diría que nunca tenía prisa por nada. Además, tan pronto aparecía vestido como un avanzado vanguardista, como lo hacía como un hombre desenfadado o un impecable señor con clase. Claro que no era nada fácil catalogar a Borja. Para unos podía ser un gran compañero y para otros un temible enemigo. Por supuesto, escrúpulos tenía muy pocos, tan pocos como Andy. Pero eso éste aún no lo sabía.

—Me interesa el periódico —dijo Andy abordando el tema sin ambages—; Pol puede mantener una participación, la suficiente para vivir como vive, sin grandes pretensiones. La carrera de sus hijos corre a cuenta de los Urrutia. ¿Qué me dices?

—¿Has tratado esto con Pol?

—Prefiero abordarlo contigo. No creo que, dada tu forma de ser, te conformes con el semanario cutre que, si bien te da dinero, te resta categoría.

—¿Sabes cuántos ejemplares vendo a la semana, Andy?

—Me imagino que muchos. La gente de menos poder adquisitivo no se pierde esos artículos morbosos, esos chismes. Y a fin de cuentas son los que dan dinero porque son los que compran tu revista, si bien no creo que eso te baste.

—Haz la oferta.

—Un puñado de acciones de mi compañía, una parte del periódico, y... unas docenas de millones en moneda líquida, puestas en Suiza...

—Muy alto compras un periódico de mierda, Andy.

—Es el periódico que nunca debería haber salido de la empresa Teo Urrutia, S.A. Eso lo entenderás y ten por seguro que si estuvieras en mi lugar, harías la misma proposición.

—Hombre, Andy, me estás pidiendo que traicione a mi hermano.

—Bueno, bueno... No le vas a quitar el pan, ¿eh? Le vas a liberar de una situación comprometida. Pol es un buen hombre, pero carece de ambiciones... El periódico es una carga y está mal llevado, y va mal..., y tú lo sabes..., supone un fracaso a ultranza. Es lo que yo quiero evitar.

Borja con suma calma bebió el último sorbo de café y encendió un cigarrillo. Sus modales pausados, su media sonrisa, aquel aire desenfadado producían en Andy un cierto nerviosismo.

—Piénsalo. Me puedes responder la semana próxima, pero si hablas del asunto con Pol, lo fastidiarás todo.

En el suntuoso despacho entró Bern.

—Ah... pensaba que estabas solo. Hola, Borja... No te hacía en Santander...

—Hola, Bern —saludó a su vez Borja con una sonrisa apacible—. Luego nos vemos si te apetece. Estoy terminando con tu padre.

—Te recibo después —dijo Andrés a su vez. Y cuando la puerta se cerró tras su hijo, añadió con estudiada indiferencia—: Y lo sabes, Borja, no me digas que la oferta es como para no meditarla. No me lleva en ello otro afán que mantener vivo el periódico. Es posible incluso que se me ocurra entrar en la política, y un periódico te ayuda mucho. Tal como es Pol, sé que si le pido ayuda en ese sentido, me la daría, pero, repito, todo esto lo hago por el bien de ambas familias.

—La oferta es tentadora. —Borja mostró una sonrisa beatífica—. Y no creo que Pablo se sienta demasiado decepcionado si le despojo de esa carga, pero aun así..., ¿no tienes suficientes empresas? Sé que los fletes no andan demasiado bien. El turismo ha bajado una barbaridad y los costes están por las nubes. Se amarran barcos cada día... ¿Tú no has notado la crisis?

Andrés Urrutia se movió un tanto inquieto en el alto sillón. Pero tajantemente dijo:

—Nada. No tengo temor alguno al respecto. Todo marcha divinamente. No es que tenga unos hijos muy listos, y eso lo sabes. Jesús no ha terminado los estudios y se fue de vacaciones a Francia y me volvió casado con Helen. Es una buena chica, pero... ya tiene un hijo y todo sobre mi espalda. Bern comenzó mil carreras o por lo menos cuatro y ahí lo tienes, de auxiliar administrativo. No, en ese sentido he criado señoritos burgueses, pero tal vez tuve yo la culpa. A los quince años mi padre, Teo, me dijo: «Tú a estudiar, pero vas a trabajar al mismo tiempo», me sentó en ese despacho de al lado. Libros de texto, fletes y burocracia. Así aprendí yo a defenderme. Debería haber imitado a mi padre, pero no supe o carecí de tiempo o consideré que enviándolos a universidades extranjeras sacarían más provecho. Pues ya lo ves. Pero aprenderán. Están aprendiendo. Viven muy bien, pero en estas oficinas se pasan casi todo el día, salvo los momentos de ocio que tienen los fines de semana.

Borja se levantaba muy despacio, cosa en él habitual, que siempre daba la sensación de no tener prisa aunque no fuera así.

—Piensa en lo que te he dicho. Es una buena proposición.

—Muy sustanciosa, sí. Pero primero tengo que sondear a Pol.

—¿Cuándo nos vemos?

—¿Qué te parece el próximo viernes en el campo de golf de Pedreña? Podemos comer allí... y discutimos los pormenores.

—Hecho...

—Eh...

Borja volvió la cara.

—Bern...

—Ven un segundo.

Borja caminó hacia el lugar donde le indicaba el hijo de Andy.

—¿Qué demonios te ocurre ahora?

—Tengo que hablarte. ¿Dónde te hospedas?

—En el Bahía. Me marcho en el avión de la noche.

—Dentro de diez minutos te veo en la cafetería del hotel, ¿te parece?

—Pero...

Bern lo empujaba nerviosamente.

—Tengo que verte, te digo. Es muy urgente.

—Pero... ¿Aún andas así?

—Es cosa de vida o muerte.

—Bern...

—Saldré detrás de ti. Espérame en la cafetería de tu hotel.

—De acuerdo, de acuerdo. Pero si piensas... Ya basta, ¿entendido? Si tu padre se entera, ve pensando en que te mandará a Sudáfrica.

Pero se fue sin volver ya la cabeza. Subió a su Porsche negro de línea deportiva y se dirigió Sardinero abajo, hacia su hotel.

Había pedido un martini encaramado a una banqueta cuando entró Bern sofocado, sudoroso, con la camisa pegada al pecho.

—Vamos, Bern, vamos..., ¿qué demonios es ahora? ¿Sabes cómo andas conmigo?

—Claro que sí. Te firmaré otro pagaré... Mira, anoche fui al casino, me puse a jugar... Si no pago esta misma mañana se lo contarán a mi padre y ya me puedo despedir. Vivo muy bien, no trabajo demasiado... Tengo mis dividendos..., pero...

—Vamos a ser consecuentes, Bern, ¿quieres? Ayer se leyó el testamento. No me digas que tu abuelo te dejó pelado.

—Un puñado de acciones. Si las cedo... me quedo sin nada. De modo que no pienso retirarlas. De dinero ni un duro. Vivo de un sueldo y mi padre no es precisamente espléndido.

—O sea, que yo soy el paño de lágrimas de todos vosotros. Jesús que si para sus caprichos, que si le regaló una joya a su Helen querida, que si se fue de viaje y gastó más de la cuenta, que si...

—Eres nuestro amigo y siempre lo has sido. Al margen de esas historias del abuelo, tú eres la única persona que me merece confianza.

Borja pensó en el papelito que tenía en su bolsillo y que había leído muy detenidamente aquella misma mañana. Pero nadie diría que pensaba en semejante cosa. El papel sólo decía «se ha jugado dos millones..., los ha perdido».

—Tu manía por el juego, Bern, te va a dar un disgusto. ¿Sabes cuánto me debes?

—Sí, sí. Pero dentro de tres meses me darán los dividendos y te liquidaré.

—Es que si no me liquidas... perderás la opción de hacerlo. Recuerda...

—Sí, sí, pero, por favor, échame una mano.

—Está bien —extrajo del bolsillo un documento—, ¿cuánto quieres?

—Dos millones.

—Pues dos. Pero firma... Eso es. Piensa que con esto me debes diez.

—Los tienes seguros, ¿no? Además cobras un porcentaje alto y están mis acciones para responder. Eres un buen amigo mío...

—Soy amigo de tu padre, soy amigo de tu hermano, soy amigo de tu cuñada... ¿Y qué soy de mí mismo, Bern...?, porque, a este paso, habré de ocupar mi vida trabajando para todos vosotros. Y ahora tu padre quiere que le quite el periódico a Pol de las manos... Toma, ahí tienes el talón. Cóbralo antes de que te cierren el banco.

—Gracias, Borja, nunca lo olvidaré. Si mi padre se entera de que me gasto dos millones en el casino..., me mata.

—Y con razón. Recuerda que tienes tres meses. Ni un día más.

Por supuesto, el documento lo uno a los otros. Me gustaría que recordaras que dos los has perdido ya.

—Entre amigos..., el día que te devuelva el dinero me das los pagarés, ¿o no, Borja?

—Entre amigos...

—Me voy a toda prisa.

Borja terminó de tomar el martini, pero casi inmediatamente un hombre se acodó junto a él.

—Borja..., ¿sigo?

—Claro.

—Ayer se jugó hasta el reloj.

—¿Y qué? No es problema mío, Ted.

—Es que Jesús y Helen tienen problemas... Urrutia padre da una cantidad, los mantiene y viven como reyes. Pero los trajes exclusivos de Helen...

—Dale lo que pida.

—Es que su deuda...

—Lo que te pida, Ted. ¿Es que no me has entendido? Y procura que Bern siga jugando, pero arrímate a él y préstale el dinero que necesite. A mí me debe demasiado. Es mejor que deba a otros. Dispones de mi cuenta. Recuérdalo. Y ten mucho cuidado..., habla y no me mires. No te conozco de nada. Pero mantente firme... y no vaciles. —Su voz era metálica, fría, seca—. Cuanto más gaste, más pagarés firmará. Recuerda eso y deja tus consideraciones para otro momento.

—Tengo mis escrúpulos.

—Que cobras caros —le atajó Borja bajando de la banqueta—. Hasta otra, Ted... —Miró la hora en su reloj de pulsera. Tenía pendientes algunas cosas. Pasar por su oficina del Sardinero, comentar con Susan unos detalles, irse luego al despacho del periódico y ver a Pol.

Luego su cita se hallaba a catorce kilómetros de Santander. En el Molino, donde pensaba almorzar a las dos y media con su hermano, y a las seis la cita en la suite del hotel Santander para un solo día... Nadie podía hacer más en un fin de semana.

Por la noche, si podía, regresaría a Madrid y estaba viendo que prefería circular toda la noche a esperar al avión de la mañana siguiente. De Susan dependía. Pero eso quedaba para pensarlo después.

En la oficina Susan le esperaba impaciente. Una chica preciosa aquella Susan. No pedía nada a cambio, pero lo daba todo. No era celosa, no era entrometida, era erótica, apasionada, liberada... Una joya.

Borja, vestido con su traje holgado de alpaca azul azafata, su camisa blanca sin corbata y su aire desenvuelto, con una media sonrisa petrificada entre los labios y una ceja levantada levemente, parecía el ser más inofensivo del mundo.

—Pensaba que te habías olvidado...

—Nunca me olvido de lo que tengo muy presente. —Le asió el mentón con los cinco dedos y la besó en la boca plenamente—. Sabe a menta, Susan.

—Déjate de tonterías. Ha llamado Pol seis veces.

—Ya voy para allá.

—¿Cuándo nos vamos?

—Esta noche, en coche.

—En coche.

—Mujer, habrá un parador que acepte nuestro cansancio.

—¿Ha salido todo como esperabas?

—No, ¡qué disparate! Estoy sembrando los surcos. Algún día darán su fruto. Ah —se iba de nuevo—, procura tener a Ted más amarrado. Sus escrúpulos no me interesan para nada. Y agiliza el crédito..., intenta que todo sea con el mayor sigilo. Dale a Ted lo que te pida... Yo volveré por la noche.

—Un segundo, Borja.

—¿Qué demonios quieres ahora?

—Lo tuyo con Mappy...

—¡Ah!...

—No me gusta tu exclamación. Muy duro, muy poco escrupuloso, pero el asunto..., ¿no ha sido ya suficiente?

Borja se volvió del todo. Fijó en ella su mirada oscura, que en aquel instante parecía metálica.

—Escucha, Susan. Pero escucha bien y no te olvides de una sola palabra de las que voy a decirte. Tú te has embarcado en esto porque has querido. Te gusta el rollo, te gusta cuando te arrullo, te gusta el sexo, ¿no es así? Pues procura no meterte en todo lo demás, es decir, en todo lo que yo no te haya autorizado. Y que sea la última vez que me haces mención de eso... ¡Que sea la última vez! —y salió sin volver el rostro.

Pero aún oyó la voz ahogada de Susan suplicar:

—Perdona, Borja, es que..., perdona...

Borja no replicó. De un salto había subido al coche y lo puso en marcha alejándose avenida abajo. Su pétreo y frío semblante ya no indicaba nada. Ni ira ni complacencia. Ni siquiera desdén...

*   *   *

—Te lo digo, te lo digo —suplicaba Jesús tembloroso—. Yo lo sé, lo sé. Pero... ¿qué puedo hacer? Si se entera de que debo dinero... Y lo debo, Helen, lo debo. Dispongo de un sueldo espléndido, no me cuesta nada la comida, vivo en un palacio, tengo cuanto necesito. No puedo pedir más dinero.

—Tal vez tu madre...

—¿Mi madre? Ya ves cómo es. Dice lo que paga, repite lo que él dice... No se entera de nada. Si papá dice que es rojo aunque sea azul, para ella es rojo. Si papá sonríe, sonríe ella, si papá gruñe, ella se encoge. ¿Quién es aquí el dueño? Él, mi padre. Y yo no deseo de ninguna manera enfrentarme con mi padre.

—Me he casado contigo por amor, Jesús, pero... yo estoy habituada a tener cuanto quiera. No me valen los trapos para ponerlos sobre mi cuerpo. No me vale una boutique cualquiera para comprarlos. Y además..., ese viaje que me has prometido... Tu padre dijo que el yate lo podíamos usar un mes cada uno. Bern se fue el mes de junio con sus amiguetes... Lo han pasado divino, han estado en todas las islas, han disfrutado de noches de locura en Ibiza... Y ahora que nos toca a nosotros, que la nurse se queda con los niños, que tu padre nos deja el yate, ¿qué haces tú? Encogerte.

—Querida, querida, no grites.

—Estamos solos y en nuestro cuarto, y yo grito cuanto quiero.

—Se acercaba a él, se ceñía a su cintura—. Jesús, cariño...

Jesús temblaba, y es que adoraba a su mujer. La deseaba como el día que la conoció en París... Por darle gusto, por complacerla...

—Tal vez Mappy nos pueda ayudar. Ella gasta poco, no sale casi nada. Se pasa la vida jugando al golf, montando a caballo. Tiene pocas amigas, no está ambientada aún... Tiene una mensualidad fuerte.

—¿Mappy? Ella también compra trajes, Helen. También viste, también sale aunque menos que nosotros. Y además, es una cría. ¿Qué sabe ella de intrigas, de estas cosas que hacemos nosotros? Papá la tiene como una joya... la cuida, la preserva... Creo que algún día la casará a su gusto.

—Mappy no piensa en hombres aún. Jesús, ¡qué sabe ella! Sus estudios, la universidad que inicia este mismo año... Lo demás no tiene importancia para tu hermana.

—No querrás que le diga que estamos tan necesitados..., porque no lo estamos, Helen... No debemos estarlo... Le debo una barbaridad de dinero a Ted Melgar... ¿Sabes quién es Ted Melgar? Un montón. Y Ted es un hombre de negocios. No da nada por nada. Cada vez que me deja dinero, le firmo un recibo...

—Es un gran amigo nuestro, Jesús. Le sobra el dinero.

—¿Sí? Pues no es eso lo que se dice. Posee una sala de fiestas y no creo que eso sea un salvoconducto generador de millones. Su padre fue gobernador con Franco, ¿y qué? Si tiene dinero es un empresario y se cuenta que tiene más dinero del que gana. A mí esas cosas me fastidian mucho. Además, ¿cuánto le debemos ya?

—¿Es que te mete prisa?

—¿Y qué? No me mete prisa, pero la tengo yo. Vivimos de mentiras y mi padre piensa que todo está claro como el agua y en el fondo creo que tiene derecho a pensarlo.

Helen sabía muy bien cómo ablandar a su marido. Así que ante el tocador empezó a soltarse el pelo, a cambiarse de ropa, quedando medio desnuda. Jesús hinchó el pecho.

—Helen, sé comprensiva... —y se acercó intentando tocarla, pero Helen giró sobre sí—. No me hagas eso...

—No me tocarás si no me das tu palabra de que arreglarás el asunto. De que haremos el viaje prometido en yate y nos iremos antes a París para cambiar el vestuario.

—Pero... si eso cuesta un dineral.

—Jesús...

—Dios Santo, vístete o cállate, Helen. No me vuelvas loco.

Helen, por toda respuesta, tiró lejos la única prenda que le quedaba y se tendió en el canapé. Jesús empezó a sudar.

—Helen, amor..., si es que no puedo.

—Dime entonces que sí.

—Es que me presionas...

—Es que te deseo. Y si quieres venir aquí..., ya sabes.

—Oh, Dios, Dios...

Y cayó sobre ella sudoroso. Helen elevó una de sus finas manos y la posó sobre la nuca de su marido; entretanto, Jesús perdió el sentido y la besó toda como si lo único importante en aquel instante fuese poseerla.

—Dime, Jesús, dime...

—Sí, sí, sí... Llamaré a Ted, sí, pero déjame... déjame hacer lo que yo quiera.

* * *

Borja, de verla así, hubiera dicho «es una gata caliente y el día menos pensado la tengo», pero él en aquel instante entraba en el despacho de su hermano Pablo.

—Pol, ¿dónde andas?

—Ah, Borja, hombre... ¿De dónde sales? Esperándote todos estos días... Salomé pone un cubierto más en la mesa y tú sin aparecer.

Se abrazaban con fuerza y Borja le palmeaba el hombro.

—Tengo que contarte cosas. Sentí que no estuvieras el día del testamento. Lo leyó Paco Onea y se recreó bien en ello.

—Bueno, bueno. —Borja reía apacible—. No me digas que te han leído algo nuevo.

—No, pero le sentó como un tiro a Andy.

—¡Que lo zurzan!

—Debió de pensar que le dejaría una parte del periódico.

—A propósito de eso, Pol, ¿cómo va?

—No demasiado bien. Yo no entiendo de esto..., desde que tú me dejaste... —meneaba la cabeza— yo no soy un hombre de lucha, Borja. Yo soy como soy. Quiero a mi mujer, la deseo y la adoro. Soy muy feliz a su lado. ¿Sabes que Andy quiere que me marche? No es que me lo haya dicho aún, pero me lo dirá en cualquier momento.

—Y tú no te irás...

—Verás, de momento no, pero tengo dos hijos de diecisiete y veinte años. María está terminando Económicas en Nueva York, como sabes. Es muy posible que no le interese vivir en la mansión. Es posible también que me eche una mano. Raúl tiene casi dieciocho años y dice que será diplomático. Tú verás qué papel es el mío luchando en un asunto que sólo entiendo a medias. En cambio tú sí sabes de esto. Yo creo que deberías comprármelo y mandarme gente competente.

—Yo me asociaré contigo si eso es lo que deseas, Pol, pero prefiero que no se sepa... No me gusta que lo que hago con una mano lo sepa la otra. Ya me entiendes... Yo tengo mis apaños, estoy negociando un crédito que obtendré, por supuesto, pero lo destinaré para otros fines. De todos modos, como ando por aquí cada semana y me gusta conservar mi habitación en tu casa...

—Y has comprado los solares adyacentes...

—Bueno, eso es algo secreto. No tengo intención alguna de pregonarlo.

—Pero lo has hecho, ¿verdad? Eso dice Salomé. Dice que le han dicho..., y yo me digo que si esos terrenos han sido vendidos, muy raro me parece que tú los dejes escapar. Apuesto a que tienes testaferros. ¿Qué te propones, Borja?

—Si te digo la verdad, ni lo sé. Pero sí sé que ahora tengo que dejarte. El asunto del periódico, si te parece, lo trataremos la semana próxima. —Le apuntaba con un dedo—. Pero oye bien esto, Pol. Si yo me asocio contigo, será cuestión de que no se sepa, y si Andrés te hace una oferta, que te la hará, a mí no me menciones para nada o si acaso, di, sí, es mejor que digas que ya te tenté y que el periódico te lo dejó tu padre y no piensas deshacerte de él.

—¿Debo decir eso?

—Debes decirlo y puedes hacerlo.

—Tú sabes, Borja, que yo me fío de ti, aunque por ahí se diga que si esto, que si aquello...

—¿Y qué se dice, Pol?

—Pues que eres un ladrón, que engañas, que tienes un empeño.

—¿Un... empeño?

—Una venganza bien estudiada...

—Eso es una estupidez, una forma de sacar las cosas de quicio. Yo vivo en Madrid y aquí o vengo a tu casa o a un hotel, pero para nada me mueven a ello los negocios. Los míos están ya definidos y se trata de semanarios. En realidad me ha ido bien con ese bodrio, pero yo me pregunto qué bodrio que tenga morbo no se vende. Y el dinero, Pol, no tiene apellido ni abolengo.

—Si yo te entiendo, Borja.

—Pues me basta con que tú me entiendas..., pero debo dejarte. Tengo una cita. Pensaba ir al Molino a comer, pero no puedo invitarte.

—Yo avisé a Salomé de que no iría a almorzar porque tú me dejaste en el contestador de la oficina el recado: «Almorzaremos juntos...».

—Es verdad, pero ya sabes cómo soy. Vengo los fines de semana y siempre tengo cosas o compromisos pendientes. La semana próxima nos iremos a almorzar. Ahora tengo un asunto que me ocupa horas y no debo llegar tarde.

—Oye, ¿dónde te hospedas? Salomé y yo te estuvimos esperando.

—Lo siento. No sabes cuánto lo siento. Me quedé en el hotel Bahía con el fin de no molestaros, y además no me interesaba nada estar presente en la lectura del testamento cuyos términos imaginaba y ya ves que no me he equivocado. El viejo zorro te dejó un buen muerto, pero seguro que Andrés te lo quitaría de buena gana..., así que, ¡ojo! No quieras vender.

—Yo nunca vendería sin contar con tu consejo.

—Pues ya lo tienes... Ni dejes tu casa ni vendas el periódico. Verás cómo sale a flote. El mismo lunes te mando gente competente y dinero para rediseñarlo. Hay que darle un aire nuevo.

* * *

—Échame una mano, Mappy. Tu padre se empeña en ofrecer una fiesta el fin de semana próximo y estoy disponiendo las invitaciones. Parece que desea presentarte en sociedad y aprovecha el momento. No sé dónde se ha metido Helen. Hace un rato estaba en la piscina, ha llegado Jesús y se han ido no sé si al campo de golf o están en la cancha de tenis.

—En ninguna de ambas partes. Vengo yo del picadero, he cruzado todo el campo y he podido ver la cancha de tenis.

—¿Y la nurse?

—Ésa sí, estaba en la piscina con los críos y papá mirando desde la orilla.

—Pero ¿ha llegado ya tu padre?

—Creo que sí.

—Dios mío, si me pidió que tuviera las invitaciones listas. Ven, Mappy, y siéntate. Ponme los sobres. Tienes ahí la lista de los invitados...

—¿Todos éstos, mamá? ¿Y por mí?

—Son amigos de los cuales no se puede prescindir, Mappy, y además, es hora ya de que te presentemos al mundo.

—Si eso no se lleva, mamá.

—No digas tonterías. En nuestro mundo hay cosas de las cuales no se puede ni se debe prescindir. —Se acercó al ventanal—. Tu padre no está por la zona de la piscina.

—Habrá entrado en la biblioteca por la parte del jardín. Pero verás su coche ante la glorieta...

—¿Y qué hace Marta?

Mappy se acercó también al ventanal. Marta, la criada, se aproximó a la orilla y se quedó con los niños.

—Ocurre a veces, Mappy —dijo Isabel suspirando—. La manía de tu padre de que nadie le traduce como Melly. Así que la habrá acaparado una hora, como siempre... No me extraña nada que Helen proteste. Pero vamos, anda. Deja de mirar, que Marta está habituada a ocuparse de los críos y hay criadas suficientes en la casa. Tú ponme esos sobres...

—¿No puedes llamar a tu secretaria?

—Claro que no. Son cosas que prefiero hacer sola o con tu ayuda. A fin de cuentas, eres tú la protagonista. Hay que presentarte en sociedad, Mappy. Hay que casarte bien... Y enamorada. —La voz de la dama se volvió temblorosa—. Nada hay como el amor. Mira a tu padre. Mírame a mí. Tantos años casados y somos muy felices... Tu padre no va a ningún lugar sin mí y yo sin él no doy ni un paso. Eso es amor de verdad. Así tienes que casarte tú: enamorada. En realidad te conocemos poco. Has ido al colegio desde muy niña y no has vuelto más que por vacaciones y, claro, eso implica desconocimiento. Pero ahora ya estás en casa e irás a la universidad como cualquier chica, aunque cuidando siempre de tus amistades. Una vez que te presentemos en sociedad... ya se encargarán Helen y Jesús y el mismo Bern de buscarte amigos...

—A mí me gusta más la soledad, mamá.

—¿Qué dices? Pero ¿qué dices, mujer? Una señorita como tú, por muy universitaria que sea, nunca puede estar sola y menos aún olvidarse de sus orígenes.

Mappy siempre había apreciado la dulzura de su madre para hablar, sus pausas, su forma de obedecer a su marido, la ternura que imponía en el hogar, el afecto con que trataba a sus hijos, pero...

para entenderla a ella y sus inquietudes, comprendía que su madre no era precisamente la mujer más indicada. Tal vez la ausencia durante años, tal vez las distancias, tal vez la educación, tal vez tantas cosas...

—Aquí está el nombre de Borja Morán... —murmuró—. Es que..., ¿es amigo vuestro hasta el extremo de invitarle?

Isabel elevó vivamente la cabeza.

—Mappy, cariño, no conoces la vida social desde ningún ángulo. Pero ya la irás conociendo. También hallarás la invitación de Pablo y Salomé. Las cosas internas que ocurren no cuentan en la vida social exterior. Los rencores, las tramas, los sucesos... son íntimos y a nadie le importan. Siempre nos hemos tratado y, por supuesto, el testamento del abuelo no cambia nada.

—Pero papá dijo...

—Papá luchará porque Pol deje la zona y lo conseguirá, pero eso no quita que le trate a la vista de los demás como siempre le trató, con afabilidad, con educación... Y en cuanto a Borja, nunca estuvo involucrado en nada. Se llevaba muy mal con tu abuelo. Discutían muchísimo, y Borja no perdía la ocasión de despreciarlo si podía, pero en cierto modo... tenía sus motivos, sus motivos comprensibles...

—El abuelo mancilló a su madre, ¿no?

—Bueno, bueno, según se mire. Lo que no pudo fue reconocer a sus dos hijos porque, lógicamente, ambos tenían padre.

—Qué historias tan raras, mamá.

—Son cosas que pasan. Hoy no hubieran pasado, pero entonces... las cosas eran de otro modo. Pero eso ya no nos interesa. Es agua pasada y tu padre logrará no dejar ni una gota cerca, porque cuando menos se lo imagine Pol, la mansión será suya. Digo, de tu padre.

—¿Y qué... dirá Borja?

—¿Y qué le va o le viene a Borja? Él tiene otra vida, lejos, y sabe muy bien lo que hace. Pon los sobres. Eso es. ¿Quieres acercarte al ventanal? Dime si Marta sigue con los críos.

—Pues sí, mamá.

—Este padre tuyo... Luego vendrá Helen, que tampoco sé por dónde anda, y terminará riñendo a la pobre nurse.

—¿Quieres que vaya a buscarla?

—¿A quién?

—A Melly.

—Oh, no. Estás loca; cuando tu padre está dictando una carta no perdona que se le moleste.

—Pues sigo poniendo sobres, mamá. Ve diciéndome nombres...

En la biblioteca Melly intentaba escapar sofocada, pero el señor le había quitado el pareo y la mantenía pegada a él por las nalgas...

—No seas... Melly, un momento y te vas...

—Señor, es que tengo a los niños con una criada...

—Y qué..., muévete un poco... Eso es... No me digas que no te gusta. Estás que tiemblas...

—Es que el señor... Le esperé ayer, señor, y esta mañana...

—No siempre estoy dispuesto, Melly. No te quedes quieta..., cómo estás..., ¿eh? Anda, anda... —y la sobaba con los ojos relucientes y las manos inquietas. La francesita se pegaba a él temblando y cuando su jefe se quedó tranquilo la separó de él, le dio una palmadita en la cara y dijo riendo:

—Eres una cabrita buena, cariño, pero recuerda bien lo que te dije. No quiero consecuencias. No me hagas una faena, porque si me la haces... te costará cara...

—Señor, yo...

Le tocó los senos con los dedos distraídos. Ya no estaba Andrés Urrutia para hacer carantoñas ni andar con besuqueos. A él le entraba de repente, y de repente se le iba el gusto, y para saciarlo prefería a la joven, que sabía lo suyo de todo aquel entramado del sexo. Era obediente, calladita, dócil y sobre todo ardiente... Tenía una piel joven que despertaba deseos, y una boca fresca y, además, él no había sido quien le había enseñado a moverse y a disfrutar del sexo. Lo traía bien aprendido, porque cuando un día la atosigó malicioso para tentarla, replicó rápidamente a la tentación y se puso a mano y bien a tiro. Y lo curioso es que además era viciosa aunque intentara demostrar lo contrario. A veces Andrés, cuando estaba tranquilo, solía preguntarse si Bern... usaría a Melly, cosa, la verdad, que no le inquietaba para nada o más bien al contrario, porque a veces su hijo parecía un poste y poco o nada había sacado de su abuelo. Él tenía mujer, por supuesto, y no era nada fea, sino todo lo contrario, pero era tan suya, tan sumisa, tan simple, tan cándida y tan sosa en la cama...

—Lárgate, Melly, ¿quieres? Eso es. —Le dio una palmada en las nalgas ya cubiertas por el pareo—. Un día te invitaré a hacer un viaje... —sonrió indiferente—, pero ya veremos cuándo será eso...

—Cuando el señor quiera... cuando el señor...

—Sí, sí, Melly, sí, pero ahora vete... Gracias por la carta que me has traducido.

Y al quedarse solo lanzó un suspiro, estiró las mangas de su camisa deportiva, miró ante sí distraído y caminó recto, erguido, como un señor vago, lejano, distraído.

Al abordar el salón privado de su mujer y ver a su hija menor sonrió con súbita ternura.

—¿Qué hacéis?

—Abusas demasiado de Melly, Andy —se lamentó Isabel sin que su marido se sobresaltara en absoluto—. Después Helen protesta y con razón. ¿Por qué no te traes de la oficina una secretaria bilingüe?

—Para ciertas cartas, querida Isa, nadie como la nurse. Es casi perfecta. —Lanzó una mirada a los sobres que escribía Mappy—. ¿No hay quien haga eso? Por favor, querida, dile a tu secretaria que libre a Mappy de tan ardua labor. Ha de ser una fiesta preciosa. Moviliza a los criados, que se sirva una cena fría en los jardines, contrata a una buena orquesta... Ah, Mappy, y tú ponte muy bella. Vas a conocer a personas muy importantes. Y una de ellas tal vez sea mañana tu marido.

—¿Podría contar con Matías esta tarde, papá? Me gustaría dar un paseo en coche y aunque sé conducir...

—Ya sé, ya sé. No tienes coche propio, mañana mismo me ocuparé de eso —se fue hacia el bar para servirse un martini—; puedes llevarte a Matías, por supuesto. Es un chico muy discreto, obediente y conduce muy bien. Lleva el coche de tu madre, porque nosotros esta noche tenemos una cena en Cañadío con unos amigos y nos iremos en el mío.

—¿A qué hora debo volver, papá?

—Pues —parecía desconcertado—, no sé. Supongo que yendo con Matías darás un paseo por Santander, tomarás algo donde te apetezca si te apetece... y regresarás... Desde la semana próxima será diferente. Ya tendrás amigos y peñas y serás socia de todos los clubes importantes. Pero para eso nadie mejor que Bern.

—No le veo apenas. Sólo a la hora de comer.

—Pues con Jesús y Helen, salen mucho por las noches. Ve con ellos. Me parece que te hemos tenido demasiados años encerrada en el convento. —Meneó la cabeza—. Esos colegios caros y tan rígidos a veces hacen a las jóvenes tontas. Pero ya aprenderás. La sociedad impone sus leyes y tú las aprenderás rápidamente. ¿Almorzamos, querida Isa?

—Supongo que tocarán el gong enseguida. Los chicos habrán llegado ya...

* * *

—Al hotel Santemar, ¿verdad?

—Sí, Matías...

Y la voz de Mappy parecía ahogada. No era para menos. Matías tendría veintipocos años. El hecho de que siempre lo viese en la mansión ubicada en la periferia, en dirección a la carretera de Burgos, casi oculta como una fortaleza, no indicaba ni mucho menos que tuviera más confianza con él que con cualquier otro criado.

Era el encargado de los coches, de los caballos, de las caballerizas, y tanto podía requerirlo su madre para ir a la modista como su padre si no deseaba conducir, como ahora ella. Pero ella no lo empleaba porque su padre o su madre se lo indicaran.

Fue aquel invierno, el último que ella disfrutó de vacaciones antes de dejar definitivamente el pensionado londinense. En Braña Vieja, en la estación de esquí de Alto Campoo. Aquel día tal vez marcó su destino y cuando subía al coche conducido por Matías ni siquiera lo sospechaba. Tampoco buscaba nada concreto. Le quedaba un año por delante en Londres y estaba convencida de estudiar en la universidad cántabra porque sus padres no la obligaban a nada en otro sentido. Sin amigas de confianza, ni pegada siempre a sus padres o a sus hermanos, aquel invierno decidió conocer las pistas de esquí de las cuales le habían hablado tanto sus hermanos.

Ella esquiaba a la perfección, porque el hecho de hallarse interna en el colegio no evitaba en modo alguno que aprendiera todo aquello que quisiera aprender y que además la ayudase a frecuentar con más soltura una sociedad elitista a la cual, por su condición y fortuna, estaba abocada. En el colegio aprendió a ser una buena jinete, a bailar, a tocar el piano, a sostener una conversación mundana, además de la cultura intelectual consiguiente y la preparación para enfocar la universidad. Pero lo que nunca pudo evitar fue su timidez, su falta de amigos y, sin duda alguna, su innata ingenuidad. Podía decir que Matías fue el que con suma amabilidad la ayudó a ponerse los esquíes, el que le dijo cuál era la mejor pista, cuál la falsa, cuál el remonte perfecto y después... dónde estaba la cafetería.

No conocía a Borja. Para ella, que visitaba la casa paterna sólo en vacaciones, con su cancha de tenis, su piscina, el picadero y algún entretenimiento más, se sentía más que acompañada. Desconocía la historia horrenda que oyó relatar al notario, la indiferencia con la cual la oían todos, el pensamiento de que Borja, y ella..., ella y Borja... Y entendió a medias, aunque no del todo, las razones por las cuales aquel día en las pistas de Braña Vieja le advirtió: «mejor que no digas que me conoces».

Desde ese instante, sin darse cuenta siquiera, Matías fue su cómplice. A través de él enviaba Borja los recados, a él le llamaba por teléfono, y Mappy iba entendiendo que a su padre, por muy amigo de Borja que fuera, no iba a agradarle la amistad que sostenía con su hija el hermano de su hermano, que le llevaba nada más y nada menos que diez años.

Evocó aquel día. Su entrada indiferente en la cafetería del refugio, los hombres y mujeres que vio a su alrededor y la barra en la cual se instaló.

—Vaya, tenemos aquí a la señorita Urrutia —había dicho alguien a su lado.

Miró. Era Borja en persona. Borja, con su pelo negro, sus ojos de fuego, su mirar profundo, su boca de beso vicioso..., su sonrisa amable, maliciosa...

—No me conoces, pero no creo que te importe. Somos dos esquiadores.

—No... sé quién es... No nos han presentado...

—Bueno, bueno, eso tampoco tiene tanta importancia. Me llamo Borja, tengo aficiones como tú, esquío bastante bien, suelo pasar por aquí todos los fines de semana; ¿qué tomas?

Fue así, ni más ni menos, como empezó todo.

Cuando la vio salir con él, turbada sin lugar a dudas, pero dicharachera, amable, satisfecha, Matías debería haberle advertido: «Es su vecino, señorita. Es el hermano de su tío». No lo hubiera entendido. Pero es que además, Matías y Borja se trataron como si se conocieran de siempre y no cabía duda de que se conocían. Aunque ella tardó en saberlo. Cuando lo supo, estaba enamorada. Locamente enamorada del galán. De aquel hombre que miraba de un modo como si desnudara y que hablaba con una dulzura impresionante...

Dentro del coche, arrimada en una esquina con los párpados caídos, iba recordando: la forma de Borja de ayudarla a subir a los remontes, la conversación agradable e intimista, la forma de asirle las manos, las veces que se sentaron en la nieve y el descenso después sintiendo que el aire parecía cortarle la cara.

Después los brazos fuertes de Borja, protectores, amables, delicados, sujetándola. Y el beso que le dio en la boca como sin querer y que apretó después mirándola a los ojos...

No fue ese día, pero desde ese mismo momento subió durante todas las vacaciones a la estación de Braña Vieja y así fue haciéndose Matías cómplice de su empeño, de su secreto.

Aún no había cumplido diecisiete años y tenía un afán amoroso indescriptible y una paz interior que lo alteró todo al conocer a Borja, su personalidad de peso pesado, su forma de hablar, de hacer, de mirar...

Pensó que todo terminaría así, y le dolía, pero un domingo, el anterior a regresar a Londres, cuando Matías la llevó a lo alto de la estación, se encontró a Borja esperando.

—Está cayendo la niebla, es mejor que vengas a mi refugio.

Primero pensó que todo era un sueño, y después, junto a Borja y sus caricias, supo lo que era una posesión, una posesión mutua, una sacudida íntima, prolongada y seria. Lloró en sus brazos.

—Vamos, vamos —decía Borja quedamente—. Vamos, son cosas que pasan. No se ha muerto nadie. Nos ha gustado. Tú no sabías, yo sí sé... y te he conducido. Te será más fácil en el futuro recordarme... Además, lo que tenías... no servía para nada, Mappy. Lo hemos compartido juntos, Mappy, y eso sí que es grandioso. Yo te amo... Pero es mejor para ti y para mí que no menciones estas relaciones...

Y fue más tarde, cuando un fin de semana pasó a verla y sus relaciones eran ya sobradamente íntimas y ella había aprendido con él sobre el sexo cuanto se quisiera y se pudiera y Borja lo podía todo, que él le dijo qué era, quién y dónde solía pasar algunos ratos de su vida.

—Pero eso nada, Mappy. Eso no influye en absoluto en nuestras relaciones. Pero me gusta el secreto. Me encanta la complicidad y además, aunque soy amigo de tu padre y sé que me aprecia, hay por medio una historia no muy edificante y no me toleraría como marido tuyo. Da tiempo al tiempo.

E iba pasando ya demasiado tiempo. En estos pensamientos el coche se detuvo.

—Es aquí, señorita Mappy. Tenga —y le metió entre los dedos un llavín—, es la doscientos siete...

Aturdida, avergonzada, pero incapaz de no tomarla, guardó el llavín en un puño, saltó al suelo vistiendo su traje de chaqueta de lino color verde oscuro, sin camisa, y caminó erguida, fina, elegante, distinguida y joven. Sobre todo joven, y tan fresca... Matías permaneció sentado en el coche, encendió un cigarrillo y se dijo que los había con suerte...

Mappy entró directamente por el vestíbulo, cruzó hacia los ascensores y entró en el primero que abrió sus puertas automáticas. Cuando entró en la suite, algo la retuvo.

—Cariño...

Borja la apretaba contra sí, la estrechaba con un brazo por la espalda, le sujetaba la cara con los dedos y de ese modo, subyugado, apasionado, voluptuoso, le tomaba la boca con la suya.

Era inefable tener a Mappy temblando entre sus brazos y sobre todo era cálido experimentar aquel temblor femenino y verse en los verdes ojos que le miraban censores y a la vez agradecidos.

—No entiendo... por qué me has citado aquí.

—Es que necesitaba estar contigo en algún sitio sin temor a que nos interrumpieran...

—Estás invitado a la fiesta que se ofrecerá la semana próxima con motivo de mi puesta de largo.

—¿Aún se llevan esas cosas?

—En mi vida por lo visto sí, aunque a mí, a estas alturas... Borja. —Se apretó contra su cuerpo—. No sé qué me has dado, no sé qué bebedizo, qué invierno, qué aventura..., pero sin ti... sin ti ya no puedo... No soy nadie. No vivo, no duermo. No entiendo además por qué no puedo gritarlo.

—¿Y que nos separen? ¿Es que no conoces nada aún a tu padre?

—Es tu amigo. Siempre dice que es muy amigo tuyo.

—Y no lo dudo. Pero de amigo a yerno media un abismo. Y si sabe que te he iniciado en un mundo físico e íntimo, en ese mundo que él reserva para sí, pero que no quiere para los suyos...

—No te entiendo.

—¿Tú me amas?

—Yo te adoro.

—Pues es lo único importante... Cuando haya consolidado mi situación financiera, cuando pueda tomarte sin que tu padre me lo impida, será tiempo suficiente, y entonces seré yo quien vaya a verlo, quien le diga que te amo, que me quiero casar, que no aguanto, que todo lo vivido hasta la fecha fue insignificante comparado con lo que necesito vivir a tu lado. Ven, cariño, nadie nos estorba. Nadie sabe que estamos aquí. Me voy mañana y estaré ausente algún tiempo.

—¿No vienes a la fiesta?

—Aunque sólo sea a eso, te doy mi palabra, pero recuerda que soy nuevo para ti. Que no debes conocerme casi nada...

—Y esa historia de tus hermanos y mi abuelo, de tu madre...

Le tapaba la boca con sus besos.

—Son cosas de la historia y la historia pasa, que para eso ya vienen otras historias. Pero ven, cariño —y la cerraba emocionado contra sí, bastante más de lo que pensaba él mismo. La sentía cálida en su cuerpo y la recorría con las manos, detenía los dedos y ella instintivamente le buscaba el calor más voluptuoso—. Cómo has aprendido, Mappy, cómo sabes..., cómo te haces indispensable en mi vida...

* * *

—¿Has leído eso, Pol?

—¿Te refieres a la invitación? Ah, sí... la he visto cuando he entrado en la casa. Termino enseguida, cariño... Si entraras y me restregaras la espalda... Vengo sudoroso. Y necesito respirar profundamente. ¿Hay algo de los chicos?

Salomé entró en el baño con una toalla enorme.

—María dice en su carta que lo está pasando muy bien en Grecia... Debería haber venido a pasar el verano con nosotros, ¿verdad? Pero ese afán tuyo, Pol, de que hagan lo que les apetezca, que tiempo tendrán de ocuparse de otras cosas... los alienta. Raúl dice que piensa seguir en el crucero hasta Cerdeña, que tal vez al final venga una semana antes de iniciar el curso. ¿No les damos demasiada libertad?

—Es necesaria. Tal y como está la vida, lo penosa que es, y con la lucha que habrán de emprender... Más abajo. Eso es. Tengo un escozor... Ya se me está pasando. ¿Me das el albornoz?

Salomé lo mantenía abierto y su marido cerró la ducha, saltó de la bañera y cerró el albornoz restregándose el cuerpo con la felpa.

—Es una gozada volver a casa, darse una ducha y aun poder desafiarte a una partida de tenis; ¿qué me dices?, ¿me pongo el equipo?

—Y a ducharte después de nuevo.

—Lo hacemos juntos... Nadie nos espera, nadie nos persigue. Ah, oye, vino Borja a verme. ¿Ha pasado por aquí?

—¿Borja? Claro que no. Supongo que los Urrutia le invitarán también. ¿Qué se propone Andy? Que lo hiciera antes cuando su padre no había publicado la verdad...

—No nos engañemos, cariño. La verdad se supo siempre y siempre se ha admitido. Teo Urrutia había uno solo y fue ése...

—¿Te acuerdas tú de tu padre...?

—Poco. Era marino y venía de vez en cuando. Teo Urrutia, en cambio, siempre estaba por aquí. Esto antes no era una mansión. Era una casa de guardeses... La alzó él después cuando mi padre se jubiló por enfermedad. Y de eso hace mucho tiempo.

—¿Recuerdas cuando tu madre...?

—No, nada. Sabía que Teo Urrutia era un protector amable y afectuoso y que mamá le apreciaba.

—Pero no se casó con ella cuando quedó viuda.

—No se hubiera casado mi madre. Ya estaba muy mal. ¿Qué haremos, Salomé? No podemos rechazar la invitación. No sería prudente.

—Pero sabes muy bien que si pudiera, Andy te echaba de esta casa.

—Nunca me ha hecho una oferta, aún.

La esposa le miraba. Vestido de deporte con pantalón corto de tenis y camiseta parecía rejuvenecido.

—¿Qué dirás el día que te la haga?

—Ah, no sé. Pero Borja me dijo que seguramente me pediría que le vendiera el periódico.

—Y eso sí podrías hacerlo.

—¿Qué dices?

—Te he oído renegar y te oigo cada día...

—Pero Borja me echará una mano. Volverá a ocuparse conmigo del asunto. No venderé el periódico. Además —aquí bajó la voz— tengo entendido que los hijos de Andy gastan mucho. No les basta con lo que su padre les da. Los fletes andan mal... los barcos de pasaje... se empobrecen porque necesitan reparaciones muy caras o barcos nuevos. Aunque los créditos les den para eso y para más... y la fortuna sea colosal, hay cosas que en vez de producir dinero, lo que hacen es gastarlo. No sé, no sé... Yo me fío mucho de Borja y él está convencido de que me pedirá que le venda el periódico, pero él también me rogó que no se me ocurriera.

—Tú no quieres guerras, Pol. Ni yo tampoco.

—Mi madre era un ser muy pacífico —explicaba Pablo pensativo, mientras esperaba en medio de la habitación que su mujer se cambiase de ropa—, pienso que yo salí a ella. Las luchas por el poder y el dinero me agotan. Yo me hubiera convertido de buen gusto en un hacendado. Me encanta el campo. Vendería todo esto, que nadie me ha prohibido que lo haga, me compraría una casa de campo y sembraría la tierra. Estaría a tu lado, querida. Es lo único que me importa. No valgo para engañar. No valgo para mentir, no valgo para luchar y no me mueven las ambiciones de ningún tipo —Salomé ya salía con su faldita de tenis, su camiseta, sus playeras, y Pol alzó las cejas como hacía siempre que la veía tan juvenil—. Lo único importante para mí eres tú. Estar a tu lado. Acostarme junto a ti y despertarme con la cabeza apoyada en tus senos. Eso es lo único interesante. Mis hijos no me necesitan. Les he dado una educación elitista. Son ya lo suficientemente ricos para abrirse su propio camino. Yo no soy Andrés Urrutia ni tengo empeño alguno en poseer todo el universo.

Salieron juntos hacia la cancha de tenis, ubicada no lejos de su casa, en un altillo justo a la altura de la piscina.

La propiedad se separaba de la de los Urrutia por una alta valla en medio de la cual había una puerta de acceso que desde que murió Teo Urrutia jamás se había vuelto a abrir, y pensaba Pol y pensaba Salomé que nunca más se abriría.

—Por supuesto que iremos a la fiesta. Nunca daré motivo para las murmuraciones, y si bien se conoce la historia de mi procedencia, nadie se alteró jamás por ello. Es lo que ocurre, Salomé: cuando eso lo hace un pobre diablo, el mundo le condena, y cuando lo hace un multimillonario caprichoso, se le ríe la gracia. Pero en medio de todo eso yo no siento rencor. Yo quise mucho a Teo Urrutia. Y, por supuesto, quise mucho a mi madre, aunque nunca admiré a mi padre, al hombre cuyo apellido ostento, pero admiro y quiero muchísimo a Borja. Ya ves, Salomé —sacudió en una mano la raqueta y con la otra asió a su mujer por el cogote—. Con un dinero de nada, Borja se está convirtiendo en un potentado. Yo no sé qué hará en Madrid, pero que tiene amigos poderosos salta a la vista. Y me parece que está rodeado de un equipo formado. Llegará lejos. Muy lejos. Ahora, si se asocia conmigo en el periódico, lo convertirá en oro porque todo lo que él toca se convierte en dinero.

—¿Se lo vas a decir a Andy así cuando te pida que se lo vendas?

—Claro que no. —Pol se asombró—. Borja me dijo que ni una palabra. —Miró a su alrededor—. ¿Ves ese campo que llega hasta la carretera? Tú misma me has dicho que ha sido adquirido por alguien, pues yo pienso que ha sido Borja o sus hombres de paja, sus testaferros. No lo ha negado, pero tampoco lo ha afirmado. Borja es así... Nunca sabes lo que hace ni lo que está pensando, pero seguramente está invitado a la fiesta de la puesta de largo de la niña de los Urrutia.

—Es guapísima, ¿verdad?

—Sí, pero... está siempre en las nubes, es como si viviera en otro mundo y, por supuesto, no se parece en nada al mundo en el cual se mueve su familia. Pero vamos a jugar. Tiempo tendremos para decidir lo de la fiesta. Desde luego, iremos. No pienso dar la campanada con mi ausencia. El testamento no ha cambiado nada, porque únicamente ha demostrado lo que ya nadie ignoraba y que en vez de ser un socio del periódico soy ahora su único dueño, lo cual descompone a Andy aunque se lo calle.

* * *

Una costumbre tenía impuesta Andrés Urrutia en su casa. Cada cual podía hacer lo que quisiera, pero a la hora del almuerzo todos, como uno solo, se tenían que sentar a la mesa. Él regresaba de las oficinas del centro ubicadas en el mismo Sardinero o de las del Muelle a las dos y media, y a las tres todos iban entrando en el amplio comedor. Por la noche era diferente.

Debido a sus compromisos sociales, él y su mujer pocas veces cenaban en casa; por tanto, los hijos hacían una vida independiente. Jesús con su mujer francesa que la familia Urrutia había aceptado cuando dijo que se casaba, y Bern, que pocas veces por la noche se le veía el pelo. Y en cuanto a Mappy, tan ingenua ella, tan delicada, tan guapa y tan inexperta en la vida social y en el asunto de los hombres, se iba a su cuarto de colores pálidos a leer novelas.

El servicio abundaba en la mansión. Doce personas entre criadas, jardineros, mayordomo, cocineros... La mansión con sus torres y terrazas, sus campos y sus cercanías, su lujo confortable, de esos lujos de antes que nunca parecen recargados ni con el aire de «quiero y no puedo», porque allí nadie quería y sin embargo se podía todo, se alzaba en medio de una vastísima extensión que terminaba en los acantilados, casi cerca de Santoña. Era de tres plantas. Oculta por los altos muros, cercada por carreteras privadas, Andy siempre pensaba que el único estorbo era la casa de Pablo Morán. Pero su afán, su decisión, su lucha se centraban en conseguir que Pablo, junto con su familia, desapareciera del contorno, y para eso tenía la complicidad de Borja. Un tipo decidido, que carecía de emotividad, que iba a lo suyo y lo suyo estaba en Madrid, cada día más extendido. Que en poco más de tres años Borja Morán, con los cinco millones que recibió, había ganado docenas de ellos era algo que saltaba a la vista. Que su poder no era escaso, resultaba un hecho por sus amistades políticas y por la influencia que suponía eso. Si a él se le escapara tal realidad sería un tonto, y Andrés Urrutia no se consideraba tonto desde ningún ángulo. Pol podría empobrecerse y llegaría a eso, pero Borja Morán era mucho Borja, y él lo prefería como amigo que como enemigo. Joven y apuesto, decidido y audaz, dúctil e inteligente, con don de gentes, capaz de comerse el mundo y convencer al menos convencido, dicho queda que a Andrés le era más rentable como amigo que como enemigo, y mantenía por ello su amistad y además no quería perderla. Por esa razón aquella noche, mientras veía que su familia comía en silencio, él pensaba que no había recibido aún respuesta de Borja en el sentido de hacerse ambos con el periódico de Pol.

Pensaba también que Borja siempre se mantuvo al margen de las movidas de su padre, de Teo, se entiende. Nunca se quisieron. Borja jamás aceptó un regalo del viejo armador y no dejó de despreciarlo si podía y demostrárselo además. En su fuero interno Andrés, que nunca le perdonó a su padre la faena de tener dos hijos bastardos, gozaba pensando en que su vengador fuese más Borja que él, tal vez por eso le encantaba su amistad y más su sociedad si llegaba a ello, y llegaría, que Borja ya se apañaría convenciendo al infeliz de Pol para que vendiera el periódico.

Estaba aquella noche esperando su llamada. Es más, por esa razón no había salido. Se había disculpado con los Bergara, y eso que él tenía muchas ganas de ver a Belén detrás de la cortina.

Cuando pasaron al salón a tomar el café, Bern dijo que salía. Jesús y Helen se fueron a dar un paseo por la zona de la piscina iluminada a aquella hora. Y Mappy pidió permiso con su vocecilla infantil para retirarse a su habitación.

—Mappy —le dijo Andy pensativo—. Desde la semana próxima... tu vida debe cambiar. Al margen de que empieces a estudiar una carrera en la universidad, hay una sociedad elitista que te espera. Y te diré más, desde ahora no vuelvas a salir sola con Matías. Le diré a Teodoro que te siga en un coche aparte.

—¿Teodoro?

—Es un guardaespaldas. El que sigue a tu madre a todas partes.

—Pero, papá...

—Es necesario. Supones mucho dinero y tu nombre es demasiado importante. No se puede ir por la vida actualmente sin un vigilante que vele por ti y siga tus pasos. Y los míos. ¿Nunca te has fijado que detrás de mi coche siempre va otro?

—Pensé...

—Que era Bern o Jesús...

—Pues...

—Pues no. Son guardaespaldas, y tú tendrás dos. Matías, que te acompañará siempre, y Doro, que será tu responsable. No te preocupes. Son amigos. Matías hace todas las funciones que se le pidan y he conseguido para él un permiso de armas, y Doro es un guardia dedicado a eso. Es cuestión de que vayas sabiendo que esto no es un internado. Es la vida misma y tú supones un reclamo para los terroristas que buscan dinero. No quiero sustos —añadió con brevedad—. No soporto estar con el alma en vilo, de modo que, como bien se dice, vale más prevenir que lamentar...

—Y cuando empiece la universidad...

—Igual, Mappy, igual. Pero no temas, no te molestarán. Mañana mismo gestionaré un coche deportivo para ti. Será un Ferrari, pero ojo con él, que corren mucho y llaman demasiado la atención. Sola no puedes ir nunca, ¿entendido? Y ahora vete a descansar si te apetece...

Mappy se deslizó silenciosa hacia el vestíbulo y desde allí subió despacio la escalera pensando en sus citas secretas, en Matías, que lo sabía todo, en aquel guardia que tendría también que saber... lo que ella preferiría que sólo supiera Matías.

En el salón, decía Isabel algo inquieta:

—Has dejado muda a Mappy.

—¿Qué quieres?

—No, no, si tienes toda la razón, pero la chica... acaba de aterrizar en casa y qué sabe ella. Pienso si habremos sido demasiado rígidos con ella, la tuvimos encerrada mucho tiempo, como un angelote...

—Inocente... Lo sé, lo sé. Pero no te preocupes, Isa, la sociedad por sí misma y toda la movida interna se encargarán de espabilarla.

—Es tan guapa, tan obediente, tan dócil...

Una criada pidió permiso para entrar. Andy hizo un gesto afirmativo con la cabeza.

—Es para usted...

Y le entregó un papelito. Lo leyó Andy.

Pero su mujer decía en aquel instante, sin fijarse al parecer en la criada que se alejaba a paso ligero:

—Me da mucha pena que esa sociedad enturbie su integridad... Habría que tener cuidado, Andy, las amistades, los moscones, los cazafortunas... ¿No me oyes, Andy?

El marido había guardado el papel y asentía con la cabeza distraído.

—Por supuesto, por supuesto.

—Te estaba hablando de Mappy.

—¿Sí?

—Es que me da una pena tremenda que se sumerja en la sociedad... y es tan poco limpia la sociedad...

—Tampoco es eso, Isa, tampoco es eso. Nosotros vivimos en el corazón del corazón de la sociedad y estamos aquí tan frescos. Tan sanos, tan honestos...

—Es que somos muy maduros, Andy. Pero cuando empezamos a frecuentar la sociedad ya estábamos juntos, y juntos la entendimos. Yo nunca te engañé, siempre te fui fiel y sé que tú me correspondes.

—Tengo que hacer una llamada de teléfono.

—¿Qué dirán los Bergara? Quedamos en salir con ellos.

—Sí, sí, pero te digo que tengo que hacer una llamada de teléfono.

—¿Le has dicho a Ignacio que no podíamos ir?

—Pues claro. Además, tienen otros amigos y la fiesta al final era esta noche en casa de los Muñiz de Arco... Con eso de que las fiestas son ahora privadas..., las revistas del corazón se enteran de muy pocas cosas...

—Belén está loca por Ignacio. Ya ves tú, Andy, no pienses que somos nosotros solos los que disfrutamos de una felicidad completa.

—Oh, claro, claro.

Y además del papel que ocultaba en el bolsillo y que le pedía una llamada, pensaba en los comentarios que Belén hacía de su marido cuando le buscaba detrás de las cortinas, «es que es soso, nunca tiene ganas. Se pasa la vida haciendo números, calculando planos... y se olvida de que soy fogosa, de que necesito comunicación sexual... Tú, en cambio, complaces a tu mujer, porque Isa nunca se queja, y ayudas a tus amigas a gozar... Eres único, Andy. Eres... especial... A tu lado el ardor se me perturba y me sube en vapores a la cabeza y me estremece todo el cuerpo».

—¿Adónde vas, Andy?

—¿No te lo he dicho...? Tengo una llamada pendiente.

Y se dirigió a toda prisa a su despacho-biblioteca. Se acomodó en el sillón y marcó un número.

Una voz replicó al otro lado.

Andy murmuró quedamente.

—Borja..., ¿eres tú, Borja?... Ah... Hola, Borja, dime, dime.

3

Borja se planifica

En torno a una larga y ancha mesa había varias personas. Algunos hombres y una mujer. Cada cual mantenía delante de sí una carpeta y documentos a la vista. Presidiendo la mesa se hallaba Borja Morán, con su semblante avezado, sus duras facciones y el brillo negro de sus ojos de expresión impasible.

Sonaba un timbre allí mismo. Susana Pimentel sacó el busca del bolsillo.

—La conferencia de Santander con Andrés Urrutia —leyó en alto en la pantalla del dispositivo.

Borja se levantó sin aspavientos. Cruzó el salón de juntas y se dirigió a un despacho contiguo.

—Dime, Urrutia.

—Hombre —replicó una voz al otro lado—, pensaba que eras tú.

—Era mi secretario. El que te habla ahora soy yo.

—Pues tú dirás. Me pasaron el recado hallándome con mi mujer. A ver, ¿qué noticias tienes? Supongo que estarás en tu despacho de Madrid..., ¿has hablado con tu hermano?

—De eso se trata, Andy, de eso precisamente. Pablo es un testarudo. No le entiendo casi nunca porque es un hombre sin ambiciones y sin embargo piensa que podrá mantener solo el periódico. Yo le hice mis consideraciones. No soy elocuente, bien lo sabes, pero soy su hermano y Pol suele escucharme. Pues ni con ésas. No vende. Dice que no piensa vender lo que un día heredarán sus hijos. Será mejor que te olvides de eso, Andy.

—¡Ni hablar! —le chilló Andrés al otro lado—. Ni me olvido de eso ni de su casa. Necesito que salga de esta propiedad. Le pagaré lo que sea, pero Pol debe marcharse. Eso fue lo que convinimos los dos, Borja. Tú te llevas un buen porcentaje, pero tienes que conseguir que deje su casa. Hay mil casas por la zona. Pero lejos de la mía, de mis vallas. Es más, he movilizado a mis hombres para que adquieran los terrenos cercanos. Tengo tres hijos y pienso meterlos a todos en esta propiedad y que ninguna de las casas se toque o moleste a las otras.

—Si consigues los terrenos —dijo Borja con su serenidad habitual— harás un gran negocio, pero tengo entendido que toda la parcela que va de tu casa a los acantilados y hasta la carretera está adquirida ya por un extranjero.

—¿Qué dices?

—Lo que oyes; ya sabes que mi afán es comprar terrenos para recalificarlos y volverlos a vender. Pues ésos no pude conseguirlos.

—Pero si me los ofrecieron en vida de mi padre no hará ni tres meses.

—Ah, pues yo les puse precio hace sólo treinta días y habían sido adquiridos una semana antes.

—Pero ¿qué dices...?, ¿qué demonios dices? Si encima me los vendían baratos, pero mi padre dijo que no. Ahora soy yo el que manda. Me enteraré enseguida y pagaré lo que sea por ellos. Oye, Borja, échame una mano. Tú tienes mucha influencia sobre Pol... Siempre ha hecho lo que tú has querido.

—De eso hace ya tiempo, Andy, mucho tiempo. Piensa que me vine a Madrid cuando me entregó el dinero de mi padre y de eso hace ya años. Ando en asuntos propios... ya lo sabes. Mis trapicheos de abogadillo. La revista..., que despierta el morbo y me da para vivir. A mí me gusta vivir bien, pero sin demasiado esfuerzo. De modo que la revista se vende y yo sigo viviendo.

—Pues te pierdes la ocasión de un buen porcentaje, Borja. Yo te

aconsejo que sigas luchando hasta convencerlo. Pol no tiene voluntad, es flojo, es pasivo y es además algo vago. El periódico en su
poder se irá al traste y si vende un paquete accionarial dentro de
dos días se quedará sin nada porque ya se las arreglarán los socios
para pelarlo. Él con Salomé tiene suficiente. Si aún hacen manitas...

—Como tú con la nurse, ¿eh, Andy?

—Oye. —Éste se asustó—. ¿Cómo lo sabes...? Eso es una cosa
muy sagrada, muy mía, de mis líos... Coño, Borja, yo pensé que tú
ignorabas...

—Alguna vez detrás del seto la toqué, Andy, no te andes ahora
con aspavientos. Está muy bien armada, es muy... ergonómica. Si
no me asombra que la utilices, Andy. Si es lo lógico. Cuando se ha
jugado tanto con una baraja, termina por estar sobada, por quitár-
sele el apresto... Y a uno le gusta... pues otra nueva. ¿O no, Andy?
Isabel es pan comido para ti y además la pobre te quiere tanto que...
a ciegas cree lo que le digas. Y sueles decirle cosas tan bonitas cuando te conviene...

—Oye, Borja, eso es meterse demasiado en mi intimidad.

—¿No somos amigos?

—Es cierto, sí, cierto. Pero yo de ti nunca me fío lo suficiente.
Tratándose de mujeres y de negocios... eres un basurero.

—Como tú, Andy, como tú.

—Maldita sea... Lo de la casa y el periódico... me lo tienes que
conseguir. Tu hermano es un memo y si tú lo reconoces, ¿qué puedo añadir yo?

—Pues que es tan terco como tú y tu padre, que por algo os engendró a los dos. Yo ni pincho ni corto en el asunto. Estoy seguro de
ser un Morán. Pero Pol... es como tú, con la diferencia de que tú te
has criado entre negocios empresariales y Pol en el regazo de su madre y después de su mujer. Y Salomé es una gata. Sabe bien manipular a su marido. ¿Por qué en vez de atacar a Pol no la tientas a ella?

—¿Tú crees que Salomé...?

—Y yo qué sé. No tengo con ninguno de los dos un trato conti-
nuo, íntimo... Apenas si conozco a mis sobrinos. De modo que tal

vez tú... Yo en tu lugar probaría. Si el periódico da con un socio con vista empresarial, te pueden hacer la puñeta. Y no por el periódico en sí, ya entiendes, sino por lo que el periódico pueda decir, que como bien sabemos hoy se cuenta todo y si un día se les ocurre meterse en las vidas privadas...

—No me asustes...

—Son cosas que pasan, Andy. Yo quiero decirte que en este asunto me lavo las manos. Eso sí, ya sabes dónde estoy para cualquier cosa que necesites, pero poco puedo yo...

—No me digas que tú no puedes, que amigos poderosos sí que tienes.

—Pero el poder no es mío y con lo del tráfico de influencias yo no quiero saber nada... Ahora me voy a meter un poco en bolsa. Está muy baja. Es un buen momento para comprar...

—¿De dónde te vino a ti el informe, Borja? Porque si es así... y es fiable, yo... me meto, porque los fletes... no andan bien. Además, mis barcos necesitan unas reparaciones en profundidad y me cuestan una fortuna. Ya sabes que yo nunca tuve secretos contigo, de modo que... sería desleal que tú los tuvieras conmigo.

—Compra valores... Yo lo haré, aunque si el asunto sale mal... eso es otra cosa. Yo te estoy diciendo lo que sé. Y sí voy a comprar..., da la orden a tus agentes de que me imiten. Bancos sobre todo, petróleos...

—Gracias por el informe, Borja.

—Oye, no lo tomes al pie de la letra, ¿eh? Te estoy diciendo lo que haré yo, pero no soy nadie para aconsejarte. Eso que lo hagan tus agentes.

—Cuando se está tan cerca del poder como lo estás tú, y siendo tan vago como eres, que te gusta el dinero sin trabajarlo, he de pensar que algo te han soplado.

—Te equivocas...

—Bueno, bueno.

—Te dejo, Andy. Me están reclamando.

—Acuérdate de que tienes en camino una invitación para la

fiesta que doy con motivo de la puesta de largo de mi hija Mappy. Creo que no la conoces, pero ya la conocerás.

—¿Cómo no voy a conocer a Mappy?

—Sí, Borja, sí, pero has conocido a Mappy de niña. Y ahora yo tengo una hija llamada Mappy que es una mujer.

—Ya te comprendo. Gracias por la invitación, Andy. Buenos días.

* * *

Borja dejó el despacho a paso lento. En mangas de camisa y con las manos en los bolsillos apareció en la sala de juntas.

—Sigamos —dijo tomando asiento a la cabecera de la mesa— y volvamos al asunto. Tú, Ted, ya tienes ocupación en Santander. Sabes bien cuál es tu cometido. Susan se queda conmigo en el despacho y tú, Manuel, empieza a vender en bolsa. Cuando toque fondo, ya sabes lo que debes hacer. Quiero liquidez dentro de tres meses... y ésta ha de salir de la bolsa. Nada de comprar ahora ni en quince días. Tengo motivos más que sobrados para saber que seguirá bajando dos o tres semanas, y cuando llegue al punto que indique, dejáis de vender y compráis de nuevo. En grandes cantidades, ¿entendido? Pero yo daré el aviso. Nada de empezar ahora... Lo tengo que saber con certeza.

—De todos modos —dijo Manuel—, ahora a vender, ¿no es eso?

—Todo el papel. Pero todo, ¿eh? Está muy alta y necesito que baje lo máximo posible... En cuanto a ti, Pedro, pasa directamente al periódico, ya hablé con Pol. No se entera de nada, pero sigue siendo el dueño y tú ahora eres su socio. Cuídate mucho de mencionarme para nada. Lleva tu equipo y empieza ya a levantar ese maldito pregonero. En cuanto a ti, José María, piensa que debes conseguir el crédito y para eso te avala Ted... Inmediatamente formalizarás una sociedad mercantil. Ya tienes la documentación dispuesta en tu dossier. Los nombres de los socios están ahí... en el dossier y prefieren la discreción, nada de publicidad al respecto... De modo que, cuando consigas el crédito y el barco de pasaje, busca a la vez la casa consignataria y a navegar... Lo quiero tan perfecto que sea lo mejor que navegue por el Mediterráneo. Del Cantábrico ya me ocuparé después. ¿Queda algo pendiente? El que lo sepa, que lo diga.

Esperó unos segundos y como todos se quedaron mudos, Borja se levantó.

—Vamos, Susana —dijo.

Y Susana caminó tras él, seguida después por cada uno de los asistentes, que fueron desapareciendo por distintas puertas.

Había una oficina al salir de la sala del consejo sucedida por varias ventanillas, y al fondo se encontraba un despacho aislado. El edificio se hallaba ubicado a mitad de la avenida de Islas Filipinas y constaba de veinte plantas; la primera, segunda y tercera la ocupaban Borja y su equipo de gestión. En la primera se hallaban las oficinas separadas entre sí. En la segunda, comunicada por el interior como si fuera un dúplex, se hallaba todo lo relacionado con la revista, y en la tercera, también comunicada por el interior con la segunda, tenía Borja su vivienda. Dos habitaciones, un enorme despacho, un salón, cocina y baño. Todo decorado con austeridad. Moquetas en los suelos y los muebles de color oscuro y las paredes tapizadas en un granate opaco.

Por la primera planta Borja, a paso firme, con esa pereza que siempre parecía impregnar toda su personalidad, se dirigió a su amplio despacho seguido de una Susan Pimentel expectante. Pero las cuitas o expectaciones de Susan tenían muy cuidado a Borja. No obstante, cuando se sentó ante su enorme mesa, en la cual había tres teléfonos además de un busca, un dictáfono y algún artilugio más, ya sabía Borja que Susan diría algo inconveniente.

—Tienes aquí una invitación para Santander... Supongo que iré contigo.

Borja elevó indolentemente su arrogante cabeza. Por supuesto aquel Borja no tenía nada que ver ni con el hombre enamorado que sedujo a Mappy ni con el piadoso amigo de los hijos de Andy, ni, por descontado, con el amigo que hablaba con Andrés Urrutia una hora escasa antes. Si acaso tenía bastante que ver con el hermano que solía hablar a medias, pero con afecto, con Pol y también con su cuñada Salomé. Susan Pimentel sabía también que no se parecía en nada al amante que se acostaba con ella cuando le apetecía a él... Pero ella era consciente de que un día decidió ser secretaria de Borja, su consejera y su calmante de calenturas sexuales, pero también que no podía esperar de él nada más. Sin embargo, era mujer y, como tal, celosa, a pesar de que Borja no la tuviese por tal.

—No irás conmigo, Susan. Ese viaje lo haré yo en su momento, pero solo. Ah, no te olvides de tener a punto mi traje de etiqueta...

—Oye...

—Susan, no me gusta que me repliques y además lo sabes. No entiendo por qué, sabiéndolo, has de poner ese morrito de irritación.

—Tú empezaste con Mappy Urrutia para jorobar a su padre, para hacer con la hija de tu enemigo lo que su padre hizo con tu madre. Pero yo te conozco, Borja.

—Vamos a ver, ¿quieres? Yo hago lo que me da la gana, siento como puedo sentir y en mis asuntos privados no te vas a meter. Pienso que eso quedó claro entre los dos. O entras en mi vida sin pedir nada a cambio, más que aquello que te dé, o sales rápidamente. Tú aceptaste quedarte. Si ahora vienes con reticencias... te volveré a decir que tomes la puerta y te largues.

—Perdona, pero...

—Susan —la cortó breve pero secamente—, tengo demasiadas cosas que hacer. Diles a los de marketing que los estoy esperando. De modo que...

—Pienso que tengo algún derecho a reprocharte. Además..., me acuesto contigo cuando te apetece y estoy pensando que tú empezaste el asunto con Mappy de una manera reflexiva, pero..., por muy duro que seas, y lo eres, algún día alguien te tenía que tocar el corazón.

—¡Pero serás mema! Y te diré —su semblante se endureció—: haga lo que haga, sienta lo que sienta, que a buen decir no siento nada diferente a lo que sentía hace un año, a ti no te ha de importar. Y que quede claro. —Su voz era aún más dura. Susan se encogió—. Dispón mi viaje y reserva hotel. No quiero que tus consideraciones me ocupen un solo instante. ¿Que no quieres continuar en mi equipo? Ahí tienes la puerta.

—No creo que te interese. Sé demasiadas cosas.

—Susan —la voz de Borja ya sonaba cansada, y Susan conocía bien el significado—, sabes muy bien cómo me las gasto. Yo no ando con medias tintas. Cuando algo me estorba sé cómo eliminarlo. De modo que, o te callas ya, pero ya, ¿eh? o de lo contrario llamaré a Ted... y dentro de una semana navegarás hacia el Congo, ¿queda claro?

—Es que yo te amo, Borja —susurró Susan abatida—. Y temo que lo que empezó de broma se convierta en algo vital.

Borja pensó unas cuantas cosas, pero nadie lo diría por la arruga profunda que marcaba su frente.

—Me gusta verte ahí, sumisa y comprensiva, pero si dejas de ser así, me cansarás. Lo sabes perfectamente. De modo que si me amas como dices, cállate y mira, escucha y punto. Tú sólo puedes hablar cuando te pregunten. Y ahora yo te estoy dando órdenes, no preguntándote algo. De modo que manda que me preparen el viaje para Santander, pon en orden mis cosas y de camino ve a la sala de tecnología y envía unos faxes a...

—Oye, Borja, es que yo quería ponerte en guardia.

—¿Sí?

—Tú odias con todas tus fuerzas, pero también puedes enamorarte con todas tus fuerzas, y creo que lo tuyo con Mappy...

—¡¿Quieres callarte?! —gritó exasperado—. Haz lo que te digo.

Y descargó un puñetazo sobre el tablero de la mesa con tanta fuerza que hasta el busca saltó al suelo y los teléfonos se tambalearon.

* * *

Andrés Urrutia tenía algo en mente. En primer lugar, había dado la orden a sus agentes para comprar en bolsa, y la bolsa en menos de una semana había dado un bajón estrepitoso. Andaba mal de liquidez y si la bolsa no subía estaba claro que perdería una millonada. Sus agentes le advirtieron, pero él, hasta la fecha, y desde hacía algunos meses, había hecho caso de los consejos de Borja Morán, porque siempre fue su amigo y jamás un negocio de tal tipo le salió mal.

No obstante, aquel verano había sido poco ventajoso. El dólar había descendido como un goteo, poco a poco, pero se estaba poniendo al precio más bajo quizá de la década. Los turistas no abundaron y sus barcos navegaron causando pérdidas, en particular los de pasaje, y encima le advertían de las reparaciones que necesitaban aquel invierno.

Todo eso unido a su lucha interior por conseguir que Pol dejara la casa ubicada al otro lado de la valla pero dentro de su amplio recinto, y la incapacidad de hacerse con el periódico le estaban crispando los nervios. Además, su mujer, desde el lecho, le estaba diciendo que su comportamiento afectivo parecía palidecido aquella temporada. Isabel no era una mujer con apetencias sexuales exageradas, pero alguna tenía, y por lo visto estaba reclamando un cumplimiento.

—Es que tú, Andy, desde hace algún tiempo, estás bajo de forma. Desde que falleció tu padre te comportas de modo menos... fogoso.

—Isabel, que a estas alturas uno hace lo que puede, pero no lo que quiere.

—Sí, sí, si te comprendo. Pero yo digo que si no sería mejor que te preocuparas menos de otros asuntos, que para eso tienes gente preparada, y te ocuparas un poco de mí y de nuestro matrimonio. Nunca funcionó mal y tampoco yo soy una obsesa, pero de vez en cuando... resulta que los dos lo pasábamos bien.

Andrés Urrutia suspiró resignadamente y se deslizó en el ancho lecho con su mujer. Isabel era una esposa dócil, pero él jamás la adiestró para ser una buena amante. Cumplía y se conformaba con poco, pero si aquel poco le faltaba era lógico que protestase. Tenía en mente el asunto de la bolsa, en la cual había invertido aquella semana más de trescientos millones, pensando en recuperar el triple, pero el asunto por lo visto no estaba saliendo bien y las pérdidas eran cuantiosas, a menos que la bolsa diera el tirón que Borja le había insinuado que sucedería. Esperaba aun así que las cosas se arreglasen porque de lo contrario sus agentes iban a reprochárselo y él se estaba viendo ya gritándole a los agentes. Fuera como fuese, mientras asía a su mujer contra sí y la acariciaba automáticamente, pensaba en la visita que tenía pendiente a la mañana siguiente y todo antes de la fiesta que estaba su mujer estaba disponiendo para presentar a Mappy en sociedad.

—Ya, ya..., Andy.

Andy, que había preparado a su mujer a toda prisa, le hizo el amor también a toda prisa, y después de que ella lanzara unos cuantos suspiros ahogados, se durmió plácidamente.

Él había conocido a su mujer casi treinta años antes, cuando apenas sobrepasaba los veinte. Era una mujer bien dotada en los aspectos físico y económico; su padre, Teo, estuvo muy de acuerdo y se casó con ella llevándola virgen al altar, porque era lo que se llevaba en aquel momento; para desfogarse ya había otras muchachas. La quería bien, eso es cierto, pero Borja tenía razón a ese respecto. Era una baraja demasiado sobada y, como era lógico, no tenía apresto, por lo que él intentaba estrenar de vez en cuando, sin dejar por eso de amar a su mujer a su manera. La forma de amar de Andy era muy especial.

Cuando la vio plácidamente dormida a su lado, pensó que con bien poco se conformaba y recordó excitado los turgentes senos de la nurse. Terminó durmiéndose preocupado y a la mañana siguiente, antes irse a Santander, decidió que primero iría a ver a Pol. Tentar a Salomé para un encuentro sexual no le parecía nada ventajoso. Primero porque no había duda de que ésta estaba muy enamorada de su marido. Y segundo porque Salomé no le atraía lo suficiente. Además, en aquel asunto lo mejor era poner sólo el cerebro, que los sentidos había que reservarlos para otros goces más excitantes.

Cuando se tiró del lecho eran pasadas las nueve y su mujer despertó de pronto.

—Pero... —Se asombró—. ¿Aún estás aquí?

—Es que iré a Santander al mediodía. Ahora voy a intentar hablar con Pol. Sé que él no va hoy a su oficina por ser jueves, los jueves jamás deja el recinto y nunca he sabido bien por qué, pero el caso es que no sale de su parcela ese día de la semana y yo pienso abordarle.

—Andy, ándate con cuidado. Es tu hermano al fin y al cabo.

—Pero él tiene sus hijos y yo los míos. Yo mis necesidades y él las suyas. ¿Te imaginas cuando lleguen sus hijos de Estados Unidos? Hummm, serán licenciados, ambos con la carrera terminada. Si no me hago ahora con el periódico, ya me puedo despedir.

—Pero ¿qué tienes en mente?

Por el lujoso cuarto andaba Andy con un albornoz frotándose el cuerpo porque acababa de salir del baño. En el ancho lecho, la figura de su mujer recostada entre almohadones. Isabel contemplaba arrobada a su bien plantado marido. Con cincuenta y muy pocos años, Andrés era un tipo forzudo, elegante, atlético, con el cabello ligeramente ondulado y unos ojos muy expresivos. Ella siempre estuvo enamorada de él y, dijera lo que dijese, su esposo para Isa siempre tenía la razón, por disparatada que fuese.

—¿Qué tengo en mente? ¿Pero me lo preguntas tú? El periódico, por supuesto, y la casa. No soporto a los Morán en mis propiedades.

—Sobre el particular, ya hemos discutido, Andy. Si lo pensabas así, ¿por qué no se lo dijiste a tu padre antes de que muriera?

Andrés se quedó mirando a su mujer con una expresión entre furiosa y asombrada.

—Pero oye..., ¿tú crees a mi difunto padre capaz de hacer aquello que yo dijera, pidiera o sugiriese? Pues claro que no. Siempre fue un espíritu de contradicción y te diré más. —La apuntaba con el dedo enhiesto—. Estoy seguro de que tenía previsto todo lo que yo estoy pensando ahora, cada actuación y cada rabieta. Dispuso las cosas así precisamente no por amor a sus otros hijos, que apuesto a que los quiso de forma interesada, sino por darme a mí una razón para desesperarme.

—Pero, vamos a ver, Andy, vamos a ver. Helen y Jesús están haciendo su casa en el picadero. En la misma zona acotada. Un día, cuando sea, lo hará Bern en el otro extremo. Y el día que Mappy se case, hay terreno más que suficiente para levantar su vivienda, de modo que todas las mansiones de nuestros hijos estén dentro de esta inmensa finca. ¿Qué más deseas?

—Mira, Isa, mira, tú eres una gran persona y yo te quiero mucho, pero de estos asuntos no entiendes nada. Estás habituada a ver a los Morán ahí y punto. Pues yo no. Yo tengo que hacerme con su casa y derribar la valla que nos separa, y levantar en ese viejo caserón la de Mappy, porque, para que te enteres, tengo toda la intención de conseguir los terrenos anexos, los que van desde la casa de Pol hasta la misma carretera por un lado y hasta el acantilado por el otro. Haré una carretera privada, con curvas, desde la autopista que irá a dar al helipuerto. Ya, ya te enseñaré el proyecto. Tengo a Miguel Soto en ello.

—¿Que tienes a Miguel Soto en el proyecto sin poseer los terrenos?

—Querida, mis proyectos son reales desde el momento en que los perfilo en mi mente.

—¿Has hablado con Borja?

—Por supuesto. No sé si podrá ayudarme, pero por ahora me dice que no, si bien no cierra el asunto. Borja es un ambicioso. Él habla de indiferencia y de pasividad. Yo no soy capaz de ver a Borja pasivo. De modo que, como le interesa el porcentaje que le daré, ten por seguro que manipulará a su hermano, y nosotros sabemos muy bien que Pol sólo ve por los ojos de su querido Borja.

—Entonces Borja es un traidor.

—Borja es un tipo al que le importa un rábano todo lo que no sea él. ¿Acaso no está en lo cierto? Lo han despedido con unos millones... Y ya ves, con su sucio semanario se está forrando.

Se dirigió al baño.

—Andy...

—Me lo dices después, querida.

—Es que necesito decirte lo de la fiesta. Hay trescientos invitados. ¿Debo invitar a alguien más? ¿Te ha dado mi secretaria la lista?

—La vi ayer —dijo Andrés desde el interior del baño—, está bien.

—¿No tienes ningún otro compromiso?

—Ah, pues no sé. Pero ahora no debo pensar en eso. Tengo otros asuntos.

Y al rato salió vestido con pantalón beige impecable, camisa azulada y encima una chaqueta de lana sin solapas ni cuello.

—Te veré a la hora del almuerzo, querida.

La besó ligeramente y salió a toda prisa. En el *car* que solía usar en el campo de golf se dirigió por la finca como si estuviera dando un paseo. Pero él sabía muy bien que había un objetivo concreto. Así que después de recorrer el césped conduciendo el diminuto automóvil, desembocó por la parte posterior en la zona acotada de los Morán, que, según él, era más suya que de ellos.

Enseguida vio a Pol con la manguera en la mano, con sus pantalones blancos relucientes y unas polainas de goma, con el tórax al descubierto, mojando todos los setos que rodeaban su vivienda.

Detuvo el *car* en lo alto del seto y a pie, con una varita de junco en la mano azotando sus pantalones, se acercó a su hermano bastardo. Al sentir sus pasos, Pol alzó su cabeza y se quedó mirando a Andrés con expresión interrogante.

* * *

Melly se había percatado hacía algún tiempo. Tal vez por eso tenía ella sus precauciones. Hacía una bella mañana y eran ya más de las once cuando vio al señor Urrutia salir campo a través en su diminuto coche deportivo, un pequeño artilugio con ruedas y motor que usaban los residentes de la rica propiedad para jugar al golf o para cualquier otro asunto interior. Había bajo los garajes del pabellón más de seis vehículos de aquéllos; la nurse permaneció muy quieta cerca de la piscina con los dos hijos de Helen y Jesús, de cuya educación se cuidaba ella desde hacía un año y medio. Había venido de Fuenterrabía y se sentía muy distendida en aquella casa de ricos poderosos... donde el sexo abundaba tanto como la comida, la intriga se multiplicaba y aún quedaba algún ser humano sentimental con cierta pureza. Por ejemplo, Bern... Ella sabía que le gustaba, que al pasar se la quedaba mirando, que sus ojos, los de Bern, eran serenos y de persona honesta, y ella había decidido que alcanzar ese fin merecía la pena. Por esas y otras razones, sabía muy bien por dónde debía ir.

—Buenos días —saludó el buenazo de Bern—. ¿Qué tal, Melly?

—Cuidando de estos niños, señorito Bern.

—Te he dicho muchas veces —le rogó Bern— que no me trates de usted.

—Oh...

—Estando solos, se entiende.

—Señorito...

—No me llames señorito —miraba en torno a él como si temiera ser descubierto—; ¿qué día tienes libre?

—¿Yo?

—Sí, sí. Y responde.

—Es que el niño se quiere tirar al agua.

—Pues que se tire. No hay suficiente profundidad para que se ahogue. Tengo que irme... Y quiero saber si nos podemos ver en el centro el domingo.

—Es que...

—Melly, por favor.

—¿Y qué quiere de mí?

—¿No te he dicho que me tutearas?

—No puedo. Después, un día cualquiera se me escapa y quien queda fatal soy yo. Prefiero... seguir así. Además..., ¿qué desea de mí? Yo soy una persona honesta. No quiero tener líos. Aquí gano dinero y me gusta cómo lo gano.

—Yo también soy una persona decente —refunfuñó Bern—. Vivo muy bien aquí, pero tengo edad para pensar en mí mismo.

—Es que su distinción y mi falta de refinamiento...

—No vuelvas a decir eso. —Hablaba como si no abriera los labios y es que siempre temía ser observado desde su casa—. Lo mío es serio. Bueno, pienso que es serio.

—Es que conmigo las bromas no valen.

—Lo sé, lo sé. Por eso precisamente. Yo no entiendo por qué Helen elige una nurse para sus hijos tan... tan...

—Señorito Bern...

—Está bien, está bien. Pero ahora ya he dicho lo que tenía que decir. Lo que llevo en mente decir. Mi familia será muy elegante y tendrá mucho dinero. Pero yo no quiero vivir el resto de mi vida con mi familia.

—Si su familia sabe que me... dice esas cosas...

—Por eso tengo cuidado. Pero te pido que nos veamos en Santander. ¿Qué te parece el domingo a las cinco?

—Pues...

—Dime que sí...

—Señorito Bern...

—Dime que sí, Melly.

—No puedo. Todo depende de lo que decida ese día la señorita Helen. A veces me da permiso, y de repente le sale un compromiso y me quedo sin el permiso.

—La esclavitud maldita.

—¿Qué ha dicho?

—Nada, nada. Te veré mañana y seguro que te convenzo. Llevo muchos días intentando acercarme, pero mi padre te acapara para traducir. No he entendido nunca por qué teniendo en Santander tres secretarias y personal cualificado de sobra viene con las cartas para que tú se las traduzcas.

—Dice que yo lo hago muy bien.

—Pues no te pagan para traducir...

—Señorito, yo estoy aquí para lo que me manden.

—Menos para complacerme a mí...

—Es que...

—De acuerdo. Pero recuerda bien esto, por favor. Yo no busco un entretenimiento. Lo que intento es conocerte más, tratarte; llevo mucho tiempo observándote y la última vez que hablamos como ahora, que fue hace un mes escaso, aceptaste mi invitación y quedamos en vernos en Santander, pero resulta que no acudiste.

—La señorita Helen está asomada al ventanal, señorito Bern.

Bern caminó apresurado, pero aun así iba diciendo entre dientes:

—Recuérdalo, el domingo a las cinco... Te estaré esperando en la bifurcación. Tú sales a dar un paseo...

Su voz se perdía ya dentro de su vehículo y el motor terminó por ahogarla del todo. Melly mojó los labios con la lengua. Era esbelta, rubia, de ojos azules. Tenía unos senos provocadores y una esbelta cintura... y unas largas piernas...

«Melly, ándate con cuidado. Éste viene directo..., es el que te conviene. Pero si no haces las cosas bien...»

Y palpó algo que llevaba siempre en el bolsillo. Después procedió a desvestirse y se metió en la piscina con los dos niños, enfundada en un traje de baño de lo más correcto.

* * *

—¿Ya está tu hermano dándole la lata a la nurse?, ¿qué pretenderá?

Jesús salía del baño y cruzaba la espaciosa estancia hasta asir a su mujer por la cintura, apretándola contra sí por la espalda.

—Bern es inocente. Le encantan los niños.

—Ya, ya veo. Pero me pregunto si no será ella.

—¿Melly? No digas tonterías.

—Déjame, Jesús, ya sabes que te lo tengo advertido... Te pasas la vida intentando llevarme a la cama. ¿No podrías controlar un poco tu impetuosidad y pensar más en cosas materiales?

Jesús había logrado volverla del todo y la miraba con ansiedad.

—Tengo que irme y hoy no vendré hasta la noche. Déjame un rato más y...

—No me has dejado dinero.

—¿Más? —Jesús se espantó—. Pagué ayer trescientas mil pesetas de tu Visa Oro. Te has gastado el talonario en treinta días y mi sueldo se lo ha llevado el brillante que te regalé... Si mi padre toma nota de mis cuentas, se pondrá como una fiera. Y no deseo de ninguna manera tener enfrentamientos con él. Está muy enojado porque dio orden de vender en bolsa y sus agentes le aconsejaron que no lo hiciera, pero como él es quien manda y ahora necesita liquidez, si vende el papel perderá cientos de millones. No sé cuándo aprenderá a ser prudente.

—Tu padre siempre ha sido prudente.

—Y no lo dudo, pero de un tiempo a esta parte comete algún disparate y todo porque está obcecado con el asunto de Pol Morán. ¿Por qué diablos no deja a Morán donde está y se olvida de su mierda de periódico y de su propiedad? El abuelo Teo se la dejó. ¿Por qué no quedan las cosas así? Ya ves: Borja, con un semanario de dos duros... está viviendo tranquilamente y por lo visto gana dinero porque...

—¿Por qué..., Jesús?

Jesús soltó a su mujer y en albornoz se dirigió de nuevo al baño. Helen le siguió con su camisón de raso adornado con encajes.

—Jesús, ibas a decirme algo referente a Borja, ¿no?

—Yo qué sé. Pienso —decía Jesús desde el interior del baño— que es un hombre pacifista. No le interesa la casa de su hermano ni el periódico, y se las arregla en Madrid con su revista, que es de un morbo total. Pero da dinero. Y aquí de lo que se trata es de hacer algo y Borja lo hace. A su manera, nunca lo he entendido bien, pero sé cómo es y no nos podemos engañar.

—Yo apenas si conozco a Borja..., sé únicamente que es un hombre muy atractivo.

—Ya lo verás mejor el día de la puesta de largo de Mappy. Mi padre y Borja se entienden muy bien. Hubiera sido preferible que fuese Borja el hermano de mi padre y a estas horas estarían trabajando juntos en la casa consignataria, quisiera el abuelo Teo o no. Pero el hermano de mi padre es Pol y papá lo tiene atravesado. Yo digo que el día que regresen los hijos de Pol, que será pronto, dentro de dos años o tres, María quizá antes porque es la mayor, papá se quedará con dos palmos de narices.

—¿Y por qué?

Dentro del baño Jesús respiró a pleno pulmón. Había logrado desviar la mente de su mujer, a quien de ninguna manera deseaba decirle que le debía dinero a Borja, que era su paño de lágrimas en momentos de necesidad, en los momentos en que tenía exigencias. Las de Helen, por supuesto.

Él ganaba una fortuna al mes, disponía de unos dividendos millonarios, pero cada vez que los fines de semana Helen se empeñaba en ir a Londres o a París, que casi siempre era a los dos lugares, le dejaba la cuenta corriente de color rojo granate..., porque gastaba en trajes exclusivos hasta trescientas mil pesetas por un modelo y encima solían viajar en los *jets* privados de su padre en momentos en que éste se hallaba en viaje de negocios. Total, que cada viaje de Helen suponía un desembolso de dos millones, y él estaba hasta el cuello y su bolsa de recursos era Borja cuando volvía por Santander, y aquella temporada lo hacía cada semana, aunque no lo supiera su hermano Pol o su cuñada Salomé. Pero él sí lo sabía y sabía también dónde encontrarlo. Todo esto y más no podía decírselo a Helen porque, lógicamente, si lo supiera no tardaría en enterarse su padre o su madre y el asunto rompería la armonía aparente de su familia.

—Ya estoy listo. Tengo que irme volando —dijo Jesús apareciendo—. Todos los días llego tarde a la oficina. Pero he visto a mi padre en su coche, dando su paseo habitual, y seguro que hoy por ser jueves no irá hasta la tarde a Santander. De modo que si llego tarde, no se enterará.

—Lo que os sucede a vosotros es que le tenéis miedo.

—Tampoco es para tanto —rezongó Jesús—. Pero no me da la gana de que sepa que aún estoy en casa. Bern, por lo visto, también ha ido tarde.

—Jesús...

—Dime, cariño.

—No tengo traje para la fiesta de largo de Mappy.

Jesús no pegó un brinco, pero sí que se quedó mirando a la preciosidad que era su mujer con expresión idiota.

—¿Qué dices? —farfulló—. Pero ¿qué dices? —Bajó la voz, tragó saliva—. Oye, cariño, oye, que el pasado mes fuimos a París. Recuerda. Mi padre había ido a Barcelona en su *jet* y aprovechamos para ir nosotros en la avioneta..., ¿te has olvidado? Espera que recuerde cuánto gastamos... El hotel nos costó...

—¡Jesús! Si algo me descompone es que cuentes el dinero.

—Oh, perdona. Pero es que me quedé sin un duro. Cariño, entiende... No, no me mires de ese modo. ¡Faltaría más! Iremos en la primera ocasión. ¿Cuándo es la puesta de largo? ¿La semana próxima, la otra? Pues antes nos vamos a París y te compras tu exclusivo modelo. Pero prométeme que...

Helen se apretaba contra él con aquel pijama que se transparentaba de una forma insinuante. Jesús empezó a sudar.

—Es muy tarde, cariño... Te prometo, te digo...

—¿Por qué no te quedas un poco más? Tu padre no ha vuelto del paseo...

—¡Helen!

—Un poco nada más...

Jesús tenía dos hijos con su mujer, pero estaba loco por ella. Enamorado hasta el tuétano, y cuando Helen quería era tan gatita, tan melosa, tan encendida...

De pronto se vio sin chaqueta, sin camisa y sin pantalones. Y Helen encima de él le decía cosas, y le besaba de forma que entre beso y beso susurraba.

—Ha de ser negro, ¿oyes? Negro y el único y el mejor de toda la velada... Te quiero tanto, cariño... Te necesito tanto...

Jesús perdía todo el control, todo razonamiento... Se olvidaba incluso de la hora, y cuando una hora después salió en su deportivo, Mappy, desde su habitación, que daba a la carretera y el jardín, pensó que todo en su casa era bastante peculiar. Bern salía y se detenía a conversar con la cuidadora de los niños... Su padre se iba en el *car* conduciendo por la propiedad y Jesús acababa de salir despavorido... Y ella tenía una relación secreta que por lo visto debía mantener secreta. ¿Todo aquel barullo procedía de un testamento que no había entendido bien?

* * *

—¡Ah! —exclamó Pol observando cómo Andy dejaba su pequeño vehículo en lo alto del césped y, golpeando su pantalón con la varita de mimbre, se acercaba a su casa cruzando la verja que unía las vallas—. ¿Qué haces por aquí, Andy?

—Vengo del picadero —replicó Andrés buscando dónde sentarse. Salomé, que se hallaba en lo alto del porche, exclamó:

—¡Sube si quieres, Andy! Si te apetece una taza de café...

Andy pensó que Salomé estaba muy bien. ¿Cuántos años? Pocos más de cuarenta... Muy bien conservada, con una estrecha cintura, unas piernas largas y una melena abundante, y además unos senos macizos y firmes...

«Seguro que me gustaría tocarlos», pensaba Andy subiendo perezosamente hacia el porche mientras Pol cerraba la manguera y ascendía detrás de él. Se acomodó ante una mesa de mimbre y Salomé, que vestía unos blancos pantalones impecables y una camisa de colores atada a la cintura por los extremos, dejando asomar un poco su vientre liso y moreno, pedía que sirvieran el café. Pol se acomodó enfrente de su hermano y Salomé al otro extremo. Enseguida apareció una alegre criada con el servicio de café, que puso sobre la mesa de mimbre.

—¿Solo, Andrés? —preguntó Salomé con su gentileza habitual.

—Solo, gracias...

De nuevo la mente erótica de Andrés volvió a pensar que aquellos dos no necesitaban a nadie para pasarlo bien. Salomé era una mujer... sexy, tenía todo el aspecto de una fémina muy pero que muy apetecible. Y el tontorrón de Pol se conformaba con ella. Nunca tuvo una leve sospecha de que Pol saliera a parte alguna sin su pareja. No hacían demasiada vida social y Pol se conformaba con ir a la redacción para volver a casa cuanto antes, acostarse con su mujer y juguetear con ella. Él siempre imaginó a Salomé como una gatita caliente y a Pol soterradamente sexual, silencioso, simple en apariencia, sin malicia, por supuesto, pero muy dado a disfrutar de la compañía de su cónyuge, que además, había que decirlo todo, estaba muy bien, pero que muy bien para tales asuntos...

—Me he pasado todo el tiempo dándole vueltas desde que se leyó el testamento, Pol —decía Andrés como el que no quiere—. Tienes dos hijos que estudian en el extranjero, la chica será luego economista y el chico, Raúl, según me has dicho en distintas ocasiones, quiere ser diplomático.

—Es así, si no cambia de parecer, y los chicos suelen cambiar.

—O no cambiar.

—Eso también es cierto.

—Yo me pregunto si acostumbrados como están a vivir en otro ambiente, aceptarán éste de buen grado.

—¿Éste?

—Digo que es algo campestre y en cierto modo, aunque tenemos la capital al fondo, Santander tampoco es Madrid, digo yo. Uno vive aquí y se habitúa, pero unos chicos educados fuera donde los horizontes son tan amplios...

—Andy, ¿quieres dejarte de rodeos? Di lo que tienes en mente.

—Tú sabes bien lo que tengo en mente.

—No vamos a vender, Andy —saltó Salomé con suma dulzura—. Piensa que tú has nacido aquí y tu casa y todo lo que te rodea te gusta. No les preguntas a tus hijos si están de acuerdo o no, basta con que lo estés tú. ¿No es así?

—Yo sólo mandé a los chicos al extranjero a estudiar temporalmente: idiomas Bern y Mappy el bachiller, pero no han estudiado carrera alguna.

—No seamos hipócritas, Andy —rezongó Pol—. No han estudiado porque en cinco años cambiaron de facultad cinco veces.

—Hum...

—Y Mappy porque es más serena y mucho más joven y ha decidido hacer carrera en Santander. Pero sus raíces están aquí y aquí ha vuelto y aquí viven tus hijos. ¿Por qué los míos han de ser diferentes?

—Porque no creo que una chica economista entienda mucho de periódicos. Y porque además se casará y aquí no podrá levantar la casa, a menos que compres esos terrenos de ahí abajo, y ésos ya los tengo yo apalabrados.

—¿Sí?

—Sí, Salomé. A mi padre se los ofrecieron en vida y dijo que no. Pero ahora el que manda en Teo Urrutia, S. A., soy yo. El *holding* me pertenece y puedo hacer de él lo que me plazca, y lo que me apetece es ampliar la finca hasta la misma autopista con el fin de cerrar la entrada por ella, romper por la mitad y hacer una carretera privada ascendente.

—Y todo eso pensando que nosotros te cederemos esta casa, ¿no es así, Andy?

—Eso es lo que entraría en el buen juicio y el bolsillo de las personas comprensivas.

—Pues podemos hacer otra cosa, Andy —adujo Salomé replicando en lugar de su marido—. Nos cedes un poco de terreno que va de la valla hacia tus terrenos, compramos nosotros ese solar que va hasta la carretera y tendremos la opción de levantar en esta parcela casas para nuestros dos hijos.

—Eso —se encendió Andy aunque intentó dominarse— es un mal negocio.

—Además —confesó Pol con sencillez— tampoco disponemos de fondos para un gasto así. Pero la casa no te la vamos a ceder, Andy. Te pongas como te pongas no te la vendo, de modo que ya puedes empezar a gritar y no sigas con esa expresión de ingenuo que no te va.

Andy no perdió los estribos. Estaba muy habituado a tratar de negocios y además de gran envergadura, no aquél, que era en su cotidianidad como una bagatela.

—Vamos a ver si nos entendemos, Pol, y tú cállate si puedes, Salomé. El asunto no va contigo. Pol y yo somos hermanos aunque llevemos apellidos diferentes, y nunca hemos discutido tanto como para enzarzarnos en una batalla campal. Además, mi lema es que hablando se entiende la gente.

—O sea, que ahora Pol es tu hermano.

—Lo ha sido siempre y sobre el particular no vamos a engañarnos. Nunca hemos discutido tanto como para no hablarnos, ¿verdad, Pol?

—Andy, que te conozco. No te venderé la casa. Si estás dorando la píldora para convencerme pierdes el tiempo, y si quieres empieza ya a perder los estribos.

—Tampoco es para tanto, ya verás como tú mismo vendrás a mí cuando tus hijos regresen y te digan que en este agujero no se meten, y entonces yo te daré la mitad de lo que te ofrecería ahora. Y no hables aún. Mi padre te acostumbró muy mal. Intentó hacer de ti cuanto pudo y pienso que hizo demasiado dejándote un poco a la deriva con tu título de periodista y como redactor a secas. Nunca te hizo responsable de nada y ahora te regala el periódico. ¿Y qué haces tú con él? Nada. Lo vas a mandar al carajo... En menos de dos años ese poder se convertirá en un podercillo de mierda. ¿Qué dices?

—O sea, que también intentas comprarme el periódico.

—Eso no, ya lo ves. Lo que intento, y pienso que te hago un enorme favor, es asociarme contigo. Tú te quedas con el cuarenta por ciento. Me das un cinco y le das a tu hermano Borja el cuarenta.

—O sea, que a la que me descuide, entre tú y Borja me quitaréis la fuerza y el poder accionarial para dejarme en la calle.

—Mira —replicó suavemente Andy—, el que desconfíes de mí,

pase; a fin de cuentas soy tu hermano por parte de padre y fue un padre el de los dos un tanto peculiar. Pero no nos engañó nunca, Pol. Jamás nos ocultó la verdad, al menos desde que tu padre se fue al otro mundo y desde que tu madre fue enterrada junto a él. Lo recuerdas, ¿no? Nos sentó a los dos...

—A los tres —farfulló Pol—. Cometió la equivocación de contarle el cuento a Borja, como a ti y a mí. De nosotros era padre, de acuerdo, pero de Borja no.

—Borja está más en otro mundo empresarial que en el nuestro y además todo le resbala.

Pol tragó saliva. Salomé cambió con su marido una mirada que indicaba silencio.

—Así que —seguía Andrés afanoso, como si tuviera la certidumbre de que convencía a su hermano— nos sentó a los tres y nos dijo lo que ya era una noticia a voces, porque no creo que los hijos vengan de París ni que se hagan sin la colaboración de un padre, y tu padre se pasaba meses navegando. ¿Es o no es así...?

—¿Y con qué fin sales ahora con esas cosas que yo ya había olvidado?

—Pues porque te ofrezco apoyo. Tú de empresas estás pez. Borja y yo asociados contigo te ayudaremos. Y tú siempre tendrás el cuarenta por ciento.

—Borja otro cuarenta y tú el diez.

—O el cinco.

—Y entre los dos, cuando os dé la gana, tendréis la sociedad a vuestro gusto y disposición. No, Andy. Y además no creo que Borja se moleste en aceptar semejante cosa. Ése vive a su manera y no da un paso por ser rico. Él lo que desea es ser feliz y lo es con poca cosa. Además, nunca perdonará el que tu padre haya burlado al suyo.

—¿Borja? No digas tonterías. Borja jamás ha tenido eso en cuenta.

—En eso tienes toda la razón —adujo Salomé volviendo a mediar en la conversación—. Pero tampoco es normal que Borja se haya echado a la espalda semejante asunto. Pero es así y como es tan vago y tan indiferente, a él le bastan sus asuntillos de dos duros y esa revista que vende ejemplares como si fueran agujas, pero que sólo sirve para desatar morbos y que jamás le dará dignidad.

—Nunca has dicho nada tan acertado, querida Salomé. —Se levantó perezoso—. Piénsatelo, Pol. Podemos convencer a Borja para que nos eche una mano y del periódico después nos encargamos tú y yo. Yo de la gestión, que es lo que a ti te fastidia, y tú de la redacción, que es lo que te gusta. ¿Qué me dices? Después te regalo una preciosa casa en el mismo puerto. Hay un palacete con vistas al mar y con embarcadero... ¿No estuviste siempre envidiándome el embarcadero?... Pues lo puedes tener privado en tu nueva casa. Piénsalo. Consúltalo con Borja y verás qué acertado consejo te da. Buenos días, Salomé...

La aludida y su esposo estuvieron en el porche hasta que Andrés subió la empinada cuesta, montó en el pequeño vehículo y se alejó por el césped.

Después se miraron.

—Está pensando que Borja... es suyo. ¿Por qué hace Borja esas maniobras, Pol?

—¿Y por qué supones que Andy mezcla a Borja en todo esto?

—Porque Borja lo manipula.

—Pues eso mismo. Pero si Borja manipula a alguien no es a mí, y me ha dicho que de vender el periódico nada de nada. Y además tengo un fax en el que me anuncia la incorporación de los testaferros que ha enviado. Estarán ya en Santander. Mañana tengo una entrevista con todos ellos. Pero deja a Andy con sus esperanzas. Qué se propone Borja, no lo sé, pero sí sé que esos solares —y los señalaba con el dedo— jamás serán de Andrés.

—Ni tuyos.

—No los quiero. Pero serán de Borja y cuando Borja mueve un dedo, lo mueve por algo...

* * *

Si algo detestaba Mappy Urrutia era que Matías conociera sus intimidades. Pero no lo podía remediar. Así que cuando le vio aparecer tímidamente asomando la cabeza por la puerta del salón donde se hallaba, ya sabía que algo deseaba de ella. Y no era para él, por supuesto. Era su enlace secreto. Por eso la carcomía la rabia cuando daba algún recado en voz baja o le metía un papel entre los dedos.

Eso estaba ocurriendo precisamente aquella mañana. Desde la ventana de su cuarto vio a su hermano Bern salir de casa, atravesar por el sendero, cruzar hacia la piscina, conversar con la cuidadora de los niños y acto seguido subir al deportivo y bajar por la serpenteante carretera privada hacia la autopista. Después a Jesús, que salía a toda prisa, y antes había visto también a su padre subir al pequeño artilugio que servía para ir por el césped en el campo de golf y alejarse hacia los acantilados. Tras observar desde el ventanal de su cuarto todo aquello, bajó al salón con el fin de irse al picadero después del desayuno, pero aún no tenía puesto el traje de montar. Cuando su madre dejó el salón, enseguida vio aparecer a Matías, y como un rayo se levantó y fue hacia él.

—Si la señorita quiere dar un paseo en coche...

Tenía ya el suyo. Su padre le había regalado un Ferrari el día anterior, así que pensaba decirle a Matías que ya no iba a necesitarlo en el futuro.

—¿Dónde? —preguntó con un tono intenso.

—Donde siempre. Santemar a las tres.

—Iré... sola, Matías.

—Comete un error la señorita. —Matías hablaba entre dientes y mantenía la gorra de chófer entre los nerviosos dedos—. El coche es fuerte... y poderoso, pero... la carretera dura. Temo que me riñan mucho si... le permito ir sola.

Mappy se mordió los labios. No le gustaba nada la situación. Cierto que no podía cambiarla. Debería haberlo hecho en el refugio y como no fue capaz...

—Voy a decirle a mi madre que almorzaré en el campo de golf de Pedreña... Vete al coche.

—¿Al suyo o...?

—Al de casa.

Y se fue a toda prisa.

Vestía una corta falda blanca, una camisa negra atada de modo que dejaba el vientre liso un poco al descubierto. Calzaba unos zapatos con dos tiras cruzadas. Armoniosa, majestuosa, pero frágil... Daba la sensación de que iba a romperse en cualquier momento. Femenina a más no poder, sus ojos parecían siempre demasiado grandes y algo asustados.

—Mamá...

—Ah, estás ahí. Pensaba que te habías ido a la piscina. A cierta hora de la mañana todo el mundo desaparece. Tu padre ha llegado hace cinco minutos tan deprisa que parecía un huracán y se ha ido a Santander. Tus hermanos se han ido demasiado tarde y tu padre no lo sabe.

—Es que yo venía a decirte que me voy a almorzar a Pedreña.

—¿Sí? ¿Y eso?, ¿no tienes campo de golf en casa?

—Pero no contrincantes. Y me he citado con unos conocidos en Pedreña.

—Sola. ¿Es que vas sola en tu coche, si no lo has estrenado aún?

—No, no, mamá. Me lleva Matías.

—Ah... entonces vas bien. Matías es el chico de confianza de todos. ¿A qué hora volverás?

—Seguro que me quedo hasta la noche.

—Recuerda que mañana vamos con tu padre a París. Hay que comprar ropa. Supongo que te gustará estar muy guapa el día de tu puesta de largo. Ten presente que habrá más de trescientos invitados y tal vez entre ellos encuentres al hombre de tu vida, y hasta es muy posible que te deje de interesar la universidad.

—No, eso no. Aunque me case, seguiré en la universidad. No quiero pasar por la vida sin una preparación universitaria.

—Estás inmadura, querida. Necesitas tener muchos amigos, hacer vida social. En cuanto tenga lugar la fiesta, tus hermanos y Helen se encargarán de presentarte amigos. Ya verás qué diferente te parece todo después. Tal vez hasta no te interese ir a la universidad.

Mappy no quiso seguir discutiendo sobre el asunto. Ella iría a la universidad por encima de todo, porque si no tuviera esa intención no habría respetado ni la puesta de largo, cosa que a finales del siglo xx le parecía una soberana estupidez. Si aceptaba la cuestión era porque intentaba ocultar otras cosas y ella inmadura podía haberlo estado un año antes, pero no ahora.

—Vendré por la noche —dijo—. Retendré a Matías conmigo si no te importa.

—Para eso está, querida.

Mappy se fue pensando si no estaría también para los demás hermanos, pero... ¿qué cosas tendrían que ocultar sus dos hermanos? Nada. Bern era soltero y con sus amiguetes tenía suficiente, y Jesús con Helen... Bueno, ya sabía ella lo que hacían los dos, se les veía a la legua que estaban uno pendiente del otro constantemente y, además, ella los había visto como dos vulgares amantes, perdidos entre los setos más de una vez. De no haber sido por Borja, ella jamás hubiese decidido estudiar en Santander, pero no era capaz de pasar sin él...

Salió a toda prisa asiendo el bolso de bandolera que se colgó al hombro y así entró en el coche cuya portezuela mantenía abierta Matías.

Acomodada en el asiento de atrás, encendió un cigarrillo a toda prisa y fumó como si jamás en su vida lo hubiera hecho, es decir, con ansiedad y por casualidad a la vez. Tal era su nerviosismo. Ya sabía, ya, que Borja aparecía y desaparecía como por arte de magia y encima no lo sabían ni en su casa ni en casa de su hermano Pol. Habitualmente, cuando sí lo sabían todos, se alojaba en el Bahía porque, según él mismo decía desde que se fue de casa, para sus escapadas a Santander le parecía el hotel más acogedor aunque hubiese otros mejores y más modernos. Pero mantenía alquilada una suite en el Santemar, ubicado en Joaquín Acosta, y que por lo visto utilizaba como refugio para su relación íntima con ella.

Cuando descendió del coche llevaba ya la llave en la mano y las gafas puestas, nadie la asociaría con la hija menor de los Urrutia sencillamente porque era una desconocida en la sociedad santanderina. Veríamos después qué lugar elegiría Borja cuando ella fuera presentada en sociedad y su figura saliera reflejada en toda la prensa nacional. Claro que, según tenía entendido, eso no ocurriría porque su padre detestaba la publicidad y tenía prohibido a los paparazzi que se asomaran por su mansión, y menos aún en una fiesta de puesta de largo. Sin embargo, ya sabía que su madre enviaría ciertas fotografías elegidas a revistas de renombre como algo muy muy especial, lo suficiente para que al día siguiente de aparecer en esa revistas se la conociera como Mappy Urrutia, la hija menor del multimillonario empresario.

El hotel se hallaba lleno de turistas y, por su pinta, la mayoría extranjeros. Así que ella se perdió en el ascensor automático y se dirigió a la suite que ya conocía de sobra.

* * *

No vio a Borja enseguida. Pero oyó sus pasos en la salita contigua.

—Borja —musitó.

Apareció él en mangas de camisa, con los pantalones beige algo caídos sin cinturón y la diáfana sonrisa en sus labios. Era muy distinto aquel Borja del que daba órdenes en su oficina de Madrid, y muy distinto asimismo del que presidía la mesa del consejo en su sala de juntas con sus pocos pero muy eficaces colaboradores. Este hombre moreno, avezado, de dientes nítidos y sonrisa abierta avanzó como si le empujara una fuerza superior y apretó en sus brazos la cosa frágil que era la joven. A Mappy, tan inexperta, la enloquecía la forma que tenía Borja de atraparla contra sí, de sujetarle la espalda, de estrecharle la cintura, y con una mano asirle el mentón y cómo así, medio ladeada, los labios de Borja golosos y abiertos buscaban sus labios.

Siempre que Borja la besaba, recordaba la primera vez. Por entonces no sabía besar aún y Borja, con paciencia, excitante e insinuante, le enseñó... Fue delicioso cómo aprendió ella todo lo que quiso Borja que aprendiera. Cómo hizo que fuera desapareciéndole el pudor y cómo la volvió eróticamente impúdica.

Cuando Borja, después de acariciarla, besarla y decirle unas cosas al oído, empezaba a despojarla de la ropa, la excitación juvenil se convertía en algo fulminante. Era ella la que buscaba el contacto, la que se enredaba en su cuerpo y la que, casi llorando, le pedía que no se fuese.

Pero Borja siempre se iba después de pasar unas horas a su lado. Siempre la dejaba llena de ansiedad.

—Vendrás para más tiempo —decía después de estar más de una hora junto a ella y tras haberlo sentido deliciosamente impúdico—. No te irás... como haces siempre...

—No podía más.

—¿Y entonces...?

—Mappy, te llevo más de diez años y no tengo nada que ofrecerte. Soy amigo de tu padre, pero es que tu padre me utiliza. Eso es una cosa, pero otra muy diferente es que yo llegue a su lado y le diga: «Oye, Andy, estoy enamorado de tu hija Mappy y me quiero casar con ella». Me mata, Mappy, me mata.

—¿Y es que nos vamos a tener que ocultar siempre?

—No, no. Tienes que tener paciencia. Tú confía en Matías. Es mi hombre. Tu padre le paga, pero es mi hombre.

—Y si un día...

—No habrá ese día. Matías jamás me será desleal. Recuerda que le quité el hambre, que le coloqué en tu casa. Lo puse ahí... ¿Por ti? No, no te conocía. Lo hice desinteresadamente y ahora que lo necesito lo uso, y él feliz de poder hacerme un favor. Tú para él eres sagrada porque para mí eres sagrada.

—Pero...

—Por favor, no, no estropees este precioso instante. No me pidas más. De mí lo que quieras, de mi cuerpo, de mi amor, de mi habilidad, de mis afectos, pero no me pidas que prescinda de ti y sé que si tu padre conoce nuestras relaciones... todo se irá al traste. ¿Quieres tú eso?

—No, no... no podría...

—¡Cariño! Eres... lo más bello de mi vida. Yo no soy un poderoso, Mappy; yo sólo soy un enamorado. Piensa en todo lo que tu padre aspira para ti. Es lógico además. Tu familia es la más poderosa de toda Cantabria..., yo estoy... como el que dice construyendo mi futuro. Es duro además. Muy duro. Nunca podré ponerme a la altura de un Urrutia. Ni loco, pero los años, tu mismo padre... La vida da mil vueltas... Y un día puede caer la suerte entre mis manos.

—Yo no necesito dinero para ser feliz a tu lado.

—Sí, cariño, sí. Es que lo tienes y nunca podrás saber lo que es necesitar cosas y no poderlas alcanzar. Por otra parte, si ahora cometo el disparate de presentarme ante tu padre pidiendo tu mano, Andy me mirará como si yo fuese un loco y me dirá y con toda la razón del mundo que una cosa es su amistad y otra muy diferente que un don nadie se intente apoderar de su hija que encima de ser bonita y multimillonaria es una ingenua e inocente.

—Pero yo te amo.

—¿Y yo? ¿Dónde piensas que tengo yo los sentimientos? ¿En el bolsillo? —La acercaba contra sí—. Mira, Mappy querida, si algo bueno hay en mi vida eres tú. Yo podría incluso robar, matar..., ¡no lo sé! Todo antes de que me quiten esta intimidad. Nosotros no nos buscamos, Mappy, recuérdalo. Nos encontramos en la estación de esquí. Allí éramos dos esquiadores...

Mappy le pasaba la fina mano por el rostro.

—Pero ha transcurrido un año, Borja. Un año que he vivido en vilo en el pensionado. Si no te hubiera conocido me habría quedado allí, habría cursado allí la carrera. Yo ya estaba habituada a vivir en el pensionado. El hecho de que mis dos hermanos no hayan conseguido licenciarse me animaba a hacerlo. No tenía más deseos que demostrarle a mi padre que pese a ser una mujer... llegaría más lejos que ellos. Además, quiero trabajar un día y ser una más en su oficina, pero con poder de gestión. Mis hermanos son dos oficinistas con más o menos poder, pero gestión... ninguna.

—No me digas que yo destruí todo eso.

—Claro que no. Pero lo aceleraste. Me gustaría llegar a casa esta noche y poder decirle a mi padre que el día de mi puesta de largo te presentaría a ti como prometido.

Borja no dio un salto, pero sí que se quedó mirándola con expresión ceñuda.

—Si dices eso... tu padre te encierra.

—Pero si es tu amigo. Si habla de ti con mucha simpatía...

—Pues claro. Le facilito las cosas, le ayudo alguna vez. Soy su amigo pese a la diferencia de edad. Nos criamos juntos como el que dice. Yo me enteré de los líos familiares cuando ya era un adolescente. Pero eso no indica en modo alguno que tu padre, Andrés Urrutia, presidente de Teo Urrutia, S. A. y todo el *holding* de sociedades que eso abarca, esté dispuesto a darle la mano de su hija a su amigo del alma. Ante eso, querida mía, querida y bonita niña, tu padre dirá que no y me castigará tanto que tal vez me cierre el camino para el futuro y mi prosperidad. Porque yo, Mappy, tengo toda la ambición del mundo. No la tenía, pero desde que te conocí a ti... se me ha despertado. Voy a luchar, ¿un año, dos? No lo sé, igual necesito doce, pero... no me digas que no me vas a esperar.

Mappy le rodeaba el cuello con sus brazos y se inclinaba sobre él, de tal modo que Borja metía una mano entre los senos femeninos y con la yema de los dedos le iba recorriendo sus formas.

—No se trata de mí, Borja, cariño. Es la relación que llevamos tan oculta. Suponte que después de la fiesta me obligan a salir, a conocer a gente, incluso a tener pandillas de amigos. Ya sé que tú viajas a Santander con frecuencia, pero... ¿Cómo y dónde nos veremos? ¿Siempre en este hotel?... Un día me reconocerán...

—No, no. Aquí no vamos a volver, estoy negociando una casita en Laredo.

—¿Laredo? Eso queda lejísimos...

—Es una especie de bungalow en la playa. Hay muchos otros.

Quiero decir que en coche se llega enseguida y además estoy negociando un apartamento tipo dúplex por Pérez Galdós, cerca del hotel
Real. Yo mismo, dentro de un mes o dos, pasaré al Real y dejaré el
Bahía porque ya soy demasiado conocido en el segundo. Te daré una
llave y nadie se enterará de cuándo vas. Muy al contrario, si tienes
pandilla en el centro, si vas al Club Náutico, si haces vida social... nos
será más fácil vernos.

—¿Y cómo escaparé de los amigos, qué haré después de la puesta de largo? Di, di. Porque esto, estando mis hermanos de por medio, no será nada fácil.

—Pues sí lo será. Tus hermanos son más amigos míos que tu
padre; quiero decir, que son más cercanos a mi edad, han de entender ciertos sentimientos, ciertas necesidades.

Mappy se separó de él con temor.

—Es que vas a decirles a mis hermanos...

—Ven aquí, loca, ven aquí... —y la sujetó de nuevo contra sí—.
No seas impulsiva. Tan delicada, tan femenina y a veces te enfadas
como tu padre.

—Es que me parezco un poco a él.

Borja no dio un brinco, no, pero la miró atónito.

—¿Que tú te pareces a tu padre?

—Sería capaz de... cualquier cosa si supiera que tú... que tú... me
engañas, me eres infiel... me... me...

—Ven aquí, tontita, ven aquí...

* * *

Matías se dirigía al bar con el fin de tomar una copa y al entrar
se quedó tieso. ¿No era Andrés Urrutia el que se hallaba en el salón
rodeado por un grupo de personas que parecían extranjeras?

Se ocultó tras una cortina... Espió ansioso. A él le pagaba muy
bien Borja y, por supuesto, no estaba dispuesto bajo ningún concepto a serles desleal ni a él ni a Mappy, pero sabía muy bien cómo
se las gastaba el zorro de Andrés Urrutia y si lo pillaba allí...

Se replegó y limpió el sudor que perlaba su frente. Casi enseguida vio desde su escondrijo cómo Andrés Urrutia y sus amigos se levantaban. Conversando, se adentraron en el ancho vestíbulo del hotel y oyó a uno de ellos preguntar con un tono raro:

—¿Aquí?

—Ah, sí —replicaba Andrés—, pues muy bien. Ese sol que pega a través del ventanal es muy fastidioso... En cambio aquí, la sombra de esa palmera resulta consoladora.

Se sentaron en torno a una ancha mesa más bien baja, en cómodos sillones forrados de piel. Matías entendió que les estaban sirviendo licores y que aquellos seis personajes, siete añadiendo a su jefe y amo, parecían dispuestos a pasarse allí una buena parte de la tarde, lo cual indicaba que en cualquier momento podría ser cazada Mappy al abandonar la suite.

Miró la hora. Las seis... Sabía muy bien que cuando los hombres de negocios se reúnen pueden pasar doce horas y no enterarse y también podría ocurrir que de allí, a la hora que les diera la gana o les conviniera, pasaran todos al comedor, lo que aumentaba el riesgo de que Andrés Urrutia diera al traste con la relación oculta de su protector. Él no sabía las razones que tenía Borja Morán para ocultar aquella relación, aunque se las imaginaba, dados la escasa categoría social de su protector y el encumbramiento de los Urrutia.

De todos modos, siempre oculto detrás de las cortinas y desde el exterior de la estancia, Matías seguía pensando que tal vez a Andrés Urrutia le conviniera un yerno más espabilado que sus hijos, aunque a buscar yerno nadie le ganaría si quisiera el señor Urrutia porque Mappy, además de guapísima, femenina y bien educada, llevaba tras de sí el poder de la inmensa fortuna dejada por el viejo verde de Teo Urrutia.

Y cuando se tiene tanto dinero, lo que más desea un padre para sus hijos es inteligencia y nombre. Y el nombre de Borja, por listo que fuese, que listo él bien sabía que era, no dejaba de ser un Morán... A secas, que no se sabía muy bien de dónde procedía, pensaba también, mientras intentaba huir de allí para avisar a su amigo y protector, del que no entendía cómo podía ser amigo de una persona que era hijo del hombre que humilló a su padre, que abusó de su madre y que le engendró dos hijos.

Pero el caso es que estaba ocurriendo, y que por poco que se lo propusiera Borja se emparentaría con el poderoso Urrutia por medio de su hija pequeña, Mappy, que ya de pequeña y virgen seguro que le quedaba poco.

Matías, entre reflexión y reflexión, logró deslizarse hacia los ascensores y en un momento en que Andrés gesticulaba de espaldas a él, se deslizó en uno y marcó la planta.

Respiró a pleno pulmón.

Borja le tenía prometido que el día que él se estableciera en Santander, y por lo visto tenía toda la intención de hacerlo, lo contrataría pagándole el doble. Claro que tanto si le pagaba más o menos él sería siempre fiel a su amigo Borja, que le daba propinas como para despedirse del uniforme de los Urrutia, pero... si se despedía, ¿cómo y por qué iba a darle Borja las propinas?

De pronto el ascensor se detuvo y Matías levantó bruscamente la cabeza.

—¡Matías —exclamó Bern Urrutia—, ¿qué demonios haces tú aquí?!

—Señorito... Bern...

—Di, ¿qué buscas?, ¿estás con mi padre?

—Pues...

—Vamos, volvamos abajo.

—Señorito Bern...

—¿Por qué me miras con esa cara de espanto, Matías? —Buscaba en el entorno lo que por lo visto asustaba al chófer.

Matías decidió buscar en su mente algo que justificara su presencia allí.

—Por favor... —masculló—, que no lo sepa su padre... Yo... yo... es que... me siento muy mal. Verá..., es que...

—Déjate de titubeos, Matías. Estoy buscando suites para los socios de mi padre y vengo de verlas... ¿Quieres decirme qué haces tú en semejante sitio?... No me pedirás que le diga a mi padre que estás aquí con un ligue...

Matías respiró como si le faltara el aire.

—Señorito Bern. —Le asía por el brazo—. No le diga nada al señor... Yo... soy un hombre y tengo derecho... He llevado a la señorita Mappy al campo de golf y mientras la esperaba..., pues...

—Pues...

—Eso, eso...

—¿Eso qué, Matías? No acabes con mi paciencia.

—Me he topado una dama que... pues no sé cómo decirle, ¿no? Uno es humano, es de carne y hueso y hay damas..., pues eso... Ya mayores, que... por el amor de Dios, no me obligue usted a decirle más, señorito Bern.

—¿Me estás sugiriendo que haces de gigoló?

—¿Y eso qué es?

—Pues complacer a damas mayores que... están... salidas... o algo así...

—Pues sí, sí...

—Matías...

—Lo siento...

—Pero, vamos a ver.

—¿Bajamos?

—Pero ¿ya la has visto?

—No.

—Entonces ¿por qué vas a bajar?

—Es que con usted... yo iba a la suite... Me había dicho que subiera..., pero ya... No, no, bajo. Prefiero bajar...

—Matías, si mi padre se entera de esto... lo vas a pasar muy mal. Ve a buscar a Mappy al campo de golf, llévala a casa y que todo se quede así...

—Pero...

—Te lo ordeno...

—Sí, señor.

El ascensor descendió con ellos dos en su interior y Bern muy enojado...

Matías empezó a preguntarse cómo lo haría para advertir a Borja y a Mappy de que la familia Urrutia, al menos el hijo, Bern, y el padre, Andrés, se hallaba en el vestíbulo con unas personas a las que por lo visto les gustaban más los abiertos vestíbulos que los salones cerrados...

¿De qué le había servido a él burlar la vigilancia de Doro, el guardaespaldas de Mappy? Empezó a sentir que el sudor le empapaba la camisa y además Bern no parecía dispuesto a dejarlo solo, pero tampoco sabía Matías si aquel joven iba a decirle al señor Urrutia, su padre, que él se dedicaba... ¿A qué cosa había dicho Bern que se dedicaba? Ah, sí, gigoló, lo cual significaba dar placer a señoras mayores que pagaban bien el servicio... Pensó que Doro, el guardaespaldas, le hubiera venido bien en aquel instante, pero el caso es que Doro... ignoraba la movida de Borja con la señorita Mappy y aquel secreto que mucho se temía iba a hacerse añicos y a saltar por los aires...

4

Puesta de largo

—Es de todo punto imposible —exponía el agente de bolsa con énfasis—. Ha dado órdenes concretas en el momento más inoportuno. Ya lo ve. Ha comprado en bolsa a un precio muy superior y el asunto del Golfo Pérsico nos ha hundido a todos. ¿De qué sirve ahora mismo el aprovechamiento de una venta con una subida ínfima? Los dividendos perdidos son cuantiosos y de momento lo que se puede recoger es una liquidez tan nimia que equivale a nada.

—Eso por un lado —apuntaba apresurado el compañero de Will Taylor—. Por otro lado, el negocio del petróleo, en el cual le aconsejó invertir el gobierno, se ha venido estrepitosamente abajo. Puede tener por seguro que si las cosas no se solucionan, y no veo forma a corto plazo de que mejoren, nos ha pillado con unos desembolsos tan enormes que no veo el modo de recuperar ni una mínima parte.

—Además —añadía el tercero de los personajes que se hallaban sentados junto a Andrés Urrutia y su hijo Bern—, los terrenos que me ha encargado comprar están adquiridos por una sociedad madrileña compuesta por extranjeros.

—Pero esto es lo último que yo esperaba oír.

—Con el agravante —apuntó el tercero de los personajes— de que sus barcos de pasaje necesitan una urgente reparación. Si lo prefiere hablaremos en sus oficinas del muelle. Ahora mismo no tenemos todos los datos recopilados, pero sería lo más sensato hacer un balance de todas las pérdidas ocasionadas por las reparaciones que estamos llevando a cabo en los astilleros de Cádiz. Son remiendos. Los buques transatlánticos que ahora hacen las rutas de Barcelona a Canarias o Barcelona a Palma de Mallorca carecen de comodidades, y el pasaje de lujo es el que deja el dinero. El último de los cruceros que organizamos desde Ibiza a Cerdeña pasando por Montecarlo y la isla de Formentera ha dejado pérdidas cuantiosas porque en el mar y en los puertos hay otros barcos que son como casinos o palacios flotantes. Estamos obligados a hacerle esta serie de consideraciones, que son las mínimas, porque sin duda podríamos hacerle muchas otras. Se lo venimos advirtiendo a Bern. —Miraba fijamente al aludido—. Y parece que no se entera.

—Pero es que ustedes me han citado aquí sólo para contarme desgracias, penurias y pérdidas.

—No sé de dónde le habrá venido el soplo para comprar. Lo cierto es que vender es perder dinero y si se necesita liquidez, y es lo que estamos necesitando, vender ahora mismo es suicida, porque no se trata de ganar o perder unos cientos de millones. Se trata en realidad de una pérdida de miles de millones. Usted tiene la última palabra. Sus informadores secretos se han equivocado, le han hecho equivocarse a usted o le han engañado, sencillamente.

Andrés Urrutia, que se enojaba con facilidad, a punto estuvo de descargar un puñetazo sobre la mesa. Rodeándola con sus cuatro hombres de confianza en aquellos menesteres, se miraban unos a otros en silencio. Pero la voz de Andrés, que era tan densa, tan fría, tan cortante que parecía rasgar el aire, se alzó seca y categórica:

—Les cito para mañana a las once en mi despacho. He intentado evitar una reunión antes de la fiesta que se ofrecerá pasado mañana con motivo de la puesta de largo de mi única hija, Mappy, pero sólo pospondré la reunión hasta mañana. Hay que arreglar este asunto. Los tres asuntos que de momento son igual de cruciales. La bolsa, la reparación exhaustiva de los buques y el asunto de los terrenos. Los necesito. He de conseguirlos al precio que sea. Y en cuanto a la bolsa, mañana mismo hablaremos de ello. Tengo contactos..., los buscaré y sabré a qué atenerme.

—Ha comprado muy alto y el bajón ha sido espectacular. Intentar recuperar ahora el dinero invertido vendiendo supondría a la corta una pérdida tan considerable que tendríamos problemas muy graves.

Un camarero se acercó anunciándoles que podían pasar al comedor. La comida estaba a punto de ser servida. Matías vio que aquéllos se levantaban y se escurrió tras una cortina. Por lo visto Bern se había olvidado de él. Salió a toda prisa a la calle y se deslizó a toda prisa hacia una cabina pública. Andrés, de camino al comedor, cogía al llamado Will Taylor por el brazo diciéndole en voz baja pero tensa:

—Puedo soportar el peso de la pérdida de valores. Puedo reparar los buques. Puedo incluso negociar la compra de un buque nuevo. Pero lo que no voy a perder son los terrenos colindantes con mi finca. De eso se encargará usted hoy mismo. ¡Hoy!, ¿entendido?

—Señor Urrutia, le repito que los terrenos están firmemente adquiridos por una sociedad anónima extranjera y le diré más aún: piensan edificar. He dado todos los pasos imaginables. He tratado con personas de toda mi confianza. Pero le repito que esos terrenos han sido escriturados por una sociedad anónima que no conozco de nada. Si funciona como testaferro, legalmente es un buen testaferro... Si es por intereses personales, se ha efectuado una venta del todo legal. Cuando se los ofrecí, valían dos duros comparados con el precio que tienen ahora mismo. Y por otro lado puedo asegurarle formalmente que se está haciendo un proyecto para levantar en ese enorme solar una casa de película.

—Pero no lo puedo tolerar.

—Desde luego, es intolerable, pero no me diga que no se lo advertí.

—Cuando vivía mi padre y yo tenía las manos atadas.

—De acuerdo, pues. En ese tiempo, entre la muerte de su señor padre y la lectura del testamento y las dudas que usted pudo haber tenido, los terrenos fueron adquiridos de forma legal.

—¿Y lo sabe Pol Morán?

—Ah, no tengo ni idea. No creo que a Pablo Morán el asunto le vaya ni le venga, porque él está situado en un lugar preferente. Un alto muro partirá su finca y el solar colindante. Dado que baja hacia la autopista y se pierde por vericuetos, es muy posible que ni siquiera se entere. Eso por un lado, porque por el otro a usted mismo no le molestará para nada.

—No quiero vecinos inoportunos.

—Pues me temo que los tendrá, señor Urrutia, pero no me haga responsable. Se lo advertí a tiempo, a su difunto padre primero y a usted después... Estaban en venta. Lo estuvieron más de tres años. Se procederá a un desmonte, y la nueva finca quedará a los pies de la suya, se servirá por el otro lado y no creo que ello le moleste.

—Señor Taylor, pague lo que sea, pero hágase con ese solar. No quiero vecinos. Bastante tengo con Pablo Morán.

—A fin de cuentas, Pablo Morán se quedará en medio.

—En efecto, y como carece de ambiciones, es muy capaz de vender su casa y me cortarían la finca a la mitad.

—No ocurrirá. A Pablo Morán le gusta vivir donde vive.

—Taylor, le aseguro que lo único que hará en su vida en el futuro es hacerse con esa tierra, ¿queda claro? Lo hablaremos definitivamente mañana en mi despacho. Y procure no entretener a sus amigos en el campo de Pedreña, porque es la última vez que acudo a una cita y una comida en este lugar.

—Lo tendré en cuenta, señor —dijo humildemente el llamado Taylor.

* * *

—Mappy, cariño, hay que salir.

—¿Ha llamado Matías?

—Estará a punto. Déjame que te enjabone. Cuando hayamos terminado el baño, salimos uno por cada puerta. Por supuesto que iré a tu fiesta. ¡Faltaría más! Pero recuerda que tus padres no pueden saber la relación que nos une.

Los dos estaban desnudos bajo la ducha, Mappy con los ojos cerrados. No sabía qué hora era, tampoco importaba demasiado. Matías era el hombre de confianza de su familia y lo que no sabían sus familiares era que además era el hombre de confianza de Borja, de modo que cuando dejara aquella suite, regresaría en el coche y diría a su madre que se había divertido mucho jugando al golf en el Real Club de Pedreña...

Borja tenía una forma de enjabonarla, de acariciarla... que la dejaba extasiada. A su lado las horas pasaban sin que se diera cuenta, y es que además ella estaba loca por el hombre de mundo, aquel Borja flemático, serio, sensual, que le había enseñado todos los juegos eróticos que existían y por lo visto existían muchos, cosa que ella ignoraba hasta conocerlo a él en la estación de esquí.

—Estaré en Santander toda la semana, de modo que Matías ya te dirá cuándo y dónde nos podemos ver. Pero no será antes de la fiesta. Ya te he dicho que estoy negociando un dúplex en Pérez Galdós, cerca del hotel Real. Cuando lo haya logrado, y espero tenerlo dispuesto para la semana próxima, te daré una llave y... una vez que tenga lugar la fiesta de puesta de largo, podrás entrar y salir sin que nadie te vigile. Nos veremos cada vez que yo llegue a Santander, y estaré en Cantabria frecuentemente, hasta que me instale aquí. Porque mi pensamiento es ése, ¿entiendes?

—Me haces cosquillas.

—Lo sé.

—¿Lo sabes y sigues?

—¿Es que no te gusta?

—Es que me entra una cosa...

—Suena el teléfono —dijo Borja de pronto—. No te muevas. Quédate aquí. Salgo y vuelvo enseguida.

Saltó de la ducha y vistiéndose a toda prisa con un albornoz de felpa atravesó la estancia hasta el teléfono situado en la salita contigua de la suite.

—Sí.

—Señor...

—¿Qué sucede, Matías?

—Están abajo.

—¿Abajo?, ¿quién?, ¿quiénes?

—Los Urrutia. Padre e hijo.

—¿Qué hijo?

—Bern.

—Pero si ése es tonto.

—Sí, sí. Tonto, pero me ha pillado cuando salía del ascensor. Tienen una reunión en el vestíbulo y han pasado ahora mismo al comedor. Lo mejor que puede hacer es salir corriendo. Y procure que la señorita Mappy salga antes que usted y por el ascensor lateral. Por Dios, no me comprometa.

—¿Qué has dicho que estabas haciendo?

—Le he dicho que tenía un asunto de faldas con una dama. Y que la dama se hospedaba en el hotel.

Borja no pudo por menos que soltar una carcajada.

—Señor...

—De acuerdo, Matías, de acuerdo. ¿Dónde demonios has dejado a Doro, el guardaespaldas de la señorita Mappy?

—¿Dónde? Pues en el palacio. Le he burlado y ahora bien que lo necesitaría. Mire, han entrado en el comedor, pero parecen muy enfadados, sobre todo el hijo y el padre porque los otros cuatro lo que se limitan es a hablar muy aturdidos.

—¿Los conoces?

—Para nada, aunque a uno de ellos no es la primera vez que le veo. Parecen extranjeros.

—Vas a hacer una cosa, Matías. Y fíjate bien en lo que te digo. De ti depende. Vas a irte ahora mismo a llevar el automóvil a la parte de atrás del hotel. La señorita Mappy descenderá por un montacargas, tú ten el coche abierto y te largas. Pero primero acércate a Pedreña, de forma que al regreso no pases ni siquiera cerca de esta dirección. ¿Entendido? Una vez en la residencia, me das un telefonazo. Yo me las apañaré. Ah, y silencio. Ya sabes lo que te juegas.

—Sí, sí, señor.

—Todo eso sucederá en veinte minutos. Procura que nadie te vea subir al coche, deja la zona principal. Ah, y si te topas de nuevo con Bern, sigue diciendo que buscas a tu dama...

—Sí, señor.

Borja colgó. Una profunda arruga marcaba su frente, pero cuando apareció de nuevo en el baño su sonrisa era abierta y feliz.

—Cariño, nos tenemos que separar. He de estar en mi oficina del Sardinero antes de las tres.

Pero aun diciendo eso la atraía hacia sí. Había muchas cosas de por medio, muchos odios y muchos rencores, pero si algo puro, sano y perfecto quedaba en Borja, todo se lo llevaba la pequeña Mappy. Le tomó el rostro entre las manos mientras acercaba su cuerpo desnudo al de la joven. La miraba a los ojos con ansiedad y aquella vez no era fingida. Una cosa era su cerebro y otra sus sentimientos. Claro que más valía no separar uno de otro. Le buscó la boca con la suya abierta y dijo quedamente sin separar los labios:

—Besarte a ti, Mappy, es... es... como llegar al paraíso, apoderarse de él y sentir que eres un ángel. Pero ahora tienes que vestirte. Salir a toda prisa por donde yo te diga y meterte en el coche a cuyo volante está Matías...

—¿Cuándo... nos veremos?

—El día de la fiesta. Y procura que no te delate tu mirada. Soy uno más, recuérdalo. Si deseamos llegar a algo firme, hemos de vernos como dos conocidos a secas.

—¿Podré?

—El amor lo puede todo, la complicidad es preciosa, la espera es de un morbo tentador.

—Eres tan delicadamente impudoroso, Borja..., ¿te das cuenta? De aquella niña ingenua has hecho una mujer.

—¡Y qué mujer!

Al rato Borja conducía a Mappy a través de un ascensor lateral, dispuesto para el servicio. Una vez que la dejó en él, retrocedió y en cuanto Mappy llegó a la calle, se perdió dentro del auto y Matías condujo a toda prisa respirando al fin. Borja decidió reflexionar mientras se vestía con suma calma, y después pensó que no estaría nada mal visitar a Ted para luego entrevistarse con su hermano Pablo. Consideraba a Pablo una persona estupenda. Un hombre tolerante, un infeliz enamorado perdidamente de su mujer, para lo cual ya se las apañaba Salomé... de mantener viva la llama. Sonrió sarcástico. Nunca había entendido el afán sexual de Pablo. Ahora iba comprendiendo bastante mejor.

* * *

Salomé andaba muy aturdida. No esperaba a su cuñado y cuando lo vio descender del coche, le gritó a Pablo:

—¡Pol... es Borja... Y además viene vestido de etiqueta!

Pol, que se estaba poniendo la pajarita, asomó por el ventanal.

—Prefiere salir con nosotros. —Sonrió—. Me parece normal. ¿Quieres venir a hacerme el nudo? No me gustaría que se me torciera durante la fiesta.

Al ver a Salomé, se la quedó mirado largamente.

—Salomé —murmuró—, estás... como para no ir a la fiesta, sino para quedarnos aquí y tomar juntos una botella de champán. —Le tocó un pecho con ansiedad—. Oye...

Ella le dio una pequeña palmada en la mano.

—Pol —dijo de forma cariñosa y a la vez severa e insinuante—, que tenemos una fiesta muy seria a la vista. Termina. Entretanto yo atenderé a Borja.

—Borja es de la casa... Ven, un poquitín nada más. Salomé, cariño... Te necesito.

—¿Ahora? Estás loco, vamos, vamos, sé juicioso.

—¿Me prometes que al regreso...?

Salomé, vestida con un traje de noche negro, impecable, elegantísimo y un collar de perlas en torno al cuello, con el cabello peinado en un artístico moño, le guiñó un ojo.

—Te lo prometo —y salió a toda prisa. Entró en el salón y vio a Borja de espaldas. Estaba ante el ventanal y miraba hacia el fondo de la finca, dejando vagar su mirada oscura por los confines del paisaje hacia los acantilados, pasando por el solar de muchas hectáreas con el cual soñaba Andrés Urrutia. Una tibia sonrisa distendía sus labios, pero al volverse ante su cuñada, su sonrisa se amplió beatífica.

—He venido porque prefiero llegar a casa de Andrés con vosotros dos. ¿Qué sabes de tus chicos, Salomé?

—Se han ido a Italia y recorrerán varios países de Europa este verano. ¿Qué es de tu vida, Borja? Pol me ha contado de vuestra reunión de esta mañana... Todo arreglado. ¿No temes que Andy se entere de tus historias?

—Andy tiene suficiente ahora mismo con presentar a su hija en sociedad, buscarle un marido rico y adiestrarla en esta puñetera sociedad que tiene tanto de falsa como de seductora.

—Por ahí se dice que los terrenos colindantes van a ser edificados. ¿Eres tú el promotor, Borja? Eso no se lo has dicho a Pol, pero él sabe que estás detrás de esa operación.

—Yo estoy siempre detrás de todo, Salomé, y si no lo estoy, Pol se lo cree. Pero dejemos las cosas tal como están, porque ya se verá qué ocurre. De momento esta semana me quedo en Santander. Tengo en mente varios asuntos, pero sobre todo disponer lo del periódico. Ted es un buen testaferro. Posee salas de fiestas, hoteles... Es un buen empresario de hostelería.

—¿Ted?

—¿No te lo crees?

—¿Y no estás tú detrás de Ted? Pol dice...

Pol apareció en aquel instante vistiendo traje de etiqueta, la pajarita en su sitio y francamente atractivo. Borja sonrió de aquella forma peculiar suya. Mezcla de complacencia y desdén.

—Estás fantástico, Pol. No te falta ni un detalle. Esta vez Andy te va a coger mucha manía, aparte de la que ya te tiene.

Pol, que era muy inocente, y que se sentía satisfecho adorando a su mujer y admirando a su hermano menor, musitó:

—¿De veras haré daño a Andy?

—En cierto modo.

—Es tu amigo.

—¡Ja!

—Oye, Borja, yo creo...

—Tú no crees nada más que lo que ves, Pol. ¿Vamos? —Miró su cronómetro de oro—. Las explanadas de la mansión de los Urrutia están llenas de automóviles de lujo. ¿Nosotros vamos en mi coche o caminamos por el sendero? Los jardines parecen ascuas de oro. ¿Qué pretende Andy? ¿Deslumbrar a toda Cantabria?

—Hay más de quinientos invitados y todos elegidos a dedo, con un dedo muy fino además. —Sonreía Salomé algo sarcástica—. Andy hace bien las cosas o no las hace. Además, su hija merece la pena. ¿La has visto bien, Borja? Es guapísima. Pero sobre todo femenina, etérea... Andy tiene para ella grandes planes. No lo dice, pero se le nota. Hay invitados de los más distinguidos de España: banqueros, escritores, empresarios, políticos. En particular políticos... —y justo después—, Borja, tú estás... muy... ¿cómo podría definirlo, Pol?

—Masculino. —Pol rio feliz—. Muy varonil.

Borja lanzó una breve mirada más bien desdeñosa sobre su persona. Vestía impecable pantalón negro, camisa blanca, pajarita negra y chaqueta blanca, de un blanco cremoso. Zapato negro. Estaba francamente interesante. Su cabello negro peinado hacia atrás de modo que su leve ondulación no se apreciaba gracias a la gomina. La raya a un lado y sus facciones un tanto duras, la piel tostada y la dentadura provocadoramente blanca. Era un hombre de un atractivo considerable. Parecía mayor, pero todos los que le conocían sabían que tenía veintinueve años, si bien poseía la experiencia y la sabiduría de un anciano. Un tipo muy peculiar, que tanto se le podía considerar galante como áspero e indiferente. Tenía ese aspecto de hombre vago, que nunca representaba nada definido o por el contrario resultaba auténticamente definido sin proponérselo. Según quién le mirase, según quién le analizase, si él quería ser analizado. Una vez que se abría la verja que separaba ambas propiedades, el sendero pertenecía a los Urrutia y los coches se esparcían por todas partes: parques, jardines, garajes y, siempre dejando a la vista los macizos, los senderos y la profusa iluminación que abarcaba todo el entorno, desde las anchas terrazas a los salones y los soportales, incluyendo la zona de la piscina. Salomé caminaba en medio sujetando un poco la recta y elegante falda de su modelo negro. Los dos hombres conversaban sin dejar de caminar.

—Voy a realizar una jugada redonda, Pol.

—¿Sí?

—Sí.

—Explícate si puedes.

—Voy a edificar. Pero lo hablaré con Andy esta noche. Le diré lo que me convenga decir. No sé aún cómo enfocaré la cosa, pero estoy seguro de que Andy me dará la razón.

—¿Y cómo te las apañarás?

—Si me vendes tu casa..., tu zona..., es posible que Andy me prefiera a mí de vecino.

Salomé levantó vivamente la cabeza.

—Borja, te estás metiendo hasta el cuello —dijo—. Ten cuidado. Si descubre tu carta te puede hundir.

—Tú no sabes qué carta de la baraja estoy jugando, Salomé, ¿verdad que no?

—No tengo ni idea, y siempre estaré de acuerdo con lo que haga Pol, pero ten cuidado. Andrés Urrutia es mal enemigo...

—Es mi amigo.

—Eso supone él. El día que se dé cuenta...

Borja esbozó una tibia y beatífica sonrisa.

—El día que se dé cuenta estará atrapado hasta el mismo cuello —y justo después—, ¿venderías, Pol?

—¿A ti? Sí, a ti sí... Pero no me iría lejos.

—Volverías cuando... todo estuviera en orden... Nadie puede

evitar ni prohibir que yo dé cobijo a mi hermano y a su familia. Es una regla del juego vulgar, pero que a veces da resultado. Mañana tengo una entrevista con Andy en las oficinas del puerto. Pienso... darle unas acciones del periódico. Las pocas que te pude sacar, Pol...

—Pero...

—Es el primer paso, ¿entendido? El primero, pero no el último ni mucho menos el definitivo...

Y como ya entraban en el parque que presidía la mansión, se separó de su hermano y su cuñada.

—Ya me veréis en cualquier otro momento. Tal vez no pueda despedirme de vosotros... —y se alejó a toda prisa.

* * *

Mappy daba los últimos retoques a su aspecto. La criada se movía de un lado a otro sin cesar. Isabel no dejaba de acercarse, alejarse y enorgullecerse mirando a su hija.

—Estás guapísima...

—¿Viene papá a buscarme o...?

—Sí, sí. Le llamaré. No sé dónde se habrá metido. Esto está atestado. Hay invitados por todas partes. Menos mal que la cena se ha servido a la americana. Cada cual que tome lo que guste. Están puestas las mesas y los camareros andan de un lado para otro. Tú quédate aquí. Estás guapísima, Mappy. Esta noche te saldrán mil pretendientes de categoría.

Mappy lanzó una breve mirada al espejo. Vestía un modelo blanco sin mangas, escotado. Un hilo de brillantes rodeaba su esbelto cuello. Peinaba el cabello rubio un poco recogido de modo que dejaba su nuca al descubierto. Le hacía diferente el peinado, pero era el complemento a su estilismo. Parecía mayor, pero aquella súbita madurez, ¿le hacía infinitamente más sexy, más deseable, más sensual? Pues sí, sí.

Mappy era una chica sensual. La forma de sus labios, la mirada cálida con los párpados algo caídos... El brillo de sus verdes ojos ocultaban una cierta madurez que la hacía aún más interesante. Pero ante todo, y sobre todo, su pelo rubio lacio y su aire frágil denotaban la edad que realmente tenía.

—No te muevas —decía su madre emocionada—. Ahora mismo vendrá papá a buscarte. Quiero que tu entrada en los salones no se olvide jamás. Bajarás por la escalinata principal del brazo de tu padre. Un momento...

No lejos de allí, mientras Mappy esperaba a su padre, Bern, con su traje de etiqueta y su impaciencia, buscaba algo concreto. A su lado pasaron Helen y Jesús discutiendo como siempre. Bern se ocultó tras una cortina y se deslizó después hacia las dependencias del servicio. Encontró enseguida lo que buscaba. Estaba sola. Acababa de acostar a los niños de Helen y se disponía a entrar en sus dependencias particulares.

—Señorito Bern...

—Cállate —le susurró aquél—. No me menciones —y en voz muy baja—: No has ido al centro. He estado esperándote.

—Señorito Bern...

—Te dije que a solas me llames por mi nombre a secas. —La asía contra sí—. Escucha. Lo mío es serio, muy serio...

—Por favor...

—Muy serio. ¿Oyes? El domingo te espero donde te dije. No me falles, Melly.

—Es que...

—No me puedes fallar... —Le buscaba la boca afanoso—. Te amo, Melly, te amo tanto... Por el amor de Dios, compréndeme. Hoy no puedo aún, pero podré enseguida. Y el día que pueda, y no dependa de mi padre, me caso contigo. Yo no busco una amante, ¿entiendes? Yo busco una esposa, unos hijos... Un hogar diferente...

—Sus padres jamás...

—¿Qué dices? Tengo derecho a ser feliz.

—Señorito Bern, que la fiesta empieza ya. Que los invitados están por todas partes... Que mi puesto en esta casa me interesa mucho, que...

—Dime que el domingo te veré en el centro. Dímelo...

—Se lo prometo.

—Y que me tutearás...

—Sí.

—Y que me llamarás Bern a secas.

—Sí.

—Pues ahora déjame que te toque y te bese.

—Eso no.

—¿Cómo que no? Si me estoy muriendo de ansiedad. Melly, si...

—Por favor, respéteme...

Bern la soltó sofocado.

—Perdóname si... sí, perdóname. Soy impetuoso, no me doy cuenta... y yo a ti... a ti te quiero demasiado para mancharte. Te quiero demasiado... Pero, por favor, no me falles el domingo.

—No fallaré.

Y lo empujó. Bern salió estirándose la chaqueta de su impecable traje de etiqueta, enderezó la pajarita y desembocó en el vestíbulo como si regresase de su cuarto en el momento en que todos los invitados miraban hacia lo alto de la escalera por la cual descendía su padre y la maravilla que era su hermana Mappy. Se quedó embobado. Junto a él, hombro con hombro, vio a Borja, que, como los demás, contemplaba la majestuosa llegada de su hermana y su padre, el anfitrión.

—Es guapísima. ¿Verdad, Borja?

El aludido miró hacia Bern.

—Ah, sí. Muy linda... Preciosa en verdad...

—Papá la casará enseguida, ya verás... Y lo peor es que le buscará un marido cargado de millones de títulos y de aristocracia. Y como Mappy es una cría inocente... Me da pena, Borja, mucha pena.

—El qué, Bern.

—Que papá nos manipule así... Pero supongo que estará siguiendo las directrices de su antecesor. ¿Sería papá tan dócil con el suyo a nuestra edad?

—Supongo. Voy a saludar a tu hermana y a tu padre. Si es que puedo, porque por lo visto todos lo quieren hacer a la vez.

Esperó que Mappy fuera presentada a unos y a otros y al fin le correspondió a él.

—Hola, Mappy —saludó como si la viera por tercera vez en su vida—. Permíteme que te diga lo bella que estás... Espero que me concedas un baile —miraba a su amigo—, ¿qué dices tú, Andy? ¿Permitirás a tu hermosa hija que baile con este carcamal...?

Andy sonrió divertido. Pero Borja se quedó sin poder bailar de momento con Mappy porque se la llevaron rápidamente.

—Es guapísima, ¿verdad, Borja? Tengo grandes planes para ella.

—¿Cuál es el elegido?

—No lo tengo aún perfilado. Hay varios... Oye... recuerda que mañana te espero en mi despacho del puerto. El asunto de la bolsa ha salido fatal.

—¿Y quién podría predecir lo del Golfo? No vendas. Es lo que yo hice. Pero a mí me pilló entre dos fuegos. Tú tienes liquidez suficiente para salir del paso, para esperar.

—¿Y si sigue bajando?

—Que seguirá...

—Pero, hombre...

—Te veré luego, Andy. Ahora no quiero dejar que pase este baile sin ir a buscar a tu hija. No soy un buen bailarín, pero me resulta de muy mal gusto no sacarla a bailar en una noche tan memorable para ella.

—Si puedes. —Andy rio—. No me parece que lo vayas a conseguir. Está rodeada de moscones.

Y se quedó muy satisfecho mirando aquí y allí. Jamás había ofrecido él una fiesta más esplendorosa, ni con invitados más relevantes. No había ni uno, salvo su maldito hermano Pol, que no disfrutara de un árbol genealógico importante, sin mácula, desde sus más hondas raíces. Él o hacía las cosas bien o no las hacía. Y las estaba haciendo después de un mes o más de preparación.

Sus pesadillas empresariales se extinguirían aquella noche para retomarlas al día siguiente y no sabía aún qué cosa le iba a proponer Borja. Sabía que tenía una cita con él y confiaba en su pericia, en su inteligencia. Era un tipo joven, es verdad, pero enormemente bien relacionado, y a la vista estaba... En aquel instante, de camino hacia Mappy entre los invitados, tres senadores le detuvieron. Seis más le saludaron palmeándole la espalda... Un joven con futuro, pensó. Un tipo que puedo usar a mi manera y gusto porque me interesa mantenerlo de mi lado y adepto a mi causa. Un tipo de cuidado, capaz de traicionar a su hermano Pol con tal de medrar. ¿No son ésos los tipos que yo necesito? Pues lo voy a conservar...

—Querido...

—Oh, cariño. Isa, estoy mirando a mi alrededor y me siento el más feliz de los hombres... Vamos a bailar.

Y la enlazó por la cintura. No demasiado lejos, Pol apretaba a Salomé contra sí. Andy se estaba fijando en lo hermosa que era Salomé. Muchas veces en aquellos últimos días había pensado..., ¿por qué no? Pol era un papanatas y seguramente..., eso es... Un día tendría que tentar a Salomé. Tal vez... Pol no la satisficiera. Se notaba que era una mujer insaciable, muy... sexy... muy...

—Cariño, que has tropezado.

—Oh, querida, perdona. La emoción de ver a Mappy tan linda, tan femenina... Mira, mira. Al fin nuestro amigo Borja ha logrado un baile...

* * *

—Mappy, no te aprietes así... —murmuraba Borja con la sonrisa en los labios y con la cara alzada mirando en torno a él, pero sintiendo en su cuerpo toda la tersura del cuerpo femenino—. Me gusta mucho, pero... se puede notar.

—No soporto esta fiesta... ¿No podemos ir bailando hacia algún rincón?

—Querida Mappy, aquí estoy en calidad de amigo de tu padre,

el amigo pobre, ¿entiendes? Es que, además, soy pobre. Pero hay cosas que están por encima del dinero y es la amistad de las personas. Yo no puedo fallarle a tu padre. Soy su amigo.

—Y... ¿hasta cuándo tendré que ocultar mis sentimientos?

—Ten paciencia. Mañana no porque tengo mucho pendiente. Pero pasado, Matías burlará de nuevo a tu guardaespaldas y te llevará a alguna parte. Tengo muchos planes. Pero sobre todo uno muy concreto que firmaré mañana mismo. El dúplex que te dije cerca del hotel Real... Precioso, chiquito, pero... como un nido de amor...

—Ahora eres tú quien me oprime...

Borja aflojó el brazo. Seguía hablando como si estuviera contándole un cuento inocente. Al menos ésa era su expresión, pero lo que decía distaba mucho de ser un inocente relato.

—Te daré una llave. Desde mañana conducirás tu coche, podrás deshacerte de tu vigilancia, incluso prescindir de Matías... Hazte amiga de esa pandilla que estaba antes junto a ti. No soy amigo de ninguno, pero todos frecuentan los mejores lugares de la ciudad. Con el pretexto de salir con ellos...

—Y si papá se empeña en que salga con uno determinado...

—No lo conseguirá. Tú estás aprendiendo a defenderte sola.

—Me estás apretando otra vez.

—¿Te molesta?

—Ya sabes que no. A tu lado...

—No me mires, Mappy.

—Es que...

—Te digo que no me mires. Me estoy poniendo mal. —No mentía—. Es mejor que lo dejemos. Voy a marcharme. No soporto este tipo de fiesta. He venido por ti..., por tenerte así tan linda, tan bien vestida, tan... mujer...

—Tú sabes mejor que nadie la mujer que soy.

—La mujer que yo hice.

—La que yo quise hacer.

—No me mires, ¿quieres? Tus padres nos están mirando ahora mismo. Sonríe como si te hiciera gracia el chiste...

Alguien tocó en el hombro de Borja. Era Bern.

—¿Me la puedo llevar, Borja? No he bailado aún con mi hermana.

—Oh, sí. —La soltó—. Gracias, Mappy.

—Hasta otro momento, Borja.

En otra esquina, entre tanto invitado relevante, Andy se acercó a Pol.

—Mira —decía—, entre los dos las cosas pueden estar muy mal, pero hay algo que está por encima de nuestras diferencias y más en una noche semejante que tanto supone para mí. La galantería y el parentesco oculto.

—¿Oculto? Si es del dominio público, Andy.

—Yo quería decirte que me gustaría bailar con tu mujer. Aquí tienes a la mía, Pol.

—Con mucho gusto.

Y Pol enlazó a Isabel de forma inocente y se fue bailando con ella. Andy en cambio enlazó a Salomé y la miró a los ojos mientras la acercaba peligrosamente a su cuerpo.

—Andy, ¿no estás exagerando un poco?

—¿Sí? ¿Tú crees?

—Me parece que no me voy a caer, de modo que si no te importa...

—Oh, claro, claro, Salomé. ¡Faltaría más!

—Pero es que me sigues sujetando contra ti, Andy. No pensarás que soy Margarita y tú Teo, ¿verdad?

Andy soltó una carcajada.

—Querida Salomé, al margen de toda esa historia, de tu marido que es un poco botarate, de mi intención de echaros de mis posesiones, estamos los seres humanos, y en este instante pienso que los dos lo somos y nada tontos además... Eres una dama muy atractiva y yo tengo la mala costumbre de ver con ojos muy humanos.

—¿Quieres que te diga una cosa, para que las entiendas todas juntas, Andy?

—Pues...

—Yo amo a Pol, deseo a Pol y Pol me satisface. Siento con él un placer indescriptible, ¿no es eso explicarse humanamente?

—Creo que sí.

—Pues eso..., de modo que afloja tu brazo, lanza tus dardos en otra dirección o busca a tu mujer y si no la has adiestrado para que te dé todo el placer que tú necesitas, búscate otras amantes —y con mayor suavidad aún—: yo no necesito amantes. Tengo marido, amante y amigo en la misma persona.

—Y lo dices todo con la sonrisa más cándida del mundo.

—Tú sabes muy bien que muerdo, que yo de cándida no tengo nada, pero si algo no cambiaría en este mundo es a mi amante. ¿Qué me dices a eso? Ha quedado clara la situación entre ambos... Ya te vi mirarme otros días, Andy, ya vi tus malas artes... Pero conmigo no valen. Mira, Pol no será un empresario de tu envergadura, porque es un idealista, y para él cuentan más los sentimientos que el poder. Pero en lo tocante a amante, nadie le gana.

—Andy..., ¿cambio de pareja?

—Oh, sí, sí, Pol. Aquí te dejo a tu mujer enterita.

—Es que tengo apetito y me llevo a mi mujer a buscar algo para comer —y ya camino del bufet le preguntó—: ¿Qué te decía el botarate de Andy? ¿No te apretaba mucho bailando?

—Me estaba convenciendo para que a mi vez te convenciera a ti de que le vendieras tu parte de la finca.

* * *

A las dos de la madrugada el baile se hallaba en todo su apogeo. Helen y Jesús se habían ido al jardín. Había parejas por todas partes. Borja en cambio fumaba de pie en una terraza contemplando el panorama. Estaba viendo a Belén Bergara deslizarse por unos macizos y veía asimismo cómo Andy buscaba algo.

Le había visto bailar con Belén momentos antes. Él siempre sabía todo lo que se cocía en aquella sociedad de cara lavada y camisa sucia. Por supuesto no ignoraba que Andy le tiraba los tejos a Belén y que Ignacio Bergara, el marido de Belén, según se contaba en los salones, en secreto, andaba mal de potencia sexual. Así que le salió al encuentro a Andy y le susurró al oído:

—La tienes ahí atrás.

—Pero...

—Que nos conocemos, Andy.

—Pero yo te digo...

—¿Que no buscas a Belén? Con el barullo que has armado..., con esta fiesta..., nadie se entera de nada, y además, Iñaki tiene ya sus copas de más.

—Oye, Borja, que esto...

—Que sí, hombre, que sí..., que ya lo sé. Es cosa de hombres.

—Es que tú lo sabes todo, lo de...

—¿Melly? Pero, Andy, es que te delatas solo. Además..., has salido a tu padre...

—¿Sabes lo que me gusta de ti, Borja? Que te hayas tirado a la espalda lo de mi padre y tu madre. Eso es entender la vida.

—Que Belén se impacienta.

—Recuerda que mañana...

—Sí, sí.

Y Andy se deslizó mirando aquí y allí de modo que enseguida se parapetó detrás de un macizo donde Belén le esperaba. Borja, desde la terraza, apoyada la espalda contra una columna, estaba observando cómo Andy se escurría hacia el cenador con Belén. Conocía muy bien el género, aunque Andy no lo supiera y menos aún Ignacio Bergara, que nada más llegar a una fiesta social se metía en el bar y se olvidaba de su mujer.

Fumó tres cigarrillos mientras veía todo lo que sucedía en su entorno. Por supuesto, intentar bailar de nuevo con Mappy era imposible si pretendía pasar inadvertido. Mappy se hallaba completamente rodeada de moscones, pero él sabía... Claro que sentía una rabia impropia, pero ya se le pasaría. El no creía estar enamorado de Mappy y por tanto... Pero le empezaba a sacar de quicio que pasara de unos brazos a otros.

«No te conoces, Borja..., ¿qué demonios importa eso?»

«Pues importa», le dijo una voz interior.

Menos mal que apareció Andy de repente.

—Puff.

—¿Qué pasa?

—Está... como una fogata... Oye, ¿no puedes ir tú... a tranquilizarla, Borja? Yo no puedo. Estoy en baja forma esta noche. Además, soy el anfitrión... Entiende, Belén no lo quiere entender... Pero no hay quien la aguante.

—Te haré un favor, Andy. Entra en los salones. Yo me escurro, termino con Belén en unos segundos y me voy. Despídeme de tu gente. Recuerda que mañana a las doce, en tu despacho del puerto.

—Déjala despachada, ¿eh, Borja? Está muy..., ya sabes...

—La conozco.

Andy se volvió como si mil demonios le impulsaran.

—¿Qué?

—Que sí, hombre, que sí.

—Tú...

—Oye, soy humano, ¿no? Ignacio es un inútil y Belén una pesada... De modo que alguna vez... Algo le tiene que tocar a un infeliz como yo...

Andrés se relajó. Palmeó el hombro de Borja y dijo indulgente:

—Lo comprendo, Borja, lo comprendo. Y además, ahora mismo me haces un gran favor.

Borja caminó por la espesura a paso lento. Se topó enseguida con Belén.

—¿Qué le pasa a Andy, oye? Está tan flojo...

—Ven aquí, mujer, ven aquí; Andy anda flojo, pero yo estoy que no me aguanto... ¿Qué te parece si nos vamos al cenador? O prefieres aquí... —Ya la estaba sobando de arriba abajo y Belén caía a sus pies—. ¿Te gusta o no? ¿Sigues prefiriendo a Andy?

—Borja..., te das tan poco... Nunca estás... Siempre sale ese maldito contestador o tu secretaria, que parece un paño. Oh, Borja, Borja... Por favor, sigue a mi lado, por favor...

—Tranquila, ¿eh? Eso, así es... muy tranquila...

—¿Cómo quieres que esté tranquila a tu lado? Oh, Borja, eres... eres...

—¿Mejor que Andy?

—Mejor que todos... Tú sí que sabes...

De pronto Borja sintió que odiaba a todo el género humano, pero cumplió como se esperaba. Sin embargo, al dejar los setos, su mente estaba como embotada y sus ojos sólo veían una figura grácil, maravillosa, de ojos verdes y pelo rubio lacio.

* * *

A las tres de la madrugada Borja aún no había podido abandonar la terraza. Varias veces había decidido irse y otras tantas se asía a la balaustrada. La fiesta continuaba como a primeras horas, con la diferencia de que el champán francés circulaba por todas partes y los camareros aparecían en cualquier esquina con las bandejas en alto y las copas llenas, que enseguida se quedaban vacías. A las tres y media alguien se deslizó por la terraza y Borja olió un perfume especial. Levantó la cara y después el busto.

—No debes dejar el salón —dijo.

—No soporto más tiempo el baile.

—Te van a echar de menos.

—Tengo que sentir tu olor, Borja.

—¡Cállate, Mappy!

Nadie al verlos allí, con las cuatro manos apoyadas en la balaustrada de madera, de cara a los jardines engalanados, hubiera dicho que hablaban de su intimidad. Pero ése era el caso.

—¿No podemos dejar la terraza y...?

—No, Mappy, cariño, sé juiciosa.

—¿Hasta cuándo todo así..., oculto?

—Mañana tengo una reunión con tu padre. Puede que logre meterme en sus negocios. Si es así, poco a poco... Sonríe como si te estuviera contando algo gracioso. Eso es...

—Pero si no sabes que sonrío. No me has mirado.

—Te veo.

—¿Me ves sin posar los ojos en mí?

—Yo te sé de memoria, Mappy. Te llevo tan dentro —su voz era bronca—, tan dentro... Maldita sea, demasiado dentro.

—¿Por qué demasiado?

—No lo entenderías... Pero te quiero decir..., te tengo que decir..., que tú estás por encima de todo. ¿Lo vas a recordar? Por encima de todo. Hay cosas..., muchas cosas... Pero tú por encima de todas ellas. Por encima de todo.

—No comprendo tu ardor.

—Es que desconoces mi ardor.

—El físico sí, pero de ese modo... Hablas, no me miras y dices cosas que no entiendo.

—Me parece que te vienen a buscar.

—Le diré que no. Que estoy hablando con un amigo de papá.

—Mappy, no hagas eso. Ya te diré. Un día te diré..., pero ¿qué cosa tengo que decirte? No lo sé. No quisiera tener que decirte nada. Pero tú... tú...

Su mano resbaló por la balaustrada y se puso sobre los dedos crispados de Mappy.

—Te besaría ahora —decía y su rostro parecía impenetrable—, te tomaría, te poseería... Es algo que me está sacando de quicio.

—¿Por qué te saca de quicio algo tan natural?

—Mappy —la llamó una voz masculina a su lado—. ¿Podemos bailar? ¿Me concedes este baile?

—Pues...

—Tengo que irme, Mappy —le explicó Borja antes de que la joven respondiera—. Uno de estos días jugaré contigo esa partida de golf.

Y se alejó a grandes zancadas.

—Vamos, Daniel —dijo Mappy con vocecilla muy lejana.

—Borja parece enfadado.

—No sé qué le sucede. Pero es que papá lo acapara demasiado.

—¿No te habrá molestado que haya venido cuando hablabas con él?

—No hablaba con él, Dan. Estaba mirando hacia el jardín a su lado, que es muy diferente.

Y sus ojos verdes, de expresión súbitamente triste, miraban cómo la alta silueta de Borja se perdía en la espesura y después por el sendero camino de la casa vecina. La de su hermano Pol.

Más tarde se deslizó buscando a su padre y lo encontró entre un grupo de personajes que no conocía de nada. Por lo visto aquello se prolongaba demasiado y para ella, que era la primera vez que trasnochaba, le resultaba insoportable.

—Papá...

—Ah, cariño, ¿cómo lo pasas? Perdonadme un segundo...

Y la llevó hacia un rincón.

—¿Ocurre algo, Mappy?

—Es muy tarde...

—No sé la hora que es.

—Me gustaría...

—No te puedes retirar. Tú eres la anfitriona. Por favor, un poco más y daré por finalizada la fiesta. Son las cinco... y los invitados... parecen muy entretenidos aún... Mira, ahí viene Bern con cara de desencantado. Este chico podría muy bien entretenerse con alguna de esas beldades jóvenes... —Sonreía beatífico—. Oye..., ¿no puedes ir a ver a mamá? Yo estoy ahora con estos señores que son políticos y me interesa mucho conversar con ellos.

—Sí, papá.

Y de camino hacia el grupo que formaba su padre con otros invitados se encontró con Bern.

—No hemos bailado nada, Mappy.

—Pues me voy contigo hacia el salón. Pero no me dejes. Estoy harta de ir de brazo en brazo.

—Son tus amigos de mañana, Mappy.

—Es posible. Pero esta noche, esta madrugada, ya no soporto más.

—Te comprendo.

—¿Te ocurre algo a ti, Bern?

—Ya te contaré.

—Entonces te ocurre.

—¿Cuándo no ocurren cosas?

—Mira, los invitados empiezan a desfilar... Vamos a despedirlos y así tal vez se vayan todos.

—Para ser tu primera fiesta, ha resultado un éxito, Mappy, pero tú tienes aspecto de cansada.

—Me parece, Bern, que las fiestas de este tipo no me van a gustar demasiado.

—A todo se habitúa uno, Mappy.

—Tú no pareces muy divertido y lo lógico es que ya estés habituado.

—Es que yo tengo mi problema.

—¿Sí?

—Pero ya te lo contaré...

* * *

—Las órdenes son las siguientes y no quiero que se me refuten —decía Borja con un tono de voz frío y cortante, muy diferente del que usaba el amante de Mappy, el amigo de Andy e incluso el hermano de Pol—. Primero, Ted, es hora de que dejes de prestar dinero a los hijos Urrutia, pide... acciones...

—¿De su empresa?

—¿Algún inconveniente? Porque si dos personas que te deben cerca de cinco millones cada uno, no pagan, con algo tendrán que responder. Y lo lógico es que te den un paquete de acciones.

—No serán libres para venderlas.

—¿Y quién se lo impide? El testamento fue claro y conciso. Tienen mil millones cada uno en acciones de la sociedad Teo Urrutia, S. A. De acuerdo, no tienen dinero, pues tienen acciones..., tú eres el responsable de recogerlas. Documentos, ¿eh, Ted?, nada de palabras ni papeluchos. Acciones registradas... ante notario.

—Si se entera el padre...

—No tiene por qué enterarse. Y además algún día tendrá que saberlo.

—¿Y qué hará conmigo?

—Cuando Andrés Urrutia se dé cuenta del tipo de hijos que tiene, tú estarás en Suiza y yo por caridad, porque su nombre no salte en pedazos, te habré quitado las acciones de las manos.

—Ah...

—Es que te falta imaginación, Ted... Ahora pongamos las cosas en claro. Vamos a puntualizar. Tienes el testaferro para la sociedad editora. Vas a ofrecerle a Jesús el dinero, todo, ¿eh? El que necesite, y su mujer, además de ser una viciosa sexual, es una come dinero... Él está loco por ella y de las debilidades de los Urrutia me voy a servir yo a través de ti. Bern está enamorado, ¿no lo sabías?

—¿Enamorado?

—Y verás la que se arma cuando lo diga. Porque es tan infeliz y tan buena persona que encima se ha enamorado con los sentimientos, no con el bolsillo, como su padre. Ése sí se casa... y encima con la amante de su padre. Lo más gracioso que te puedes echar a la cara, Ted, lo más gracioso.

—¿Melly?

—Pues claro. Le está tirando los tejos, pero no creas que es para acostarse con ella. ¡Si será idiota! El padre le da placer y el hijo el nombre. Verás la que se arma cuando el infeliz de Bern le diga a su padre que está enamorado de la institutriz de sus sobrinos. El drama será peor que cuando el maldito Teo seducía a mi madre.

—¡Borja!

—Cállate, ¿quieres? Aquí hay que ir puntualizándolo todo. Y sé que nunca voy a tumbarlo. ¿Cómo voy a poder? Pero se las va a ver y desear para enderezar a su familia, para mantener limpios a sus hijos y sin mácula a todos sus parientes.

—Tal como alguien hizo.

—No lo digas, ¿quieres, Ted? No lo digas.

—Eso hace daño.

—Eso lo maldigo yo con todas mis fuerzas...

—Pero no sales de ello. Entonces tienes tanto corazón como bolsillo.

—Hay algo..., pero déjalo así. ¿Por qué no voy a defender lo único puro que tengo en mi vida? Porque ella el día que se entere, no lo va a comprender. ¿Por qué? El amor es firme y es sincero... Qué más quisiera yo que haber pasado, como pasé por otras cosas. Pero ésta... A lo que iba. —Sacudió la cabeza con brío.

—Borja, sé lo que sientes.

—Qué demonios vas a saber.

—Lo peor de todo es que lo sepa Susan.

—¿Susan? —y miraba a Ted como si no entendiera nada.

—Verás, es que Susan está loca por ti. Una cosa es que... seduzcas a una joven ingenua por venganza y otra... que... te enamores de ella.

—Verás cómo se me pasa.

—Yo tendría cuidado con Susan.

—Una cosa te voy a decir: si Susan abre el pico, la eliminas. Pero ya, ¿eh? Ya. No quiero dudas, ni estorbos, ni chivatazos, ni que... toque a quien tú sabes. Sigo con mi tema. El asunto de Susan solucionado. Si no puedo yo, podrás tú y si no, ya sé quién podrá. Pero que nadie se interponga en mi camino. Ni en el sentimental ni en el empresarial. Tengo una cita con Andy ahora mismo. Me voy a quedar en Santander todo el resto de la semana. Ya he visto las reseñas de la fiesta, de la puesta de largo. Es algo que no me interesa. Pero sí me interesa que hagas una cosa más en el asunto de Jesús y de Bern y los convenzas de que si no te ceden acciones... le pedirás a su padre el dinero que te deben.

—Y si pagan...

—¿Con qué? Son libres de vender sus acciones. Unas pocas... Son caras, de modo que un paquete cada uno y liquidan la deuda. El caso es que yo figure como un hombre bueno. El hombre que por hacerles un favor... compró las acciones que sus hijos vendieron.

—¿Y... se las venderás a tu vez?

—Tal vez le interese tenerme por socio... en minoría...

—El barco... saldrá de Cádiz este invierno.

—No me pertenece, Ted. —Borja rio olvidando ya sus arrebatos pasionales—. Moted, S. A. es como Morrel, S. A., Marítima, S. A., y cualquier otra de las sociedades mercantiles... Nunca pensé que un semanario vulgar y unos cuantos chivatazos provenientes del tráfico de influencias dieran para tanto. ¿Has encarpetado los solares recalificados?

—Claro.

—Cuánto se ha ganado en la recalificación...

—Tres mil... kilos.

—Una jugada redonda... Tengo que dejarte. No te olvides del tornillo de los Urrutia, una vuelta más... Tú no eres nadie, Ted. ¿Qué representas? Eres dueño de salas de fiestas, de hoteles y de unos restaurantes...

—Soy un miembro de una sociedad. Pero yo no significo más que eso. Un miembro...

—Fueron jugadas geniales, Ted. ¿Ves cómo el hambre despierta el ingenio? Buenos días. Te veré esta noche.

—Si viene Susan...

—Que vendrá... Dile que estoy con un asunto de negocios.

—Si me pregunta...

—Sigues jugando al escondite con excusas inocentes...

Borja apretó los labios.

—Ojalá fuera así —dijo y se fue mascullando algo entre dientes.

* * *

Andrés Urrutia se hallaba cómodamente sentado tras su mesa de despacho. Alzaba un poco la cabeza y se balanceaba en el sillón giratorio con cierta inquietud. No muy lejos, en un ancho sofá, un poco echado hacia atrás, y con una pierna apoyada en la otra, Borja Morán lo miraba con beatífica sonrisa.

Andy, con su aspecto de gran señor, sus ojillos de águila y su fina nariz palpitando como si lo oliera todo, pensaba que Borja era un joven apuesto. Muy poco distinguido quizá, sin una raza depurada, pero muy varonil. Ese tipo de hombres que gustan a las mujeres. Es más, en el fondo sentía hacia él un poquitín de envidia. La noche anterior, de madrugada, cuando despidió a un Ignacio Bergara borracho como una cuba y a una gentil Belén, aquélla le advirtió que Borja como amante era sencillamente una maravilla. Por eso, con una risotada algo nerviosa, comentaba en aquel instante:

—O sea, que con Belén has cumplido muy bien, ¿eh, Borja?

—Es una salida. Le falta un hombre de verdad, porque tú no debes de ofrecerte con frecuencia. Un favor se le hace a cualquiera. Belén en ese momento lo necesitaba. No pensarás que si Belén engaña a su marido contigo va a pasarse la vida esperando a que tú estés en forma.

—Pensé que era menos zorra —apostilló Andrés con sequedad—, pero vayamos a lo que nos interesa y se me antoja que no nos hemos citado aquí para hablar de mujeres y sus necesidades fisiológicas.

—Eso es muy cierto.

—Abordemos el asunto de la casa de Pol.

—A por ello. He hablado largo y tendido con los dos, con Pol y con Salomé. Pol y Salomé son la misma persona. Se quieren tanto y lo pasan tan bien juntos que todo lo demás es secundario. He tratado el asunto con toda delicadeza.

—¡Y...!

—Déjame fumar un cigarrillo. —Ya lo estaba encendiendo y balanceaba un pie rítmicamente—. Verás, me han dicho que los solares colindantes a la casa de Pol han sido adquiridos por una multinacional. No, no digas nada. Yo tengo un plan trazado. También tengo información secreta de primera mano. Si Pol nos vende su casa, lucharía por arrebatar los solares colindantes y entonces edificaría yo.

—¿Sí?

—¿No te gustaría tenerme por vecino en vez de a tu hermano bastardo? Yo no tengo el dinero para edificar, pero me las apañaría para unirme a la multinacional. Levantaría una casa palacio como la tuya, y una vez terminada y bien acotado todo el terreno unido al de Pol, que, repito, me vendería si yo me empeñara, tú podrías adquirir la mansión pagando por ella todo lo que haya costado. Más, naturalmente, la casa de Pol. Está claro que Pol no te la venderá. Pero te evitarías pelear con él si yo edifico y a mí no me dice que no y me vende. Una vez, repito, edificado el palacio, te lo cedo. Con ganancias, por supuesto. Pero ¿qué suponen para ti doscientos kilos más o menos?

—Un momento. Yo esos terrenos los usaría para construir el hogar de Mappy. Mi hija, la habrás visto ayer, es guapísima, elegante, joven, femenina e ingenua. Espero que se enamore de un hombre apropiado y mi anhelo es siempre el mismo. Deseo que todos mis hijos vivan en esta zona y que los terrenos me pertenezcan por entero. Si para esa operación necesitas dinero...

—No lo voy a necesitar por una razón muy sencilla. Trabajo con bancos. Me dedico, aparte de mi semanario cutre, a vender y comprar terrenos. Malo será que no consiga ése al precio que sea, pero ya sé por dónde meter la pezuña, estando seguro, claro, de que Pol me venderá.

—No es mala jugada. Pero dime...

—Después. Ahora te voy a hacer otra oferta que te tiene nervioso. Porque tú estás deseando meterte en la sociedad de Pol, la que tu padre le cedió. Es natural. Es lo único que tu padre te negó de la cuantiosa herencia. Yo me hago cargo y, dada mi amistad contigo, he luchado por complacerte. Siempre, naturalmente, que me permitas a mí tener alguna acción en la sociedad del periódico.

—¿No me digas que también has conseguido eso?

—No. Aún no. Pero estoy limando la mente de Pol. Pienso que tu padre con sus cromosomas ha dejado en ti toda su inteligencia y no se los ha dado a nuestro común hermano.

—Eso es muy gracioso, ¿verdad, Borja?

—¿Qué te parece gracioso?

—Que Pol sea tu hermano y mi hermano y tú no seas a la vez hermano mío.

—Son cosas que suceden. Pero a lo que íbamos, nunca podrás

dominar el periódico, pero yo sí. Entonces lo que puedo hacer es convencer a Pol. Le pago muy bien, con tu dinero, por supuesto, yo no lo tengo, pero tú me lo dejas a modo de préstamo que te devolveré en dos años...

—Y...

—A cambio, te doy un paquete de acciones. La mayoría para entonces estará en poder de otra sociedad. Pienso que en poder de la sociedad mercantil Moted, S. A.

—¿Y qué significa esa sociedad?

—No lo sé ni me importa. El caso es que ambos estaremos en ella con un puñado de acciones. No conformaremos el mayor accionariado, pero sí el suficiente para mejorar y dar el coñazo en el consejo.

—¿Y Pol?

—Si consigo que Pol me venda la casa, a continuación lucharé por los terrenos y seguidamente mandaré edificar un proyecto. Levantaré una mansión de película.

—Un segundo. ¿Y por qué una vez comprada la casa de Pol y conseguidos los terrenos no me lo vendes y levanto yo la mansión?

—Sencillamente porque Pol se consideraría traicionado. Y no es ése el caso. Pol es un infeliz. Con el amor de su mujer tiene más que suficiente. Es un obsesivo honesto. No desea a la mujer de su prójimo, desea la suya. No le pasa como a ti, que además de la tuya, deseas a todas las demás.

—Oye, Borja...

—Ya sé que a otro no le tolerarías tanta sinceridad. Pero yo te estoy proporcionando algo por lo cual has luchado gran parte de tu vida, desde que te enteraste de que tu padre se acostaba con mi madre en ausencia de su marido, mi padre, y salían a relucir Tatiana y Pol.

—A propósito, Borja, ¿qué ha sido de Tatiana?

—Y yo qué sé. Se ha metido a monja. La veo sólo por Navidad. ¿Sigo con mi plan o qué...?

—Sigue.

—Pues eso. Puedes realizar el sueño acariciado desde tu adolescencia, pero teniendo en cuenta que la casa, todo lo demás, incluyendo la búsqueda de la multinacional, será cosa mía. Si tú te metes por medio, adiós a la operación. Pol no venderá y además ya me advirtió que en la escritura quedará especificado que me lo vende a mí, pero a nadie más, y que sólo yo puedo edificar nuevamente. Lo que se ha olvidado de especificar Pol es que una vez levantada la mansión no pueda venderla. ¿Entiendes ahora la jugada?

—La ambición que te mueve es descomunal, pero es una operación que ni ideada por mí.

—Hemos crecido juntos, Andy. —La risa de Borja sonó sincera—. Nos llevamos una diferencia de edad considerable, pero quizá al estar yo cerca de vosotros crecí demasiado pronto. Entre rencillas, fracasos y malos entendidos me fui haciendo hombre y además tu amigo.

—Y dices que el periódico...

—Pol no desea más que dos cosas. Conseguir dinero para sus hijos, y con la venta del periódico y de la casa le sobrará. El amor de su mujer y vivir holgadamente constituyen sus ambiciones, le alcanzará para todo eso y más. Yo tengo un crédito a medio negociar. He vendido un puñado de acciones que compré antes del estallido del Golfo y me hice con un poco de dinero que junto con el semanario cutre... suman una cantidad más que respetable para construir esa edificación.

—Me gustaría meter algún dinero en esa sociedad, Borja.

—Pero eso no es posible. Si puedes, hazme un préstamo que te devolveré en dos años... con los réditos correspondientes. Una vez que consiga el periódico, te cederé unas acciones y de esa forma estaremos unidos en una empresa que nos interesa a los dos. Eso sí, me darás un porcentaje por haber logrado la feliz finalización de estas operaciones.

—A ver si comprendo lo que te propones, Borja. Adquirir la casa de tu hermano, adquirir a la vez los terrenos colindantes que según tengo entendido tú sabes ya que pertenecen a una multinacional... Levantarás una mansión a tu gusto...

—No, no. Para eso usaré a tu arquitecto. Quiero decir que será a gusto de ambos. Para los efectos al mío, pero estarás tú detrás de ello. No se puede enterar Pol, ¿entendido? Eso jamás. Pol es muy cándido, pero también es muy terco. Si sabe que le compro la casa para vendértela a ti, no venderá, y además, si pese a todo te la vendo yo, ejercerá acciones en mi contra, y por tanto en tu contra. Todas las que la ley le ampare, y debido a lo que incluirá en la escritura de venta, nunca podré venderte su casa tal cual y entonces te quedarías como estabas.

—¿Y si compro yo los terrenos y te dejo a ti en medio, Borja? Porque tú no me estorbas.

—Ciertamente, pero entonces no podrás tener la mansión que pretendes y será una propiedad partida en dos, y además no veo fácil que tú consigas los terrenos de la multinacional.

—¿Y cómo lo harás tú?

Borja esbozó una sonrisa inocente. Cambió las piernas de posición y apoyó una encima de la otra, movió el pie y además encendió un nuevo cigarrillo.

—Tengo contactos. Influencias para llegar a la cabeza de la multinacional. Tú tienes amigos en la política, pero están demasiado encumbrados para mancharse las manos. En cambio yo tengo personajillos que son los que hacen los grandes negocios, ¿entiendes?

—Estás metido en todo.

—Yo he sentido afecto por ti desde siempre, Andy. Hay que tener en cuenta que soy hijo de mi padre, un capitán de barco humillado por el tuyo. Pero los dos aprendimos, tanto tú como yo, a tomar de la vida la mejor parte, y no somos tan sensibles como para andarnos con miramientos porque la vida nos demostró ya que el que tiene el dinero tiene la fuerza y, lo que es más extraordinario, tiene el poder. A ti te dieron todo el dinero hecho. Yo lo quiero hacer. Un poco aquí y otro en aquella esquina, voy haciendo mis negocios a mi manera. ¿Escrúpulos? Tengo algunos, pero no tantos como para que me impidan conseguir lo que me propongo.

Andy se repantigó en el sillón.

—Borja, tú y yo haremos muchas cosas juntos. La pena es que no tengo en mente vender acciones de Teo Urrutia, S. A. Pero si un día, por la razón que sea, se me ocurre vender, pensaré en ti.

—¿No has pensado nunca en sacarlas a bolsa?

—¿Las acciones de Teo Urrutia, S. A.? No, ni hablar. Es una empresa familiar y tiene una abultada liquidez. Cierto que he perdido mucho con la bolsa esta última temporada y además por tus consejos...

—Un segundo. Te advertí que no te fiaras...

—Dejemos eso. —Andy hizo un gesto despectivo—. Sobre el particular, subsané lo que pude y no me meteré en bolsa a menos que tenga la plena seguridad...

—Pues éste es momento de comprar...

—¿Sin saber qué va a ocurrir con el asunto del petróleo? No seré yo quien lo haga; sin embargo, me estoy recuperando a base de vender los crudos que tenía almacenados con lo que he conseguido por un lado y las ganancias que he perdido por otro. Pero volviendo a nuestro asunto... ¿Estás seguro de que conseguirás el terreno?

—Estoy en ello. Y tengo el proyecto tal como te indiqué. Sólo necesito que tú estés de acuerdo.

—Verás, Borja, verás. Yo tengo en mente casar muy bien a Mappy. Es una chica ingenua, muy joven y muy linda y tengo grandes proyectos para ella. En el garaje ya posee un Ferrari último modelo, si bien también dispone de un guardaespaldas... y un chófer para su servicio exclusivo. Matías era el chófer de todos, circulaba por donde le pedían mis hijos o mi mujer. Ahora Mappy me lo ha solicitado y me dijo que lo deseaba para su único servicio. Si yo tengo un amor de verdad, un afecto profundo, es mi hija. Adoro a mis hijos, pero no me han salido como Mappy. Jesús se ha casado con Helen sin terminar carrera alguna; Bern, un día cualquiera me dará un susto con una de las muchas chicas que le cortejan. Pero yo ya me hice a la idea de mantenerlos, y todo con tal de que hagan que el patrimonio permanezca intacto. Gastan dinero, pero les pago lo suficiente. Mappy para mí es algo precioso, algo sagrado. Ahora empieza a salir, a tener amigos, pretendientes. He de ser muy cuidadoso en la elección. Mi hija hará una boda como le corresponde y será por amor. Pero sobre todo con un hombre que esté a la altura, y la casa que tú vas a levantar... se la regalaré a ella. Por eso precisamente necesito que tú me ayudes a idearla, a supervisar el proyecto.

—¿Qué te parece si empleamos a Soto...? Es tu arquitecto.

—Estupendo.

Sonaba el teléfono.

—Un segundo, Borja.

—Es que ya me voy. Pienso que todo está acordado, decidido y solucionado. Cuando tenga el asunto del periódico bien madurado, te llamaré. Yo me voy a Madrid el viernes próximo.

—¿Por qué no vienes a almorzar a casa? Espera que responda al teléfono... Sí, Mey.

—Señor, una señorita desea verle.

—¿Está citada?

—Dice que no.

—Pues dele hora para otro día. No será una periodista, ¿verdad?

—Dice que tiene información que le interesa.

—¿Sí?

—Eso dice, señor.

—Pregúntele su nombre.

Borja encendía un cigarrillo esperando a que Andy terminara la conversación que mantenía a dictáfono abierto.

—Dice que se llama Susan Pimentel.

Borja estiró el cuello.

El fósforo quemó sus dedos y los sacudió con fuerza.

—No la conozco de nada, Mey.

—Ella dice que sabe muy bien quién es usted...

—Pues que pase.

—Oye, Andy, me largo.

—Pero... Espera... recibo a esa mujer y te vas después.

—Me voy ahora mismo... Te veré uno de estos días. Ah, oye, si decido ir a almorzar a tu casa, te avisaré por teléfono.

—¿No esperas a que reciba a esa joven?

Borja ya salía y se topó con Susan. Hubo un intercambio de miradas. De repente, la mano de Borja pareció un garfio en el brazo femenino.

La puerta del despacho de Andrés seguía abierta, Urrutia esperaba la visita... sentado en su sillón de alto respaldo...

5

Confidencias peligrosas

Andy abrió el dictáfono con impaciencia.

—Mey, ¿dónde está la mujer que pedía una entrevista?

—Acaba de ver al señor Morán —apuntó Mey— y parece ser que le ha parecido interesante entrevistarlo. Se ha ido tras él.

—¿Periodista? Bueno, ya me lo imaginaba. Olvídelo, Mey.

—El señor Morán me ha guiñado un ojo y ha dicho que se llevaba la carne del pecado. No sé qué ha querido decir, señor.

—Oh, sí. —Andy rio satisfecho—. Me lo imagino.

Casi enseguida oyó el timbre de su teléfono personal.

—¿Andy?

—Ah, eres tú. Me la has quitado del medio, ¿eh?

—Pues claro. La he reconocido inmediatamente. No te olvides de que vivo en ese mundo sucio... del morbo. Deseaba preguntarte cosas de la puesta de largo de tu hija... No me preguntes cómo me las he arreglado, pero soy del ramo..., conozco algunos métodos.

—Gracias, Borja. De no ser por ti, me hubiera pillado por sorpresa.

Y con las mismas, colgó el teléfono y se puso a trabajar. Pasado el mediodía, hacia la una y media, dejaba sus espléndidas oficinas del muelle y se iba a la sede del Sardinero. A las dos decidió que se daría un buen baño en la piscina de su casa y subió al Mercedes que le esperaba. El coche que llevaba al guardaespaldas salió detrás.

Andy Urrutia se sentía plenamente feliz. Echar a Pol de su casa. Pensó en Salomé. Humm, era muy atractiva. El maldito Pol... tenía una gran suerte. En la cama Salomé seguro que era una ardiente amante. Algún día quizá la convencería. Torres más altas habían caído, ¿no?

Del centro del Sardinero a su mansión había unos buenos treinta kilómetros por la carretera de Burgos, de modo que los recorrió en menos de un cuarto de hora a toda velocidad. En las rodillas llevaba un portafolios y mientras el chófer conducía el coche, Andy disponía unos documentos. Por el teléfono del automóvil se comunicó varias veces con su oficina central, y una vez aclarado el asunto que le preocupaba, se repantigó en el asiento y vio el enorme arco con el escudo heráldico de los suyos. El vehículo pasó por debajo, recorrió un kilómetro por una carretera bordeada de tilos y fue a desembocar en la misma glorieta.

Enfrente su legendaria mansión, y a un lado toda la zona ajardinada de la piscina. No vio nada diferente a cualquier otro día. En lo alto de la parte de la piscina vio a Mappy, enfundada en un equipo de tenis, jugar una partida con alguien desconocido. Un amigo o amiga. ¡Ya estaba introducida en sociedad, por lo cual podía hacer lo que le diera la gana siempre que se comportase prudentemente...! En una hamaca vio a su esposa tomando el sol en traje de baño, no demasiado lejos divisó a Helen. Los dos críos de Helen se bañaban en la piscina pequeña anexa a la de adultos... y vio a Melly. Caramba con la nurse. Andy sintió como un impulso irresistible. Siempre que veía a aquella joven en bikini se ponía enfermo o se desahogaba, que para el caso era la misma cosa. Descendió del automóvil, tiró la chaqueta en el asiento y en manga corta, aflojando el nudo de la corbata, se acercó a paso lento hacia la piscina pequeña.

—Señorita Melly, ¿puede venir un momento?

Melly alzó su lindo rostro. Era una joven muy atractiva. Pero sobre todo tenía unos senos turgentes y firmes, macizos, y unas caderas muy... apropiadas.

—Señor...

—Deje a los niños con su madre. ¡Helen!, cuida de tus hijos un instante.

—Papá, siempre llegas con tus cosas... ¿Por qué no traduces tus cartas con tus secretarias?

—Helen —reconvino su suegra con su dulce tono—, me parece que debes ocuparte de tus hijos un instante.

—Gracias, Isa —apuntó Andrés Urrutia con suavidad y se alejó hacia los soportales por los cuales entró en la parte baja de su palacete.

—No hace falta que se vista, señorita Melly —iba diciendo Andy con estudiada indiferencia—, termino enseguida. Sígame, por favor.

Pero Melly se vestía a toda prisa y además ocultaba algo en el bolsillo. Cuando apareció con la camisola, Andy la miró unos segundos con avaricia.

—Te he dicho —murmuró— que no necesitabas ponerte la camisola.

—Señor.

—Vamos, ahí de pie. Un segundo nada más. Pero ¿qué demonios te ocurre?

—Señor, es que no quisiera...

—¿No quisieras qué?

—Contrariar al señor, pero... no puedo.

—¿Cómo, qué? Vamos, vamos, Melly. Tú sabes que soy muy intenso pero muy rápido. Es... es... Estate quietecita unos segundos. ¿Así? Pues así... Y no te pongas nerviosa. Nadie nos ve ni nadie nos oye. La señora es muy discreta, como sabes, y respeta ante todo y sobre todo mis apartes profesionales, y la señorita Helen es una perezosa... Estamos solos... ¿Quieres ayudarme...? Melly, no me irrites.

—Señor, es que...

—Vaya, ahora me vas a decir que no te gusta... Pues te gusta, ¿a que sí? Si además yo no te retengo, mujer. Un día de éstos te voy a hacer un buen regalo. No pienses que me olvido de tus favores...

¿Quieres estarte quieta? Es mucho peor si me esquivas. Eso es..., así, mujer, así. ¿Cuándo aprenderás? No se puede ser tan hermosa y ser tan joven y además tan pudorosa a veces... Si yo no te voy a echar a perder... Esto queda entre nosotros. Te aseguro el puesto en esta casa, te paga Helen y te pago yo con mi aprecio... Eres una chica estupenda, Melly. Ya está, ¿ves qué pronto? —Le dio una palmadita en el trasero—. Estás muy dura, hermosamente dura... Gracias, Melly. Oye, ven un segundo. ¿Por qué escapas tan pronto? —Melly apretaba en el bolso de la camisola un artilugio diminuto que funcionaba muy despacio y no producía ruido alguno—. Verás, un día te voy a reclamar en la oficina... Estas cosas tan rápidas... merecen a veces una atención especial. —Su sonrisa lejana, más bien despectiva, distendía su boca sensual—. Un día me va a gustar... llevarte para unas horas... Ya te avisaré. Hala, hala, ya puedes irte...

A las dos y media de ese mismo día se hallaban todos sentados a la mesa como cualquier otro día de la semana a la hora del almuerzo. Comentaban la fiesta de la noche anterior, las reseñas de los periódicos, lo bien que había salido todo, los invitados relevantes que habían asistido...

—¿Con quién jugabas al tenis, Mappy? —preguntó un Andrés Urrutia paternal, muy distinto al hombre vicioso que conocía Melly.

—Era Otto Malvives.

—¿Otto Malvives? —Andy se maravilló— Mappy, me gusta Otto. Un chico muy apropiado para ti. Buenas costumbres. Ingeniero, hijo único de un viudo multimillonario..., dedicado a empresas de hostelería... Si vas de aquí hasta Valladolid, o entras por Barcelona y terminas en Niza, tiene una red de hoteles de gran lujo Malvives...

—Papá, el hecho de que Otto estuviera jugando conmigo no indica ni mucho menos nada serio ni nada con futuro. Es amigo de Bern. Hemos estado jugando una partida porque me aburría. Ha pasado en su coche por aquí, se ha detenido, hemos conversado y punto. Bueno, no me mires así. Punto no, porque me ha invitado a jugar una partida en su casa.

—Vive en una mansión cercana, sí.

—Pues por eso. Yo he preferido jugarla aquí. Eso es todo.

—Es algo. Y me gustaría que no desperdiciaras esa amistad. No por nada futuro como tú dices, pero por algo se empieza...

—Papá.

—¿Sí, Bern?

—Me gustaría hablarte.

—¿Ahora?

—Después...

—¿Es tan urgente?

—Puedo esperar, pero... tendré que hablarte.

—Entonces, si no es tan urgente, déjalo para mañana. ¿Qué me dices? Eso es. Ahora tenemos que irnos. Os espero en el consejo esta tarde. Tengo algo que proponer...

* * *

—Mira, si esto vuelve a suceder, ten por seguro que tú y yo vamos a terminar muy mal, y como yo no soy de los que terminan mal, hemos de pensar que lo harás tú.

—No sabía que estuvieras allí.

—Eso por supuesto. ¿Qué ibas a decirle a Andrés Urrutia? ¿Que le estoy manipulando? ¿Que le estoy traicionando, Susan...? No sabes aún con quién te la juegas. Te diré más. Siempre estuviste advertida. —Paseaba por el despacho de lado a lado con fiereza. Jamás Borja Morán reflejó en su rostro mayor tirantez, sus palabras salían de sus labios como silbidos—. Escucha esto, Susan. He mentido mucho en mi vida, pero a ti jamás te he engañado. Desde el principio te dije lo que había entre ambos y los dos estuvimos de acuerdo. Yo pongo esto —y llevó los dedos a la frente—, pero jamás esto —y llevó los dedos al corazón—. Eso lo sabes tan bien como yo. El trato fue explícito, claro, conciso pero firme. ¿Te gusto? ¿Quieres seguirme? De acuerdo. Sentimientos ni uno...

—Yo me quejo de tu frialdad...

—Yo no soy frío ni para odiar, Susan, y eso lo sabes.

—Pero eres frío y calculador para decir lo que deseas. Y está claro que entre tú y yo sólo existe algo material.

—Algo económico también. ¿O no? ¿Vas a decirme que no ganas dinero? Ya sé que no recibes dinero por los favores personales que me hayas hecho, que eso está muy al margen de nuestras vidas profesionales. Pero los recibes por el trabajo que desempeñas. Eres de mi equipo y no consiento bajo ningún concepto, ¿me oyes bien, Susan?, bajo ningún concepto que te inmiscuyas en mi vida más allá de aquello que yo te permita. Sexualmente nos entendemos, o al menos hasta ahora nos hemos entendido. Te he preguntado si estabas de acuerdo. Te advertí que yo no soy de los que se enamoran. Que no consiento que los sentimientos me dominen. Yo soy un hombre cerebral y voy a mantenerme así. Cuando te conocí al hacerme cargo de la revista, quedaste muy avisada. Yo tengo en la vida varias metas, no voy a permitirme el lujo de dejarlas por las esquinas, separadas unas de otras. Las voy a ir juntando todas. Espero que esto lo entiendas, Susan. Además, ¿para qué vamos a engañarnos? Lo tenemos muy claro ambos. Tú porque me conoces muy bien, yo porque te lo advertí escrupulosamente, y sabes muy bien que de escrupuloso tengo muy poco. No me importa confesarlo. A fin de cuentas no nací así, me hicieron, por lo tanto los responsables son los demás, no yo. Pero al margen de esto, hay algo que no te voy a perdonar: la intentona de esta mañana. ¿Qué pretendías hacer?

Susan se hundía en un sillón con la cara entre las manos.

—No llores, Susan, tus lágrimas me son indiferentes, como me lo son tu risa y tus gritos y tus protestas. Y no me salgas ahora diciendo que no lo sabías. Jamás te he engañado, jamás te he hablado de amor. Me acosté contigo y fue placentero y lo es cuando lo hacemos, pero de eso a... Por el amor de Dios, si es que crees en él, no me salgas ahora pidiendo lo que no tengo.

—Lo tienes para ella.

—¿Ella?

—Mappy.

—Susan. —La voz de Borja era tajante—. Susan, cuidado con lo que dices.

—Empezaste con ella por saber quién era. La has poseído con toda tu saña, con mentiras, con sentimientos que nunca habían existido en ti. ¿Eres capaz ahora de...?

—¡Cállate!

—¿Lo ves?

—Susan, que no tengo que volver a decirte que no te inmiscuyas en mi vida. Toma de ella lo que te doy, lo que te puedo dar. Nunca jamás pidas algo más... No lo tengo.

—Pero lo tienes para Mappy.

—Será mejor que olvides ese asunto. Es tan ajeno a ti... Tan tabú para ti... Tan mío, tan personal... ¿Que estoy enamorado de Mappy? No lo creas. No quiero estarlo y voy a luchar contra ello con todas mis fuerzas, pero por supuesto que no voy a desistir de poseerla. Si me quieres compartir, estás a tiempo; si prefieres irte, mira bien lo que haces. Soy mal enemigo. Muy mal enemigo y no lo ignoras... Llevo demasiados años esparciendo tentáculos. Los tengo por todas partes y domino mucho más de lo que tú supones. Ve con mucho cuidado. Tanto que la próxima vez no te agarraré por la muñeca y te sacaré de allí defendiendo a Andy o fingiendo que lo defendía de una curiosa periodista. ¿Sabes lo que has conseguido con eso? Que te deje en Madrid y no vuelvas a viajar conmigo. En adelante serás una periodista más, pero no mi mano derecha. No perdono las traiciones...

—Borja, te juro que iba para... para...

—¿Para qué?

—Para... hacerle una entrevista para el semanario.

—Mientes, Susan. Y además tan mal que te vulgarizas. Si algo detesto es la vulgaridad...

—Te amo, Borja. Mi amor es tan...

—No dramatices —la cortó con sequedad—. Es tan necio todo esto... Tan fuera de lugar, de situación. No sé si serías capaz, una vez ante Andrés Urrutia, de decirle algo referente a mí o a su hija, pero yo te aseguro, Susan, y esto tenlo muy presente, porque además sabes que no miento, que si abres los labios con referencia a algo que pueda desbaratar mis planes..., eres mujer muerta. O al menos desterrada, y sabes que no exagero nada. —Giró sobre sí—. El asunto esta vez te lo he chafado. De ahora en adelante estarás vigilada. No darás pasos sin que seis ojos estén sobre ti. Ah, y no cuentes conmigo para tus juegos sexuales. Ya no... No soporto los términos medios. O todo o nada, y contigo ni lo uno ni lo otro. Ya ves, quedas tan en el medio que sólo servirás para lo que en adelante te mande Manuel. Ah, a propósito de Manuel. Me dijo en varias ocasiones que eres bellísima... Tienes una oportunidad.

—No me eches de tu lado. Nunca más. ¡Nunca... volveré a inmiscuirme en tu vida! Pero, por favor..., no me eches de tu lado. No soportaría... no poseerte, Borja. No me sería posible. Tómame de esclava, de amante ocasional, de tu mano derecha o de la izquierda, que yo jamás te exigiré... más de lo que tú quieras darme.

En mangas de camisa desabotonada, con los cabellos algo alborotados y los ojos como fogonazos, Borja la taladró con la mirada.

—Escucha, y que esto quede claro, Susan. Que quede claro y para siempre. Ojo con tus confidencias. Ojo con tus pasos, ojo con todo lo que a mí concierne. No sé si voy a desearte en algún momento. Si te deseo, te tomo, pero ahora mismo no voy a tomarte. En cambio tú sí tomarás el avión de esta tarde para Madrid. Ah, y no te muevas de allí. Ya te buscaré cuando me apetezca. Pero recuerda esto: seis ojos te persiguen y no te van a perdonar ni un mal paso. Es mejor que no te olvides de eso. —La apuntaba con el dedo índice—. Y el día que vuelvas a mencionar a Mappy..., por Dios que eres mujer muerta. ¿Queda claro, Susan? Que quede esto bien claro como claros tengo yo mi meta y mi futuro y cuanto con éste se relaciona.

—Te estás enamorando de ella, Borja. Y tú no lo sabes...

—Yo sé de mí cuanto quiero saber. De modo que olvídate de lo que tú pienses..., y si se te ocurre pensar, recuerda que te has metido entre unos tentáculos de los cuales sólo saldrás cuando yo quiera, como yo quiera y cuando me dé la gana, y lo peor para ti es que puedes salir destrozada. Sabes bien cómo me las gasto. —Pulsó el timbre y apareció Manuel como si estuviera al otro lado del tabique—. Saldrás en el próximo avión para Madrid con Susan. Recuerda cuanto te he dicho. Mis órdenes son tajantes.

Dicho lo cual salió.

* * *

Se lo advirtió Ted por teléfono desde su oficina.

—Borja, te visitará Bern.

—¿Y eso? ¿No has conseguido...?

—No, no, no se trata de dinero. La semana próxima negocio las acciones. Pero es todo muy secreto, como cabe esperar. He visto a Jesús esta mañana a primera hora, nada más dejarte a ti me ha visitado. Está necesitado de dinero. Le he expuesto mi plan y no lo ha convencido, si bien tampoco le he dado el dinero que me pedía. No obstante ha dicho que lo hablará con su mujer...

—¿Y con... su padre?

—Oh, no. Esto está claro. El asunto si se lleva a buen fin será todo lo secreto que a ellos les conviene, y que también te conviene a ti. El tema que lleva a Bern a visitarte es muy diferente según parece.

—¿Lo conoces?

—Ni idea. Pero él tampoco sabe que yo soy tu hombre y que las acciones, de cedérmelas, irán a parar a tus manos. Cuidado con el asunto porque parece que es importante. Me pregunto cómo te las has arreglado para ser el paño de lágrimas de todos...

—La labor de años, Ted. Aprende.

—Ya me contarás...

Borja colgó con cuidado. Pensó, eso sí, que él sólo contaba lo que le convenía. Lo que era suyo, suyo seguía siendo, y había muchas cosas que lo eran enteramente. Nadie al verle en su pequeño pero coquetón despacho hubiera imaginado que dos horas antes había discutido y se había desmelenado. En aquel instante se ocupaba de dirigir el semanario cutre, su mesa era pequeña y su aire desmañado, pero impecable. Traje beige de alpaca, camisa blanca y corbata granate... La sonrisa sincera e inocente de lado a lado, si bien su mirada oscura tenía en el fondo de las pupilas un algo electrizante. Era un tipo carismático, con pocos años, sólo veintinueve, pero cualquiera que le viera en aquel momento pensaría de su persona que había cumplido una docena más.

Cuando le anunciaron la visita de Bern Urrutia, se levantó y amablemente le salió al encuentro.

—Bern..., ¿qué sucede? Pareces muy deprimido.

—Es que lo estoy.

—Siéntate y dime si puedo ayudarte en algo.

—Tengo problemas...

—¿Personales, económicos...? Ya sabes que si son personales sí puedo. Económicos..., no voy a poder...

—Tú eres muy amigo de mi padre.

—Es cierto.

—Mi padre te tiene en gran estima.

—Nos correspondemos.

—Por eso vengo a pedirte ayuda.

—¿Sí?

—Se trata de mi vida personal. De la otra no te hablo. ¿Para qué? No podrías ayudarme... Ando liado, pero tampoco me voy a pasar la vida buscando ayuda, teniendo la herramienta en la mano para ayudarme a mí mismo. —Sacudió la cabeza—. Oye, Borja, tengo veinticuatro años. Cometí el error de no terminar la carrera y sólo soy dueño de mí mismo a efectos personales. Para los de otra índole siempre dependo de mi padre, de la sociedad familiar. Ya sabes.

—Claro, claro. Pero estás bien así, Bern, ¿para qué diablos quieres más?

—Me gustaría ser independiente.

—¿Y de qué modo?

—No lo sé aún. Pero espero conseguirlo. A fin de cuentas, tengo una fortuna colosal.

—En acciones de la empresa, Bern, no te olvides de eso. Y no sería prudente que las vendieras a espaldas de tu padre.

—No vengo a hablarte de eso.

—¿Entonces...?

—Estoy enamorado de la nurse... de mis sobrinos...

—¡Vaya!

—Se lo voy a decir a mi padre. Me quiero casar con ella.

—Un segundo, Bern, un segundo. ¿Te corresponde ella?

—Tengo una cita con ella dentro de dos días. La veo cada maña-na y cada tarde, pero ella huye. Tiene miedo. Es lógico. Gana un sueldo espléndido y cuando mi padre sepa que la amo, se pondrá como una fiera. Pero yo voy a decírselo.

—¿A tu... padre?

—Claro.

—Un consejo, Bern.

—Sí, sí. Por eso estoy aquí. Dime qué hago, si le hablas tú, si se lo insinúas, si lo digo yo así... de plano... ¿Por qué no al fin y al cabo? Él se casó cuando quiso y como quiso. ¿Por qué tengo que casarme yo como a él le guste? Yo amo a Melly. La amo tanto que dormido y despierto sueño con ella. Entiéndelo, Borja, yo soy un sentimental.

«Y un imbécil», pensó Borja. En alta voz dijo cauteloso:

—Yo que tú me andaría con cuidado. Andrés tiene planes para vosotros. Le falló Jesús... Y no creo que permita que también le fa-lles tú... Quiere bodas opulentas, Bern, y también eso es lógico... Deja que yo le sondee. Eso es, sabré qué piensa sobre el particular. ¿Le has dicho a Melly que lo tuyo era serio... para casarte?

—Sí.

—¿Y qué te ha dicho?

—La vi muy asustada. Temerá que yo...

—Claro, claro... Agradezco que hayas venido a contármelo a mí, Bern... Ya veré lo que hago... Me marcho el domingo a Madrid, pero estaré de regreso el lunes. Tal vez el martes... Si Melly te ama..., que es lo primero que debes averiguar...

—Sí, lo sé.

—¿Te has acostado con ella, Bern?

—¿Qué dices? Pero ¿qué dices? ¿Cómo voy a faltarle al respeto de ese modo? Yo la amo para que sea mi mujer, no mi amante...

—Te comprendo. Pero tampoco es para tanto, hombre. El hecho de que te acuestes te aclara una cuestión. Una tan sólo, pero muy importante para el futuro en común. Si sexualmente te entiendes con ella...

—No podría pedirle eso a la mujer que amo. Para eso hay otra.

—También es cierto, Bern, también es cierto. De todos modos, ahora mismo... no tengo una entrevista prevista con tu padre, pero ya buscaré la ocasión la semana próxima...

—Te lo agradezco mucho, Borja. Sabía que me ayudarías...

—Yo no voy a ayudarte, Bern. Eso tendrás que hacerlo tú mismo. Yo sólo voy a sondear a tu padre.

* * *

A las siete, cuando se disponía a salir, sonó el teléfono. Era Ted de nuevo.

—Oye..., el asunto del dúplex está resuelto. Te estoy enviando las llaves. El bungalow de Laredo la semana próxima.

—No me envíes las llaves aquí, me voy a cenar esta noche al Náutico. Me las mandas por Simón..., ya sabes...

—Sí, de acuerdo.

—¿Algo más?

—Jesús sigue confuso. Su mujer le empuja y él está indeciso. Tal vez le veas en el club... Debo advertirte de algo importante.

—Dime.

—Hay un tal Otto Malvives..., ¿te dice algo ese nombre?

—Germán Malvives sí, es un poderoso hostelero.

—Pues según he sabido, el hijo, ese Otto que te digo... se interesa demasiado por Mappy.

—¿Quééé?

—Es lo único que te hace saltar, Borja. Ten cuidado. Uno empieza de broma...

—¡Cállate y explícate!

—Pues eso... Sólo eso... Es todo lo que sé. Seguro que si vas al Club Náutico... los ves. Jesús está muy necesitado. Helen gasta demasiado y como es tan cobarde... prefiere pedir dinero que vender. Pero yo le tengo medio convencido... Tal vez busque tu consejo.

—¿Te habló de mí?

—¿Y quién de los Urrutia no lo hace?

—Escucha. Dispón las escrituras del solar. Negocia con Pol lo de su casa. La semana próxima, como máximo dentro de quince días, quiero tener solucionado ese asunto. Lo tienes todo en la cinta. Detalle a detalle. Procura que sea Simón el testaferro y que todo aparezca como te indiqué. La sociedad Morrel, S. A. es la encargada de ese negocio. Ha de venderme ella a mí; queda claro, ¿no?

—Lo sé de memoria.

—Pues la semana próxima nos veremos. De todos modos, ponte en contacto con Miguel Soto y pídele el proyecto. Ya sabes cómo lo deseo todo. De lo demás me encargo yo... Ah, y cuando el barco esté navegando, avísame. Afianza Marítima, S. A.

—Eso es pan comido.

—De acuerdo.

Colgó y se levantó con su lentitud habitual. Salió a la calle. Subió al automóvil y por el Sardinero se dirigió al Club Náutico.

Nada más entrar vio dos cosas: a Mappy recostada en la barandilla que caía sobre la piscina, y a un hombre joven a su lado. ¿Otto Malvives? Parecía serlo sin duda.

Pero alguien le tocó en el hombro. Giró la cabeza.

—Jesús..., hola, ¿qué tal?

—¿Podemos hablar un rato?

—Oh, sí, por supuesto. ¿Dónde has dejado a tu mujer?

—No ha venido.

—Entonces...

—Yo deseaba verte a ti a solas. He llamado a tu oficina y me han dicho...

—Que venía para acá. Un segundo, Jesús. Enseguida estoy contigo. ¿Por qué no me esperas en el bar?

—No tardes.

Y Jesús se alejó mientras Borja se dirigía a Simón.

—Lo tengo aquí...

—Dame.

Y sintió en su mano el roce frío de dos o tres llaves.

—¿Algo más, señor?

—No, no, Simón, gracias.

Y con una mano en el bolsillo del pantalón y la otra sujetando aún las llaves separadas, guardó unas en el bolsillo y empuñó las otras. Así caminó con negligencia mirando aquí y allí indiferente. Se acercó a la balaustrada y exclamó muy afectuoso:

—¡Mappy, qué alegría verte! Después de la fiesta... es la primera vez que te veo... Por cierto, Mappy, te dejaste las llaves de tu coche en mi poder cuando el otro día me lo enseñaste... Toma.

Mappy cogió las llaves y las ocultó en el bolsillo ladeado del pantalón. Se había enderezado.

—Te presento a Otto Malvives... Otto, es Borja Morán, amigo de papá.

—Encantado.

—Mucho gusto.

Se dieron la mano y Borja miró a Mappy fijamente.

—Saluda a tu padre de mi parte, Mappy. Ah, oye... ¿Has venido en tu nuevo y precioso Ferrari? Me ha parecido verlo aparcado en Pérez Galdós.

—No..., ha ido a buscarme Otto.

—Hubiera jurado... Pensaba que a las once de mañana estaba citado en esa misma calle... ¿Le has oído a tu padre decir algo referente a eso?

—Sí... Sí... Le oí decir que a las once estaría en Pérez Galdós.

—Entonces no me he equivocado. Buenas tardes, Mappy. Otto...

—Se alejó con un paso flexible como siempre, sin prisa, flemático...

—¿No es demasiado joven para ser amigo de tu padre?

—¿Y por qué? Se han criado juntos... Vivió siempre en la mansión que está al otro lado de la valla de mi casa. Es como de la familia. Hermano de Pol. ¿Conoces a Pol Morán?

—Conozco a María Morán... Estuve con ella dos cursos en Nueva York.

—Pues éste es su tío.

—¿Vamos a bailar, Mappy?

—Por supuesto.

Y a la vez palpaba las llaves. Ya sabía dos cosas: Borja tenía el apartamento y al día siguiente la esperaba a las once de la mañana en Pérez Galdós, y además en la cartulina que unía los dos llavines había visto el número...

Borja, entretanto, se recostó en la entrada del bar. Enseguida se le unió Jesús muy nervioso.

—Oye..., ¿podemos salir a la terraza? Estoy en un apuro.

—Querido Jesús, si es dinero..., a mal sitio vienes.

—Voy a vender una partida de acciones...

Lo dijo con firmeza. Borja no se inmutó, pero volvió el rostro con pereza.

—¿Y eso, Jesús? ¿Lo sabe tu padre?

—No puede saberlo.

—Pues no sé cómo lo vas a conseguir.

—Tú no me las comprarías...

Borja no dio un brinco, pero sí que se volvió rápido hacia él. Le asió por el brazo y caminó a su lado.

—Jesús, vamos a ser sinceros y consecuentes. Que vendas un paquete de acciones no es, digamos, un pecado mortal. Pero sí lo es el hecho de que lo hagas a espaldas de tu padre. Piensa un momento. Por supuesto que yo no dispongo de dinero para comprarte nada. No soy rico y bien lo sabes. Mi riqueza consiste sencillamente en mis amistades. La de tu padre, la de algún que otro ricachón...

Yo vivo, ¿cómo te lo diría para que lo entiendas? De los chollos, de una oportunidad aquí y otra en otro lado. Y del semanario cutre, claro. Pero para pagar millones... no tengo bienes. De todos modos, si necesitas dinero díselo con franqueza a tu padre.

—Tú estás loco, Borja. Mi padre me da todos los meses un sueldo de quiniela. Tengo abundantes dividendos trimestrales. Pero...

—Tienes una mujer cara, Jesús, no me lo digas. Lo sé. ¿No dispone de fortuna?

—Por supuesto, pero también depende de su padre. Yo, en cambio, soy dueño de un paquete de acciones que se cotizan en mil millones de pesetas y me veo tan sólo con dos duros para mis necesidades; ya sé, ya sé, pero no me alcanza...

—¿Y tienes quien te compre?

—Siempre hay...

—Mira, Jesús, si quieres y puedes, vende. Pero conmigo no cuentes. Yo soy demasiado amigo de tu padre para hacerle una faena. Reconozco, no obstante, las necesidades de los jóvenes y los caprichos de las mujeres ricas que no disponen del patrimonio que un día les corresponderá... Yo no me caso, ya me ves. Ni tengo caprichos caros. Vivo de lo que puedo. Pero es bien cierto que si dispusiera de mil millones en acciones, no pasaría apuros...

—Es que... Verás, Borja, verás. Yo estoy loco por mi mujer.

—Os da fuerte a los Urrutia.

—¿Qué decías?

—No, nada. Pensaba en que sois muy apasionados todos vosotros.

—Helen... se pone terca. Y si no voy con ella a París... a comprar sus modelos exclusivos... No sé cómo decirte...

—No me lo digas. Lo imagino. No se acuesta contigo.

—Me castiga.

—Como castigan las mujeres. No podía la tuya diferenciarse de muchas otras... Oye, pues vende. Si tienes quien te compre y en secreto, porque si lo sabe tu padre...

—Tú no dirás nada, ¿eh, Borja?

—Yo recibo el secreto de todos vosotros y encima me ponéis un candado en la boca. De acuerdo, yo nunca digo nada. Pero no te olvides de que soy amigo de tu padre y que te estoy dando un consejo.

—Pero si no me das dinero...

—¿Y de dónde demonios quieres que lo saque? Piénsalo un poco, ¿quieres? No vendas y si lo haces... que tu padre no se entere y que sea con una condición. Cuando recibas los dividendos, dile al que sea, el que te compre, que te vuelva a vender.

—Me has dado una idea. Cierto, cierto, haré eso.

Por la noche, Ted le llamó advirtiéndole.

—He comprado, pero, por supuesto, no pienso devolvérselo.

—Es que si lo hicieras te volaría todo. Gracias. ¿Y de Bern, qué?

—Ése anda liado de momento con otras cosas, pero hemos quedado en vernos el martes próximo...

* * *

—¿Y después, Borja?

—Pues no lo sé. O sí, sí lo sé. Cuando la obra esté terminada, vuelves a tu propiedad, que para entonces ya estará la lucha declarada, digo yo. Ya estaremos igualados o al menos con las fuerzas más ajustadas. De momento, dentro de un mes desaparecéis. Lo del periódico lo voy a tener a punto. Y la casa derribada.

—Borja, no me harás una faena.

—Pol..., ¿cuándo te he hecho yo una faena?

—Es que si luego... no podemos volver... Éste es nuestro hogar y nos gusta, Borja. Tus maniobras no son muy adecuadas para nuestra comodidad... Después de vivir en el campo, irnos a un piso aunque sea en el Sardinero...

—Es un palacete, Salomé. Dos años ¿qué tardan en pasar?

—Vendrán nuestros hijos...

—No vendrán, ya lo sabes. Yo también voy a desaparecer tan pronto deje todo esto en marcha. Mis asuntos en Madrid me reclaman.

—¿Y...?

—Eso déjalo así.

—¿Lo vas a dejar tú?

—No —contestó muy brevemente—. No. La veré... a escondidas. Es algo que... algo que...

—Creo —dijo Salomé con un raro tono— que te estás metiendo demasiado. Muchas cosas podría disculparte Andy, pero eso... eso... jamás te lo disculpará.

—Ojalá no me hubiera metido en eso —murmuró Borja sordamente—. Pero ya está, ya no tiene remedio. Además —se repantigaba en un sillón en el salón de la casa de su hermano, aquella noche que le estaba pareciendo interminable— soy lo bastante duro para superarlo. Ya veréis cómo dentro de un mes o un año os digo riendo que el problema se ha terminado por ese flanco. Por supuesto que pude haber dejado a Mappy a un lado y disponer todo lo demás, pero no sabía en aquel instante que las cosas iban a precipitarse; a morirse el viejo Teo, a dejar las cosas como las dejó... Ya se me pasará. Yo no soy un hombre emocional, yo vivo de mis ideas, de mis acciones, de mis secretos triunfos. Sobre este particular os he tenido que advertir porque sois peones importantes en mi tablero de ajedrez. Ahora tengo asuntos lejos de Santander y es muy posible que tarde en volver. De todos modos, tal vez consiga que Mappy supere todo el asunto familiar cuando el secreto se destape y me siga a mí, me prefiera a mí antes que a todo lo relacionado con su familia, y quizá para entonces me haya cansado de poseerla y me importe un rábano que me plante o no.

—¿Te has hecho cargo ya de todo lo que sucederá cuando Andy descubra la forma en que le estás manipulando?

—Andy tardará mucho en saberlo y cuando lo sepa me temo que ya estará en mi poder. Yo nunca seré tan rico como él, pero seré lo suficiente para ganarle muchas batallas. Y el poder no siempre es del más rico, sino del más listo, del que usa mejor sus argucias. Teo era listísimo, inteligente además, que son dos cosas diferentes. Pero Andy no heredó precisamente su inteligencia. Andy heredó sus vicios, sus tretas sexuales, su inmundicia... Es un sucio. Un tipo que avasalla, pero sólo a través del sexo, y se me antoja que el sexo, si es lista la persona que yo me sé, le dará de plano en la cara.

—No entendemos nada, Borja.

—Es que si deseara que entendierais no me andaría con medias palabras. —Se levantó—. Tengo que irme. Este verano está dando mucho de sí. Espero que el mes próximo ocupéis el palacete del Sardinero. Es una preciosidad. No sé, no sé, Salomé, si cuando la mansión que voy a levantar aquí esté lista vas a querer volver.

—Siempre. Y procura que sea lo bastante grande y lujosa para que quepamos todos, porque dentro de dos o tres años mis hijos vendrán y se establecerán aquí.

—Suponiendo que les agrade esto.

—¿Y cómo has convencido a Andy, Borja? —preguntó intrigado su hermano.

—Pol, amigo mío, mi querido e ingenuo hermano, te repito que Andy no heredó la argucia y el olfato de tu nefasto padre. En cambio supongo que yo heredé la discreción del mío, que debió de ser lo bastante inteligente para hacerse el tonto.

—Eso no lo perdonarás jamás.

—¡Nunca! He vivido años con una idea fija en el cerebro. Ella ha regido todos y cada uno de los movimientos de mi vida. No he cerrado los ojos ni una sola noche sin que pensara en los malditos Urrutia.

Se dirigió a la puerta del salón.

—Os tengo que dejar. Me estoy imaginando la mansión... De momento haré un pequeño bungalow cerca del acantilado con el pretexto de vivir allí cuando venga de Santander y para vigilar las obras.

—Pero será...

—Será lo que yo quiera que sea.

—Mappy estaba hermosísima, Borja —farfulló Salomé un tanto atragantada—. Era la más guapa de la fiesta. Cierto que era suya, en su honor, y que se hallaba a tono, pero de cualquier forma que se muestre... es demasiado fina, delicada... exquisita. Y lo que es más asombroso, bella. Digo «asombroso» porque su belleza se une a muchas otras cualidades. ¿Estás seguro de que su amor en un momento dado estará por encima del afecto que siente por sus padres y de todo lo que sabrá por ellos de ti y de tus jugadas?

—Tal vez no me importe ya, Salomé. Eso es al menos lo que espero.

—Jugar con los sentimientos ajenos a veces compromete los propios.

—Para ti que eres un sentimental, Pol. Yo soy más cerebral. Es decir, yo estoy dominado por el cerebro y mis sentimientos son tan ambiguos que nunca se comprometen.

—Ojalá sea así, Borja. Porque dado lo extremista que eres, puedes sufrir demasiado, pese a lo parapetado que estás o que te consideras.

—Lo que os decía —cortó Borja con una precipitada impaciencia—: vais a dejar la mansión. Sin aspavientos ni ruidos. Un día de éstos desaparecéis y aquí se acabó la historia. Yo tengo todos los bolos montados y espero que la semana próxima tenga los proyectos en mi poder. Y una vez que todo esté en marcha, espero que en dos años la mansión sea tanto o más importante que la de Andy.

—Y Andy está pensando que una vez terminada se la transferirás...

—Es lo acordado.

—Borja...

—Pol, no me des consejos. Ya sé cómo piensas y sientes tú. Ah, una cosa. Me has de vender el periódico, de modo que también olvídate de eso. Todo está en marcha y Andy me ayudará a cavar su propia tumba.

—¿No comes con nosotros?

—La semana próxima os visitaré en el palacete del Sardinero. ¡Ah!, y esta casa estará ya demolida. Voy a desmontar todo el terreno. Haré de él una gran llanura junto con el solar anexo y después se formará una carretera que ascenderá desde el primer camino bordeando la costa y subiendo por las cercanías del acantilado. También haré un embarcadero...

—Y hasta comprarás un yate... —La voz de Pol era algo bronca—. Yo no quiero inmiscuirme en tu vida. Sé que has luchado duramente desde que eras adolescente para llegar a la meta propuesta. Pero me estoy preguntando cómo has podido con cinco millones de nada y un semanario cutre hacer una fortuna.

—No se trata de eso, Pol. Ni de los cinco millones de mi padre que honestamente me entregaste tú ni del semanario cutre que por cierto produce muchos réditos aunque tú creas que no. Tengo otras publicaciones de alto nivel. Poseo además una sociedad que compra y vende terrenos. Tengo sobre todo amigos poderosos en el gobierno y también el mayor poder, que es en realidad el quinto poder, la prensa... Todo ello trabajado con sensatez, con una vista de lince y con un fin y un propósito. Tal vez cuando lo haya conseguido todo... no me sirva para nada. Pero al menos entonces estaré delante de las sucias narices de tu hermano.

—Mi hermano eres tú, Borja.

—Ya nos entendemos. ¿Quedamos de acuerdo? —añadió justo después—. Tengo que irme. Mañana por la noche estaré volando hacia Madrid...

* * *

Borja dejó aquella mañana el hotel Bahía, caminó con su pereza habitual calle Alfonso XIII adelante y se perdió hacia la confluencia con Pérez Galdós. No tenía prisa alguna. Pensaba tomar el avión de la noche y por supuesto no tenía en mente pasar por su oficina y mucho menos por la de Ted.

De éste había tenido noticias directas en el hotel. Sabía ya que todo estaba en marcha, que su presencia no se necesitaba para nada con referencia a la transacción de poderes, que todo lo llevarían Ted y sus testaferros y que el proyecto en poder de Soto iba camino de convertirse en una mansión de película americana. Sabía también que Jesús le vendió las acciones nominales al portador, sin más preámbulos que un puñado de millones además de dinero negro. Sabía asimismo que Bern iba a asestarle a su padre el golpe de gracia y que en cualquier momento Andy le llamaría para desahogarse con él de su tremendo y furioso enfado. ¡Nada más y nada menos!, su hijo Bern, en el cual tenía todas las esperanzas que le habían fallado con Jesús, casado con su ocasional amante, la dócil nurse. Borja dibujaba en el rostro una sonrisa de infinito placer, casi de puro y gozoso orgasmo. Se imaginaba ya el brinco de Andy, su furia, su certeza para decirle a su hijo que la tal Melly era una puta con todas las de la ley...

¿Le sería tan fácil a Andy atajar el mal canceroso que estaba inoculando en su entorno? Puede que no.

Antes de irse intentaría ver a Melly. No es que tuviera con ella ningún lazo, pero sabía que la chica era vulnerable y tal vez..., ¿por qué no?, estuviera enamorada del ingenuo y cándido Bern.

Eso lo dejaría para mejor ocasión. De momento los bolos estaban todos montados, cada peón en su sitio del tablero y sólo necesitaba iniciar el juego y después ganar la partida.

Pero antes que nada tenía una cita. Y eso era... muy diferente. De su inmundicia algo se estaba salvando aunque él aún no lo aceptara. Sin embargo... no era tonto, se conocía demasiado bien. La chica había entrado fuerte y de mala manera, y para entonces estaba demasiado dentro. Se le pasaría, ¿por qué no? Claro que él jamás estuvo enamorado. El uso del amor como medio de placer, como el fin de una solución física placentera. Cuando le estorbaba, lo dejaba a un lado y nunca se volvía a acordar de él. Pero... ¿sería esto diferente, como pensaba Susan?

Ah, Susan, no podía fiarse de ella. O sí... sí..., ¿por qué no? Era una mujer muy atractiva, muy... sensual. Conocía todas las artes del amor y del placer. A su lado lo pasaba bien...

Cuando volviera a Madrid seguro que el asunto de Mappy se convertiría en un divertimento ya pasado. Eso era, al menos, lo que él pretendía. No le gustaba, sin embargo, la ansiedad que sentía, el convulso temblor de su pulso ni el latido de su corazón... «Son vísceras fácilmente dominables», pensaba. Pero sus pies caminaban un poco más deprisa. Entró en el suntuoso portal y tomó el ascensor hasta la quinta planta. No lo había visto aún, pero confiaba por completo en Ted. Ted nunca le fallaba. Conocía muy bien sus gustos, sus metas, su forma de pensar y de apreciar la belleza. Por eso, cuando abrió con su llavín se quedó un segundo perplejo. Lanzó su negra mirada de águila a su alrededor y apreció varias cosas a la vez: la decoración vanguardista, las plantas que daban frescura al ambiente, las seis escaleras que separaban los distintos módulos del recinto y los muebles que de por sí formaban tabiques, recovecos y estancias... Un nido de amor perfecto, con sabor erótico, con prestancia sensual. Justo, justo lo que le había pedido a Ted.

Cómodos sofás, anchos sillones, canapés, pufs por los suelos recubiertos de mullida moqueta, paredes pintadas de un salmón suave..., muebles claros, funcionales, sin barroquismos ni antiguallas. Cortinas blancas, visillos cremosos... Y al fondo, el dormitorio. Un ancho lecho redondo sin mesita de noche, con luces que partían de alguna esquina pero que no se percibía de dónde..., una mesa de metacrilato cerca con bebidas, un televisor junto con un vídeo, espejos en toda la fachada interior, adosada a ella otro tabique superpuesto como si fuera un biombo..., el cual separaba la bañera a ras del suelo, y todo metido en la misma pieza con suelos desiguales, tanto planos como ascendentes o descendentes, con apenas un escalón...

—Eres un genio, Ted. —Sonrió relajado con una mueca entre dura y acariciante muy propia de un hombre carismático, cuyo fondo no conocía ni él mismo—. Eres el hombre de las sorpresas, Ted, y has dado en el clavo.

Enseguida oyó el zumbido del ascensor y después los pequeños pasos, y seguidamente giró para abrir antes de que pusiera el llavín en la cerradura. Se topó con una Mappy nerviosa, excitante, aturdida, enervada...

—Borja...

—Pasa —y sin más, con una suavidad impropia de un tipo como Borja, cogió su mano y tiró de ella con lentitud, pero enérgicamente.

Después él mismo cerró la puerta.

—¡Dios mío! —Mappy se admiró.

—¿Qué pasa?

—Si me vieran..., si supieran...

—Ven, ven.

—Y la arrimaba a su costado, y como era mucho más alto ladeaba la cabeza y con delicadeza le buscaba los labios. Le gustaba jugar con sus labios frescos. Hacerse desear, rozar los de Mappy con lentitud, incitándola, buscando el goce, el grito, la ansiedad... Era delicioso.

Él la había adiestrado. ¿Qué sabía Mappy cuando se conocieron en el Alto Campoo? Nada. La primera vez que le metió con suavidad la mano por la blusa, Mappy tembló como una criatura. El primer orgasmo fue una sorpresa, largo, trémulo. Enormemente asombroso más que nada, el inicio de su conversión en una mujer habilidosa. Era tan cría y él la fue modelando. Un día tras otro... Nadie lo diría, pero Mappy era una amante perfecta y además exquisita, femenina, inefable...

—Bésame de una vez, Borja —susurraba desesperada—. Me metes las ganas y después...

—Ven, ven...

Y la llevaba como si llevara una reliquia. ¿Cuándo había sido él cálido con las mujeres? ¿Cuándo pensaba él en darles placer, si lo único que hacía era tomarlo? La posesión de Mappy era lo más voluptuoso, erótico, dulce y ardiente que había atesorado en su vida. Negarse a esa evidencia sería negarse a sí mismo. Alguna debilidad debía o podía tener, ¿no?

Pues sí, una tenía... y aquélla era la posesión de Mappy, una larga, profunda e intensa posesión...

La fue despojando de la blusa, botón a botón. Sus dedos parecían no pertenecerle, y eso era lo que más encendía a Mappy.

—Anoche...

—Cállate ahora, querida.

—Pero es que me tocas y... y...

—Lo sé, lo sé. Pero ven, ¿quieres? Así, eso es... Estás temblando, Mappy.

—Es que tú...

—Te hago temblar.

—Me tocas y...

—Después me lo dices, ¿quieres? ¿Te gusta mi dúplex? No lo has visto... —ya la tenía bajo su cuerpo y la miraba a los ojos, le repasaba las facciones con un dedo—, es para esto. Para ti, cuando yo no esté, cuando tú quieras... te vienes y sueñas... Tú sabes soñar, Mappy. Aprendimos los dos, ¿a que sí?

Mappy vio volar por los aires su blusa negra de seda natural y vio los blancos pantalones colgados del respaldo de un butacón.

—No cierres los ojos, Mappy.

—Es que... a veces... me da vergüenza.

—¿De estar así, conmigo? Pero no seas así. Nos gusta a los dos. Gozamos muchísimo...

Y después, casi rozando las dos, cuando Mappy iba a marcharse Borja la asió por la nuca. Le sujetó la cabeza.

—Dime... ¿Qué es Otto Malvives para ti?

—Un amigo.

—Estoy seguro de eso. Pero ten cuidado. Estaré ausente un tiempo. ¿Una semana, dos, tal vez más? Seguro que sí. Mis asuntos me van a retener lejos una temporada. Por favor, que no tenga que hacerte reproches...

—¿Cómo puedes suponerlo?

—Tu padre estaría muy contento si te comprometieras con Otto.

—Lo sé. Pero papá nunca me impondrá nada. Además, tengo la carrera por delante y mientras no la termine... Pero no soportaría estar sin verte mucho tiempo. Por favor, ven o dime dónde puedo verte en Madrid. Matías puede llevarme. Matías y Doro están a mi disposición. Esta mañana he podido burlarlos, pero no me será fácil siempre. De todos modos, para ir a Madrid los utilizaré.

—Te voy a dar un número directo donde me encontrarás siempre y si no me encuentras oirás mi voz en el contestador. Me dejas el mensaje. Y... Mappy..., es muy posible que un día tengas que elegir. Entre tu familia y yo, ¿qué harás?

Mappy lo miró asustada con sus inmensos ojos. Alzó los brazos y los cerró alrededor de su cuello y además su grácil cuerpo se pegó material, instintivamente al de él.

—Nadie podrá separarme de ti, Borja, ¡nadie!, pase lo que pase, ocurra lo que ocurra. Pero ya verás como no ocurre nada. Papá es un sentimental. Papá te admira y te quiere. Te quiere bastante más que a su propio hermano.

—Es que Pol es la antítesis de tu padre. Es pusilánime, es soñador, es un tipo que sólo piensa en su mujer y en acostarse con ella. No sé si te habrás dado cuenta.

—Pues yo quiero que tú seas así para mí, Borja.

—Ahora tienes que irte. Esta noche me marcho y yo te llamaré a este dúplex cada jueves, a las seis de la tarde, esté donde esté. De modo que...

—¿Y si me ven entrar?

—Es una casa muy grande y en este rellano no hay más que una puerta y además en una de las plantas hay una peluquería y en otra una sauna, y para mayor despiste en otra tienes un bingo... Como comprenderás, el que una joven como tú entre en este edificio no puede en modo alguno llamar la atención de nadie. Pero ahora tienes que irte. ¿En qué has venido?

—En mi Ferrari. Los he despistado y además, conduzco muy bien. Lo he dejado muy lejos... Borja..., no me tengas mucho tiempo sin ti. No podría resistirlo. Me has habituado a... Ya no podría...

* * *

Melly miró a un lado y otro. Era su día libre. Sentía en el cuerpo un miedo indescriptible. Cuando vio a Bern apearse de su Volvo y caminar erguido, joven, fresco, veraniego, el corazón empezó a palpitarle. Hacía más de dos meses que sabía lo que Bern sentía y empezaba a entender lo que ella necesitaba...

—Melly querida...

—Señorito...

—No. Por eso no paso. Estamos solos. Y además, para eso te cité aquí. Nadie te conoce. Apenas sales. Los días que tienes libres nunca supe adónde ibas. Pero esta tarde quiero que aclaremos cuestiones. Y te ruego que empieces por tutearme y llamarme Bern, como todo el mundo.

—Es que...

—No debes verme jamás como el hijo de los Urrutia, yo no tengo las ambiciones de mi familia. Yo quiero un hogar tranquilo, con hijos, con esposa. Y ya que no voy a hacer ninguna carrera, que para eso he tenido tiempo y no lo aproveché, dispongo de una fortuna sólida para vivir como me da la gana y donde me dé la gana.

—Pero vuestros padres lo tienen todo decidido para vosotros —objetó Melly atragantada—. El señorito Jesús y la señorita Helen se irán a la mansión cuando la terminen. Tú tendrás otra cerca y, según se rumorea, los Morán dejan al fin su casa y sobre ella y el terreno colindante se alzará otra mansión que será para Mappy.

—Todo eso parece que es así. Pero a mí nadie me obligará a vivir en ese inmenso recinto feudal de los Urrutia. Yo tengo planes propios y son más sencillos.

—Tu padre jamás te permitirá...

—Esto lo vamos a ver.

—Bern...

—Te digo que lo vamos a saber rápidamente, porque mañana se lo pienso decir.

—¿Mañana?

—Ya intenté decírselo la semana pasada. No he podido. Estuvo muy ocupado. Pero de mañana no pasa.

—Te ruego que lo reflexiones bien, Bern —decía Melly con su vocecilla suave con un leve acento francés—. No es cosa de irritarle. Igual me despide.

—Y lo hará.

Melly pensó que eso ya se vería. No lo dijo en voz alta.

—¿Y adónde voy cuando me despida?

—Te trasladaré a algún lugar seguro. Tengo una persona que me ayudará.

—¿Una persona?

—Tú sabes lo del testamento, ¿verdad?

—¿De tu abuelo? Claro.

—Pues yo me llevo muy bien con Tatiana la monja..., ¿te acuerdas de ella? Estaba el día que se leyó el testamento. Vive en un colegio. Es profesora de Historia en un colegio de internas, de estudiantes de la élite... Te llevaré allí. Voy, le hablo y me entenderá. A fin de cuentas, es mi tía.

—Una tía muy particular.

—Una tía que lo sabe y es una gran persona. Tan noble como Borja.

—¿Tú confías mucho... en Borja?

—Del todo. ¿Tú no le aprecias?

—No lo sé. Nunca me he detenido mucho a analizarlo y cuando una persona no me dice nada psicológicamente aun sin estudiarla, es que no me fío mucho de ella. De todos modos si tú le aprecias, yo no puedo obligarte a que dejes de hacerlo.

—Procura analizarlo en el futuro. Es una gran persona. Yo le pedí consejo con relación a mí y a mis planes contigo. Incluso le pedí ayuda. Es amigo de papá. El mejor amigo que ha tenido.

—Yo no creo que sean amigos, Bern.

—¿No?

—Lo son, pero tienen demasiados intereses en común. No sé, no me parece que... Pero esas cosas nunca las sabremos bien. De todos modos, se nota que son muy amigos, si bien yo nunca sé hasta qué extremos alcanza una amistad de esa índole.

—¿Qué índole?

—Pues ésa... El problema familiar existe... Borja es indispensable para todos vosotros. ¿Es que Borja Morán no tiene sentimientos, no tiene dignidad, no tiene moral?

—No me desconciertes. ¿Qué tiene que ver todo eso con el afecto que nace de toda la vida y se mantiene incólume?

—Dejémoslo así.

—No lo vamos a dejar, querida. Yo le pedí ayuda.

—Y te ayudará seguramente. Pero nunca esperes que tu padre te dé el consentimiento para casarte conmigo. Tal vez te diga que te acuestes conmigo.

—Tú estás loca.

—No, no, Bern. No es locura. Es cordura, ya ves. Es que para tu padre hay dos razas. La suya y la de los otros que carecen de toda importancia.

—¿No le estimas?

—No se trata de eso. Será mejor que le digas la verdad. Que me deseas por esposa... Verás su reacción.

—Ya la conozco. Me dirá que no, pero no dejo por eso de ser su hijo, ni dejará de estimarte a ti. Comprenderá que eres una persona honesta... Cuando Jesús dijo que se casaba, se puso como una fiera, pero al final accedió. Todos los padres ricos desean para sus hijos esposas ricas, pero al final se conforman con personas buenas.

—Procura que yo no esté presente cuando se lo digas...

—Por supuesto que eso lo hablaré sólo con él. Pero seguro que Borja ya le sondeó.

—Borja se fue hace dos semanas. De modo que...

—Mira, Melly, mira. Yo estoy decidido. Pienso vender un paquete de acciones. No debería hacerlo, pero... es mi única salida. Tal vez mi padre no lo sepa nunca o quizá se lo digan, pero... es mi única salida. Sea como sea, es mi problema y en el testamento el abuelo Teo nos ha dejado mil millones...

—En acciones...

—Cuyos dividendos recibo, y una vez casado y en un hogar más sencillo, nos sobrarán para vivir.

Cogió las manos femeninas y las llevó a su boca.

—Melly, te amo...

Melly miraba al frente con expresión inmóvil, pero sus dedos se aferraban a los de Bern.

Más tarde, en su habitación, abrió un cajón y sacó unas diminutas cintas. Eran tan pequeñas que apenas si podía asirlas con dos dedos. Las introdujo en un aparatito casi minúsculo y empezó a oír su propia voz, pero sobre todo la de Andrés Urrutia y sus odiosos jadeos...

«Me parece, señor Urrutia, que esta vez tendrá usted que buscar el placer insípido de su esposa... », dijo entre dientes.

Y después, serenamente, ocultó el artilugio en un cajón, cerró con llave y colgó el pequeño y diminuto llavín en su cadena.

* * *

Andrés Urrutia se hallaba en lo alto del cerro contemplando el desmonte que los volquetes estaban realizando desde la casa de su hermano Pol al final de los acantilados. A su lado, su esposa Isa observaba como él todo el entorno.

—Será la mansión más hermosa de toda la zona, Andy. ¿Estás seguro de que te la cederá Borja una vez edificada?

—Me pedirá por ello una millonada, pero es lo lógico. De momento, he logrado dos cosas para mí fundamentales, querida Isa. Tener un buen puñado de acciones en el semanario, que como observarás ha cambiado de la primera a la última página, y he logrado a la vez enviar a Pol al infierno. No más familia cerca. La familia es la de Urrutia, y todo lo demás sobraba aquí. Imagínate el día en que tire esta valla. Que las mansiones se alcen paralelas y se separen entre sí por carreteras privadas. El recinto será lo más bello que se ha hecho en toda Cantabria. ¿Ves aquel acantilado? Pues por debajo pasará una carretera privada que partirá desde la autopista por una entrada con el arco heráldico de los Urrutia. Se hará allá abajo un embarcadero como el nuestro, estaremos todos metidos en el mismo amplio reducto, que es mi sueño. Allá arriba, en el picadero, se rematará la nueva casa de Helen y Jesús. Bern edificará más abajo, y Mappy en esta mansión que ahora se levantará en la llanura que están desmontando los volquetes y las grúas.

—Le debes mucho a Borja.

—También él me debe a mí las ganancias que consiga con toda esta operación.

—¿Te fías de él?

—¿De Borja?

—De él estamos hablando, Andy.

—Oh, sí. No para todo, pero para asuntos de dinero, por supuesto. Se muere por ganar dos duros y el semanario le da lo suficiente pero no para ganar amigos poderosos... De todos modos, es como una hormiguita porque hurga y hurga hasta llegar a su objetivo. Y su objetivo es ser diputado del Congreso.

—¿Político?

—Pues claro. Es donde está el poder. Y otro poder no va a tenerlo.

—No parece que le estés agradecido, Andy. A veces hablas de él con admiración y otras con desprecio.

Andy pasó un brazo por los hombros de su mujer.

No la deseaba en absoluto, pero ante todo y sobre todo era su mujer, la madre de sus hijos, y él tenía muy presente lo que eso significaba. Para deseos ya había otras mujeres y, además, Isa se conformaba con poco. Era la esposa de los sábados, la amante que tenía suficiente con sus sacudidas, un orgasmo, y se dormía como una bendita.

Vestido con pantalón blanco, camisa de manga corta azulada y un vistoso pañuelo al cuello, Andrés Urrutia tenía toda la pinta del actor de cine maduro que juega a seducir.

—Hay una cosa que siempre tengo en cuenta, querida Isabel, y es el origen. Tampoco le voy a perdonar a Pol que su madre pariera un hijo de mi padre. Ésa es la razón de que le quisiera ver lejos de aquí y gracias a la ambición de Borja lo he conseguido. Pero no me voy a olvidar de que Borja es tan plebeyo como su hermano. Es decir, que lo utilizo, pero no le aprecio tanto como él se cree. El día que consiga que escriture al fin esta propiedad a mi nombre, haré lo posible para evitar tratos con él, porque a causa de su ambición, también pienso eliminarle del periódico. Con ese fin me estoy ganando la simpatía de los socios...

—¿Borja no tiene nada en el periódico?

—Oh, sí, por supuesto. Un buen puñado de acciones, pero los

socios tienen el doble y entre ellos y yo..., la mayoría es para nosotros. Y podremos dejar a Borja con un buen puñado de millones pero sin empresa. Necesito ese poder del periódico. Pero para mí. He perdido mucho dinero con la compra de los valores, si bien los he vendido y no me voy a meter más en un asunto de esa naturaleza por mucho que Borja me lo aconseje. Estamos perdiendo dinero con el tema de los crudos, pero... ya me recuperaré cuando todo haya pasado. De todos modos, aún hay negocio. Hemos comprado a catorce dólares el barril y ahora mismo estamos vendiendo a treinta y uno, lo cual ya supone una millonada. Pero eso se acabará.

—Decías que los barcos necesitan reparaciones.

—Que se están efectuando en Ferrol...

—Y el próximo verano...

—Volverán a navegar por todo el mundo. Estamos invirtiendo mucho, pero de momento sostenemos una competencia y no andamos muy bien de liquidez. Es Marítima, S. A., que pertenece a una multinacional, pero dado que también era kuwaití, me temo que todo se quede en nada. Se disolverá y si puedo me haré con el buque mejor, que es el que está a punto de salir en Cádiz. Un barco de verdadero ensueño. Ando en tratos y me parece que voy a ganar la jugada. Manuel Sarmiento es uno de los socios. Un chico joven que dudo que le interese mucho el asunto, lo que él desea es divertirse. Lo tengo casi convencido.

—¿Tú?

—¿Yo? Claro que no. Yo no hago esas operaciones. Las hacen mis hombres. He contactado con Ted Summers y pienso que anda en mi misma onda. Pero tú no entiendes de negocios, querida. Así que volvamos a casa. Bern desea verme y me ha citado en mi despacho de la mansión a las doce y media. —Miró su cronómetro—. Son las doce menos cinco.

—¿Y qué desea Bern?

—Pues no lo sé. Seguramente unas vacaciones. Octubre le encanta. Oye, ¿cómo va Mappy con sus estudios?

—No se lo he preguntado, pero irá bien. Siempre ha sido buena estudiante. Dice que será abogada.

—Me ha pedido permiso para irse a Madrid este fin de semana.

—¿Se lo has dado?

—¿Y qué puedo hacer? —Andy hizo un gesto de impotencia a la vez que pasaba un brazo por los hombros de su mujer, por cierto, bastante más baja que él de estatura—. Los jóvenes de hoy no se pueden contener como un padre desearía. Además, Mappy nunca me infunde miedo. Es una chica sensata y muy recogidita. Y, por otra parte, Matías y Doro no la pierden de vista.

—De todos modos, si le das tu permiso, exígele que no conduzca ella.

—Por supuesto que no lo hará. En carretera nunca lo hace y en la ciudad lleva a Matías a su lado. Matías es un hombre de toda confianza. Y Doro ha sido guardia secreto toda su vida y a su edad, que debe de ser algo mayor que yo pero no mucho, ha adquirido una sensatez muy estimable. Eso por un lado, porque por otro... —sonreía Andy satisfecho— Mappy no nos ha salido muy viajera ni muy frívola. Bueno, creo que nada frívola. Una chica sensata donde las hay. Ya ves, tiene todo el mundo para ella; ofrezco una fiesta para presentarla en sociedad y apenas si sale de casa, de sus caballos del picadero o de una partida de golf con ese joven. ¿Sabes, Isa? Me gusta Otto Malvives. No es que su padre sea un aristócrata, pero el dinero es lo que cuenta y ése lo posee en abundancia y encima no tiene más que un heredero.

—Son muy amigos.

—Es lógico. Vive cerca y se nota que está loco por ella.

—¿Y qué supones que siente Mappy?

Andrés Urrutia sonrió enternecido. Si algo le enternecía de verdad era precisamente Mappy.

—Una chiquita sin experiencia, querida Isa. Una niña pura, emotiva... No sabe aún de las malicias de la vida. Y es mejor que cuando las sepa se las enseñe su marido. ¿No te parece? Claro que yo no voy a interferir en sus relaciones. ¿Que es amiga de Otto?, magnífico. Pero

¿que no se enamora y mañana llega un príncipe azul? Pues que se enamore, que conozca el amor en toda su intensidad es lo que deseo para Mappy. Un tipo que la lleve, que la mime, que la adore, que la proteja.

—Tampoco es para tanto, Andy. Mappy es una chica muy culta y la cultura madura.

—Oh, sí, por supuesto. Madura cultural y físicamente... Moralmente es otra cultura a la que yo me refiero y ya me entiendes.

—O sea que supones que Mappy de hombres nada de nada.

—Claro. Mappy es una soñadora. Lee novelas sentimentales. Y libros de envergadura, pero en el fondo cree todas esas historias suaves de las novelas.

—Y tú prefieres que las siga creyendo, ¿verdad, Andy?

—Cariño, si Mappy es como tú. ¿Recuerdas cuando te casaste? Te llevaste un susto de muerte, pero te gustó el susto. ¿Verdad que sí? Eras tan cría... Si te digo la verdad, los primeros días me daba una pena tocarte... Y después te enseñé. Eso es lo que yo espero del marido de Mappy. No estoy nada de acuerdo con las feministas y esas zarandajas. Mira, allí veo a Bern. Se nota que me está esperando.

—Pero ¿qué desea de ti?

—Pues no lo sé. Me está pidiendo todos los días una entrevista a solas.

—¿Se habrá enamorado?

—Tiene cara de eso. —Reía divertido—. Espero que tenga más vista que Jesús.

—Andy —aseveró Isa—, Helen es magnífica.

—Isa, Isa, que no nos vamos a engañar tú y yo. Que engañemos a los demás, vale, pero tú y yo... no, por favor. Helen se ha casado con la fortuna de Jesús y no le des más vueltas. Jesús es un chico magnífico. Buen trabajador, pero no enamora... No tiene gancho, ¿entiendes? No tiene ego, ángel... Menos mal que Helen no es una vividora... Y se conforma con unos trapitos..., el amor de su esposo y la ilusión de un nuevo hogar... Si te digo la verdad, estoy deseando que se vayan, que se lleven a sus dos críos; ¿a quién se le ocurre tener dos críos en dos años? No me parece nada positivo. Hoy en día eso no es de recibo. Uno disfruta y después, cuando pasan los años, se empieza a tener hijos. Pero se nota que ni Helen conocía el método ni tu hijo lo usó.

—Andy, cuando hablas de tus hijos así se diría que son extraños.

—No, no. No es eso, Isa, no es eso. No me han salido como yo esperaba. Mi padre fue mucho más severo conmigo. Me mandó a un colegio inglés casi de crío, sería para acostarse con la mujer de su amigo Morán. Eso ya es otra historia. Pero el caso es que me educó en un internado y cuando venía los veranos me agarraba por una oreja y me llevaba con él a la casa consignada. Me obligó a ingresar en la universidad y, digamos, a una carrera que no me gustaba nada, pero aquí me tienes, un abogado que nunca ha ejercido, pero que en cambio emprendió una vida empresarial cuando tenía pelusa en el bigote.

Avanzaba por los senderos y las hojas de los árboles empezaban ya a caer, y un jardinero con un carrito delante las iba recogiendo con una pala.

Al fondo, allá en el porche esperaba Bern de pie, vestido de blanco y con una arruga cruzando su frente.

—Te dejo —susurró Andy a su esposa besándola levemente en la mejilla—. Te veré a la hora del almuerzo.

Y a continuación caminó directo hacia los soportales perdiéndose bajo ellos en dirección a la planta baja donde tenía su despacho privado.

—Vamos a ver qué te duele, Bern.

—No me duele nada.

—¿No?

—Pues no.

—Entonces pasa, siéntate, ponte cómodo, fuma si te apetece y cuéntame tus penas, si es que las tienes.

—No tengo penas, papá.

—¿No?

—Tengo amores...

—No me digas...

—Te digo.

Andy cerró la puerta y miró a su hijo con una maliciosa sonrisa en los labios.

—De modo que nuestro querido imberbe se ha enamorado.

—No soy un imberbe.

—Perdona. A ver. Pero ¿no te sientas?

—Mejor que te sientes tú.

—¿Debo hacerlo? ¿Es que me vas a dar un susto o un disgusto?

—Yo no pretendo darte ni gusto ni disgusto. Sólo quiero manifestarte que estoy perdidamente enamorado, que me quiero casar y deseo montar un hogar fuera de este recinto.

—Irte de aquí... ¿Estás seguro? Oye, una cosa es que te cases y otra que nos dejes. Yo tengo una propiedad para todos, ¿entendido? Se levanta otra casa si no te sirve una de las que hay aquí para ti y tu mujer. Yo prefiero tener a mis hijos cerca con sus esposas y sus descendientes...

—De acuerdo. Pero tal vez cuando te diga que estoy enamorado de una persona humilde no estés de acuerdo.

—¿Quién es ella?

—Melly, la nurse de los hijos de Helen...

Andy le miró tan fijamente, tan desconcertado, tan fuera de sí que Bern estuvo a punto de saltar por los aires pensando que su padre iba a abalanzarse sobre él...

6

La desesperación de Andrés

Borja Morán aquella mañana se hallaba en su despacho. Desmelenado, con seis teléfonos delante, y el fax funcionando sin cesar. Susan Pimentel iba de un lado a otro precipitadamente. El fax enviaba mensajes y Borja los devolvía a velocidad vertiginosa. Manuel Sarmiento desde Londres parecía precipitar los asuntos y Borja desde Madrid daba las órdenes finales.

—La orden es tajante —dijo Borja agitado perdiendo por primera vez en su vida su inalterable compostura—. Necesito que funcione el PAPEL PETROLÍFERO EN TRES DÍAS. Recuérdalo bien, Manuel. Y procura que el asunto se lleve a cabo sin más nombres que la sociedad marítima. Olvídate ahora del transatlántico. Ponte en contacto con la persona indicada, he llamado a su *broker* y he dado órdenes concretas. Procura que la operación esté dispuesta hoy mismo. Da las órdenes oportunas. Compra cinco millones de barriles de crudo *brent* a treinta y dos dólares. Fíjate bien en la orden que te daré a continuación. Son para vender tan pronto haya alcanzado los cuarenta dólares el barril.

—¿Y si baja?

—Manuel, que estás donde estás porque te envié. Yo hice la operación directamente desde mi banco. ¿Queda claro? Tú cuídate de tenerme informado. Eso es lo único que me interesa de ti.

—¿Y lo del transatlántico? El último de los barcos está al salir de los astilleros.

—Puede esperar. Eso después. Ahora necesito el negocio de los crudos y en dos semanas espero forrarme. Después ya hablaremos. Lo demás, todo está en su debido sitio. —Dicho lo cual envió el fax en los términos oportunos y diez minutos después tenía una breve respuesta del *broker*: «conforme».

Respiró al fin, se alisó los cabellos y se restregó las manos.

—Ahora, Susan, me toca tomar tranquilamente un café. Manda que me lo suban o tráemelo tú, pero que no sea agua, ¿entendido?

Susan salió sin rechistar. Sabía ya que si hacía preguntas recibiría una seca respuesta. Sabía también que un mal paso, una frase más alta que otra, la apartaría para siempre de Borja, y sabía además que Borja no perdonaba nunca. No ignoraba tampoco la operación llevada a cabo por él dos semanas antes. Una operación millonaria sin exponer un duro.

Borja, al quedarse solo, marcó un número directo y la respuesta la obtuvo al instante.

—Oye, Ted, supongo que ya estarás al tanto del asunto de los crudos. Es el momento idóneo, de modo que es la tercera operación que hago con ese tema. Con las dos anteriores en quince días gané dos mil millones. Espero que esta última me proporcione otros miles. Así que apura el asunto de la empresa constructora.

—Me habías dicho que te ibas a meter, pero no que te habías metido—dijo Ted desde Santander.

—Y me ha salido redondo. Me funcionó el *broker* de maravilla. O se tienen confidentes o no se tienen. ¿Por qué ha de ser sólo el gobierno el que se forre? Yo no soy responsable de que las cosas sucedan así. Las hacen los otros y sólo los tontos no las aprovechan. Oye, di a quien sabes que iré el jueves a Santander. Que no venga por Madrid. Ahora mismo estoy demasiado ocupado. Ah, y encárgate de que funcione la multinacional Morrel, S. A. Nada de nombres propios. Eso es de suma importancia. ¿Has vuelto a ver a los chicos de Urrutia? Aguarda un segundo. Estoy recibiendo un fax y parece importante. —Susan entraba con el café. Borja, sin mirarla, dijo tajante—: Déjalo ahí. Eso es. Sal un segundo.

Susan volvió a salir y Borja leyó el fax con suma atención:

«Operación efectuada. Dinos a qué precio exacto quieres vender. Es posible que en toda la semana no alcance los cuarenta dólares el barril, pero sí treinta y ocho».

La respuesta de Borja fue inmediata sin soltar el aparato telefónico: «Vende a treinta y ocho». Cursó el fax sin otra vacilación, después se repantigó en el sillón y mientras removía el café, hablaba con su testaferro.

—Dime cómo van las obras. En año y medio lo necesito todo listo. Pero ¿qué digo año y medio? Dispongo del dinero suficiente para que en un año escaso todo haya sido ultimado. Y en cuanto a los reclutas Urrutia, aprémialos si puedes. Ahora mismo ya no se trata de dos o tres milloncejos, sino de docenas. Seguro que Bern tiene mucho que decir. ¿Lo has visto?

—Sé que estuvo llamándote, pero yo me encontraba en Laredo con tu asunto del bungalow, que no es un bungalow al uso, por supuesto. Tú lo que estás pidiendo es un palacio.

—¡Tanto como eso...! —Borja reía divertido—. Me gusta el lugar y prefiero que tenga terreno en el entorno. En ti confío, Ted. Ya sabes cómo funciono.

—Me parece que no lo sabes demasiado bien. Te tengo que dar una noticia que quizá te sorprenda.

—¿Sí?

—Andy no es trigo limpio. Muy amigo tuyo en apariencia. Te hace caso cuando le das un consejo e incluso te lo pide, pero su intención es dejarte en minoría en el periódico y después darte una patada en el culo.

—No pensarás que estoy en las nubes.

—¿Lo sabías?

—¿Que Andy me quiere aniquilar después de utilizarme? Oye, que no me chupo el dedo, que no me cae la baba, que ando de pie desde los siete meses... Pero tú tranquilo. ¿Sabe Andy quiénes son para mí los otros socios?

—Está tentándolos.

—Claro. Pero lo que no sabe Andy es que los socios son míos, mis gentes, mis amigos. Y el que se quedará sin el accionarial será él en el momento que a mí me convenga. Me falta todo el poder del dinero, Ted, del otro tengo más que suficiente. Pero el dinero es ahora cuando lo estoy amontonando. Y te diré más, necesito la influencia de Andy en la editorial. Después de esta racha me da la sensación de que Andy lo pasará muy mal. Ah, pero eso sí, silencio absoluto. Hay algo que me interesa por encima de todo.

—No me lo digas.

—Pues por eso mismo, porque no tengo que decírtelo..., te lo repito. Todo eso ha de llevarse con el mayor sigilo. Y recuerda asimismo que de momento lo de los barcos queda paralizado, si bien puede suceder que dentro de un mes todo se precipite y no saque un barco sino media docena. Todo depende del resultado de la operación que estoy realizando y encima, sin moverme de la oficina. Tengo a Manuel en Londres. Se está moviendo bien. Además, la información que tengo es de primera mano. Un soplo que no tiene desperdicio. Ahora te dejo. El jueves iré por Santander. Recuerda, llama a Matías y pásale el recado...

—¿No te llamará ella desde el apartamento?

—Sí, pero no estaré. Y si no estoy, prefiero que no llame. Matías ya recibió el mensaje. Pero, por si se olvida, dale un toque. Dentro de unos meses Matías estará en nuestro grupo. De momento lo prefiero donde está. ¿Queda claro?

—Como el cristal de roca.

—Pues eso. Corto y a otra cosa...

Dos días después y en el mismo lugar recibía el fax que esperaba. Era de su *broker*. Era escueto en su contenido pero altamente consolador y específico: «Vendidos los cinco millones de barriles de *brent* a treinta y nueve dólares el barril. Espero órdenes».

La respuesta de Borja Morán fue inmediata: «Obliga a la baja y compra otros cinco millones de barriles a treinta dólares. Vende a treinta y siete». El fax siguiente lo recibió dos horas después. «¿Sigo?» La réplica fue por fax y además, breve y concisa: «Siguiendo con la misma tónica, compra y vende. Compra a treinta y dos y vende a cuarenta... Provoca el alza». Era una especulación en toda regla, pero Borja no se sentía ruborizado por ello. En quince días había logrado reunir una fortuna colosal. Lo que hubiera hecho en veinte años lo hizo sencillamente en veinte días. Nadie podía pedir mayor actividad ni más eficacia. De todos modos, la especulación siguió funcionando y su *broker* no dejó de operar ningún día y siempre a la baja y al alza. El jueves Borja Morán se sintió del todo seguro en su pedestal, que si bien para Andy era de cartón, para él era ya de roca, máxime cuanto más consideraba el dichoso Andy la debilidad de ese papel.

* * *

Andrés Urrutia pasó de repente del estupor a la carcajada. Y se reía de tal modo que se sujetaba el vientre con ambas manos para evitar un estallido. Su hijo Bern le miraba sorprendido, pero feliz de que a su padre su enamoramiento y el deseo que manifestaba de casarse sólo le regocijara. Tanto fue así que su semblante se animó y dijo esperanzado:

—De modo que no te disgusta.

Andy Urrutia dejó de reír bruscamente. Su semblante se contrajo y su crispación fue tan dura que por un segundo su hijo Bern dio un paso atrás.

—Bern. —La voz de Andy era tan fría que parecía cortar el aire—. O estás loco o pretendes volvérmelo a mí. Pero, tranquilo, ¿eh? Muy tranquilo, ya se te pasará.

Bern nunca se había enfrentado a su padre. Tenía muchas cosas que ocultar, pero por supuesto la de su amor por Melly en modo alguno pensaba dejarla él en suspenso. Así que se enfrentó al autor de sus días y le miró con firmeza.

—Nada ni nadie —dijo con voz ronca— será capaz de hacerme olvidar ni a mi novia ni mi propósito de casarme con ella.

Andy a punto estuvo de romperle la cara, pero tenía demasiada experiencia y sabiduría para contrariar a su hijo, y en cambio disponía de armas poderosas que alejarían para siempre a la persona que le estorbaba, que en aquel caso concreto era Melly. Entre la nurse y su hijo la elección era obvia, así que decidió tomarse las cosas con filosofía y no demostrar que jamás consentiría semejante enlace. Dichas armas poderosas darían al traste con los propósitos de su sentimental retoño. Había que ser tonto, ¡claro que Bern era un sentimental y, por lo visto, la joven lo había manipulado sin entender al parecer que él no era hombre de concesiones sentimentales, aunque las utilizara para sus placeres personales!

—Bueno, Bern, ya veo que tu amor es una auténtica realidad y por lo visto tienes toda la intención de cambiar de estado. Eres muy joven y no creo que te corra tanta prisa. De todos modos hay que pensar que tanto tú como Jesús me estáis defraudando. —Su voz se volvía mesurada, ya no reía, pero tampoco su rostro se veía crispado sino más bien apacible y distendido—. He soñado siempre con un matrimonio excelente para los tres. Jesús se casó con Helen por amor. Bueno —se alzó de hombros—, tuvo dos hijos, que ya es mucho, y Helen parece bastante obediente. Se pliega a la nueva familia. Pero tú... ¿has pensado bien lo que te propone? No, no me contestes enseguida. Déjalo para cualquier otro momento, ya hablaremos de ello cuando esté menos ocupado.

—Es que me gustaría explicarte ahora mismo mis planes de futuro. Yo no quiero vivir en esta zona. Me caso y me voy con mi mujer a un piso del centro.

Andy estuvo a punto de tirarle algo a la cabeza, pero se contuvo a tiempo. Él sabía cómo desbaratar aquellos planes y prefería quitar de en medio a Melly sin que un día Bern se lo tuviera que reprochar.

—Sabrás —dijo sin embargo con una especial mesura que hubiera asustado a su hijo si Bern fuera más listo y estuviera menos enamorado— que la mansión que se está levantando en los terrenos colindantes un día será mía... Es decir, la destinaré para Mappy. La que se levanta en el picadero y que está a punto de ser rematada es para Helen y Jesús, y tengo toda la intención del mundo de levantar otra para ti en las proximidades de los acantilados.

—Pero si la mansión que se levanta al lado es de una multinacional. Y además, según tengo entendido, será fastuosa.

—De eso ya hablaremos más adelante. Ahora lo que interesa es puntualizar tu asunto.

—El de mi boda con Melly.

—Bern, que Melly es francesa y además, una sirvienta, de lujo si lo prefieres, pero sirvienta al fin y al cabo. Toma las cosas con calma, ¿quieres?

—Te estoy manifestando que deseo casarme con ella... que la amo...

—Un momento; si la amas, ¿por qué demonios no te acuestas con ella y acabas antes?

—¡Papá! ¿Cómo pretendes que ofenda de ese modo a la mujer de la que espero que me dé hijos dentro del matrimonio?

—Hijo mío, tú por lo visto ni siquiera te has enterado de la misa la media. Estás en las nubes. No, no me grites. No te alteres. A fin de cuentas es lo que haría cualquier otro tipo menos sentimental, menos soñador. Pero en fin... ya hablaremos. ¿Qué te parece si mañana abordamos el asunto? Ahora me espera tu madre y debo salir con ella. Y además, antes he de traducir unas cartas y de paso le hablaré a Melly de ti. ¿Qué me dices?

—¿Le dirás que estás de acuerdo en que nos casemos?

—Si te empeñas... Pero yo no me fío demasiado del amor de estas jóvenes que son extranjeras. Un joven como tú puede pensar y de hecho piensa que la tiene enamorada, y resulta que a la hora de la verdad, la chica retrocede. —Negó de nuevo con la cabeza—. Eso es lo que me temo, Bern.

—Esta vez no sucederá así.

Andy suspiró, bostezó con disimulo y se sintió absolutamente tranquilo. La cosa la iba a destruir él con dos palabras. Y además, no iba a necesitar ni tres. Por eso palmeó el hombro de su hijo, acentuó su sonrisa beatífica y le dijo que hablarían al día siguiente.

—O esta noche si dispongo de tiempo, Bern. Pero ahora mismo tengo en mente un montón de asuntos muy importantes.

—Pero ¿me prometes que pensarás en ello, que estarás de acuerdo y lo comentarás también con mamá?

—Mamá siempre hace lo que queréis vosotros —dijo Andy con cierta sequedad que no captó su hijo.

Empujó a Bern fuera del despacho con suavidad, pero con prisa, aunque Bern no se percató. Cuanto antes terminara con aquel desagradable asunto, mucho mejor. Cierto que se le iría un buen entretenimiento, pero seguro que Helen, que era muy vaga, no tardaría en encontrar otra. Y siempre la novedad era más placentera que lo ya conocido. A fin de cuentas, algo de cansancio ya acusaba con respecto a la francesita.

Dejó el despacho detrás de su hijo y se dirigió directamente al ventanal. Vio a la nurse con los dos nietos y se mordió los labios rabioso. ¡Había que ser ingenuo! Debería haber hecho a sus hijos más espabilados, pero no le habían salido ni gota de listos. La mitad de la inteligencia de Borja ya le hubiera bastado.

Mandó a un criado a por la muchacha y le dio una orden concreta.

—Quédese usted con los niños mientras la señorita Melly viene a traducirme unas cartas.

—Sí, señor.

* * *

La nurse en cuestión era una joven con dos o tres años más que Bern, pero preciosa y muy frágil. Por supuesto, poseía unos senos turgentes y unas caderas redondeadas. Pero Andy aquel día no tenía en mente tocarla.

—Pase, señorita Melly —dijo tratándola de usted y con un tono de voz nada meloso—. Hemos de hablar.

La joven se quedó en la puerta y ante un gesto de su jefe, la cerró. Andy no le pidió que avanzara. Simplemente dijo tajante:

—Queda usted despedida. Puede hacer sus maletas y largarse ya, ahora mismo. Ah, dígale a Bern lo que le apetezca, excepto que yo la he despedido.

Melly no movió un solo músculo de su bello semblante. Pero en cambio preguntó con un tono tranquilo.

—¿Se puede saber el motivo, señor?

—Pues claro que sí. ¿Cómo se le ocurre pensar, sólo pensar, que yo consentiría su boda con mi hijo? ¿Un hijo mío? El juego ha terminado. Supongo que habrá intentado manipular al tonto de Bern, pero debería usted haber pensado que yo estaba por medio y que bajo ningún concepto lo podía consentir. No me gusta discutir cosas que no admiten discusión, y como se trata de mi hijo y no deseo de ninguna manera enfrentarme a él ni pienso darle explicaciones —su tono era despectivo e hiriente—, será usted la que le diga sencillamente que no le ama. O acuéstese con él y el asunto quedará zanjado.

—Me parece que se equivoca, señor.

Andy se la quedó mirando desconcertado. No le cabía en la cabeza que la joven sumisa pudiera decir aquello de esa forma tan tajante.

—¿He entendido bien?

La joven, por toda respuesta, extrajo del bolsillo un artilugio diminuto y apretó el botoncito.

—¿Quiere oír sus jadeos, señor?

Andy, que se hallaba de pie, cayó sentado con la cara alzada mirando a la joven que nada o casi nada tenía que ver con esa otra joven sumisa a la cual él levantaba las faldas y apretaba contra la pared.

—Me gustaría que se hiciera cargo, señor. Si prefiere que esta cinta llegue a su esposa y a su hijo... No intente arrebatármela. Realmente, se la regalo. Tengo copias muy nítidas. Eso es sólo una simple copia.

—Pero...

—No hubo un solo momento en el cual usted abusara de mí, que este aparatito no estuviera grabando. Me pregunto qué hará usted ahora, señor.

—¿Cómo?

—Cada segundo está plasmado aquí. Y cualquiera que lo oiga

puede escuchar su voz y lo que usted exigía de mí sin preguntarme siquiera si estaba de acuerdo. Claro que si prefiere que me marche, que desaparezca..., las cintas irían a parar a su mujer y a cada uno de sus hijos, y si me apura un poco más, al mismo periódico de la competencia.

—¿Qué? Óigame...

—Ya le he oído, señor. Pero no he escuchado nada, no he entendido nada. Mi propósito es ser su nuera y, ya sea ahora o dentro de un año, lo seré a menos que prefiera... —Ante el silencio terrible de Andy, añadió apaciblemente—. No tengo intención alguna de casarme mañana con Bern, pero... tampoco pienso seguir siendo su juguete. Y menos aún salir corriendo de esta casa. Me encuentro bien en ella... Será mejor que se olvide del asunto y que...

—Un momento. —Andy reaccionaba ya—. Un momento. Vamos a arreglar estas cosas como seres civilizados. Ha sido usted muy lista, pero me temo que demasiado. No soy hombre con el cual se pueda jugar impunemente. A ver, usted tiene grabados todos los momentos que he pasado a su lado. De acuerdo. Yo se los pago y usted se larga. Eso es un negocio redondo. Se los pago con generosidad y que no se hable más del asunto.

La joven negó con la cabeza categórica.

—Mi intención no es irme de esta casa. Ni por supuesto entregarle las cintas. Sin embargo, si usted, señor, pese a todo me despide, alguien le dará las cintas a su mujer. Y no tenga duda alguna de que por ellas cualquier periódico o revista me pagaría más dinero del que usted podría entregarme.

—Y entonces ¡¿qué es lo que desea?!—bramó Andy.

La nurse no se alteró para nada. Pero su réplica fue categórica.

—Que me deje en paz. Que permita mis relaciones con su hijo cuando se decida si es que me decido yo, que no es seguro, y que se olvide de hurgar en el cerebro de Bern en mi contra. Un paso en falso y las consecuencias serán negativas siempre para usted. El señor debe comprender que tengo tanto derecho a ser feliz y libre como cualquiera de su familia. Ah, es inútil que me ofrezca una fortuna. De momento no me interesa, porque si un día los cálculos me indican que es más provechoso para mí recibir su dinero a cambio de las cintas que mi boda con su hijo, se lo haré saber. Entretanto... cualquier cosa que intente en mi contra será peor para el señor. Me gustaría que eso no lo olvidase —y tras una breve pausa que empleó Andy en limpiar el sudor que le provocaba la ira, añadió con tono suave y tenue—: He aprendido con usted, señor. No se extrañe, pues, de que me haya preparado para la defensa. Claro que si quiere decirle a Bern la verdad..., es libre de hacerlo. Yo también, como usted observará, tengo mi propia verdad, y si me presta un poco de atención y oye las cintas, observará que en su poder y para sus apetencias, yo me convierto en su esclava. Pero no porque yo desee serlo precisamente.

—Maldita sea, maldita sea mil veces.

—Las que usted quiera, señor, pero la realidad es ésta, la mía y no la suya. Si no manda nada más...

Andy se levantó de un salto. Parecía que iba a perder su compostura, su aspecto de gran señor, y se abalanzaría como una bestia, pero se frenó a tiempo. Se estiró, asió los puños de su camisa y tiró de ellos con refinamiento. Después dijo con un bronco tono:

—Vamos a llegar a un acuerdo. Eso es. Ha sido muy lista, bien, lo acepto... pero será muy tonta si se queda expuesta a cualquier contingencia que puede sucederle por accidente...

—No me sucederá nada, señor —replicó Melly también tajante—. Si eso ocurriera, las cintas originales llegarían antes a su destino. Observará que nunca jamás he pronunciado palabras cuando usted me utilizaba. Nunca hice nada que no supiera. Lo siento, señor, pero está usted pillado en su propia trampa. —Su frialdad era tal que Andy se vio atrapado sin poder desatarse—. De todos modos, si usted convence a su hijo para que no se case conmigo, no moveré un dedo en su contra. Pero tampoco permitiré que entorpezca la vida y el matrimonio de Bern. Eso quedará bajo mi absoluta decisión.

—Es usted...

—No lo diga. No me asustaré ni me enterneceré, ni me comprará. Se ha equivocado conmigo. Eso es todo. ¿Algo más, señor?

—Un segundo, un segundo —pidió Andy agitado—, un segundo, por favor. A ver, yo pongo en su poder los millones que usted diga, usted me da los originales de las cintas... y se olvida de esta casa.

—No hay trato, señor... Buenas...

Y salió sin más palabras. Andy se llevó las manos a las sienes y se las apretó como si le fueran a estallar. Después caminó como un sonámbulo y luego se pegó a la pared y la golpeó con la cabeza.

* * *

El recado lo tenía Borja Morán en su despacho de Moted, S.A., la editorial, cuando aquel jueves llegó a la oficina. Era de Andy. Él había pasado por las obras y había quedado maravillado de su avance. Un año más y la mansión con toda su bella estructura, helipuerto, senderos, jardines y embarcadero estaría finalizada. O mucho se equivocaba o las cosas se iban a precipitar. En quince días había amasado una fortuna comprando y vendiendo crudo. Y las operaciones sobre el mismo no habían terminado. Es más, tenía a su *broker* en Londres dedicado plenamente a las transacciones y consideraba que si bien había expuesto un montón de millones, en realidad le era mucho más fácil trabajar porque se sentía seguro, forrado y convencido de que su liquidez le cubría de cualquier contingencia. Además, Manuel Sarmiento ya se hallaba en Cádiz negociando los dos transatlánticos que pensaba botar aquel mismo verano. Los fletes no iban a faltarle, que para eso disponía de información fresca, y en cambio se estaba enterando por los informes secretos recibidos de lo que ya estaba en boca de todos. Los barcos de la compañía naviera Teo Urrutia, S. A. estaban necesitados de reparación, tanto o más que los rusos de huevos fritos. Esto es, que el día que empezaran a entrar en los diques no podrían salir reparados en seis meses, tiempo más que suficiente para que la naviera Marítima, S. A. saliera con sus buques nuevecitos y se hiciera con las rutas que por un tiempo indefinido dejarían los de Teo Urrutia, S. A. La cosa, pues, estaba muy clara para Borja. Por esto tal vez pospondría la cita de la tarde y pensaba dedicar la mañana a visitar a Andy en su oficina marítima del muelle. Los asuntos de empresa podían esperar y en cambio los personales le parecía que se precipitaban. Por Ted sabía que Andy andaba aquellos días que estallaba de rabia, pero Ted no sabía las razones, lo cual indicaba que él sí iba a enterarse, puesto que para los efectos y pese a las apariencias de uno y otro, seguía siendo el paño de lágrimas de Andrés Urrutia, y era precisamente lo que él se proponía. No obstante, antes pasó por el palacete del Sardinero, donde en pleno corazón vivía ahora Pol con su mujer Salomé. Ellos conocían sus planes lo suficiente, pero nunca más de lo que debían saber. Esto es, lo que él quería decir —y las cosas, Borja, las solía decir a medias—. De todos modos, si algo era sagrado para Borja se reducía a Pol y a su mujer Salomé. Jamás haría nada que les hiciera daño, y Pol era el clásico tipo confiado que creía en todo cuanto él decía a pies juntillas. Claro que tampoco él decía nada que pudiera perjudicar a su hermano Pol. Eso ante todo y sobre todo. Pero necesitaba tener las manos libres para hacer las cosas a su manera, y si las había estudiado concienzudamente durante años, casi desde que tuvo uso de razón, no iba a rajarse por algo de tan poca importancia.

Como siempre, Pol y Salomé aún se hallaban en la cama. ¡Dichosa cama! Para ellos la cama y el manjar de la comida eran lo más esencial. Pero si a ambos les dieran a elegir entre el lecho y el manjar, apostaba que tanto Pol como Salomé se decidirían por lo primero.

Tenía la cita con Andy en sus oficinas del muelle a las doce y eran las once menos cuarto. Tiempo suficiente para cambiar impresiones con Pol. Ignoraba aún si le contaría a éste todas las especulaciones sobre el crudo que había hecho en aquellas últimas semanas. Seguro que no merecía la pena.

—Pensé que no vendrías esta semana —fue el saludo de Pol con el pelo aún mojado y recién vestido—, Salomé vendrá enseguida.

Nos has dejado libres para que durmamos a pierna suelta. ¿Cómo andan tus cosas? Oye, antes de que se me olvide: Me llamó Tatiana desde su convento.

—Y ¿qué le sucede ahora a la monja?

—Se ha quedado sin un duro. Todo se lo ha dado a sus pobres.

—Cuando Teo la engendró —refunfuñó Borja— debía de estar recién comulgado.

—¿Y quién te dice que Tatiana no se fue de monja en desagravio a los pecados de su madre?

—Pol, me molesta muchísimo que hables así de nuestra madre. Ha sido una mujer engañada, manipulada, y se abusó de ella de modo bochornoso.

—Perdona. Fue tan madre tuya como mía y nunca se lo perdoné a Teo, pero...

—Pero eres su hijo —atajó Borja con una inusitada frialdad—. A lo que íbamos... Dile a Tatiana que tendrá el dinero que necesite para sus pobres.

—Si yo no puedo...

—Nadie dice que se lo des tú. Es decir, tú sí se lo darás, pero no quiero que Tatiana se entere de que antes te lo he entregado yo.

—Tú siempre tan duro y en la sombra...

—Pol —la voz de Borja era dura y helada—, lo que yo haga de bueno alguna vez no significa que me apiade de todo el mundo. He venido a veros para deciros que todo marcha bien, que la mansión va creciendo y que el día en que esté lista estallará la bomba.

—No se la vas a vender a Andy.

—Estoy en situación de poder hacer lo que me apetezca. De modo que sólo venía a veros y a pedirte que si vas a ver la mansión, no te acerques demasiado. Prefiero que Andy no os descubra por las cercanías.

Salomé apareció en aquel momento. Besó a Borja con mucho afecto y le palmeó la dura mejilla rasurada.

—¿Cómo van tus cosas, Borja? Parece que Andy tiene un gran problema.

—¿Sí?

—Me he enterado por mi criada, que es amiga de la nurse.

—No me digas...

—Yo nada. Supongo que te lo dirá tu gran amigo Andy, que, para que te enteres, está que estalla. Se esperaba que despidiera a la chica al conocer el asunto de su hijo con ella, pero mira tú por dónde..., ahí sigue.

—¿De novia con Bern?

—Ah, eso no lo sé. Pero la reacción de Andy no fue despedirla, lo cual ya es mucho. Algo hay en todo eso que no cuadra bien.

Para Borja tampoco cuadraba, aunque se estaba imaginando que a Melly no se la ataba con facilidad o, lo que es peor, no se la desataba como uno quería. Sacó la chequera del bolsillo mientras pensaba en lo que Andy tenía que decirle y lo que él a su vez iba a aconsejarle. Firmó el talón y lo arrancó alargándoselo a Pol.

—Se lo envías a Tatiana, pero ojo con lo que hacéis los dos. Yo no di dinero alguno. ¿Queda claro?

—Pero esto es una cantidad desorbitada, Borja —apostilló Pol—. ¿Estás seguro de que es la cantidad que querías poner?

—Yo no me equivoco nunca —replicó Borja tajante—. Ah, estaré más de dos meses fuera. De modo que si algo quieres, ya sabes adónde dirigirte, Pol. Y cuidado con lo que haces.

—Una pregunta, Borja.

—¿Sí?

—¿Cuántos testaferros tienes?

—Cuarenta y si hace falta el doble, sé dónde encontrarlos. Pero tú olvídate de eso. ¿Vives mal? ¿Vives como quieres vivir...?, y yo necesito que sigas viviendo así...

—Nunca perdonarás...

—¡Jamás! —y salió a toda prisa. Su tiempo seguía transcurriendo a otra velocidad...

* * *

En Santander, solía usar un Mercedes deportivo propiedad de Ted. No era porque él no tuviera dos coches, sino porque le era más cómodo y despistaba mejor usando uno que no conocía Andy.

Cuando entró en su suntuoso despacho, Andy estaba liado con dos problemas que Borja ya conocía. Porque Borja siempre lo sabía todo. Tenía testaferros en todas partes y dos adeptos en las oficinas de la naviera Teo Urrutia, S.A., de modo que con referencia a los fallos de Andrés Urrutia nada le era desconocido. Lo estaba metiendo entre sus tentáculos y, o mucho se equivocaba, si no acababa con él al menos le mermaría la fortuna en un porcentaje demoledor para su enemigo.

Sabía cuánto se jugaba, pero aún tenía la esperanza de que todo aquello se disipara y no causara mella alguna, aunque ya empezaba a dudarlo. De todos modos, poco iba a poder evitar a esas alturas aun si salvaba lo que era salvable para él en aquel asunto.

Y lo que era salvable lo sabía perfectamente, al menos, así se lo repetía todos los días; que pudiera superarlo, eso ya lo dudaba.

—¡Ah! —gritó Andy al verlo—. Eres tú. Pasa, pasa y cierra. —Miró a Mey, su secretaria—. La llamaré si la necesito.

Mey salió y ella misma cerró la puerta, Borja se sentó a medias en el tablero de la mesa y balanceó rítmicamente un pie.

—Veamos qué te pone así, Andy; ¿qué demonios te ocurre ahora?

—Muchas cosas. Muchas materiales y otras que no lo son tanto, temas personales. Primero, he perdido mucho dinero en bolsa y eso ya lo sabes. He recuperado parte en la venta del crudo que tenía almacenado, pero ya se acabó y ahora aquí me tienes con los barcos, que necesitan unas reparaciones del carajo, y yo con una liquidez tambaleante.

—Te puedo decir cómo ganar una fortuna.

—¿Sí?

—Sí, y además, en menos de una semana.

—¿Y cómo es que pudiendo ganar una fortuna no lo haces tú?

—¿Yo? ¿Y dónde tengo yo dinero para invertir? Ojalá lo tuviera.

—Después me hablas de eso. Ahora te tengo que contar lo personal. Como observarás, la mansión sube como la espuma. Estoy observando que eso camina a pasos agigantados. Parece que la multinacional funciona.

—Y yo. No te olvides de que yo estoy detrás aunque no tenga un duro en la multinacional. La mansión estará lista para habitarla dentro de un año. Con embarcadero listo, helipuerto, y se tirará la barrera que la separa de tu propiedad. Todo te lo tendrás que comprar, Andy. Y te costará caro.

—Humm, eso ya lo sé. De todos modos, con tal de ver a Pol lejos, lo doy por bien empleado. Pero te repito que mis barcos tienen que entrar en el dique. Los pienso reparar de dos en dos. Esperemos que nadie me pille el puesto en los fletes.

—Si quieres...

—¿Qué?

—Me ocupo de eso.

—¿Y cómo?

—Hombre, Andy, que tú sabes lo cerca que estoy de las influencias. Hay una naviera a la que le interesa tomar esas rutas por un tiempo. Un contrato por el tiempo que tus barcos tarden en salir de los diques. Retomas después los fletes y aquí no ha pasado nada.

—¿Y no serán contratos indefinidos?

—Si yo te digo..., yo soy tuyo, Andy. Totalmente, estoy a tu disposición. Para algo somos amigos, ¿no? Además, después de que me cuentes ese asunto personal que te atosiga, te daré un consejo financiero cuya información es de primera fila, de primera línea.

—¿Referente...?

—A la forma de llenar tus arcas resentidas...

—No será como la bolsa, ¿verdad?

—No me jodas, ¿quieres? Yo cuando te di la información sabes muy bien que lo hice con reparos, y además te advertí que yo quizá no me metería a fondo por lo arriesgado que era. Tú, pese a mis consejos, lo hiciste.

—Coño, Borja, que me diste la información de primera mano y salió mal.

—Repito que lo hice con reparos y tú no te diste por aludido. Has perdido porque has arriesgado demasiado. Te lo advertí. Yo al final no compré tanto. Lo hice aportando una leve cantidad, pero tampoco con ella me exponía demasiado, puesto que a mí sí me falta liquidez. Estoy esperando a que la mansión se termine, para que tú me la compres y el asunto quede zanjado. Te quité a Pol de delante, te conseguí acciones en la empresa editora y ahora te voy a dar una información muy especial. Pero antes dime lo que sucede.

—Te he dejado recado porque la puta de Melly me hizo la putada.

—¿Una putada?

—Entera y verdadera.

—Cuenta.

—Se quiere casar con Bern o el imbécil de mi hijo con ella, aunque para que lo consiga tendrá que pasar por encima de mi cadáver. La muy... grababa en cinta magnetofónica todos mis jadeos sexuales y las conserva.

—¿Quééé?

—Lo que estás oyendo. De modo que no fui capaz ni de despedirla ni de evitar que el tonto de mi hijo salga con ella de vez en cuando. Lo único que me salva es que, por lo visto, ella no tiene en mente casarse con Bern enseguida, lo cual ya es algo.

Borja dejó de balancear la pierna y rompió a reír con todas sus fuerzas. Que una francesita que no tenía nada de honesta pillara a Andy en sus propias trampas, le causaba un tremendo regocijo.

—¿Dejas de reír, Borja, de una maldita vez?

Borja dejó de reír, pero no de mirar a Andy como si fuera un gusanito.

—No me digas que te ha pillado así.

—Pues me ha pillado.

—¿Y ahora?

—De momento a callar. Pero espero que tú sepas cómo hacerte con las cintas.

—¿Las cintas?

—Los originales... Sí, eso espero de ti. Yo no puedo exponerme a que Isabel sepa lo que hacía con las traducciones... ¿Me entiendes o no? Ni soportaría que mis hijos conocieran mis tretas. De modo que, como necesito esas cintas, a ver cómo te las compones. Por favor, pídeme por ellas lo que quieras.

—¿Y no será mejor convencer a Bern?

—¿De qué?

—Caramba, Andy, de que piense en otra chica. Me da la sensación de que Bern es casi casto. Le pones delante a una joven que se menee bien, ya me entiendes...

—¿Podrías tú? Porque si pudieras, mataba dos pájaros de un tiro.

—¿Cuáles?

—Pues que dejaría a la nurse en paz, que ya no la deseo ni para mirarla, y no me preocuparía tanto de las cintas. A fin de cuentas, si Bern se olvida de casarse con ella, ¿qué coño me importan las cintas ni a ella entregarlas? Además, tú siempre sabrás cómo comprárselas a Melly..., porque si Bern no se casa con ella, ya me dirás para qué le sirven, y como es una mujer lista, cuando yo pensé que era tonta, sabrá cómo sacarles provecho. ¿Qué me dices?

—Déjalo de mi cuenta. Haré lo que pueda. Tú siempre me utilizas, Andy.

—También te hago ganar dinero.

—Es que de lo contrario no movería un dedo para ayudarte.

—Pues ahora dime cómo saco yo liquidez para mis asuntos financieros.

—Tú has vendido crudo.

—Gracias a eso he conseguido lo que perdí en la bolsa, casi todo.

—Pero es que el crudo lo tenías.

—Claro.

—¿Y qué haces ahora que ya lo has vendido todo?

—Nada, ¿qué quieres que haga?

—Especula. Compra y vende. Tienes *broker* en Londres seguro...

—¿Y cómo no voy a tenerlo?

—Dale órdenes. No tienes que mover una peseta. Sé de muy buena tinta que llegará a cincuenta dólares el barril.

—Hoy está a cuarenta.

—Pues claro. Pero subirá a cincuenta.

—¿Estás seguro de eso?

—Hombre, seguro nunca se está. Pero si yo tuviera dinero lo haría sin dudarlo un segundo. Compras a cuarenta dólares el barril de *brent* y vendes a cuarenta y cinco o a cincuenta. El negocio es redondo.

—Me parece mucho exponer a cuarenta.

—Voy a estar ausente unos meses —dijo Borja desde la puerta—, haz lo que quieras. Pero no me digas que no te di la información. Si compras y tu *broker* sabe esperar, te pudrirás a ganar vendiendo a cincuenta dólares el barril, una burrada de miles de millones. De todos modos, no creo que puedas contactar conmigo en dos meses, si bien te lo digo ahora. —Agitó la mano—. Por el asunto de Bern no te preocupes. Pero si te urge el dinero, recuerda que si me quieres localizar, ya no podré aconsejarte.

—Aguarda un segundo, ¿y si compro a cuarenta dólares, lo mantengo, y resulta que baja a treinta y cinco en ese plazo?

—Entonces ya no podré asesorarte, estaré ilocalizable. La información es para esta semana, no para la siguiente. Recuerda eso. Te veré dentro de dos meses, Andy. No antes —y salió a toda prisa.

* * *

Borja tenía en mente la cita en su apartamento dúplex de Pérez Galdós. No podía faltar y además, no quería. Haría lo que fuese con el fin de no faltar a la cita más importante de su vida. Sus negocios, los crudos y la mansión pasaban a un segundo término ante el hecho de su cita con Mappy.

Sabía que a las siete estaría en el dúplex, eran las dos de la tarde, y hasta ese momento crucial tenía antes y pendientes una entrevista en la editorial, una comida posterior y una reunión más tarde.

Primero fue a la entrevista. Se trataba de dos socios testaferros suyos que no iban a contarle nada nuevo porque si bien ellos pensaban que él ignoraba ciertas intenciones, llegaban demasiado tarde. Él supo siempre de qué pie cojeaba su amigo Andy y tampoco podía echárselo en cara, porque eran exactos sin ser hermanos.

Ignacio Muntaner y Eusebio Palomar lo esperaban con Ted.

Nada más llegar, les espetó:

—No me contéis vuestra historia. Me la sé.

—Pero ¿cómo vas a saber tú desde Madrid que Andrés Urrutia nos está convenciendo para que le vendamos la acciones del periódico?

—Muy sencillo: porque si yo estuviera en el pellejo de Andy, también lo haría.

—Pero ¿qué harías —apostilló Palomar— si nosotros fuéramos de tu grupo?

—Estáis en ese grupo porque sois mi gente, ¿queda claro, Eusebio?

—Ya os lo decía yo —atajó Ted—. Todo está bajo control.

—Y diga lo que diga Andy —apuntó Borja impaciente—, me tiene sin cuidado. Andy por un lado hace lo que yo le digo, y por otro lo que intenta es despojarme del periódico y vuestro cometido es hacerle pensar que lo estáis sopesando.

—¿Es eso lo que tú deseas?

—Ignacio, te tengo ahí con esa condición. ¿Es que no estás bien remunerado?

—Por supuesto.

—Pues acabáramos. Ahora tengo una cita con Soto, el arquitecto, y además una comida con él en Cañadío. Estaré allí hasta las cinco y media, Ted. —Le miró fijamente—. Si hay alguna novedad, usa el busca. ¿Algo más?

—¿Cuándo volverás a Santander? —preguntó Ignacio.

—En dos meses o más.

—¿Qué tal Manuel?

—En Londres.

Pero no añadió «comprando crudo a treinta dólares y vendiéndolo a treinta y ocho». De ese asunto no sabía ni su mejor amigo. Salvo Ted, y Ted sólo sabía lo que él deseaba que supiera.

El mismo Manuel se hallaba en Londres dedicado a aquel asunto y no era más que un criado del *broker* que se ocupaba de sus especulaciones. Cuanto menos supieran de los entresijos de sus negocios, mucho mejor para todos. Sabían justamente lo que él quería que supieran. Unas veces un poco, otras veces bastante y otras casi nada.

Había logrado, sin embargo, algo de suma importancia. La amistad de Miguel Soto, amigo de Andy, pero en aquel momento bastante más amigo suyo y comprometido hasta el cuello con él. Se había preocupado de involucrarlo en la recalificación de ciertos solares, y para entonces Soto era una tumba con referencia a su amistad con Andy.

Si Soto adivinase lo que él pensaba hacer cuando la multimillonaria mansión estuviera terminada, Borja estaba seguro de que se guardaría mucho de comentarlo. Por esa razón pensaba comer con él en Cañadío y después sí, después iría al dúplex de Pérez Galdós a ver a Mappy. Había dejado el aviso a Matías por medio de Ted y el recado había sido dado. Es más, de no haber él acudido a Santander, Mappy habría ido a Madrid. Pero era pronto aún para soltar campanas y mejor que todo se hiciera con cautela y sigilo. Aunque... pasar un día más sin ver a Mappy..., esa perspectiva le parecía de todo punto demencial e imposible. Aquella espinita la tenía clavada de verdad. Empezó siendo un arañazo de nada y se había convertido en una herida supurante, pero eso ya se le pasaría. Seguro que con el tiempo terminaría curándola. ¿Por qué no, a fin de cuentas?

El Mercedes de Ted lo dejó justamente ante el restaurante Cañadío, pero Ted, que iba al volante, comentó:

—Matías pensaba irse a Madrid esta semana.

—Ya hablamos de eso, Ted. —Borja se impacientó—. No volveré en dos meses y quiero advertirte que ahora mismo dejes el asunto del bungalow de Laredo para mejor ocasión. Lo has comprado, ¿no? Muy bien. Pues ya le diré a Soto que se dé una vuelta y elabore un proyecto para reformarlo.

—¿Puedo hacer una pregunta?

—No me gustan las preguntas...

—Perdona, pero tú sabes que yo te soy fiel.

—Por eso estás sentado ahí —le cortó Borja—, hazla.

—¿Es serio lo tuyo con...?

—¡Cállate!

—Oye, perdona otra vez.

—Estás perdonado —rezongó Borja—. No es serio. Espero que no lo sea.

—Con todo el dinero que se supone tienes, ¿crees que si le dices a Andy que quieres a su hija...?

Borja volvió la cara con presteza. Ni un músculo de aquélla se contrajo, pero sus frases resultaron cortantes y rigurosas.

—Antes muerta su hija que casada con el hijo de la amante de su padre, ¿o es que eres tonto?

—¡Oh!

—Supongo que ahora lo tendrás todo claro.

—Todo por un lado. Temerario me parece por otro.

—Pues olvídate de las temeridades y déjame a mí con mis asuntos personales. Ah, pero hay una cosa que quiero que hagas tú y que pongas en ello todo tu empeño. Aparte de comprar todas las acciones que te quiera vender Bern, ocúpate de que se comprometa de alguna manera.

—¿Comprometerse?

—He dicho «comprometerse», y si puedes lo cubres hasta el cuello.

—¿Puedo saber para qué?

—Para frenar su relación con la nurse.

—¿Qué?

—Lo que estás oyendo, Ted. Ponle el mirlo blanco delante. Tú sabrás y tienes medios. Te será muy fácil. Lo emborrachas, buscas una chica mona, joven y guapísima, y lo acuestas con ella. Usas la cámara fotográfica y asunto concluido.

—¿Todo eso para qué?

—Pues para tener a Andy contento de momento, despistado y con su mente lejos de mí, y para tener al pingüino de su hijo de mi parte en el supuesto de que lo necesite, y para evitar que se case con la francesita.

—¿Y a ti qué carajo te importa?

—De momento, me interesa así. Procura que no pase de esta semana.

—Borrachera, mujer y foto.

—Me has entendido perfectamente, Ted. Déjame aquí. Sigue con el coche, que después de la comida con Soto yo pediré un taxi. Olvídame hasta que me necesites y si me necesitas hoy, usa el busca. Yo me largaré por la noche a Madrid.

—Y estarás ausente...

—Dos meses.

—¿Y...?

—¿Algo más? No me gustan los curiosos y lo sabes...

—Perdona. —Frenó el Mercedes—. Tal vez necesite comunicarme contigo a lo largo de la tarde.

—Usa el busca.

—Adiós.

* * *

—Oye, Borja. Agradezco la información que me diste. Con la operación gané más de cien kilos.

—Era de esperar. Mis informaciones son siempre de primera mano. Ahora hablemos de la mansión. —Fumaba un habano y se sentía impaciente. El reloj avanzaba muy deprisa y eran ya las cinco y media pasadas—. Espero que contrates a más gente. Pero todo esto debe estar terminado antes del año. Yo me voy de viaje a Londres pasado mañana y no volveré por aquí en dos meses.

—¿Ni por Madrid?

—Por Madrid estaré los tres días siguientes a mañana. Pero a lo que íbamos..., si hay alguna pega con referencia al embarcadero, si la Marina pone pegas, me lo dices. Yo te allanaré enseguida el camino. Todo ha de quedar como si fuera una sola mansión. Es decir, la separa una valla, pero una vez terminado todo, se quita la valla y aparecerá un sendero.

—Yo no sé si Urrutia permitirá eso.

—Tú déjalo de mi cuenta. Cuando se quite la valla que separa la nueva mansión de la finca de los Urrutia sólo un sendero enarenado habrá de separar ambas. Y el sendero ha de confluir con la carretera que conduce al helipuerto.

—Es que allí tiene Urrutia el suyo.

—Claro que sí. Pero harás uno nuevo, más moderno y a pocos metros del suyo. Ése sí debe ir separado, pero partirá la carretera desde la mansión que construyes, y esa misma carretera privada irá a dar al embarcadero. De forma que las dos se entrecrucen.

—¿En los terrenos de Urrutia?

—Soto, que parece que nos perdemos en explicaciones vanas. Tengo mucha prisa. Me espera alguien y no me gusta hacerle impacientar. Estoy refiriéndome a que usarás el terreno de la casa demolida de Pol, mi hermano, para todas esas uniones, de modo que Andrés Urrutia no te lo pueda impedir legalmente.

—Pero si conoce tus intenciones...

—Es que no las va a conocer. Para eso existe la valla.

—¿Y cuando la quite?

—Eso ya no es asunto tuyo. Tú estás siguiendo las directrices de un proyecto que tú mismo hiciste y que Andrés Urrutia vio en maqueta.

—Pero es que por ahí se dice que tú edificas para él.

—¿Y qué?

—Es que si edificas para él no se enfadará, pero si por la razón que sea, no se lo traspasas... estarás dentro de sus posesiones.

—Yo no tengo la culpa de que su padre le haya dejado a mi hermano Pol esa propiedad. Eso por un lado, porque por otro... yo no he dicho que me fuese a quedar con ella.

—Ya.

—De modo que como voy a estar ausente dos meses o más, espero que todo marche según el proyecto y tus planos, y que todo esté terminado cuanto antes. Te diré más, cuando hayas cubierto, te enviaré a una persona con jardineros.

—¿Jardineros?

—Es que yo quiero dar por finalizada la mansión y los jardines. Las pistas de tenis y las piscinas. Todo ha de estar a la vez. Es más, y también decorada.

—Borja...

—Ya sé que has ganado una millonada con la información que te di, Miguel. De modo que espero poder darte otra la semana próxima.

—Es que...

—¿Sí? ¿Tienes algo que decirme?

—No. Pero... no sé si te vas a meter en un lío. Si no le vendes la mansión a Urrutia una vez terminada... el lío lo tienes seguro. Además, por ahí se dice que Otto Malvives corteja formalmente a su hija Mappy. Y se dice en voz muy baja que le piensa regalar esa mansión cuando su hija menor se case. —Hablaba en un hilo de voz—. Tú la conoces, ¿no? Es una preciosidad, una cría tierna, ingenua, jovencísima... Empezó el otro día en la universidad y va siempre con su chófer y un guardaespaldas llamado Doro. Es el tesoro más preciado de Andrés Urrutia. Pero... ¿adónde vas?

—Me largo. Tengo una cita.

—Es que así, de repente... Te estaba hablando de Mappy, la hija menor...

—Lo sé, Soto, lo sé. Pero el tema, como comprenderás, no me interesa. Yo estoy metido en empresas hasta el cuello y de asuntos de faldas paso. Las utilizo cuando las necesito pero hasta ahí, no más.

—¿Cuándo nos vemos?

—Ya te lo he dicho. Estaré en contacto contigo desde donde me encuentre. De todos modos, en dos meses no voy a volver. Pero no te preocupes, que yo sabré cómo anda tu trabajo. Y en cuanto a la información que necesitas, te la mandaré la semana próxima.

—No sabes cuánto te lo agradezco... Claro que me puedo meter en un lío legal.

—¿Siendo amigo mío?... Ni lo sueñes. Me das un telefonazo en caso de apuro y te resuelvo lo que sea. Hasta puedes contar conmigo para el dinero negro.

—El que tenía lo he empleado en ese terreno. Lo compré a dos mil pesetas el metro cuadrado y lo vendí a seis mil. El negocio fue redondo.

—Y además, con Ted por medio.

—Claro.

—Ted es una alhaja.

—¿Te llevo a alguna parte, Borja?

—No, gracias. Me voy en taxi. Pero recuerda bien todo lo que te dije. No te olvides de que en la bifurcación las carreteras deben separarse y si Andrés te visita, que lo hará, le dices que es cosa mía, que a fin de cuentas, ya sabe él adónde irá a parar todo.

—Borja.

—¿Sí?

—Es que... ¿no se lo piensas vender?

—¿Te hago yo preguntas del terreno que compras a dos duros gracias a mi información y que luego vendes por media docena?

—Perdona, ¿eh?

—Eso es entenderse, Miguel. Buenas tardes.

Miguel Soto se quedó en el restaurante preguntándose si haría bien o mal siendo amigo de Borja Morán, pero terminó alzando los hombros. Su cuenta corriente era una clara respuesta a su inquieto interrogante.

En el taxi, Borja Morán iba nervioso, enervado. Él, tan tranquilo habitualmente, y sin embargo había pasado un día de tensión esperando aquel instante... Recordó cuando inició sus relaciones con Susan. Fueron preciosas..., pero... se cansó enseguida. Esto era muy distinto. ¿Podía concebirse de él, tan frío y calculador, una tensión semejante? Pues la tenía.

Hacía ocho días que no veía a Mappy y a punto estuvo a mediados de semana de pedirle que fuera a Madrid cuando ella se ofreció. Pero no. De momento era mejor mantener las cosas así. Un mal paso, un descuido y podía dar al traste con todo el entramado que había estado fraguando toda su vida, desde que tuvo uso de razón y supo que su madre era seducida por Teo Urrutia. Cuando saltó del coche en mitad de la calle Pérez Galdós, a punto estuvo de caer. Se enderezó, pagó al taxista y salió disparado. Jamás él, tan frío y calculador, podría haber imaginado los saltos que daría para llegar al ascensor, y pulsó el botón del quinto. Sabía que Mappy le estaba esperando. Bastaba oler el ascensor. Su tenue colonia de baño inundaba todo el cuadrilátero...

O pudiera ser también que él la llevara impregnada en su ropa. Pero sabía muy bien que no era así. Una ternura infinita le invadió y eso le hizo pensar en que aquello que empezó de una forma calculada se estaba convirtiendo en una necesidad perentoria física y moral.

Abrió con su llavín y casi enseguida la vio allí.

Parpadeó varias veces y después, con esa parsimonia que suelen usar los enamorados, caminó hacia ella. Mappy se lanzó a sus brazos. Borja le buscó la boca con cuidado; un buen observador hubiera apreciado que lo hacía reverencioso, ansioso, hambriento de su contacto. La besó en los labios abiertos y le sujetó la cara con las dos manos. La miró a los ojos.

—¡Chiquita! —susurró—. ¿Qué tal?

—Pensé que...

—¿Que no vendría?

—Pues no sabía ya qué decirme.

—Me he retrasado, sí. —Volvió a besarla con sumo cuidado—. Un poco perezoso ya soy, pero no me olvido de mis citas. Además, hace muchos días que no te veo.

—Iba a ir...

—La semana próxima. Estaré ausente dos meses. —La llevaba apretada contra su costado—. Y sin verte no voy a poder estar tantos días. —La sentó a su lado en un diván del salón—. Deja que te mire...

—Borja...

—Estás temblando.

—Es que...

—Sé lo que es.

—¿Te pasa a ti?

—¿No lo ves?

Y se pegó instintivamente contra él.

—Tengo a Matías en el coche.

—¿Sí?

—Es que le he mandado que me esperara.

—¿Dónde estás?

—En el campo de golf...

—Formidable... —y la tiró hacia atrás quedando inclinado sobre ella. Pensó en poseerla en aquel mismo instante, pero le era imposible. Necesitaba ayudarla, templarla, prepararla para que la posesión fuera larga y cuidadosa. No era capaz de llegar y besar el santo. Con Mappy no.

Era imperiosa la necesidad, de verla, de tocarla, de estremecerla, de hacerse desear. Era divertido. Con toda su experiencia sexual, sabía que Mappy la conocía y que esperaba siempre de él algo grandioso.

Últimamente con Susan saciaba sus apetencias, pero rara vez se divertía. Y no es que no quisiera. Es que no podía. Desde que empezó en aquel asunto secreto... le podía éste, y cuando estaba con Mappy se olvidaba de los crudos, de Teo Urrutia, de su madre y de Andrés Urrutia y de todos los males que le deseaba. Pero, eso sí, teniendo muy en cuenta que aquella parcela sentimental tenía que salvarla.

—¿Qué te pasa, Borja?

—Pero ¿me pasa algo?

—Es que me miras, me tocas, me besas y estás ahí sobre mí acariciándome sin decir ni palabra.

—Te fijo en la retina.

—Yo...

—Lo sé.

—¿Y no?

—¿Ahora..., quieres ya?

—Verás, llevo tantos días... Me habituaste tanto a ti... Sé lo que haces y cuándo lo haces y de la forma que lo haces... —Se apretaba contra él instintivamente—. No soporto que me mires así. Como si me preguntaras algo.

—¿No puedo preguntarte?

—Después...

—Ven. —La levantó con una mano y le sujetó la nuca con los cinco dedos y con la otra mano siguió acariciándola—. Es tanto lo que deseo y en tan poco tiempo... Pero ven, ven. Vamos a mi cuarto. Estaremos mejor allí. Además, te quiero quitar esa blusa. No te la quites tú. Déjame, te la voy a quitar yo...

—¿Me dejas que te diga una cosa? ¿No te vas a enfadar?

—¿Contigo? Me enfadaría con todo el mundo menos contigo.

—Yo te amo, Borja.

—¿Era eso lo que me ibas a decir?

—No, no. Es que me has enseñado a sentir, a gozar, a tocarte, a que me toques... y después, si quieres hablamos. Pero ahora...

—Eres insaciable, ¿eh?

—¿Te molesta?

—¿Qué dices? Pero ¿qué dices? Cariño, ven aquí. Eso es. Así, el primer botón, el segundo... ¿Es que no llevas sujetador? Mejor. Me gustan tus senos turgentes, tan duros... Tan pequeñitos... —Se los besaba cuidadoso—. ¿Sabes? Contigo me gusta todo eso, empezarlo así, e ir a más y más. Avanzar poco a poco. Sentirte estremecer... Tu deseo es mi deseo... Me moriría si ahora tuviera que dejarte. Me moriría... ¿Te parezco tonto?

—Nunca esperé que un hombre como tú... se enamorara de mí, Borja. Jamás lo esperé. ¡Era todo para mí tan desconocido...! El deseo que me invade es tan fuerte... Fíjate que ni siquiera siento pudor...

—Sientes necesidad...

—Sí, sí, sí...

—Ven, cariño, ven.

Él era un hombre de mundo, un tipo sexual que usaba la sexualidad constantemente. Sin reprimirse para nada. Gustaba a las mujeres y él lo sabía. Pero es que jamás intentó más que eso, complacer a su gusto. Aquello, en cambio, ¿no le emocionaba? Si sería tonto...

Además, para Mappy siempre parecía una novedad cualquier cosa que él le hiciera y siempre le hacía cosas diferentes, como si fuese un perfeccionista amoroso, un sentimental, un soñador. Y él no era nada soñador o sentimental. Pero aquel asunto...

Era una necesidad viva y palpitante. Cuando pudo la levantó en brazos y la llevó al baño.

—¿Qué haces?

—No lo sé. Me gusta enjabonarte...

—Borja...

—Dime, querida...

—Haces que me acostumbre a unas cosas...

—¿No te gustan?

Se pegaba a él estrechándolo con los brazos.

—¿Cómo no iban a gustarme? Ni en sueños pensé jamás... Nunca, Borja, cariño, amor. Nunca pensé que estuviera reservado para mí y con un hombre como tú. ¿Seré muy pecadora? ¿Será que me enseñaste a que me gusten cosas indecorosas?

—Después hablamos, ¿quieres?

—Es que...

—Dime, pero dime todo lo que quieras decirme, todo, ¿eh?

—Es que te amo tanto... Quería que eso lo supieras. Creo que ya lo sabes, pero yo te lo tengo que decir para que no estés tanto tiempo...

—Matías te llevará a Madrid...

—Es que igual papá...

—Tú dile que vas a comprar ropa.

—¿Y Matías?

—No dirá palabra.

—¿Y si la dice?

—¿Es que no crees en mí? Si yo te digo que no la dice...

—Pero ¿qué haces?

—¿Es que no quieres que me meta contigo en la bañera?

—Oh, sí, sí... —y su voz se ahogó por el deseo...

* * *

—¿Qué es eso?

—Ah, no te preocupes, vengo enseguida.

—Está sonando algo.

—Es el busca. Alguien me necesita. Un segundo nada más. Sécate bien y no te vistas...

—¿No?

—Que no —Borja reía suavemente—, que no, cariño. Después yo lo haré. Yo te ayudaré. Me gusta ayudarte.

—¿Sí? —decía al teléfono, ya lejos de Mappy—, dime.

—Te busca Bern.

—¿Qué?

—Que sí, que sí. Que está en la redacción. Desea verte antes de que te vayas. Le he invitado a una fiesta esta noche, pero está muy preocupado.

—Pasaré por la redacción antes de salir para Madrid.

—Perdona que te haya molestado ahí.

—Olvídalo.

Cerró el busca, colgó el teléfono y regresó junto a Mappy.

Eran las ocho y media de la tarde.

—¿Te tienes que ir?

—Y tú. —Borja rio—. No pensarás pasarte aquí hasta mañana por la mañana. Matías además te está esperando y si aún tienes que regresar a Pedreña... Pero oye, dime. —La ayudaba a vestirse con sumo cuidado—. Vamos a ver, ¿qué pasa con Otto Malvives?

—Nada.

—Pero alguna vez sales con él.

—¿Y qué puedo hacer para disimular?

—Cierto, cierto. Pero dime... ¿Te gusta? ¿Sientes alguna vez con él los deseos que te asaltan cuando estás conmigo?

—¿Qué dices? Pero ¿qué dices? ¿Cómo puede alguien, otro hombre, hacerme sentir lo que siento contigo? Lo que me parece absurdo es que lo tengamos que ocultar... Papá es tu amigo. Estoy segura de que si le dijera la verdad...

—¿La verdad?

—Lo que de esa verdad se puede decir.

—Mira, ven, siéntate aquí junto a mí. Nos vamos a separar enseguida y dependes después de lo que te diga Matías. Cuando Matías te pregunte si deseas ir a Madrid, tú ya sabrás que soy yo quien te llama. ¿Estás de acuerdo?

—Sí.

—Pues ahora voy a ir más lejos. Te voy a hacer una reflexión. Tú conoces la historia de nuestra familia. En particular la de la tuya y mi madre...

—Pero tú...

—Ya lo sé. Yo soy hijo de mi padre. Pero dime, ¿supones que tu padre permitiría que una hija suya se casara con el hermano de su hermano?

—Pues...

—Piénsalo un poco. Más adelante, cuando yo haya arreglado las cosas, cuando sea más rico o casi tanto como tu padre, que no sé cuándo lo seré, habrá tiempo para discutirlo, pero ahora mismo... sería como dar patadas a ciegas. Tu padre será mi amigo, pero mi amigo al margen de toda la historia familiar. Distinto es su hija pequeña, que es la niña de sus ojos. ¿Lo vas entendiendo?

—Sólo a medias —decía Mappy angustiada—. Lo que sucede es que yo sin ti no puedo vivir y lo que digan papá y mamá...

—¿Siempre pensarás así?

—¿Por ti? Siempre.

—Recuerda eso, Mappy.

—¿Es que lo dudas?

—No, pero quizá te lo tenga que recordar para que tú te acuerdes también de esta tarde.

—Pase lo que pase, nadie logrará...

—Cállate, ¿quieres? Ahora me voy a ir. Termino de vestirme y me largo. Pero recuerda que cuando Matías te diga si quieres ir a Madrid... Yo te estaré esperando en mi apartamento de Islas Filipinas.

—Sí.

—Y no me pongas esa expresión angustiada. —Le pasó la yema de los dedos por las mejillas recorriéndole las facciones—. Para mí lo más importante, lo más sagrado, lo más evidente eres tú... Sin ti la vida es absurda, algo sin sentido, algo sin fundamento; ¿me crees?

—Sí, Borja, sí.

—Pues es lo único que me importa. Todo lo demás llegará a su tiempo. ¿No te gusta que nos veamos así, a escondidas? Imagínate que todos te consideran una cría ruborizada, ingenua, sensiblera, y yo te digo para que lo sepas que eres una mujer. Una gran mujer. Una mujer capaz de contentar a un tipo como yo, que te lleva casi diez años, pero que te adora...

—¿Me adoras de verdad?

—¿Es que lo dudas?

—Pues quedémonos aquí un poco más.

—Si empezamos otra vez no terminaremos en toda la noche. Hay que ser sensatos; tú vuelve a casa con Matías. Yo saldré antes que tú, ahora mismo. —Se puso la americana—. Voy a la redacción a ver a tu hermano Bernardo.

—Está liado.

—¿Liado?

—Sí, pero no sé por qué, papá discutía con él esta mañana. Papá estaba muy enfadado. No sé qué le ocurrirá. Nunca lo había visto tan enfadado. Mamá no sabía qué hacer. Ya sabes cómo es papá. Habla él y mamá enmudece. Pero algo está sucediendo.

—Olvídate. —La llevó con él hasta la puerta—. Me voy a toda prisa. Tengo que pasar por la redacción y aún he de tomar el avión de la noche para Madrid. —Le buscaba la boca mientras ella se apretaba contra su cuerpo—. Mappy, te adoro...

Después dejó de besarla y salió a toda prisa. En la avenida tomó un taxi. Cuando lo dejó ante la redacción aún sentía el infinito deseo de volver al lado de Mappy.

La cosa para él se estaba convirtiendo en algo esencial. Y eso no era bueno si deseaba mantener la mente lúcida y llevar a buen fin todos sus propósitos. Se le pasaría, seguro que cuando hiciera el amor con Susan se le pasaría.

Ted le recibió en el vestíbulo.

—Te dejo con Bern.

—Pero ¿qué le sucede?

—No lo sé.

—Pues recuerda lo que te dije.

—Suponiendo que acepte la invitación que le hice.

Borja lo asió por el hombro.

—Ted...

—Sí...

—Tiene que aceptar, ¿oyes? Tiene que aceptar.

—Necesitas esa arma, ¿verdad?

—Mucho. Perentoriamente.

—De acuerdo.

Y se fue, dejando a Borja en la puerta de su despacho.

* * *

—Veamos qué te ocurre, Bern; ¿quieres sentarte? Eso es. Ahora que estás cómodo, relájate si puedes. Cálmate si es posible. Estás pálido como un muerto... No será que has vendido demasiadas acciones, ¿eh?

—Son mías.

—Y tanto que lo eran. Pero ya no lo son si las has vendido. Mira que si necesitas recuperar el dinero para comprarlas, yo no te sirvo de nada. Yo no soy rico. Tengo amigos influyentes, pero sólo eso. Para ganar unas pesetas e ir tirando... Este periódico es de tu padre. Hay otros accionistas más poderosos, de modo que...

—Yo no vengo a pedirte dinero.

—Entonces ¿qué diablos te ocurre? Me pasan un recado urgente y me dicen que eres tú la persona que quiere verme. ¿Se ha metido Jesús en algún lío y le quieres ayudar?

—Se trata de mí.

—Pues desembucha.

—Tú sabes que yo estoy enamorado.

—Ah, sí. De Melly, la institutriz de tus sobrinos. ¿Y qué? Tu padre te ha dicho que no, que él no autorizará nunca ese matrimonio...

—Algo así.

—Pues cásate y lárgate de esa casa. Tienes miles por ahí. Y si no ganas lo suficiente en la naviera de tu padre, busca otro trabajo. Nunca falta dónde romperse la crisma. Además, tu padre el día que se entere de que has vendido las acciones de la naviera, te destrozará. Mejor es que de momento te calles y hagas lo que él dice. A Roma no se va en un día. ¿Por qué no esperas a que se calmen los ánimos?

—Es que papá me dijo que Melly me iba a decir que no.

—Y no ha sido así.

—No se lo he preguntado aún. No me atrevo. No la quiero para acostarme con ella, para pasar el rato, dos días o seis y olvidarme. Yo la quiero para formar una familia. —Borja se había sentado en su ancho sillón y manoseaba un lapicero mientras le daba vueltas entre los dedos... Bern hablaba quedamente, con intensidad—. Papá dijo que me acostara con ella y que el amor se me pasaría con el tiempo. Yo no soy tan cerdo. Yo la quiero de verdad. Es la primera vez que me enamoro.

—¿Melly te corresponde? Porque eso, Bern, enseguida lo sabe un hombre. Para los efectos tú eres un crío. No tienes experiencia y yo acepto de buen grado que te hayas enamorado. No tengo por qué dudarlo. ¿Te prohíbe tu padre tajantemente que te cases con ella?

—No. Eso es lo curioso. Se rio de mí, pero después... cuando volví a verle, me mandó al diablo.

—De acuerdo. ¿Y qué dijo Melly?

—¿De qué?

—Bern, te estás atontando. Te estoy preguntando qué dijo Melly cuando tú le confesaste que tu padre no te imponía la separación. Porque, vamos a ver, Bern. Digo yo que si a tu padre le pareciera tan mal tu amor por la institutriz, la despediría. Nadie puede hacerlo con mayor libertad que él.

—Eso es lo que me desconcierta. Tú eres su mejor amigo. ¿Te ha hablado del asunto? Sé que te ha citado esta mañana.

—Los intereses de tu padre y los míos son comerciales, Bern. No es tu padre tan sentimental para ocuparse de tus asuntos amorosos —mintió con aplomo—. Pero lo que te ocurre ahora mismo a ti es que quieres un consejo. ¿Te lo doy? Como si fuéramos hermanos, Bern. De modo que dime si me vas a escuchar o a mandarme al diablo.

—Te escucho. No sé qué tienes tú que siempre venimos a tu lado, terminamos todos pidiéndote consejo. ¿Sabes lo que yo haría si fuera hijo de tu madre?

Borja sonrió con tibieza.

—Nada que no estuviera haciendo yo, aunque por otro camino; pero dime, ¿quieres el consejo o pasas de él?

—Lo necesito.

—Date una vuelta por ahí. Busca a tu pandilla, diviértete esta noche, busca a una mujer de bandera que te complazca y mañana, lúcido, con las ideas más claras, vas y lo meditas. Piensas en lo que vas a hacer. Con Melly o sin ella. Pero así, a lo loco y sin el apoyo explícito de tu padre, ni se te ocurra. Se descubriría lo que has hecho y...

—¿Lo sabes... tú?

—Que has vendido un buen puñado de acciones de la empresa Teo Urrutia, S. A... Por supuesto. Es más, me las vinieron a ofrecer.

—Dios Santo, ¿y tú...?

—Yo, por vosotros soy un idiota, Bern. No las compré en ese momento, pero ando en su busca. Si sé quién las tiene, ten por seguro que las adquiriré y...

—¿Se lo vas a decir a mi padre? —Bern parecía aún más pálido y temblaba como un crío.

—No. Yo soy amigo de todos vosotros. Me habéis metido en medio de cada cual y aquí me manipuláis como os da la gana. Veré de conseguirlas. Pero entretanto, harás muy bien en olvidarte de la institutriz. ¿No te la lleva nadie..., no es eso? Porque si tu padre pese a todo no la ha despedido, eso quiere decir que de momento está en tu casa... Una cosa digo yo, Bern, como dice tu padre. Tampoco hay que rasgarse las vestiduras. Si te gusta y la amas como aseguras, hazte con ella. Pásalo bien. Vive, hombre. El hecho de que te acuestes con ella no quiere decir ni dice que la mancilles, que la ofendas sino todo lo contrario. Quiere decirse que la haces feliz, ¿o no? Si ella corresponde a tus sentimientos, ten por seguro que se acostará y esperará por ti lo que tenga que esperar. Ah, eso sí, esta noche sal y diviértete. A un hermano de tu edad ése sería el consejo que yo le daría. Una vez que vivas de verdad y lo pases bien medirás mejor tus sentimientos por la joven institutriz.

—¿Me ayudarás a recuperar las acciones, Borja? Porque si las tienes tú, viviré más tranquilo.

—No dispongo de dinero, pero haré lo que pueda, Bern. Faltaría más. De todos modos, lo primero es saber quién las tiene.

—El intermediario fue Ted... ese amigo tuyo hostelero.

—Ah, sí. Pero no es tan amigo mío como supones, Bernardo. Es un intermediario que por unos duros vende su alma al diablo. No deberías meterte con esa gente.

—Pues sabrás que me invitó esta noche.

—¿Sí?

—A una fiesta.

—Mira por dónde, para organizar fiestas es el mejor elemento. Vete. No lo dudes. Mañana pensarás en qué harás con tu institutriz. Pero de momento lo mejor es que esta noche te olvides. Las fiestas del hostelero son sonadas, discretas y muy eróticas. Eso te conviene a ti esta noche, macho. Estás un poco influenciado por los sentimientos y eso no es del todo bueno. Yo te lo digo porque tenía una medio novia. Ella se esforzaba mucho para pescarme. Empecé a salir a ciertas fiestas y conocí a chicas que la doblaban en erotismo, en habilidad. Me quedé pasmado de lo bien que se vive libre. Claro que después, cuando quise volver con ella, me topé con que ya no me decía nada. No me interesaba. Quizá a ti te suceda con tu amor.

—Yo a Melly la quiero de verdad.

—O sea, que tú serás de los que hacen porquerías por ahí con otra, y lo básico con la esposa enamorada.

—Tanto como eso...

—No, si ya sé cómo se funciona. Pero lo más práctico para evitar enfermedades peligrosas es encontrar en la esposa a la novia, amiga, amante y mujer. Y si no se encuentra con facilidad, se hace. —Se levantó—. Te dejo, Bern. Tengo que irme al aeropuerto. Me largo a Madrid. Si tienes algún contratiempo, me llamas.

—¿A Madrid?

—Oye, para eso estamos los consejeros.

Bern se fue al fin, topándose con Ted en la misma acera.

Desde el ventanal Borja vio que Ted asía a Bern del brazo y se iban juntos.

«De momento, —se dijo en voz alta—, te he librado de un disgusto gordo, Andy, pero enseguida te meterás en otro...».

Tomó el avión una hora después y al día siguiente cuando se hallaba solo en su despacho, hizo dos llamadas.

Una fue a Londres, a su *broker*, y otra a Santander, a la oficina de Ted. El primero atendió con sutileza y cuidado todas las órdenes que le dio. Y la segunda fue más divertida.

—Lo tengo —dijo Ted.

—¿Todo tal cual?

—Y más.

—¿De veras?

—Lo que yo te diga. Se ha enrollado de una manera inesperada, asombrosa. Le contó a la chica de turno su problema y te advierto que es sincero. Está verdaderamente enamorado. De modo que si tu amigo Andy quiere manipularlo...

—Mi amigo Andy no quiere manipular nada, Ted. Lo tendrás

que hacer tú sólito y como tú no lo puedes hacer, busca a la persona idónea que lo haga.

—Te aseguro que está enamorado. No es un cuento ni una ilusión pasajera. Me da la sensación de que la chica no va a dejarlo libre así como así. Lo tiene muy seguro.

—Claro que lo tiene. Pero yo conozco a Bern, es un ingenuo, y si tú has hecho las cosas bien, cuando le enseñéis los negativos hará lo que sea con tal de que la nurse, que dicho sea entre nosotros, de alhaja tiene poco, no las vea. Escapará como un apestado antes de que ella lo considere un cerdo.

—¿Un qué?

—Un cerdo. Bern para Melly es un santo y la francesita para Bern una virgen ingenua... La única que acierta es ella, pero yo tengo por medio personas que aprecio y lo de Andy me importa un bledo, pero no Mappy.

—Ya.

—Sin doble sentido.

—Oye, Borja...

—No oigo, tú haces lo que te he dicho y tal cual te he dicho. Pero tú ni asomar el pico. Ah, y si te habla de acciones, recuerda que tú las has tomado con una mano y las has vendido con la otra.

—¿Y a quién, Borja?

—¿Y por qué tienes que acordarte si tú vives de las transacciones comerciales?

—Eso también es cierto.

—A veces eres tan listo y otras tan tonto o tan ciego... Hay que tener atado a Bern. No me interesa de momento dar el salto. Antes quiero la mansión. Después las cosas pueden hacerse de mil maneras y ninguna como Andy espera. Pero eso, ya digo, queda para después. Ah, otra cosa. Ponte al habla con Matías. Dale órdenes concretas. Mañana salgo para Londres. Estaré de regreso el fin de semana...

—¿Y Matías?

—Debe venir a Madrid con quien ya sabe.

—¿Y Doro, el guardaespaldas?

—Ya lo meteremos en algún tugurio. No te olvides de enviarme por fax un negativo...

—¿Ahora mismo?

—Pues sí, ahora mismo si es que lo tienes a mano.

—Está ya volando, Borja.

Nada más colgar recibió dos llamadas más.

Una era de su *broker.*

—Oye..., tengo un aviso. ¿Diste tú mi dirección?

—Según quién sea.

—De Andrés Urrutia.

—Ah, sé quién pudo hacerlo. Dime qué sucede.

—La persona a quien llamó se ocupa de lo mismo que me ocupo yo y es una operación negativa. A todas luces nefasta.

—Explícate mejor.

—A ver, el *broker* de Andrés Urrutia se asombró mucho de la orden recibida. Le pidió que compre doce millones de barriles de crudo *brent* a treinta y ocho dólares y los venda a cuarenta.

—¿Y...?

—Que no van a estar a cuarenta en todo el resto del mes ni tampoco sé si alguna vez más. O está mal informado o se ha equivocado el *broker.* Por esa razón llamo, para saber qué hace mi amigo en relación con esa nefasta operación. Ahora mismo sí que está a treinta y ocho, pero la semana próxima estará a treinta.

—¿Y qué?

—Es exponerse a una pérdida de muchos miles de millones.

—¿Y tú quién eres para entender lo que es una orden?

—Hombre..., yo vivo de eso.

—Naturalmente. Pero la orden no la has recibido tú.

—Es que el *broker* me pregunta.

—Mira, tú no sabes nada. Recibes una orden y compras y vendes cuando te mandan.

—¿Es eso lo que deseas?

—Ni más ni menos.

—Pues entonces no diré ni una palabra. Pero será un negocio nefasto, ruidoso... Tardará mucho en llegar a cuarenta si es que llega, que dado como andan las cosas lo dudo. Es más, yo en tu lugar, ni una operación.

—Es que supongo que habrás recibido el fax en que te detenía.

—Por supuesto.

—Pero tú no eres nadie para detener a los demás, y menos cuando se reciben órdenes.

—Ya entiendo.

—Ya era hora, amigo mío.

Colgó. Casi enseguida su secretaria le pasó otra llamada.

—¿Quién es?

—Andrés Urrutia desde Santander.

—A mi teléfono particular —dijo tajante.

Y levantó ya el auricular.

7

Andrés no ve claro

Bern Urrutia no conocía al hombre joven que tenía delante, pero en cambio sí veía con nitidez lo que el desconocido le mostraba.

—Pero... ¿Está usted seguro?

—Me temo que sí, Bern... Yo me llamo Paco Santana. Soy socio minoritario en el periódico del cual tu padre tiene un buen paquete accionarial. Me lo han mostrado y yo me he apresurado a comprarlo. Pero me pregunto, ¿dónde has estado? ¿Qué has hecho? ¿Cómo has podido permitir que alguien hiciera esto? Yo lo he comprado a buen precio por consideración a tu nombre, a tu padre, a todo lo que socialmente os rodea.

Bern, desesperado, miró aquí y allí temiendo ser observado. Se hallaba en un pub en que había sido citado por el desconocido y resultaba que el desconocido era ni más ni menos que un socio del periódico, es decir, un amigo o, al menos, conocido de su padre, y poseía algo que le estaba mostrando.

—¿Estás seguro de que soy yo? —preguntó atragantado.

—Y estás haciendo el amor con una furcia, Bern. Eso fue lo que me indujo a comprar la fotografía, pero ahora me pregunto en poder de quién está el negativo. ¿De tu padre?

Bern se fue levantando pálido como un muerto. Pero la mano de Paco Santana le asió y le empujó de nuevo hacia el asiento.

—Oye, chico, te he llamado a tu despacho del muelle sólo para alertarte. Ándate con cuidado. Se nota que te desmadraste ayer. La cosa, de no ser tú, un Urrutia encima, carecería de importancia. Pero resulta que además de ser tú hijo de tu padre, me temo que el negativo esté en poder de alguien que pretende dañarte.

—¿Y quién me lo querrá vender?

—No lo sé. Yo sólo sé que la vi en el periódico y que me apresuré a hacerme con ella.

—¿Pero es que iban a insertarla?

—Hombre, no. No es ni siquiera decente para tal cosa. Daría poco prestigio al periódico, que no es precisamente escandaloso. Sólo es de contenido político y financiero. Pero estaba en la redacción, repito que soy un accionista, y al verte reflejado aquí, con esa pinta...

—¿Y qué crees que harán con el negativo?

—Eso es lo que te pregunto a ti. ¿Tienes enemigos?

—¿Yo?

—Porque si tienes alguno, lo puede usar para hacerte daño. Dime si te acuerdas de con quién has estado estos días atrás, qué mujeres conociste y en qué lugar te han pillado desprevenido. Porque esto —y blandió la cartulina— es una fotografía delatora, pero me sigo preguntando dónde están los negativos y cuántas fotos habrá como ésta o peores.

Bern, alucinado, cogió la foto con las dos manos y la miró como si los ojos se le salieran de las órbitas.

—¡Paco —exclamó sordamente—, si esta foto va a parar a quien yo me sé, me destrozan! Todos los planes que tengo, y lo que es peor, me frustran para el resto de mi existencia.

—Una mujer.

—Una mujer a la que amo, un padre que no desea que ame a esa mujer y una sociedad que me marcará con el dedo. Para suicidarme, ¿entiendes?

—Dime con quién estabas y tirando del hilo intentaré llegar al ovillo. A nosotros, como accionistas del periódico, como personas responsables, como amigos de tu padre, o al menos embarcados en el mismo buque mercantil, no nos interesa para nada, pero para nada, ¿eh?, que esto vea la luz, y a saber cuántas te han hecho. Hay que ser cauteloso, Bern, y más siendo quien eres y si estás enamorado de una mujer, más aún, y si a tu padre no le gusta esa mujer que amas, más todavía.

—¿Y qué hago para evitarlo?

—No lo sé. Pero dime al menos con quién andabas metido en el lío de faldas estas noches.

—Si fue una sola noche. Me invitó Ted, ¿tú conoces al hostelero?

—Claro. Pero ¿y qué? Él te invitó, pero Ted es demasiado listo para meterse en estos líos. ¡Los detesta! Esto te lo hizo alguien que andaba por ahí con una cámara fotográfica. Toma, yo no tengo interés alguno en conservar la fotografía, pero te repito que busques los negativos. Cuando alguien hace una fotografía de esta naturaleza nunca se conforma con una. Habrá media docena o más.

—¿Y si busco a Ted y le pregunto?

—Pero ¿recuerdas tú si Ted estaba en la fiesta?

—No estaba. Me dejó allí, me presentó a varias personas y no volví a verle en toda la noche. —Ben palidecía cada vez más—. Claro que ya no recuerdo todo lo que pasó. Empecé a beber y se me fue el santo al cielo.

—Y a la vagina de la puta, Bern, eso es lo peor. Y no por haber dado un paseo por semejante cálido lugar, sino por el tipo de mujer que has utilizado y los amiguetes que te rodean. Yo pienso que esto te va a traer consecuencias. De todos modos, haré lo que pueda. No te doy mi palabra de que pueda hacer gran cosa, porque tengo las manos atadas, pero lo intentaré.

—Yo llamaré a Ted ahora mismo.

—Haz lo que quieras, pero te repito que Ted es demasiado decente y extremadamente serio para meterse en estos líos. Él es propietario de varios pubs, pero de eso a lo otro hay una distancia considerable.

—¿Te vas ya?

Paco Santana le miró abrumado.

—Muchacho, mi trabajo no es tomar una copa en un pub. Te he llamado para advertirte y darte la foto que llegó a mis manos por hallarme en la redacción; el objeto que se persigue con esas fotos lo ignoro, pero vete tú a saber si lo vas a ignorar tú precisamente demasiado tiempo. Me parece que no.

Bern regresó a su despacho de la naviera con el alma destrozada, el cerebro hecho polvo y con una íntima desesperación indescriptible.

Jesús, al verlo llegar, dijo:

—¿Dónde demonios te has metido? Papá está en su despacho hablando por teléfono desde hace más de una hora, tu oficina vacía y la gente buscándote. Ah, y tienes una carta en tu mesa, la acaban de traer.

—¿Quién? —preguntó Bern atragantado.

—Y yo qué sé. Se la han dado al botones y ése te la ha traído. No sé nada más. Bastante tengo con lo mío. Helen se quiere ir a París este fin de semana a comprarse el equipo de invierno y yo no tengo ni un duro. ¿Me puedes tú prestar algo?

—¿Y de dónde lo voy a sacar?

—Dios Santo.

Y se fue dejando a Bern solo con el sobre entre los dedos. Rompió la nema tras una larga duda y salió de aquel sobre lo que se temía. Una colección de fotografías a cuál más delatora. Porno y además él en posturas de lo más grotescas con una mujer debajo que con una lengua kilométrica le lamía la cara.

Y encima, para más recochineo, unas líneas.

«Cuídate mucho de seguir tu asunto con la nurse... Si se te ocurre, sabremos quién será la persona idónea para recibir los negativos o unas copias, que los negativos valen una fortuna y no pensamos deshacernos de ellos. ¿Queda claro? Tu asunto con la tal Melly debe terminar, al menos de momento.»

Ni una palabra más, pero era suficiente. Bern se vio atado de pies y manos y no se le ocurrió otra cosa que salir de la oficina, subir a su coche y dirigirse a la redacción donde esperaba hallar a Ted.

Y lo halló. Ted miró distraído lo que Bern desesperado le enseñaba, y sólo comentó despectivo:

—Vaya cabronada, Bern. ¿Y ahora qué vas a hacer? No sabes cuánto lo siento. Te invité, es verdad, pero tú sabes que te dejé con la pandilla de amiguetes y me fui a casa. Yo no participo jamás en esas bacanales. De todos modos, no sé qué quieres que haga.

—Hacerte con los negativos.

—¿Yo? ¿Y cómo? Lo que tienes que hacer tú de momento es parar tu asunto con la nurse.

—Esto es cosa de mi padre.

—Puede ser, pero me asombraría mucho que tú se lo fueras a preguntar.

—¿Y cómo voy a preguntarle a mi padre eso, si para él sería un arma de lo más eficiente en contra de mis deseos y anhelos con referencia a Melly?

—Un consejo, Bern. Deja el asunto un poco en suspenso. A fin de cuentas, en la nota sólo te hablan de Melly. No sigas con ella de momento y no creo que el asunto vaya más allá. Eso es un chantaje, la persona que te lo está haciendo puede ser cualquiera. Desde tu propio padre a la misma Melly o tu hermano o un admirador que tenga la chica. De esas cosas siempre se saben los resultados, pero no quién los ocasiona o los encuentra.

—Me han destrozado, Ted.

—Es lo lamentable. Pero lo mejor que puedes hacer ya te lo he dicho: deja el asunto de Melly por el momento.

* * *

—Dime, Andy..

—He dado la orden de compra. Y no compro a cuarenta como tú me has aconsejado. He dado la orden para comprar al precio que está ahora mismo. Si va a subir a cincuenta o casi, espero vender para entonces.

—Andy, tú estás loco. Yo no te dije que compraras.

—¿Cómo que no?

—Que no, hombre, que no. Te dije a lo que llegaría y llegará. El crudo *brent* llegará a cincuenta dólares el barril, pero no ahora mismo. Si has comprado, ¿a cuánto has comprado?

—A treinta y ocho.

—Has cometido un error. Te advertí que usaras a mi *broker*.

—Tú no me has dicho eso, Borja.

—Has oído mal, Andy. Pero da igual. Veré cómo deshacer tu operación aunque lo considero difícil. Además, yo te dije que haría esto y aquello si tuviera dinero, pero no lo tengo. Yo no puedo darme el gusto de comprar y vender sin un duro. Pero, de todos modos, has comprado carísimo y puede suceder que pierdas una porrada de miles de millones con la operación porque a ese precio no se compra nunca. O se compra a veintisiete o a treinta para vender a treinta y dos o cuarenta si es posible. Pero comprar a treinta y ocho es una temeridad.

—Pero si tú me has dicho...

—Andy, el financiero eres tú. Yo te paso informaciones. Pero no de ese tipo. —Su voz era tajante, hasta el punto de confundir al financiero—. Soy un experto en información porque, como sabes, mi carrera es política y voy en pos de conseguir una consolidación como tal, pero no dispongo de dinero. No soy rico como tú. No puedo de ninguna manera ser experto en crudos y mucho menos para especular. Te advertí que llegaría a cincuenta dólares el barril, pero ¿cuándo? Oye, si no tienes necesidad de liquidez, pues tampoco es tan mala la operación. Da orden a tu *broker* de que venda a cuarenta y eso que has ganado. No me salgas ahora diciendo que necesitabas el dinero y que el asunto del mercado del papel petrolífero lo ignoras.

—No se trata de eso, se trata, sin embargo, de que me dijiste...

—Andy, que tienes tantos asuntos en la cabeza que te has olvidado de lo más esencial, y para tranquilidad tuya te daré un arma poderosa en contra de la nurse. Al menos, esa espinita te la quitaré de encima.

—¿Despidiéndola?

—Claro que no. Se apresuraría a enviar las cintas de marras a tu mujer y ya te podrías preparar porque Isa es buenísima, pero no creo que tolerara a un marido como tú.

—Oye...

—Escucha. Te envío por fax una fotografía... No sé dónde anda el negativo, pero de cualquier forma, debido a mi lealtad contigo y a todo lo que sobre el particular se sabe, me han enviado una fotografía delatora de tu hijo haciendo el amor con una furcia.

—¿Quééé?

—Ya sabía yo que te olvidarías del asunto del papel petrolífero. La foto es un arma secreta que siempre puedes conservar en tu poder para frenar a tu hijo. Si a tu mujer no le gustarían las cintas magnetofónicas, supongo que a Bern no le gustaría para nada que su amor le viera en cuclillas. ¿Me has entendido?

—No me digas...

—Te digo. Pero ojo con la información. Me has pedido que te ayudara, ¿no? Pues ya la tienes, pero tú te guardas la fotografía y te callas. Tu hijo tendrá otra igual y la advertencia de que no siga con el asunto de la institutriz a menos que se exponga a que dicha señorita reciba una copia de sus desenfrenos.

—Oye, Borja. ¿Cómo diablos lo has conseguido? Bern es un chico de buenas costumbres.

—¿Y quién lo duda? Pero siempre hay un sinvergüenza para pescar e inducir a ciertas operaciones. Ésta la hice por ti, ¿no me lo has pedido?; ¿cuándo no hago yo lo que tú me pides?

—¿Y qué me vas a pedir a cambio, Borja?

—Hombre, Andy... no seas mal pensado. Esta vez sólo deseo afianzar nuestra amistad. He conseguido el solar a la multinacional, he logrado quitarte del medio a Pol, he buscado la forma de que tú tuvieras acciones del periódico; ¿por qué no un favor más que es, digamos, un favorcillo? Además, para qué quieres saber, si añado que también en una ocasión tuve asuntillos pasajeros con la francesita.

—Me lo imaginaba. Pues ahora te voy a pedir otro favor, Borja. Y éste es de envergadura. Mis barcos más importantes están en reparación. Resulta que nos sale ahora una compañía marítima llamada así precisamente, Marítima, S. A., que está sacando al mar dos buques de lo más sofisticado. Nuevecitos, y se comenta que sacará otros dos. Como los míos no saldrán de su reparación en el dique hasta dentro de unos meses, me temo que consigan los contratos de los fletes que hacen la ruta entre Barcelona, Mallorca, Cerdeña y todo el Mediterráneo; esto sería una merma de mis intereses marítimos, y dada la situación, no me lo puedo permitir. ¿Qué se puede hacer?

—Marítima, S. A., es muy poderosa. Una multinacional naviera que está apoyada por el Estado. Me temo que sobre el particular no pueda hacer gran cosa, Andy. Únicamente podría conseguir que una vez que salgan tus transatlánticos de los diques, retomen los contratos. Pero tendrás que competir con los de Marítima, S. A., que es la que ahora mismo está funcionando, y repito que apoyada por la Administración.

—Coño, eso es muy peligroso para mis intereses, Borja. ¿No te das cuenta? Si la compañía multinacional se hace con los contratos de los fletes, yo seré después un añadido, y me darán lo que les sobre a ellos. No es que me vaya a quedar en la ruina, pero mi fortuna depende sobre todo de los barcos.

—Corren malos tiempos para esos fletes, Andy. Y más siendo los buques mucho más cómodos y poderosos que los tuyos. Pero repito que con mi influencia sí podré lograr que retomes la ruta que tenías u otra que te convenga cuando salgan tus barcos reparados a la mar. De todos modos, repito, harías muy bien vendiéndolos y comprando unos nuevos más sofisticados y con tantos adelantos como esos que están ahora botándose en Cádiz.

—Uno ya funciona y tiene la ruta que yo había contratado.

—Ciertamente, pero es que tú ahora mismo tienes los barcos parados en los diques. La vida no se detiene por eso, Andy. Has de comprenderlo.

—Eso me hará polvo los planes.

—¿Sabes lo que te aconsejo? Vende el crudo cuando suba un dólar el barril. Deberías haber andado más ligero. El asunto de la oportunidad está pasando.

—Tú me has aconsejado ya, Borja.

—No seas pesado, Andy. Te estoy ayudando cuanto me es posible, pero me metes en líos financieros y de eso yo no sé nada. Te llamaré si el *broker* me llama a mí.

—¿Y qué hago con el asunto de Bern?

—¿No has recibido el fax? Te lo estaba mandando mientras hablaba contigo.

—Lo tengo delante de las narices. ¿Piensas tú que una mujer como Melly va a pararse por semejante cartulina? No estamos hablando de amor, Borja..., estamos hablando de intereses.

—Pero eso no lo sabe tu hijo, ¿o es que lo sabe?

—Pues tienes razón.

—Acabáramos, Andy. Tan vivo para unas cosas y tan ciego para otras. Oye, a propósito: ¿Cómo van las obras?

—Si me vas a vender la mansión una vez hecha, está que ni más ni menos que acorde a mis aspiraciones. Pero no entiendo por qué teniendo yo helipuerto estás haciendo otro.

—Siempre es bueno que haya una cierta independencia. Estoy seguro de que tu hija Mappy cuando se case, que se casará, y bien como a ti te gusta..., querrá tener su propio helipuerto, su embarcadero y su zona ajardinada. Luego tiras la valla y ya está, tu hija dentro del recinto.

—Por la pinta que lleva, Borja, va a ser una mansión poderosa.

—Pues ya sabes, Andy... Ve pensando de dónde sacas el dinero para comprarla. Lo voy a necesitar. Será entonces cuando tenga dos duros reunidos.

—O sea, con lo de Marítima, S. A. no se puede hacer nada.

—Tampoco soy Dios, Andy. ¿Puedes tú ahora mismo sacar tus barcos de los diques y hacer la ruta? No; pues entonces, cuando llegue el momento ya veré cómo consigo que retomes tus rutas... y tus fletes, y con ellos los contratos de las compañías. De momento como no tienes nada que ofrecer, me callo.

—Es que no debería haber metido los dos barcos a la vez en los diques.

—Tampoco deberías haberlos apurado así; uno cada vez, y la cosa hubiera funcionado mejor. ¿Qué quieres que haga ahora?

—Nada. Está bien. Nos veremos pronto, ¿no?

—No.

—¿No?

—No podré moverme de Madrid. Tengo cosas pendientes de otros amigos en lugares dispares. Me voy a pasar más de dos meses de una parte a otra.

Cuando colgó, su secretaria le pasó un recado diferente y esta vez sí se inquietó el inamovible rostro de Borja, que a veces, y sobre todo cuando hablaba con Andy por teléfono, parecía de granito.

—¿Sí?

—Le llaman de un convento.

Borja dio un respingo.

—¿Quién?

—Pues una tal... Veamos qué nombre me ha dado. Sí, aquí está. Tatiana.

—¿Tatiana? ¿Está usted segura?

—Sí, señor.

—Páseme la comunicación.

Y ya tenía a Tatiana con su vocecilla humilde al otro lado.

—Borja..., ¿podría pasar a visitarte? No te he visto en un año casi y tengo necesidad de verte.

—Oye, pues..., ¿dinero?

—¡No! —brevemente—. No es dinero.

—Está bien, está bien. ¿Qué día quieres?

—Estaré en Madrid con los chicos de la selectividad pasado mañana. Dispongo de tres horas. ¿Qué te parece si me recoges en el hotel y tomamos un café juntos en tu casa?

—Pues...

—De acuerdo. Me recoges a las cuatro de la tarde.

Borja se quedó con el auricular en alto oyendo el clásico tono de línea comunicante... No soportó la incertidumbre; así que rápidamente llamó a Santander. Se puso Salomé.

—Oye, Salo, ¿sabe Tatiana de quién era el dinero que os dejé?

—No lo creo. ¿Qué sucede?

—Viene a Madrid y desea verme. Yo no soporto el monjío. Pero tampoco he podido decirle que no.

—Pues la recibes y en paz. Creo que ha preguntado reiteradamente por ti a Pol. Y ya sabes lo inocente que es Pol.

—¿Por qué dices eso?

—Igual le contó alguna cosa de tus... empresas liosas, de tus especulaciones..., de tus intenciones.

—Maldita sea, Salomé. Tu marido es tonto.

—Ya sabrás tú salir de todo eso, Borja. No me preocupas demasiado. —Salomé rio al otro lado del teléfono—. Tampoco Tatiana es lista, digo yo.

—Hum...

* * *

La primera sorpresa de Borja fue ver a su hermana Tatiana vestida de mujer. Nada de faldones ni de cosas raras en la cabeza. Un traje largo hasta la media pierna, una chaqueta de lana vieja y una melena negra lisa. Pero no parecía una monja y Borja cayó en la cuenta de que las monjas, alguna al menos, hasta se pintaban y todo.

De todos modos, a él le imponía el vestido de monja y las enormes aletas que antes llevaba Tatiana en la cabeza, pero verla así como a una persona cualquiera de la calle, le produjo un cierto regocijo interno. Por supuesto, la vida no había evolucionado sólo para la juventud. Los curas vestían vaqueros y suéter y las monjas sus trajecitos y sus zapatos planos. Pues mira qué bien.

La recogió en la puerta del hotel en su flamante Porsche rojo último modelo y la ayudó a acomodarse. Por supuesto, no la llevó a su oficina, por una razón muy simple. Su despacho, junto con todo el tinglado que tenía montado en dos plantas de un lujoso edificio por el paseo de la Castellana, no era precisamente el refugio de un ejecutivo que pasaba por allí. Era toda una sede con la tecnología más moderna que cabe imaginar. Ya podía el mismo Andrés Urrutia aspirar a algo parecido. Ni siquiera era comparable su despacho en el muelle de Santander.

Pero eso lo sabía él y su grupo de incondicionales, de cuyas identidades nadie tenía una pequeña ni siquiera una vaga idea. Su grupo le era tan fiel que sobre el particular no le causaba a Borja ni un solo dolor de cabeza. Además, él era el tipo clásico que no disculpaba una, y sus gentes, incluyendo a su amante ocasional, Susan, lo sabían.

En cambio, condujo a su hermana Tatiana a su apartamento de Islas Filipinas, un apartamento acogedor, pero nada del otro mundo. Durante el trayecto hablaron de Pol y su mujer, Salomé, y también de los chicos, de sus hermanos, pero no tocaron ningún punto esencial, de los que Borja siempre prefería escapar.

Tatiana era una gran persona y Borja lo sabía. Pero si bien le había criado, a los veinte años decidió meterse monja, lo cual fue un acierto, porque según pensaba Borja, él se pudo emancipar mejor, con mayor libertad.

—Te haré un café —dijo él cuando Tatiana estuvo acomodada en un sofá—. No sabes cuánto celebro verte.

—¿Estás seguro, Borja?

—¿Y por qué no?

—No tomo nunca café. Es uno de mis sacrificios. Me gusta demasiado, y pasar sin él es algo que ofrezco a Dios.

—Pues mira que si a Dios no le gusta el café, no entiendo el porqué de tu sacrificio.

—No juguemos, ¿quieres? Siéntate, eso es. Ahora si te parece vamos a hablar de cosas. De esas muchas que han ocurrido desde la muerte de papá y que tú...

—Un momento, Tatiana. ¿Permites que te vea como una hermana a secas?, porque si es así, ya me dirás a qué padre te refieres, si al tuyo o al mío.

—De eso quiero hablarte. Yo no reconocí jamás a otro padre que a Morán...

—O sea, el mío, que por casualidad o porque Teo Urrutia lo quiso así, no te engendró a ti.

—¡Borja!

—Las cosas como son, ¿no? Hemos quedado en que eres mi hermana y que la monja se quedó ahí fuera.

—Estás lleno de veneno.

—Y pretendes lavarme el cerebro.

—Sé muchas cosas tuyas, Borja.

—¿Malas o buenas?

—Siempre has sido muy bueno, pero estás envenenado. El rencor es mal consejero y me parece que en ti es un hábito patológico.

—Que no me vas a curar tú, Tatiana. Te aprecio mucho, daría lo que fuera por evitarte un disgusto. Pero si te metes en mis cosas, sintiéndolo mucho, no te lo voy a consentir.

—¿Qué pretendes con esa mansión de película americana que estás levantando delante de las narices de Andrés Urrutia? Porque eso de que tú le vayas a pasar la casa a tu enemigo me parece tan inverosímil que no entiendo cómo puedes manipular a Andy de esa manera. Le has comido el coco y si piensas que él te quiere así, estás totalmente equivocado.

—No se me cae la baba, Tatiana. Ya sé que nos «queremos» de la misma manera. Pero veremos quién puede más de los dos.

—Él.

—¿Por su dinero?

—¿Y no es así?

No lo era. Pero Borja se había cuidado bien de decirlo. Estaba seguro de que ni en sueños había calculado Tatiana su fortuna, ni Pol ni Salomé tampoco. Y, claro, mucho menos Urrutia. Quizá en propiedades no, pero en dinero era más rico que todos ellos juntos. Sobre todo desde que llevaba a buen fin últimamente y en el mejor momento las transacciones especulativas con el petróleo. Pero eso era su gran secreto y ni siquiera Tatiana entraría en él.

—Puede que sí, Tatiana —dijo beatífico—, pero no te olvides de que la argucia y la influencia a veces son más poderosas que el dinero, y sobre todo para quien sabe usarlas. Yo voy a ser diputado o senador, pero es pronto. Lo seré cuando se haya consolidado la democracia, que si bien dicen que ya lo está, yo aún no me lo creo. En este país nada funciona aún como suele funcionar en democracia, pero cuando los ciudadanos de este país se habitúen a vivirla de verdad, nadie podrá evitar que yo me haga con el poder.

—Y estás esperando a que ese poder esté consolidado y se disipen todas las dudas y las corrupciones que existen.

—Algo así.

—¿Tú no eres corrupto, Borja?

—Pues verás, yo no estoy obligado a nada. Tú estás obligada a ser célibe, y sería tremendo que no respetaras tu juramento. Pero yo no pertenezco a nada ni a nadie y soy libre para obrar como me plazca porque nunca juré que sería así o de esta otra manera. Creo que esto está muy claro, ¿verdad?

—Has cambiado mucho.

—No lo creas. Siempre he sido así. Lo que pasa es que no empecé a perfilarme mientras Pol no tuvo el buen gesto honesto de darme los cinco millones que dejó mi padre para mí. Y fíjate bien que estoy diciendo «mi padre», no «el tuyo».

—Eso no lo perdonarás jamás.

—Ni por ti, ni por mí ni por todos los seres que me son queridos. Ante ese rencor, y te lo digo con sinceridad, no hay afectos. No quiero más afectos que aquello que yo compre y por Dios vivo.

—Deja a Dios en paz.

—Es que tu Dios no es mi dios, yo lo sigo en letra minúscula. Como te decía, no habrá Dios que me obligue a ser de otra manera. Sacrificaré mi propia felicidad porque Andy Urrutia se trague toda la hiel que me tragué yo sabiendo que mi madre había sido mancillada por su padre.

—Dios mío, Borja. Nada de cuanto diga te hará cambiar.

—¡Nada!

—Pero tengo entendido que... hay algo, Borja, algo que está tremendamente feo, pero que tú haces y te puede traicionar.

El rostro de Borja se contrajo de tal modo que por un segundo Tatiana pensó que iba a estallar.

—Me parece que eso empezó en broma, más bien para herir en lo más vivo a Andy, y ahora te estás delatando.

—Si te refieres a Mappy —dijo Borja seca y brevemente—, es algo también superado. Y en el supuesto de que me interesara conservarla, ten por seguro que también esa batalla se la ganaría a Andy. Tal vez ésa es más fácil de ganar que ninguna otra.

—¿No comprendes que un día te delatarás? ¿Qué estallará todo como una bomba? ¿Que Mappy se dará cuenta de que lo tuyo ha sido todo una vil venganza?

—¿Acaso no sabrá Mappy entonces que su padre no es un santo?

—Pero es su padre y un hijo siempre tiene disculpas para un padre.

—Como tú para el tuyo.

—¡Borja!

—Perdona. Pero tú eres una monja y no tienes ni idea de lo que es una pasión, una ternura sentimental, una necesidad biológica y sexual, como quieras llamarlo, que yo al verte vestida así y desde mi postura de hermano me atrevo a hablarte incluso de sexualidad.

—O sea, que nada de cuanto yo te diga lo escucharás.

—No si se trata de regenerar algo que está más podrido que la relación de Teo con mi madre. No comprendo cómo tú y Pol habéis olvidado eso. Yo no puedo. Soy hijo de mi padre y seguro que mi padre tragó más hiel que Jesucristo cuando lo azotaban. Pero la tragó y ahora seré yo el encargado de hacérsela vomitar a todos. Por mi vida que lo haré. Y ni me hables de condenaciones. Me importa un rábano tu infierno. Para mí el infierno, el cielo y toda esa sarta de inventos celestiales están fuera de este mundo. Lo del otro no me interesa para nada. Llámame irreverente o deslenguado o criminal, o lo que te dé la gana. Pero mi postura es ésta, aquí con los pies bien puestos en este mundo, y si en el otro hay una nueva vida, ya me encargaré allí de sortearla.

—Me asustas.

—Ya lo sabía. Por eso no paso a verte, Tatiana. Porque yo a ti te quiero bien, pero te ruego que no te inmiscuyas en mi vida. Si lo haces saldrás como los demás, partida en dos. Yo no soy hombre piadoso ni creo en los santos que tú veneras. Para mí el mundo es un estercolero y yo lo que intento es saltar sobre él sin untarme de mierda los zapatos. Ya ves qué claro soy. Ahora te devuelvo al hotel. Ah, si necesitas dinero... ya lo buscaré para dártelo.

—No necesito dinero, pero voy a rezar por ti, Borja. Voy a rezar todo el día y toda la noche, y todas las horas que esté consciente.

Cuando la dejó a la puerta del hotel, Borja se sintió un poquitín enternecido y la besó en la mejilla con mucho cuidado.

—Fuiste un niño tan bueno, Borja... —dijo la monjita.

—Claro, Tatiana. No me había enterado aún de la porquería que me rodeaba.

* * *

Salió de viaje con Susan y Manuel aquella misma noche y se pasó doce días por el mundo. Sólo una cosa especial ocurrió durante esos doce días. Todos los jueves, a una hora determinada, Borja se iba al hotel aunque tuviera que dejar una reunión de negocios. Hablaba con Mappy por teléfono y retornaba al lugar donde tuviera la reunión.

Recibía noticias de Ted y de Paco Santana todos los días y por supuesto de Miguel Soto. Sabía cómo iban las obras y cómo se había desarrollado el asunto de Bern y el dinero que cada dos por tres Ted le entregaba a Jesús a cambio de acciones de la empresa Teo Urrutia, S. A.

No solía hablar de asuntos personales con su gente. Los utilizaba, les pagaba bien e incluso a Susan de vez en cuando la usaba para sus fines sexuales sin que ella volviera a echarle en cara su predilección por Mappy y el peligro que corría enamorándose de ella, salvo por algunas alusiones que era incapaz de callar.

Susan era una buena amante. Se dejaba querer y ella quería de verdad, pero su amor no emocionaba a Borja, que se consideraba un tipo de vuelta de todo y sin sentido afectivo alguno, de forma que vivía las pasiones con intensidad para olvidarse enseguida de haberlas vivido.

—Cuando nos conocimos hace ya mucho tiempo —solía decir Susan quejosa en aquellos momentos especiales— te gustaba hacer el amor. Te emocionabas incluso, te atraía yo y no podías pasar sin mí. Hoy me tomas por necesidad, porque te gusta sentirte hombre, pero tus emociones están en otra parte.

—No digas tonterías, ¿quieres? Olvídate de lo que yo dejo atrás. Yo nunca soy un tipo emocional. Pienso que ni la primera vez que hice el amor con una prostituta y tuvo el buen gusto pese a todo de decirme que era un buen aprendiz, y que sabría hacer feliz a una mujer.

—Te estás enamorando, Borja. Y para ti, que tienes tantas ambiciones y tanto has luchado y luchas aún, el amor es un enemigo peligroso.

—Si lo dices por mi asunto de Santander, te digo ya que te equivocas.

—¿Tomas a Mappy como me tomas a mí?

Borja se ponía serio. Tan serio que sus facciones parecían de repente talladas en piedra. Él no era hombre de risa fácil ni de gritos ni de impetuosidades, todo lo hacía con mesura, calculaba hasta el más mínimo detalle. Pero cuando le nombraban a Mappy, algo se le removía en la sangre, algo que dejaba paralizado a cualquiera, sobre todo a Susan, que tanto lo conocía.

—Te tengo prohibido hablar de ese asunto. Yo no te exijo nada. Queda claro, ¿verdad? Yo te pregunto: ¿dormimos juntos esta noche? Tú eres libre de decirme sí o no, dices sí, pues de acuerdo, dices no, salgo y busco a otra... La cosa la tienes clara.

—Es que yo te amo de verdad, Borja.

—Tampoco te pido amor, Susan —la atajaba Borja con tono cansado—. Te pido placer. ¿No te lo doy? ¿Eres capaz de decirme que no te doy placer?

—Me das todo lo que requiera tu piel, pero lo interior...

—Será que el río se ha secado y ya no sé ofrecer emociones en la posesión. Oye, que la rutina también harta, ¿no?

—Estás harto tú...

—¡Cállate!

—¿Lo ves?

—Susan —la voz de Borja en esos momentos era amenazadoramente sibilante—, o callas todo lo que piensas o te despido. Y si te despido, ten por seguro que no encontrarás trabajo en todo el resto de tu vida. Aquí ganas dinero. No haces nada censurable. Das placer al cuerpo, además yo soy un buen amante y nos gustamos, nos encanta lo que hacemos y lo hacemos a conciencia, nos gusta a los dos gozar juntos. ¿Con qué fin le buscas problemas?

—Tu dulzura...

—¿Mi qué?

—Tu dulzura.

Borja rompía a reír.

—¿Pero yo soy dulce? —solía preguntar con su sarcástica risa.

—Claro que sí. Eres recreativo, o lo eras. Ahora vas al objetivo, lo vives y lo olvidas hasta que lo deseas de nuevo, pero en Santander ni una sola vez me tocas y yo te necesito.

—Susan, te lo tengo advertido. Me utilizas cuando te apetece. Yo a ti cuando tengo ganas. ¿Para qué buscar más complicaciones?

—Estás enamorado, Borja.

—Claro, de ti, del poder, del goce sexual, de mil detalles que me gustan de mi vida, hasta del semanario cutre y de mis otras publicaciones que son menos escabrosas, de los buques que están ahora haciendo la ruta que hacían los de Andy y de las reuniones que tengo aquí en Londres y que me proporcionan pingües ganancias. Yo amo todo lo bello, todo lo rico, todo lo poderoso. Pero no me pidas emociones sentimentales porque no doy una. No me interesan.

—Y sin embargo, a cierta hora del día los jueves...

De nuevo se atirantaba el masculino rostro de Borja.

—Una palabra más sobre el particular, y te pongo en el avión que te conducirá a España.

—¿Qué dirías si me acostara con Manuel?

—¿Yo? Nada. No tendría inconveniente alguno en compartirte.

—¿Y la compartirías a... ella?

Borja en esas ocasiones daba a su rostro una expresión de pedernal. Pero también su voz sonaba como una severa advertencia.

—Una palabra más y eres una mujer en un avión que te llevará al fin del mundo. —La apuntaba con el dedo—. Susan, no me conoces nada. ¡Nada! Si me conocieras un poco, ya hace mucho tiempo que habrías acallado tus pensamientos. Espero que no tenga que volverte a advertir.

Aquella vez Susan desahogó con Manuel, no sus apetencias sexuales, sino sus inquietudes.

—¿Tú qué opinas de la relación de Borja con la hija menor de Andy?

—No tiene más que una hija, Susan. ¿Por qué te inquietas?

—Porque Borja lo que empezó en broma lo ha convertido en una necesidad. Está loco por ella.

—Aún recuerdo cuando estaba loco por ti y tú ahora te quejas. ¿Por qué no puede Borja, tal como es, aburrirse de Mappy? Y sé que es una cría, que la formó sexualmente y que será muy dulce y muy joven, muy linda y todo lo que le eches, pero cuando estalle el bombazo, y estallará porque está bien dinamitado para que estalle en un momento cualquiera, Mappy dejará plantado a Borja. ¿O es que has pensado que una Urrutia va a dejar a su padre en la estacada sabiendo que su novio o amante o lo que sea se ha burlado de ella?

—Pero ¿tú piensas que se ha burlado?

—Borja es demasiado duro, está muy trallado para convertirse de pronto por una mujer en un muñeco de feria. Harías muy bien en no recordarle a Mappy. Le molesta; ¿con qué fin estás todo el día metiendo el dedo en la llaga?

—¿Tú esperas que Borja se canse de Mappy? ¿Esperas también que un día estalle la bomba y se haga añicos todo cuanto Borja ha urdido?

—Mira, si a Borja le estalla la bomba en la mano, ten por seguro que no lo matará a él. Ha de tener tiempo suficiente para tirarla lejos y que dé de lleno en la cara a Andrés Urrutia y de toda su parentela. No ha trabajado Borja años y años para tejer su tela de araña y de repente destruir la tela sin que produzca efecto. Eso es lo que te digo. De modo que si eres un poco lista, y yo por lista te tengo, complacería a Borja y sólo eso. No me ocuparía de lo posterior ni de las relaciones que Borja pueda tener con una criatura...

* * *

Matías se lo dijo brevemente.

—¿Desea la señorita ir a Madrid?

Era la consigna. Mappy miró aquí y allí y no vio a nadie.

—¿Cuándo, Matías?

—Mañana por la mañana.

—De acuerdo.

—¿Seguro que... podrá la señorita?

—Sí.

Y se dirigió al interior de la casa. Había pasado en la terraza un buen rato. Primero mirando las obras, que avanzaban a velocidad vertiginosa. Sabía por su padre que sería su futuro hogar. Ella no lo tenía nada claro, porque no se veía en hogar alguno que no fuera con Borja y sabía además que el promotor de aquella mansión era el mismo Borja, con vistas, según parecía, a vendérsela después a su padre una vez finalizada. Y por la pinta que llevaba, en menos de ocho meses la casa estaría lista. Es decir, cuando ella terminase su primer año de derecho que cursaba en la universidad cántabra. Claro que para ir todos los días a dicha universidad necesitaba dos coches. El que conducía su fiel Matías y el que conducía detrás su guardaespaldas que, por orden de Matías, tenía buen cuidado de no acercarse demasiado, pero para ella era un incordio ir acompañada a la universidad todos los días.

En el salón se hallaban sus padres conversando. Desde hacía algunas semanas los veía más unidos, y si su padre necesitaba una traducción ya no llamaba a Melly, la llamaba a ella y le ayudaba con sumo gusto.

Lo de Bern parecía haber muerto de repente y, además, se veía a Bern cabizbajo y afligido, como si le dieran una paliza diaria y, por supuesto, no parecía dispuesto a acercarse a la nurse, con lo cual Mappy suponía que la francesita había dado calabazas a su hermano.

—Papá —dijo entrando en el salón—, me gustaría ir a Madrid este fin de semana.

—¿Y eso?

—Me apetece. Siempre aquí... Alguna vez he de salir, ¿no?

—Eso desde luego. Pero tendrás que ir con Matías.

Mappy había aprendido a disimular. Buen maestro tenía.

—¿Tengo que llevármelo?

—Claro —saltó la madre—. Y a Doro.

—¿También?

—Mappy, si no es así, no hay viaje. Ellos responden de ti.

Su padre se había levantado y caminó a su lado, pasando un brazo por su hombro y apretándola amorosamente contra su costado.

—¿Has visto tu futuro hogar, Mappy?

—Pues...

—La mansión más hermosa de Cantabria. ¿Ves aquel sendero? Será la carretera que al bifurcarse irá una a dar al embarcadero y otra al picadero cerca del helipuerto.

—Es lo que no entiendo, papá. Si tú ya tienes un helipuerto, ¿para qué dos?

—Verás —el padre seguía sujetándola y con la mano libre le

mostraba a través del ventanal la trayectoria de la carretera serpenteante—. Los terrenos donde se levanta ese helipuerto no son míos. Por un descuido se los ha llevado la multinacional. No sé qué diablos hizo Borja para conseguirlos, pero los ha conseguido. Si no se levanta ahí un helipuerto, el terreno quedaría desaprovechado. ¿Ves aquel bungalow que hay en el fondo cerca de la bifurcación de ambas carreteras? Es para los servicios personales del encargado de las obras. Pero una vez que todo esté terminado con jardines, parques y piscinas no será destruido porque queda muy bien donde está enclavado y servirá para los guardianes de la propiedad. ¿Cómo va lo tuyo con Otto Malvives?

—Somos amigos, papá.

—¿Sólo amigos?

—Pues sí. De momento, sólo eso...

—No haría ascos a una relación con ese joven, Mappy. Eso es lo que tanto tu madre como yo deseamos. Dentro de unos pocos meses la mansión será un hecho consumado y será mi regalo de bodas para ti. Levantaré otra en el extremo opuesto para Bern y la de Jesús se concluirá junto al picadero este mismo verano. Es decir, que en todo este terreno estaremos todos los Urrutia, que es mi ilusión.

—¿En qué hotel te hospedarás, Mappy? —preguntaba Isa acercándose más a su hija.

—No lo sé, mamá. Lo que sí sé es que el domingo por la noche estaré de regreso. Dos días en libertad, comprando cosas y haciendo aquello que no hago nunca.

—¿No te frustraría que fuera tu madre contigo, Mappy?

—Papá..., por el amor de Dios, ¿por quién me tomas? No pensarás que voy a ser una cría el resto de mi existencia. Piensa que seré la única de tus hijos que terminará una carrera universitaria, y que además, una vez terminada, te pediré que me des un puesto de trabajo.

—Pero si tú lo único que tienes que hacer es casarte.

—No, no, mamá. Esos tiempos ya han pasado afortunadamente.

Me casaré, por supuesto, pero cuando termine la carrera y sea independiente y además me enamore. Tendré que estar muy enamorada para casarme.

Andy Urrutia se puso muy serio.

—Procura siempre rodearte de personas que te sean afines, de ese modo no correrás el peligro de enamorarte de quien no te merece. Me gustaría que al fin uno de mis hijos me hiciera feliz con su matrimonio. —Bajó la voz—. Jesús dio con una buena persona, pero no nos vamos a engañar ahora. Helen es una vaga consumada y además le gustan mucho los trapos. Ahí la tienes en París comprando un equipo de invierno con el dinero que gana tu hermano que, por cierto, mucho le rinde. Así anda siempre en las nubes. —Bajó más la voz—. Menos mal que a Bern se le fue la manía de cortejar a la nurse... Estoy pensando en despedirla sin aspavientos, los hijos de Helen van creciendo y cada día la necesitan menos. ¿Tú qué opinas, Mappy?

Mappy pensaba en el viaje del día siguiente, en lo que haría. El corazón le estalló y las sienes le palpitaron como si toda la ansiedad de ver a Borja se le metiera allí. ¡Más de veinte días sin verlo!... Demasiado tiempo.

—No me respondes, Mappy.

—Ah... ¿Sobre qué, papá?

—Ya veo que el viaje te tiene deslumbrada. Hablaré con Matías y Doro para que no te dejen ni a sol ni a sombra. Ellos responden de ti, pero tú también has de responder de ti misma. De todos modos no quiero que pienses que te tenemos atada. El ser humano ha de ser libre siempre que sepa hacer un uso debido de su libertad. Y espero que tú sepas, Mappy.

—Por supuesto, papá —y con timidez añadió—. Si no os importa, si no me necesitáis, me voy a hacer mi maleta.

—Por supuesto, cariño —y su padre la soltó y le dio una palmadita tierna en las mejillas.

En cuanto Mappy se marchó, una criada advirtió a Andrés que le llamaban por teléfono.

—Un segundo, querida —dijo a su mujer.

Y se fue directamente a su despacho.

Era Belén Bergara, que los citaba para cenar por la noche.

—¿A los dos? —preguntó Andy malicioso.

—No me seas... Isa se encargará, como casi siempre, de atender a mi marido. Eso sí, a ti te quiero consultar algo de una pintura que he adquirido en la última exposición.

—¿Muy... interesante?

—Lo suficiente.

—No faltaremos.

Y al colgar, pensó que a falta de la nurse, Belén era un buen entretenimiento. Muy apasionada, muy golfa y encima con un marido estupendo, pero impotente...

Cuando regresó al lado de su esposa nuevamente, iba restregándose las manos.

—Era Belén, que nos invita esta noche a cenar.

—¿Y tengo que aguantar a Ignacio?

—No lo aguantes, querida.

—Pero es que Belén siempre tiene algo que enseñarte y te acapara, y yo he de soportar las copas de Iñaki, que es un alcohólico perdido.

Andy la besó en la mejilla con suma ternura. Le palmeó después la cara y dijo en un tono quedo e intimista:

—Necesito la influencia de Iñaki. Está metido en política hasta las trancas y mis asuntos de los barcos van a necesitar un empujoncito o un empujonazo...

Alguien reclamó a Isabel y Andy aprovechó para acercarse a la sala de juegos de sus nietos. Por supuesto, la nurse seguía siendo la misma y sus senos turgentes le atraían mucho, pero sabía muy bien que el asunto era tabú y que no volvía él a meterse con semejante mujer por mucho que la deseara.

Y por Dios que la deseaba.

Permaneció envarado en la puerta viendo a sus dos nietos corretear de un lado a otro mientras Melly impávida contemplaba sus juegos. Andy se acercó despacio con las manos hundidas en los bolsillos del pantalón y se quedó inmóvil junto a la joven.

—Por lo que observo —dijo entre dientes—, el señorito Bern se olvidó de pedirle que se casara con él. ¿O se lo ha dicho?

—No sé lo que el señor habrá inventado, pero eso ya lo averiguaré.

—¿Sigue negándose a recibir un buen puñado de millones por esas cintas?..., a cambio de desaparecer...

—No pienso irme a menos que me despida la señorita Helen, y es demasiado vaga para cuidar de sus hijos. Y en cuanto a Bern, ya me pedirá lo que en otras ocasiones me ha pedido...

Andy giró en redondo comentando:

—Me asombraría mucho.

* * *

La orden que recibió Matías nada más llegar a Madrid fue tajante.

—Entretén a Doro. Mi gente responde de tu señorita. Ah, toma estas localidades. Doro se deslumbrará. Tú estate atento, pero lejos.

—Un día... me gustaría estar con usted, Borja.

—Lo estarás, pero es pronto aún. ¿Has hecho lo que te indiqué?

—Está esperándole en la avenida de Islas Filipinas. Yo mismo le he dado la llave y no he dejado el portal hasta que me ha dado aviso por el portero automático.

—Perfecto. Eres un gran chico, Matías. Diviértete.

—¿A qué hora vengo a buscarla?

—El domingo a las cuatro de la tarde.

—Estaré en el portal.

—Y Doro no estará contigo.

—No, señor.

—Se unirá a tu coche en el suyo a las afueras de Madrid.

—¿Y si no puedo contenerlo?

—Despístale.. Y si te es difícil, procura que te lo sea menos. ¿Queda claro?

—Sí..., señor.

—Pues hasta el domingo a las cuatro de la tarde. Estacionarás tu automóvil ante el portal a esa hora justamente. Ni un minuto antes ni un minuto después.

—Como usted diga, señor.

Tras lo cual Borja entró en el portal, se perdió en el ascensor y apretó el botón de la sexta planta. Él, tan seguro de sí mismo, tan indiferente, con aspecto tan perezoso y maduro, de vuelta de todo, se sentía de repente como un mozalbete, como un crío que por primera vez va a toparse con su novia platónica.

Se mordió los labios rabioso. Hubiera dado algo porque todo aquello fuese cerebral, que lo guiaran el instinto y el deseo a secas. Pero era bastante más. De repente se daba cuenta de que jamás, en ningún momento de su vida, él fue tan emocional, y en aquel instante sentía en sus venas como si la sangre le corriera a borbotones y un ardor especial, muy delator, le golpeara sin piedad en las sienes.

«Serenidad, Borja. Tú nunca has perdido el sentido común. ¿A ver si tiene razón Susan?» Llamarse a engaño no era su lema... Ni lo sería en cualquier manifestación de la vida y menos que nada en sus ambiciones y rencores que apenas tenían que ver con los sentimientos que anidaba referente a la personilla que le esperaba.

Él no podía, es que además no se veía, entrar, asir a Mappy contra sí, llevarla al lecho. No era así. No soportaba hacer semejante cosa con Mappy cuando con Susan o cualquier otra mujer era lo que hacía sin ningún preámbulo.

Mientras el ascensor se elevaba, tentado estuvo dos veces de detenerlo, apretar el botón del bajo y salir al trote.

Hubiera sido una reacción sensata, pero tal vez él, por primera vez en toda su vida, dejara de ser sensato o quizá lo único sagrado y noble que había en su turbulenta y tortuosa existencia fuera precisamente Mappy Urrutia.

¿Cabía mayor debilidad? ¿Mayor cobardía en un tipo como él, valiente, rudo y calculador? Pues cabía, porque la sentía.

Empezó a tomarse el sexo como un divertimento desde los catorce años y nunca en toda su vida, y a punto estaba de cumplir treinta, se sintió emocionado, prendido por algo delicioso... Y hete aquí que una ternura viva le conmovía, le agitaba y paralizaba todos sus miembros.

¿Sería necio...? ¿No le temblaban los dedos al agarrar el llavín e introducirlo en la cerradura...?

«Borja, estás perdido. No quieres oír a Susan porque sabes que ha entrado en tu verdad. La única que te merece la pena vivir. Estás a tiempo... Echa a correr.»

Machacó la voz de su subconsciente con una sacudida de cabeza.

¿Era él tan valiente como para echar a correr? Lo era o podía serlo, pero no le daba la gana hacerlo. ¿Por qué, a fin de cuentas? Aquello se le pasaría y se convertiría como tantas otras veces en una rutina, ¿por qué tenía que ser diferente aquella atracción? ¿Por qué implicaba él los sentimientos en algo tan evidente, natural y obvio? Por fin introdujo el llavín en la cerradura y oyó la voz de Mappy, fina y profunda.

—¿Eres tú, Borja?

La vio enseguida.

Estaba allí, erguida, apoyada por el hombro en el umbral de la puerta del saloncito. Estilizada, joven, palpitante, tierna, apasionada...

—Borja —murmuró.

Él avanzó despacio. Muy despacio, y estiró una mano. Sus cinco dedos asieron la nuca femenina.

—Mappy —susurró—. Mappy..., estás aquí. Hace veinte días... Veinte ya... Dios Santo, Mappy cuántos días...

Y así, tal cual la tenía presa, la atrajo hacia sí. Mappy fue blanda y suave a pegarse a él. Instintiva, tierna...

—Demasiados días, Borja.

—¿Verdad?

—¿No son muchos días?

—Oh, sí, sí. Una eternidad... —y alzando la cara—: ¿No me besas, Borja?

El duro, el vengativo, el rencoroso, el que consideraba el cielo como un mercado, se sentía conmovido de los pies a la cabeza. La miraba. La miraba tanto que ella, con la cara alzada, aún susurraba:

—No me has besado aún.

Borja empezó a besarla, despacio, como un aleteo. Le rozaba los labios con cuidado y se separaba de nuevo. Así durante un rato que parecía eternizarse. Deslizaba con delicadeza sus dedos desde la nuca y bajaban lentamente por la espalda de Mappy; una Mappy estremecida, dulce, entregada, instintiva... Una Mappy cuyos senos se pegaban al pecho de Borja, que temblaba como un crío por mucho que lo disimulara, porque tan pronto se detenía en la nuca como en mitad de la espalda, como más abajo, y con la mano libre le asía el mentón con los cinco dedos. La miró con intensidad a los ojos, con una ansiedad indescriptible, y así le tomó la boca de nuevo con la suya, pero esta vez larga, muy largamente, como si fuera una auténtica posesión. Una dulce y larga posesión.

Lo que más emocionaba a Mappy era su manera de plegarse en su cuerpo, como un objeto palpitante precioso a su merced. Nada tenía Mappy que se reservase estando a su lado; nada de cuanto pudiera suceder entre los demás, en el entorno, entre sus padres y el mundo podría separar sus sentimientos. No era posible.

Mappy levantaba sus brazos y le rodeaba el cuello, y su pequeña lengua parecía perderse dulcemente entre sus labios. Él la había enseñado a besar. Él la había enseñado a gozar, a extraer el mayor placer de aquella unión posesiva, que era apasionada, vehemente y a la vez voluptuosa y sensual.

La levantó en vilo con sus potentes brazos y sin dejar de mirarla a los ojos, y sintiendo cómo sus brazos se aferraban a su cuello, caminó con ella hacia el amplio dormitorio, para depositarla en el enorme lecho blando y mullido.

Boca arriba, Mappy lo había soltado un poco, pero se miraban a los ojos con ansiedad. Poseerla para Borja, tan de vuelta de todo, sería una nimiedad. Lo esencial, lo turbador, lo exaltante era mirarla así, tendida, con la vista fija en sus ojos, y además sentir en su cara, inclinada sobre ella, el roce suave de la yema de un dedo de Mappy, que con cuidado, en silencio, emocionada y sensual, le iba acariciando las facciones.

Fue como una dulce eternidad. Bien se solía decir que a veces el silencio vale más que mil palabras. En aquel instante la mirada, el contacto suave, era infinitamente más placentera que un éxtasis orgásmico.

Con delicadeza, sin dejar de mirarla, sin decir ni una sola palabra, Borja iba desabrochando los botones de la blusa, uno, dos, cuatro...

—Pese al frío —susurró él con voz queda— no llevas sujetador.

—No te gusta...

—Es verdad...

Y ahora era ella quien le quitaba la chaqueta a Borja, quien le desabrochaba los botones de la camisa...

—Borja —susurró, acogotada, bajísimo—, he venido a estar contigo dos días. Por favor, te necesito. No... no... puedo más.

Y ambos rodaron prolongando aún más el deseo que se hacía a cada segundo infinito.

* * *

Jesús acababa de llegar de París aquel fin de semana. Helen aún tenía las maletas sin deshacer. Jesús iba tras ella rogándole que se desvistiera y Helen intentaba dilatar el momento porque se moría por contemplar todos los modelos exclusivos que se había comprado, y en ese momento en la puerta de su habitación se oyeron unos golpecitos.

Jesús se envaró. Metió a toda prisa la camisa por la cintura del pantalón y Helen se quedó con la maleta a medio abrir.

—¿Esperas a alguien? —preguntó Helen.

—No.

—Pues mira que si es tu padre...

—¿Quién es?

—Soy Bern...

—Vaya por Dios —refunfuñó Jesús yendo a abrir—. ¿Qué demonios te ocurre, Bern? Acabamos de llegar. Se diría que estabas esperándonos.

—Y lo estaba.

—¿Ah, sí?

—En casa sólo están el servicio y tus hijos. Mappy se fue a Madrid a pasar el fin de semana. Los papás a casa de los Bergara y vosotros estabais volando. —Entró en el cuarto con precipitación—. Estoy pasándolo muy mal.

—El asunto de Melly.

—Jesús..., cuando decidiste casarte con Helen, ¿discutiste mucho con papá?

—Lo suficiente. —Jesús rio ante la mirada atónita de Helen, que pensaba que no habían luchado nada—. Pero le convencí. Claro que yo entonces era más joven que tú ahora, pero además Helen es una chica de buena familia. Tú te has ido a enamorar de una institutriz y sabes muy bien que papá eso no va a tolerártelo jamás. Será mejor que te sientes y si tan angustiado estás, nos cuentes tus penas y quizá desahogándote se pasen un poco.

—No vengo a desahogarme de nada. Pero sí a deciros que me voy.

—¿Que te vas?

—De casa.

Helen se olvidó de sus exclusivos vestidos; Jesús, de las acciones vendidas para conseguir dinero y contentar a su mujer. Los dos miraron a Bern como alucinados. Jesús porque no consideraba a nadie de este mundo, y menos a su hermano, capaz de contrariar a su padre. Y Helen porque conociendo a su suegro, se imaginaba el freno rotundo y categórico que recibiría Bern.

Bern, en cambio, pálido, ojeroso y amargado, dijo de nuevo con súbita firmeza:

—No soy capaz de ver a Melly todos los días, huir de ella y tenerme que aguantar. Además, ¿qué diría de mí? Le hablé formalmente y es que siento por ella un gran amor. Han ocurrido cosas y no he podido confirmar nada en relación con Melly. Lo he dejado todo tal cual. Ella pensará que fue mi padre quien se opuso.

—¿Y no fue así?

—En cierto modo nada más. He tenido con él una conversación y no demasiado larga. Me tomó a broma. Rio cuanto le dio la gana y al final dijo que la propia Melly me diría que no. Pero no tuve tiempo de preguntarle.

—¿Y por qué?

—No voy a hacer comentarios sobre eso. Ella tiene de mí un alto concepto. Me ama y sabrá esperar. Pero... me han hecho algo. No sé quién ni cómo. —Sacudió la cabeza—. No he venido a contar esto, no. Son cosas mías, y en todo caso de Melly, pero lo que sí os quiero decir es que me voy a vivir al centro de Santander, a un apartamento. Dejo esta casa.

Jesús se sentó como si se aplastara en la butaca y alzó la cara mirando a su hermano con espanto.

—Vas a desatar una guerra familiar de indescriptibles proporciones, todo será imprevisible porque papá no tolera que ninguno de sus hijos deje esta posesión. Estas Navidades Helen, los chicos, Melly y yo nos iremos a nuestro palacete del picadero al que están dando los últimos toques. La mansión que se está construyendo en el solar próximo pronto entrará a formar parte de la misma propiedad, del mismo recinto. Seguidamente, papá tiene toda la intención de levantar otra más abajo y esta última está destinada a ti. Papá quiere tenernos a todos en su entorno, pero cada cual en su casa. Ése es su pensamiento, su máxima aspiración. Aquí sólo viven los Urrutia y tú no puedes desertar.

—Pues pienso hacerlo a menos que me case con Melly, y no veo claro todo ese asunto.

—Pero vamos a ver —intervino Helen—. Tú estás enamorado. ¿Te corresponde la nurse? Porque eso es lo primero que tienes que saber. Que te corresponde... Entonces tendrás que imponer tu criterio. Eres mayor de edad. Tienes fortuna propia...

—Olvídate de la fortuna, Helen. ¿Acaso no sabes por tu propio marido que no poseemos un duro y que sólo disponemos de papel?

—Pero ese papel vale dinero.

—Y el día que se entere papá de que hemos vendido acciones, nos mata. Nos echará él de su lado.

Jesús y Helen intercambiaron una rápida mirada. Bern dijo con desgana:

—Si pensáis que no sé lo que hace Jesús os equivocáis. Jesús hace lo que hago yo. Vender. Y el día que papá se entere de todo esto, volará por los aires y no sé adónde llegaremos los tres. Porque tú, Helen, aunque creas que no, estás involucrada en ello porque si no fuera por ti, Jesús no vendería.

—¿Y por qué vendes tú?

—Porque me gusta jugar. Pero se acabó. Ahora voy a luchar por conseguir las acciones que vendí y para eso echaré mano de Borja.

Helen torció el gesto.

—¿Estáis seguros de que Borja es tan amigo de todos vosotros como pensáis? Porque yo no estoy muy convencida. Me parece un hombre especial. Muy ambicioso. Pero sobre todo muy confuso. Y no podemos olvidar que su madre fue mancillada por vuestro abuelo... Evidentemente, hay que ser muy superficial y tener muy poco amor propio para olvidar ciertas afrentas... Aunque vuestro abuelo dijese que el capitán dejaba muy sola a su mujer y por eso él la entretenía, no deja de ser una soberana tontería, si tenemos en cuenta que dicho capitán, padre precisamente de Borja, era un vasallo más del poderoso Teo Urrutia. No me mires con esa cara, digo lo que siempre he pensado. Y lo raro es que se haya convertido en consejero de tu padre, y vuestro padre, que en el fondo no lo soporta, haga ver a todos que es su mejor amigo y que se fía de sus consejos... Se fía para lo que le conviene, pero yo escuché el otro día una conversación y me parece que vuestro padre no es que digamos un gran amigo de Borja, puesto que está intentando hacerse con las acciones de la editorial y dejar a Borja, sencillamente, en la calle.

—¿Estás segura de eso, Helen? —Jesús se espantó.

—No. Son cosas que yo pienso, que yo rumio, que tengo en mente cada vez que veo los ojos especiales de Borja, que no son unos ojos corrientes en absoluto. Bajo el tono oscuro de esos ojos, veo yo muchas sombras. No lo puedo remediar. Os lo digo por si ello os sirve de algo. Y por otra parte, porque según parece Borja no tiene un duro, tiene poco dinero, el que dicen que tiene se lo debe a ese semanario cutre que se vende en todos los kioscos, y que puede dar mucho más dinero del que vosotros pensáis. Los Urrutia estáis montados en un pedestal de poderío, del gran poderío que da el dinero y el nombre de toda una vida de muchas ganancias..., pero ¿está Borja de acuerdo con todo lo que dice y hace? Eso es lo que dudo y podríais ir siendo un poco más recelosos.

Jesús miraba a su mujer como si de repente se hubiese vuelto loca.

—Oye, Helen, tú estás como una chota. ¿Sabes lo que dices? Borja ha sido desde siempre el paño de lágrimas de todos. Es un hombre listo, es cierto, y ganará bastante dinero con el semanario que tú dices, pero de eso a poder compararse con un Urrutia hay un abismo y Borja lo sabe. Claro que él no compró nuestro papel, pero si se lo propone, sabrá quién lo tiene y lo rescatará. En el fondo, Helen, Borja está orgulloso de la amistad de los Urrutia.

Helen negaba con la cabeza.

—Escuchad un segundo, y después id pensando o analizando el sentido de mis palabras. Borja tiene en mente llegar a diputado o senador. Es hombre de grandes amigos en Madrid. ¿Cómo pudo si no hacerse con un solar que buscaba tu padre y pese a su nombre no consiguió, y en cambio, de un plumazo lo consiguió Borja? Pertenecía a la multinacional Morrel, S. A. Vuestro padre luchó por obtener ese terreno con uñas y dientes. ¿Y qué? No lo ha logrado, pero llega Borja, hace unas piruetas matemáticas, dice unas cuantas frases, utiliza su influencia secreta y zas, la multinacional Morrel, S. A., le cede los terrenos y encima convence a su hermano para que deje la zona. Y no debéis olvidar que Pablo era la pesadilla de vuestro padre y llevaba años luchando por echarlo de su propiedad. Yo sigo preguntándome qué argumentos esgrimió Borja para convencer a Pol y a Salomé.

—Nos estamos perdiendo en discusiones tontas. —Bern se cansó—. Mientras Borja no me demuestre que es un traidor, yo lo voy a considerar mi amigo y además, tengo pruebas de su firme amistad. De modo que yo os he interrumpido sólo para deciros que mañana o pasado daré el campanazo y le anunciaré la noticia a mi padre.

—¿De que te vas a un apartamento?

—Sí, Jesús. Sí. Y si debido a ese estallido se descubre que hemos vendido papel..., a fin de cuentas era muy nuestro. Papá que disponga del suyo. A mí en el testamento mi abuelo me da un consejo, pero no me prohíbe vender.

—Te indica que si quieres vender, vendas a la sociedad Teo Urrutia, S. A.

—Las indicaciones no son leyes —dijo Bernardo dejando la habitación—. Buenas noches.

* * *

—Por aquí, Andy —decía Belén un tanto nerviosa—. Verás qué pintura. Me ha costado una fortuna, pero creo que ha merecido la pena.

Andy pensaba que aquella noche Belén estaba muy salida, muy cálida, muy dispuesta a vivir su aventurilla en cualquier esquina.

La mansión de los Bergara era preciosa, como podía ser la suya, y estaba en una zona periférica privilegiada. Ignacio era un alcohólico perdido, y con la primera copa sus ojos le hacían chiribitas y encima era impotente. Cuando Iñaki se tomaba la primera copa, dejaba ya de ser serio y se metía a discutir por cualquier nimiedad, y Andy pensaba que Isabel, su mujer de tan correcta, era capaz de tragarse sapos y ranas por mantener la compostura y no perder jamás la paciencia ni su inconmensurable educación. De tal situación se valía Andy para tocar las posaderas de Belén mientras ella le llevaba a la sala de retratos y le mostraba la adquisición de una pintura que valdría lo suyo. Andy no lo iba a discutir, porque tampoco iba a estudiarla, ya que Belén era mucho más digna de estudio y él estaba hasta la coronilla de la rutina de su mujer, porque al faltarle el entretenimiento de Melly, no surgía ninguna novedad salvo la de alguna secretaria ambiciosa que a cambio de un regalito le concedía media hora.

Lo del sexo a él le tenía dominado. Sin sexo no concebía la vida, como no la concebía tampoco sin ser el dueño y señor de su apellido como anteriormente lo fue su padre. Así pues, acorraló a Belén contra una esquina y le metió la mano por la abertura de su precioso modelo de noche. Había que entender que Belén estaba muy bien, pero que muy bien, sedienta de un rato de placer porque era ardiente como una llama y sabía muy bien lo que se traía entre manos.

—Me haces cosquillas. —Reía Belén con una risa algo gutural y juguetona—. Cómo eres, Andy... No pierdes una.

—¿Y para qué me has traído aquí? Ven, no seas mala. Ya sabes que yo siempre estoy dispuesto. Eso es... ¿Aquí mismo o tienes un lugar más discreto?

—Aquí mismo.

—De pie.

—¿No es cómo te gusta a ti?

—Hum...

Y con cierta precipitación no disimulada, la metió en la esquina, en un lugar adonde apenas llegaba la luz, y apretó el cuerpo de Belén contra el suyo, un cuerpo que Belén movía divinamente y hacía piruetas por un goce que siempre deseaba prolongar. Andy la soteaba toda, y después de unos jadeos compartidos, como dos cínicos, se separaron y continuaron mirando el retrato.

—Estás muy salida, Belén. —Andy reía en voz baja.

—Es que Iñaki..., tú sabes... Para ponerlo a tono necesito esconder todos los licores que hay en casa.

—Alguna vez —dijo Andy— me gustaría pasar contigo un fin de

semana al completo para disfrutarte mejor, tendría que ser algún lugar discretísimo. —Caminaban ya serenamente mirando los cuadros colgados de las paredes que, por cierto, no veían—. Por nada del mundo deseo perder la amistad con tu marido, pero tampoco la estimación de mi mujer. Sin embargo, me apetece pasar contigo un día entero, porque estas cosas que hacemos me dan una pequeña idea de tu valía erótica —y de pronto, deteniendo y posando sobre ella su mirada distraída y lejana, le soltó—: ¿Qué tal Borja? No nos hemos visto desde la noche de la fiesta de Mappy.

—¿Con Borja?

—Contigo, Belén, contigo. Aquella noche me pareció ver que Borja te pillaba entre los macizos.

Belén se removió inquieta.

—Yo no he tenido nunca nada relacionado con Borja.

¡Si sería tramposa!

Pero en voz alta no manifestó en absoluto lo que estaba pensando.

—Borja Morán —dijo Belén, como sin querer y quizá sin entender muy bien lo que decía—. Anda demasiado liado con sus asuntos personales, gana mucho dinero.

Andy se detuvo en seco.

—¿Borja ha ganado mucho dinero?

—Eso dice Iñaki. Y dice también que el día menos pensado sale Borja con un escaño de diputado o senador. Ignacio, cuando está cuerdo, habla mucho de Borja y sus maniobras empresariales.

—No digas tonterías, Belén. Borja es un ambicioso, sí, pero de empresas sabe lo que le soplan y lo que hubiera deseado es tener dinero para hacerlas él.

—Pues no sé, Andy. Pero Iñaki cuando habla de Borja Morán lo hace con mucha admiración, y no es Iñaki precisamente de los que admiran con facilidad. Viaja a Madrid cada quince días. Tiene contactos magníficos en la Administración y Borja Morán allí es uno de los que soterradamente tienen un gran poder.

—No me tomes el pelo, Belén.

—No es tomadura de pelo. Es lo que dice Iñaki, y estando sobrio jamás se equivoca. Lo comentaba el otro día con Hugo, nuestro hijo. Vino de Londres por asuntos de sus negocios y los oí hablar de Borja. No sé de su posición financiera, pero que tiene un gran poder del que no alardea, es obvio.

—¿En qué trabaja tu hijo Hugo?

—En Banca. Es consejero de un banco inglés con ramificaciones por todo el mundo. Lo del petróleo es ahora mismo su empresa más importante.

—¿Ha comprado tu marido crudo?

—¿Iñaki? Estás loco. Iñaki es todo menos especulador.

—¿Lo habrá comprado tu hijo Hugo?

—¿Hugo? Pues no te lo puedo decir. Pero me asombraría porque es tan recto como su padre. Siempre estudió fuera, es más inglés que español y a sus treinta años, soltero y libre, no me da cuenta de sus asuntos. Pero no creo que se meta en especulaciones. No lo necesita. De todos modos, cuando habla de Borja Morán por supuesto que lo hace con tanta admiración como Iñaki. A qué se debe ello, no lo sé.

Andy se olvidó del sexo, del placer momentáneo que Belén le daba e incluso del alcoholismo de su amigo. Tampoco se hallaba Iñaki aquella noche como para abordar un tema serio, pero cuando se vio en el coche conduciendo al lado de su mujer en dirección a su mansión, murmuró algo preocupado:

—Oye, Isa, tú que eres tan observadora... ¿Qué opinas de Borja Moran?

—Es una gran persona. Echáis mano de él para todo. Os soluciona papeletas que os molestan...

—Todo eso es una obviedad. Pero yo te pregunto si lo consideras poderoso.

—En influencias y chivatazos, sí. Pienso que tiene buenos amigos. Si hay que arrastrarse, Borja se arrastra. Si hay que humillarse, Borja se humilla. A fin de cuentas, de raza le viene al galgo. Es hijo de un padre consentidor.

—De eso habría mucho que discutir.

—¿Sí? Tu padre fue muy claro.

—Desde luego. Pero a mí me gustaría estar en el pellejo del capitán y saber lo que pensaba del cerdo de su jefe.

—Andy, que ese jefe era tu padre.

—Lo sé, cariño, lo sé, pero era un cerdo...

Y, por supuesto, lo decía categórico, olvidándose por lo visto de sus propias inmundicias, pero quedó francamente preocupado. Si algo detestaba él era que le engañasen. Si Borja poseía dinero, cosa que dudaba mucho, podía muy bien hacerle una jugada que, a fin de cuentas, pensaba hacerle él si pudiera. ¿Por qué no dudar de otra persona si él estaba dispuesto a engañar? Además, lo que decía Isa era sencillamente una tontería. No se imaginaba a Borja humillado ni vetado en ningún sentido. Borja era demasiado Borja y estaba ansioso de dinero, pero no a costa de situaciones vejatorias. Eso lo tenía él muy claro. Por eso su lucha oculta era vencerle, tenerle bajo su poder, y si Borja poseía dinero, sería mucho más difícil dominar a su especial amigo.

Esta noche, al acostarse, Isa le dijo con timidez:

—Andy, esta noche tengo ganas.

—Cariño, oh, cariño..., con lo cansado que estoy...

—Pues déjalo, Andy, perdóname, ¿quieres? Eso es, perdóname, discúlpame.

—Estas disculpada, amor; mañana, ¿eh?, mañana estaré en forma, ya lo verás...

* * *

La chimenea ardía al fondo, había una mesa puesta para dos en el saloncito y sobre una mullida alfombra se hallaban ambos tendidos boca abajo, conversando.

Mappy vestía unos cortos pantaloncitos y un blusón desabrochado en aquel instante.

Tenía los brazos cruzados y la barbilla apoyada sobre ellos. A su lado, rozando su costado, se hallaba un Borja desmelenado, con los pantalones sin abrochar, y con el tórax poderoso desnudo. También tenía los brazos cruzados y la barbilla apoyada en ellos, mientras los ojos de ambos miraban abstraídos las llamas que restallaban en la chimenea, salían volando encendidas y caían de nuevo como puntitos negros apagados.

—Nunca olvidaré este fin de semana, Borja —decía Mappy con vocecilla vacilante Me será imposible. Pienso que es la primera vez que he estado realmente relajada, distendida, y teniéndote para mí sola. Me pregunto por qué no puedes tú, siendo tan amigo de papá, decirle la verdad. Aflorar la relación. Yo sufro una barbaridad. Piensa que papá está convencido de que un día Otto Malvives será mi marido.

—¿Y lo será?

—¿Qué dices?

—¿Sabe Otto... lo nuestro?

—Estás loco. Sólo lo sabemos los dos y Matías. Matías, que es tu enlace, mi enlace. Un día cuando nos casemos, tienes que retirar a Matías del volante. Hacer con él algo más digno.

—Lo tengo en mente, cariño. Pero es pronto. Y no sueñes con que tu padre daría el visto bueno. Tu padre tiene planes para ti, pero en ellos por supuesto que no entro yo. A mí me utiliza. Yo sé que tú quieres mucho a tu padre, pero yo desde mi postura lejana de observador, necesito decirte que tu padre no es tan noble como tú supones.

—No digas eso.

—Me gustaría preguntarte algo muy concreto.

—Pregunta.

—Vamos a ver, Mappy. Vamos a ser sinceros. Si algo hay en mi vida que merezca sinceridad, eres tú. Y te quiero preguntar qué harías si te pusieran en la picota y te obligaran a elegir entre tu padre y yo. No, no me contestes aún. Quiero antes hacer algunas consideraciones. Por ejemplo, tu padre está montado en su nombre. Los Urrutia han de ser para él lo más esencial y han de casarse a tono con su apellido y su poder. Yo creo que he sido un poco o bastante descuidado enamorándome de ti porque voy a sufrir. Y no hay derecho que un sentimiento sea motivo de litigio moral. Esto lo tengo muy claro. Yo te adoro. Vivir sin ti para mí sería ya como vivir sin comer y sin beber. Es decir, sería no vivir. Si para ti yo signifìco algo, has de decirme que si un día llegaras a verte en la disyuntiva de elegir, a quién de ambos elegirías.

Mappy rodó más hacia él, se metió casi bajo su rostro.

—Borja... —Su dedo le acariciaba las facciones—. Borja querido. No deseo verme en ese lío moral. No soy capaz. Si para evitarlo he de verte a escondidas, y ocultar mi relación contigo, lo haré sin dudarlo. A tu lado me hice mujer, sentí los primeros goces. Me sería de todo punto imposible pasar sin ti. Y además..., no sólo te quiero para gozar. Hay en mí algo profundo, pleno, muy grande... Si para ti yo significo tanto, tú para mí lo significas todo, pero déjame pensar que nunca me darán a elegir.

—Es que te darán, Mappy querida, quieras o no un día te verás obligada a elegir. Tu padre es duro, parece muy blando, y muy complaciente contigo, pero cuando las cosas no marchan como él ha decidido, no duda en romper y en rasgar. Te lo digo porque lo sé. Lo sé por Bern, lo sé porque soy su amigo o eso espero. Lo sé porque yo soy el tercer hijo de una mujer que se acostaba con tu abuelo.

—Dios mío, Borja, qué feo eso que hizo el abuelo.

—Hoy no podría, Mappy, pero entonces... el que más tenía era el que más podía. Y sobre todo el amo dominaba al vasallo. No sé lo que diría mi padre de los embarazos de su mujer hallándose él ausente más de nueve meses, pero sé lo que diría yo. De todos modos, si él aguantó las vejaciones de tu abuelo, tu padre no soportaría jamás que el hermano de sus hermanos se casara un día con la niña de sus ojos, que eres tú. ¿Te haces cargo? Ése es el freno mayor que tu padre no soltará jamás. Ni permitirá que nadie lo suelte. Ésa es, pues, la razón que nos obliga a ocultar nuestro sentimiento. Pero te quiero decir algo, algo que sólo tú vas a saber.

—¿Y qué es?

—Yo le he negociado la mansión que está levantando en los solares pegados a vuestra finca. Dentro de poco será una sola finca, con dos hermosas mansiones. Yo lo he conseguido con la condición de vendérsela a él una vez terminada.

—Eso lo sé, Borja.

—Pero lo que no sabes es que será tu residencia.

—También me lo ha dicho. Y más de una vez en estos últimos meses me ha llevado en su cochecito eléctrico, ese que utiliza para jugar al golf, hasta el montículo y desde allí, ambos de pie, me va trazando cómo será mi hogar.

—Pero es que él piensa que lo vas a compartir con Otto.

—Eso jamás.

—Pues sólo hay una forma de evitar que eso suceda.

—No sucederá porque yo no amo a Otto y jamás me casaré con ningún hombre que no seas tú, pero si conoces otra fórmula que no sea enfrentarme a mi padre, dímela.

—Será desatar una guerra campal con tu padre y entonces ya tendrás que inclinarte forzosamente por uno de los dos.

—Borja, ¿qué estás urdiendo?

—No urdo, pienso. Pienso que todo esto empezó así, como de broma. Dos chicos que se conocen en la nieve, en una estación de esquí, dos personas de distinto sexo que se atraen, que viven una noche juntos, que se gustan uno al otro, tanto que desean seguir viviendo esas noches, y que después surge lo que surge siempre en tales casos. Un sentimiento más allá de todo razonamiento, de toda sugestión, de toda realidad. Porque la realidad se compendia en la necesidad espiritual y material de estar juntos. Eso es lo que suele suceder a veces. No siempre, pero ha sucedido en este caso concreto que nos atañe a ambos.

Sonaba el teléfono.

Pero ambos estaban tan embebidos en la conversación que ninguno de los dos hizo ademán de levantarse de la alfombra donde delante del fuego se hallaban tendidos, pegados uno al otro.

—Si el asunto se volvió serio —añadió Borja desoyendo el timbre del teléfono—, he de pensar que si puedo y gano dinero, no estoy seguro de hacer la transferencia de la mansión a tu padre.

Mappy a su pesar se tensó.

—El teléfono.

—Después. Antes quiero que entiendas esto. Que estés de mi parte, que me ayudes tú con tu consejo a envalentonarme, a buscar dinero donde sea, a ayudarme moralmente en mi empeño.

—Borja, contesta al teléfono y seguimos hablando.

—Es que sólo podemos almorzar, y a las cuatro menos diez has de estar en el portal y volarás en el coche conducido por Matías hacia Santander, y yo quiero saber si estarás de mi parte suponiendo que el día que sea, que será pronto, le digo a tu padre que me quedo con la mansión.

—Dios mío.

—¿Estarías, Mappy?

—Responde al teléfono y luego seguimos hablando.

—El teléfono ha dejado de sonar —dijo Borja volviendo a retomar su postura relajada en la alfombra pegado al costado de Mappy—. Cariño, piénsalo. Yo no soy muy capaz de enfrentarme a tu padre, pero si tengo tu fuerza moral..., si tú me prometes, si tú...

—Yo estaré siempre de tu parte, Borja —decía Mappy casi sollozando—, ¿cómo voy a poder apartarte de mi pensamiento ante papá? No voy a poder. Pero papá tiene que entenderlo. Verás cómo cuando le digas eso, te entenderá.

—Es que no pienso decírselo hasta el final, y sabiendo además que tú me ayudarás. Será quizá el momento de descubrir lo nuestro.

—Será una lucha terrible.

El teléfono volvía a sonar.

—Qué fastidio. Espera un segundo. Lo tomo y regreso.

Pero lo tenía allí mismo y sólo tuvo que levantarse y asir el auricular para taparlo inmediatamente.

—Es Bern —dijo bajísimo—, ¿qué le sucederá?

Mappy se sentó de golpe. Echó los cabellos hacia atrás y sólo acertó a preguntar entre un sutil resoplido.

—¿Está... en Madrid?

—Aguarda. Quédate silenciosa. Lo sabré enseguida.

Y destapó el auricular.

8

El poder de Borja

—De modo que tu bungalow de Laredo ya está habitable. —Pol sonreía divertido—. ¿Qué supones que dirá Andy cuando sepa que no le vas a vender la mansión, que posees una millonada de fortuna y que tu bungalow de Laredo es una maravilla?

Borja estaba sirviéndose una copa. El invierno había transcurrido serenamente para muchos, si bien para él empezaba a ser pesado porque no le gustaba demasiado la existencia que llevaba, ocultándose como un ladrón, fingiendo y demostrando que carecía de fortuna cuando aquélla empezaba ya a ser escandalosa, aunque permaneciese oculta.

La guerra podía estallar entre él y Andy en cualquier momento, pero él dilataría aquel momento cuanto le fuese posible porque se jugaba algo que tenía más valor que todo lo demás, sin que por ello quisiera él o estuviera dispuesto a renunciar a todo. Pero Mappy era el punto más importante de su vida y sobre eso ya estaba convencido. Aunque ni siquiera ese amor había menguado su odio y su rencor y entendía que nada tenía que ver una cosa con la otra.

—Yo no sé qué te traes entre manos, Borja —añadía Salomé a lo comentado por su marido—. Nosotros no tenemos ninguna prisa, pero a mí me parece que los Urrutia están algo nerviosos esta temporada desde que estalló lo de Bern.

—Esta mañana me entrevisto con Andy. El asunto de los crudos le salió muy mal y se vio en la necesidad de venderlos al mismo precio, con lo cual no ganó un dólar. Y todo por la reparación de sus barcos. Ahora mismo está negociando un crédito y no se lo van a dar.

—¿A un Urrutia se lo van a negar?

—Se lo van a negar a menos que ponga sobre la mesa un buen puñado de acciones de Teo Urrutia, S. A. en garantía y eso no querrá hacerlo. Me ha llamado porque empieza a dudar de mis consejos.

—Una pregunta, Borja.

—No me la hagas, Salomé.

—Hace mucho que no te vemos y para un día que te acercas a visitarnos, me gusta enterarme de algún detalle.

Borja sonrió resignado, pero Pol replicó por él.

—Salomé, cariño, ¿qué le preguntas si está claro que sólo te contestará lo que le convenga? Sabemos que tu semanario cutre te da dividendos, sabemos que tienes otras publicaciones de más alto nivel y de una dignidad irrebatible, sabemos que has especulado con los crudos y por eso, es de suponer que no lo has hecho como el ingenuo de Andy, a lo loco. Tú has ganado mucho dinero.

—Pol, soy tu hermano y te estimo como tal, pero mis cosas son muy mías y no me gusta que se hurgue en ellas. Hemos hablado por teléfono varias veces. Estás al corriente ya de que tranquilicé a Bern cuando me llamó a Madrid anunciando que se iba de su casa. También que he atendido a Tatiana y, por supuesto, que Andy está en apuros... Me temo que no tendré que negarle la venta de la mansión porque no va a disponer de dinero para pagarme...

—Y tú vas a ser tan generoso que a cambio de un puñado de acciones de Teo Urrutia, S. A. negociarás el préstamo en tus bancos.

—Los bancos con los cuales yo trabajo también trabajan con Andy, Pol. No te olvides de eso.

—No me olvido de nada. —Pol rio frotándose las manos—. Si yo le tuviera rencor a Andy, que no se lo tengo, estaría disfrutando mucho ahora. Pero, de cualquier modo, disfruto porque tú estás ganándole una sorda batalla. ¿Sabes que Ted dice que Andy cree tener convencidos a los accionistas del periódico y piensa que le van a vender su parte y cuando lo haya conseguido por mayoría tú te irás a la puta calle?

—Ted es un bocazas.

—Pero sabe que soy tu hermano y que tú me lo cuentas todo.

—Yo no cuento nada —dijo Borja breve, pero secamente con aquel gesto indefinible que distaba mucho de ser el que conocía Mappy—. Todo lo que estás diciendo te lo imaginas tú. Cierto que Andy no me es simpático. Cierto que si puedo lo hundiré. Pero no menos cierto es que para hundir a Andy necesitaré el resto de mi vida y sólo tengo una. Puedo tener mucho poder, como vosotros pensáis, y quizá lo tenga, o puede que tenga menos del que creéis, pero el poco o mucho que ostente ha de ser sólo para luchar contra Andy. Tanto como él ladinamente está luchando conmigo.

—Me pregunto —dijo Salomé— qué pensará el día que os veáis frente a frente sin careta o el día que sepa Andy que has seducido a su hija.

—Salomé —la voz de Borja parecía cortar como un cuchillo—, no sabes cuánto te agradecería que olvidaras ese tema.

—Perdona, pero...

—Olvídalo, ¿de acuerdo, Salomé?

—Oh, sí, si es ése tu deseo...

—Lo es.

Breve y conciso. Después se sentó a medias en el brazo de una butaca, moviendo con cuidado el vaso de whisky que acababa de servirse.

—He contenido a Bern a cambio de devolverle el papel —dijo pensativo—. De todos modos, Andy aún no sabe lo que se le viene encima. Bern está sinceramente enamorado de Melly y Melly lo sabe. La clave ahora está en quién gana la batalla y cómo. Me imagino que Andy, porque esgrimirá asuntos que Bern cree que no posee su padre. Es algo que no acabo de entender. Por qué me han metido a mí en el ojo del huracán.

—Porque tú has procurado ser ese ojo y ese huracán, Borja. Ni más ni menos. Te lo propusiste cuando a los quince años te enteraste de lo de nuestra madre. Fue algo que te marcó para el resto de tu vida y te sigue marcando.

—Lo que no entiendo, Pol, es cómo no te marcó a ti.

—Será porque soy hijo de Teo Urrutia.

—¿Te quieres callar?

—Está bien, está bien. Siempre salimos mal cuanto tocamos este tema. Por supuesto que no perdono, pero tampoco me tomo las cosas tan a pecho.

—¿Saben tus hijos esa vejadora historia?

—¿Y por qué tengo yo que contarles a mis hijos lo que ocurrió hace tantos años? Las cosas eran diferentes, Borja; además, ellos, educados en el extranjero, con una mentalidad tan abierta, me extraña que vayan a dar importancia a sucesos que ocurrieron hace décadas. Pero una cosa te digo —y apuntaba a Borja con el dedo—. Yo, como Salomé y mis propios hijos, deseamos volver a nuestra casa. De modo que ve pensando qué harás cuando dentro de unos dos o tres meses te la entreguen lista para habitar. No hemos vuelto por aquella zona. No sabemos ni cómo es.

Borja, por toda respuesta, extrajo del bolsillo un plano y lo extendió sobre la mesa.

—Ven un segundo, Pol, y tú también, Salomé. Eso es. Vamos a ver si sobre este plano os lo puedo explicar. La mansión que se erige aquí es la principal. La que Andy piensa que le voy a transferir. Pero fijaos en esta otra un poco separada por macizos y tan elegante o más que la primera. Se separan entre sí por soportales y una piscina climatizada que une y, sin embargo, delimita.

»Pues esta segunda será vuestra mansión. A Andy le tiene muy intrigado esta forma de hacer dos viviendas que parecen una sola, pero que son dos en realidad. Bastaría unir los patios interiores para hacer una sola vivienda, pero eso no lo haré porque os he dado mi palabra de que volveríais a vuestro terruño, y la voy a cumplir. Pero tengo problemas con Andy. La casa salió o está saliendo más cara de lo previsto. Con el embarcadero y el helipuerto y todas las carreteras interiores que se cruzan entre sí, va a salir por setecientos millones. Cuando por la casa y todo lo demás le pida mil millones a Andy, no tendrá dinero líquido para pagarme.

—Pero el trato eran doscientos.

—Efectivamente, y no tengo ninguna responsabilidad ante lo que ha subido en este último año ni lo que aquí se ha añadido..., pero esto es asunto mío. —Dobló el plano y lo guardó de nuevo—. Tengo que irme. Vuestro desayuno ha sido exquisito y vuestra compañía muy grata. Pero ahora he de enfrentarme a problemas acuciantes.

—¡Andy!

—Ése es uno de ellos. Os veré antes de dejar Santander.

—¿Te vas a instalar en la mansión cuando esté lista, Borja?

—No lo sé, Salomé. Todo depende de muchas cosas. Piensa que soy un pobretón...

—Con infinito poder.

—Eso es un asunto que me corresponde a mí tan sólo.

* * *

Andrés Urrutia dejó su cochecito eléctrico y llamó al *caddy* que sujetaba su carrito de golf.

—¡Espero una visita! —le gritó—. Tráete otro carro.

Y después se quedó apoyado en el palo mirando a su alrededor. El campo de golf de propiedad privada se extendía a todo lo largo del picadero, perdiéndose en el confín de su propiedad hasta el acantilado. Desde lo alto podía ver perfectamente la nueva mansión, que siempre le había parecido que eran dos separadas. No acababa de entender aquello, pero Soto, el arquitecto, se lo intentaba explicar y él seguía sin comprender por qué la piscina climatizada, metida entre soportales como si fuera un patio, unía ambos edificios.

Se iniciaba la primavera y Andy respiraba a pleno pulmón el aire de la mañana. Habían pasado muchas cosas aquel invierno. Primero los frecuentes viajes de Mappy a Madrid, que se hicieron casi semanales. Nunca quiso contrariar a su hija y comprendía las razones que la empujaban a Madrid porque, según tenía entendido, Otto Malvives estudiaba allí no sé qué de un máster. Después el asunto de Bern, que había podido contener gracias a Borja; éste le llamó desde Madrid para decirle que permitiera a Bern que hiciera un viaje por todo el mundo y así despejar un poco su pasión desmedida hacia la francesita, a la cual él, por supuesto, no había vuelto a tocar, aunque ganas nunca le faltaron. Pero una cosa era hacer el amor con una chica normal y otra saber que su hijo la amaba y que ella usaba un artilugio para grabar todos sus jadeos. Eso le humilló aunque se lo calló. Pero la humillación no se le había disipado aún. Después su asunto de los crudos, que, debido a las reparaciones de sus barcos, hubo de vender al mismo precio con los gastos consiguientes de transacción sin recoger un dólar, lo que dejó su liquidez casi al borde del colapso.

Luego, cuando Jesús y Helen se fueron al fin a su nueva mansión del picadero, respiró un poco mejor. Se llevaron a la nurse y ya no la veía con la misma frecuencia. Eso sí, hubo de aumentarle a Jesús la asignación que le pasaba porque no le alcanzaba para los gastos con una mujer como Helen, que estrenaba cada temporada seis modelos diferentes comprados en París.

Para mayor contrariedad, Belén debió de hallar un buen amante, porque de repente dejó de reclamarlo y, sin embargo, Iñaki seguía siendo su amigo. Andy aún se preguntaba quién sería el nuevo amante de Belén, pero eso ya tenía menos importancia.

Lo más duro de todo fue cuando sus dos barcos salieron de los diques y hubo de meter otros dos y nunca pudo recuperar los contratos navieros porque la compañía Marítima, S. A. los tenía sencillamente acaparados y hubo de conformarse con rutas menos rentables, con lo cual los fletes le salían por un ojo de la cara.

A la sazón, se le juntaban varios asuntos de envergadura. No poseía liquidez suficiente y los negocios iban mal y encima el banco ponía reparos para conceder los créditos y pedía como garantía acciones de su compañía que no estaba dispuesto a ceder. Y lo que de un tiempo a esa parte le tenía en vilo era el dinero que solicitaría Borja por la cesión de la mansión que estaba a punto de terminar.

Según Soto, Borja lo había trabajado todo con créditos y aquéllos le vencían con los intereses correspondientes, y si no le compraba al finalizar la obra, Borja era muy capaz de venderla al mejor postor y eso sería sencillamente echarlo a él de sus propiedades; por ello debía andar con tiento.

Había intentado manipular a los accionistas del periódico y sabía además que Borja no deseaba de ninguna manera perder sus derechos, y si él conseguía las acciones de los cuatro accionistas, dejaría a Borja en minoría y entonces quizá lo tuviera en sus manos. Pero aquellos accionistas pedían demasiado. Se hacían los remolones y mantuvo con ellos distintas reuniones sin llegar a un acuerdo.

Desde lo alto se veía toda la carretera serpenteante que se iniciaba justo en la bifurcación de otras dos. Para llegar hasta su propiedad privada había que atravesar un arco heráldico que siempre había presidido con el escudo familiar sus extensiones. Por allí divisó el coche de Borja ascendiendo.

Llegaba un poco tarde a la cita, pero si había venido en el avión de la mañana, entre ir a su oficina cutre, conversar con sus pocos empleados y dar un vistazo a los rotativos, bien podía perdonarle la demora.

Además, tenía toda la intención del mundo de pedirle ayuda: para recuperar sus contratos sobre los fletes de los barcos de pasaje y para solucionar la papeleta al regreso de Bern de su viaje, y éste estaba a punto de llegar de nuevo a Santander.

A quién se le ocurre pretender irse de su casa. Un Urrutia jamás podía desertar de su familia e irse a un apartamento como un vulgar solterón sin un duro. Eso no podía consentirlo él y afortunadamente tuvo de nuevo la ayuda de Borja, que le alertó sobre las intenciones de su hijo.

El coche aparcó en la explanada. Borja agitó el brazo saludando.

Belén había asegurado que Borja era un tipo con mucho poder

y dinero. Del poder sabía él lo suyo, pero del dinero..., ¡pobre Borja!, era capaz de vender su alma al diablo por medio duro...

—Podrías haberme citado en otro lugar —rezongaba Borja llegando a su lado—. No tengo ni puñetera idea de lo que quieres de mí para que me hayas llamado con tanta urgencia.

—Dile al *caddy* que te dé un palo y vamos a jugar una partida. Después, si te apetece, te invito a almorzar.

—¿En... tu casa?

—No, hombre, no. Esas cosas no son para discutirlas en una mesa familiar. Además, Mappy anda con líos de estudios y tiene exámenes. Te invito en Chiqui. Se come muy bien y estaremos tranquilos. Pero antes abriremos el apetito. —Le entregó el *caddy* la bola y el palo—. Después nos vamos en mi cochecito eléctrico hasta tu coche.

—¿Qué tienes ahora en mente, Andy?

—Me ha salido de puta pena el asunto de los crudos. Desde luego, tus informes son siempre negativos.

—Hemos tratado eso por teléfono y te aconsejé no vender. Ahora hubieras vendido a cuarenta dólares el barril y te hubieses hecho con una millonada.

—Y las reparaciones de mis barcos las pagaría con papel caucho.

—Eso ya es otro asunto. Tus necesidades las conoces tú, no yo. Mi consejo es que no vuelvas a meterte en el asunto de los crudos. Realmente, es temerario. Puede suceder que compres crudo *brent* a treinta dólares y tengas que venderlo a catorce. O que de repente lo compres a treinta y dos y lo puedas vender a cincuenta. Todo depende de cómo se presente el asunto del Golfo. Ahora mismo yo no compraría ni un barril.

—¿Has comprado alguna vez?

—¿Yo? —Dio a la pelota un gran impulso y ambos echaron a andar en su búsqueda—. No soy tan tonto ni dispongo de dinero para tales transacciones. Hice algo al principio y me salió bastante bien, pero el *broker* me falló y vendía perdiendo más tarde. No. —Negó con la cabeza en espera de que Andy diera impulso a la bola—. No soy rico, Andy. Yo dependo siempre de lo que me paguen los amigos a los cuales les paso información de primera mano.

—Para mí tu mano debe ser la izquierda.

—Mala suerte, sí. Contigo siempre tengo mala suerte. Tanto te quiero ayudar y espero tanto tiempo para darte la mejor información que la fastidio.

—Lo sé, lo sé. Dime, Borja, ¿qué me vas a pedir por la mansión? Es muy superior a lo que yo tenía en mente y cuando me lío a discutir con Soto, siempre salgo perdiendo. Él, por lo visto, no sabe qué harás con ella después... Y lógicamente, no entiende que me interese tanto. Es una mansión que parecen dos, ¿por qué?

—Andy, hemos quedado en que el asunto lo dejarías en mis manos. Lo esencial es que dispongas de dinero para que yo pueda hacer frente a los créditos que me dieron con más influencia que avales. Ya me entiendes. Estoy comprometido hasta el cuello, pero espero que tú me saques del apuro.

—De eso y del regreso de Bern deseaba hablarte, por ello te cité con premura. Dale a la pelota. Es un día espléndido para aligerar de negros nubarrones el cerebro... Primero me aconsejaste que le diera a Bern vacaciones cuando te llamó a Madrid para decirte que se iba de casa. Has contenido el trallazo y te lo agradezco. Me has proporcionado la fotografía que está frenando a Bern. Pero él aún no sabe que la tengo, es mi última baza.

—Que no vas a poder usar. Porque entonces él puede hablar con Melly y... ella a su vez enseñarle las cintas y tú eso no lo deseas de ninguna manera.

—Por eso estoy siendo blando. He tentado a la nurse mil veces con un buen puñado de millones, pero, por lo visto, ella desea ser una Urrutia.

—Con lo cual tú no estás de acuerdo.

—Yo no puedo permitir que mi amante ocasional se convierta en esposa de mi hijo.

—Estoy de acuerdo, y no te exaltes. Pero, oye, ¿es necesario que sigamos jugando al golf? Voy a sudar y tendré que darme una buena ducha antes de irme a Chiqui a almorzar. ¿Por qué no nos vamos ya?

—Es una idea excelente. Sube a mi cochecito eléctrico.

Y llamó al *caddy* para que se hiciera cargo de los carritos.

* * *

A la misma hora, Jesús estaba furioso. Había regresado antes de la oficina debido a una llamada de su mujer. Los problemas a Jesús se le hacían insostenibles. Primero, que el amor que en su día sintió por Helen era ya un soplo comparado con la hoguera de antaño. Helen cada día gastaba más y la nurse parecía dispuesta a dejarlos.

Ése era, de momento, el motivo más acuciante por el que le llamó su esposa.

—No entiendo nada de esto, Jesús. Si tenía pocos problemas, ahora se me añade otro. La chica dice que se quiere ir porque no la tratamos con el debido respeto.

—¿Qué dices?

—Lo dice ella.

—Será porque Bern llega esta noche y querrá verlo en otro lugar y lejos de nuestra casa y de la de mis padres, le será más fácil. Pero yo espero que Bern haya tenido el buen juicio de olvidarla y se integre de nuevo en su vida de la oficina y en casa de mis padres; ¿por qué no viaja más? ¿No ves a Mappy?... Cuando le apetece, sube al coche con Matías y se marcha a Madrid. Aquí cada cual hace lo que gusta, pero eso sí, con discreción, con mucho cuidado de dejar bien alto el pabellón de los Urrutia, y tú sabes, Helen, que eso no lo cumpliría Bern si pretende seguir con su asunto de la nurse.

—Pues habla tú con ella.

—¿Te ha dicho así, de pronto, que se quiere ir?

—Eso me ha insinuado.

—O sea, que aún no se ha despedido.

—Así, despedirse así, no, pero ha dicho que estará con nosotros mientras no encontremos a otra.

—Pues no la encuentres y en paz.

—No se trata de eso. Dijo que esperaría un mes. No más.

—Lo que te digo. Sabe que al fin regresa Bern... ¿Qué pretende?

—Yo no lo sé. Habla tú con ella.

—Y tú a tomar el sol.

—Jesús, nunca me has reprochado que hiciera lo que me diera la gana, siempre dentro del respeto y las buenas maneras.

—Mira, Helen —Jesús palideció un poco y su rostro de niño grande se crispó—, debido a tu constante despilfarro estoy metido en un buen lío por el puñado de acciones de Teo Urrutia, S. A. que vendí. No soy capaz de recuperarlas y además de no poseer el dinero que me ayudaría a devolverlas al lugar que les corresponde, ignoro en poder de quién están. Aquí siempre aparece una mano negra, desconocida, que se hace con el papel. Yo lo vendo por mediación de una persona amiga, y cuando le reclamo, lógicamente, me dice la verdad. No las tiene. Él hizo la negociación, pero ésta se pierde en el vacío. Que tú ejerzas de vaga me tiene sin cuidado, y me lo tiene porque cuando me casé contigo sabía muy bien quién eras y quién era yo. Una Urrutia no tiene que trabajar, que para eso lo hacen los Urrutia hombres. Pero eso es una cosa y que gastes más de la cuenta, otra.

—¿Con qué fin todo ese repertorio de reproches ahora, Jesús, cuando yo te llamo para algo más cotidiano?

—Porque cuando uno se enfada, dice todo cuanto le está dañando... Por eso mismo. —Apagó un poco el tono de su voz—. Si la nurse piensa que una vez fuera de esta familia mi padre va a consentir que su hijo se case con ella, se equivoca la señorita. Mi padre jamás estará de acuerdo con que un hijo suyo se salga del tiesto para casarse. O se casa con una persona de su nivel o habrá una guerra desatada, y si te digo la verdad, yo que Bern no entraría en tal guerra por una mujer.

—Cuando tú y yo decidimos casarnos, tu padre en principio se opuso.

—No compares. —Jesús se impacientó—. Tú eras de mi misma

clase, estabas dentro del núcleo de mi vida social. Que tu padre te diera un dinero que gastamos entre los dos ya es diferente, pero que más adelante heredarás un fortunón también es obvio para mi padre. Aquí de lo que se trataba es de que ambos éramos demasiado jóvenes. Sólo eso ocasionó la guerra con papá.

—Pues ahora ve a hablar con la institutriz. Yo ya le he puntualizado todo el asunto y le ofrecí más sueldo y más horas libres. Pero su postura es inamovible y cuando dice esto, es esto, por mucho que una se fatigue. Y lo de las nurses francesas o inglesas anda muy mal, y más si pretendes contratarlas como internas. Los niños son demasiado pequeños y dan mucha guerra.

—Y tú no estás dispuesta a cargar con ellos.

—Jesús, yo no soy una nurse.

—Está bien, está bien. Pero me sigo preguntando por qué si tan enamorado está Bern, no se decide de una puñetera vez. Es soltero, libre, rico; ¿qué más le da que su padre le prohíba volver a su casa? Otros se han ido de la casa de sus padres para ser felices con una mujer que no gustaba a la familia y nunca les pesó. El silencio de Bern ante a su sumisión no lo comprendo. Pero tampoco comprendo su rebeldía y esa manía de llamar a Borja, sabiendo que él y mi padre son carne y uña, y éste siempre termina de parte de papá, al margen de nuestros problemas.

—¿Por eso tú no recurres a él?

—Por eso mismo. Lo hice en un principio, pero ahora prefiero entenderme con el hostelero, que a fin de cuentas es el que tiene dinero. Borja tendrá mucha influencia política, pero es un don nadie en lo que se refiere a un préstamo, por ejemplo.

—Mira, Jesús, yo tampoco quiero ser una carga para ti, y menos aún que tú estés luchando por un dinero que necesitas para recuperar las acciones que vendiste. Voy a ir a París y le pediré a mi padre una cantidad adelantada de mi patrimonio. El que un día me corresponderá. Papá piensa que no necesito dinero y se despreocupa. Pero si sabe que lo necesito, no dudará en sacarnos de apuros. Lo que no soporto es que tengas un encontronazo con tu padre, y si se entera de que has vendido acciones de su compañía te hunde. Es capaz de cualquier barbaridad.

—No es mala idea eso de que le pidas algún dinero a tu padre. A fin de cuentas, el día de mañana será tuyo. —Jesús respiró—. Pero será mejor que lo hagas rápido. He de recuperar las acciones antes de una semana y para eso tengo una entrevista con Ted.

—Que fue el intermediario.

—Él fue, al menos, quien me las compró, pero como tampoco es tan poderoso se deshizo de ellas, quedó en adquirirlas de nuevo suponiendo que al fin dé con la persona que las compró.

—Mañana mismo salgo para París, pero ahora ve a ver a Melly y trata de convencerla. No me puedo quedarme en esta mansión sin una persona que se ocupe de mis dos hijos.

De mala gana, pero como siempre haciendo lo que su mujer le pedía, Jesús se dirigió a la sala de juegos de sus hijos.

Allí estaba la nurse, Jesús nunca se había fijado demasiado en ella. Era un Urrutia, pero sin apetencia sexual excesiva porque la que tenía la desahogaba con su mujer y nunca se le ocurrió buscar a una amante.

No obstante, aquel día entendió por qué su hermano Bern amaba a la nurse. Era muy linda y joven. ¿Cuántos años tendría? No se le podía calcular fácilmente, aunque sí sabía que dos o tres años más que Bern, según comentaban en casa.

—Señorita Melly —Jesús siempre era muy respetuoso con el servicio—, parece que nos quiere dejar, según me cuenta mi esposa.

La nurse no tenía un interés especial en casarse con Bern Urrutia, pero sí que lo tenía en vengarse de Andrés Urrutia, que la utilizó y poseyó sin preguntarle si le gustaba o no, y además jamás tuvo con el maduro Andy un solo orgasmo y la dejó peor que si no la tocara.

Por otra parte, y pese al arma que ella conservaba en su poder en contra del rico Urrutia, ignoraba aún por qué Bern no había vuelto a pedirle que se casaran, lo cual le hacía suponer no que Urrutia padre le hubiera hablado de sus relaciones, sino que algo o alguien había metido cizaña y convencido a Bern para que desistiera... Pues ella no había desistido y tenía en mente que lejos de la familia Urrutia podría ver a Bern con libertad y saber al fin por qué Bern Urrutia había dado marcha atrás de pronto sin ofrecer una sola explicación.

—Le ruego —comentó Jesús, amable como siempre y muy caballeroso (para Melly era el mejor de todos los Urrutia)— que espere a que hallemos una persona idónea. Usted misma quizá nos pueda ayudar recomendando a alguna amiga. Mi esposa y yo, como sabe, viajamos mucho y sólo confiamos nuestros hijos a sus cuidados. No nos fiamos de nadie más.

—Deseo ser libre y trabajar en otra cosa. Conozco tres idiomas y me será fácil encontrar en Santander donde poder desarrollar esos conocimientos, pero ya le he dicho a la señora que me iré tan pronto encuentren a otra persona, y si puedo encontrarla yo, no dudaré en recomendarla siempre que merezca mi confianza.

—Gracias, señorita Melly.

* * *

Fumaban sendos habanos ante un café y una copa después de una comida en un reservado del restaurante Chiqui, ubicado en la calle García Lorca, y estaban ambos hablando de irse al club de golf de Pedreña, situado a veinticuatro kilómetros de Santander, pues por lo visto había mucho de lo que hablar y el lugar no les parecía el más apropiado. Así que pagó Andrés y, sin dejar de fumar el aromático habano, los dos subieron al Mercedes de Andrés Urrutia y, con éste al volante, se lanzaron hacia Pedreña.

—Si algo detesto cuando necesito hablar de asuntos personales —iba diciendo Andrés— es que conduzca mi automóvil un chófer, y eso que en Matías tengo yo toda mi confianza, pero ése está plenamente dedicado a mi hija Mappy. —Suspiró—. Tú no sabes, Borja, los sueños y las ilusiones que tengo yo puestos en mi hija pequeña. La dejo estudiar y va todas las mañanas a la universidad con

Matías y Doro, su guardaespaldas, pero confío en que haya salido a mí, y se comprometa con Otto Malvives. Ésa es la razón de que le permita ir todos los fines de semana a Madrid. A fin de cuentas, no se puede atar a los hijos en la época que corremos. Protegerlos sí, pero atarlos es un mal método.

—Por supuesto.

—Esa mansión es, ni más ni menos, la idónea para mi hija Mappy.

—Pero... —Borja no titubeaba y sus facciones parecían talladas en piedra, pero eso no sorprendió a Andy, puesto que no conocía a persona más seca y escueta que su especial amigo Borja—. ¿Está comprometida?

—Las jóvenes hoy no se comprometen. Un día llegan y te dicen que se casan, y a toda prisa dispones la boda. Pero es que Mappy es muy particular. Cada vez que le hablo del asunto me responde lo mismo: mientras no termine la carrera de derecho no piensa formalizar nada.

—Pues según comentaste en otra ocasión, le faltan casi cuatro años.

—Termina el segundo dentro de unas semanas. Me ha pedido permiso para irse quince días con Matías y Doro a una playa de moda. Me lo estoy pensando.

—Santander es una playa de moda.

—Oh, sí, claro. Pero siempre hay otros lugares más concurridos y más desmadrados y más modernos. Hay cosas que no puedes negar nunca, Borja. Tratándose de una hija que adoras y que pretendes que sea adulta. Yo creo que Mappy es una chica sensible, ingenua. Lastimar a Mappy es ofenderme gravemente. Yo creo que no le voy a negar el permiso para salir quince días a donde quiera. Pero dejemos eso a un lado. Necesito puntualizar contigo muchas cosas.

El coche tragaba kilómetros y Borja calculó que diez minutos después entrarían en el Real Club de Pedreña, del cual no era socio, pero sí Andrés Urrutia y, por supuesto, cualquiera que le acompañase tenía vía libre.

—Mira, Borja, yo estoy en apuros. No graves, naturalmente,

pero apuros a fin de cuentas. Cuando uno dispone de un patrimonio tan abundante, los problemas económicos son siempre menores. Pero yo necesito salir de ellos sin que una mota de polvo salpique mis ropas. No sé si me entiendes.

—Creo que te entiendo.

—Bueno, pues si en muchas ocasiones me echaste una mano, ahora necesito las dos y alguna más que encuentres por ahí con poder. A ver, me ayudaste con lo de Bern... Primero conseguiste una fotografía comprometedora que Bern por nada del mundo usaría. La nurse tiene unas cintas y no veo forma de recuperarlas. Estoy, como el que dice, atado de pies y manos. ¿Cómo voy a detener a Bern mostrándole una fotografía que él posee y que le retiene? Si hago eso, me expongo a que la francesita le ponga en funcionamiento las cintas, y sería de muy mal gusto y un drama familiar que eso ocurriera.

—Es que sólo a ti se te ocurre aprovecharte de la institutriz de tus nietos.

—Oye, ¿y qué culpa tengo yo si le toco las posaderas y ella se regocija?

—¿Y fue así?

—¡Yo qué sé! Fue que vi que era blanda, y que me aceptaba sin más. Y mira, chico, de carne vieja ya estoy harto. Isa es muy buena, pero es sosa en la cama. Ella hace lo que puede, pero es que no puede casi nada. No es original, no es imaginativa, no es puta. ¿Entiendes? Lo tradicional, y si le propongo alguna monería erótica... se me encrespa. ¿Vas comprendiendo? La religión, los prejuicios, las buenas maneras... Todo te lo saca a relucir, y que si esto es pecado y aquello también. Uno se harta. Además yo soy como mi difunto padre, tengo que cambiar de mujer. Una sola no basta. —No se daba cuenta o no entendía o consideraba que para Borja, Andy estaba hablando de su madre, pero ni eso crispó el pétreo rostro de Borja—. Yo no tengo la culpa de haber nacido y crecido como un semental... Pero a lo que iba, ¿qué te estaba diciendo?

—Que tenías apuros.

—Ahora voy a aparcar. Nos metemos en el edificio y nos vamos a tomar un Napoleón al salón. Hay esquinas en las cuales te puedes sentar ante una mesa y hablar de lo que te apetezca sin que nadie te interrumpa.

Había logrado meter el Mercedes azul marino en una esquina; cada uno de ellos descendió por su lado, para encontrarse delante del vehículo y ascender hacia el interior de los salones del club.

—Sé de un sitio —decía Andy asiendo del brazo a su joven amigo— que es discretísimo y nadie nos fastidiará. —Cruzó ya saludando aquí y allí. También Borja tuvo ocasión de saludar a dos amigos, pero sin detenerse—. Por aquí, Borja. No sabía que conocieras a Muntaner y a Palomar.

—Son socios del periódico, ¿o es que te has olvidado?

—Claro que no.

Andy nunca se olvidaba de nada, y entendía que entre él y Borja, la elección para los dos socios del periódico sería obvia. O debería serlo.

Borja en cambio pensaba que aquellos dos testaferros, que vivían como potentados en el club del cual él no era socio porque no tenía intención de marcarse, no poseían de capital más que la pantalla y lo que manejaban era con su autorización. Por tanto, si Andy pensaba convencerlos para que le vendieran sus acciones, sería lo mismo que pretender conservar la virginidad de su hija Mappy.

* * *

Entretanto, ese día que parecía dado a acontecimientos inesperados, Ted estaba en su oficina oyendo las lamentaciones de Jesús Urrutia.

—Las tienes que localizar, Ted. Yo te las vendí a ti.

—Tú a mí me buscaste de intermediario, Jesús. No me vengas ahora sacando los pies del tiesto. No sería justo. Te hice un favor en el momento oportuno y ahora quieres que de buenas a primeras encuentre a la persona que generosamente pagó tus acciones.

—Es que dispongo o dispondré la semana próxima del dinero para retomarlas. En eso quedamos, Ted. Yo te vendí a cambio de un dinero.

—Mucho dinero, Jesús. No me vengas ahora diciendo que fueron dos duros. Fueron cuarenta milloncejos ni más ni menos. Y otros cuarenta que te compré últimamente. A mil pesetas la acción...

—No me hagas sudar. Voy a tener a mi disposición los ochenta millones la semana próxima y necesito que me localices el papel. Sin más, ¿oyes? Tú has sido intermediario.

Ted cruzó los brazos sobre la mesa.

—Mira una cosa, y que se te meta en la puñetera cabeza —dijo de muy mal talante—: yo soy un hostelero. Vivo de eso y de alguna chapuza. Cobro comisiones porque sería de tontos no hacerlo. Pero saco de apuros a los amigos en el momento oportuno. Sin embargo, no soy rico. No me puedo dar el gustazo de disponer de semejante cantidad. ¿Qué debo hacer entonces? Buscar a la persona idónea.

—Pero tú y yo quedamos en que me lo revenderías cuando pasara mi apuro económico.

—Y es cierto, pero también te advertí que podía ocurrir lo que realmente está ocurriendo. No encuentro al comprador. Le perdí la pista durante un tiempo y el otro día, que por fin di con él, resulta que me sale diciendo que se vio en apuros económicos y vendió el papel. No hay nadie que desdeñe las acciones de Teo Urrutia, S. A. A fin de cuentas, será muy fácil para ti que yo te dé el nombre y te persones ante él, le pagues lo que te pida, y el asunto quedará concluido.

—Que será el doble.

—Mira, Jesús, mira y métete bien eso en la cabeza. Tú eres libre para vender tus acciones.

—¿Qué dices? Soy libre, pero mi padre no me lo consentiría ni loco.

—De acuerdo. Tu padre siempre será el mayoritario, de modo que seguro que esas acciones en poder de otra persona no tendrán un gran significado. Tu padre siempre podrá hacerse con ellas.

—Desembolsando una fortuna.

—Jesús, Jesús. Que de eso yo no soy responsable. Me buscaste en un momento de apuro y me encontraste, pero yo te advertí que no poseía esas cantidades y que lo único que podía hacer era negociarlas. ¿Fue o no fue así?

Jesús cayó aplastado en un sillón sintiendo que el sudor empapaba su pelo.

—Oye, Ted. Oye, todo eso es verdad, pero tú quedaste en localizarlas en el momento en que yo pudiera recuperarlas.

—¿Y lo de tu hermano también?

—Yo no tengo ni idea de lo que hizo Bern.

—Pues como tú, sólo que ése bastante más. Os gusta jugar, os encanta comprar cosas a vuestras esposas o amantes o lo que sean. Buscáis el dinero como locos. Lo encontráis y luego lo lamentáis. Oye, que yo soy un vulgar intermediario y todo lo que hago lo hago por amistad con vosotros. Tampoco entiendo ese terror a vuestro padre. Él es multimillonario, ¿no? Pues que os suministre lo que necesitáis y si no lo hace, peor para él porque sois mayorcitos, tenéis necesidades perentorias y, además, os enseñaron a vivir a lo grande y nadie os puso reparos jamás. Las cosas, Jesús, cambian y la historia da mil vueltas. Unas veces parece muy larga y otras muy tortuosa, pero casi siempre es interminable y lo que sucede entretanto dentro de esa historia nadie lo puede predecir. Las cosas hoy son mucho más caras. Las sociedades no se sostienen así como así. De modo que yo te voy a poner en contacto con la persona, si es que al fin doy con ella, y después tú verás cómo le convences y si te pide el doble, mira tú por dónde las acciones de Teo Urrutia, S. A., subirán como la espuma.

—Eso es una tontería, Ted. No subirán más que para mí puesto que jamás han salido en Bolsa. Es una sociedad familiar y nosotros, tanto Bern como yo, la estamos erosionando.

—Hay que ser coherentes, ¿eh? Ante todo eso. Yo te hice el favor de buscar al intermediario. No vaya a ser ahora que me hagas responsable de lo que tú mismo me has pedido.

—Si esa persona que te ha comprado se las ofrece a mi padre, soy hombre muerto —dijo Jesús estremeciéndose de pánico—. Se descubrirá todo el pastel y el drama familiar será de imprevisibles proporciones.

—Está bien. Vete a tu oficina y, si puedo, busco a la persona, te la pongo delante y tratas con ella. ¿Qué me dices?

—Debes procurarlo antes de mañana.

—Está bien, está bien.

Jesús se fue convertido en un pobre jorobado y Ted, nada más quedarse solo, usó el busca. Lo pulsó y al momento estuvo más tranquilo.

* * *

—¿Qué ruido es ése? —preguntó Andrés tomando asiento y mirando en torno a él—. ¿No es un busca?

—El mío. Oye, perdona un segundo. Debo hacer una llamada telefónica.

—No tardes. ¿Cómo diablos saben dónde estás?

—Y por qué han de saberlo. El busca suena y suena dondequiera que me encuentre. Tengo que llamar a la redacción. Perdóname un segundo.

Dicho lo cual, Borja salió disparado y se metió en la primera cabina que halló.

La conversación fue breve.

—¿Qué hago?

—No lo has encontrado.

—Es que se dispone a recomprar...

—Ted, hemos quedado en que tú eres un intermediario, ¿por qué has de saber quién las tiene?

—Se va a descubrir todo el pastel.

—Para eso tengo soluciones.

—¿Cuáles?

—¿Y cuándo digo yo las soluciones que tengo si no necesito testaferros que me ayuden?

—O sea, que yo no encuentro a la persona.

—No.

—¿Seguro?

—Ted, ¿con qué palabras tengo que decírtelo?

—Está desesperado.

Borja pensó que seguramente su padre, el aguerrido marino, estuvo muchas veces desesperado sabiendo a su mujer embarazada durante su ausencia de más de nueve meses.

Por tanto su réplica fue tajante.

—Otro lo estaría antes. No uses el busca en todo el día de hoy. Casi me comprometes. Menos mal que no has dado nombres. Y recuerda para el futuro que no debes pronunciar tu nombre en ningún momento, en ningún sentido y bajo ningún concepto.

—Pero ¿dónde estás ahora?

—En Pedreña, y pienso estar a las siete de la tarde en mi apartamento de Pérez Galdós. Y es posible que mañana me llegue hasta Laredo.

—¿Te veré antes de regresar a Madrid?

—Pasaré por tu oficina mañana por la mañana.

—¿Por el periódico?

—Tú ni aparecer por allí. Me he cruzado aquí con Muntaner y Palomar. Por lo visto, viven como Dios a costa de un capital que no tienen.

—Pero ¿son tus hombres?

—Eso los salva de un juicio feroz.

—¿Sabes que anda tras ellos tu amiguete Andrés Urrutia? Eso te indica a quién tienes por amigo...

—Ted, no te olvides de una cosa que sabes desde el principio y mucho antes de que yo fuera yo, y urdiera toda esta patraña financiera. Soy tan amigo de Andy como lo es él mío. De modo que nos pagamos con la misma moneda, con la diferencia de que yo le estoy comiendo el terreno y él no me come el mío porque no le doy ocasión para dar una sola dentellada. Todos los demás comentarios sobran, ¿queda claro?

—A mí no necesitas advertirme. Es evidente que todo el equipo que te rodea te es fiel y a nadie se le ocurre hacerte una jugarreta. Pero para eso hay que ser tan poderoso como tú.

—Y a ti no te va nada mal con mi poder.

—Por supuesto que no. De modo que el asunto de los hijos Urrutia...

—Déjalo de mi cuenta.

—En ti queda.

Colgó el teléfono Borja y se dirigió serenamente hacia el salón privado donde le esperaba Andy con un habano en la boca, repantigado en un butacón y con un Napoleón delante.

Borja, con su traje de alpaca color beige, un poco holgado, sus zapatos negros y su aire distraído y perezoso, como si todo en la vida le importara un rábano, caminaba con una mano en el bolsillo del pantalón arremangando un poco la americana y la otra caída a lo largo del cuerpo.

No era ningún Adonis. Era un tipo más bien rudo, no demasiado alto, viril y de duras facciones que rara vez se relajaban con una sonrisa. Muy distinto por supuesto del hombre tierno, amante, apasionado y sensual que conocía Mappy.

Pero es que él a Mappy la conocía tanto como ella a él. Es decir, que ella conocía de él sus emociones, su humanidad, aunque ignoraba que otra personalidad opuesta funcionaba en Borja como una máscara inquebrantable.

Con su camisa de fondo blanco y listas finísimas de un tono avellana tenue, con un pañuelo asomando, tenía todo el aspecto del perezoso que nunca se atosiga por nada. Un dandi en el vestir y con unos modales adustos, pero acusados, del hombre flemático que no duda en sus apreciaciones o conceptos.

Y ambicioso. Eso lo sabía muy bien Andrés. Borja Morán era el tipo más ambicioso que él había conocido y consideraba que con él los negocios de orden mercantil, a veces no demasiado morales, se podían realizar sin ningún escrúpulo.

—Ya estoy de vuelta —dijo tomando asiento sin prisa alguna y encendiendo el habano que le ofrecía Andrés—. Asuntos de un rotativo. Nada de importancia. Me pregunto cómo se las apañan cuando no estoy yo.

—Estamos los demás.

—Ciertamente. Pero no creo que tú entiendas gran cosa de prensa.

—¿Te interesa mucho conservar esas acciones, Borja?

—Hombre, son de Pol. Lo que yo no puedo es despojar a Pol de su casa, de su periódico y encima venderlo todo. No es mi estilo. Al menos con mi hermano no.

—Pol tiene más que suficiente con Salomé y su lecho.

Borja arrugó el ceño.

—¿Has tentado también a Salomé, Andrés?

—Oye..., yo...

—Que nos conocemos.

—Pol debe de ser muy habilidoso.

—No lo sé. Pero es evidente que hace feliz a su mujer y si el lecho le basta, ya es mucho. Ya lo ves tú mismo. Tu lecho es una sosería.

—Hum. ¿De qué hablábamos?

—Yo de nada. Me citaste tú.

—Vamos a ver si enumero, si ordeno las cosas que tengo en mente y que me inquietan... ¿Tú qué influencia tienes con Marítima, S. A.? Es una multinacional naviera que tomó mis rutas en ausencia de mis barcos, firmó los contratos temporales para suplirme y ahora parece que dichos contratos se renuevan.

—No tengo ascendiente alguno con la compañía Marítima, S. A. Pero has de tener muy presente que sus barcos son nuevecitos, sofisticados, con todo tipo de comodidades, y si han tomado la ruta, la de tus barcos, se entiende, es difícil que puedas conseguir de nuevo esos contratos. Sin embargo, supongo que te darían otra ruta.

—Pero nada rentable.

—¿Nada o poco? Porque el matiz es para tenerlo en cuenta.

—Poco.

—Veré si puedo ayudarte a que retomes los contratos. Lo dudo, pero por intentarlo... ¿Qué más cosas?

—El crédito. Me pide avales de mi compañía.

—Lógico.

—¿Cómo que lógico? Mi compañía es intocable. Yo siempre he conseguido los avales sin ayuda de nadie. Personales y sin poner papel como aval.

—¿Y tú qué quieres que haga yo?

—Tú vas camino de ser diputado. Tienes amigos dentro de la Administración y sabemos todos cómo funciona eso. De modo que necesito el crédito.

—Y yo, mira tú. ¿Con qué crees que estoy levantando tu mansión? Con créditos, y estoy esperando llegar a un acuerdo contigo para liquidarlos.

—¿Cuánto vas a pedir por la mansión?

—Mucho, pero nunca más de lo que ha valido. He engañado a mi hermano por primera vez por ti, pero si no me abonas lo que me debes, que son la mansión y los terrenos..., no tendré más remedio que devolverle a Pol su vivienda.

Andrés se crispó hasta el punto de hacer ademán de levantarse. Pero Borja le contuvo.

—Te voy a dar dos meses para pagarlo, Andrés. Eso sí, con muebles y todo. Estoy negociando con los decoradores para que lo monten todo. Si no lo compras tú, me veré en la necesidad de ofrecerla al mejor postor.

—Un momento, un momento..., tú y yo quedamos...

—En lo que quedamos, pero el que está empeñado soy yo y el que se quiere hacer con la mansión eres tú. Si no dispones de liquidez para pagarme... algo tendré que hacer. Tú sabes que yo de escrúpulos no estoy muy sobrado, pero de necesidad de dinero sí. La opción es clara. La obviedad sobra.

—Pero vamos a ver, Borja, vamos a ver. Si yo estoy negociando un crédito para la reparación de mis buques, ¿cómo voy a pedir otro para comprarte la mansión? Ponte en mi lugar.

—Si ya estoy puesto hace mucho tiempo.

—¿Y...?

—Pues eso. Son más o menos mil millones. Y no me digas que es caro porque están incluidos los terrenos y para conseguirlos tuve que sobornar a medio mundo y sobre todo a varios componentes de la multinacional. De modo que...

Andrés se pasó las dos manos por el pelo, que se le iba empapando de sudor.

—Oye..., tú me quieres arruinar.

—Yo negocio contigo todo lo que haya que negociar. ¿Por qué demonios no vendes parte de tu sociedad?

—¿La de Teo Urrutia, S. A.?

—¿Y qué?

—¿Cómo que qué? ¿Tú sabes lo que dices? Ha sido algo familiar toda su existencia, de generación en generación.

—Pues te veo mal, Andy. Muy mal. Porque las sociedades familiares a estas alturas son papel mojado. —Miró el reloj—. Tengo que irme. Si me llevas en tu coche bien y si no, me voy en taxi. Pero tengo una cita importante y no pienso faltar por nada del mundo. Medita sobre lo que te he dicho. Por supuesto que intentaré que la Administración te devuelva los contratos de los fletes, pero repito que lo veo difícil porque los barcos que hacen la ruta de Barcelona a Mallorca y todo el Mediterráneo hasta Montecarlo son demasiado lujosos, nuevecitos, recién salidos de los astilleros, y ahora, amigo mío, las personas que viajan lo hacen a lo grande y prefieren pagar trescientas mil al día y tenerlo todo dentro del palacio flotante que pagar la mitad y hacerlo en viejos cascotes. Pero de esto hablaremos otro día. Ya te digo que ahora tengo una cita...

Andrés aún no había salido de su asombro cuando Borja ya se marchó disparado como si la prisa moviera sus pies a velocidad de vértigo. Ni tiempo tuvo para reaccionar.

* * *

Llegó un poco más tarde de lo previsto y entró en el apartamento de Pérez Galdós sabiendo ya que Mappy le esperaba. En el ascensor olió su colonia de baño. Mappy se delataba siempre, por eso él le tenía prohibido usarla cuando iba a Madrid. E iba todos los fines de semana.

—¡Mappy! —llamó a gritos.

Mappy apareció en pantaloncitos cortos, los muslos al descubierto y un blusón holgado y atado a la altura del vientre cubriendo su turgente busto. Llevaba los lacios cabellos rubios recogidos en lo alto de la cabeza, cayéndole hacia un lado como si fuera un penacho. Sus facciones delicadas y los preciosos ojos formaban un conjunto exquisitamente femenino. Era una joven ardiente. Él la había adiestrado para serlo, para demostrarlo y para disipar tabúes que en nada contribuían a la felicidad de la pareja. Por supuesto, Mappy jamás sería la mujer sosa que era su madre, pero eso no iba a saberlo Andrés en bastante tiempo, a menos que se viera en la obligación por la indiscreción de alguien de hacer que aflorara la verdad, o parte de la verdad. De momento sabía que le sería muy difícil a Mappy pasar sin él, elegir entre su padre y las patrañas que lo envolvían todo. Si había que elegir, o mucho se equivocaba o tenía el terreno bien abonado para que las dudas en la elección de Mappy no tuvieran lugar.

La pasión entre ambos, pese al tiempo transcurrido, no había menguado ni por asomo. Borja sabía, porque se conocía demasiado bien, que podía ser un perro para el resto del mundo y un vil enemigo para Andrés, pero una cosa se salvaba de todo aquel estercolero: el amor de Mappy. Pero conociéndose, y él no escapaba a su propio conocimiento, sabía que no cedería un ápice, ni por el amor de Mappy. Su odio era tal que tenía en mente conservar el amor de Mappy sin que por ello desistiera de cuanto en su vida había fraguado para hundir a Andrés. Que ya sabía que no le hundiría, pero Andrés lo iba a pasar muy mal y bastante peor de lo que lo estaba pasando ya, podría adivinarlo un ciego. En ese empeño, jamás cedería un palmo.

Tenía una forma muy especial de asir a Mappy contra sí. No lo fingía. Nada de cuanto él hiciera con Mappy era fingido. Jamás, en toda su vida de hombre, deseó él a una mujer como deseaba a Mappy porque en ella hallaba no sólo el placer físico, sino la creatividad más absoluta.

—Has tardado un poco —murmuró ella bajo sus labios—. Tú sabes con qué ansiedad te espero.

—Claro que lo sé, cariño. Pero si te digo de dónde vengo, te asombrarás.

—De ver a mi padre.

—Ni más ni menos. ¿Cómo lo has adivinado?

—No es adivinación. —Ella reía juguetona pasándole los dos brazos por la cintura y caminando con él, pegada a su cuerpo, hacia el saloncito íntimo—. Mamá ha dicho esta mañana que papá tenía una cita contigo en el campo de golf. Entonces os he vigilado y he visto cómo viajabais en el cochecito eléctrico de papá y os ibais en su Mercedes.

—Nada menos que a Pedreña, por eso he tenido que desandar después de almorzar los veinticuatro kilómetros que me separaban de esta zona.

—¿Qué asuntos tiene papá contigo, Borja?

—¿Te importan?

—Me importa el final de todo.

—La mansión.

—Mamá dice que es para mí... y tú aseguras que será nuestro hogar. En casa todos creen que voy a Madrid para estar con ese supuesto novio oficial a quien ni siquiera veo, y menos mal que sigue en el máster según tengo entendido, es lo que le separa por un tiempo de Santander. Pero me pregunto qué haré si regresa este verano.

—Si regresa sales con él, le mantienes como amigo y que el tiempo vaya transcurriendo porque lo que no va a ocurrir es que tú y yo dejemos de vernos. Porque ni puedes tú ni puedo yo, ni quieres tú ni quiero yo.

—¿Qué haces?

—¿No lo deseas?

—¿Ya?

—Te voy a preparar..., ven.

Y le quitó la blusa.

—Si algo me vuelve loco es andar en pelotas por la casa. Y eso lo sabes. De modo que déjame ser erótico y que te vea como Dios te trajo al mundo y que tú me veas a mí...

—Borja...

—Ya te está temblando la voz.

—Es que tú... me incitas. Me... me...

Borja la atrajo hacia sí y cayeron los dos sobre el canapé. No muy lejos se veía la ropa de Borja y los pantaloncitos cortos blancos de Mappy. Y una Mappy ardiente y erótica cabalgando sobre un hombre encendido y habilidoso, intimista, cálido, diciendo cosas que ella ya conocía, pero que nunca se cansaba de oír...

Fue después, casi a las diez, cuando Mappy miró la hora; se hallaba aún en el canapé, acomodada en el brazo de Borja, y apretada en su costado, con sus piernas desnudas cabalgando sobre las masculinas.

—Tengo que irme, cariño.

—Enseguida, pero ¿qué tenías que decirme? Ah, sí..., tu padre no me puede pagar la mansión.

—¿Y qué harás?

—¿Te importa mucho lo que haga, Mappy?

—No lo sé. Según lo que sea.

—Querría saber algo: cuando yo no pueda más y llegue la hora de la verdad, ¿a quién elegirás tú? Tu padre no sé si llegará a odiarme, pero ten por seguro que jamás dará su consentimiento para que tú y yo nos casemos.

—Eso va a ser muy duro.

—En ti está...

—¿Está qué?

—La elección... —La retenía dulcemente contra sí—. Siempre

llega un día en que hay que elegir. Para bien o para mal, hay que elegir. Tu padre nunca estará de acuerdo en tu boda conmigo. Yo soy su amigo, pero me utiliza sólo para aquello que le conviene. Desde que fui un adolescente me utilizó. Tu padre es un buen empresario, sabe de finanzas una barbaridad. Pero los tiempos no son iguales. Han cambiado tanto, tanto, que no se parecen en nada. Una empresa familiar se sostenía estupendamente hace unos doce o quince años. Hoy no es posible sostenerla sin socios muy poderosos. Y tu padre no acaba de entenderlo.

—¿Pretendes ser tú ese socio, Borja?

—¿Y por qué no?

Mappy dio un pequeño brinco y se incorporó un poco mirando a Borja con expresión espantada.

—¿Es lo que pretendes? —preguntó.

—No exactamente. Pero tus dos hermanos por desgracia no son unos lumbreras. Ellos son empleados de tu padre. Trabajan en la naviera, van todos los días a las oficinas del puerto. ¿Y qué? Trabajan. ¿Y resuelven algo? Nada. Cobran un sueldo fabuloso y están habituados a tener demasiadas cosas. Si se les antoja un Porsche de diecinueve millones, se lo compran. Si se meten en los casinos a jugar, entran con dos millones y salen empeñados en tres. No son, digamos, los pilares que tu padre necesita para sostener su entramado comercial y empresarial. Sus barcos se han quedado viejos, los mete en los astilleros para hacer reparaciones, no invierte en unos nuevos. Y como es lógico, las grandes compañías aprovechan esos fallos e introducen en las rutas los suyos, que son nuevos, mejores y sofisticados... La gente que viaja hoy, la que puede pagarse un pasaje de esa naturaleza, prefiere pagar más y vivir mejor, no sé si tú entiendes eso, Mappy.

—No demasiado, pero algún día lo entenderé, porque no pienso ser una inútil como mis hermanos y terminaré la carrera y querré trabajar en la naviera.

—Pero cuando eso ocurra, mi querida niña, me temo que a tu padre le quedará el nombre Urrutia y una cuenta corriente muy abultada, porque arruinado no estará. Quiero decir que su vida empresarial está a punto de terminar con la década y se apresurará a retirar el capital que precise para vivir, conservará su dinero, pero habrá perdido el poder y la misma empresa.

—Papá no piensa eso.

—Pero suponte que ocurra.

—Borja, ¿tú tienes dinero?

—Yo tengo una revista cutre, que cuenta las miserias más perversas y lacrimógenas y emboba al vulgo. Y el mundo es de lo más vulgar. Después tengo otras publicaciones dignas, pero que dan menos dinero. De todos modos, no dispongo de un capital como para compararme a tu padre.

Mappy empezó a vestirse con infinita pereza mientras Borja la miraba con inmensa ternura.

—A veces —decía la joven con una vocecilla algo temblorosa— te conozco como si fueras yo. O creo conocerte. Otras, no sé en qué instantes, tal vez cuando ya no estoy en tus brazos, te veo distinto. Como si te tratara por primera vez y me fueras totalmente desconocido.

—¿Y por eso no me quieres en todos los momentos?

—Yo te quiero en todos los momentos, seas como seas, pero... me pregunto si eres tan amigo de papá como pareces.

—¿Y te has preguntado si tu padre es tan amigo mío como él dice?

Mappy hizo un gesto vago.

—Nunca entenderé bien vuestra amistad. Es muy particular. Yo conozco esa historia que ha rodeado siempre a mi familia y no me gusta. ¡No me gusta nada! No tengo ningún respeto por mi difunto abuelo. Cuando oí la lectura del testamento me horroricé. ¿Se pueden decir esas cosas públicamente? ¿Qué respeto nos tenemos unos a otros? ¿Qué tipo de hombre era mi abuelo que avasallaba así? Tú mismo, cuando hablas de los míos, no pareces recordar que tu madre fue mancillada por mi abuelo en ausencia de tu padre.

Borja de forma inesperada se tiró del canapé y se puso a toda prisa los pantalones. Era demasiado tarde y se imaginaba a Matías en la cafetería de abajo nervioso. Él se sentía aún más oyendo a Mappy, porque era la primera vez que aquel asunto salía a colación.

—Mañana —dijo apresurado, ayudándola a abrocharse el blusón que le anudó a la altura del vientre por las puntas— nos veremos aquí a las siete. No me voy a Madrid. Esta semana me quedo. Debo vigilar a los decoradores que están ultimando el asunto de la mansión —y pasándole los dedos por el pelo con la cola deshecha añadió—: Mappy, hay cosas que una chica como tú no debe pensar. No merece la pena que las pienses. Son historias pasadas, cosas que no van a volver. Yo he de arreglar los asuntos financieros de tu padre y si no me paga lo que he gastado en la mansión y que aún debo a los bancos, pueden suceder dos cosas: que yo lo venda todo para quedarme con la mansión para ti e hipotecar mi vida para el resto de mi existencia, o puede que los bancos se queden con ella e irrumpan como es lógico en la intimidad de tu familia; no creo que a tu padre le agrade que otras personas ocupen la mansión que él me encargó hacer para ti. Pero mañana hablaremos y, por supuesto, no de tu padre y sus negocios, lo nuestro está muy por encima de esas minucias, que si bien para él no lo son, para ti y para mí no tienen importancia alguna porque nuestro amor se sobrepone a todo.

La besaba en la boca, la llevaba pegada a su costado y le acariciaba el pelo con una infinita ternura al tiempo que la iba conduciendo hacia la puerta.

* * *

Paco Santana se hallaba en el despacho de Ted escuchando la voz metalizada, fría y cortante de Borja Morán. Ted hacía lo propio sentado en una esquina del despacho. Fumaba y a veces el cigarrillo le quemaba los dedos, distraído de ese hábito y atento con todos los sentidos a cuanto Borja les decía a ambos.

—Voy a puntualizar de nuevo este asunto —repetía Borja con insistencia—. Os habéis embarcado conmigo en todo esto. Ganáis unas cantidades más que respetables por todo ello y pago muy cara vuestra lealtad. Sé que no habéis fallado ninguno de vosotros. Moted, S. A. es la sociedad de paja que funciona de maravilla en este asunto. Morrel, S. A. es la multinacional que no ha dejado jamás de funcionar legalmente y lo hace con entera libertad. Marítima, S. A., es la más rentable. Pero ha costado miles de millones ponerla en marcha. Ha tomado las rutas de los barcos de Urrutia y, por supuesto, no las va a dejar. Tengo influencia más que suficiente para que todo marche sobre ruedas. Me ha costado años y sudores, y de un mediocre semanario fue saliendo todo... —No mencionó su especulación con el crudo aunque eso lo sabía Ted perfectamente, si bien no tanto Paco Santana—. Desde que yo tengo uso de razón en mi cerebro se ha fijado una línea a seguir y no me he apartado de ella jamás. Poco a poco y con suma cautela la voy siguiendo, pero un día estallará la bomba y me interesa mucho que estalle cuanto más tarde mejor.

Dio una larga chupada al cigarrillo y se repantigó un poco en el sillón giratorio que ocupaba tras una mesa de despacho llena de teléfonos y documentos.

—He de procurar pasar inadvertido y eso lo voy a conseguir por encima de todo. No soy una persona relevante, al menos en Santander, y en Madrid lo soy sólo en alguna parte donde nadie me ve. Quiere esto decir que tú, Paco, eres el depositario de las acciones de los chicos Urrutia. Como Ted te pondrá en contacto con ellos hoy o mañana, te vas a tu despachito de editor y allí los recibes y compóntelas como quieras, pero no darás el papel, y si te ponen en aprietos pídeles por el lote el doble de lo que te ha costado. Sé que lo sabrás hacer. Tú, Ted, que eres un hostelero conocido, pero con problemas económicos, no podrás hacer más de lo que has hecho, que es buscar intermediarios para pagar el papel de los hijos Urrutia.

—Una pregunta, Borja.

—Si no es comprometida, hazla.

—No entiendo por qué nos has pedido la fotografía tan comprometedora de Bern Urrutia, si tú a los chicos les tienes una cierta simpatía.

—Yo hago las cosas a mi manera —cortó breve y secamente—. Os pago, pero no para hacer preguntas intempestivas.

—Perdona.

—He visto a Muntaner y a Palomar en el club de Pedreña. No me digáis que no vivís como Dios a mi costa. Ya sé, ya sé —agitaba la mano en el aire— que me sois fieles. Pero no entiendo por qué no me lo ibais a ser si os he sacado de la puta miseria. Nada más y nada menos . Socios de un periódico importante con Urrutia... y encima codeándoos con todo lo mejorcito. Si encima me fuerais desleales, os pillaba cualquier día un camión despistado y os hacía papilla. Yo me iré mañana a Madrid. Y no quiero más comunicaciones que las justas y sólo si son urgentes. Y nada de nombres de sociedades ni de personas. Se da el mensaje y el teléfono que conocéis muy bien y ahí se acabó la comunicación, y si algo surge que yo deba saber al segundo, está Manuel siempre en el mismo sitio.

Dicho lo cual sacó el busca del bolsillo y lo pulsó; después volvió a guardárselo en el bolsillo interior de su americana azul marino.

—Ahora ya estáis al tanto de todo lo que debéis hacer, esfumaos.

Los dos testaferros, elegantemente vestidos, muy señores ellos, agitaron la mano y se deslizaron por la puerta, que cerraron al salir.

Casi enseguida sonó el teléfono.

—¿Me llamaba?

—Pues sí.

—Dígame.

—Me voy a Laredo ahora. Espero que me sigas tan pronto te sea posible. Evita a Doro. Pero evítalo, ¿eh? Despístale en las autopistas.

—Por supuesto.

—A las doce allí.

—Sí.

Cortó la comunicación y después dejó el despacho y se deslizó hasta la redacción. Miró la hora, le daba tiempo a todo. Conversó con el redactor jefe, que desconocía por completo el tinglado de Borja Morán y lógicamente preguntó por Pablo Morán.

—Está descansando —dijo Borja—; ¿cómo anda todo, Joaquín?

—Muy bien, Borja. Estupendamente. Las innovaciones han dado resultado. Esperemos que en la reunión de junta nadie esté en desacuerdo. Pero yo debo confesar que estaba habituado a Pablo. Llevo con él dos años y, mal que bien, íbamos capeando el temporal. Ahora todo son noticias interesantes y los periódicos salen al mercado y te los quitan de las manos, cuanto más neutras sean, más vendes. Me gusta esa innovación que tú has marcado. No sabrás mucho de prensa, pero tu semanario va de maravilla.

Borja pensó que si todo lo que él poseía, que era mucho o muchísimo aunque le consideraran un presumido pobretón, dependiese del semanario, iba listo. Claro que gracias a él había logrado abrirse camino.

Ajeno a sus pensamientos, Joaquín, el redactor jefe y amigo de Pablo más que suyo, seguía disertando sobre el mismo tema.

—Nunca he tenido inclinaciones partidistas —adujo aún—. Eso Pablo y yo lo comentamos siempre. Al saber que Andrés Urrutia entraba en el accionariado pensé que nos íbamos a ir hacia la derecha, pero ya veo que continúa mandando Pablo aun desde la distancia, o tú siguiendo sus órdenes e inclinaciones.

—Nosotros, tanto Pablo como yo, siempre hemos sido socialistas, Joaquín. Pero ni siquiera esa ideología nos hace ser partidistas, porque un periódico o es neutral o es esclavo, y los periodistas son la conciencia de una democracia. Son los que apuntan con el dedo o retiran el dedo. Pero han de ser siempre firmes y justos. Lo que está bien, está bien y lo que está mal, no hay por qué callarlo. Y las noticias, aunque perjudiquen a un partido en el poder, han de darse. Sólo así mereces la credibilidad del lector y el periódico está al servicio del lector y no de una ideología concreta.

—A eso le tenía miedo yo cuando supe que el Urrutia poderoso se nos metía aquí.

—A fin de cuentas —señaló Borja con mansedumbre— no es un socio mayoritario.

Joaquín miró a un lado y a otro.

En la redacción funcionaba todo a ritmo normal, pero Joaquín tenía un despacho aparte, separado por mamparas de cristal. En torno a la pecera no se veían más que hombres, mesas, máquinas, faxes y ordenadores. Pero allí donde se hallaba Joaquín, sólo estaban ambos.

—Mi deber es decirte algo, Borja.

—Pues dilo.

—Urrutia anda buscando la forma de quitarte del medio.

—¿Sí?

—Eso se comenta. Está convenciendo a Muntaner y a Palomar para que vendan.

—Si lo consigue...

—Pues ya lo sabes. Te da una patada en las posaderas y se queda con todo. Y eso sería el desastre no sólo para el periódico, sino también para los lectores, porque nos inclinaríamos a la derecha y se nos vería el plumero.

—Esperemos que Muntaner no venda y que Palomar se quede con su paquete. Sería de tontos vender.

—Es que si lo hacen tú quedas en minoría y no digamos ya Pablo.

—Yo tengo la parte de Pablo y Urrutia el equivalente a la mitad de dicha parte de Pablo. De modo que para conseguir la mayoría tendría que minar mucho el cerebro de dos socialistas consumados como son Muntaner y Palomar.

—Pero se han habituado a vivir muy bien, oye, ¡pero que muy bien!

Borja ya lo sabía.

Pero una cosa era vivir bien y otra vender lo que no era suyo. Miró de nuevo la hora. Sabía que Joaquín era un hombre fiel a su hermano y si lo era a su hermano, lógicamente se lo era a él, porque a él lo consideraba un criado de Pol. Mejor que todo se planteaba así.

—Tengo que irme, Joaquín. Un día de éstos, cuando vuelva por Santander, almorzaremos juntos. Te llevaré a ver a tu amigo Pablo.

—¿Me lo prometes?

—Por supuesto

—Dicen que los Urrutia han logrado echarlo de su parcela.

—Tengo que llegarme hasta Laredo. De modo que un día de éstos, cuando vuelva por aquí, te invitaré.

—Gracias, Borja.

* * *

Bern había regresado a Santander aquella mañana.

Había desayunado con su madre y Mappy, pero a su padre no le había visto aún. Venía moreno y curtido, pero sus ojos no eran precisamente muy expresivos. La tristeza en la mirada de Bern no se había animado. Ni el crucero por todo el Mediterráneo en los barcos de la compañía Marítima, S. A. lo habían hecho. Sin embargo, les estaba contando a su madre y hermana los adelantos tecnológicos de los buques de aquella compañía que llamaban multinacional.

—Es de película. Piscinas climatizadas, salones enormes, saunas, gimnasios... Todo de una calidad de superlujo. Además, son barcos nuevos, flamantes, salidos de los astilleros de Cádiz no hace ni un mes. Están tomando las mejores rutas. Las que siempre pertenecieron a las contratas de Teo Urrutia, S. A. No sé por qué me parece que papá con semejantes barcos no podrá competir. Que se ande con cuidado.

Mappy no sabía nada de negocios, y la señora Urrutia aún menos.

Por tanto, estaban oyendo a Bern como si les contara un cuento desconocido. Y fue entonces cuando la criada llamó a Mappy para preguntarle algo sobre unos modelos. Ésta salió un segundo y no se topó con la criada, pero sí con Matías, que le pasó rápidamente un recado.

—En el jardín dentro de una hora —dijo Mappy.

Y giró de nuevo hacia el salón, en el cual por otra puerta entraba su padre y saludaba a Bern con una exagerada atención, según opinó Mappy, que estaba muy habituada a que, salvo con ella, a su padre no le gustara ser amable con sus hijos.

—Sabía que regresabas —dijo palmeándole la espalda—, pero no esta mañana. Es una agradable sorpresa, Bern.

—Hola, papá. Les estaba contando a mamá y a Mappy las maravillas de los buques de Marítima, S. A.

—De modo que has viajado con ellos.

—Lo hice sólo para comprobar que lo que se contaba era cierto. Y lo es. Son palacios flotantes. Atención, exquisitez, elegancia. Una comida deliciosa y unos entretenimientos de todo tipo. El más exigente tiene en ellos lo que desea.

—Y caros, por supuesto.

—Mucho, pero hoy día se paga mejor un buen servicio que un viaje de recreo más barato pero con menos comodidades. La situación ha cambiado en España. Ahora el consumismo es lo que impera y, lógicamente, la gente prefiere pagar más y tener mejor calidad de vida. Los pobres no tienen nada que hacer en este mundo materialista. Ahora el dinero no se cuenta por cientos de millones. Se cuenta por miles. La gente obtiene dinero sin cesar, y lo hace en cantidades astronómicas y no quiere saber nada de vivir en la mediocridad.

—Pues estamos listos.

—Dentro de poco no tendremos ni quien nos sirva. Además, por lo que veo, el dinero está cambiando de manos.

—La democracia ha traído a España la ambición popular —rezongó Andrés tomando asiento ante la mesa donde se servía silenciosamente el desayuno—. Hay un apoyo desmedido de unos a otros, siempre que pertenezcan al mismo partido, y ya no sé dónde está el poder y dónde la oposición. A veces te da lo mismo uno que otro. Abres el periódico y todo son malas noticias y si hay alguna buena, se la callan.

—Papá —dijo Mappy, que el asunto de las finanzas no le interesaba nada—. Me voy a ir con Matías y Doro hasta la tarde. Volveré al anochecer.

—Pero ¿adónde vas?

—Daré un paseo hasta Laredo. Tengo allí una amiga que ha regresado de Londres y me ha llamado.

—Pues que tenga cuidado Matías al conducir y que Doro no se separe de vosotros.

—Doro irá en su coche.

—Pero no lejos. Dile a Matías que venga cuando salgas.

Matías estuvo allí al segundo.

—Respondes de ella, Matías.

—Sí, señor.

—A las nueve en casa. No más tarde.

—Lo tendré en cuenta, señor,

—Y ojo con despistarte de Doro. No sé cómo se las apaña que siempre os pierde.

—No siempre se despista, señor. Es un buen guardaespaldas.

—Pues él dice que te pierde cuando vas a Madrid.

—Pero siempre me encuentra.

—Mucho cuidado y ya lo sabes, a las nueve en casa.

—Sí, señor.

—Puedes irte. Me parece que la señorita Mappy te está esperando.

Matías salió disparado. Era delgado, joven y bastante alto. Ganaba un buen sueldo que pagaba Urrutia, pero infinitamente más pagaba Borja Morán, por tanto él era hombre de Borja. Lo que éste se traía entre manos no lo sabía. Él entendía que Borja Morán era el típico hombre que se empeñaba en pasar inadvertido, y lo curioso era que lo conseguía.

Andy se sentó cómodamente ante su desayuno. Enfrente tenía a su hijo. Se daba perfecta cuenta de que el semblante de Bern, pese a todo cuanto le contaba, era hosco y con un rictus de amargura que crispaba sus labios. Pero Andrés se había hecho el firme propósito de evitar que su hijo pensara que él tenía algo que ver en su situación con la nurse. A fin de cuentas, él sólo había reído y había dicho rotundamente que no, pero una vez que habló con la jovencita y conoció el arma que ella podía esgrimir, se guardó bien de hacer comentarios. La situación, pues, de Bern se la debía a sí mismo, a la trampa que le tendió Borja con unas cuantas fotografías porno, delatoras de una conducta que el muy torpe de Bern pensaba que escandalizarían a la francesita. Como si ella fuera una santa virgen... Por supuesto que su hijo menor era un sentimental ingenuo y se temía que si no era casto, poco le faltaba.

Pero al margen de todo aquello tan personal estaba todo lo demás, y de eso sí deseaba saber y hablar, que no todas las amarguras se las iba a comer él solo.

—Sigue hablándome de los transatlánticos de Marítima, S. A., Bern —dijo un tanto inquieto—. Han tomado la ruta que los nuestros tenían antes y no soy capaz de retomar los contratos de los fletes, lo cual quiere decir que nuestros barcos ahora navegarán por las rutas de los pobretones. Y eso es un negocio ruinoso.

—Deberías haber comprado barcos nuevos, no reparado los tuyos. Hay una gran diferencia —apuntaba con su tenue tono Isabel, siempre sumisa ante su esposo—. Entre un barco reparado y uno nuevo... Los que hacen ahora tienen más atractivo y están dotados de todos los adelantos modernos.

—Mi padre siempre tenía eso presente. Los mejores barcos de las rutas elegantes y frecuentadas por los multimillonarios han de estar siempre impecables y dotados de todos los adelantos. Pero yo tenía la exclusiva de los contratos y consideré que nadie ocuparía mi lugar durante una corta ausencia. Pero es que ahora mismo no tengo liquidez para vender ésos y comprar otros. Sería mi ruina.

—¿Y qué has conseguido del crédito?

—Nunca me han pedido avales. Mi persona y mi sociedad eran suficientes. Pero ahora mismo estoy encontrando un codo que me hace cuña, que se interpone entre mi banco y yo. No lo comprendo.

—Tal vez una fusión... —apuntó Bern—. Hay multinacionales que siempre están dispuestas a unirse a sociedades de prestigio como es la tuya, papá. Necesitas una inyección de dinero. No se puede mantener toda la vida una sociedad familiar. No es el momento adecuado.

—No me hables de socios, ¿quieres? Tu abuelo fue el heredero de su padre y su padre del suyo. Y Teo Urrutia, S. A. fue siempre de la familia. Nunca hubo una acción fuera del poder familiar y por poco que pueda, seguirá igual.

—Pero si te da el banco el crédito por el papel como aval, ¿por qué no sales ahora del apuro? —apostilló de nuevo Isabel—. Y ya pagarás cuando vengan mejores días...

—Isabel. —El tono de Andy era cariñosamente desdeñoso—. Tú no sabes nada de esto, querida.

—Pero sé que Borja está empeñado hasta las uñas y que si no le compras la mansión con todo lo que ello implica, que es mucho, se la venderá al mejor postor.

—Eso tendré que verlo. Borja ante todo es un piojo resucitado y por ser mi amigo pone el alma en manos del diablo. Carece de amigos relevantes, porque los que tiene están en el poder, es cierto, pero qué tipos hay hoy en el poder que mañana pueden no estarlo... Unos cuantos canijos ignorantes. Un puñado de ineptos. El día que ganemos las elecciones, Borja dependerá de mí por entero y yo volveré a tener todo el poder del mundo. Y eso ocurrirá...

—No ocurrirá, papá.

—¿Cómo que no?

—Tienes socialismo para rato. De modo que ve quitándote de la cabeza que vayan a cambiar las cosas. Están tan bien arregladas que no habrá forma de torcerlas en una o dos décadas y tal vez cuando te quieras dar cuenta, Borja sea un diputado o senador. De modo que no pierdas su amistad si te interesa que las cosas te vayan mejor.

Un criado apareció en aquel momento reclamando a Bern.

—Le llaman por teléfono.

—Perdón.

Y Bern salió con rapidez.

Isabel miró a su marido.

—¿Crees que se le ha olvidado?

—¿Lo de... Melly?

—Pues claro.

—No.

—Lo dices muy seguro.

—Es que es un sentimental ingenuo y cuando un tipo así se enamora, lo hace de los pies a la cabeza. Es lamentable.

—El amor es bonito, Andy.

Andy consideró conveniente palmear los dedos de su mujer por encima de la mesa, pero su voz fue cálida aunque un tanto despectiva, como siempre que se dirigía a ella; claro que Isa, tan en otro mundo de ideales inexistentes, no lo captaba.

—Querida, mi querida Isa..., el amor es ciertamente una maravilla, pero yo he decidido que mis hijos no se casen con quien no deben. Espero que sobre el particular estés de acuerdo conmigo y si lo estás como espero..., déjame a mí con el asunto.

—Me duele tanto que sufran mis hijos...

—No sufren por nada. No saben lo que es un sufrimiento. Han tenido siempre lo que han querido y para un día que una cosa les sale mal, la convierten en el eje de su existencia. Y no es así. De modo que tú estate tranquila. Verás cómo el tiempo se encarga de curar eso que Bernardo piensa que es la ilusión de su vida. Todo pasa en este sucio mundo, hasta las pasiones más encendidas cuando las cosas se tuercen, y torcidas cuesta llegar a ellas y no todos están dispuestos a caminar por un sendero tortuoso.

—Si tú lo dices...

—Es que es así, cariño. Hay que saber mover los naipes sobre un tablero y para ganar las partidas o se mueven bien o no se juega. Tú todo esto no lo entiendes, pero yo estoy en ello siempre. Un Urrutia no puede de ninguna manera formar un matrimonio fuera de su contexto social, de su mundo, de su prestigio. Eso lo he pregonado desde que tuve uso de razón porque a mí también me lo han enseñado. Mi padre era un inmoral en cuanto al amor, pero lo suyo, ¡ojo!, que nadie se lo tocara. Él manipulaba a la mujer de su amigo el capitán... A buen seguro que hoy no lo haría. Las cosas son muy diferentes. Tener dos hermanos que se llaman Morán me saca de quicio. Pero afortunadamente los estoy aniquilando.

—¿Qué es de la monja?

—¿Y yo qué sé? Me importa un rábano. Es profesora en un colegio de la élite, pero ese colegio mantiene otros colegios pobres. Habrá gastado el dinero que le dejó mi padre en mantener a los harapientos.

No lejos de allí, Bern estaba colgado del teléfono y su rostro moreno iba palideciendo.

—De modo que dentro de una hora en la oficina.

—Estaré.

—Y recuerda.

—Claro.

—Procura que se quede en casa. Haz lo que sea.

—Pero ¿sabes ya quién es el hombre?

—Claro. Acabo de saberlo. Estoy subiendo al coche y te llamo desde el teléfono del mismo. Si lo prefieres, te recojo al bajar o si vas en tu coche...

—Voy en el mío. Estaré allí en media hora.

—Procura que papá no te vea.

—Oye...

—Está aquí, sí, está aún; ¿es que no se te ha ido el fogonazo?

—Hablaré de eso contigo en la oficina.

—Me da la sensación de que vas a olvidar el tema, Bern. Después que te diga lo que tengo que decirte...

—Santo cielo, ¿tan grave es?

—Cuelgo el teléfono. Te espero allí en la oficina del muelle dentro de una hora y si no puedes retener a papá en casa, ya te citaré en otro lugar. Tú espera en la oficina a que yo te llame, y repito, si va papá, no digas cuando te llame que soy yo...

—Salgo disparado.

9

Sigue la trama de Borja

Salomé adoraba a Pol. No sólo por el placer que le daba en el lecho, también por su ternura, y por la forma tan entrañable en que se entendían ambos. Para Salomé las ambiciones de Borja eran desmesuradas, no las entendía, pero tampoco tenía un interés especial en entenderlas. A Tatiana, la hermana de ambos, no la conocía lo suficiente. Se fue a un colegio muy joven y nunca salió de él porque se quedó como monja cuando terminó su carrera. Ahora la veía allí entre tanta maleta y se sentía un poco impaciente.

Impaciente porque ella y Pol se iban de viaje a ver a sus hijos y de paso harían un crucero de película en los transatlánticos de Marítima, S. A. Debían tomar el avión de la una y diez y eran las diez de la mañana cuando Tatiana apareció para despedirlos. Por lo visto Pol tenía más en cuenta a Tatiana de lo que decía, ya que le había notificado el viaje y la monja acudía a despedir a su hermano y cuñada.

Pero la despedida se prolongaba porque Tatiana y Pol se liaron a hablar. Las maletas, allí plantadas en el vestíbulo del palacete mientras el chófer iba metiéndolas en el coche, y Tatiana y Pol conversando un poco acalorados mientras tomaban sendas tazas de café.

—No debiste, Pol. Nunca, ¿sabes? Yo pienso mucho en vosotros pese a estar lejos... Ni olvido a Borja ni te olvido a ti. Sé que es lógico que vayas a visitar a tus hijos y que te pases con ellos dos o tres semanas puesto que ellos han decidido no regresar aquí. Pero lo que has hecho mal te lo tengo que decir.

—Me lo has repetido en todos los tonos, pero yo respeto el parecer de Borja. Lo considero un tipo inteligente y sabe lo que se hace.

—No lo sabe, o si lo sabe es consciente de sus maniobras; nunca he considerado a Borja capaz de ser noble con sus enemigos y todos sabemos quiénes son, pero no es eso lo peor. Lo más lamentable es que está comprometiendo sus sentimientos y eso sí le dañará. Se dará cuenta tarde.

—Tampoco es así, Tatiana. Tú piensas como lo que eres, pero Borja piensa como un ser humano expuesto a todos los avatares. Además, si llega el caso, estoy convencido de que la chica optará por su amor, no por su fraternidad.

—No, si se reconoce la reflexión negativa, sólo despierta para dañar... y eso se sabrá enseguida. No deberías haberle dado el arma que le diste.

—Me estás diciendo que debería haberle negado el dinero de su padre; era su padre, Tatiana, nunca lo hemos ignorado.

—Yo siempre consideré mi padre al padre de Borja.

—No cabe duda. Por eso te fuiste al colegio y ya no saliste de él.

—Yo tengo vocación.

—A otro con ese cuento, Tatiana. A ti se te cayó la cara de vergüenza cuando te enteraste y ya no has querido saber nada más. Todo volvió a destaparse con el maldito testamento del viejo Teo. Muy bien, pues. ¿Sabes lo que te digo? Hace bien Borja. A fin de cuentas, la madre era de todos, pero el padre era el de él y han mancillado a su madre sin rubor alguno. Que pague alguien la vergüenza que sin duda pasó Borja. Ésa es la razón por la cual le ayudo.

—Eso es falso —oyó un poco asombrada Salomé ante el genio de la monjita—, tú le ayudas porque eres cómodo, porque te importa un rábano lo que para Borja es la razón de su vida. Le has cedido las acciones del periódico, se hizo con la amistad de Andrés Urrutia sólo para hundirlo. Está metido en política sin tener una ideología definida, pero le interesa el poder. Es muy rico. Es poderoso y tú si no lo sabes, lo sospechas. Te has ido de tu casa, la que te dejó Teo Urrutia, sólo para que Borja hiciera lo que tenía en mente hacer. ¿Y ahora qué?

—Tatiana, ¿has venido desde tu convento para reprocharme todo eso?

—No se trata de reproches. —Bajó la voz—. Es que me duele que todo esto se enrede más y más, y cuando explote, Borja saltará por los aires. Pero no va a saltar solo.

—Borja es demasiado listo para complicarse su vida. Producirá heridas en todos los demás, pero verás cómo él sale indemne.

—Si pensamos con un poco de racionalidad...

—El raciocinio en esta tesitura no cuenta. Borja lo despachó de su vida hace mucho tiempo. Pero te diré —y la apuntaba con el dedo algo tembloroso, porque Tatiana siempre lograba alterar su naturaleza apacible—. Y te lo voy a decir tal cual lo pienso. No sé el dinero que tiene Borja. Y si lo tiene, él lo sabrá. Yo no sé el poder que posee ni he visto sus cuentas corrientes. Pero no me extrañaría nada que fuera como tú dices, y que el día menos pensado presionará en sus bancos, los bancos con los que él trabaja para que no le concedan créditos a Andy. Yo vi a Borja llorar, ¿te imaginas los ojos oscuros de Borja húmedos? ¡Qué te vas a imaginar! Borja es duro como un peñasco. Es seco como una escoba y es firme como una roca... Pues no lo es tanto. Borja es humano como todo el mundo y tiene el corazón donde lo tenemos todos y el cerebro en su lugar y siente las cosas. Si fuera tan duro no se enamoraría, y de que está enamorado doy fe. ¿Por qué no vuelves a tu convento con el dinero que te he dado... y me dejas en paz? Vamos a perder el avión por tu culpa. Pero necesito que sepas que te quiero mucho. Que Borja está siempre pendiente de ti, sin embargo... tú tienes la mentalidad de monja, vives una vida espiritual preciosa, pero es una vida espiritual. Nosotros, querida Tatiana, somos de este mundo y la sociedad no es como tú la ves desde el convento.

—Yo todo lo digo por vuestro bien.

—Sí, lo sé, Tatiana, ¿cómo no voy a saberlo? Pero yo no voy a hacer nada para evitar lo que está fraguando Borja si es como tú dices. A mí me pidió el periódico y se lo di. Me pidió que dejara mi casa y la dejé. Sé que Borja puede hundir al mundo entero si se lo propone. Pero jamás hará daño a los hijos de su madre. No sé si me entiendes. Las cosas desde un convento se ven de una manera, pero desde este cochino mundo se ven de otra y no tienen ni comparación con lo que tú ves. Ya te digo que yo vi a Borja llorar. Llorar de rabia, de impotencia, y se pasó años y años rumiando su dolor y su vergüenza. ¿Qué quieres que haga ahora? Yo no estoy tan afectado. Pero comprendo a Borja. Yo tengo sangre Urrutia en las venas, pero él sólo la tiene Morán y debió de ser una sangre muy especial. Muy pero que muy especial, muy digna. Eso es lo que entiendo.

—El perdón.

—Oh, no —saltó al fin Salomé, que lo había escuchado todo en silencio—. El perdón para ti es una letanía que rezas todos los días y además es tu obligación, Tatiana, que para eso has profesado y comprometido tu castidad, pero no pidas que los demás que viven en un mundo pendenciero y conflictivo piensen como tú.

Tatiana se volvió hacia ella. Vestía de calle, el mismo traje marrón oscuro que en su día vio Borja en Madrid. Los zapatos planos atados con cordones, medias gruesas y su mantón oscuro y la melena lacia negra peinada con una horquilla al lado. El traje hasta el cuello y el rosario colgando de la cintura.

Era o debió ser bella. Pero era una monja y Salomé pensaba que era una gran persona, pero en modo alguno su piedad podría entender jamás la situación de Borja, ni siquiera la de Pol, que era su amante y compañero. ¡Qué sabía la pobre monja de las miserias sexuales y humanas!

—Tú estás de parte de Borja, Salomé —dijo dolida.

—Mira, Tatiana, ni Pol ni yo sabemos bien lo que está haciendo Borja. Pero sea lo que sea, le disculpamos y siempre estaremos de su parte. No nos da explicaciones. Pero yo me pregunto a quién se las da Borja.

—Y ahora —apostilló Pol— nos marchamos. Dinos dónde te dejamos...

—De todos modos —se resignó mal Tatiana— esperemos que vuestros hijos no conozcan estas viejas historias.

—Un día tendrán que conocerlas, Tatiana. Pero seguro que les dan bastante menos importancia de la que tú les estás dando.

* * *

Borja conducía y a la vez sostenía el teléfono del coche con una mano. La conversación no tenía desperdicio.

—Nada de personal a menos que te ponga el papel en la mesa, eso es lo que yo te digo.

—Pero eso es muy fuerte.

—¿Sí? ¿Quién te sentó donde estás?

—Hombre...

—Eso digo. Llama a las altas esferas, haz la consulta y di que soy yo el que está en medio.

—El banco es neutral, Borja.

—Claro que sí, y los clientes también hacen lo que les da la gana con su fortuna.

—Eso es una venganza.

—Eso es lo que te digo sin más. Te estoy dando un consejo. Y cuando yo doy un consejo...

—Es una orden, ¿no?

—Míralo por donde te dé la gana.

—Y si entrega el papel, ¿le puedo dar el crédito?

—¿Cuánto pide?

—Mucho.

—Di la cantidad.

—Dos mil millones.

—Si te expones ya sabes lo que te ocurrirá. Saltarás por los aires.

Y será inútil que digas que yo te presioné. El consejo está conmigo. Un poco más y tendré la parte más abultada... Mírate bien. A fin de cuentas, ahí te senté yo. Y tu poder es limitado...

—Nunca se le ha negado un crédito.

—Porque yo no podía evitarlo.

—¡Borja!

—Elige. Si prefieres que llame al presidente, dímelo ya. Te estoy hablando desde el teléfono del coche. Voy camino de Laredo. No quiero dilatar más esta conversación. Lo tengo todo claro. Si concedes ese crédito atente a las consecuencias. Te pedirán responsabilidades. Y si hay alguna duda..., hablaré con Isidoro Melgar.

—Estás loco. Es el presidente del banco.

—Por eso te lo digo. Tú eres director general, ¿no? Tienes poder suficiente para negar o para exigir los avales. Tampoco creo que te convenga conceder un crédito de semejante cantidad cuando hay miles de pretextos para evitarlo.

—No son legales.

—Vaya si lo son. El banco siempre es legal cuando quiere serlo.

—¿Y si recurre a otro?

—Sabes que no lo hará, trabaja contigo. ¿Por qué crees que tienes otros clientes más poderosos con verdadera liquidez? ¿Qué os sostiene? ¿O prefieres ir de repente a la bancarrota?

—Yo estoy siempre a tu disposición, pero esta operación ha sido solicitada y la he retenido sin resolución demasiado tiempo.

—¿Quién te pidió retenerla?

—De arriba, claro.

—¿Y quién anda por ahí arriba?

—Borja, me estás haciendo que me juegue el puesto.

—Muy al contrario. Te lo estás afianzando. De modo que ve pensando en ello. Y si tienes alguna duda, llama a Isidoro Melgar. Se cometen errores que se pagan tarde o temprano. No se puede meter todo en el mismo agujero y ellos lo han metido. ¿A quién recurrir ahora? A su banco, pero alguien puso más en el péndulo.

Ahora toca elegir... Estáis hasta el cuello con Marítima, S. A. ¿Y quién es el mayor accionista?

—Hombre es que eso...

—¿Quién os ha traído el capital?

—Borja...

—Queda claro, ¿no? Estúdialo. Pide papel. Y si te lo dan, ya sabes quién va a comprarlo. Si los bolos están montados para eso. ¿Quién compra? El banco. ¿Y a quién vende el banco? Al que más pague. ¿Y quién podrá pagar más? Supongo que lo tendrás claro.

—Y si no es así, tengo puerta por donde irme.

—De eso no cabe la menor duda.

—Estáis liando las cosas hasta el mismo cuello.

—Con un nudo corredizo. No te olvides del detalle. Pero sería demasiado liviano apretarlo todo en un día. Me gustan las agonías. Lentas, ¿eh? Cuanto más lentas, mejor.

—¿Qué te va o te viene en ello? El poder ya lo tienes.

—Eso que no te importe. Me fastidian mucho los curiosos. Los indiscretos. Yo contrato a mi gente, la voy colocando en el tablero..., no te olvides de esos detalles. Soy gran amigo de mis amigos, pero muy mal enemigo. Un pésimo enemigo.

—Me has dado el poder para sujetarme a tu antojo.

—Si tienes alguna duda, pregunta al presidente.

—Ése va al que más pague.

—Como todos los banqueros.

—Oye...

—Ochoa, lo tengo claro. No quiero oír nada más. Tendrás una visita mañana y si no das soluciones, y no las vas a dar a menos que te pongan el papel delante, cita a las altas esferas y la respuesta será amable. ¿Cómo no? Amabilísima, pero la misma. No me gusta jugar a perder. Cuando juego, expongo mucho. Pero he de tener resultados abultados. Y a mi manera, a mi gusto, a mi conveniencia.

—Pues...

—Y recuerda. Estoy empeñado con vosotros hasta las trancas.

—¿Tú?

—¿Es que has olvidado el detalle?

—Joder, Borja. Me tienes en tus manos y ya veo que tienes a la cúpula...

—Es que yo no juego a los naipes sin tablero.

—Está bien, está bien. De todos modos, consultaré.

—Eso es por donde tendrías que haber empezado. Cuelgo... Ya nos veremos, pero no en Santander...

—Y dices que quizá reciba la visita mañana.

—U hoy. Todo depende de lo apurado que esté. Y pienso que ayer lo apuré lo suficiente. Corto, Sabino. Ya sabes a quién dirigirte para más información sobre el asunto. La operación depende de ti y sé que no me vas a defraudar ni a poner en un aprieto tu relevante puesto. Buenos días.

Colgó el teléfono y una diabólica sonrisa distendió la abertura de sus labios. Automáticamente dejó de pensar en el asunto y su cerebro voló a otro lugar. Su día de asueto en Laredo, en su bungalow nuevecito, que según Ted era un palacio en miniatura.

Esta vez, evocando algo muy distinto a toda su anterior conversación, una cálida sonrisa relajó su boca de firme trazo. Los ojos emitieron un destello.

Casi enseguida divisó a Laredo y su coche negro, sin excesos, con la única ventaja de que poseía teléfono, se deslizó hacia una avenida cercana a la playa y fue a detenerse ante un número concreto.

Descendió, abrió el portón del cual partían dos vallas que cerraban la propiedad, y volvió al coche. Casi enseguida el portón cedió, cerrándose silenciosamente tras él.

Se había olvidado del dispositivo, pero sabía que Matías lo tenía, por tanto el coche de Matías entraría sin que éste tuviera que bajar. Y ya se las apañaría para perder a Doro en el camino...

Dejó el vehículo en el garaje y salió con las manos en los bolsillos mirando aquí y allí. ¡Buen trabajo! Los jardines cuidados, los macizos recortados, y la entrada con su porche iluminado por el sol. Un balancín en éste, una mesa, unas sillas y una sombrilla abierta de colorines...

Ted era un tipo que sabía cómo hacer las cosas y además acertar con el gusto de su jefe...

La decoración era alegre, predominando los tonos claros, las paredes de un salón tenue y las mullidas alfombras cubriendo parte del parquet... Sofás amplísimos, seis escaleras para subir a la parte posterior... Un dúplex que ni hecho de encargo por los sabios americanos vanguardistas...

«Borja, eres un tío con suerte... Pero te ha costado mucho conseguir esa suerte.»

* * *

—Eh, eh... Bern. ¿Adónde vas?

El aludido giró asustado la cabeza.

—Pues...

—Te llevo en mi coche. Yo voy también para la oficina. Supongo que tú, sin descansar, vas también.

—Pero... prefiero llevar mi coche.

—No te preocupes, hombre, te llevo en el mío y lo usas si quieres para regresar. Yo tengo gestiones que hacer. Me dejas en el banco y te vas a la oficina si tantas ganas tienes de trabajar. Vamos, sube, yo conduzco. Detrás vienen Daniel y Jacinto. Si te digo la verdad —añadía Andrés subiendo a su Mercedes azul marino—, no soporto que mi coche lo conduzca un chófer, pero tampoco puedo evitar que me sigan los guardaespaldas porque no quiero que un día unos terroristas os den un susto. —El vehículo, con Bern al lado, emprendía la marcha deslizándose por la carretera privada hacia el arco heráldico que delimitaba su propiedad para toparse con la autopista—. De modo que vienes con ganas de trabajar. Eso es bueno, Bern. Tenemos problemas. Yo me voy a quedar con Sabino Ochoa, el director general del banco. Tengo con él una cita y no sé cómo saldrá. Ni lo que voy a conseguir. Es la primera vez que me topo con una pared y no lo entiendo. Los bancos siempre me han dado lo que pedía y ahora ponen reparos.

Bern no le oía. Iba pensando en la llamada angustiosa de Jesús. Porque Jesús estaba angustiado. Le temblaba la voz por teléfono.

—Espero que todo se arregle —añadió Andrés deseoso de cambiar impresiones con su hijo e incluso de hacerse con su cariño aunque no lo consideraba nada espabilado—. Si te parece, después almorzamos juntos en La Sardina, en Doctor Fleming. Nos podemos citar con Jesús para las dos y media.

—Creo que estaré ocupado, papá.

—Ah, como quieras. Yo lo digo por tu bien. Llegas hoy y ya te vas a la oficina, eso es bueno. Pero dime, dime, ¿qué ha pasado con tu amor por la francesa?

—No quiero hablar de ello, papá.

—Pues deberías hablar con tu padre.

—Tú nunca me darías el consentimiento.

—Eso es bien cierto. Pero tú eres mayor de edad y tienes tu dinero, y podrás hacer lo que te apetezca.

—¿Recibirías a mi mujer en tu casa?

—No.

—¿Entonces...?

—Bueno, una cosa es que yo la reciba o no, y otra que tú renuncies a tu amor. A mí después no me culpes de nada. Eres mayorcito.

—Olvida el asunto.

Andy se relajó más en el coche con las manos sobre el volante. Pensaba que Borja cuando hacía las cosas las hacía bien. ¿Cómo sería tan ingenuo su hijo? Igual creía que la chica se espantaría por verlo en una foto en cuclillas con una puta.

Tampoco era para tanto. Pero si el asunto causaba su efecto, mejor que mejor. A él, a fin de cuentas, nadie podría involucrarlo en ese montaje, aunque estaba claro que era el promotor de la idea, si bien los peones de Borja habían sido los ejecutores...

Una jugada redonda.

—Yo lo que no quiero —decía en alta voz— es que se me culpe de lo que no soy responsable.

—Olvida eso, papá.

—No, hombre, ¿cómo lo voy a olvidar? A punto estuviste de irte de casa por el calentón. A mí no me puedes reprochar nada. Yo dije que no me gustaba y es cierto que me dio la risa. Y hablé con la señorita Melly. Pero ella no me dijo que estuviera loca por ti. Como observarás, ni siquiera la despedí.

—No eres tú el responsable de nada, papá, lo sé. No te gustó, es verdad. Pero tampoco te metiste a fondo.

—Entonces ¿puedes decir qué te separó de ella? No has vuelto a verla que yo sepa.

—Son cosas mías.

—Tú sabrás, Bern. Me has pedido hacer un viaje y estuve muy de acuerdo. Pero no me parece bien que intentaras irte de casa. El día que encuentres a una mujer de tu talla social y económica, levantaré una casa para ti en la propiedad. Terreno hay de sobra. De momento, ya tengo a Jesús colocado en su propia casa. Mappy lo estará en la suya, esa que se levanta al otro lado, y tú estarás también cerca.

—Conmigo no cuentes, papá. Yo aún tengo que reflexionar mucho.

—¿Sobre Melly?

—Ésas son cosas mías, si no te importa.

—Yo quiero que sepas que nunca estaré de acuerdo, pero es natural que siendo independiente hagas lo que te apetezca. No obstante, te quiero poner un poco al tanto de los asuntos. Es muy posible que tenga que echar mano de las acciones de la compañía para negociar un préstamo. Compré crudo y me salió mal la operación. Hube de hacer frente a pagos inesperados, imprevisibles, y cuando pensaba sacar unos cuantos cientos de millones, morí en la operación. No estoy teniendo mucha suerte últimamente. Los barcos envejecen. Las rutas, con sus contratos correspondientes, las ha logrado Marítima, S. A., que es una multinacional. Para retomar esas rutas, que son las que dan beneficios, ando detrás de Borja, que si bien es una rata inmunda, tiene mano en la Administración. Es amigo de todos los políticos con poder. Ya lo sabes. Si él no consigue eso ya no sé a quién podré recurrir. Ahora necesito liquidez para hacer apuntalar la sociedad y he solicitado un crédito de mucho dinero y por primera vez en mi vida me encuentro con pegas.

—Los créditos están cerrados ahora, papá.

—Para quien lo están. Pero no para los que disponemos de recursos y de un patrimonio abultado. Serán más caros, pero existen.

—Si los negocias me daré por satisfecho.

Y pensaba en el papel que él y Jesús habían vendido y que sin duda era el motivo por el que Jesús le reclamaba con urgencia.

Habían vendido el papel sin permiso de su padre y podían hacerlo, pero... lo lógico y cuerdo hubiera sido habérselo pedido. Sin embargo, él y Jesús (no sabía cuánto había vendido Jesús, pero sí lo vendido por él) firmaron documentos privados que en cualquier momento podían muy bien ser elevados a documentos públicos si es que el comprador no lo había hecho aún. Y si eso había sucedido, jamás recuperarían las acciones; sus firmas les comprometían, habían cedido millones del accionariado que como titulares les correspondía. El abuelo Teo debería haber dejado las cosas mejor. Repartido el capital o, al menos, sujeto al mandato de su padre, pero no había sido así. Ellos, tanto él como Jesús y Mappy, quedaron dueños de mil millones en acciones de la compañía Teo Urrutia, S. A., pero en papel. Sencilla y llanamente, en papel. Que era papel cuché, por supuesto. Era papel que en su día había valido mucho dinero y que por el desgaste o la mala gestión o la peor suerte, ahora valía bastante menos. Pero se había cotizado caro y, por tanto, para adquirirlo de nuevo tendrían que comprarlo mucho más caro aún. Y si su padre necesitaba hacer uso de él, por supuesto que podía enterarse en cualquier momento de que sus hijos le habían jugado una mala pasada.

—Me dejas ante el banco —indicaba Andy, ajeno a los pensamientos de su hijo—, tomas el volante y te llevas el coche, que yo, cuando salga del banco, pediré un taxi antes de salir o me iré con los guardaespaldas. De todos modos, no os mováis de las oficinas ni tú ni Jesús. Hemos de cambiar impresiones. Desde hace bastantes meses, o desde que se leyó el testamento de tu abuelo, las cosas se me han torcido bastante. Y yo solo no soporto la preocupación. Se diría que una mano negra me desbarata todos los proyectos que voy urdiendo. Y ahora esto del banco, que por lo que estoy observando, van a obligarme a hipotecar una parte del *holding* y eso, la verdad, Bern, seguro que no lo esperaba tu abuelo de mí.

—Es que mi abuelo vivió otra época y las cosas en un año han cambiado tanto que son de otro color. Me pregunto qué haría el abuelo hoy tal y como están el país y las empresas, casi todas en bancarrota... Y... he pensado que...

—¿Qué? Dilo, dilo. No os considero lumbreras, y perdona la franqueza, pero alguna idea luminosa podéis tener.

—Una fusión... No me mires con ese desprecio. No lo soporto. Hoy día las empresas familiares apenas se sostienen. Si estuvieras fusionado con Marítima, S. A., pongo por caso, ahora mismo tus barcos, tanto los de pasaje como los mercantes, estarían en clara ventaja, porque es una de las compañías mejor situadas.

—Estás completamente loco; si hiciera eso, nos absorbería en dos días. ¿Para qué supones que necesito el crédito? Para comprar la mansión que está rematando Soto por orden de Borja. Y Borja está empeñado con los bancos hasta el mismo culo y yo tengo que comprarlo porque de lo contrario la venderá al mejor postor. Lo otro lo necesito para reparar los dos últimos barcos de pasaje. Y los de cabotaje se están amarrando por falta de flete. ¿Qué me dices a eso? Teo Urrutia, S. A. siempre tuvo fletes a montones y los tuve tanto que consigné otros buques que no eran de su compañía, que para eso somos consignatarios legales de muchas otras. Pues todo se está volviendo contra mí, como si algo o alguien me pusiera el pie delante y no me permitiera dar un paso al frente.

El coche se detuvo ante el banco y Andrés Urrutia descendió, a la vez que su hijo, sin salir del vehículo, se pasaba al asiento del volante.

—Estaremos en los despachos del muelle cuando regreses —dijo Bern—. Y si no estamos, es que hemos ido a almorzar, pero te veremos por la tarde.

Andy se dirigió al edificio del banco, asintiendo con una simple cabezada.

* * *

El edificio donde se hallaban las oficinas del *holding* Teo Urrutia en el muelle de Santander ocupaba todo un caserón añejo de varias plantas. Todas, desde los almacenes ubicados en los bajos a la última planta, donde en la terraza solía posarse el helicóptero de la familia Urrutia, pertenecían a la misma sociedad. Allí se consignaban varias compañías navieras, además de la familiar, que en su día había sido una de las más importantes de España, pero que a la sazón era simplemente una reminiscencia del pasado con gastos cual goteros continuos. Lo viejo, viejo era y tanto Jesús como Bern, que nunca habían tenido problemas de envergadura, no se percataban de que las cosas habían cambiado lo suficiente para ser casi opuestas a lo que fueron.

La compañía, que en su día había sido una fuente de ingresos importante, se hallaba paralizada y su padre no había sabido o no había podido aprovechar la buena racha o la oportunidad que tuvo con la compra del crudo, y meterse ahora a especulador con lo incierto que estaba el asunto era sencillamente una temeridad. El crudo de que disponía cuando estalló el conflicto del Golfo había salvado a su padre en un principio, pero ahora las tornas habían cambiado.

Bern entró en las oficinas y por el ascensor se fue hacia la planta de dirección, donde él y Jesús trabajaban con altos ejecutivos.

Pero la conversación que ambos iban a sostener no era cuestión de hacerla en los despachos y Jesús, tan pronto como vio a su hermano, dejó su oficina y asió a Bern por el brazo.

—Vamos —dijo.

—¿A la cafetería?

—Claro que no. Vamos a cualquier otro bar del puerto.

—Te veo muy preocupado.

—Y lo estarás tú también cuando te cuente. ¿Qué papel has vendido?

—Hum...

—¿Mucho o poco?

—Pues...

—Mucho, como si lo viera. ¿Sabes lo que te digo? —Salían ya del alto edificio en cuya fachada, en letras enormes, rezaba TEO URRUTIA, S. A.—. Habrá que hacer frente a esto. Helen se ha ido esta mañana a París.

—¿Sola?

—Sola, sí. Ha hablado con su padre de este asunto. Y del mío, se entiende. Pierre dijo que o era sincero con mi padre o rescataría el documento. Y para rescatarlo le entregará a Helen su fortuna personal. La que en su día le correspondería. Pero ahora me pregunto de dónde vas a sacar tú el dinero que has gastado. Yo puedo confesarte que fueron dos partidas y las dos de ochenta millones cada una.

Bern se detuvo en seco.

Pero Jesús tiró de su brazo, que no había soltado aún, y lo llevó hacia un rincón del bar, a un reservado cuya puerta cerró.

—Siéntate. Ya he pedido unos cafés. Observo lo asustado que te has quedado. ¿Sabes cuánto tiempo llevo gastando dinero? Ya en vida del abuelo, así que... la misma persona tiene esa documentación. Por cada entrega una firma. Las quiero rescatar todas.

—¿Y sabes al menos quién las tiene?

—Sí. O como mínimo tengo la pista adecuada.

—Yo se las vendí a Ted —confesó Bern con una íntima desesperación—. Pero con el consentimiento explícito de que él podía venderlas a su vez. Sólo así logré que me diera el dinero. Un dinero que Ted usa para sus empresas hosteleras.

—En la misma situación estoy yo. Pero Ted ha quedado en darme el nombre de la persona y tengo medio entendido, medio, ¿eh?, solo medio que se trata de Paco Santana.

—Pero ése es uno de los accionistas del periódico.

—Por eso precisamente te lo nombro. Borja es también accionista, porque su hermano Pol le cedió su parte, una parte que compartió con nuestro padre. Son amigos de toda la vida; Borja nos ayudó en otras ocasiones. Puede suceder que si ahora recurrimos a él, nos ayude a convencer a Paco Santana de que nos remita los documentos.

—Un segundo, Jesús, un segundo. Nadie como yo recurrió en momentos de apuro a Borja. Pero Borja Morán tiene, si quieres, mucho poder por ser amigo de políticos, pero ¿dónde tiene el dinero? Ni un duro. Anda siempre metido en trapicheos. Un poco allí, y otro en el otro lado. Ahora mismo venía papá diciéndome lo del crédito que tiene solicitado y que el banco le pone pegas, se resiste a menos que hipoteque. ¿Y sabes tú para qué es el crédito que pide nuestro padre? Una parte, la mitad del mismo, para cerrar el trato que tiene con Borja, y según mi padre Borja es un cabrón que está empeñado hasta los cojones. ¿Entiendes la papeleta? Si Borja ya se ha empeñado para ganar un dinero en esa transacción de la mansión, imagínate si ahora le vamos nosotros con nuestra papeleta.

—Con eso no me dices nada. Los políticos hoy mandan en los bancos y ya en otras ocasiones yo recurrí a él. Y pienso volver a hacerlo.

—¿Y qué le vas a decir?

—Pues muy fácil. Si papá consigue el crédito, y Borja, por tanto, el dinero de la mansión, éste tendrá dinero fresco y nos puede rescatar él las acciones.

—Un segundo. ¿Supones que papá estará conforme con que Borja sea su socio blandiendo las acciones que nosotros le traspasamos?

—Siempre será mejor Borja que Paco Santana.

Los dos se miraron un tanto desconcertados. El camarero les sirvió los cafés y cuando se fue cerrando la puerta tras de sí, Bern dijo desesperado:

—Primero sondeamos a Paco Santana y después veremos a Borja para que nos ayude. Pero una cosa te voy a decir —y apuntó a

Jesús con el dedo—: para papá, Borja es un peón que utiliza, pero si papá odia a una persona, ésa es Borja. Le desprecia sencillamente. Cuando habla de él no hallándose Borja delante, parece que mencione a un gusano.

—Si son socios en el periódico y a eso no le hizo ascos, que bien que anduvo detrás de Borja para conseguirlo, no sé por qué va a hacérselos a que sea su socio. Un día u otro papá deberá fusionarse. ¿Con quién? Pues con quien tenga poder, y Borja lo tiene. No dispondrá de dinero, pero es quien le saca las castañas del fuego a papá.

—De acuerdo, vamos a ver a Paco y veremos lo que ocurre después.

—Si papá llega a enterarse de esto, somos hombres muertos —dijo Bern tras un rato de silencio—. Como si yo tuviera poco. ¿Qué tal Melly?

—Oye, Bern. Nunca entendí bien lo tuyo. Sales con ella, te vistes a escondidas, hablaste según tú mismo me has contado con seriedad, la amas de verdad, se lo dices a papá, papá se lo toma a risa, habla con la chica, no la despide, que sería lo natural, y tú reculas. ¿Por qué?

Por toda respuesta, Bern, contrito, extrajo del bolsillo unas fotografías. Jesús las miró alucinado.

—¡Eres tú! —dijo asombrado.

—Y tanto. Una juerga de mierda, una puta puesta a punto y un tío chantajista que me retrata. ¿Ves qué cosa tan estúpida y tan vulgar? ¿Cómo voy a decirle a Melly si se quiere casar conmigo, si alguien anda por ahí con los negativos dispuestos para enseñárselos en cuanto yo dé un paso al frente?

—¿Papá? —Jesús se encrespó.

—Y yo qué sé. Papá o la persona que papá paga o el diablo en persona. El caso es que estoy atado de pies y manos. Para una vez que voy de putas..., me retratan. ¿Hay algo más gracioso?

—Sé franco, carajo. Dile la verdad.

—¿A Melly? No seas necio. Melly es una mujer pura, incólume. Ya la ves vivir. Ni un ligue, ni una salida fuera de la hora... Es una persona como yo quisiera que fuera mi esposa. Nunca, siendo como es, toda espiritualidad, entendería ella estas inmundicias.

—¿Y tú no ves la mano de papá en eso?

—No me entra en la cabeza. Alguien me ha pillado desprevenido. Hablé con Ted de ello. Pero Ted dice que me invitó a la fiesta, aunque él no está jamás en las fiestas de sus clientes. Alguien se quiere ganar un buen puñado de dinero o también puede suceder que tenga los ojos puestos en Melly. ¡Yo qué sé! El caso es que a mí me están destrozando y que si sigo así, entre esto y aquello me iré de casa. Alquilaré un apartamento y me cagaré en la familia Urrutia para el resto de mi existencia.

—Calma, ¿quieres? Más desesperado estoy yo y me aguanto. Hay que obrar con cuidado. Ser comedidos y muy cautelosos. Vamos a citarnos con Paco y que él nos diga cómo arreglamos el asunto de las acciones. Hay que recuperarlas como sea y si no podemos convencer a Paco o él ya las traspasó, que será lo más probable, que nos diga quién las tiene, y si tenemos que echar mano de Borja otra vez, vamos a él.

—¿Y si le contáramos a Mappy lo que nos sucede?

—Tú estás loco, Bern. Completamente loco. ¿No te das cuenta de que Mappy vive al margen de todos estos asuntillos...? Ella es una criatura inocente. Ni nos entendería. Toda la vida en un colegio y sólo sabe estudiar, tener un chófer que la lleva a todas partes y un guardaespaldas que no la deja ni a sol ni a sombra. Se va a Madrid a ver museos, obras de teatro y a su amiguete platónico, el Otto ese que no sé si en vez de para esposo está haciendo oposiciones para cura. En modo alguno lastimaría yo a una mente pura, y el caso es que papá ha conseguido mantenerla así, y cuando le llegue la hora de casarse, la casará con el hombre más rico, más poderoso y de más alcurnia. No sé si el hombre elegido por papá será Otto Malvives o un cuarentón. Pero que será rico, poderoso y aristócrata, tenlo por seguro. Así que a Mappy ni media palabra. No habla nuestro lenguaje.

* * *

—Tu argumentación es muy coherente, Andrés. Es toda lógica. Pero yo soy el responsable del banco y te digo lo que hay. Sabes muy bien que no se puede dar créditos a lo loco, y que tú hasta ahora no has tenido ninguna queja de nosotros. Tal vez con otro banco consigas más.

—No digas tonterías, Ochoa. ¿Cómo voy a conseguir más con otra entidad si yo trabajo mucho con la tuya? Además, los informes serían los mismos. Hasta la fecha no he tenido nunca un no. Me habéis puesto en bandeja cuanto he pedido. Incluso me habéis instado a que los solicitara. Lo hice en momentos de menos apuros financieros y hoy que es apremiante mi necesidad, me obliga a una hipoteca.

—Tampoco es para tanto, ¿no? Que tu banco sea tu socio mientras no abones la hipoteca no es pedir demasiado. Los bancos no están para jugarse los cuartos; cuando lo hacen, tú sabes muy bien que lo hacen sobre seguro.

—¿Me estás diciendo que no es segura mi sociedad?

—Tampoco es eso, Andrés, tampoco es eso. Tu flota mercante está hecha un asquito. Necesitas fletes y los fletes hoy se consiguen con el poder. ¿Dónde tienes tú el poder político? No lo tienes, estás marcado por un régimen que ha pasado a la historia y que no va a volver. Las cosas como son. Tu padre favoreció al General cuanto pudo y el General a él. Así le fueron las cosas. Viento en popa. Pero es que el General está en el Valle de los Caídos y la democracia socialista aquí... ¿Entiendes la diferencia? Tu ideología no te favorece nada y encima con eso de que tenemos democracia no lo ocultas. Cuando hay elecciones eres el primero en significarte. ¿Y ahora qué? Ahora resulta que tus asuntos financieros no marchan bien y acudes a tu banco. Justo, es lo justo, pero resulta que tú tienes un *holding* de puñetas, pero no tienes una solidez solvente. Tienes tu *holding* y con ése no se consigue dinero si es familiar. En cambio, haces una hipoteca, comprometes parte de tu *holding* y el dinero lo tienes en tu poder dentro de una semana.

—Hipotecando.

—Es la solución que te dieron en Madrid, ¿no? Porque tú no te has fiado de mí. Tú te has dirigido a la cúpula y resultó que la cúpula te dijo lo mismo que yo te estoy diciendo.

—No me digas que el banco quiere entrar en mi sociedad.

—No se trata de eso. Se trata de garantías y tus barcos de pasaje, que eran los mejores hace seis años o más, ahora son muy poca cosa y encima los contratos de los fletes se los ha llevado Marítima, S. A.

—En la cual estáis metidos vosotros.

—Nosotros estamos en todas partes, pero no somos los que dirigimos la flota ni somos por supuesto los mayores accionistas. El accionariado mayoritario lo tiene alguien, pero no sé quién es. Yo nunca sé de nombres.

—Lo que yo observo es que Moted, S. A., esa gestora de bolsa, es una de las que tienen acciones en Marítima, S. A. Morrel, S. A., otra de las sociedades de compra y venta de terrenos, está hasta el cuello metida en el mismo agujero y vete a saber cuántas sociedades más de paja habrá introducidas en esa compañía marítima. Me pregunto quién está detrás de todo eso. ¿El Estado?

—Y yo qué sé. Yo soy un gestor relevante, pero sólo un gestor de esta entidad. Y te doy la solución. No permitas la entrada en tu sociedad financiera. De acuerdo. Pero hipoteca una parte.

—Es que estoy solicitando dos mil millones.

—Ya lo sé. Tu patrimonio está valorado en más de cuarenta mil, pero para salvar los baches necesitas liquidez y ahora mismo no dispones de ella. ¿No es eso lo que está sucediendo?

—¡Mira, Sabino, yo ya no sé lo que está sucediendo! —bramaba Andrés—. Pero desde que falleció mi padre y ya antes, desde que él se jubiló y me dejó a mí al frente de sus negocios, parece que tengo una mano negra que detiene todos mis envites financieros. Todo me va al revés. Ahora mismo yo tengo que desembolsar mil millones, porque de lo contrario mi casa será convertida en dos. Es decir, mis terrenos. Tú sabes que yo logré echar de mis tierras a Pablo Morán. Los asuntos de familia me llegaban al cogote. No los soportaba. Bien, pues me comprometí a comprar esa mansión que se ha levantado en el solar pegado a mi finca. Coge parte de la misma y llega hasta los acantilados. Es la mansión que un día, pronto tal vez, será la casa de mi hija Mappy. La persona que hizo todo eso lo hizo por interés personal, pero me consta que debe al banco unas cantidades desorbitadas y yo he de pagarle a él, para que él a su vez me venda a mí. Eso es una, porque la otra son mis barcos, mi fuente de ingresos que se viene abajo.

—Y sigues emperrado en mantener la empresa familiar sin un accionariado ajeno.

—Es lo que no quisiera.

—Pero no se trata de querer o no querer —replicó duramente el director general Sabino Ochoa—. Se trata de que puedas o no puedas hacer frente a todo lo que tienes encima. Los tiempos han cambiado, Andrés, y no te das cuenta. Tú has dejado que la flota envejeciera. Has llevado los barcos al dique cuando se caían de viejos y entretanto sacan otros al mar de puta madre, con todas las tecnologías modernas más sofisticadas. Tú no has reinvertido y la infraestructura está que se cae a pedazos. Has mantenido magníficamente tu criadero de caballos, tus purasangres. Has mantenido sin renovar las acciones en empresas afines y resulta que la bolsa está por los suelos y sin pinta de recuperación. Si vendes ahora te arruinarás. Los caballos de carreras gastan dinero, no dan dividendos, al menos los tuyos. Has levantado una mansión de película para tu hijo Jesús, pero te has olvidado de renovar tus contenedores de carga. ¿Te das cuenta? No hay una mano negra, ni una mala suerte. Hay, digamos, una pésima gestión. Eso y no otra cosa es lo que hay, y si no hipotecas una parte...

—Es que si hipoteco por esa cantidad me juego un socio.

—Minoritario, Andrés, siempre serás tú el dueño, digo yo.

—O sea, que no hay otra solución.

—Si quieres, habla con el presidente. Isidoro Melgar está ahora en Madrid, en su despacho de presidencia. Que él te diga. Yo ya te dije lo que tengo orden de decirte. Y ten por seguro que te hablo como amigo.

—¿Me puedes dar una información? —rezongó Andrés casi agotado.

—Si puedo y no me compromete...

—¿Puedes averiguar cómo anda Borja Morán de créditos?

—Tendría que mirarlo, pero no tengo una idea exacta, si bien ése es intocable.

Andrés dio un respingo.

—¿Intocable?

—En cuestión de poder.

—¿De dinero?

—De poder, Andrés, de poder. Poder político si lo prefieres, para entenderlo mejor. Es un tipo raro, pero que tiene poder en la Administración lo ve cualquiera. Además, ¿para qué nos vamos a engañar? Es socialista desde su nacimiento y con carnet de los primeros. No tendrá dinero, pero pides una influencia y por medio de ese señor la tienes mañana mismo.

—O sea, que si recurro a él... me dan el crédito.

—No seas necio, amigo Andrés. Te dan el crédito con la hipoteca, pero no a través de Borja Morán. Borja Morán tiene poder político, pero aquí estamos hablando del poder del dinero. La diferencia es notoria.

Andrés al fin se levantó del sillón donde se hallaba sentado. De repente parecía que le habían echado dos docenas de años encima.

—Hazme caso, Andrés. No lo dudes más. Hipoteca y el banco se encargará de todos los trámites. Puede venir una buena racha y levantas la hipoteca en un año o menos. Tal vez mañana mismo, ¡quién sabe! Yo, si estuviera en tu lugar, hipotecaría sin más. ¿Quién te ordena y manda? Nadie. Tú mismo. Tus hijos no se inmiscuyen en lo que tú hagas. Y ahora mismo es más importante para ti el dinero que el accionariado... Todo el resto de tu vida no vas a poder mantener solo Teo Urrutia, S. A. No es posible. Ya no es posible una empresa familiar en España. Eso se ha terminado. Tienes asesoría jurídica en tu empresa. Consulta con ella. Verás cómo coinciden conmigo.

—Oye, otra pregunta. Suponiendo que Borja Morán tenga créditos... ¿Qué sucederá si no los paga?

—Debido a su poder, se los podrán retener un mes, dos. No más. El poder político, cuando debes dinero, sirve sólo para treguas, pero no para liquidar deudas. Y menos si son de bancos. ¿He respondido a tu pregunta?

—No claramente, pero es suficiente. Lo pensaré, oye. Lo pensaré...

—Pues ya sabes. Aquí estamos para lo que mandes.

—Eso es una frase, Sabino y no me vengas con tus diplomacias. Yo necesito dos mil millones y sólo se me dan si hipoteco. ¿No es ésa la respuesta concreta?

—No hay otra. Lo siento, pero es que yo no tengo otra.

Andrés Urrutia salió del banco con ganas de matar a alguien. Los escoltas, al verlo en la puerta, acercaron el vehículo y Andrés subió a él bufando. Jacinto y Daniel, sus fieles guardaespaldas, nunca le había visto tan enojado y a la vez tan disgustado.

* * *

Matías dejó coche y pasajera dentro del recinto y se marchó a pie diciendo únicamente:

—A las siete y media estaré aquí.

—Doro... —farfulló Mappy atragantada.

—Le invitaré a almorzar —replicó Matías con todo el respeto que le merecía la señorita Mappy, y le merecía tanto que la vida hubiera dado por ella—. Lo he despistado a la entrada, pero sé dónde está su coche.

—Y... ¿después?

—Le pediré que me espere a la salida de la autopista.

—Gracias, Matías.

—A mandar, señorita Mappy.

Y se fue cerrando él mismo la puertecita incrustada en un lado del ancho portón. Casi de inmediato surgió la figura masculina vistiendo bermudas y una camisa de algodón blanco, de cuello redondo y de manga corta, marcando el fuerte tórax. Iba con unas sandalias de esas que se introducen por medio de una tirita en dos dedos y riendo de aquella manera que sólo Mappy conocía en Borja Morán.

Claro que lo que ella no sabía era que Borja Morán tenía dos sonrisas. Una que se relajaba abiertamente para ella y otra que era seca y fría para los demás.

Mappy, en dos saltos, vistiendo sus pantalones largos blancos y su blusa de seda natural roja de manga corta, estuvo a su lado con ambos brazos rodeándole la cintura.

Y así entraron ambos en la casa. Borja sin apartar el que le rodeaba la cintura y ella con la cabeza apoyada en su pecho.

—Quiero que antes lo veas todo.

Y la llevó por todo el dúplex. Los seis escalones que separaban el piso bajo del otro que formaba el bungalow hacían del recinto un refugio tipo americano con recovecos, tabique, muebles y muchas plantas en grandes maceteros.

Los ventanales de lado a lado haciendo rotonda en el salón y el mismo salón, con ser enorme, parecía tres salones juntos por los distintos apartados de que disponía.

Al fondo, en un rincón con dos pisos más bajos, la chimenea y al lado el redondel de los dos sofás adosados, y la mesa en medio. Una mullida alfombra cubría todo el rincón. No lejos, en otro reducto que parecía acotado, dos sofás, uno de espaldas al otro, y una mesa, con lámparas a los lados.

En el rincón opuesto, una librería llena de volúmenes y un bar adosado que parecía una rinconera, con las botellas y los vasos llegando casi al techo; sin embargo, la barra, haciendo una curvatura, indicaba de lo que se trataba porque a ambos lados había dos altas banquetas.

La entrada iba a conjunto con el salón, separada de aquél por una puerta corredera de cristales emplomados de colores. Y la escalera conducía a la parte superior en la cual tres dormitorios, con sus correspondientes baños, hacían de aquélla una zona más bien íntima. Todo era de tonos claros y las paredes estaban pintadas de un salmón tenue, lo que le daba una alegría especial y muy peculiar.

En el piso bajo, no lejos del salón, se ubicaban el comedor, la cocina cercana amplísima con ventanales a la parte trasera del jardín, una habitación para el servicio con el baño correspondiente y una ancha despensa, y por una escalera de mármol se bajaba a los sótanos, donde se hallaban el garaje y los trasteros.

La extensión de terreno que bordeaba la casa era muy amplia y en ella había una piscina en forma de riñón, vestuarios y zona ajardinada, y no demasiado lejos, en un altillo, la cancha de tenis rodeada de una alambrada especial y espesa. Nada de cuanto se cerraba en el amplio reducto se veía desde fuera, dada la altura de los muros recubiertos en alguna parte de yedra y en otras de espesas parras. Se notaba que si bien la edificación había sido remozada, nada era nuevo en aquella casa, sino más bien restaurado, con una cierta solera muy significativa.

Borja la tenía apretada contra sí mientras hacían el recorrido, y en una de aquellas paradas que hacía para buscarle los labios y besarla como un aleteo de recalentamiento ella susurró:

—¿Es tuyo?

—Me lo han prestado.

—Es un rincón precioso. Qué lástima que no te pertenezca.

—Espero que algún día sea mío. Trabajaré como un loco para conseguirlo.

—Yo tengo dinero, Borja.

—Cariño, tú tienes el dinero de papá y papá no te lo dará para que yo lo gaste...

—No confías nada en papá.

—En cuanto a ti, nada. Ni tú tampoco. Tu padre tiene tantas aspiraciones para ti que jamás se detendrá a medir el amor. Para tu padre, el amor es su mujer intocable, sus hijos no demasiado bien preparados y tú, que eres como un tesoro.

—Tú eres amigo de papa, Borja.

—Oh, sí. Desde mi posición de piojito resucitado.

—No digas eso.

A punto estuvo de contarle la verdad. Seguramente si lo hiciera no ocurriría nada después. Pero... no estaba él dispuesto a jugarse lo único que de verdad le interesaba y consideraba que se lo estaría jugando si fuera sincero y confesara a Mappy cuanto estaba él fraguando para vencer a su mayor enemigo. Claro que ni siquiera por Mappy hubiera renunciado a lo que había sido el motor y el eje de toda su vida. No después de morir Teo, no. Aquello empezó mucho antes, ¿cuántos años? Pues justamente desde que falleció su verdadero padre, el que le engendró, y eso sí que le constaba. El buenazo de Pol, que no sabía guardar rencor a nadie, le puso en la mano los cinco millones. ¡Cinco tan sólo!, que su padre dejó al fallecer.

De eso hacía tanto tiempo que ya casi no se acordaba, pero sí tenía presente que desde ese mismo momento trabajó sin tregua para hundir a los Urrutia. Lo que él no tenía previsto fue la aparición de Mappy en su vida. Es decir, sí que lo buscó, pero lo que ignoraba cuando la buscaba es que ese encuentro iba a hacer jirones sus propios sentimientos.

—Te has quedado muy callado, Borja, cariño.

El aludido se espabiló, la apretó más contra sí y dijo quedamente con una ternura de la que ni él mismo era consciente:

—Es que pensar en que tenemos un montón de horas para nosotros solos y aquí me produce una sensación de seguridad y de plenitud que no te puedes imaginar.

—Hasta las siete y media —susurró ella buscando con deleite los labios masculinos—. Y son cerca de las dos.

—No podemos salir y exponernos a que nos vean juntos. No es que tú seas muy conocida como hija de Urrutia, ni yo tampoco como Borja Morán, pero por si acaso hay por aquí algún amigo o conocido, y siempre hay en Laredo gentes de Santander. Así pues, me he tomado la molestia de preparar una comida a base de mariscos que he pedido a un bar desconocido. Tengo champán en la nevera y unos deseos locos de perder el juicio a tu lado.

Lo estaba perdiendo ya. Su forma de atraerla contra sí, su forma de besarla, su suavidad para acariciarla, y todo aquel conglomerado de pasiones desatadas que en sí y aunque él no lo creyera contenía todo cuanto sentía por la joven Mappy.

Primero se quedaron en el ancho dormitorio que parecía una suite erótica, con las persianas bajadas y una tenue luz iluminando el habitáculo.

Allí vivió con ella unas horas de verdadero éxtasis, como solía suceder en el apartamento de Madrid de la avenida de Islas Filipinas, con la diferencia de que cada día aquel sentimiento y aquella atracción se consolidaban más.

Mappy era una mujer adulta. Podía, y de hecho era así, funcionar como una criatura en apariencia, pero de aquella niña ingenua había hecho él una adulta con todos los aditamentos propios de una mujer de mundo en cuanto al amor y a todas sus habilidades.

A Borja, tan poco dado a ternuras, Mappy se las inspiraba todas. No le enseñó a vivir el amor con el afán del vicioso, sino que usó el vicio amoroso para gozar y enseñar a la joven a extraer de la circunstancia afectiva toda la savia de la vida.

Tendida sobre él, que se mantenía contemplativo después de haberse entregado con el mismo ardor voluptuoso que ella, la joven le recorría las duras facciones con la yema del dedo. Todo el delicioso peso de su cuerpo caía en el costado de Borja, haciendo que una esbelta pierna cabalgara sobre medio cuerpo masculino y manteniéndolo prisionero bajo sus caricias.

—Si un día —susurraba— me dicen que esto me es negado, me mato. Fíjate si has llegado a ser importante para mí.

—Pues puede que te pongan algún día en esa disyuntiva, Mappy querida. Mi amada niña. Piensa que te llevo muchos años, que soy el hijo de una familia que si bien siempre estuvo relacionada con la tuya, y a dos pasos, que si bien fui amigo de tu padre desde que tuve uso de razón, es todo pura pantalla. Nada es cierto entre esas dos familias, porque tu padre nunca ha perdonado que mi madre fuera la madre de su hermano bastardo.

—Son viejas historias, Borja. Y todo eso con el tiempo se disipa y se asume como es. El abuelo ha muerto y con su muerte en el panteón familiar se han ido muchas rencillas.

—Pero por si no se lo han hecho, como sería de esperar, piensa que un día tú tendrás que elegir.

—¿Entre...?

—Los tuyos o yo.

—Borja, ¿cómo dices eso? ¿Cómo lo dudas? ¿Acaso puedo yo ya pasar sin ti?

—Vamos a comer. Tengo el marisco dispuesto y el champán frío en el frigorífico.

Al rato, medio desnudos, con las miradas fijas una en la otra, se escurrían hacia una esquina del salón, y sentados en el suelo sobre una alfombra, con el marisco en una mesa baja, comían frente a frente conversando sobre mil temas diferentes. Tal vez fue aquélla la primera vez que Mappy se interesó por la vida y el trabajo de Borja Morán.

—Soy abogado, como sabes —decía Borja con fluidez—, pero nunca ejercí como tal. Tengo un semanario que es mi fuente de ingresos y alguna publicación más de un rango digno que en cierto modo me compensa la vulgaridad. Pero como el mundo está alienado, como se busca el morbo y se quiere saber qué ocurre de lacrimógeno en la existencia de los demás, el semanario cutre es el que da algún dinero. Después tengo asuntillos de poca monta aquí y allí y voy ganándome la vida haciendo favores.

—Como la mansión que está haciendo papá.

—Que le venderé a tu padre, sí. Pero yo la levanté con dinero que no era mío. Es decir, con préstamos e hipotecas.

—Parece ser, según le he oído a papá, que tiene problemas para pagarlo.

—Pues tendrá que hacerlo, a menos que se exponga a que yo se la venda al mejor postor.

—¿Y lo harías?

—Mappy, el trato es ése. Yo la levanté para tu padre, y me empeñé hasta los dientes. Convencí a mi hermano y a su mujer para que se fueran, demolí su casa... Ahora mismo tengo mi vida comprometida del todo. Esperemos que tu padre consiga el dinero, pero... ¿merece la pena hablar de eso?

Mappy se lanzó a sus brazos.

—No lo merece —dijo ahogándose por la emoción—. Lo único interesante es que tenemos aún unas horas para estar juntos y solos y no me canso nunca de ser tuya...

Lo volvió a ser con un éxtasis absoluto...

* * *

Paco Santana le había citado. Borja no se dio ninguna prisa.

Había regresado al apartamento a las nueve y tenía el aviso en el contestador. Oyó pacientemente el mensaje de su testaferro y lo citó en un pub del Sardinero.

—Estaré en el reservado a las once. Pero no antes. Ah, dile a Ted que esté disponible para mañana. He de verle antes de regresar a Madrid.

—Pero ¿regresas mañana?

—A menos que haya novedades.

—Pues las hay. De modo que ve pensando en dejar tu avioneta en el hangar.

Pese a todo, Borja no se apresuró lo más mínimo. Se dio una ducha, rememoró el día en Laredo con Mappy mientras el agua a presión azotaba el cuerpo y una luminosa sonrisa distendía sus labios.

Cuando a las diez y media salió decidido a hacer el camino a pie, vestía pantalones blancos, zapatos negros de fina piel sin calcetines, moreno y bruñido, fresco, de aspecto algo rudo, cubría su tórax con un simple Lacoste azul marino y llevaba un suéter de lana del mismo tono atado al cuello por las mangas. Parecía más joven con aquella vestimenta. Nadie al verlo diría que era el hombre de negocios más hábil de cuantos pisaban Cantabria. Ni diría o supondría que en Madrid iba en un Porsche o un Testarossa de diecinueve kilos. Porque en Santander, si conducía algún coche, era siempre de marca nacional y no precisamente nuevo. Ted disponía de cuatro o cinco cacharros más bien gastados, con algunos años de vida encima y muchos kilómetros, y él solía usarlos.

En Santander se le consideraba un hombre con poder político, pero no con dinero. Y se suponía que vivía más bien del cuento, de sus influencias en el poder.

Pero la verdad era muy distinta y Borja estaba orgulloso de no deber al poder ni un solo duro. No había conseguido nada por influencia ni el tráfico de la misma era su fuerte, aunque la usase para otros. Para sí mismo había tenido tan sólo tesón e ingenio y unas ganas desmesuradas de ser rico.

Y no rico precisamente para serlo a secas, sino para derribar a los que se había aprovechado de la debilidad de una mujer con un marido ausente. O del ausente ingenuo y avasallado. Eso, por supuesto, iban a pagarlo caro los Urrutia. Para él no había ni Teo ni Andrés, había, por el contrario, unos Urrutia que, salvando a Mappy, eran todos como uno solo, uno que se llamaba Teo, sencilla y llanamente.

Entró en el pub y se dirigió directo al reservado. Allí esperaban Paco y Ted.

—¿Tú también?

—Es que estamos metidos en un aprieto —dijo Ted—. Los chicos Urrutia están intentando localizar las documentaciones de cesión. Tú dirás qué hacemos.

—De momento tú ahora mismo te largas. Te veré mañana en tu despacho. Yo voy a hablar con Paco. No quiero que nos vean juntos a los tres. Ah —añadió seco cuando Ted ya alcanzaba la puerta—. Procura ver a Muntaner y a Palomar. Diles que no sean imbéciles y que hagan menos alarde de su dinero. Si siguen presumiendo de lo que no tienen, van a llamar la atención y si eso sucede, adviérteles que saldrán disparados de mi equipo o los mandaré con trapos y todo al mismo infierno.

—Ha llamado Susan preguntando por ti.

La réplica de Ted le dejó un segundo perplejo. Pero reaccionó enseguida. Nadie como Borja para decir las palabras más duras, con la más dulce sonrisa del mundo. Sólo en sus negros ojos se apreciaba un chispazo de contenida irritación.

—Susan jamás se habituará a ser discreta. Si continúa por ese camino tendré que anularla. Y cuando las personas saben tanto, se las acalla para siempre. Es mejor que se lo adviertas.

—Estaba enfadada.

—Tiene dos trabajos. Enfadarse y desenfadarse. Suerte, Ted. Te veré mañana, pero de cualquier forma yo saldré mañana de Santander aunque tenga que volver al día siguiente. Díselo así a Raúl.

—Raúl no se ha movido del aeropuerto. Pero no te olvides de que Santander no es Barajas, y tu avioneta en el hangar llama la atención.

La misma sonrisa amable de Borja volvió a distender sus labios, pero en cambio dijo con su habitual brevedad seca y fría:

—Los amigos poderosos dejan las avionetas con facilidad a sus compañeros. No te olvides de ese detalle.

—¿Confías plenamente en tu piloto?

—Ted, el día que yo no confíe en mi gente, la anularé. No te olvides.

Ted salió a toda prisa y Borja se volvió con lentitud hacia Paco Santana, que lo había oído todo.

—Bueno, Paco. Pide un whisky y cuéntame qué está sucediendo.

—He recibido esta tarde la visita de los dos cachorros.

—¿Y...?

—Quieren que localice los documentos.

—Y tú no sabes dónde están.

—No.

—Pues muy bien.

—Es que ellos desean saber quién los tiene y rescatarlos.

—¿Tienen el dinero? —preguntó con una sonrisa cuajada de ironía.

—Supongo que lo están negociando.

Borja pensó que también el padre lo estaba haciendo, pero dudaba de que lo consiguiera en las condiciones que él pretendía.

—¿Qué has sugerido a los chicos?

—Quedé en darles una respuesta mañana por la mañana.

—Ya veo que me has pillado de milagro y que me vas a joder el viaje a Madrid. Me quedo un día más. Cítalos conmigo en mi pobre despacho del puerto. Ah, y ojo con lo que dices. Si algo hay que decir, ya lo diré yo. —Les trajeron el whisky—. Una vez que tome esto, me vas a llevar en tu coche a la oficina. Necesito cursar un fax.

—Oye, Borja. ¿Se puede saber qué te propones?

Borja fijó la mirada en Paco, una mirada helada.

—Si yo quisiera que supieras lo que estoy haciendo, te habría puesto al tanto desde un principio, y que yo recuerde, te tomé en mi equipo hace doce años, ¿o no?

—Por supuesto.

—¿Te ha pesado alguna vez?

—Coño, no se trata de eso. Yo soy un testaferro. Figuro en tus sociedades de paja y en las que lo son menos. Pero no sé aún qué persigues.

—¿Te pago poco?

—Muy al contrario, jamás soñé ganar tanto.

—Pues pon lo que ganas a buen recaudo y si quieres un consejo ve aflorando tu fortuna. Dentro de nada no se podrá ocultar un solo duro en España, un solo duro que no pesque el fisco. De modo que, cuando quieras acciones de verdad, ve comprando en sociedades registradas, sociedades mercantiles que no sean de paja. Las de paja te dan para meterte en el accionariado de las de verdad. Ahí tienes a Moted, S. A. No es ninguna broma. Puedes elegir Morrel, S. A. Recalifica terrenos que producen cantidades considerables. O Marítima, S. A., que posee los mejores doce buques de España.

—¿Yo en esas empresas?

—Sí, ¿por qué no?

—Pero, Borja. ¿Quién me da paso a ellas?

—Cuando te apetezca, te abro el camino. De cien millones para arriba cuando quieras.

—Yo no tengo cien millones. —Paco se alarmó.

—Ya he terminado el whisky; paga y vámonos, si es que tienes el coche por aquí cerca.

—A unas manzanas.

—Llévame a la puerta. Ah, oye, si quieres, cuando todo esto aflore —Paco no sabía qué tenía que aflorar—, te mando a Madrid. Allí podrás tener amigos, entrar en un equipo que trabaja mucho, viajar más y ganar lo que desees, pero hay que esforzarse como un burro. Si quieres información de primera mano, habla alguna vez con Manuel. Es mi hombre de confianza para todo.

—¿Y sabe Manuel lo que tú buscas?

—¿Y por qué ha de saberlo? Es más discreto que tú, por eso gana más dinero. La discreción, Paco, es lo más importante cuando uno no mete las narices donde no debe. Casi siempre que se meten las narices donde uno no debe, le huele mal o sale escaldado... —Le asió por el brazo y salieron juntos a la calle. El Sardinero estaba profusamente iluminado y ambos caminaron derechos hacia un aparcamiento—. Ahora me dejas en la oficina del puerto y te vas.

—¿No te espero?

—No.

—Oye, ¿si los chicos me llaman?

—¿No lo has entendido aún? Los citas conmigo. Diles que tal vez yo tenga soluciones. Por supuesto, ignoras ahora mismo dónde están los documentos.

—Lo curioso es que lo ignoro, Borja.

—Por supuesto. —Éste sonrió de aquel modo oscuro y frío que nada concreto indicaba—. Si lo supieras, sabrías demasiado. Pon este vehículo en marcha. —miró a su alrededor—. ¿No es demasiado elegante este coche para un tipo que sólo tiene un puñado de acciones en un periódico?

—Hombre...

—Ya lo sé, no me lo digas. Los españoles por un coche son capaces de vender su alma al diablo. Sólo tienes que fijarte en los concursos de la tele. Ponlo en marcha. Les ofrecen una tiara de brillantes que valen seis veces más o un apartamento y ellos, hala, se tiran al coche como hambrientos, y la mayoría de las veces ni siquiera tienen dinero para pagar la gasolina que consume el aparatito con cuatro ruedas o para una pieza de recambio no les alcanza ni el sueldo de un año. Pero tú tranquilo, porque como somos así, a por el coche, caiga quien caiga y haciendo el negocio más ruinoso del siglo. Déjame aquí, tú puedes irte. Ya me las apaño solo. Despúes pediré un taxi, que es lo más cómodo.

—Parece que te disguste en algo, Borja, y lo lamentaría.

—Más lo podrías lamentar tú. Pero de momento no estás haciendo las cosas demasiado mal. Cítame para mañana.

* * *

Isa estaba retozona y Andy con muy pocos deseos de complacer a su mujer. Y eso que llevaba días sin hacer el amor con ella. Pero... las preocupaciones también contienen las apetencias y lo meten a uno en el agujero de la abstinencia aunque no quiera.

Explicarle eso a su mujer, que los negocios le iban al revés, no era su estilo. Él jamás dio cuentas a su mujer de sus asuntos financieros. Isa era estupenda para un desahogo. Para calmar sus calambres eróticos de vez en cuando. Era una sosa, pero a falta de pan, buenas son tortas.

Belén se las había apañado. Andy se preguntaba quién sería el fulano que le robaba los favores a Belén Bergara, porque suponer que Belén Bergara pasara sin sexo era suponer que la luna calentaba.

De todos modos, ni siquiera el ardor erótico de Belén hubiera despertado su apetencia sexual dada la situación que atravesaba. Y mucho menos que Isa se pusiera cachonda con aquel modelito negro incitante. Imaginaba que en alguna revista había leído su buena mujer que con aquellas ropas los maridos no se resistían. Isa, la pobrecita, era una buenaza y él, la verdad, nunca se preocupó mucho de espabilarla.

Así que al salir del baño se topó con Isabel, que sobre el lecho hacía alguna pirueta como haciéndose notar. Andrés, algo rudamente, dijo.

—Isa, me es de todo punto imposible.

La mujer se ruborizó y las dos partes de la bata transparente de tono negro, como muy avergonzada, fueron cerrándose.

Pero ni eso ablandó al duro Andy...

—Oye, tienes que perdonarme, pero las cosas... no están nada bien. Y mi cabeza se halla algo embotada y con la mente todo lo demás, porque la mente es la que mueve todo eso otro que tú deseas ahora.

—Tú tranquilo, Andy.

—Si ya lo sé, mujer. Pero... uno ha de cumplir, ¿no? Lo que sucede es que... en fin. —Se deslizó en el ancho lecho con un suspiro—. Ven aquí. Isa, acuéstate. Estás guapísima con esa ropa. Pero yo...

—Lo sé, lo sé, Andy, perdóname.

—No es para tanto, mujer. No es para tanto. No tengo nada que perdonarte.

—Es que hace tantos días que...

—¿Muchos?

—No los he contado, pero más de tres semanas.

—No tengo perdón, Isa, querida. —Le pasó un brazo por los hombros y quedó recostado entre los almohadones—. Pero ando muy inquieto.

—¿Lo de la mansión?

—Es que me saca de quicio que Borja pueda venderla a otra persona.

—Borja no te hará eso.

—¡Oh, Borja! ¿No pensarás que esa rata va a andarse con remilgos ni consideraciones? Tiene poder político, ¿y qué?, eso no da de comer. Da para hacer un favor, pero él trabaja por dinero. El trato fue ése. Echábamos de aquí a Pol y él levantaba una casa. Se hacía con los terrenos colindantes. Para eso sí le sirvió la influencia y el poder de su partido. Morrel, S. A. le vendió los terrenos. A mí se

negó, pero él no sé de qué se sirvió, el caso es que los ha conseguido. Ahora pide mil millones por todo.

—Eso es mucho dinero.

—No tanto, no tanto. Dicho así es una barbaridad, pero si vas a
medirlo por partidas es una ganancia para él de cien o poco más. Y
en una operación de mil millones cien no son nada. Pero sí lo son
el helipuerto, las carreteras interiores, el embarcadero y las carreteras que conducen a él rozando los acantilados. Esa propiedad supone para mí media vida. La ambición de mi existencia. En vida de
mi padre ya quise hacerlo. Cuando él se jubiló decidí que lo haría y
llegué tarde... Los terrenos, que valían entonces una docena de millones, se cotizaron en unos cientos después. La mansión, que además es como dos separadas por soportales, y la piscina climatizada,
es que ni en una película americana. Todo eso es para Mappy...
Deseo que el día que Mappy se case viva en esa mansión. Todo
queda dentro de mi propiedad.

—Y Borja no te lo ha cedido aún.

—Si no se trata de eso. Se trata de que no dispongo del dinero.

—¿Y los bancos?

—Quieren que hipoteque, con cesión de papel además.

—Eso es mucho.

—Es lo que yo digo. Pero si hago la hipoteca, me expongo a que
mañana alguien la compre y me tope de un momento a otro con
que Teo Urrutia, S. A. sólo posee la mitad de sus propias acciones.

—Eso es romper la tradición.

—Eso es lo que yo digo. Pero tampoco sin capital puedo funcionar solo. Los barcos están para venderlos como chatarra y comprar
unos nuevos. Y necesito no dos mil millones, sino media docena de
miles de millones.

—¿Y qué vas a hacer?

El calorcillo del costado de su mujer había ido despertando el
ansia sexual de Andy. Además, Isa había hecho algo que no solía
hacer. Le había pasado una pierna por encima de las suyas y Andy
no era de hierro, sino de carne blanda y pecadora.

Antes se desahogaba con Melly. Una sacudida y ya se quedaba listo, muy satisfecho además. Pero cualquiera tocaba a la chica del artilugio. La había abordado varias veces ofreciéndole el oro y el moro, pero la chica no soltaba sus cintitas. Seguro que un día incluso tendría que aceptarla por nuera. Claro que para eso... quedaba mucho camino. No se veía él aceptando así por las buenas la boda del inocente de su hijo Bern con la astuta francesita.

—Andy, estás poniéndote cachondo...

—Oye, es que te toco y...

—Entonces ¿sí?

—Pues bueno... Uno no es de hierro...

Isabel se deslizó por él y Andy perdió un poco su sentido común. Pensó que necesitaba aquel desahogo. El no solía contarle a su mujer las cosas que le sucedían en la empresa, pero aquella noche había tenido que decir algo para no ahogarse solo, y mira tú por dónde le entró la apetencia y lo estaba pasando muy bien con Isa, porque quizá su mujer había leído en alguna parte que para retener al marido había que echar los prejuicios fuera. Y por lo visto, alguno de aquellos prejuicios sí que había lanzado lejos Isabel.

Lo estaba haciendo muy bien. Tan bien que incluso se olvidó de Belén y sus senos turgentes y sus movimientos eróticos y sus ardores sexuales. Cuando se dio cuenta, estaba descansando plácidamente con su mujer pegada contra sí.

Se levantó más contento esa mañana. No era un hombre que diera excesivas explicaciones de sus asuntos, pero entendía que aquello debía consultarlo con sus dos hijos. Con Mappy no, ¿para qué? Mappy era una inocente, aunque con el tiempo llegaría a ser abogada en la empresa, pero de momento sólo era una estudiante ingenua, de veintiún años, buena estudiante, sí señor, pero una cría a fin de cuentas, y además él era depositario de su fortuna y mientras no se casara, no le daría explicaciones de nada. Una vez casada, e intentaría que lo hiciera con una persona de dinero, tal vez su empresa recibiera además un aliado colaborador, una inyección económica, que buena falta le estaba haciendo.

A la hora del desayuno citó a Bern.

—Dile a Jesús que os quiero ver a las doce en el despacho de la sede. En dirección a ambos.

Bern pensó en otra cita que tenía. Tal vez por eso alzó vivamente la cabeza.

—¿Hoy?

—Sí, ¿pasa algo?

—No, no. Pero... ¿no podría ser por la tarde?

—¿Qué es lo que os ocupará la mañana?

—Jesús y yo tenemos un asunto con los fletes de dos contenedores. Nos hemos citado —mintió— con sus armadores. Nos encargaste el asunto hace dos días y ayer contactamos.

—De acuerdo, entonces nos vemos en Río de la Pila, en El Riojano, y comemos juntos. ¿Qué dices a eso?

—A las dos y media. ¿Te parece bien?

—No faltéis.

—Por supuesto que no.

—Mira, tu hermano baja ahora en el coche. Yo iré dentro de un rato. Ah, oye, si puedes ve en su coche. Sal a la terraza y detenlo. Mi coche está en el chapista y voy a usar el tuyo, y los otros dos, uno lo lleva Matías con Mappy y otro se queda con el chófer para tu madre.

Bern ya salía al recodo de la terraza y agitaba las manos para detener el coche de su hermano, que bajaba del picadero e iba a cruzar cerca de la mansión de sus padres. Jesús debió de ver a Bern, porque frenó en mitad de la cuesta y esperó pegado al arcén.

—¡Os dejo! —gritó Bern—. En El Riojano a las dos y media, papá.

—De acuerdo.

* * *

—¿Qué supones que desea de nosotros?

—Lo ignoro.

—¿Sabrá...?

—¿Lo nuestro? No, no lo sabe aún. Y cuando lo sepa, si es que lo hemos solucionado yo me voy de casa. No quiero vivir en guerra, y la tendré si se entera de que vendí acciones.

—Helen ya regresó de París anoche.

—¿Y...?

—No voy a disponer de todo el dinero. Es mucho. Pero hemos quedado Helen y yo en vender unas joyas, y con lo que le dio su padre y mi tiara de brillantes... se completará la cantidad. Dime qué harás tú.

—Tenemos una cita esta mañana con Borja. Supongo que él nos dirá algo. Nos orientará. Paco me llamó anoche y me citó con Borja para las doce en su oficina del puerto. Me pregunto cada día qué hace Borja en esa oficina.

—Vende y compra. Es un trapichero. Pero hasta la fecha fue quien nos ayudó en todo. Ted me dio el dinero gracias a él. Le aconsejó que me lo diera. Un poco hoy, otro mañana. Total, que ahora es una cantidad considerable. Yo no voy a poder recuperarlo todo, pero si con la ayuda de Borja logro un crédito...

—Pero ¿no sabes lo que está pasando con el crédito que pide papá?

—Papá pide miles de millones. Yo sólo doscientos.

—Carajo, Bern... No es una cantidad desdeñable. Me pregunto en qué gastaste tú tanto dinero en media docena de años.

—Más años. Empecé ya a gastar siendo un retoño. Mucho antes de que muriese el abuelo. Primero fueron cantidades insignificantes. Después..., ¡yo qué sé! Perdí en el juego cantidades exageradas. A veces pienso que expuse demasiado. Ahora me encuentro atrapado, enamorado y con poco que ofrecerle a mi futura mujer. Si las cosas siguen así, Jesús, yo me largo. Hicimos muy mal no terminando la carrera. Papá nos tiene presos.

—Tampoco digas eso —refutó Jesús—. Nos da más de lo que necesitamos. Lo que pasa es que las cosas han cambiado. Antes eras un niño rico, y todos doblaban el espinazo ante ti. Ahora o eres pobre como las ánimas del purgatorio o eres un rico poderoso. No hay clase media ni clase de nombre. El nombre te lo mandan al carajo. Si no tienes dinero que lo adorne de poco sirve el apellido. Además, un día yo voy a desear montar mi propia empresa. La de Teo Urrutia, S. A. se desmorona. No hay dios que aguante hoy una empresa familiar y papá piensa que todo sigue igual que cuando Teo se acostaba con la mujer del capitán sin que nadie se rasgara las vestiduras. La vida es cambiante, la sociedad ha avanzado de tal manera que ahora una chica virgen a los quince años es una chica que no miran los ojos masculinos. ¿Te das cuenta? Yo hice malabarismos para perder la castidad y no la perdí del todo hasta casarme. —Bajó la voz—. Por eso tal vez me casé tan joven y me fastidia que a estas alturas tenga que conformarme con una mujer, cuando hay tantas por ahí.

—Jesús, ¿qué dices?

—Lo que oyes. Helen es mi mujer, la madre de mis hijos, y siento por ella un gran afecto y respeto, ¿cómo no?... pero hay cada tía por ahí...; en la misma oficina tengo una secretaria que cada vez que se inclina hacia mí le veo las tetas. Y son hermosas, oye. Una vez se las toqué y si crees que hizo ascos... Nada, ¿eh? Se aferró más y yo le metí los dedos bajo la blusa. Si no llega a venir un botones en aquel momento, me la tiro allí mismo.

—¿Y cuando se fue el botones? —preguntó Bern con los ojos agrandados—. Porque el botones no se quedaría en el despacho.

—Claro que no, pero se fue ella.

—¿Y...?

—Nancy dijo que no.

—¿No? Entonces ¿por qué te permitió...?

—Mira, Bern. Las cosas como son. La chica es una preciosidad, pero me ha demostrado que además de cama, quiere nombre, es decir, boda.

—¡Atiza!

—Y eso no, mira. Yo no dejo a Helen. No me divorcio. Además, yo la quiero. Uno llega a cansarse siempre de lo mismo, pero como hace nuestro padre, tiene amigas... ¡Vaya si las tiene! Pero no amantes fijas. La mujer de uno, la madre de tus hijos antes que el mundo entero. Nos han enseñado así, ¿no? Claro. Pues yo puedo acostarme con Nancy si ella está de acuerdo. Pero sólo eso. Pero la muy puta no es eso lo que quiere. Me incita, le meto mano y después, que si quieres arroz, Catalina.

—O sea, que ella va en serio.

—Pretende que vaya yo, que es muy diferente.

—Tal vez si yo...

Jesús, que conducía serenamente ya por mitad de la autopista que discurrían al centro, dio un respingo.

—Ni te metas. Con lo sentimental que tú eres, Bern, ésa te pesca. Olvidas a la francesa y olvidas a quien sea. Si está... —Soltó el volante para hacer curvaturas con las manos y morderse los labios—. Así, oye, de miedo. Está para comérsela. Pero ya sé que tú estás enamorado de Melly. Pues no hay color, ¿eh? Ni color. ¿Te has fijado en ella alguna vez? No, qué va, tú desde que estás enamorado, te has obsesionado. Pero a medida que tú te ibas enamorando de la francesa, yo me iba desenamorando de la mía, se me iba la venda de los ojos y veía con nitidez, y no hace falta ser tan nítido para ver esas cosas. ¡Qué cosas! ¡Qué senos! ¡Qué caderas!... ¡Y qué boca! Es que está como si se pasara el día diciendo «bésame». Es más, si le tiro de nuevo los tejos y no responde, la cambio. Se la mando a cualquier otro ejecutivo. Seguro que me lo agradecerán. Pero yo, teniéndola inclinada sobre mi mesa mientras veo su canal de Suez a cada instante, y oliendo a lo que huele...

—¿Y a qué huele?

—¡Y yo qué sé! A eso. A sexo, a ganas que te entran... Lo paso mal, vaya. La que se lo pasa mejor es Helen, que no se entera de nada, pero yo llego a casa más ardiente que una llama y me desahogo con ella. Helen encantada, tú, pero sin enterarse de que cuando estoy con ella, estoy pensando en Nancy.

—Ten cuidado —rezongó Bern—, las francesas son muy suyas. Cuando son fieles exigen fidelidad. De lo contrario, te pueden dar un disgusto de aúpa.

—¿Helen? No digas tonterías. Es más vaga que un zapatero. Yo no sé si los zapateros son vagos, pero por lo menos se pasan el día sentados. Pues Helen es de ésas. Ligerita para las fiestas, para hacer el amor, para irse a Francia a comprar trajes, que no baja de los dos millones el viajecito y encima en *jet* privado, y al final... ni siquiera duerme a sus dos hijos. No tengo más, ¿oyes? Ni uno... El día que sean un poco mayores, al colegio, y se acabó la historia. Te diré además que tu nurse quiere irse. Está esperando a que encontremos a otra. Y ella misma la está buscando.

—Pero... ¿adónde se irá?

—Dijo que a trabajar en otra cosa. Que sabe no sé cuántos idiomas y eso hoy se paga caro... Será también porque tú estás más mudo que un muerto. ¿Qué pensará de tu silencio? Yo te dije ya lo que haría en tu lugar.

—No me irás a decir como papá, que me acueste con ella.

—¿Te dijo eso papá?

—Claro.

—Y tú todo ofendido, ¿no?

—Imagínate. Yo la quiero de verdad y estoy sufriendo por esa razón, y ahora se me viene encima esto. —El coche entró ya en la capital y se dirigió a los muelles—. Lo dejaré en el parking, porque la cita con Borja es en su oficina y queda aquí cerca.

—Debemos almorzar con papá en El Riojano.

—¿Y eso?

—Yo qué sé. Querrá hablarnos del préstamo que ha pedido o de si se ha enterado de lo nuestro... Pero no, de esto no es. Si se enterara, no tendría esa expresión disgustada, la tendría enfurecida. No sabe nada de lo nuestro, está inquieto por el problema que se le viene encima...

—Y no quiere hipotecar.

—Qué otro remedio le va a quedar, Jesús. ¿No lo comprendes? Pero ahora mismo el problema de nuestro padre no me interesa. Me interesa mucho más el nuestro. Que Borja nos dé una solución, y si Paco Santana nos remitió a él, por algo será. Son los dos socios del periódico junto con papá y Muntaner y ese Palomar. Tú sabes lo que papá está trabajándose a estos dos últimos para conseguir que le vendan sus acciones. Se quiere cargar a Borja, ¿tú sabías eso?

—Pues no lo entiendo. Pero claro que lo sé. Me pregunto a quién no quiere nuestro padre cargarse si le estorba. Primero convence a Borja para que a su vez Pol le venda las acciones. Se las reparten a partes iguales y ahora, ¿qué? Una patada a Borja y a la calle. ¿Sabes lo que te digo? No me parece Borja un tipo que se deje pisar tan fácilmente.

El coche llegó al parking y ambos salieron. Bern miraba la hora en su reloj.

—¿Vamos ya? La cita es a las diez y faltan diez minutos.

—Si nos busca papá...

—Va al banco primero.

—¿Estás seguro?

—Supongo. Borja es el dueño de momento de toda la edificación. Están decorándola. Si papá no encuentra los millones que pide, y que Borja debe a los bancos, el desastre puede ser doble. No me imagino a Borja, que se mata por un duro, regalándole a papá la mansión. Y si la vende, imagínate la ira de papá y todos sus planes volando por los aires.

—Tampoco considero que alguien desee una mansión en semejante lugar. El que gasta tanto dinero busca aislamiento, ser dueño y señor de todo, y ahí se encuentra con un vecino que no es precisamente un don nadie. Una vez tirada la valla que se levantó sólo para edificar, no hay delimitaciones. Está hecha para nuestra familia y no creo que ninguna otra quiera tanta vecindad. Y no me creo tampoco que nuestro padre esté de acuerdo en que unos extraños se le metan en las putas narices.

Caminaban uno junto al otro. La sede de Teo Urrutia, S. A. se levantaba al fondo del muelle en una calle adyacente. En un edificio viejo, en los bajos, tenía Borja sus oficinas. Dos despachos y un salón. Había dos botones y un oficinista. Pero no se sabía bien qué hacía Borja, porque cuando se hallaba en Santander solía visitar aquel lugar, pero no paraba mucho en él.

Los dos hermanos iban muy seguros y bastante menos inquietos que el día anterior. Si Borja estaba de por medio, no cabía duda alguna de que el asunto tenía fácil arreglo. Era mucho dinero, pero si Paco les había remitido a Borja Morán sería por algo. Y Borja a ellos les había arreglado muchos desaguisados desde que dejaron de ser adolescentes y se convirtieron en hombres.

Cruzaron el umbral y apareció el botones.

—Buscamos al señor Morán —dijo Jesús.

—Lo sé.

—¿Dónde nos espera?

—En la avenida de Calvo Sotelo, en el número seis. En el hotel Rex —añadió el botones ante la cara de asombro de los dos jóvenes Urrutia—. En el salón del hotel Rex.

—¿Ahora?

El botones miró la hora con gesto indiferente.

—Acaba de llamar y ha dicho que entre las diez y media y las once estará allí. Recuerden: el hotel Rex, en el salón, a la hora que les he dicho.

Jesús y Bernardo se miraron entre desconcertados y admirados. Desconcertados por el lugar, pero admirados de tener que llamar la atención ante sus conocidos entrevistándose allí mismo con el mecenas...

—Vamos a sacar el coche del garaje —dijo Jesús—. Ya veremos si esta mañana recibimos un susto, un sablazo o un consuelo... No me fío ya de nadie. Pero menos de que tal papeleta se arregle así por las buenas...

10

La cara oculta del odio

Andrés Urrutia tenía en mente aquella mañana hacer varias cosas. Y todas importantes. Pero prefería primero arreglar las personales y decidió que lo haría antes de ir a su oficina.

La entrevista con sus asesores jurídicos la tenía pendiente. Pero ya sabía lo que pensaban. Por tanto, casi prefería arreglar primero lo de la nurse, y una vez seguro de que la chica se iría para el resto de su existencia, ya disiparía sus dudas financieras. Sabía dónde encontrarla a aquella hora. Así que dejó a Isa con Mappy en la mansión y se fue campo arriba en su cochecito eléctrico. Un vehículo pequeñito, pero muy útil, que usaba para desplazarse en las partidas de golf con sus amigos.

Cuando llegó al picadero torció a la izquierda entre campos y macizos. Al fondo se hallaba una piscina y seguro que la chica estaba allí con los niños.

No tenía ningún miedo a que le viese Helen. Primero porque su nuera se levantaba tardísimo. Suponía Andy que Helen jamás había visto en su vida un amanecer. Y por otro lado, tampoco su nuera se hubiera extrañado de ver al abuelo con sus nietos y, de ser así, lógico que estuviera con la nurse.

Así que estacionó su cochecito eléctrico de cuatro ruedas y se acercó con andar perezoso hacia la zona de recreo.

Le había costado un dineral hacer aquello. La mansión, las piscinas y la cancha de tenis, pero ya tenía a uno de sus hijos acomodado. Jesús no era ninguna lumbrera, por supuesto, pero trabajaba, que eso sí era importante.

Tanto él como Bern llevaban diligentemente lo de las consignas de otras compañías y eso mal que bien producía dinero. La pena fue que él según iba ganando no fuera reinvirtiendo o que lo hubiera hecho en cosas que no daban beneficios. Porque la mansión de Jesús la mantenía él, pero quien le pagaba a Jesús era la compañía Teo Urrutia, S. A. Y le pagaba bien, y aun así la casa se la había regalado con todo lo que la rodeaba.

En vez de hacer mansiones, debería haber renovado barcos y ahora le luciría más el pelo. Seguro que su padre, si se levantara de la tumba, le tildaría de mal gestor.

—Buenos días —saludó deteniéndose ante la piscina infantil donde sus dos nietos daban saltitos y Melly los vigilaba.

—Buenas —replicó la nurse.

«La muy zorra —pensó Andy dominando su indignación—, no está sumisa, sabe bien que me tiene atrapado.»

—Oiga. —La trató de usted con todo respeto—. Me gustaría hablarle.

—Si es para lo de siempre, no.

—Oiga...

—No.

—Pero, vamos a ver. Yo no me he metido en nada.

—¿Está seguro?

—Por supuesto. Yo sólo deseo llegar a un acuerdo con usted. Le pago y usted me devuelve las cintas y aquí no ha ocurrido nada.

—¿Y qué le ha dicho usted a su hijo para que me haya ignorado así?

—Eso sí que no, ¿eh? Eso no es cosa mía. Bern sabrá por qué. Pregúntele usted.

—Es que si le pregunto y me dice que usted le ha dicho..., le doy las cintas...

—Un segundo. Yo ni siquiera la he despedido. Yo no he cortado ni una loncha de jamón de este cerdo. Se lo digo para que aclaremos la cuestión.

—Abuelo, ¿no te bañas?

—No cariño, me voy volando. Tengo mucha prisa.

—Antes nadabas con nosotros y jugabas con Melly.

Andrés se ruborizó. Pero dijo brevemente sin mirar a su nieto, fijándose en la nurse...

—¿Qué le parecen diez millones?

—Ni mil, señor.

—Un segundo...

—Ni una fracción de segundo. No quiero hablar del asunto. Y tenga en cuenta que si me entero de que fue usted el que apartó a Bern de mí, no se las daré a él, se las daré a su mujer.

—Usted lo que pretende es amargarme la vida.

—¿Me preguntó alguna vez si me gustaba estar con usted?

—Coño, Melly, no entremos en ese terreno. El que calla, otorga.

—El que avasalla, toma y no pregunta si quieren los demás o no.

—Bueno, ahora resulta que los humanos somos tontos.

—Lo siento. Estamos perdiendo el tiempo. Si sigue así, podría asomar en cualquier momento la señorita Helen y ahora no le diré que me reclama para una traducción... Le diré sencillamente la verdad. Por tanto, o toma la puerta o...

—Está bien, está bien. Pero las cosas así no pueden quedar.

No obstante, se dirigió al cochecito eléctrico a toda prisa. Subió a él y deshizo el camino recorrido. No entró en su casa. De lejos vio a Mappy jugando al tenis con su madre.

Se entendían bien las dos mujeres. Mappy salía poco. En realidad, debería tener muchos amigos, pero en ausencia de Otto Malvives parecía estar sola.

«Tendré que preguntarle cuándo termina Otto el máster».

Pero en aquel momento no estaba para hacer preguntas. Así que aparcó el vehículo eléctrico y se fue en el de su mujer. Detrás vio el coche de sus guardaespaldas y se preguntó si merecía la pena que lo guardasen cuando una mujer de mierda lo tenía atrapado. No la deseaba. Ya no.

Al diablo la francesa con sus sinuosidades. El sexo con ella ya no tenía razón de ser. Se le fueron las ganas nada más darse cuenta de que la mujer iba a hacerle un vil chantaje.

Tenía pendiente la entrevista en el banco. También ése lo tenía atrapado y mucho más Borja, porque conociéndole seguro que vendería la mansión al mejor postor si él no pagaba.

Por el teléfono del coche se puso en comunicación con sus asesores jurídicos y después con el banco. Quedó en verse con todos en el despacho de Sabino Ochoa.

—Hay que cerrar la operación.

—Con la hipoteca.

—¡¿Qué remedio me queda?! —bramó.

—Es una cesión de crédito.

—¿Y me lo dan en otras condiciones?

—No, no —dijo el asesor—. He intentado convencer y no he podido.

—¿Habéis arreglado la documentación?

—Todo está a punto.

—Pues dentro de media hora en el despacho del banco. Se firma y a otra cosa.

—De acuerdo.

—¿Están mis hijos en la oficina?

—No han llegado aún.

—¿Que no? ¿Y dónde se han metido?

—Un segundo, que le doy una respuesta rápida.

Al momento la tenía por el auricular del teléfono del coche.

—Señor Urrutia.

—Aquí estoy esperando.

—No están en la oficina. Parece ser que tenían una cita.

—¿Con quién?

—Algo de consignatarios.

—Ah, sí. Cuando lleguen, dígales que los espero en El Riojano a las dos y media.

—Sí, señor.

—Y que los asesores salgan para el banco ya. Los quiero ver allí dentro de media hora.

—Estarán, señor.

Colgó, y se oyó decir sí mismo:

«Teo, no creo que te gustara la operación, pero no tengo otro remedio».

* * *

Lo vieron llegar mirando aquí y allí como buscándolos. Cuando los vio, sonrió apenas.

—Sigue teniendo Borja algo —dijo Jesús entre dientes— que no acaba de gustarme.

—No digas tonterías. Siempre ha sido nuestro paño de lágrimas.

—Tal vez por eso mismo.

Borja ya llegaba.

—Hola, chicos. Me he retrasado un poco. Lo siento. ¿Qué tomáis? —Se sentó ante la mesa—. Parecéis muy impacientes.

—Y lo estamos —dijo Jesús—. Ya sabes de qué va la cosa.

—Ah, sí. Algo me comentó Paco Santana. Ya os dije muchas veces que jugabais muy fuerte, y el que juega fuerte se expone a perder. Pero no será la cosa para tanto, ¿eh? ¿Qué tal vuestro padre? Ése sí que tiene una operación gorda conmigo... —Sonreía tibiamente—. Muy gorda...,

Un botones se acercó en aquel instante.

—Señor Moran, le llaman al teléfono.

—Vaya..., un segundo, chicos.

Y se fue a una cabina del vestíbulo.

Oyó la voz de Sabino Ochoa.

—Oye..., operación ultimada.

—¿Con cesión de crédito?

—Claro.

—Pues ya sabes...

—¿Cuándo?

—La semana próxima. Déjalo dormir así... Después, la semana próxima volveré. Tengo aquí a los cachorros. Una vez sabido eso, será más fácil esto otro. Gracias, Sabino. Llama a Madrid y dile a Manuel que todo está a punto. Dile además que vaya disponiendo la operación. No temas, no habrá compromiso. Tuyo, se entiende. Hay que destapar las cartas y no se destaparán todas a la vez, pero alguna sí... Gracias por el informe y la colaboración. No lo olvidaré.

Al otro lado se oyó un gruñido y una voz apagada que decía al fin: «Esperemos que el personaje acepte la cuestión, que lo dudo. Pero no me gusta hablar por teléfono de ciertos asuntos».

—Si temes escuchas telefónicas conmigo, descártalo. Soy demasiado insignificante.

—¡Humm!

Se cortó la comunicación y Borja, con su pantalón deportivo y su americana sin solapas ni cuello, con aquel aire despreocupado y lejano, un tanto perezoso, regresó al salón del hotel Rex y se acomodó ante sus dos jóvenes amigos.

—A ver —dijo removiendo el café que acababan de servirle—, ¿qué os inquieta tanto? Paco me dijo algo, pero no exactamente de qué se trata.

—Deseamos recuperar los documentos de cesión accionarial. Ya sabes, por medio de Ted hemos vendido una partida y si bien nadie corre detrás de nosotros, y somos dueños de lo que el abuelo Teo nos dejó en su legado, las acciones pertenecen a la sociedad Teo Urrutia, S. A., y no es lógico que estén cojeando por nuestra culpa. Y además —añadió Jesús muy nervioso ante la flema de Borja, que escuchaba atentamente, pero parecía con la mente en otro lado— nuestro padre ya tiene más que suficiente con esa otra operación pendiente contigo.

—Si te decimos la verdad —aducía Bern sin que Borja abriera los labios y quitándole la palabra a su hermano, que titubeaba— no entendemos aún cómo nuestro padre, dada la situación, se metió en el lío de la nueva mansión.

—Hace muchos años que vuestro padre deseaba quitar a Pablo de en medio. Hace muchos años que las cosas a Teo Urrutia, S.A. le vienen mal dadas. Vosotros mismos sabéis que los barcos no se renuevan y que la ruta que hacían los viejos que mandasteis a reparar la pilló alguien muy astuto. Marítima, S. A. es hoy la que está contratada para las rutas turísticas más caras. Y tú, Bern, que has hecho un crucero en un buque de ésos, has tenido que entender por qué no os han devuelto los contratos... Se rescindieron en su momento y a los que ahora los poseen los avala toda la razón del mundo. El dinero no tiene la utilidad que tenía antes. Antes España pertenecía a los caciques, a los ricachones, y había una docena o dos de éstos. Ahora todo el mundo vive al día, gana dinero y lo gasta, y por supuesto le gusta gastarlo bien, eso conlleva que prefieran pagar tres veces más, pero viajar con más comodidad. No sé si me explico.

—Te explicas —dijo Bern de nuevo algo ingenuamente—. Pero no es de eso de lo que venimos a tratar. Estamos al corriente en ese asunto, pero antes que ése está el nuestro y te venimos a pedir ayuda. Tú no tienes dinero, pero sí amigos influyentes y todo lo que haga falta para localizar a la persona que guarda nuestro documento de cesión.

—¿Disponéis de dinero para pagarlo?

—Yo no, pero si hay necesidad, vendo otras cosas y conseguiré el dinero. Jesús sí lo tiene.

—Yo no sé dónde andan esos documentos —empezó Borja con mesura—, pero no pongáis esa expresión. No hay que desesperar, espero conseguirlo, si bien necesitaré algún tiempo. Lo que sí os puedo asegurar desde ahora mismo es que vuestro padre no se va a enterar al menos mientras no convenga.

—No te entendemos. —Bern miraba a Jesús—. ¿Le entiendes tú?

—No. Sigue, Borja.

—Vamos a ver si me explico mejor. Vuestra sociedad, la que

dirige tu padre, necesita una inyección financiera de envergadura. Una fusión. ¿Habéis pensado alguna vez en fusionaros con Marítima, S. A.?

—Tú estás loco.

—Ni loco ni nada. Eso es de cuerdos, no de trastornados. Y si Marítima, S. A. se fusionara con Teo Urrutia, S. A. ten por seguro que saldría ganando Urrutia, y no me miréis con ese asombro. Las empresas familiares se hunden. Poco a poco se terminan evaporando. Marítima, S. A. es nueva y con unos incentivos muy altos, muy saneado el capital. Yo ya sé lo que para vuestro padre supone un socio y además un socio que al ser impuesto siempre es incómodo, pero la cosa no tiene otra solución.

—Tú deliras. Nuestro padre tiene en juego ahora mismo un crédito.

—Es bien cierto. Y mil millones los dispone para comprar la mansión, lo cual es un negocio ruinoso, por muy entrometidos que considere a los que vayan a vivir allí.

—Allí sólo vivirá Mappy con el marido que papá haya elegido.

—O sea, que también vuestra hermana es como un barco para vuestro poderoso padre.

—Todos hemos hecho lo que él ordenó, como él hizo en su día lo que ordenó el suyo. Si las cosas ahora vienen mal dadas, se enderezan, y nosotros no queremos llevar en nuestra conciencia un traspiés de nuestro padre. Ésa es la razón de que deseemos recuperar lo que en mala hora hemos vendido.

—Ahora mismo vuestro padre está arreglado. No va a pediros cuentas de nada, porque nada sabe de vuestra maniobra. Yo tenía que estar ya en Madrid, pero me iré esta tarde y a la vuelta arreglaré las cosas. No sólo con vuestro padre, sino también con vosotros. Pero de momento no os puedo garantizar nada. Sólo os pido tranquilidad. Que confiéis en mí, vamos a ser consecuentes. ¿Vosotros estaríais en contra de la fusión?

—Papá no quiere oír hablar de eso.

—Es muy cierto. Pero si no tiene más remedio..., si alguien, por la razón que sea, dispone de un capital colocado en su empresa no tendrá más remedio que compartirla con otra persona tan rica como él o con más liquidez. Porque vuestro padre tiene un altísimo patrimonio, pero sin liquidez; poco a poco se irá quedando con nada. Ahora mismo debe al banco dos mil millones. Me gustaría que reflexionarais con qué diablos los piensa pagar. La flota ha envejecido. Los contenedores, que son los que producen algún dinero, están que se caen a pedazos. Es más, irán al desguace cualquier día. Los barcos de pasaje son una porquería, y Marítima, S. A. los tiene nuevecitos. Entre la consigna Urrutia tan vieja casi como la vida y una empresa nueva y boyante, la elección es obvia.

—Eso no lo consentirá papá jamás. Preferiría jubilarse y venderlo todo o mandarlo al carajo.

—Eso ya se verá. ¿Por qué no confiáis en mí y esperáis a que vuelva la semana próxima? —Se levantó mirando su reloj de pulsera—. Os tengo que dejar, pero os quiero dejar tranquilos. Siempre confiasteis en mí, pues seguid haciéndolo. La semana próxima voy a tener una cita con vuestro padre y todo quedará muy perfilado.

—Oye...

—Mira, Jesús. Cuando yo te digo que confíes, confía. No se arreglarán las cosas como pensáis, pero que se arreglarán, doy fe. Tu padre es socio del periódico porque yo le conseguí las acciones. Tal vez tenga la oportunidad de ser socio en otras cuestiones.

—¿Tú? —y Bern se echó a reír—. Borja, no vivas de ilusiones.

—Es de lo que no he vivido nunca —dijo cortante dando un paso atrás—. Muy al contrario, vivo y viví siempre de aplastantes realidades.

Y esta vez se fue con la misma sonrisa amiga de siempre. Los hermanos se miraron perplejos.

—¿Has entendido algo, Jesús?

—Nada. Pero ya te digo que cuanto más sentido común tengo, menos me gusta Borja Morán. No sé por qué será, pero es una evidencia. Cada día me gusta menos.

* * *

A las dos y media, aún perplejos y algo encogidos, Jesús y Bern estacionaron el coche a la altura del número 5 de la calle Río de la Pila, ante el restaurante El Riojano, donde habían quedado para almorzar con su padre.

Sabían además que había ido al banco, que había aceptado el crédito hipotecario y que no le gustaba hablar de sus asuntos empresariales con su mujer y delante de su hija... A ellos les contaba lo que podía, nunca todo, por supuesto. No tenían carrera universitaria ninguno de los dos porque no habían querido estudiar, pero sabían lo suyo de barcos, fletes y consignas, y, por supuesto, de todo lo relacionado con la vejez de su flota y la mansión que a esas alturas era un auténtico despilfarro.

Pero tal y como era su padre, se guardaban mucho de dar su parecer. Solían escuchar, y máxime teniendo en cuenta que más les valía callar y otorgar que descubrir el desaguisado que ambos habían generado por valor de muchos millones. Todo lo contrario de lo que hacían en la actualidad. Hasta hacía poco tiempo antes y desde siempre, aparecían amigos dispuestos a echarles una mano y les prestaban dinero con abundante generosidad. Sin embargo, ahora ese grifo se había cortado y luchaban ambos por enderezar el árbol torcido que habían alojado dentro durante años de absoluta inconsciencia. No se imaginaban, por supuesto, que habían sido utilizados como arma arrojadiza contra su propio padre.

—Bueno —les comentó Andrés entre satisfecho y preocupado—. La papeleta del banco está solucionada.

—Pero tendrás que pagarla —dijo Jesús— y los intereses supondrán una cantidad desorbitada.

—Esperemos que con el dinero conseguido logre enderezar la flota.

—¿No has pensado nunca en fusionarte?

—¿Qué dices, Jesús? Tú te has vuelto loco. Mi padre me dejó

una empresa saneada, con liquidez suficiente. Ahora mismo sufro un traspié, pero qué empresario no lo sufre.

—De todos modos la nuestra está muy deteriorada. De unos años a esta parte, ya en vida del abuelo, las cosas empezaron a torcerse. Las rutas más importantes te las birlaban y los valores se hundieron. No tenemos dividendos en bolsa, se han caído todos y ahora aún más. Hemos sufrido las dos crisis, la del setenta y tres y la de ahora. Eso no hay quien lo aguante, máxime si no tenemos fletes como antes. Pero tampoco es un caso aislado. ¿Dónde están los fletes? Todos acaparados por Marítima, S. A. Están sacando ahora mismo dos barcos de contenedores de aúpa y me pregunto qué pasará cuando salgan del dique los nuestros.

—¿Qué pretendéis? —Andrés Urrutia los miró severamente— Que lo venda todo, que lo convierta en dinero, que deje en la calle a cientos de personas que trabajan en nuestras empresas y que yo me recluya en mi mansión a jugar al golf y a disputar a mis amigos una partida de tenis...

—Tampoco eso sería tan lamentable. Muchos empresarios lo han hecho para evitar llegar a la bancarrota.

—Jesús, tú estás como un cencerro. Yo tengo la responsabilidad que me dejó vuestro abuelo y no voy a renunciar a ella. La mansión que levantó Borja Morán para mí en mis solares...

—En tus solares no, papá. En los solares que él adquirió a la multinacional Morrel, S. A. Borja Morán.

—Para mí. Con mi autorización.

—Y tomando además la casa de tu hermano.

—Eso es lo acordado. Ahora mismo la mansión está lista, con muebles y todo. ¿La habéis visto por dentro?

—Sí —dijo Bern— y es de un gusto exquisito, pero de un lujo exagerado. Y además, no entendemos por qué son dos casas separadas por soportales.

—Pues mira qué bien, Bern, así tú no tienes que levantar la tuya. Yo os quiero a mi lado y con esa inyección que he recibido espero que todo se enderece. Hace muchos años ya que día tras día estoy sufriendo traspiés. Si no es por un lado es por otro. Como si alguien o algo se me pusiera delante cuando voy a hacer una buena operación. Se me cortan los fletes cuando creo tenerlos en las manos. Mis buques transatlánticos pierden los contratos y cuando compro acciones en bolsa, bajan como si alguien les tirara del rabo. Y todo se lo debo a los socialistas. Me han marcado por ser de derechas. Ahí está la clave.

—No digas tonterías, papá —le reprochó Bern—. La autonomía cántabra es del PP. Por tanto, no entiendo por qué a ti te iban a poner zancadillas.

—Tenemos que irnos a la oficina —dijo Andrés pagando la factura y levantándose—. Hay mucho que hacer y la semana próxima ultimo la operación con Borja.

* * *

Esa noche, cuando llegó solo a casa (Bern se había quedado en un pub con unos amigos en el centro del Sardinero), Andrés iba restregándose las manos.

O mucho se equivocaba o la semana entrante se haría cargo de la mansión. El arquitecto Soto la había dado por concluida y además le había entregado a Borja, según dijo, la cédula de habitabilidad. La había visto con su mujer la mañana anterior y había quedado prendado de sus salones, de sus jardines interiores, de su extensión y la forma en que se levantaba la llanura hasta los acantilados por medio de carreteras entrecruzadas que se bifurcaban en el centro, conduciendo una al helipuerto ubicado en lo alto del cerro, y la otra dirigiéndose serpenteante desde el interior hacia el fondo del acantilado donde se destacaba el embarcadero. El bungalow erguido en un montículo seguía allí, pero infinitamente más bonito, y según Borja había indicado, era la casa de los guardas, no lejos de las canchas de tenis y la zona ajardinada de la piscina natural; porque la otra, la climatizada, se perdía entre los soportales delimitando dos viviendas con dos entradas diferentes, y también una vivienda individual, que era lo que no acababa de entender Andrés, si bien lo aceptaba así después de las explicaciones recibidas de los arquitectos, que le habían asegurado que habían llevado a la práctica el proyecto que tanto él como Borja Morán habían aprobado.

—Papá —le dijo su hija aquella noche—, este fin de semana me gustaría ir a Madrid.

—¿Ha terminado Otto Malvives su máster?

Mappy pensó que no había visto a Otto desde el verano anterior. Pero se guardó de manifestarlo en voz alta. Si a ella dos años antes le hubieran dicho que sabría mentir con tanto aplomo, se habría espantado. Pero el caso es que estaba mintiendo sin espanto alguno.

—En Madrid empiezan los calores —adujo la madre sin que Mappy replicara aún—. No entiendo cómo lo soportas.

—En los lugares adonde yo suelo ir ya funciona la refrigeración, mamá. Además, Otto tal vez termine este año el máster y venga por Santander.

—Su padre —dijo Andrés muy satisfecho— está ahora liado con unos hoteles que se construyen en la Costa Brava. Esperemos que el turismo siga acudiendo a España. Pero me da la sensación de que este país cada día se pone más caro y los turistas, que son fuente de divisas, se las irán a gastar a otros lugares más asequibles económicamente hablando.

—¿Puedo decirle a Matías que prepare el coche, papá?

—Por supuesto. Si prefieres ir a Madrid, vete. Pero yo preferiría que empezaras a sentirte bien en Santander.

—Te prometo que la semana próxima no iré.

Y es que Borja le había asegurado que en el futuro pasaría más tiempo en Santander y Laredo que en la capital de España.

—¿Has visto la mansión, Mappy?

—Hemos estado allí mamá y yo esta mañana, es demasiado lujosa. No le falta de nada. La persona que ha dirigido la decoración ha de tener una sensibilidad especial.

Andrés soltó una risa sardónica.

—Hija mía —dijo jocoso—, la persona que ideó esa mansión es lo más mezquino que te has echado a la cara. Lo que pasa es que los decoradores contratados y el arquitecto que la planeó son personas de una sensibilidad especial. Pero Borja Morán, el que la levantó para mí, es todo un ladrón, mezquino y vulgar.

—Es tu amigo, papá —dijo Mappy por primera vez entendiendo lo que decía Borja referente al consentimiento de su padre para la posible boda con ella—. Echas mano de él siempre que lo necesitas.

—Cuando una persona tiene dinero, utiliza a quien necesita tenerlo. No sé si me explico.

Mappy esa noche pensó que no, que su padre no se explicaba y que a ella le dolía en carne viva todo lo que se dijera en contra de Borja Morán, porque para ella era el hombre más exquisito, más sensible y emotivo que jamás había imaginado hallar en toda su existencia.

* * *

Borja sabía que fueran como fuesen las cosas, y aun yendo muy bien, que lo dudaba, sería aquélla la última vez que tuviera en sus brazos a la criatura femenina, emotiva y preciosa que era Mappy.

Por eso quizá no se conformó con su apartamento de la avenida de Islas Filipinas y la llevó a un gran hotel. Sí, deseaba gozar con ella como en una noche de bodas imaginaria.

Esperar que Mappy dijera que no a todo su mundo era pura vanidad, pero un día, quizá la semana próxima, estallaría ese todo y Mappy tendría que elegir, y él deseaba dejar en ella el recuerdo indeleble de una relación que no tenía razón para un adiós, porque ambos necesitaban aquella fusión física, moral, psíquica y sexual.

Cuando él le secaba el cuerpo y el cabello después de un baño común en la lujosa suite del hotel, Mappy aún reía nerviosa.

—A mí me gusta tu apartamento en Islas Filipinas...

—Pero así, aquí, me hago a la idea de que acabo de despojarte del traje de novia y yo de mis adornos de etiqueta. Dirás que soy un poco maniático...

Mappy se pegaba a su cuerpo mientras él le secaba el rubio cabello con sumo cuidado.

—Yo te adoro, Mappy, y quiero que eso te lo metas en la cabeza. Pase lo que pase, tú estás por encima de todo, de toda mezquindad, de toda venganza, de toda aspiración y ambición. Pero como tu amor nada tiene que ver con la vida ni con las vicisitudes de la misma, pienso que debes aceptarme con mis defectos y virtudes, y no tengo muchas de estas últimas.

—Pero si eres todo ternura.

—Para ti.

—¿Y por qué he de desear yo que la tengas para los demás?

—Ése es el quid.

—¿De qué?

—De todo. Pero no te he traído aquí para hablar de cosas prosaicas. Te he traído para demostrarte una vez más mi amor y para decirte que te quiero. Ya ves qué dos frases tan tontas, tan simples, pero implican en sí mismas una vida entera, una ternura viva, una existencia grata, plena, voluptuosa y entregada a un amor. —La llevó contra sí hacia el ancho lecho y cayó a su lado mirándola sin soltarla y con el cabello aún húmedo esparcido por la colcha—. Mappy, a mi lado te has convertido en una mujer. Has dejado atrás tu adolescencia. Has madurado y has aprendido a responder vigorosamente a una pasión.

—¿Por qué me dices todo eso?

—¿Es o no es verdad?

Mappy se pegaba a él cálidamente.

—Lo es. Pero si lo vivimos todos los fines de semana, ¿por qué recordarlo? Se vive y es mejor que el recuerdo.

—¿Podrías vivir todo esto con otro hombre?

—No —respondió rotunda—. No porque cuando te veo, cuando me tocas, cuando me miras, yo no soy nada, soy tu otro yo. ¿Entiendes? No me será posible entregar a otro hombre lo que necesito vivir contigo. No me imagino en brazos de otro señor. No me veo en ningún sentido. No creo a nadie capaz de hacerme sentir tan intensa y profundamente el amor. No veo otro rostro cerca de mi rostro. No deseo otros dedos acariciando mi cuerpo. No me sería posible, Borja. Me has habituado a ti. Sé cuando me miras lo que deseas. Sé cuando me tocas que ya no soy yo, sino una parte de ti. Así me has hecho, Borja, querido, pero es que yo quiero ser así. Ya no sería ya diferente. No sabría serlo.

Borja la abarcaba con ambos brazos y la sujetaba contra sí como si en sus brazos tuviera un objeto precioso. Pensaba en su materialismo, en todo el entramado que a lo largo de su vida había fraguado, sin pensar jamás que una personilla como Mappy podría ablandarlo. Pero conociéndose, sabía también que salvaría aquel amor, sin evitar por ello la caída de Andrés Urrutia con todo el resto de su familia. Él les tenía respeto a los hijos de Urrutia, pero no piedad.

Nunca podría olvidar cuando eran mozalbetes y le miraban y utilizaban como si fuera su comodín. Hasta la muerte de su padre y la gentileza de su hermano Pol para darle el dinero, él pasó rabias infinitas e impotencias indescriptibles, y ni siquiera el amor de Mappy lograría evitar nada de cuanto había fraguado. Para llegar a aquel punto se había dejado jirones de sensibilidad por el camino. Eso sí, Mappy era punto y aparte. Pero ni siquiera su amor, que reconocía y valoraba, sería capaz de detener su marcha.

Por eso tal vez, sabiendo que todo iba a saltar hecho pedazos, sentía aquella infinita pena al darse cuenta de que quizá poseyese a Mappy por última vez.

Mappy era una muchacha dulce y confiada, y él en más de una ocasión a punto estuvo de confesarle toda la verdad, esa búsqueda de una venganza que ya nadie podría evitar. Pero sabía que ella jamás comprendería sus ambiciones ni tasaría debidamente sus penas sufridas, sus humillaciones.

Eso se puede contar, pero jamás llevaría en su narración la realidad de los hechos que las personas sufren en sus propias carnes.

Él, pese a todo, tenía la esperanza de que llegado el momento,

Mappy supiera entender lo que él podía tener de ser humano y de hombre maltratado por la vida y la humillación, pero no estaba seguro completamente. Tal vez por eso ponía un broche de oro a su relación intentando hacerse indispensable en la vida de aquella muchacha, lo único que para él tenía sentido, piedad, virtud y sensibilidad.

—Estás —susurró Mappy— de una hipersensibilidad subida, de un tierno conmovedor.

—Es que... te adoro. Ya ves lo rudo que soy, pues a ti no me cuesta nada decirte que te quiero, que será terrible para mí pasar sin ti.

Mappy se separaba o intentaba separarse y le buscaba la mirada con la suya desconcertada.

—Pero ¿qué te pasa esta noche? ¿Por qué estás hablando como si algo nos fuera a separar?

—¿Y si ocurriese?

—¿Separarme de ti? Sólo tú puedes hacerlo y me romperías el corazón y todas mis esperanzas.

—Yo he sido tu primer hombre, tu único hombre, Mappy. Pero todos los hombres enamorados son iguales, hacen las mismas cosas con la mujer amada.

—Pero no todas las mujeres sienten esto por todos los hombres. ¿No lo comprendes? Yo no me imagino en otros brazos masculinos ni perdiendo el pudor con otro tipo... No me lo imagino siquiera.

—Sin embargo, sabes que tu padre un día te casará con otro.

—Eso no lo conseguirá. A fin de cuentas, es mi padre y no querrá verme desgraciada.

—Tampoco te va a preguntar cuando encuentre al hombre adecuado. ¿Por qué, si tan poco miedo tienes, no le dices de una vez que Otto está haciendo un máster, pero que se piensa quedar en Nueva York al frente de los negocios que allí tiene su familia?

—Me preguntaría qué se me ha perdido en Madrid.

—Pero tú sabes que Otto te ha pedido que te cases con él.

—Papá ignora ese detalle, Borja. Y no lo sabrá porque Otto además de pretendiente es mi amigo y yo le confesé que estaba enamorada de otro hombre. Y Otto lo comprendió gracias al amor que me profesa, ¿entiendes?

—Sí, lo entendí desde el principio. —Le alisaba el cabello con una mano. Ya estaba seco y se esparcía por el bello rostro vuelto hacia él—. Pero tu padre lo ignora y si un día, por la razón que sea, se encuentra con Germán Malvives, y le habla de su hijo, él dirá que es una pena que tú hayas desdeñado a su hijo.

—No creo que tenga esa oportunidad. Germán Malvives tiene su mansión cerca de la nuestra, pero allí están sus criados, no él. Él se pasa la vida viajando. Pero ahora olvídate de eso —pidió quedamente—. Y bésame. Bésame como tú sabes hacerlo. Es algo que me vuelve loca. Sobre todo cuando al prolongar el beso me acaricias la nuca...

* * *

Una semana después Andrés Urrutia tenía prisa aquella mañana de viernes. Apareció en el salón a las diez aún poniéndose la corbata.

—La llevas torcida, Andy —dijo Isa diligente y fue hacia él para enderezarla.

Bern estaba allí. También Mappy aparecía en aquel momento en el comedor, donde estaba servido el desayuno. Vestía el traje de baño y un pareo de esos que parecen enormes pañoletas cubriéndola de la cintura para abajo, porque hacia arriba solo llevaba el traje de baño sobre su piel morena y sedosa.

—Tengo una cita—dijo triunfal Andy tomándose el zumo—. Estoy citado con Borja esta misma mañana a las once en mi despacho de dirección. Lo he mandado llamar para liquidar el asunto de la mansión. De una vez por todas voy a jugarle la última pasada. Se muere por un duro. Sé que con la operación ganará cien o doscientos millones, pero yo habré ultimado el mayor anhelo de mi vida: Verme lejos de Pol, accionista en el periódico, y por poco que pueda lo echaré del mismo.

—No te entenderé nunca, Andy —decía Isa como siempre en las nubes—. Es tu mejor amigo y no soportas deberle favores, y le debes unos cuantos.

—No pensarás que voy a olvidar que es hermano de mi hermano.

—Eso lo has sabido toda la vida, y nunca has hecho ascos a su amistad.

—Me convenía. Lo utilicé, así que se acabó. Ahora tendrá que ayudarme cuando se lo pida, pero en plan comercial, para meras transacciones, no como amigo. Yo tengo pocos amigos, pero los que tengo son de mi misma esfera social, no ese piojo engendro de una madre adúltera.

—¡Andy! Que están tus hijos delante.

—Perdón —dijo Andy mirando a Mappy con aire de súplica.

—No te entiendo, papá —dijo Mappy muy seria—. Utilizas a Borja y... lo desprecias a la vez. ¿Qué culpa tiene él de que su madre...?

—Tú de esto no entiendes, Mappy, querida. Eres demasiado niña y demasiado pura. ¿Acabas, Bern?

—¿Es que me estás esperando?

—Por supuesto. He visto a Jesús bajar hace unos momentos.

Esta tarde, Mappy, tendrás en tu poder las llaves de tu nuevo hogar. Nadie te lo podrá quitar.

Una criada apareció en el comedor advirtiendo a Andrés de que le llamaban por teléfono del banco.

—Un segundo, Bern. Atiendo el teléfono y nos vamos a la oficina. Por nada del mundo quisiera hacerle yo esperar a Borja. Es un placer de dioses poderle pagar.

Y se dirigió al teléfono.

—¿Sí?

—Oye, Andy, soy Sabino, el director general. He pasado por Santander y te quiero dar una gran noticia.

—¿Sí?

—Pues creo que sí. Hemos vendido tu hipoteca.

—¿Quééé?

—A tres años vista. El banco consideró que era una operación estupenda y lo hemos hecho.

—Pero... ¿sin advertirme?

—Caramba, Andy. Tú has cedido con derecho a crédito... Hemos hecho lo que consideramos más conveniente.

—Pero ¿a quién has vendido?

—Eso no lo sé aún. Me han pasado la noticia desde Madrid. Si quieres en dos horas escasas te lo digo. Pero tranquilo, hombre, tranquilo.

—¿Cómo que tranquilo? ¿Quién se interesa en esa hipoteca?

—Mira, te lo digo en dos horas con todos los detalles. Ya sabes que esto funciona por ordenador, pero si nos faltan datos aquí...

—Llámame a la oficina cuando tus ordenadores te aclaren la cuestión. Eso es. Estaré toda la mañana en el despacho. Tengo allí una cita.

—De acuerdo, pero no te sofoques. Te hemos hecho un favor. O, al menos, eso fue lo que se consideró en Madrid. Y tú no puedes desentenderte de tu compromiso. El documento es con cesión de crédito y, lógicamente, nosotros hemos hecho la operación por el bien del cliente.

—¡Según quién haya sido el comprador! —bramó Andy—. Llámame cuando lo sepas.

Y colgó.

Al momento, sin dar explicaciones a su mujer ni a su hija de su mal talante, subió al coche con Bern.

Andrés Urrutia llevaba el volante como si en vez de ser eso fuera el mismísimo cuello de Sabino Ochoa o el de Isidoro Melgar, presidente de la entidad bancaria. Se lo contó a su hijo en pocas palabras.

—¿Qué te parece? Vendieron mi hipoteca.

—Y no sabes a quién.

—¿Y cómo lo voy a saber si no lo saben aún ni ellos?

—Ellos lo tienen que saber.

—Es en Madrid donde se efectuó la operación. Si ya dije que no me gustaba la hipoteca, oye, eso quedó claro. Pero ellos sin hipoteca no daban el préstamo y encima con cesión de crédito, lo cual quiere decir que en un momento dado me entra de rondón un tipo cualquiera en mi empresa y si no me lanza una OPA hostil, ya veremos.

—Eso es una traición del banco.

—Es una operación legal, Bern. Pero tu padre es tonto o lo han metido en un agujero del cual veremos si le dejan salir. Y todo por una maldita casa que ninguna falta me hacía de momento. No entiendo cómo pude fraguar esa construcción en momentos tan difíciles.

—Ahora ya está, papá. Esperemos que haya comprado tu hipoteca otro banco o una persona que no tenga intención alguna de hacerte daño, sino de emplear un dinero, de hacer una inversión ventajosa.

—Maldita sea...

—Será mejor que te calmes. No creo que te guste que Borja te vea hundido.

—¡Borja! ¿Sabes lo que te digo? Desde que Borja anda metido en mis cosas, éstas me van al revés.

—Es que le has hecho mucho caso siempre pese a que en el fondo le desprecias.

—Él se ha plantado siempre en medio favoreciéndome por unos malditos duros. Es un mezquino. Por unas pesetas, es capaz de vender a su abuela.

—No la tiene, papá.

—Como si la tuviera. Siempre fue así. No tienes más que ver el cutre semanario. Es lo más vergonzoso que existe en el país. Las malas noticias o las noticias a secas, si son negativas, te las dicen en ese semanario de mierda con pelos y señales. Pero eso da dinero. Y Borja por un duro se muere. Siempre deseó tener lo de los Urrutia. ¡Pues va listo...! De todos modos tengo que pagarle y afortunadamente me desharé de él tan pronto como pueda, que será cuando convenza a Muntaner y a Palomar, a los que veo a diario en Pedreña o en Mataleñas. En un club u otro son los lugares donde tengo tratos con ellos. Unos piojos que ayer eran dos desconocidos y ahora son accionistas... Con las acciones de uno y de otro me haré con la mayoría y liquidaré a Borja. Voy a luchar por ello. Y te aseguro que los tengo a punto de caramelo.

El coche entraba en el parking ubicado en los bajos del edificio donde tenía sus oficinas y los almacenes. Era el edificio mayor de todas las proximidades del muelle, con su enorme letrero luminoso.

—Esto tiene que florecer, Bern —dijo a su hijo—. Tú verás cómo lo vamos a conseguir.

Y, saltando del coche, fue hacia el elevador interior dejando al guardián aparcándolo y a los guardaespaldas accediendo por la puerta exterior para cubrir la entrada de las oficinas, como hacían cada mañana.

—Vaya Testarossa —dijo Bern admirando el coche estacionado en medio del parking del muelle—. ¿Has visto, papá?

—De algún socialista. Ésos no se conforman con coches de tres o cuatro kilos. O los tienen de veinte o no los usan.

Y con las mismas torció por la galería interior hacia la dirección, cuya puerta abrió de un empellón.

* * *

Allí estaba Jesús mirando a un Borja impertérrito, flemático y sonriente que se hallaba de cara al ventanal y de espaldas a la puerta.

Vestía un traje entero de alpaca azul azafata y camisa lisa, blanca sin corbata ni pañuelo. Calzaba mocasines de fina piel sin calcetines. Moreno y atezando su sonrisa, la más plácida que nunca vieran ni Andrés ni sus dos hijos.

Bern se dio cuenta de que los ojos de Jesús estaban agrandados por el asombro, lo cual le hizo suponer que no marchaban las cosas como él y su hermano deseaban. Andrés entró bufando y el único que sonreía plácidamente con la mirada negra e inmóvil era Borja Morán. La sonrisa de éste jamás llegaba a sus ojos. Muy al contrario, cuando sus sensuales labios se dilataban en una tenue sonrisa, los párpados parecían ocultar su mirada. De aquella forma sonreía Borja aquella mañana.

—Bueno —dijo Andrés por todo saludo—, te traigo el talón conformado, Borja. La cantidad estipulada. Mil millones, los cuales apuesto a que te proporcionan una ganancia de trescientos.

La respuesta de Borja fue dejar el ventanal y acomodarse en un butacón.

—Tengo que notificarte algo, Andy. Se lo estaba diciendo a tu hijo cuando has llegado.

Andy miró rápidamente a Jesús, que desvió la mirada asustado.

—¿Qué le decías?

—No estoy seguro de querer venderte la mansión. He tenido problemas con Pol y Salomé. Parece que sus hijos no están muy conformes con que los haya enviado a un palacete del Sardinero que, aunque es estupendo, no es el campo.

—No entiendo nada.

—Me lo imaginaba, Andy, me lo imaginaba.

—No me gusta tu sonrisa, Borja.

—Pues es la única que tengo.

—He autorizado la construcción cerca de mi casa o dentro de mis posesiones condicionada a la operación que ahora quiero ultimar contigo.

—Bueno, vayamos por partes, Andy, seamos sensatos. Tú no me has autorizado nada, porque nada me tenías que autorizar. En todo caso, me autorizó Pol para derribar su casa y ahora parece ser que está arrepentido.

—¿Y a mí qué me cuentas? Eso pudiste ventilarlo antes, y dado tu carácter, no creo que seas tan ingenuo como para haberte puesto a demoler una casa y levantar otra sin permiso de tu hermano. Además, ¿de dónde diablos vas a tener tú dinero para quedarte con la casa? Ni que lo fabricases en serie.

—Bueno, bueno. He hecho operaciones muy ventajosas. Alguna con resultados excelentes.

—¡Mira, Borja. Suelta lo que sea ya, pero ya, ¿eh?! —bramaba Andy.

Bern miraba a Jesús buscando una explicación. Pero Jesús estaba rojo como la grana sin mirar a nadie en particular porque su mirada iba de un rostro a otro a una velocidad de vértigo según hablaban los dos hombres que tenía delante.

—Pues lo suelto. No te voy a vender. Pol y Salomé están realizando un viaje, pero regresarán dentro de una semana y se instalarán en la casa de los soportales. Ya sabes que son dos viviendas principescas una separada de la otra por la piscina climatizada y los soportales, que parecen un patio andaluz... En una me quedaré yo y en la otra, Pol. Además, están los obreros derribando el muro que separa mi casa de la tuya.

Andy se había ido levantando poco a poco como si estuviera alucinado. Todo aquello lo había dicho Borja pausada y mesuradamente, sin que su sonrisa abandonara sus sensuales labios.

—Oye —Andy sacudía la cabeza como si estuviera oyendo al revés—, explícate mejor.

—Que no quiero vender, Andy. Ésa es la realidad después de mucha reflexión.

—¿Que tiras tú por la borda mil millones? No me lo creo.

—Seamos consecuentes, Andy. Yo no tiro nada. He comprado a Morrel, S. A. unos solares, he conseguido la casa de mi hermano y he edificado. Mil millones más o menos...

—¿Qué dice? Pero, ¿qué carajo dices, Borja? ¿Tú despreciando mil millones cuando toda tu cochina vida has vendido tu alma al diablo por dos duros?

—Tienes toda la razón, Andy, si yo no te la quito, pero...

Sonaba el teléfono.

—¡Un segundo —gritó Andy—, un segundo!

Y apretó una palanca.

—Señor Urrutia —dijo al voz de la secretaria—, por la tres el señor Ochoa.

Andy asió el auricular de la tres como si asiera el cuello de Borja.

—Dime, Sabino.

—Ya tengo la información —oyeron todos los allí presentes.

—¿Sí?

—Sí, ha comprado tu hipoteca Borja Morán.

El auricular cayó de los dedos de Andrés.

Su hijo Bern, aturdido, lo colgó. Andrés se fue levantando poco a poco.

Jesús se agarró al ventanal. El único que guardaba allí una apacible compostura era Borja Morán.

—¡¿Tú?! —gritaba Andy— ¿Tú has comprado mi hipoteca?

—Es una operación legal —dijo Borja más apacible que nunca.

Andy cayó sentado en su sillón. Sus facciones estaban tan crispadas que sus dos hijos se inclinaron hacia él.

—Papá.

—Tómatelo con calma, papá.

—¡Quitaos de aquí! —chilló Andy—. No quiero veros cerca. Tengo que ver de frente a este cabrón.

—Si te refieres a mí, no me he ido, Andy. Las cosas como son, ¿no? Me quedo con la mansión. No puedo hacerle una faena a mi hermano Pol. A fin de cuentas también es hermano tuyo...

—Es hijo de tu puta madre.

—Pues es verdad. Pero resulta que a mi madre la hizo puta tu padre. La cosa tiene gracia, ¿no?

—Borja, que te voy a matar.

—Irías a la cárcel por asesinar a tu benefactor.

—Bene... ¿qué?

—Oye, estabas en apuros. Yo no los tengo. Económicamente hablando, se entiende... Compré tu hipoteca porque me dio la gana. Pienso que te hago un favor y lo tomas como si te ofendiera.

—¿Cuánto tiempo te llevó todo esto, Borja?

—¿El qué, Andy?

—Destruirme, meterte en mi terreno... Apoderarte de mi empresa...

—Yo no me apoderé de nada, Andy. Las cosas hay que ponerlas

en su sitio. Ni entiendo tu furia. A fin de cuentas, siempre fuimos amigos. Te di acciones del periódico. Por un tiempo te quité a tu hermano de delante.

—Todo para llegar a este punto. Pero... ¿de dónde has sacado tú el dinero? ¿De qué partido? ¿De qué empresa especulativa?

—Ya veo que estás tergiversando todos los favores que te he hecho. Mi intención es buena.

—¡Mentira! Puta mentira porque tú me has intentado destruir desde que tuviste uso de razón, y me parece que ya lo tenías cuando usabas pantalones cortos.

—Es muy posible, Andy. Cuando uno vive en un avispero se espabila o se lo comen las abejas. De modo que yo me espabilé muy pronto, sí, cuando tuve cinco millones en las manos. Quizá los únicos que honestamente ganó mi padre. Porque no creo que mi padre haya ganado nada de forma deshonesta, pero aquí estoy yo para que por fin te enteres de que el capitán de la Marina mercante tenía los cuernos que le impuso tu padre, pero creo que no le gustó nada llevarlos y yo se los intento quitar para que no le lastimen demasiado en el ataúd. Es evidente que con cinco millones yo inicié mi andadura, ya ves con qué poco dinero, pero seguramente era un momento clave. Tanto para ti como para mí. Para ti porque fue el momento que desaprovechaste el renovar tus barcos, y para mí porque compré un semanario cutre que vende quinientos mil ejemplares semanales y de él pude extraer dinero para negociar. —Su sonrisa se acentuó y por tanto sus ojos se quedaron más ocultos bajo el peso de los párpados—. Ya ves qué fácil te es todo. Ahora te sale de buenas a primeras un socio y tú le llamas hijo de puta.

—¿Tú mi socio?

—Pues veremos qué haces para evitarlo. —Lanzó una breve mirada sobre los asustados hijos—. He comprado dos mil millones en acciones de tu empresa, dispongo de trescientos millones más... Estás en el periódico en minoría y saldrás de él cuando yo lo diga o... si no quieres salir..., ya sabes lo que debes hacer.

—¡Jamás!

—Pues entonces deja pasar el tiempo que marca la ley y me lanzaré sobre ti para cobrar la deuda.

—Es decir, que has comprado para tenerme en tus manos.

—Más o menos...

—Antes vendo todo a Marítima, S. A.

—Eso es asunto tuyo —dijo riendo apaciblemente—. Te doy para pensarlo unas dos semanas. Ah, me instalaré hoy mismo en la mansión. Me quedo con el edificio y Pol con su mujer ocuparán su casa dentro de dos semanas. Lo siento, Andy. Pensé que lo ibas a agradecer, yo nunca tuve demasiado en cuenta tu odio a Pol... Es tan hermano mío como tuyo y ya sabemos los dos que dentro de su buena fe es, además, bastante vago, pero un vago noble y yo le admiro. Me hubiera gustado ser como él, ya ves. Habría tenido menos quebraderos de cabeza.

—Maldita sea tu estampa, Borja, ¿qué me has hecho? ¿Desde cuándo tienes fraguada tu venganza?

—Oye, que no, que no, que estás equivocado... Mira tú por dónde haces un buen favor y te salen con desagradecimientos. Conmigo tu hipoteca está asegurada. Lo más que puede ocurrir es que te la reclame, pero ya te estoy advirtiendo que lo que más me gustaría sería sacar del ataúd de mi padre sus malditas cornamentas, y eso sólo lo conseguiré el día que vea en ese letrero que tienes ahí arriba: Teo Urrutia y Borja Morán, S. A.

—¡Jamás!

—Oye, pues no hay nada de lo dicho. Pagas la hipoteca cuando te llegue el momento si es que puedes y a...

—Tu no irás a vivir a esa mansión.

—Andy, reflexiona, y dime cómo podrás evitarlo... Ahora tengo el Testarossa ahí aparcado, de modo que... te veré cuando te hayas calmado. Buenos días, chicos, y no me miréis con esa expresión asesina. A fin de cuentas, todo está a buen recaudo. Os lo advertí el otro día. ¿No os dije que os solucionaría la papeleta? Pues ya veis cómo la tenéis solucionada.

Y salió sin esperar respuesta.

* * *

Mappy no se había movido aún del sillón donde, más que sentada, estaba incrustada. Veía a su madre llorar, a su padre desesperado cruzar el salón de parte a parte con las manos crispadas tras la espalda o levantándolas como si fueran aspas de molino y sacudirlas en el aire como si buscase a su mayor enemigo.

Veía a sus dos hermanos pegados al ventanal uno junto a otro, indefensos. Y había oído todo lo que ya sabemos. Y, por supuesto, todos sabían muy poco de Borja Morán, salvo que poseía dinero para comprar una hipoteca de dos mil millones y despreciar mil millones de la casa que había construido para traspasar a su «amigo» Andy. Pero lo que no sabía ninguno de los allí reunidos aún era hasta dónde alcanzaba el poder empresarial de Borja Morán, que ésa era otra.

—¡Deja de llorar, Isa! —gritaba desesperado Andy—. Por favor, que no siga oyendo tus sollozos. Tengo bastante con los míos interiores. Eso es todo lo que ha sucedido, quiere decir que estoy en sus manos a menos que venda a otra sociedad, me fusione con ella y le pague los estipulados que él tendrá que aceptar mal que le pese si lo meto en un pleito.

—¿Pleito de qué? —gemía Isa angustiada—. Tú te fiaste de su palabra. No creo que hayas firmado cesión alguna. ¿No te has fiado de su palabra?

—¿Y por qué no iba a fiarme? Era mi amigo.

—Tampoco es eso, papá —adujo Bern encogido—; tú siempre has hablado de él con desprecio. No le has valorado nada. Lo querías utilizar y resulta que él te ha utilizado a ti.

—¿Y vosotros? ¿Por qué tiene Borja Morán trescientos millones en acciones de mi compañía?

Jesús se separó de Bern.

Los dos se fueron uno por cada lado. Pero el padre se plantó ante la puerta.

—De aquí no sale nadie sin aclarar cuestiones. Y, además, vais a hacer algo rápidamente. Hablar. No me gusta nada que Mappy oiga estas cosas desagradables, pero ya no hay más remedio, porque éste es un asunto familiar que nos atañe a todos. He sido pillado en una vil trampa y me ha pillado precisamente un hijo de mala madre, un don nadie, un tipo al cual siempre recurrí pero sintiendo hacia él un menosprecio indescriptible porque consideré que vendía su alma al diablo por dos pesetas. Y lo sigo pensando, que es lo peor, pero me he equivocado en una cosa. La cantidad por la cual se vende. Es muy superior a dos pesetas, no cabe duda. A ver, no puedo perder la calma. Es justo en este instante cuando más calma he de tener. Estoy atrapado, pero llevar yo solo el asunto no cabe en cabeza humana. Vosotros, por la razón que sea, y la quiero saber ya, ahora mismo, os habéis desprendido sin mi consentimiento de un buen puñado de acciones. A favor, por la razón que sea también, de un indeseable.

—Eso no —dijo Jesús angustiado—. Nosotros a Borja jamás le hemos vendido nada.

—Tampoco yo una hipoteca, pero él la tiene, ¿queda claro? De modo que hay que suponer que a quién hayáis vendido importa un rábano, porque lo que se considera en este momento es que esas acciones están en poder de Borja, que junto con los dos mil millones de la hipoteca forman una cantidad considerable, y a saber si no tiene más... Pero vayamos con calma. La estoy perdiendo y no es ésa mi intención. ¿Quiere esto decir que Borja Morán jamás le perdonó a mi padre que le hiciera dos hijos a su madre?

Isabel sollozaba con la cara entre las manos, que tenía entrelazadas en el regazo.

—Evidentemente, es así, y si se ha pasado tantos años tramando para hundirme, ahora me explico por qué todo me ha salido al revés en los últimos diez años, justo desde que él anda por esos mundos. Es socialista. Y tiene poder. Pero yo pensé que tenía poder en influencias, no en dinero. Y ahora me sale con que el poder es absoluto tanto en una cosa como en otra y, además, lo voy a tener de vecino por narices. ¿Se ha pensado alguna vez en cosa semejante?

—Cálmate, Andy.

—¡Tendrás que dejar tú de llorar primero! —bramó el marido—. Lo que me está pasando jamás me lo imaginé. Vamos a ver. —Miraba a sus dos hijos—. ¿En qué gastasteis vosotros el dinero que él tiene? Porque evidentemente, el accionariado o los documentos que así lo acreditan los tiene él. Lo ha dicho lo bastante claro.

—Mira, papá. Yo estoy casado. Tengo una mujer rica, pero que no le dieron su patrimonio o no se lo habían dado cuando nos casamos, porque ahora mismo lo tengo ya depositado en un banco con la intención de recuperar lo cedido. Pero nos hemos entrevistado con varias personas y nadie sabe nada. Borja fue el último que vimos para este asunto y nos dijo la semana pasada en el salón del hotel Rex, donde nos citó, que no nos preocupáramos. Claro, ¿por qué nos íbamos a preocupar si él era el tenedor de las acciones junto con lo que pensaba comprar de lo tuyo?

—¿Y tú, Bern?

—He jugado.

—¿Y desde cuándo juegas tú cantidades semejantes?

—Llevo años empeñado, papá. Años intentando quitarme el muerto de encima, pero nunca pude encontrar a la persona que tenía los documentos de cesión.

—Pero sabrás a quién se los has firmado.

—Ted.

—¿Ted?

—El hostelero. Pero me advirtió que él hacía de mediador y que no disponía de dinero para comprar; por tanto, él las negociaría y yo le autoricé a ello.

—Pero Ted es un hostelero de esta ciudad.

—Andy...

—Isa, o dejas de llorar o me atrofiarás el cerebro y lo necesito lúcido para pensar. Bern, a lo hecho, pecho. Hay que deshacerse de Borja. Y vais a ir los dos al Registro Marítimo. Os enteráis de quién es la naviera Marítima, S. A., o Morrel, S. A., o Moted, S. A., todas esas sociedades pueden muy bien fusionarse con la mía; por tanto, prefiero una fusión que deberle un duro a Borja y, además, he de despojarlo de la mansión.

—¿Por dónde empezamos? —preguntó Jesús esperanzado de que su padre con su poder aún pudiera sacarlos a todos de las garras de un Borja que parecía que iba a tragárselos con pantalones y todo.

—Cítame con Ted... el hostelero. Cítame para hoy mismo. A ser posible para dentro de una hora.

Mappy se levantó apoyándose de mala manera en los brazos del sillón.

—Mappy —dijo el padre desesperado—, siento que hayas oído todo esto así, tan bestialmente, pero es que... no lo he podido evitar.

Mappy no podía articular palabra, estaba viendo a Matías hacerle señas desde el exterior. No había entendido nada o, para su desgracia, lo había entendido todo demasiado bien.

—Mappy, hija mía. Los negocios y los amigos tienen estos resultados. Pero tú, por favor, estate tranquila. Consuela a tu madre, que yo voy a salir un momento. No quiero pensar en tus hermanos ni indignarme más por lo que han hecho. Las cosas se están embrollando demasiado. Tendría que recriminarme a mí mismo y prefiero no hacerlo. Vamos a mi despacho —dijo a sus hijos—. Prefiero que me citéis con Ted y veremos qué consigo de ese pobre diablo que también por dos duros vende su alma.

—No menosprecies a tus enemigos —le recomendó Isa rompiendo de nuevo a llorar—. Siempre hablaste de Borja en familia, como si fuera un gusanito, y ahora resulta que te está demostrando que es un elefante.

—Eso se verá.

Y salió disparado yendo sus hijos tras él.

Mappy miraba con expresión desorbitada a Matías, que la reclamaba con un gesto desde el rincón del vestíbulo.

—Mamá, cálmate —susurró angustiada—. Vengo enseguida.

Y salió. La consigna se la dio Matías con pocas palabras.

—En el bungalow de la finca a las once de esta noche.

La respuesta fue breve pero seca.

—No iré.

—¿Digo eso?

—Sí.

Pero nada más alejarse Matías, supo que iría... y además, presintió que Borja lo sabía. Sabía que iría dijera lo que dijese sobre el particular a Matías.

* * *

Ted había sido sacado casi en volandas de su despacho del Sardinero, donde tenía un restaurante de lujo.

Había sido llevado de la misma forma por los dos hermanos hacia la oficina del puerto y allí estaba ante un Andrés Urrutia enfurecido, pero intentando dominar su furor.

Ted pensó en la advertencia que había recibido por teléfono no hacía ni media hora. Por tanto, ya sabía cuánto podía responder.

—Vamos a ver, Ted... Vamos a ver —decía Andy Urrutia dominando su indescriptible irritación—, dime con quién has negociado los documentos que en su día te fueron dando uno a uno mis hijos a cambio de talones o dinero contante y sonante.

—Ellos lo saben.

—Ellos sólo saben que negociaron contigo.

—Pues yo negocié con quien pude. Primero un banco, y luego otras personas. No recuerdo sus nombres, pero usted sabe que negociar sus acciones es muy fácil por tratarse de lo que se trata. Y les hice un favor, y sólo por un porcentaje que ni siquiera me pagan sus hijos, sino otras personas.

—Borja Morán.

Ted ponía expresión de tonto.

—¿Borja Morán? Oh, no.

—¿Quieres decirme que no fue Borja Morán quien compró los documentos?

—No, señor, no. Yo a Borja apenas le conozco. De vista, de verlo por ahí en su coche, que parece una cacerola...

—O sea, que tampoco le conoces el Testarossa...

—¿Testa qué...?

—Da igual. Tú dame un nombre, uno sólo que haya intervenido en esto...

—No lo sé. Yo no tengo dinero para hacer frente, de modo que las negocié a bancos diferentes en distintas ocasiones. Me pagaron bien por ellas. Son documentos firmados por sus titulares...

—Maldita sea, Ted, tú tienes que saber quién compró.

—Y se lo estoy diciendo —Ted parecía abrumado por el peso de su ingenuidad—, los bancos y nunca el mismo. Porque si fuera sólo uno se lo podría nombrar, pero siempre fueron varios. Ellos necesitaban el dinero de una hora para otra. Yo lo daba de mis negocios hosteleros, pero las cajas no se podían quedar vacías ni mi negocio funcionaba a base de documentos, así que iba a los bancos y los vendía...

—Por más dinero.

—Así subieron las cuentas.

—Ted, me has robado.

—No, señor, yo negocié los pagarés que suponían cesiones de acciones Urrutia, S. A. Eso fue lo que hice, pero no por mí, sino porque aprecio a sus hijos y los ayudé de la manera que pude y supe. No me pida a mí que entienda de negocios que no sean los hosteleros porque no los entiendo. Y, por favor, no me denuncie. Yo no hice nada malo. Sencillamente intenté salvarlos en distintas ocasiones y de lo demás no entiendo.

—Mira, Ted. Yo lo que no voy a tolerar es que esto trascienda. Pero dime una cosa, ¿qué sabes tú de las posibilidades económicas de Borja Morán?

—¿De Morán? Nada. Yo no suelo tratar con gente de esa calaña.

—Un socialista que maneja el tráfico de influencias a su antojo.

—Tampoco lo sé, señor Urrutia. Es un tipo que viene por los restaurantes y come, o entra en las salas de fiesta y se divierte. Pero de su vida privada no sé nada de nada. Es bastante misterioso.

—Sin embargo, alguien, dicen mis hijos, intervino también en sus documentos de cesión.

—¿Sí?

—Un tal Paco Santana, y tengo entendido que ése tiene acciones en el periódico.

—Lo conozco de vista. Es contratista de obras. Suele recalificar terrenos para el Ayuntamiento.

—Dile que deseo verlo.

—¿Ahora? No le conozco como para darle órdenes.

—De todos modos, dile si lo ves, y procura verlo, que le espero aquí.

—Sí, señor.

Y Ted se fue a toda prisa.

Andy miró a sus dos hijos con desinflada desesperación. Evidentemente, se había descuidado, y reprochar a sus hijos sus propios descuidos era perder el tiempo. Lo que se imponía allí era serenidad, reflexión y diseñar un plan de ataque antes de que fuese demasiado tarde.

Estaba pálido y parecía que en una sola mañana le habían puesto encima dos docenas de años más. Sentado en el alto sillón con los codos sobre la mesa y la cara entre las manos, miraba a sus dos hijos con mal ocultada ansiedad.

—Si alguno de los dos puede orientarme, será mejor que lo vayáis haciendo ya —dijo con bronco tono—; estoy atrapado y lo primero que necesito es ponerme en contacto con esas sociedades que son las únicas que me pueden sacar de este aprieto, porque prefiero meterme en otro. En poder de Borja Morán no me voy a quedar. Levanta el teléfono, Jesús, y dile a Javier Salgado que venga aquí. O no, no. Dile que me dé toda la información de sociedades que pueden ayudarnos. Morrel, Moted o Marítima, S. A. Quiero saber quién compone esas sociedades.

—¿Se lo pido por teléfono o me acerco a la asesoría, papá? —preguntó Bern acogotado.

—Ve a verle —dijo el padre desencantado—. Pero no des publicidad de lo ocurrido. No vaya a ser que tengamos una desbandada o una huelga y me manden lo que quede al carajo. De momento esto debe quedar en familia. Ya lo ventilaré. No sé cómo, pero un arreglo ha de tener.

—Una fusión con Marítima, S. A. —sugirió Jesús.

—Tú te callas. Por ahora más te vale callar. De modo que estabais gastando más dinero del que os daba; ¿por qué? ¿Con qué fin meterme en una situación tan comprometida? Ya sé, ya sé. Más comprometí yo. Pero ¿desde cuándo viene éste hurgando en mi vida? Por supuesto, ya en vida de mi padre las cosas marchaban mal, lo cual indica que esto no empezó ayer. Empezó hace muchos años. Desde que ese cabrón tuvo en sus manos cinco cochinos millones. Pero ¿cuántos tiene en la actualidad? Ya sabemos que por lo menos dos mil trescientos millones. Es mucho. Pero quien dispone así alegremente de esa cantidad, es evidente que tiene mucho más. Me dio información de la bolsa. Compré y perdí. Perdí porque nunca pude vender más caro de lo que compré, sino bastante más barato, y además él sabía que necesitaba liquidez, lo cual indicaba que si le hice caso, él no ignoraba que no podría mantener el papel en mis manos más allá de unos dos meses, y en esos dos meses en vez de subir, como me informó, bajó enteros considerables. Después me recomendó negociar con crudo en el momento más idóneo, pero el momento había pasado ya, porque cuando quise el dinero tuve que vender al mismo precio, puesto que el crudo *brent* no osciló más allá de un dólar y a la baja, por supuesto. Ahora mismo, aunque el negocio de los crudos fuera rentable, yo no podría ordenar a mi *broker* que comprara un solo barril. No dispongo del dinero que se necesita, y el mercado del papel funciona, pero no a mi nivel en estos momentos. —Aplastaba las manos en el tablero de la mesa e iba encogiendo los dedos, de modo que sus manos se convirtieron en puños cerrados que golpearon despiadados la mesa—. Estuvo jugando con mi credibilidad un montón de años hasta llegar al punto que él se había fijado. Y el punto es éste. Sal, Jesús, haz lo que te digo. Quiero la filiación de todas esas sociedades. Si vas al Registro Mercantil, te enteras de todo. Pero no vayas tú. Da la orden en asesoría para que lo hagan y no digas las causas que despiertan tu curiosidad. No quiero que esto se sepa.

Al momento regresó Jesús.

—Te darán la notificación exacta dentro de dos horas, papá. ¿Qué hacemos?

—De momento yo me quedo aquí esperando. Vosotros id a casa a almorzar.

—¿Es que tú no vas a almorzar?

—No tengo apetito, Bern. Ve a consolar a tu madre y a tu hermana y yo me quedo aquí esperando a ver si aparece ese Paco Santana.

—Nosotros hemos hablado con él —dijo Jesús titubeante—. No sabe nada. Por lo visto es un intermediario más. No esperes que te dé ninguna información. Y en cuanto a la manipulación que dices estar ejerciendo sobre los accionistas del periódico, creo que pierdes el tiempo. Estoy pensando que si Borja se ha propuesto hundirte, esos tipos serán testaferros, pero sólo eso. Testaferros de Morán. Nunca supe que Pol tuviera el periódico en sociedad con nadie. Al menos, en vida del abuelo estaba sólo Pol. Que de repente hayan aparecido algunos con acciones y a ti te metiera Borja entre ellos..., mucho me asombra, papá. Y te lo digo porque la persona que se mete en tales empresas de envergadura con transacciones de tan alto valor no va a ir dejando por ahí cabos sueltos.

—Entonces, Jesús —adujo el padre con voz agotada—, tú supones que Borja ha jugado fuerte. Y que yo soy el clásico payaso que él ha utilizado.

—No estoy seguro, pero estoy viendo que Borja es muy listo; si su listeza la utiliza para hundirte, no se conformará con tan poca cosa.

—Si tengo que echar mano de Pol, lo haré —replicó Andy con firmeza—. A fin de cuentas, es mi hermano de padre y no querrá que me coma Borja para deshacerme entre sus dientes.

Cuando Bern y Jesús subían en el coche hacia la mansión, Bern decía sordamente:

—No seremos universitarios, y papá sí lo es, pero desde luego yo soy más listo que él. Y tú también. A ti siempre te cayó Borja un poco gordo... Ahora resulta que papá, que siempre odió a Pol, dice que recurrirá a él. ¿Desde cuándo considera papá hermano a Pol? Además, ¿qué puede hacer Pol? Es un instrumento más en poder de Borja, con la única diferencia de que Borja quiere de verdad a Pol y mi padre lo odia. Lo ha odiado siempre, por lo que veo. ¿Sabes, Jesús? Pienso que haría muy bien yendo a almorzar a tu casa y viendo a Melly y diciéndole que se case conmigo y largándome de esta zona de guerra.

—No cometas esa estupidez ahora mismo, déjalo para cuando pase esta batalla...

* * *

El abogado Javier Salgado miraba a su jefe supremo sin comprender qué ocurría. Nadie le había hecho una consulta legal, nadie le pedía parecer, nadie le explicaba qué había sucedido en aquel despacho de dirección aquella mañana, pero él tenía toda la filiación adquirida en el registro.

—Los socios de todas esas empresas coinciden en todo. Son los mismos. Las tres multinacionales, las tres tienen capital extranjero dentro. Los socios son Manuel Sarmiento...

—Así se apellida mi mujer —dijo Andy con expresión ausente.

—Pero no tiene nada que ver con su esposa, eso seguro. La genealogía española está llena de tales apellidos. Veamos los otros. Pero antes he de indicarle que me informé de sus actividades; es experto en temas bursátiles. Después tenemos a Donald Smith, americano de Nueva York, especializado en temas petrolíferos. Hay otro socio colombiano, pero que nada tiene que ver ya con el cártel de Medellín. Es especialista en barcos. Y se llama Pedro Buendía. Y aún hay otro más, inglés, compra y vende terrenos para recalificarse. Se llama Max London. En las tres sociedades figuran siempre los mismos socios, los mismos accionistas, y del mismo modo hay una sociedad de la cual no me pidió información, pero que me llamó la atención por la casualidad. Me refiero a que los mismos nombres aparecen en otra sociedad de artes gráficas denominada Bormo, S. A., que posee unas seis revistas de índoles diferentes pero todas publicadas por la misma sociedad.

—Explíqueme eso —pidió Andy como espabilándose súbitamente.

—A ver. —Javier Salgado leía en una anotación que sostenía entre sus dedos—. Esa sociedad gráfica denominada Bormo, S. A. publica seis semanarios de envergadura. A saber. Uno dedicado a la información de economía. Es muy apreciado en el mercado, tiene un *ranking* de ventas muy alto. Otro es sólo de información bursátil, y es muy importante para inversores. Vende muy bien. Después hay otro de literatura pura. De altos vuelos, sólo dedicado a informar a los entendidos en la materia. Vende menos, pero se sostiene muy bien. Está otro de información general que tiene un alto *ranking* de ventas y aún hay dos más. Uno exclusivamente de política internacional y otro de salud. Todos estos semanarios son muy interesantes en el mercado. Se venden muy bien.

—¿Y por qué la relaciona?

—Sencillamente porque los socios son los mismos.

—Es curioso, sí. Pero dígame, en ninguno figura Borja Morán.

—Lo cierto es que no, pero no entiendo por qué ha de figurar una persona que no se dedica a estos menesteres. Pero sí que hay una casualidad.

—¿Cuál?

Y Andrés parecía ya no espantarse por nada, esperando cualquier sorpresa inexplicable.

—En esta sociedad de artes gráficas, denominada Bormo, S. A. está incluida la revista cutre de su amigo Borja Morán.

—¿El semanario morboso?

—Sí, señor.

—Dios... ¿Es que lo ha vendido? Porque si no figura como accionista...

—No figura. Pero no es la primera vez que en una sociedad se montan hombres de paja y el verdadero dueño y señor no aparece.

—Me está diciendo...

—No, señor Urrutia, yo no digo nada. Es usted quien me solicitó la información y yo se la traigo. La casualidad quiso que me fijara en ese detalle. O ha vendido el semanario o Borja Morán está detrás de todo esto.

—Facilíteme una entrevista con Manuel Sarmiento.

—Está en Madrid. Viaja mucho. Para localizarlo necesitaré dos o tres días.

—Use el fax todas las veces que lo necesite, pero sepa que le quiero ver mañana mismo y si tengo que desplazarme a Madrid, dé orden de que tengan mi *jet* a punto.

—Sí, señor.

Y Jaime Salgado se fue para comentar entre sus compañeros de asesoría que algo raro estaba pasando.

—No sé qué es, pero me parece que es muy gordo.

Y los cuatro asesores se pusieron a manipular el fax para localizar al potentado llamado Manuel Sarmiento.

Entretanto, Andy en su despacho pedía un plato frío a la cafetería de la empresa. Lo comió allí, sin moverse. Tuvo ganas de llamar a Nancy.

Era la sinuosa secretaria de su hijo. Para tales momentos de tensión un desahogo sexual no le vendría mal, pero Nancy era muy exigente y solía mofarse de él cuando no le llegaba a altura, y no estaba él en aquellos momentos para llegar a altura alguna. Además Nancy siempre exigía un regalo caro y tampoco Andy andaba tan feliz como para hacer regalos por un toque más o menos o una estúpida masturbación.

Realmente a él ya no le quedaba Belén. Por lo visto la tal Belén Bergara había encontrado un amante más listo, más habilidoso o con más potencia sexual. Ella era como un huracán y ardiente como una llama. En el fondo, y pese a todas sus inquietudes mercantiles, sentía envidia del amante. Con Belén pasó él momentos muy interesantes. Se desfogó de verdad en mil ocasiones.

Con Mey, su secretaria, no había nada que hacer. Estaba casada y, por lo visto, enamorada de su marido, un periodista desharrapado con una mirada viva como una llama. La tentó una vez y la chica se puso muy digna y dijo que tenía un amante que le gustaba y que no tenía intención de cambiarlo por ningún otro. Él pensó que se trataba de su hijo Bern y cuando se lo preguntó, la tal Mey se echó a reír desdeñosa.

«Ése —le había dicho—, no me alcanza ni a la barbilla. Estoy hablando de mi marido.»

Y él quedó chafado para los restos con respecto a su secretaria, a la que no despidió porque dominaba tres idiomas, era una ardilla en el trabajo y nadie entendía sus dictados como ella.

Pero, lógicamente, se olvidó de sus apetencias sexuales en relación con la casadita. En cambio Nancy era una frívola, un pendón donde los hubiera, y sabía lo suyo, pero poco le costaba y no se cortaba al mofarse si uno no alcanzaba su nivel de exigencia sexual. Y él... ya no andaba para hacer tantas filigranas como deseaba la zorrita de Nancy.

Almorzó solo, rumiando todas sus desazones, y después llamó a Mey y le dijo que buscase a un tal Paco Santana y lo citase allí.

—¿Y dónde debo buscarlo?

—En la redacción del periódico o llame usted a Ted el hostelero.

Aún tuvo a sus dos hijos delante a media tarde y sintió hacia ellos un odio mortal. Momentáneo si se quiere, pero odio al fin y al cabo, porque bien estaba lo que estaba bien, pero que aquellos dos ineptos le gastasen trescientos millones en menos de diez años no lo concebía, aunque tampoco podía recriminárselo demasiado. De momento eran sus únicos aliados y no deseaba que el asunto financiero trascendiera.

A las siete de la tarde volvió a quedarse solo.

Y fue cuando Jaime Salgado le notificó que había conectado con don Manuel Sarmiento.

—¿Y...?

—No se desplaza a Santander. De modo que debe usted visitarlo en sus oficinas de la Castellana mañana a las tres de la tarde.

* * *

Borja se hallaba en el bungalow a dos pasos como quien dice de la mansión sin estrenar y de la otra perteneciente a los Urrutia. La valla había sido derribada y la ley no ampararía a Andrés suponiendo que intentara levantarla. Las mansiones se alzaban dentro del recinto acotado y no había separación. Un sendero y unos tilos junto con unos macizos delimitaban las distancias, pero bien mirado todo se hallaba dentro de la misma posesión, la enorme finca de los Urrutia que en su día Teo Urrutia demarcó en su testamento, dejando a su hijo Pol una casa levantada con ese fin muchos años antes. A la sazón, al haber sido adquiridos los solares adyacentes, la finca en sí se iniciaba desde la misma la autopista y se internaba campo adentro bordeando los acantilados e incluyendo el campo de golf hasta las otras fronteras, que se encontraban bastante más allá del picadero y de la casa de Jesús.

Eran las diez y media y el sol se había ocultado mucho antes, la redonda luna iluminaba todo el contorno. El rostro de Borja no indicaba ni mucho menos serenidad. Sabía que la papeleta que le quedaba tendría que ser lidiada con una persuasión impecable, y estaba seguro de que, a esas alturas, Mappy ya tendría de él un concepto equivocado, o quizá no tan equivocado. No obstante, Borja entendía que nada tenía que ver lo uno con lo otro.

Una cosa eran sus sentimientos y ésos eran sinceros, y otra, su situación financiera y su ansia vengativa. Lo primero no debería interferir en lo segundo, o eso esperaba él.

Cuando sonó el teléfono pegó un brinco. Estaba a oscuras. No deseaba de manera alguna que desde la mansión de los Urrutia supieran que él se hallaba en el coquetón bungalow. Sabía por Matías que aquél había dado el recado y sabía también que Mappy había dicho no, pero él confiaba en que Mappy recapacitara y le permitiera explicarse.

Asió el teléfono con las dos manos y acercó el auricular al oído.

—Sí —murmuró.

—Oye. —Era Manuel con su vozarrón de hombre rudo y firme—. ¿Qué está pasando? Me ha citado Urrutia. ¿Sabes de qué va la cosa?

En pocas palabras Borja le puso al corriente. Pero añadió un tanto sorprendido:

—Lo que no sé es por qué te cita a ti.

—O sea, que haces estallar la bomba y dudas aún de lo que puede desear de mí. Le he citado en Madrid.

—Ah.

—De modo que dime qué debo hacer.

—¿Es que no lo sabes?

—No del todo. Es de suponer que habrán mirado los registros mercantiles. Cuándo vas a destaparte del todo...

—Me va en ello casi toda mi vida.

—¿Comercial o sentimental?

—Sentimental.

—Te lo advertí, Borja. Te lo advertí. Si tú deseabas llegar al punto que buscabas, y buscaste durante años para llegar a él, no debiste implicar a tus sentimientos. En eso tiene razón Susan. ¿No estás a tiempo aún?

—¿A tiempo de qué?

—De mandar los sentimientos al diablo... Confiaste demasiado en tu dureza. Y tú eres duro, sí. Pero no para el amor. Por lo visto en ese sentido eres un sensiblero.

—Tal vez sea sensible, pero nunca un sensiblero. Y sobre el particular, estoy atrapado.

—De modo que diez años luchando para ganar una batalla no te han servido de nada.

—Me han servido de todo. —Rotundo y categórico—. Soy muy duro. Manuel, y tú lo sabes, soy como un pedernal, y si tengo que renunciar a una persona, renuncio. Lo que espero de esa persona es que me comprenda.

—No me digas que eres tan ingenuo como para esperar que una Urrutia olvide la afrenta que se le hace a su padre.

—El amor no tiene parentescos. Y la prueba la tienes en mí mismo. Una cosa no toca la otra ni tiene por qué reducir el empeño principal. Si Mappy me ama como yo a ella, saltará por encima de todo. La estoy esperando.

—Y supones que se reunirá contigo...

—Estoy seguro. Para bien o para mal, lo hará. Hay demasiada fuerza entre ambos, demasiado amor. Esto no es una broma. Es lo único importante de mi vida.

—Ya te estoy viendo a los pies de Andy para que te pisotee.

—Yo no soy el viejo lobo de mar, Manuel. Yo soy su hijo y llevo en mis entrañas la pena de saber que se cargaron a mi madre y el amor de mi padre hacia su esposa.

—Bueno, está bien. Veremos adónde llegas. Ah, dime, ¿qué hago mañana? Tengo la entrevista a las tres de la tarde en mi despacho de la sede.

—Yo no figuro. Y tengo que dejarte. Oigo unos pasos apagados. Es Mappy. La estoy viendo deslizarse en la oscuridad...

11

Pasión y odio

Su madre se había pasado el día llorando y su padre regresó al anochecer convertido en un guiñapo. Mappy, quisiera o no, pudo enterarse de todo. Desde lo que su padre pensaba hacer en Madrid al día siguiente hasta del nombre de todas las sociedades que el autor de su vida había mencionado como posibles salidas a su problema.

Una pena infinita invadía a Mappy. Tenía una cita y esperaba a que todos estuvieran entretenidos en el salón con el mismo tema, para decir que se iba a la cama y deslizarse entre los macizos hacia el bungalow donde Matías le aseguró que aguardaba Borja. Por supuesto, en un principio pensó en no acudir. Pero la fuerza de la ira y el temor a que todo aquello se descubriera, en particular su relación amorosa con Borja, la decidió al fin, aunque dos veces salió y dos veces regresó al salón.

Sería terrible que la vieran caminar hacia el bungalow, situado justamente en la bifurcación de ambas fincas que sin la valla, que había visto derribar por la tarde, se convertían en una. Lo que su padre más odió durante su vida, y que ella ignoró hasta volver del colegio y oír el fatídico testamento. Para entonces ya estaba liada con Borja Morán, pero siempre lo consideró muy ajeno a toda la trama familiar y descubría ahora de repente que precisamente la trama era Borja Morán en persona.

Una angustia infinita la corroía, oyendo a su padre clamar con voz desgarrada:

—Si ha conseguido dinero para levantar esa mansión y comprar los solares y encima prestar trescientos millones a mis hijos, no me asombraría que aún tuviera mucho más. He sabido de las sociedades que necesito conocer para fusionarme con una de ellas, pero resulta que todas tienen el mismo accionariado. Es decir, un puñado de socios cuyos nombres no me dicen nada.

—Pueden ser hombres de paja, papá —dijo Bern—, yo ya no me fiaría.

—Marítima, S. A. es con la que yo me fusionaría para librarme de ese cabrón. —Miró a su hija suplicante—. Perdona, Mappy, ¿no estarías mejor en tu cuarto? Hay cosas que una joven de tu talla espiritual no debe oír y ésta es una de esas cosas. Borja Morán me tiene atrapado, pero no será el fin. Sabré salir de esto. No será tan difícil. Hace apenas medio año rechacé la fusión con Marítima, S. A., y ésa es la compañía con la mejor flota de recreo del mundo. No es que tenga muchos barcos, pero sí los suficientes y más modernos. Es un puro gozo ir a bordo de ellos y se paga con gusto el pasaje tan caro con tal de disfrutarlo. Pero ahora me pregunto si con este hándicap me querrán.

—Papá, Urrutia, S. A. siempre es interesante.

—No lo dudo, Bern. No lo dudo, pero estoy en inferioridad de condiciones. En cambio, hace aún seis meses estaba por encima. Mañana tengo una entrevista con don Manuel Sarmiento. Mira tú qué casualidad, Isa, se apellida como tú.

—Hay miles de apellidos iguales, Andy. No tengo parientes desaparecidos.

—Ya lo sé. Pero es sorprendente. Comoquiera que sea, parece el cabeza de todas las sociedades, así que mañana mismo subiré al *jet* privado y me iré a Madrid. Estaré de regreso por la noche.

Jesús, que se hallaba presente en el debate familiar, aunque no su esposa, dijo con cierta timidez:

—Hay otra cosa que te podría salvar de toda esta penuria, papá.

—¿Qué otra cosa? ¿Acaso tu dinero, la dote de tu mujer?

—Por supuesto —le oyó Mappy decir a Jesús con energía—. Yo te entregaré el dinero que he gastado, de acuerdo. Pero te lo entrego porque para eso Helen se lo pidió a su padre.

—Olvídate de eso ahora, Jesús —murmuró Andy con desesperación—. Cuando los miles de millones están en juego, unos cientos más o menos poco importan. Espero que esto os sirva de escarmiento a los dos. Y además, ya sois adultos y ya sabéis cómo está el asunto. A mí me dejó mi padre una sociedad empresarial saneada. Se fue deteriorando y cuando él murió ya estaba coja, pero yo no lo sabía. Y no lo sabía porque me obsesioné con echar de aquí a Pol, y mira tú para qué. Lo voy a tener delante la semana que viene a menos que logre derribar a Borja, y no considero a Borja tan inseguro como para dar dos mil millones de pesetas de una hipoteca si no es con un fin. Y el fin es asociarse conmigo.

Mappy, que no quería perder detalle, dijo con vocecilla vacilante:

—¿Y tan malo sería que te asociases, papá?

Andrés se volvió como si mil demonios le pincharan.

—Con Borja, con el hijo de la... Perdona, Mappy, perdona. ¡Qué sabes tú de eso! Claro que no. Prefiero fusionarme en condiciones inferiores con otra empresa que ceder de la mía un duro a Borja...

—Pero si ya lo tiene...

—Mappy, tú de esto no entiendes. Vete a la cama, descansa y duerme. Te he visto salir dos veces y otras tantas regresar. ¿Por qué no te marchas de una vez? A veces uno desea lanzar un taco y delante de ti me da reparo, me da vergüenza, ¿entiendes? Y no estoy ahora mismo para mostrarme sereno.

—Un segundo, Mappy —llamó Jesús viendo que su hermana obedecía. La joven se quedó parada en seco con una mano apoyada en la puerta encristalada.

—Dime, Jesús...

—No he dicho la otra solución que tiene este problema. Y en ella entras tú. Dime, Mappy, ¿cómo van tus relaciones con Otto Malvives?

Mappy se agitó como si alguien la sacudiera. Sus finos dedos se aferraron más al marco de la puerta.

—No sé por qué preguntas eso.

—Es bien fácil —saltó Bern—. Ya sé por dónde va Jesús. Si tú te casas con Otto Malvives, puede muy bien Germán Malvives asociarse con los Urrutia y mataríamos dos pájaros de un tiro.

Andy fue a decir algo, pero la mirada de su mujer le contuvo. No había pensado en aquella posibilidad. Germán Malvives era muy rico, y si bien poseía hoteles y restaurantes por todo el mundo, también podía poseer barcos. ¿Era tan mala operación? No, no, sería muy buena. Pero él jamás forzaría a su hija, así que esperó anhelante la respuesta. Mappy estaba palidísima y su vocecilla sonaba vacilante.

—No he formalizado nada.

—Pero tú le ves en Madrid.

¡Jamás! Ella nunca fue a Madrid para encontrarse con Otto. Pero, dada la situación, ¿cómo podía ella en aquel momento decir la verdad? Porque si unos meses o incluso dos años antes aquello podía ser viable, a estas alturas era tan imposible como pillar la luna con los dedos.

Una angustia infinita le roía las entrañas y no sólo por la situación planteada en torno a Otto o con vistas a él y su futuro, sino por la ruptura que veía de su vida junto a Borja, porque no consideraba que situación alguna explicada por éste la convenciera de su buena intención.

Además, ella jamás había imaginado que Borja fuera enemigo de nadie. Con su sensibilidad, con su ternura, ¿cómo podía una misma persona guardar tanta perversidad dentro? ¿Cómo pudo Borja, a quien ella había idealizado...?

Y lo más lamentable de todo ello era que su padre fuese el enemigo a batir. ¿Qué significaba ella entre aquellas dos fuerzas?

—Te has quedado muy callada, Mappy.

—Oh, perdona, Jesús.

—¡Deja a tu hermana en paz! —bramó al fin Andy—. Vete a la cama, Mappy, y olvida la pregunta que te hizo Jesús. El asunto, si tiene arreglo, hemos de solucionarlo los tres, pero en particular yo. Vete a la cama, por favor —y se acercó a ella cogiéndole la cabeza entre las manos y besándola reverencioso en el pelo—. Hija mía, lo que menos hubiera deseado yo es que te enteraras de todas estas mezquindades.

* * *

Eran las once y media cuando Borja vio que la figura se perfilaba más. Tres veces la había visto reflejada en la terraza de su mansión, que quedaba más alta que el ventanal del bungalow. Y otras tantas la vio desaparecer y una de las veces incluso la atisbó a través de unos macizos para verla de nuevo escurrirse en ellos en sentido inverso.

En ese mismo momento la estaba viendo aparecer porque la luna iluminaba su figura entre el verdor de los macizos y su bungalow sin luz le permitía distinguirla mucho mejor. Se deslizó hacia la terraza y le salió al encuentro.

—Mappy... —susurró.

Y sus dedos ansiosos buscaron los fríos dedos femeninos, que apretó entre los suyos con fuerza para tirar de ella y llevarla hacia el interior.

—Pasa aquí —dijo Borja ahogadamente—. Por favor. Y trata de entender.

Mappy le miraba en la oscuridad. Le observaba con sus verdes ojos muy abiertos como si no entendiera nada y Borja sabía que poco o casi nada entendía. Por eso tiró de ella con suavidad, la dejó en el saloncito y con precipitación bajó las persianas herméticamente. Luego encendió una tenue luz que apenas si iluminó la estancia...

—Mappy...

—No te acerques —dijo ella estirando la mano—. Por favor, no.

—Te han contado.

—He oído...

—Te tengo que explicar, Mappy. No me mires con ese horror. No sé cómo tú supones... Yo te aseguro que estás por encima de toda esta patraña, de todo este entramado. Por nada del mundo ensuciaría yo mi amor.

Mappy respiró hondo como si el aire no le alcanzara los pulmones.

—No me irás a decir que todo esto es falso.

—No. Oh, no. Todo es desmesuradamente cierto, condenadamente cierto, odiosamente cierto. Pero tú, que me amas, entenderás las razones.

—¿Entre mi padre y tú? No lo esperes.

—¿Me estás diciendo que me condenas sin oírme?

—¿Acaso queda algo más por saber? Porque si queda, supongo que aún será peor.

—Mappy, un poco de consideración. Yo puedo hundir el mundo, lo haré sin rubor ni vacilación. Me enseñaron eso. No aprendí solo, me enseñó la maldad de los demás, el egoísmo de todos, la miseria moral de los que siempre me rodearon. Pero hay algo que está por encima de mis ambiciones, de mis revanchas, de mis odios. Eres tú. Tú estás por encima, ni muerto sería capaz de consentir que alguien te tocara para ofenderte...

Mappy se sentó. Se daba cuenta de que era así, pero eso no la confortaba. Había dos situaciones que aclarar y en esto ella no dudaba. O su venganza o ella.

Y lo curioso era que aún no entendía de qué se vengaba Borja Morán.

—Para tenerme a mí —dijo serenamente, y es que Mappy era muchísimo más fuerte de lo que su padre o Borja suponían— tendrías que renunciar a todo, deshacer todo lo que has hecho, dejar a papá en paz. Devolverles los documentos a mis hermanos...

Borja cayó también sentado no lejos de ella. Tenía las piernas separadas y los brazos apoyados en los muslos, y la cabeza asida con ambas manos.

Borja jamás había perdido tanto la compostura. Jamás se había visto acorralado como en aquel momento, jamás había pensado que se le presentaría una situación semejante.

—Me pides un imposible, Mappy. Yo te dije en más de una ocasión que un día tendrías que elegir entre tu padre y yo, y no lo has entendido.

—Es que nunca pensé que la elección fuera tan dramática y tan confusa, y sobre todo tan odiosa.

—Yo soy un hombre de negocios, Mappy. Tu padre me ha menospreciado siempre, me ha utilizado creyendo que yo era tan débil como mi madre o mi padre.

—O sea, que te has pasado años fraguando esta revancha.

—Mira, quiero que entiendas esto, y si no lo entiendes es que no entiendes la vida, y la vida, Mappy, es más fácil de entender de lo que a simple vista parece. Tú te enteras, pongo por caso, de que el padre de tu amiga ha muerto. Pero si bien sientes una cierta pena, e incluso una pena muy grande, jamás, nunca podrás saber cuál es el sufrimiento de la persona al morir, ni del familiar al perder a su ser querido. Son niveles diferentes. No cabe en mente humana la lucidez suficiente para explicar y hacerse entender de lo que sufre ese muerto antes de morir ni el familiar que lo vela día y noche.

—No entiendo con qué fin salen los muertos a relucir en algo que está tan vivo.

—Te lo pongo como comparación. Yo soy el muerto y soy a la vez el que lo ha velado. Yo sé lo que para mi adolescencia supuso saber que el poderoso Teo se acostaba con mi madre en ausencia de mi padre. Y sé lo que para mí significó el dolor de mi padre callando su vergüenza. Eso es el muerto que tú desconoces y el sufrimiento de quien lo veló. Yo te puedo decir que día a día fui tragando veneno, día a día, minuto a minuto, pero tú, que ves las cosas desde los ojos de tu familia, de tu poderosa familia, esto no lo comprenderías y es lo que necesito que comprendas.

—Yo jamás comprenderé un odio tan enconado que se pasa días y hasta años para destruir el imperio de una familia, eso es lo que no me puedes hacer entender, y bien que me duele, porque yo te quiero de verdad, pero todo esto reduce o elimina toda mi intención posterior. ¿Te imaginas lo que supondría para mi familia saber que además de arruinarlos, me has engañado, me has convertido en tu querida, en tu amante ocasional?

—Dios Santo, Mappy, Dios Santo. Eso no. Eso no lo puedes decir así. Estás equivocada. Tú estás por encima de todo.

—Yo no quiero estar por encima del sufrimiento de mi familia.

—Mappy, que tú me amas.

—¿Acaso lo niego? Pero también los desengaños, la decepción destruyen los sentimientos. A fin de cuentas, tú me hiciste mujer. Y debiste de hacerme bien, toda una adulta, porque ahora mismo sería incapaz de preguntarme si te sigo amando, porque sé lo que has hecho con los míos.

—Mappy, Mappy, que yo a ti te adoro.

Mappy movió la cabeza varias veces seguidas.

—Así... nunca.

—¿Qué pretendes de mí?

—Que vuelvas las cosas como estaban. Que dejes la hipoteca en el banco, que devuelvas los millones a mis hermanos, es decir, los documentos que justifican esos millones.

Borja elevó los brazos al cielo.

—Me pides un imposible. No has entendido nada de cuanto te he dicho. No has comprendido que llevo años con todo esto encima y que no soy capaz de quitarlo de mí por nadie.

—Y dices que me amas.

—Como tú me lo dices a mí, y no por ello me eliges por encima de tu familia.

—Eso no lo haré nunca por una razón muy evidente, muy obvia. Tú has fraguado una venganza. Yo detesto las venganzas.

—Escucha, escucha, Mappy. Ten un poco de paciencia. No me dejes así. Te tengo que explicar más cosas. Mi intención era vengarme, claro que sí, pero tu padre está en una situación financiera débil. Si ahora mismo lo dejo y le vendo la casa de ahí arriba, se arruinará. En cambio, si me admite como socio, todo le subirá como la espuma.

—Estás equivocado, mañana papá tiene una cita y venderá o se fusionará antes de tenerte por socio. Yo no sé qué sufrimiento habrá sido el tuyo todos estos años, pero haya sido más o menos, el resultado es condenable para mí. —Se levantó—. Me voy. Papá conseguirá dejarte en cueros, tanto como tú has intentado dejarlo a él.

—Mappy..., no sabes lo que dices. —La voz de Borja era metálica—. No tienes ni idea de lo que es el poder, el poder del dinero, y de los amigos y de las empresas. Yo te vuelvo a repetir que el mundo puede hundirme, y dejarme convertido en un gusanito o en un gigante, pero tu amor está por encima de toda esta mierda amoral. Eso es lo que quiero que entiendas.

—Y es lo que nunca entenderé. Buenas noches, Borja...

—¡Oye! —gritó—. Oye, por Dios...

—Deja a Dios en paz. No creo que esté de tu parte con tu vileza. Dios mío, me digo yo, ¿cómo pude enamorarme de ti? ¿Cómo pude pensar que venías a mí por mi amor? Si tú me buscaste sólo para dañar más a papá. Nunca jamás sabrá papá, por mí al menos, que un día... te complací y me sentí complacida a tu lado. ¡Nunca por mí lo sabrá!

—No te marches, Mappy. Por nuestro amor, espera. Deja que te diga más cosas.

Ella le miró desde el umbral.

—Ni una sola voy a escuchar, Borja. Y además hoy mismo pediré a papá que despida a Matías. Ahora me doy cuenta de que es uno de tus hombres...

Su figura se perdía ya en la espesura. Borja Morán tuvo la sensación de que se quedaba vacío, sin vísceras, sin sudores, sin lágrimas...

* * *

Andrés Urrutia poseía en Santander un edificio entero para sus oficinas del puerto. Pero comparado con aquellos despachos del monumento que suponía el palacete del paseo de la Castellana, su edificio de Teo Urrutia, S. A. era una auténtica cagadita de gallina.

Había ido a Barajas a recogerlo un Mercedes automático último modelo con chófer uniformado y guardaespaldas incluido, por lo que dejó a los suyos en el aeropuerto. Había recorrido medio Madrid en el elegante automóvil y aquél había aparcado en un parking privado dejándolo en la misma ancha entrada, a cuyos lados había dos hombres vestidos de paisano que por sus pistolas al cinto se apreciaba que eran también guardaespaldas de seguridad privada.

Descendió del vehículo y un señor vestido de azul le salió al paso. Después con aquel mismo señor cruzó el umbral y se dirigió a un mostrador donde hubo de entregar sus datos personales con el carnet de identidad adjunto. Le pusieron en una solapa un cartelito metido en plástico y con su acompañante se fue hacia los ascensores automáticos.

Vio ventanillas, mecanógrafos y personal en abundancia, pero sobre todo ordenadores y copiadoras, faxes y todo tipo de tecnología moderna.

Con el señor joven vestido de azul, que habló del tiempo y del calor, y de algunas intrascendencias más, llegó a la segunda planta y allí se topó con puertas y silencio, suelos de moqueta verde y paredes tapizadas. En las puertas figuraban letreros que rezaban cargos como PERSONAL, GERENTE, ADMINISTRADOR, y por fin, tras unas cuantas puertas más cerradas, un rótulo que decía DIRECCIÓN.

—Le dejo aquí —dijo el hombre vestido de azul mientras llamaba a la puerta y ésta cedía.

Andrés se vio en un recibidor anchísimo, lujoso y con dos estupendas mujeres detrás de sendas mesas.

Una de ellas se levantó, y Andy pudo percatarse de que era escultural, joven y guapísima.

«Aquí —pensó—, igual hay sexo que dinero. Y barcos, claro. Sobre todo empresas, pero mujeres de bandera no faltan.»

—Tiene cita, ¿verdad?

—Para las tres en punto.

La joven, muy amable, miró su propio reloj de pulsera.

—Faltan cinco minutos. ¿Ha almorzado? Porque si no lo ha hecho pediré su almuerzo.

—Gracias —replicó Andy—. He comido antes de salir.

—Un segundo y pasará ya.

Se oyó un timbre resonar allí mismo y enseguida la joven hermosísima con un acento extranjero que no supo Andy precisar de dónde, le condujo hacia una zona en que la puerta se abría en dos al pisar un punto concreto.

La joven anunció con solemnidad:

—Don Andrés Urrutia y Menchor.

Andy hubiera querido mirarla de nuevo, pero no estaba él como para contemplar bellezas. Y además tenía delante un enorme despacho rodeado de ventanales y de libros, con una mesa inmensa y un señor que se levantaba de su sillón giratorio de piel negra.

Andy pensó también en lo pequeño que parecía en aquel lugar y en su segundo apellido, que casi nunca pronunciaba, pero, por lo visto, allí lo sabían todo.

—¿Señor Urrutia? —preguntó el hombre asombrosamente joven que vestido de forma impecable le sonreía mostrando dos hileras de perfectos dientes blancos.

—Sí, señor; ¿don Manuel Sarmiento?

—Eso es.

Se estrecharon las manos y Manuel condujo a su invitado hacia el sillón que tenía frente a su mesa. Después ocupó su sillón de alto respaldo de piel negra y volvió a sonreír.

—Me ha sido imposible desplazarme a Santander como me rogaban sus asesores, señor Urrutia. Pero tengo el inmenso placer de recibirlo en mi despacho. Siento las molestias ocasionadas, pero esta misma noche debo salir para Londres, de modo que...

—El que desea algo de usted soy yo —dijo Andy con una entonación algo entrecortada—. Por esa razón, es lógico que haya venido a verle.

—¿Ha almorzado?

—Sí, sí. Lo he hecho en Santander antes de salir.

—Pues entonces soy todo oídos. Le concedo hora y media, supongo que le bastará... En realidad, tenemos intereses comunes aunque estemos en lugares diferentes.

—Eso es cierto. Pero me pregunto si es usted de Marítima, S. A., o de...

—Todas las sociedades que presido son filiales. Unas dependen de las otras o a veces de ninguna. De todos modos, estoy autorizado para tratar con usted de lo que sea. Desde mi posición de director general.

—Pensé que sería presidente de las sociedades filiales.

—El presidente no figura en las escrituras del registro. Es el mayor accionista y no estamos autorizados a mencionarlo. Pero yo estoy apoderado para lo que sea necesario. —Se dispuso a abrir un cajón—. Si quiere ver mi apoderamiento...

—No. No es preciso.

—Pues usted dirá.

—Tengo problemas y desearía que estudiara una fusión con Marítima, S. A.

—Se le propuso hace meses.

—Ciertamente, pero entonces no creí necesaria una fusión.

—Es una lástima que haya llegado hasta Madrid para eso. Sería más fácil haber puesto a sus asesores en comunicación con los míos y ellos se hubieran encargado de estudiar el asunto. No estoy tan seguro de que ahora mismo nos interese. Sus barcos dejaron las rutas y nosotros en su ausencia hemos conseguido contratos, primero temporales y luego indefinidos. Lo entiende, ¿verdad?

—Pues no.

—Marítima, S. A. no deseaba la fusión por sus barcos, sino por las rutas que recorrían. El pasaje es de lujo y requería buques de pasaje de alto _standing_... Eso lo hemos logrado no sin muchos esfuerzos. Ahora mismo sus buques no conseguirían esas rutas de lujo carísimas, por razones obvias. El que paga requiere servicios esmerados y sus buques, usted lo sabe, no los pueden ofrecer. De todos modos, será mejor que nos haga la propuesta a través de sus asesores y en la próxima junta lo estudiaremos. De todos modos me ha gustado mucho conocerle, señor Urrutia, y no será mi informe en la junta contrario a una fusión. Sin embargo, es lógico que pidamos una información exhaustiva de su estado actual financiero. Si hay hipotecas pendientes, si tiene socios, si sigue siendo una empresa familiar... Usted sabe —añadía amable y cortés, pero dentro de una concesión correcta que a Andy le olía mal— que las empresas familiares, en la nueva situación económica, no se sostienen. Lo que hace diez o doce años era lo normal, hoy es absolutamente negativo y anormal. Las sociedades familiares dejaron de funcionar hace mucho tiempo y Teo Urrutia, S. A., que años atrás era la primera en España, hoy resulta un tanto arcaica. De todos modos, repito, me será de mucho gusto recibir el informe de sus asesores y plantearlo en el consejo de la próxima semana.

—Pero es que a mí me corre prisa.

—Eso se lo advertimos cuando le hicimos la propuesta —dijo amable y cortés, pero rotundo el director general—. De todos modos, repito que mi informe será favorable.

—¿Y si los consejeros consideran que debe ser negativo?

—Pues no lo sé. Tendrá usted que vender, tomar socios con liquidez... Hay mil fórmulas, pero quiero decirle que si fuerza la cuestión o si en su nombre... la fuerzo yo ante el consejo, la fusión puede resultarle a usted negativa o por lo menos costosa.

—¿Hasta qué extremos?

—Si está libre de cargas y no tiene deudas... posiblemente mejor de lo que yo mismo podría suponer, pero si existe algún inconveniente...

—Está endeudada en dos mil trescientos millones de pesetas.

—Con una sola persona, con sociedades, con los bancos... ¿Me puede explicar cómo está esa situación financiera y mercantil?

—Un solo acreedor, debido a una hipoteca adquirida en un banco.

—Es decir, que una sola persona compró su hipoteca.

—Eso es.

—Quiere decir que usted lo hizo con cesión de crédito.

—Es que de lo contrario no me la hubieran admitido.

—Y el banco negoció con el cliente sin pedirle su parecer.

—Consideraron que era mi amigo y que me vendría bien.

—De acuerdo. ¿Y sabe ya la intención de su amigo, suponiendo que lo sea?

—Sí.

—Si me la puede explicar...

—Desea asociarse conmigo.

—Y usted no está por esa asociación.

—Si usted me libra de ella, fusionándose..., no la deseo.

—Lo estudiaré. De todos modos necesito que me envíen sus asesores toda la documentación. Una vez en nuestro poder, someteré al consejo su situación y su deseo de fusión. No puedo darle una respuesta concreta. Ya le advierto que hace unos años o incluso meses hubiera sido un negocio redondo. Hoy usted sabe que no lo es, y conoce las razones que son obvias para todos. Sus contratos de flete ahora mismo los tiene Marítima, S. A. Y esta sociedad aglutina a varias más con capital saneado de más de doscientos mil millones y veinticinco mil familias que viven de su riqueza. No sé si me explico. Nosotros poseemos un *holding* de capital español y extranjero, el suficiente como para no desear a estas alturas una fusión con una empresa en declive. Si, por el contrario, me pide un consejo, yo se lo daría con mucho gusto. Si la persona que desea asociarse con usted posee fortuna e ideas y está adaptada a la situación actual, que dista mucho de ser la de hace unos cuarenta años, podrá usted volver a empezar, o al menos enderezar por otros cauces sus intereses empresariales.

Andrés Urrutia se levantó con lentitud. Parecía haber envejecido unos cuantos años.

—De todos modos —insistió Manuel Sarmiento poniéndose en pie— no cierro las conversaciones. Es incluso posible que una vez saneada su empresa por ese socio del que me habla, interese más a nuestro *holding* la fusión. Estudie eso. Pero, de cualquier forma, hágame el favor de enviar un informe por escrito de sus asesores a los míos. En el consejo de la próxima semana lo plantearé...

—Pero antes de tener el informe... —dijo Andy sin preguntar.

—Eso es indispensable.

—¿Debo darle el nombre de la persona que tiene mi hipoteca?

—Debe.

—No querría por nada del mundo que esto se hiciera público. Sería mi ruina total. Usted sabe la forma en que ahora mismo la prensa suele sacar a la luz los secretos mejor guardados.

—Nosotros disponemos de una empresa, Bormo, S. A., de la que supongo que ya habrá oído comentar. Es de artes gráficas y en la prensa tenemos mucha presencia. Lo que nosotros podamos hacer, lo haremos y espero que todo esto quede entre nosotros.

—Gracias. Le enviaré los informes por escrito.

De la misma forma que entró, salió. El hombre vestido de azul le acompañó al flamante Mercedes y una hora y media después un Andy hundido subía al avión privado que le esperaba en Barajas. Se preguntó cuánto tiempo podría disponer de un *jet* privado dada la situación.

«Si mi padre levantara la cabeza, me mataría por haber sido burlado y arruinado de esta burda manera.»

* * *

Bern Urrutia había subido aquella tarde, en ausencia de su padre, a casa de su hermano Jesús.

Habían pasado él y Jesús la mañana en la oficina y habían recibido la inesperada visita de Borja Morán. La conversación entre ellos fue breve, pero no desesperada. Eran los tres jóvenes, con una diferencia de ocho años o poco más. Con Jesús ni ocho siquiera, serían cuatro o cinco. Cuando lo vieron llegar, ambos recularon. Pero Borja los contuvo con una sola frase:

—Vosotros no sois culpables de nada ni mi intención es haceros daño.

Lo había dicho Borja entre serio y grave y en aquel momento tanto Jesús como Bern se lo contaban a Helen.

—Lo único que Borja desea ya lo ha logrado. Descomponer a papá, la estabilidad empresarial de papá. Pero él también quiere que su nombre figure en ese letrero que tenemos en el edificio pegado al de Teo Urrutia.

—Y vosotros suponéis —comentó Helen con bastante indiferencia porque el asunto no le interesaba demasiado— que vuestro padre antes muerto que teniendo un socio hermano de su hermano. Es asombroso. Una historia que arrastran las familias Urrutia y Morán de toda la vida. ¿Sabéis lo que eso supondría ahora?

—No estamos discutiendo lo que sucedería, sino las consecuencias que ha traído, Helen, entiéndelo.

—Lo entiendo, Bern. Lo entiendo de sobra. Yo no sé qué haría en el caso de Borja... Tal vez lo que él mismo ha hecho. No se puede burlar a una madre sin que el hijo de su padre herido y humillado se quede tan tranquilo.

—¿Y qué pasa con Pol?

—Es otra cosa. Pol siempre tuvo el cariño de su auténtico padre. No el padre de Borja, que si bien lo atendió como si fuera su hijo, jamás dejó de saber que Pol y su hermana la monjita eran hijos de Teo Urrutia, y eso duele. Eso hiere aunque uno ponga cara de risa. Y por lo visto todo el odio que Serafín Morán no pudo desarrollar lo ha acumulado su hijo. Muy poco me parece lo que pide a cambio de tanta humillación. Ser socio de los Urrutia. ¿Por qué no, a fin de cuentas?

—Tú estás loca perdida, Helen.

—No, Jesús. Yo soy una mujer realista. Pero aún no me habéis contado en concreto qué deseaba Borja Morán de vosotros.

—Eso —dijo Bern respirando profundamente—. Sólo eso. Ser socio de papá, mandar en la empresa. Poner dinero en ella y hacerla florecer. Yo juraría que Borja está más ablandado, pero no blando, ¿eh?, que es diferente. Creo que pensaba hacer más daño, pero, por la razón que sea, hace mucho menos. Pero hace. Papá venderá la empresa, se fusionará con Marítima, S. A., pero jamás querrá de socio al cerdo de Borja.

A través del ventanal veía a sus sobrinos con la nurse cruzar el sendero hacia la piscina.

Por eso se levantó.

—Iré a ver un rato a Melly. Hace siglos que no hablo con ella. ¿Cuándo deja tu casa, Helen?

—No ha vuelto a hablar de ello, pero será mejor que te alejes. Tu padre jamás consentirá que te cases con ella.

—No creo que mi padre a tales alturas y con todo lo que tiene encima se preocupe ahora mismo de mis asuntos.

Y salió a toda prisa.

Era un chico alto, no demasiado, pero delgado y fuerte. Lucía barba. La llevaba muy recortadita, y tenía pese a ello cara de niño. Bern era una gran persona y por él se hubiera asociado con Borja sin dudarlo ni un momento. Pero también se preguntaba si sería Borja precisamente el socio necesario con poder económico para levantar la empresa Teo Urrutia. Lo dudaba mucho. Disponer de dos mil quinientos millones no significaba ni mucho menos poder hacer frente a una sociedad en decadencia.

Alcanzó a la joven cuando los dos niños se metían en la piscina infantil y ella se sentaba en el borde de una hamaca forrada con cojines de colores.

—Melly —murmuró.

La chica, que no le había visto llegar, alzó vivamente la cabeza.

—Bern...

—Pensaste que me había olvidado de ti.

—Pues... no me has demostrado otra cosa.

—La situación, la intromisión de mi padre... Pero todo se arreglará, espero que con lo que mi padre tiene ahora encima se preocupe menos de mis amores. —Se sentó no lejos de ella—. Mira, Melly, yo espero que nos veamos con más frecuencia. He estado muy ocupado toda esta temporada y no subo nunca a casa de mi hermano. Te prometo que en adelante subiré más y también podemos vernos en el centro de Santander en tu día libre. ¿Cuándo lo tienes?

—Todos los domingos.

—¿Y qué haces?

La francesita hizo un mohín coquetón.

—Aburrirme. Pensé que tu padre te había prohibido verme.

—Mi padre no se ha metido demasiado en mis cosas. Al principio ya sabes que se rio de mí, pero después no volvió a decirme una sola palabra.

—Entonces... ¿por qué no me has visto?

Bern estuvo a punto de contarle lo de sus fotografías con la fulana, pero entendió que eso debía callárselo. No era apropiado para unos oídos y unos ojos tan inocentes.

—Hubo asuntos familiares —se disculpó— que necesitan mucha más atención. Cuando mi padre se tranquilice, le diré que no he desistido de casarme contigo.

Desde la casa, Jesús, asomado al ventanal, le reclamaba y Bern se levantó presto.

—Te veré después y si no puedo verte a solas, te espero en el bar del puerto el domingo a las cinco de la tarde; ¿qué me dices?

—Estaré allí.

—Pues hasta luego.

Y se fue a toda prisa con el fin de saber qué deseaba de él Jesús con tanta premura.

Jesús le asió por un brazo en silencio, pero con tanta energía que Bern dio un traspié. Le llevó a una terraza y estiró el dedo.

—Mira, Bern. Mira, por el amor de Dios; Borja tenía mucho interés en que le comprendiéramos, pero observa el movimiento de la nueva mansión.

Desde allí se veía perfectamente la mansión de los Urrutia y más abajo, hacia los acantilados, las otras dos mansiones enlazadas entre sí por soportales con carreteras sinuosas interiores conduciendo aquí y allí. Y, por supuesto, una de las mansiones tenía todos los ventanales abiertos y se veía movimiento de personas en su interior. Bern miró a Jesús y ambos se quedaron paralizados.

—Me estás indicando...

—Te estoy demostrando que las palabras de Borja son sólo viento. Si algo odia mi padre es la proximidad de los Morán, y ahí los ves. Se están instalando y me parece que Pol con Salomé lo harán en cualquier momento. Es decir, que invadirán nuestros dominios tanto si queremos como si no. Ahora dime tú qué se proponía Borja al visitarnos esta mañana y decirnos además que su intención no es mala. ¿Es una buena intención hacer lo que mi padre más detesta?

—Iré a visitarle y le hablaré con buenas palabras.

—Bern, si quieres un consejo, espera a que regrese papá. Además, me temo que el poder de Borja Morán no sea sólo de influencia. —Negaba con la cabeza—. No se instala un tipo como Borja en una mansión semejante si no tiene medios abundantes para mantenerla y vivir a tono como vive un Urrutia. Me temo que hemos subestimado el poder económico de Borja; de cómo hizo el dinero, no me lo quiero preguntar, pero lleva demasiados años por esos mundos y él sólo anda por Santander una vez a la semana. ¿Dónde está los demás días y qué hace? Eso, eso es lo que hay que averiguar.

—¿Y cómo piensas averiguarlo? Si un tipo como Borja desea que su fortuna esté oculta, ya tendrá hombres de paja que se la guarden. Esos hombres, Jesús, no son fáciles de identificar ni de valorar. Valen casi siempre mucho más de lo que parecen. Me temo que la guerra entre él y papá está declarada y que ganará él.

—Y nosotros en medio —se lamentó su hermano—. Nosotros, que no nos hemos acostado con ninguna Margarita Morán, ¿te das cuenta? Está claro que antes los ricos avasallaban a sus criados o servidores..., pero aquí está Borja Morán para vengar la afrenta que seguramente no se atrevió a vengar su padre. Estoy asustado.

* * *

Bern llegó a su casa en el cochecito eléctrico que su padre solía usar para ir por la finca o cuando jugaba al golf. Lo dejó de cualquier manera junto a la glorieta y entró en la mansión sudoroso y fatigado.

—Mamá..., mamá.

Isabel se hallaba en el salón de la planta baja y se mantenía erguida como si sentada la sostuviese un paraguas.

—Pasa, Bern.

—¿Has visto?

—¿A Borja en su casa con un abundante servicio? Sí, se está instalando. Cuando llegue el avión de tu padre, sube al coche y ve al helipuerto. No ha llevado coche, se ha ido al aeropuerto en el helicóptero, de modo que en él volverá. No sé qué sucederá cuando se entere de que Borja Morán está instalado en la mansión que él creyó que sería para Mappy. ¿Y Mappy No ha salido de su habitación en todo el día.

—¿Qué le sucede, mamá?

—No lo sé. —Isa se limpiaba los ojos—. Nunca pensé que una cosa así le afectara tanto. A fin de cuentas, no se va a quedar en la miseria. Ya sabrá tu padre cómo salir de esto. Pero Mappy allí está, tendida en su lecho, vestida y todo como anoche.

—Voy a verla, mamá.

—No vayas. Lo único que ha dicho en toda la mañana, y ya he ido seis veces a su cuarto, es que quiere estar sola.

—Pero... ¿qué le va ni le viene este asunto a ella...? Aún con todo, papá ha recibido un traspié fuerte, es cierto, pero eso no implica que esté arruinado.

—El mordisco a su fortuna en semejante situación no es bueno, Bern. Además, vosotros habéis contribuido y lo que haría falta saber es por qué habéis gastado tanto dinero en estos últimos años.

—No hemos gastado tanto, mamá. Son los intereses acumulados y yo he cambiado tres veces de Porsche. Y esos coches cuestan un ojo de la cara. Cuando nadie te advierte que te andes con cuidado... Yo pensé siempre que nuestra fortuna era infinita, intocable e inalterable.

—Estás oyendo a tu padre decir desde hace años que las cosas no marchan como antes. Ya en vida del abuelo había erosiones, es como si una mano negra estuviera hurgando y hurgando y no cabe duda de que la mano negra era Borja. No me digas que eso se puede perdonar.

Bern se sentó junto a su madre y le asió las dos manos temblorosas.

—Mamá, cuando un hombre hace eso y lo hace con tanta paciencia, con tanta lentitud, con tanta sabiduría... es que venga muchas cosas a la vez. Seamos sinceros, mamá. Yo no sé lo que tú sabrás de lo ocurrido. Pero si me dicen que un señor que está por encima de mi padre se acuesta contigo lo mato. Y Borja no ha matado, pero ha acumulado el veneno dentro y ése ahora mismo es destructivo. Yo no sé nada de lo que pasó y me temo que tú poco. Yo siempre vi a Pol y Borja en esa casa que demolieron y a mi abuelo visitarlos casi todos los días. De adolescente ya lo supe, si bien era un secreto a voces, y cuando se leyó el testamento el abuelo daba como lógico su razonamiento, lo cual es temerario y sin un ápice de humanidad. Ya sé, mamá, ya sé que era algo que sabía todo Santander, pero Borja no era su hijo, ¿no lo entiendes? Borja es el vengador. Y me temo que no haya nada ni nadie que evite esa brutal embestida contra papá. Y me temo asimismo que papá tenga que apechugar a menos que logre algo en Madrid. Y si logra fusionarse con la empresa más poderosa de España, me temo también que será en condiciones ínfimas, lo que redundaría en perjuicio de todos.

—¿No me estarás sugiriendo —gimió Isa— que tu padre debe aceptar la cuestión que plantea Borja como buena?

—No lo sé. Te juro que ya empiezo a dudarlo. Tantos años acumulando odios, generando duras pasiones y desorbitados enfrentamientos. Y el perdedor puede ser papá, debido al poderío económico de Borja.

—Nunca será tanto como el de tu padre.

—Pues ya me dirás cómo va a mantener la casa. No se mantiene con un ingreso de un millón de pesetas al mes. Y tampoco es tan necio Borja como para meterse en lo que no puede continuar. Fueron muchos años, y además los mejores, los que empleó Borja en enriquecerse. Yo no sé lo rico que será, pero... un tipo como él, duro y acostumbrado a sufrir, no se juega el prestigio por un odio más o menos. O se lo juega para ganar o no se lo juega. Iré a ver a Mappy.

—Tu padre llegará pronto, Bern. Deja a Mappy en paz. Ella es muy ingenua, muy pura, y este tipo de cosas no las entiende. Ella jamás supo hasta que se leyó el testamento que tu abuelo tenía dos hijos más... Entiende el asunto. Ahora se le viene todo encima, de golpe, y no lo soporta su fragilidad, su sensibilidad. Además, cuanto menos sepa de este asunto, mejor. Sube al cochecito eléctrico. El helicóptero de tu padre está al llegar. He visto hace un segundo pasar un avión. Podría ser el suyo. A esta hora no hay aviones de línea regular. Por favor, sube al vehículo eléctrico y ve a buscarlo.

Fue lo que hizo Bern y entretanto Isa, con desgana, íntimamente desesperada, pero sin perder aún del todo su compostura, subió a la habitación de su hija.

Mappy vestía los pantalones blancos de la noche anterior y un suéter de algodón de cuello redondo. Los mocasines se hallaban caídos sobre la alfombra y sus lacios cabellos se esparcían por la almohada. Al ver a su madre en el umbral giró medio cuerpo y puso las dos manos cruzadas bajo la mejilla con los secos ojos fijos en un punto inexistente de la alfombra.

—Mappy, no te vas a pasar la vida así... No entiendes de estas cosas y si te digo la verdad, no son tan graves como tú crees; lo único que puede suceder a fin de cuentas es que Borja y tu padre dejen de luchar, y se unan en la misma empresa.

Mappy se fue sentando en la cama e incluso echó los pies hacia fuera, y a tientas buscó con los mismos pies los mocasines y sin mirar se los puso.

Después apoyó ambas manos en ambos lados del cuerpo y se quedó mirando a su madre con expresión ausente.

Pensaba que podía contarle a su madre su desolación, su amor y su pena y todo cuanto para ella significaba aquella guerra personal y mercantil, pero supo que no iba a entenderla. En realidad, ¿qué confianza tenía ella con su madre? Muy relativa. La habían enviado a un colegio siendo casi una niña y en vez de traerla a casa a pasar las vacaciones, las más de las veces iban ellos a verla y hacían un crucero juntos alrededor del mundo. La confianza pues era sólo muy relativa, tan relativa, tan relativa que ella, analizando bien su vida, el único con el cual había tenido una confianza sin límites había sido Borja Morán. Muy curioso. Y muy fuera de toda lógica. ¿Por qué? ¿Por qué si Borja sabía que todo iba a terminar como él procuraba que terminase, se lio sentimentalmente con ella? ¿Fue ella quizá uno de los pilares que buscó para su venganza?

Eso la volvía loca. Esa duda, ese desenfreno mental, ese gran temor...

—No voy a necesitar a Matías, mamá. Dile a papá que lo despida.

¿Entre tanto lío familiar era lo único que se le ocurría decirle su hija?

—Matías siempre ha sido de esta casa.

—¡Mentira!

Matías era un hombre de Borja y ella entendía ya que hombres como Matías tenía Borja por docenas. Cosas que le habían pasado inadvertidas acudían a su mente en tropel y todas y cada una las analizaba. Ya no cabía duda alguna. Ya no podía suceder nada en su vida que la lastimara más...

—Matías —añadió la dama sin entrar en la mente de su hija— es un hombre de confianza. Tu padre ha depositado en él toda esa confianza. Y si te refieres a Matías por lo que puede suponer su mantenimiento, olvídalo, porque el problema de tu padre no entraña cientos de millones sino miles.

—De todos modos —dijo una Mappy casi desconocida para su madre—. Yo despediré a Matías.

—Sabes que Borja se está instalando en la mansión... He visto sirvientes pululando por allí. Desde la torre se ve perfectamente todo el recinto acotado por los Morán... Es una lástima que las cosas se hayan hecho así. Ninguna falta hacía ese caserón y todo se destapó por él.

—Se hubiese destapado igual en cualquier otro momento —dijo

Mappy yendo hacia el baño—. De esa u otra manera..., estaba previsto, mamá, y tampoco lo censuro tanto. Censuro los modos, pero comprendo las causas —y sin darse siquiera cuenta, repetía el ejemplo que le había puesto Borja—. Cuando se te muere un ser querido, lo velas y sabes lo que eso supone porque sufres su enfermedad en tus propias carnes. Pero cuando te enteras de que ha muerto tu vecino, dices, ¡vaya por Dios!, pero de esa lamentación no pasa... Hay que estar dentro del sufrimiento ajeno para valorarlo. La niñez de Borja no debió de ser nada feliz y mucho menos su adolescencia, sabiendo que tenía dos hermanos y el padre de los tres eran dos personas diferentes... Eso es duro. Muy duro para quien tenga amor propio, dignidad. No entiendo esas posturas. No entiendo nada.

—A Borja.

—No, no, mamá. Ahora mismo no entiendo al abuelo.

Y se cerró en el baño. Isa, desolada, oía cómo bajaba el helicóptero y supuso que diez minutos después su marido estaría en casa junto con su hijo Bern.

* * *

En aquel mismo instante Borja mantenía una conversación íntima. Todo lo íntimo que podía él compartir con su hermana Tatiana llegada a la mansión inopinadamente, cuando él ni siquiera sabía dónde estaba, aunque sí conocía el convento donde impartía clases y donde vivía.

En una sala de estar acogedora, con sofás y sillones y el suelo enmoquetado de un color dorado, Borja fumaba sin cesar. Tatiana, con sus ropas austeras de siempre, sentada a su lado, hablaba en voz baja.

—Yo no sé qué te traes entre manos, a la vista está que no has perdonado ni disculpado, pero también digo que Andy no es responsable de lo que hizo su padre.

—Todos son o han sido responsables de la vergüenza del mío.

Porque ni tú misma deberías haber nacido. Os quiero, os quiero mucho a ti y a Pol, y lo peor es que no puedo evitar quereros. Pero eso no implica ni implicará jamás que yo dé un solo paso atrás. Me juego en esto mucho más que vuestro aprecio. Me juego el amor por una mujer a la que adoro. A la que pensé tener de mi parte en este momento.

—Estás loco si has pensado eso, Borja. Mappy nunca podrá disculpar la terrible maldad que has demostrado en todo esto. El cuidado y la desazón.

—¿Desazón? —y Borja se alteró, cosa rara en él—. Aquí no hay más que razones humanas y poderosas, y es inútil que seas monja y me vengas a decir que hice mal o que lo estoy haciendo peor. Me instalo aquí, ¿entiendes? A dos pasos de la casa de mi enemigo, y bastante hago si me asocio con él.

—Andy jamás te admitirá.

—Claro que no. Pero ya me dirás qué puede hacer si va a regresar de Madrid con una evasiva.

Tatiana asía las cuentas de su rosario.

—¿Me estás indicando que también en Madrid maniobras tú?

—Yo no me metería en todo este problema si no estuviera seguro del triunfo. Creo que me habéis subestimado todos y os habéis equivocado conmigo.

—Dices que...

—Mi poder es infinito, Tatiana. ¿Es que no te has enterado aún?, ¿es que no sabes que el *holding* que poseo es el más poderoso del país? Yo soy socio de una multinacional desde que vendí dos mil ejemplares de una revista de mierda. Y perdona la expresión. Me dio Pol los cinco millones que eran de mi padre y con ellos me enriquecí, aunque te parezca extraño. Pero cuando realmente conseguí todo el poder fue con el crudo, con ese petróleo que llenó mis arcas y me dio libertad de acción para dominar las empresas en las cuales era minoritario.

—Me estás diciendo que eres poderoso.

—Sí, Tatiana. Lo soy tanto que nadie podrá evitar que tu hermano Andy acepte mi colaboración y ponga en letras luminosas mi nombre junto al de su sucio padre.

—¡Borja!

—Ya lo sabes. No soy tan blando como parezco y, por supuesto, no me conmoverán tus hábitos. Tú a lo tuyo y yo a lo mío y así estamos todos contentos.

—¿Y... Mappy? Porque esa llaga no creo que la cierre tu poder ni que la puedas cerrar con tu orgullo.

El rostro de Borja se crispó duramente, pero en cambio su voz salió mansa y apacible de sus labios.

—Espero que no cometas el grave error de decir lo que sabes. Sería exponerte a perder un hermano a medias que aún necesitas. Yo no siento por tus hábitos el respeto que sienten Pol o Salomé, Tatiana. Yo a ti te veo como un ser humano desprovisto de santidad. Además, no creo en santidad alguna. Creo en cambio en las grandes pasiones, o en las grandes operaciones mercantiles y en los odios que no se disipan porque uno lo desee.

—Yo, en cambio, me pregunto, y perdona mi insistencia, qué harás si Mappy te pone en la disyuntiva.

—Mappy ya me ha puesto ahí, Tatiana. Ya estoy en esa disyuntiva. Pero debo ser muy terco o muy borde, porque pienso ganar ambas batallas. La de mis sentimientos sanos y honestos y la de mis ambiciones y rencores. Nadie salvará a Andy de que mi nombre figure junto al de Teo. Eso lo juré hace muchos años y lo voy a cumplir aunque tenga que renunciar a todo lo demás.

—Destrozando tu vida.

—Mi vida tiene el valor que yo quiera darle, y con ella haré siempre lo que me dé la gana, y ya te digo que soy duro de pelar y duro para perdonar y duro para olvidar. A fin de cuentas, ¿qué diablos vas a decir tú? Esto ya lo hablamos en otros momentos menos trascendentes. Tú estás obligada por tu condición de monja a la castidad. Yo no soy casto ni de mente ni de cuerpo. Y también estoy en contra de tu padre. Para ti ha sido tu padre ese maldito Teo, para mí ha sido la espina clavada en mi corazón.

—Borja, no te has preocupado nunca de analizar a mamá. Tal vez ella quería a Teo.

—¡Mentira! Teo ordenaba y mandaba. Era el amo. Papá era su empleado, y le hacía un favor acostándose con su mujer en su ausencia. ¿Acaso no tienes la copia del testamento? Pues no hace tanto que se ha leído, pese a que el viejo llevaba jubilado diez años. Justo los que yo he estado por esos mundos buscando el dinero que necesitaba para enriquecerme. Y no tienes ni idea, Tatiana, ni tú ni nadie, salvo mi *holding*, de lo poderoso que puedo llegar a ser. Pero todo me importa un rábano.

—Te importa un rábano y estás renunciando a lo mejor de tu vida sentimental para hundir a Andy...

—No has comprendido nada. Ni tú ni ellos. Yo no voy a hundir a Andy. Liarme con él en su empresa en decadencia es perder mucho dinero, es tenerla que sanear de los cimientos a la torre. Es un negocio negativo. ¿O es que aún no te has dado cuenta?

—Entonces ¿qué te propones?

—Ver mi nombre junto al de Teo. Y me obligo a eso, gastando mucho dinero. Pero lo voy a gastar con gusto y además voy a tener al soberbio Andy bajo mi poder, bajo mi mando.

—Eso no lo vas a conseguir.

—¿Y quién me lo va a impedir?

—Andy es en Santander una persona querida e importante.

—Tú no sabes, Tatiana, lo pronto que se pierden los afectos cuando no los adornan las cuentas corrientes. Ni tampoco sabes lo que puede hacer la prensa destapando viejas historias machistas, en las cuales el amo se comía al criado... Tú eso no lo sabes.

—Dios mío, Borja, qué cargado de veneno estás.

—Hasta las heces, ya ves. Ni tú ni nadie podrá evitar que eso suceda.

—Ni Mappy.

El semblante de Borja se atirantó. Pero su voz fue rotunda, categórica.

—Ni eso. Me arrancaré las entrañas, pero todo se hará según

tengo previsto. No va a cambiar ni una puntada. Todo será tal como yo lo he hilvanado.

—¿Y piensas que Pol lo va a consentir?

Borja formó una raya con la boca.

—Pol, con tener cama y mujer, se siente cómodo y feliz; y eso si no lo sabes por tu condición de monja, te lo digo yo.

—Dios mío, ¡qué irreverente!

—¿Irreverente hacer el amor con la persona que amas? ¿Quién te mandó a ti casarte con Dios?¿Qué crees que vas a conseguir por estar casada con él? Vegetar y a saber si lo que esperas en la otra vida es como supones, no sé por qué me parece a mí que en la otra vida no hay valle de lágrimas, pero tampoco cerebro para sentir dolor o alegría. Es decir, que todos serán zombis.

—Estás condenado, Borja.

—Tampoco me importa mucho si con mi condena consigo lo que me he propuesto. Y en cuanto a Pol y Salomé, no te preocupes. Saben muy bien que han dejado su antigua casa para volver a una nueva. Eso si no te lo han dicho, te lo digo yo. Y además, le voy a dar una patada en el culo a Andy en el periódico. Le voy a despojar de sus acciones a menos que entienda que asociarse conmigo le conviene. Y si no le conviene, que la acepte igualmente. He jurado que mi nombre figuraría en el letrero de su empresa junto con el de Teo Urrutia y eso nadie, ¡nadie!, lo podrá evitar a menos que acepte la ruina con todas sus consecuencias. Y, ¿sabes, Tatiana? No me mires con ese horror, que no soy un monstruo. Soy un ser humano herido y sólo se curará la herida cuando cumpla su juramento. Pero te diré que no es todo tan puro como tú supones ni tan duro perder la dignidad. ¿Qué dignidad puede tener Andy? Se lo dieron todo hecho. No tuvo nunca que mover un dedo y cuando lo mueve, un meñique ajeno le desvía y le hunde porque su gestión es negligente. Eso es lo que hay y te diré, por añadidura, y para que en el futuro no me vengas a sermonear, que el día que tu hermano sepa que yo soy dueño junto con otros poderosos del mayor *holding* de España, se dará por satisfecho. Muy satisfecho.

—Andy jamás aceptará tu nombre junto al de su padre.

—Tatiana, querida, que vives en un mundo celestial y no es para los demás mortales... La vida siempre es para el que más puede, y el que más puede en estos momentos soy yo y yo no me meto donde no pueda salir porque me costó mucho meterme.

—Y todo eso lo pierdes porque a la vez, si ganas, perderás a Mappy.

—Eso ya lo veremos; ahora, si no te importa, mi coche te devolverá a tu convento, y por favor, quédate rezando el rosario en tu celda, pero no vuelvas a sermonearme porque yo no soy un blando ni me he hecho en los conventos. Yo vivo en un mundo competitivo y sé muy bien cómo se ganan las batallas.

—Me das mucho miedo, Borja. Si me lo das sólo con esto, imagínate cuando Andy sepa que has seducido a su hija.

—A su hija la estoy amando, Tatiana. No te confundas.

—La has seducido para tus fines.

—Es posible que por ahí haya empezado. Ésa es la pena. Que la subestimé y ahora sufro las consecuencias, pero también sé perder y si tengo que perder algo para ganar otra cosa, se pierde.

—Tú odias como amas y me temo que no aceptes perder.

—En efecto, tienes toda la razón. Pero el ganar esa batalla precisamente ya no depende ni de mi fuerza ni de mis sentimientos. ¡Hala, Tatiana!, vuelve a tu convento y olvídate de que vivo en esta mansión. Es mejor para todos. Tus rezos y tus rosarios no van a cambiar nada. De modo que pierdes el tiempo pasando cuenta por cuenta y rezando el padrenuestro.

* * *

Matías acudió al saloncito donde una criada le advirtió que le esperaba la señorita Mappy.

Él había visto bajar del cochecito eléctrico a Bern, que iba al volante, y a su padre, al lado, y había visto también cómo ambos, sin entrar siquiera en la mansión, se habían subido al Mercedes del señor Urrutia y se habían ido carretera privada abajo.

Sabía también que Borja estaba instalado en la mansión de al lado, pero lo que ignoraba Matías era el entramado empresarial que había en todo aquello. Él sólo sabía las relaciones íntimas que tenía Borja con la señorita Mappy y que él deseaba ser un día hombre de Borja porque presumía que tenía mucho poder y además le daba toda su confianza.

Sabía también, porque eso sí que lo tenía claro, que nadie conocía las relaciones secretas de Borja con la heredera de los Urrutia, y se sentía orgulloso de tener conocimiento de aquel secreto donde ni siquiera entraba su amigo Doro, el guardaespaldas de la señorita Mappy.

Por eso, que ésta lo reclamara era natural. Querría darle alguna orden aunque él casi siempre recibía las órdenes de alguien (nunca sabía quién se las daba por un busca que le había entregado el mismo Borja).

Así que pidió permiso para entrar en la salita donde la criada le dijo que lo esperaba y se quedó un tanto perplejo viendo a la señorita Mappy sin la sonrisa tenue en los labios. Diría que estaba demasiado seria y casi rígida.

—Pase, Matías.

—Usted dirá, señorita Mappy.

—No voy a necesitar sus servicios en el futuro.

Si a Matías le clavan un puñal en aquel momento no sangra, tal era su rigidez.

—¿Y eso? ¿Hice algo que no debía? Me acusa de... no he dicho nada. Nadie por mí sabe nada.

—Cálmese, sabe usted demasiado.

—Antes me trataba de tú.

—Puede que sí, pero lo he olvidado.

—Y me lo dice usted con esa angustia tan grande...

La joven giró todo el cuerpo y quedó de espaldas al chófer.

—Despídase. Diga que encontró otro trabajo.

—Pero eso no es cierto.

—Pídaselo al señor Morán.

—¡Dios Santo! —exclamó Matías consternado—. Ha roto usted con él.

—Eso es cosa mía. Lo que le pido es que le diga a mi padre que no puede continuar.

—Pero eso es falso. Y quiero continuar con usted.

Mappy se volvió de nuevo y se quedó frente a él. Su rostro se cuajó en una amarga crispación.

—Lo siento, Matías, le agradecería que hiciera lo que le digo.

—Yo la respeto muchísimo, señorita Mappy, me gustaría saber...

—No hay nada que saber.

—¿Es su padre el que ha descubierto...?

Mappy miró a un lado y a otro asustada.

—Nadie lo sabe —dijo con una voz que parecía silbar.

—¿Entonces...?

—Han sucedido cosas... El señor Morán y yo no... volveremos a vernos.

—Eso no es posible.

—Matías, yo no le estoy preguntando su parecer.

—Perdone. Pero hay cosas que no me entran en la cabeza. Si piensa que yo dije, que yo comenté...

—Lo sé, lo sé.

—Pero me despide.

—Le estoy rogando que se despida usted.

—Y dice que no me despide.

—Matías, no me obligue a contarle nada más. Las cosas han cambiado.

Un ruido muy especial que ambos conocían sonaba en el bolsillo de Matías.

—Señorita —susurró Matías atragantado—, sólo una persona puede usar este aparato y... al escucharlo yo... Perdone un segundo. Voy a hacer una llamada.

—Matías, no vuelva.

—Un segundo.

Y salió disparado.

Mappy pensó que debía dejar la salita, salir corriendo. Ocultarse en el confín del mundo. Costaba, costaba romper con todo.

Pero no podía imaginarse cuando su padre lo supiera. No se lo quería imaginar. Matías entró de nuevo con el rostro aún lívido.

—Señorita Mappy.

—¡No! —dijo ella.

—No sabe lo que voy a decirle...

—Oh, sí, sí que lo sé.

—Pues se lo tengo que decir.

—No quiero oírlo.

Y corrió hacia la puerta. Pero Matías respetuosamente fue tras ella.

—Señorita Mappy, dice que en Pérez Galdós a las siete.

—¡No!

—Estaré esperándola ahí fuera, en el coche. Dice que es necesario, que no se han dicho todo lo que tienen que decirse. Yo le dije que me despedía y él se quedó callado y después me dijo roncamente que no me fuera, que no la dejase...

Mappy dejó la salita corriendo. Su madre, que atravesaba el vestíbulo, le gritó:

—¡Pero ¿sucede algo, Mappy?!

La joven se agarraba con ambas manos al pasamanos de la escalera.

—No, mamá.

—Pues vas descompuesta...

—Te digo que no sucede nada.

—Oye, mejor. Mejor porque ya están pasando demasiadas cosas. Tu padre ha regresado de Madrid y sin entrar en casa se ha ido con Bern a Santander. Son las cinco y aún no sé qué hizo tu padre en Madrid.

Mappy se encontró diciendo con una voz que parecía que iba a desfallecer:

—Voy a ir al cine, mamá. Es mucha la tensión que soportar en casa.

—Haces muy bien. Le diré a Matías que disponga el coche.

Matías, que lo estaba oyendo todo, se deslizó por la puerta de la terraza y desapareció.

Pero sabía varias cosas. Que allí algo pasaba, que la señorita Mappy iba a acudir a la cita y aún sabía una tercera, que era la más
desconcertante de todas. La voz de Borja al hablarle por teléfono
era la voz de un desesperado, no la del hombre del ordeno y mando
que resultaba ser habitualmente.

Se pasó dos horas limpiando el coche y esperando ver aparecer a la señorita Mappy. Le parecía imposible que, ocurriera lo
que ocurriese, la linda joven no acudiera a la cita. Si de algo estaba él bien seguro era del amor que unía a Borja y a la señorita
Mappy.

A las seis y media la vio aparecer. El coche relucía y por allí andaba Doro con el suyo también reluciendo. Matías sabía que tan
pronto desembocaran en la autopista despistaría a Doro porque era
siempre la consigna. Y despistar a Doro era tan fácil que ya sabía
dónde y cómo meterse por una calle y salir por otra, dejar a Mappy
en Pérez Galdós y seguir rumbo al Club Náutico, donde aparcaba y
donde Doro lo encontraría media hora después y le reprocharía
que corriera tanto.

Mappy vestía un traje de chaqueta de lino color avellana, sin
blusa debajo. Falda estrecha y *blazer*. No llevaba medias, pero sus
piernas morenas parecía que eran dos pilares dorados dignos de su
maravillosa esbeltez. Era muy linda, pero sobre todo para Matías
era algo intocable, algo precioso, algo frágil, algo que él defendería
con su propia vida si fuera preciso. Mantuvo la puerta abierta y
Mappy entró sin decir palabra ni tampoco la dijo después, cuando,
llevándola atrás, él se sentó ante el volante.

Por el espejo retrovisor la vio encender un cigarrillo y fumar
nerviosamente. Discreto, Matías no preguntó nada, pero sabía bien
lo que tenía que hacer y lo hizo. Despistó a Doro, atravesó Santander, frenó ante el número previsto y ella descendió. El coche siguió
circulando.

Mappy dentro del portal aún dudó. Pero no podía. Sabía que le
era de todo punto imposible. Y además deseaba hablar de una vez
por todas y frenar todo aquello o destruirse o destruir lo que la

unía a Borja. Necesitaba odiarlo tanto como lo había amado o lo amaba aún...

* * *

—Desde Barajas me he comunicado con los asesores. Javier Salgado sabe cómo está el asunto —decía Andrés Urrutia a su hijo mientras el coche circulaba por Santander—. De modo que ahora no necesito ir a las oficinas del puerto. No es preciso. Espero tenerlo todo ultimado mañana y si tienen que trabajar durante la noche, que lo hagan.

—¿Tú crees que se fusionarán?

—Ya te lo he explicado todo. Aquello no es nuestra empresa. Aquello es un mundo. Y yo vi a mucha gente, pero solo traté con el director general. Y ése tiene que tratar el asunto en el consejo de la semana próxima.

—Oye, papá...

—Dime, dime. Estoy desesperado. Nunca jamás pensé que me tocaría vivir esta situación. Por eso ahora voy a ver a Bergara.

—¿Bergara?

—Tengo que hablar con él.

—Es el marido de Belén.

Andy miró a su hijo con asombro.

—¿Y qué?

—No, no, no digo nada.

—Pero piensas...

—Pues...

—Ya veo que sabes demasiadas minucias.

—Según la que se les dé; yo soy amigo de Hugo.

—¿Y qué tiene que ver Hugo en todo esto?

—Es el hijo de los Bergara.

—¿Y qué?

—No, no, nada. Digo yo que su padre es un alcohólico.

—Pero también es diputado.

—Por eso vas a verle.

—Por eso y porque necesito que me eche una mano con esa empresa, Marítima, S. A.

—¿Y supones que lo hará?

—Si puede, sí. No lo dudo —y tras un silencio añadió con desgana—: Bern, Bergara es diputado y es importante. No sé qué pensarás tú de mis cosas. Son infantiles, juegos tontos... Belén es humana.

—Hum...

—Ni hum ni nada. Yo sigo siendo amigo de Iñaki y sé que si puede me echará una mano.

—Mamá se ha quedado esperando que le contaras...

—Ya lo sabrá. No tengo nada concreto que contar. Aquello es un mundo. Una empresa donde se aglutinan muchas otras. Pero a mí me interesa fusionarme con Marítima, S. A.

—Si todas pertenecen al mismo *holding*.

—Y así es. Pero te repito que yo no soporto quedarme así.

—Yo te diría una cosa si no te alteras.

—Si me voy a alterar, y lo sabes, ¿para qué me la vas a decir?

—Es que debo hacerlo. Jesús y yo estuvimos todo el día hablando del mismo asunto. Es evidente que Borja Morán es muy poderoso, pero no sólo en influencia, como tú pensabas. Está ya instalado en la mansión. Hay criados en ella. Es evidente que no dará un solo paso atrás.

—¿Era eso lo que me ibas a decir?

—No.

—Pues acaba de una vez.

—Si el afán de Borja es figurar en la empresa con su nombre junto a Teo Urrutia...

Andy dio un brinco.

—¡Jamás! ¿Es que no lo has entendido aún? Parecéis tontos todos. No es sólo el afán ni el más mínimo orgullo de aparecer junto a mi padre. ¡De eso pasa Borja y mucho! Es únicamente su propio orgullo de machacarme a mí y a todos los Urrutia. Es la venganza definitiva de un montón de años acumulada en sus entrañas. Es humillarme hasta extremos absolutos.

Tanto gritaba Andrés dentro del vehículo que su hijo frenó un poco y dijo con suavidad:

—Oye, papá, es que también el daño recibido...

—¿Qué daño? Pero ¿qué coño de daño? Su madre debió de darse con un canto en los dientes el día que mi padre le hizo los dos hijos. Pero qué sabrás tú..., Bern, qué sabrás tú...

—Hombre, papá, yo sí sé que a mí particularmente no me hubiera gustado nada.

—Es que a ti no te hubiera ocurrido jamás.

—¿Y por qué no?

—No me jodas, Bern. No seas infantil. Sencillamente porque tu madre es una dama y Margarita Morán era la esposa de un capitán de la flota de nuestros barcos. Ni más ni menos que eso.

—Verás...

—No veo. He visto y punto. No me digas nada, porque nada voy a escuchar. Las cosas eran así y así se hacían, y no se hable más.

—¿Acaso el capitán estaba de acuerdo con que su jefe se acostara con su mujer?

—¿Y quién era el capitán para decirle al jefe lo que debía o no debía hacer?

—Es que si las cosas se ven así...

—Se ven como son, Bern. Ni más ni menos. Yo fui amigo de Borja porque él me necesitaba o eso pensaba yo. Él era hijo de un cornudo y yo el hijo del señor. ¿Lo vas entendiendo?

—¿Y estás seguro tú, lo entienda yo o no, de que Borja no es también tu hermano?

—Claro que sí. Eso lo sabe cualquiera. En primer lugar, tiene todos los rasgos del capitán, y en segundo lugar, cuando se engendró ese niño, Teo Urrutia ni siquiera paraba por España, mi padre iba a lo suyo y además, se había cansado ya de su cariñosa amante.

—Hablas con mucho desprecio.

—Y es que lo siento.

—Pues...

—Bern, dejemos el asunto. El asunto es ése y no hay otro. Y nunca quise a mis hermanastros. Yo fui hijo único y deseé ser hijo único, y si Borja no perdonó a mi padre lo que le hizo a su madre, tampoco yo perdoné a mi padre que me diera dos hermanos bastardos y encima me los colocara delante de las putas narices. ¿Está claro?

—Como el cristal de roca, papá. Pero ahora dime adónde vamos porque aún no lo sé.

—A la oficina de Iñaki. Está en el despacho de Consejería.

—Borracho.

—Nunca se emborracha en su despacho. Has de saber eso también. Y no me hables más de Borja porque reviento. Yo tenía bien presente que le despreciaba. No era conscientemente, pero subconscientemente nunca le tragué.

—Eso está muy claro, pero si me dejas decirte...

—No te dejo.

—Eso tampoco es honesto.

—¿Y quién pide aquí ser honesto? O se es listo o se es tonto y yo no quiero pasar por tonto. Y aún soy quien soy y no voy a tolerar que un Morán de mierda se coma a un Urrutia.

—Tienes que comprender que tal cual tú analizas las cosas, yo no puedo hacerlo desde mi mentalidad actual.

—¿Qué dices? Pero ¿qué dices, mentecato?

Bern apretó las manos en el volante y frenó ante el edificio de Consejería, donde Iñaki Bergara era un jefazo.

—No sé qué puede hacer por ti un diputado de la oposición, papá. No lo entiendo. Todo el mundo sabe quién eres y de la ideología que cojeas. Y tu amigo Iñaki es otro de los ediles de la oposición y...

—¡Tú qué sabes —bramó el empresario—, tú qué sabes! La oposición y el poder son una misma cosa. ¿Es que no te has enterado todavía? La ideología, después de muerto el general, es un cachondeo. Cada cual se arrima al sol que más calienta y cuando calienta para todos, mucho mejor. Y lo que tú no sabes es que está calentando para todos. Así que te quedas aparcando el coche y si te apetece, subes después. Sabes bien dónde tiene el despacho Bergara.

Y saltó del vehículo a toda prisa.

* * *

Bern entró silencioso y saludó sin hablar, con la mano. Iñaki hizo un gesto, su padre ni le miró y continuó su perorata.

—Así que ya lo sabes todo. Me ha pillado desprevenido ese hijo de puta. Ese cabrón, que si lo tengo en mi poder lo destrozo. Y lo que necesito es que tú me eches una mano.

Iñaki Bergara era un buen hombre, un idealista impotente y alcohólico, pero cuando estaba sobrio a todo le daba cabezadas. Por supuesto, él no entendía muy bien lo que deseaba su amigo Andrés. Que era además un amigo con ciertos reparos. Si pensaba Andy que él no sabía o presumía..., se equivocaba. Claro que cuando no puedes alcanzar la cima, lo mejor es que te quedes sentado cómodamente en el primer montículo.

—¿Tú sabías —oyó Bernardo, que había tomado asiento lejos de los dos amigos y la mesa del diputado— que Borja Morán era poderoso?

—Eso lo sabe cualquiera.

—Pero dime tú hasta qué punto es poderoso.

—Mira, Andy, mira. Cuando un tipo es poderoso, lo primero es el dinero, y cuando se posee, el poder llega solo. La influencia no hace el poder. Contribuye a él, pero no lo da enteramente. No sé si me explico.

—Es que no se le conocen negocios o empresas definidas, salvo su cutre semanario.

—Eso de cutre, puede, pero hay otros...

—¿Otros qué?

—Revistas, periódicos... Artes Gráficas Bormo, S. A.

Andy dio un brinco en el butacón.

—¿Me estás diciendo que Bormo, S. A. pertenece a Borja?

—Pues fijo no lo sé, pero yo tengo revistas de economía, de información bursátil y de política, y todas pertenecen a ese grupo, y como sé que el semanario cutre que tú mencionas también anda por esa onda... Yo qué sé, chico. Yo qué sé. Uno no se desprende de dos mil millones de pesetas por un capricho y levanta una casa de mil millones, y encima se hace con trescientos millones de tus hijos. No sé, no sé. Pero me parece que estás perdiendo el timón y que te lo ha quitado Borja.

—¿No puedes tú ayudarme con la fusión que necesito con Marítima, S. A.?

—Verás, es que ésa es una multinacional y tiene varias empresas filiales, de otra índole si quieres, pero todas pertenecen a los mismos socios. Sea como fuere, tú mismo me has dicho que ya en vida de tu padre se quiso fusionar con la vuestra y entonces sólo tenía dos o tres barcos. Ahora mismo dispone de seis de pasaje de lo más modernos y varios contenedores que hacen la ruta de Baleares, Barcelona y todo el Mediterráneo cargados de fruta. Son rutas ricas, que producen dinero. Tú las tenías en vida de tu padre.

—Por supuesto, y las ha ido arrebatando mientras entraban en dique mis barcos de cabotaje, y cuando salían reparados ya no tenía fletes. Tengo seis amarrados sin fletes. Eso es lo que necesito. Que me apoyes en la Administración y me den fletes. Con eso de momento me defiendo. Y tengo dos opciones: o me fusiono, que es lo que ahora deseo, o me salen fletes para ganar dinero con mis barcos amarrados en puerto.

—Que no son nuevos.

—Claro que no. Pero ahora voy a invertir según vaya ganando.

—Menudo momento has buscado, Andy. Es muy malo. Las cosas están en el aire y no hay nada seguro, cuando menos unos contenedores sin fletes. Tú lo que debes hacer es enviar la documentación como te pidieron los de Marítima, S. A. y después que te apoye el director general en la junta, y si eso no cuaja tendrás que agachar la cabeza y aceptar la sociedad con Borja Morán.

—Eso jamás.

—Pues al menos ten con él una conversación.

—¿Y dónde lo pillo?

—Pues no lo sé. Pero él suele parar por su oficina en el puerto. Una oficina cutre, ya sé, pero que me la sensación de que es una tapadera.

—¿Tapadera de qué?

—Mira, Andy, mira, si el otro día iba en un coche nacional medio descacharrado y de repente aparece en Santander con un Testarossa de veinte kilos, la cosa está muy clara. Estaba simulando.

—¿Simulando pobreza?

—Algo parecido.

—Que no, hombre, que no. Que lo que intenta Borja es figurar en el letrero y encima manchar mi buen nombre, pero de eso a que tenga el dinero suficiente para doblegarme a mí... sería un milagro.

—Yo no sé de dónde proceden las fortunas últimamente, pero el caso es que están ahí. Cada día aparecen nuevos ricos. Y no son ricos con dos mil millones, ¿eh? Lo son con doscientos mil o más. Y te quedas ciego o tonto y el caso es que existen esos ricos poderosos que estuvieron ocultos y que ahora poco a poco van enseñando las orejas.

Andrés Urrutia rompió a reír nervioso. Bern no reía. Entendía que Iñaki tenía razón; él conocía mucho a Borja y consideraba que no era ningún tonto, y si de repente hacía tales inversiones sería porque poseía bastante más. Tanto como para dominar a su padre, quisiera éste o no.

—¿Quieres un consejo y puedes dejar de reír, Andy?

—Dámelo, pero no voy a dejar de reír ante lo que me dices. Borja multimillonario. Ni loco, hombre, ni loco me lo puedo creer.

—Vamos a ver si puntualizamos este asunto —dijo Iñaki Bergara con un tono algo cansado, y Bern pensó que seguramente le tocaba su primera copa de la tarde y sin ella era hombre de poca o ninguna energía—. Tú has ido a Madrid, te has entrevistado con el mandamás.

—Hay otro por encima de él.

—Me lo imagino, pero esos otros que están por encima de todo no se molestan en recibir a nadie. A lo que iba —hipó—, yo sé que Borja Morán tiene una novia. No sé quién es, pero estoy seguro de que la tiene y además está enamorado. Rumores o lo que sea, pero estoy seguro. También posee una casa, un apartamento, un nido de amor donde se ve con su chica. Pero no te puedo decir más cosas, porque las ignoro. Sin embargo, sé dónde se ve con ella. Tiene un palacete en Laredo y si bien no figura como dueño, es el único dueño, aunque en el registro figure a nombre de Perico de los Palotes. Eso también se lleva mucho hoy. Sociedades de paja, con dinero de otras personas. Sé que tiene un apartamento en Pérez Galdós..., por aquí tengo el número. Me lo ha contado con mucho secreto uno de sus amiguetes... Pero no sé si haré bien en decirte esto. Es con el fin de que le llames. Sé que no se ha movido de Santander esta semana.

—¿Y dices que tiene novia?

—O lo que sea, tú, que igual es una amante. Esos hombres que se pasan la vida de un lado a otro siempre tienen una mujer cerca, pero eso no creo que te sorprenda.

Bern se ruborizó por su padre. En cambio observó que su padre no se inmutaba en absoluto.

—O sea, que encima tiene una amante.

—Y joven, ¿eh? Creo que de buena familia.

—Encima —rio Andy burlón—, encima quiere emparentar. Si ya te digo que ese tipo tiene unos humos...

—Ten cuidado, Andy —dijo Bergara con desgana—, ese tipo es peligroso... Yo voy a llamar a Madrid por tu asunto de la Marítima y si consigo que te mencionen en el consejo, ya es algo.

—Me fusionaré de buena gana.

—Claro, Andy, claro, ¿cómo no? Con tal de quitarte de encima a Borja venderías tu alma al diablo. Pero me temo que si Borja decidió comérsete con barcos y todo, no te podrás librar.

Andrés se levantaba.

—Dame el teléfono de ese apartamento.

—Es que no lo sé.

—¿Ni el número de la casa?

—Ese creo que sí. Y si no lo sé, enseguida me enteraré —ya estaba levantando el teléfono y hablaba con alguien—. Oye, Arturo, tú me dijiste algo de un dúplex que tenía Morán. Borja Morán. ¿Sabes el número? Ah, muy bien. No, no. Es algo confidencial. Tú estate tranquilo. Es un asunto íntimo. Una bagatela. Te veré en el club por la noche. —Apuntó un número en un documento que tenía delante—. Gracias, oye. Muy bien. —Colgó y miró a Andy—. Ojo con lo que haces, Andy. Este número que he anotado aquí lo sé yo y otra persona, y es que esa persona es amiga mía, pero aprecia mucho a Borja, de modo que... ándate con pies de plomo.

—Tú dame el número del dúplex.

—No quiero que por mí provoques un escándalo. Las vidas privadas de las personas...

—Arréglame lo de Marítima, S. A. y lo demás queda de mi cuenta.

Salió del despacho y su hijo detrás.

—Bern, ¿qué hora es? —Miró su reloj de pulsera—. ¡Maldita sea!, las siete y cuarto... Iremos a ese dúplex y tendré mi última conversación con Borja, y después me dedicaré a lincharlo y verás cómo lo consigo...

12

Mappy, en apuros

Pol ayudaba al chófer a meter las maletas en el palacete. Salomé aún refunfuñaba. Se habían ido por tres semanas y a los doce días ya tenían el aviso de Borja para el regreso. Ella con sus hijos, a quienes veía sólo en vacaciones, lo pasaba muy bien. Tanto María como Raúl eran dos chicos magníficos, con mentalidad americana, eso es verdad, y no entendían muy bien a los europeos y bastante menos a los españoles; sin embargo, eran cariñosos de verdad. Tanto la una como el otro habían terminado sus carreras y ambos hacían un máster de envergadura. Cuando al fin se afincaran en España, serían dos ejecutivos de altos vuelos, y para eso ya les echaría una mano Borja, aunque Salomé entendía que conociendo tres idiomas, y con un máster encima, poco o nada iban a necesitar para situarse en un puesto relevante.

En aquel momento, cuando el chófer cerró el vehículo y se despidió, Salomé entró en el salón y contempló algo angustiada el montón de maletas que había apiladas a la entrada del vestíbulo.

—Pues es verdad que nos ha merecido la pena —dijo de mala gana—. Tú siempre estás pendiente de lo que diga tu hermano, pero el caso es que aún no sabes lo que hace ni cómo lo hace ni lo que piensa hacer.

—Un poco de calma, querida —rogó Pol con aquel tono amoroso que siempre empleaba para dirigirse a su mujer—. Cuando Borja dice, «ven», yo tengo que venir. Y en el hotel teníamos el aviso. Borja nos necesita, pues aquí estamos. ¿Antes de tiempo? Es cierto. Pero ¿cuándo no he estado yo si Borja me necesitaba?

—Yo aprecio a Borja tanto como tú —adujo Salomé sinceramente—. Es un tipo muy entrañable pese a su hermetismo, y que siempre anda liado con cosas que no conoces, pero para nosotros, tanto para ti como para mí y para nuestros hijos, es el ángel de la guarda. ¿Podríamos tú o yo, de no ser por Borja, hacer cuanto hemos hecho por María y Raúl? No. Y es lógico, siendo así, que tengamos muy en cuenta lo que Borja decida y cuando lo decida. Pero esta vez no nos ha permitido estar con nuestros hijos todo el tiempo que hubiéramos querido.

—Sin embargo, nuestros propios hijos nos aconsejaron regresar cuando supieron que Borja nos llamaba. Ellos conocen poco a su tío, pero le admiran y Raúl dice que haga lo que haga siempre sabrá muy bien lo que propone.

—Y eso que conocen a medias la historia del pasado.

—Conocen lo suficiente como para saber el lío familiar, pero para ellos esos asuntos tienen menos importancia.

Pol ya servía una copa y se la dio a su mujer, y se sirvió otra para sí. Eran las seis y media de la tarde y aún no sabían qué deseaba Borja de ellos.

—Tal vez me haya dejado el recado en el contestador automático —dijo Pol—, el servicio no viene hasta mañana. ¿Le has mandado aviso a Leonor?

—Claro. La llamé desde Nueva York para que estuvieran aquí mañana por la mañana.

—A ver qué dice Borja —y apretó el botón del contestador. Había dos llamadas de modistas para Salomé y una de su proveedor, y después sonó la voz firme de Borja—. Aquí lo tienes. Escuchemos.

«Pol, siento haberte fastidiado el veraneo y sobre todo que hayas estado con tus hijos poco tiempo, pero una vez que hayamos arreglado las cosas podrás irte de nuevo. Estoy viviendo en la mansión que levanté ya sabes dónde. La tuya te espera. Me he tomado la libertad de llamar a tu servicio y en tu casa tienes ya a Leonor y las criadas. Ah, no me preguntes nada. Tengo problemas con Andy. Así que ve preparándote para la lucha. Tan pronto llegues, llama a Ted. Lo puedes hacer a Castelar, ya sabes. En Iris lo encontrarás y si no está allí, te darán su número de teléfono y el lugar donde se encuentre. Yo no puedo ir a esperaros al aeropuerto porque tengo otra cosa que hacer en este instante. Ve preparándote para instalarte mañana en tu nueva casa. Yo, como no dispongo de tiempo, no puedo dedicarte más. Ted te lo dirá todo. Un abrazo y bienvenidos. No estés enfadada, Salomé. De ahora en adelante ya sabrás más de mí. De momento no pienso moverme de Santander ni de la mansión en la cual resido. Huele todo a nuevo, pero merece la pena. Un abrazo para los dos.»

El matrimonio se miró fijamente. Pol, restregándose las manos, murmuró:

—Yo nunca quise nada malo para Andy, pero... él siempre me detestó. De modo que todo lo que le suceda, se lo merece. No me gustan los problemas, pero ya veo que estoy inmerso en ellos. Es increíble que a estas alturas aún perdure el odio de Andy...

Y con éstas marcó el número de Iris, el restaurante de la calle Castelar que le indicó su hermano.

Preguntó por Ted y al rato lo tuvo al aparato.

—Voy para tu palacete, Pol.

—Pero ¿qué sucede?

—Muchas cosas.

—¿Malas?

—Según para quién. En media hora estoy con vosotros. ¿Qué tal el viaje? Ya sé que os habrá sentado como un tiro el regresar tan pronto. Pero es preciso. Ahora mismo Borja está demasiado solo, y si bien es muy valiente y duro como un pedernal, para ciertas cosas es un blando. Y ya sabéis para qué.

—Pero ¿qué ha pasado?

—Por teléfono no.

Y se oyó un chasquido tras el corte de la comunicación. Pol se llevó la copa a los labios y bebió un sorbo; después dijo pensativo:

—Por lo visto, la bomba ha hecho «bum», ya veremos en la cara de quién estalla.

—Llamaré a la mansión mientras esperamos la llegada de Ted —dijo Salomé—. ¿Sabes el número?

—Será el mismo. Borja dijo que lo conservaría cuando demolió la vieja casa. En algún lugar lo habrá colocado. De todos modos, marca el mismo y ya veremos quién te contesta.

Y es lo que estaba haciendo Salomé. Enseguida tuvo una curiosa contestación: «Residencia de don Pablo Morán».

—Leonor.

—Señora...

—De modo que estáis ya ahí.

—El señor Borja Morán nos ha llamado y hemos venido. He buscado servicio para su casa y todo marcha bien. Ha sido muy rápido todo esto. Me siento muy a gusto. La casa es muy superior a la que teníamos antes. ¿Qué tal los señoritos?

—Muy bien, Leonor, muy bien. Más tarde volveré a ponerme en comunicación contigo.

—¿Vendrán los señores a dormir?

—Eso espero.

Se oía un chirrido y enseguida los pasos apresurados de Ted cruzando el breve jardín. Pol había soltado la copa y caminaba a toda prisa a abrir la puerta principal, en la cual apareció Ted todo sofocado.

En unas pocas palabras puso a Pol y a Salomé al tanto de todo lo que sabía, que si bien era mucho, no era suficiente.

—La pelea está desatada entre Borja y Andy. No le entregó las mansiones y encima le compró al banco la hipoteca que tenía Andy. ¡Casi nada! Veremos de dónde saca Andy dos mil trescientos millones para liquidar a Borja. Y hay que suponer que si Borja dio el paso lo hizo con conocimiento de causa.

Pol se había sentado y miraba a Ted con expresión de idiota.

—Oye, yo supuse siempre que Borja tenía dinero, pero tanto...

—Tú qué sabes, Pol. Tú qué sabes. Borja va siempre sobre seguro y lo que ignora tu hermano Andy es que Borja tiene todo el poder del mundo. Le costó días y días, noches en blanco, argumentaciones personales exhaustivas, pero ahí lo tienes. De modo que ya sabes para qué te llama, para que le apoyéis; tendréis que instalaros ya en la mansión. Allí está todo vuestro servicio y la vida sigue su curso pese a los Urrutia, y ahora será bastante peor, porque estáis separados por un macizo, lo cual volverá loco a Andy. Se está moviendo mucho, pero va a encontrarse con muros por dondequiera que intente mover la cabeza.

—Lo que Teo no hizo en su momento, lo hará Andy ahora —dijo Salomé, que daba muestras de conocer muy poco a su cuñado—. Se fusionará con la Marítima, S. A., y Borja se quedará con dos palmos de narices.

—Salomé, parece que no conocéis de nada a Borja. Marítima, S. A. pertenece enterita al *holding* que preside éste. ¿O es que aún estáis tan ciegos?

* * *

Matías siempre daba la vuelta al Sardinero y aparcaba no lejos del número de Pérez Galdós durante un buen rato, con el fin de controlar si algo raro ocurría mientras Mappy se hallaba con Borja. Tras cerciorarse de que no había moros en la costa, fue a buscar a Doro, que andaba despistado como casi siempre.

Aquella tarde Matías, por la razón que fuera, no las tenía todas consigo. Había oído demasiados rumores y encima la señorita Mappy lo había despedido.

Que luego se arrepintiera era distinto, pero él imaginaba que después de aquella secreta entrevista algo iba a suceder. Algo que sin duda le separaría de Mappy y tal vez de Borja, y eso él no lo deseaba en modo alguno. Primero porque les tenía un gran afecto a los dos, segundo porque admiraba a Borja y no sabía aún bien por qué, tal vez por el poder que presentía en él. Y tercero, porque en propinas ganaba más que con el sueldo que le pagaban los Urrutia. Y, por supuesto, las propinas se las daba Borja.

Él tenía pocos años y no demasiadas ambiciones, pero una cosa ante todo anhelaba: ser un hombre del equipo que presentía que acompañaba a Borja.

Él observaba más que hablaba y veía que aquél, por dondequiera que iba, era reverenciado, era respetado, y era admirado. Claro que no lo veía con los Urrutia, y estos últimos, salvando a la señorita Mappy, eran unos soberbios que él no apreciaba en absoluto. En Cantabria tenían fama de poderosos y sin duda lo eran, pero los privilegios de los señores feudales habían pasado a la historia y ahora quien mandaba era don dinero y entendía que un Morán poseía bastante más dinero que un Urrutia. No es que alguien se lo dijera expresamente, pero andaba todo el día metido en la mansión, oyendo cosas, escuchando lo que comentaba el servicio.

Menos mal que los amores de Mappy se desconocían, pero si con lo que había oído, y lo que le dijo la señorita Mappy, él no llegaba a conclusiones es que era tonto, y no era el caso. Debía pensar, pues, que algo estaba ocurriendo entre los Urrutia y Borja Morán y se temía que entre todo aquello estuviera aprisionada la señorita Mappy. Y él, eso, no lo podía remediar. Ya sabía que ella nunca sería para él, pero la admiraba y en el fondo de su admiración había un sentimiento. Es decir, que tal vez, tal vez, la amaba un poco.

Fuera como fuese, era su incondicional amigo, aunque la señorita Mappy le hubiera despedido, porque si lo había despedido sus razones tendría, y si había recibido orden de Borja de llevarla a Pérez Galdós tal vez las cosas aún se arreglaran, suponiendo naturalmente que algo torciera aquellas relaciones que, si bien secretas, no por ello eran menos firmes. Que él de tonto o de ciego no tenía nada y bien veía que el amor de Borja por la señorita Mappy no era una tontería ni existía desde hacía dos días. La cosa se había ido fraguando día a día y de eso hacía mucho tiempo.

Él tenía muy presente la estación de esquí de Braña Vieja en

Alto Campoo donde los dos jóvenes se conocieron, donde empezó todo sin saber quizá quién era uno y quién era otro.

Había llovido mucho desde entonces, y había lucido el sol algunos veranos desde que todo aquello se inició. Él bien sabía la historia de las dos familias, que se contaba en voz baja y de forma reiterativa. Claro que del dicho al hecho hay un buen trecho y seguramente no todo lo que se rumoreaba era cierto. De cualquier forma, él sí sabía que Andrés Urrutia no soportaba a Pablo Morán y que por medio había una vieja historia, y que todo Cantabria sabía que eran hermanos, hijos del mismo padre. Aquel Teo poderoso que era amigo del general muerto, enterrado en el Valle de los Caídos, y del cual recibió favores y prebendas, pero que de poco servían ya aquéllas... Que Borja no era hijo del todopoderoso Teo Urrutia también se sabía, y que aquel lío familiar iba a estallar después de tantos años, era obvio. Lo veía hasta un topo.

Todo esto y más pensaba Matías sentado al volante del Ferrari de su jefa. Y mientras pensaba, daba de nuevo una vuelta.

Doro le andaría buscando. Pero que Doro, el guardaespaldas de la señorita Mappy, le buscara siempre no era ninguna novedad, y sólo lo encontraría cuando él decidiese que lo hiciera.

Por supuesto, que si él fuera padre y tuviera una hija a quien guardar, jamás hubiera contratado a un tipo como Doro, que era el despiste en persona. Decían de él que había sido guardia de tráfico, pero era un pobre diablo que cobraba un buen sueldo por despistarse. Y lo curioso es que no se despistaba porque quisiera, sino porque él, Matías, era más listo que el guardia.

Cuando volvió a aparcar no lejos del número de la calle en cuya quinta planta tenía Borja su refugio, se puso a fumar. De pronto dio un brinco.

¿No era el coche de los Urrutia? ¿Uno de sus coches aquel que estacionaba en zona prohibida? Y bajó Andrés Urrutia sin prisas, mirando aquí y allí. Matías asió el busca.

* * *

Mappy entró con su traje de lino color avellana. Falda recta y *blazer* un poco ceñido sin blusa debajo. En una solapa de la chaqueta lucía un prendedor de brillantes formando una M. En torno al cuello, muy pegada, una gruesa cadena de plata con grandes eslabones haciendo juego con los pendientes de fantasía, de bisutería muy fina.

El lacio cabello rubio lo llevaba suelto y sólo prendido en un lado de la cabeza con una horquilla de carey grandota, pero que en su cabeza le quitaba austeridad. Era una joven muy linda pero sobre todo muy sensible, muy frágil, aunque con una fortaleza que sólo denotaba su mirada verde.

Y aquel día, cuando apareció en el dúplex, su mirada ni era ansiosa ni era brillante. Era una mirada apagada, confundida, asustada.

Tampoco Borja la apresó contra sus brazos como era habitual ni la llevó apretada en su costado ni de momento pronunció palabra alguna.

A decir verdad, aquel Borja era muy distinto del otro Borja, el que no se ablandaba ante Andy, el que se disponía a aplastar a Andy, el que no se encogía en absoluto. Era, por el contrario, un hombre emotivo, temeroso quizá, perdedor con Mappy, aunque se negara a serlo con todos los demás.

—Pasa aquí —dijo roncamente—. Es mejor que hablemos sin exaltarnos. Sin alterarnos. Dicen que el diálogo es indispensable para el buen entendimiento.

—He venido —dijo ella caminando delante hacia la sala de estar— para que hablemos de una vez por todas. He despedido a Matías y sólo lo utilizaré esta tarde. Después, puedes hacer con él lo que quieras, es uno de tus secuaces.

—Siéntate, Mappy. Vamos a hablar, por supuesto. Ya me imagino que has venido por última vez, pero a nadie se le condena sin hablar. Por eso te he citado y por eso tú has acudido.

—Yo he acudido para decirte adiós.

—O sea, que la elección ya está hecha.

Mappy se sentó en un sillón y dejó el bolso, que hacía juego con sus zapatos marrones tipo salón de tacón medio, sobre una silla cercana.

Su bello semblante, palidísimo, destacaba por el moreno natural tras tomar el sol, sin maquillaje. Borja pensó desesperado que estaba más bella que nunca y que iba a costarle una enfermedad prescindir de ella.

Pero mantuvo el tipo. Deseaba tratar el asunto con sensatez, sin perder los estribos, sin denotar siquiera la desesperación que sentía. Una cosa eran sus triunfos empresariales y otra aquel sentimiento más poderoso que ninguna otra cosa. Pero también sabía que con gritos o súplicas no iba a adelantar nada. Por tanto, se imponía el diálogo abierto, franco, pero nunca sencillo.

—A ver, Mappy, a ver. Para ti lo que te conté del muerto no significa nada. No te haces cargo siquiera de que yo fui el muerto y fui el que lo veló. No sé si me entiendes o no quieres entenderme. Cuando se ha vivido humillado y siempre callado, buscando la forma de vengar la afrenta..., cuando se ha llorado de impotencia, cuando has escuchado en el colegio comentarios soeces, cuando has vivido pendiente del después..., pero no, eso para ti no significa nada.

—Para mí, nada justifica la venganza, y de la persona de quien tú te vengas es de mi padre. Creo que eso para ti ha de significar mucho, porque para mí lo significa todo. Tú estás vengando al tuyo y yo no tengo nada que decirte sobre el particular. Cada cual vive para lo que considera más apropiado. Pero yo siento que el mío puede ser destruido por ti y eso no lo soporto. Nunca podría acostarme con un hombre, amarle, y demostrárselo, sabiendo que es el enemigo de mi padre. Ésa es la realidad. Pura y dura. La realidad más descarnada que me estaba reservada y que tú lo sabías pero yo no. Eso también me hace pensar, y no me cortes la palabra, porque tengo todo el derecho del mundo a explicarme, que cuando me conociste, me buscaste, no diste conmigo por casualidad. No me poseíste en el Alto Campoo en la estación de Braña Vieja por ser tu amor ni por ser siquiera joven. Me has manipulado y enamorado, pero por una razón muy diferente.

Borja se levantó con cierta precipitación y se quedó delante de ella —que permanecía sentada y mayestática—, con las piernas un poco abiertas y las manos hundidas en los bolsillos del pantalón.

—Es tanta mi sinceridad para contigo... —dijo broncamente—. Es tanto lo que te amo, es tanto lo que me duele esta situación, que debo ser sincero aunque me hiera. En efecto, cuando te conocí no pensé en nada más. Eras quien eras, pero cuando lo supe, ya estaba consumado el plan. Ya no podía retroceder y también debo añadir que te amé desde el principio. Pensaba que no. ¡Oh, sí!, para mí hubiera sido todo más fácil, infinitamente más fácil. Si no te amara, ahora mismo no estaría sufriendo ni me importaría lo que dijeras ni a quién eligieras. Hubiera sido más fácil eso, Mappy. Mucho mejor para mi sosiego. Además, ¿para qué engañarnos? Yo nunca fui un sentimental. La vida no me permitió ese lujo. Ni un sentimental ni un soñador. Pero llegaste a mi vida y lo has destruido todo. Yo hubiera sido más frío con este asunto de tu padre. Nadie evita, por supuesto, que pague lo suyo. ¡Eso ni tú ni nadie, ni mi vida si fuera preciso! Si tengo que renunciar a ti, renuncio. Pero nunca renunciaré a apoderarme de algo que he ganado día a día. Tu padre, además, piensa que mi poder es limitado y no sabe aún que todo lo que busque será en su contra, o todo lo que encuentre, porque siempre dará con un muro. Ese muro de duro granito que yo fui fraguando día a día, minuto a minuto. Yo no sé lo que tú pensarías de tu madre si supieras que tenía hijos de su jefe, no de su marido. No me digas ahora que mi madre debería haber guardado la compostura, haberse defendido sola. Eso antes no era posible. El jefe tomaba al criado y hacía con él lo que le daba la gana para bien o para mal, como si le apetecía colgarlo de un árbol. Mi padre fue mancillado, herido, destruido. ¿Por qué se murió tan joven? De vergüenza, de impotencia, de ira contenida. Toda la que he sentido yo al cabo del tiempo, día a día, minuto a minuto. Y la hoguera no se fue apagando, Mappy, se fue avivando más y más hasta que las llamas llegaron al cielo o al infierno, porque ya no me importa adónde hayan llegado. Yo no creo en infiernos ni en cielos, y casi nada en los seres humanos. Y, por supuesto, yo no nací así, me hicieron así. Pero, repito, si algo hay bueno, noble, sensible en mí, todo eso poco o mucho lo has salvado tú, te lo has llevado tú. En este caso, por tu amor hacia mí, deberías estar a mi lado, tener la sangre fría suficiente para decirle a tu padre que me amas, que te vas a casar conmigo. Que todo lo que él quiera, menos tocar tu amor, tu futuro.

Respiró profundamente y cayó sentado con las piernas separadas y sin sacar las manos de los bolsillos del pantalón.

—Déjame continuar, ya sé que no deseas hablar, que me estás escuchando y quizá tu mente esté en otro lado. También eso lo entiendo. Pero sé que comprenderás una cosa y es la razón por la cual no alimenté mi amor por ti ni permití que tú lo hicieras... No entiendo cómo no has comprendido aún, por la historia familiar que conocías, y el menosprecio de tu padre hacia mí, que éramos antagonistas. Que mucho tendrías que luchar para conseguir el permiso de tu padre para una relación amorosa conmigo. No hubo afán mío pecador ni censurable en el silencio... Hubo miedo. Así de sencillo. Un hombre como yo acostumbrado a patear la vida, muerto de miedo ante el temor de perder lo que más amaba. Lo que más necesitaba. Claro que sí, Mappy, para mí hubiera sido más sencillo no haberte amado. Si te digo la verdad, me advirtieron algunos amigos entrañables. «Ten cuidado. Lo tuyo no es venganza, lo tuyo es sentimiento.» Y ya ves, yo me reí. Me consideraba tan fuerte, tan prepotente, que ni por un momento pensé que estuviera dejando pedazos de mi vida en tus entrañas. Eso es lo más lamentable.

—Pero no por ello vas a renunciar.

—¿A ser socio de tu padre en mayoría? ¿A tener a tu padre supeditado a mí? Oh, no. Eso jamás. No se puede luchar una vida entera contra algo y cuando lo tienes entre los dedos lanzarlo al aire. No se lo merece Andy Urrutia. ¡Incluso si se lo mereciera! Pero mira lo que te digo, escucha bien esto: Yo adoro a mi hermano

Pol. Es un infeliz, una gran persona, ni siquiera estoy seguro de si estará de acuerdo con todo esto que estoy haciendo y, sin embargo, Andy, que era su hermano de padre, lo odiaba, lo envidiaba, lo intentó destruir por mí. Es decir, que fue tan necio, tan ciego, tan imbécil que pensó que yo vendía a mi hermano Pol para ganarme su simpatía. ¡Ni que yo fuera idiota! Un hombre puede ser un gran empresario y tener mil argucias y yo no voy a negar que las tengo, pero por supuesto también tengo sentimientos y corazón para quien se lo merece. Así de sencillo. Y mi hermano Pol es mi hermano. Hijo de mi pobre madre mancillada por tu abuelo. Ya no hablo de la monja, que no me interesa demasiado. Y no porque seguramente mintiera a su Dios, que no es mi Dios, y le mintió porque se fue con él sin amarlo, para ocultar su vergüenza. Y eso yo lo desprecio, ya ves. Desprecio la mentira y los términos medios. Es más, prefiero que tú me odies a serte indiferente, eso es lo que hay y eso te dará una dimensión de la calidad de mi persona.

De pronto, un ruido que Borja conocía muy bien, le hizo callarse.

Fue tan insistente que se fue al salón contiguo de un salto.

Casi enseguida estaba de vuelta.

—Tu padre está entrando en el portal.

* * *

—Tú te quedas vigilando el coche —dijo Andrés Urrutia excitadísimo—. Pero yo no me quedo sin hablar con ése. Y como otro momento no se me va a presentar, prefiero hablar con él sin testigos.

—O con su amante como testigo, papá. No olvides lo que dijo Iñaki.

—¡Una amante! ¿Cómo iba a estar el poderoso Borja sin amante? Y seguro que es una señoritinga de esas que pululan por ahí.

—No hagas juicios temerarios, papá.

—¿Tú qué sabes?

—Tanto como tú, no, por supuesto.

—¿Quieres callarte? —y buscaba en los buzones el nombre de su enemigo—. Aquí está. Quinta planta, y la tiene enterita, oye. En los otros pisos hay letras A y B, pero en su planta, sólo A. Si estos socialistas se las saben todas. Pero mira tú por dónde le voy a fastidiar yo el amor. Quédate ahí. Tomo el ascensor y me tendrá que abrir la puerta con amante o sin amante, en cueros o vestido.

—Me parece que no haces bien irrumpiendo en su intimidad —adujo Bern algo asustado—. No creo que eso beneficie tu situación de perdedor.

—¿Perdedor yo? Ya verás cuando me fusione con Marítima, S. A.

—Papá, que te van a absorber, no fusionar... No estás tú en situación de que te permitan la fusión... Estamos en desigualdad de condiciones.

—Discutiremos eso otro día. Pero, oye —se quedó parado ante el ascensor mirando a su hijo—, ¿es que tú admiras a ese socialista?

—A mí me tiene sin cuidado su ideología y dudo que tenga alguna definida. Pero mucho debieron de herirlo para que se pasara tantos años intentando vengar a su madre y a su padre.

—Su madre pudo muy bien decirle a su amante que no. ¿Quién la obligó?

—Teo Urrutia —dijo Bern con un tono categórico—. ¿Me vas a decir ahora que la conquistó como tú conquistaste a mamá? Él le ordenó, y además dice muy claramente en el testamento y encima en tono jocoso, que le hizo un favor al capitán. Nosotros a eso, papá, a estas alturas, lo llamamos vejación.

—¿Tú qué sabes? Pero ¿qué sabrás tú?

—Yo sé que estoy enamorado y jamás humillaría a Melly por nada del mundo.

Andrés Urrutia, que iba a entrar en el ascensor, dio un paso atrás y alzó la cara para mirar a su hijo como si no le conociera hasta aquel instante.

—No seguirás pensando eso... en eso...

—Sí, sigo firme.

—Tú estás chiflado.

—No es el momento de hablar de mí cuando tienes otras cosas en la cabeza. Pero ya lo haremos.

Andrés mantuvo la puerta del ascensor abierta, pero su cara estaba vuelta hacia Bern y lo miraba entre jocoso y lastimero.

—Qué poco sabes de la vida, hijo mío. Qué crío eres, qué infantil... Pero ya hablaremos. Ahora tengo que poner mis cinco sentidos en la entrevista. —Se perdió en el interior del ascensor—. Qué crío eres, pero qué crío...

Bern se quedó rumiando su ira, y por supuesto no se consideraba un crío. El padre entretanto llegó al rellano del quinto y pulsó un timbre sin una sola vacilación.

Oyó pasos lentos, pausados, los pasos de Borja Morán que nunca se apresuraba por nada. Se abrió la puerta y un Borja en mangas de camisa, con aquéllas un poco arremangadas, y un pantalón azul marino medio caído, se le quedó mirando con la ceja alzada.

—Andy, ¿qué diablos se te ha perdido por aquí? Pasa, pasa. Me pregunto quién te dio esta dirección.

Andrés Urrutia pasó tranquilamente. Pensó que llevaba un día agitado. ¡Cuántas cosas habían sucedido durante éste! Había estado en Madrid, había tenido una entrevista, había aterrizado en el aeropuerto y había ido en su helicóptero hasta su helipuerto privado, y había bajado en el cochecito eléctrico hasta el coche de Bern y había tenido otra entrevista con Bergara, y ahora estaba allí. Le parecía que el día había durado una semana.

Andrés dilató la nariz.

—¿A qué me huele?

—A purificador de aire perfumado. —Borja rio impasible, y es que había usado el espray para confundir el perfume característico de Mappy—. Los buenos olores me sientan bien. ¿Quieres pasar, Andy? Se nota que vienes sofocado y que traes novedades.

—Y tú no pierdes la compostura ni a tirones.

—Debí de heredarlo de mi padre. —Borja volvió a reír, con sus ojos ocultándose bajo el peso de los párpados.

—Me sigue oliendo a algo que me es familiar.

—Usarán en tu casa el mismo espray.

—Puede que sí, pero yo no vine aquí a distinguir olores. Vine a hablar contigo sobre lo nuestro.

—Pues tú dirás. Pero ¿no te sientas?

—Una butaca de esta casa me haría estallar el culo —dijo Andy fríamente—. Te voy a dejar colgado, Borja. Te voy a hacer papilla. Nunca vas a figurar en mi empresa. Te voy a pagar hasta el último céntimo y cuando eso suceda, te demandaré por haber construido tomando parte de mis tierras.

—En eso te equivocas una vez más, Andy —dijo Borja sosegadamente, tan sosegadamente que la persona que se hallaba en el salón contiguo detrás de una cortina estaba pensando cómo podría ser así, frío y metálico, cuando todo en él tenía que vibrar de miedo—. Yo no construí en tu terreno en modo alguno. Yo me separé de tu finca los metros que marca la ley. Pero, como es lógico, la ley está de parte de la casa demolida de mi hermano Pol... Y con la misma lógica racional te digo que tu demanda sería sobreseída de inmediato porque yo he edificado en el solar adquirido por mí y en la casa demolida de Pol. La cosa la tienes clara.

—Nunca, jamás, permitiré que un Morán figure en mi empresa ni siquiera como asociado.

—Eso es problema tuyo. Si lo puedes evitar, haces bien, porque yo no voy a tener contigo contemplaciones. Ni siquiera te haré una concesión. Ahora mismo podría embargarte, ¿quién podría evitarlo? Pero no es ésa mi intención. Mi intención la tienes clara y además sabes muy bien que, sin rasgarte las vestiduras ni hacer aspavientos, tú te vas a asociar conmigo, con lo cual ganarás una empresa, porque la que tienes ahora, si no te retiras ya, se irá al garete. Y eso tú lo sabes. Yo no dudo que puedes sacar una fortuna de todo lo que tienes. Tu patrimonio es abundante y aún lo puedes salvar. Pero lejos ya de los muelles, lejos de tu sociedad Urrutia, lejos de toda práctica empresarial... Si haces eso, aún te consideraré listo; si no lo haces, cada día se desgastará más tu patrimonio y cuando quieras darte cuenta no te quedará ni la mansión porque la tendrás embargada como la empresa.

—¿Cuánto tiempo necesitaste para todo esto?

—Años, o quizá toda la vida. Recuerdo cuando me daba Pol unas pesetas para gastar el domingo. —La voz de Borja que escuchaba Mappy era fría y cortaba como un cuchillo—. Y en vez de irme a gastarlas, me quedaba jugando a la peonza solo en el jardín mirando tu mayestática mansión y toda la mierda que ocultabas dentro. Cuando Pol me dio los cinco millones hace mucho tiempo, la inversión fue buena. «Cutre» dices tú y lo dije yo también, pero que me producía beneficios.

—Y la corrupción que habrás perpetrado últimamente para ganar el dinero suficiente y comprar con ello mi hipoteca.

—No ha sido así, pero eso no importa. Yo te doy dos opciones y las tomas o las dejas. La sangre no tiene por qué llegar al río. Hacerlo por las buenas o absorberte... Y prefiero, por razones que no vienen al caso, que lo hagas por las buenas.

—Mira. —Andrés perdió su compostura y le apuntó con el dedo—. Mira bien lo que te digo: tendré que vender el yate, ¡y por Dios vivo que lo vendo!, pero te voy a dejar fuera del periódico. Muntaner y Palomar venderán. Venderán si pago bien. Y les voy a pagar lo que pidan y después, como mayoritario en el periódico, tú saldrás por piernas.

—Andy, estás tan ciego... que no ves nada. No te enteras de nada. Con tal de ver lejos a los Morán, eres capaz de vender tu alma al diablo, y yo te voy a decir que ni vendiéndola te vas a ver tú lejos de los Morán. Ofrece lo que quieras a Muntaner y a Palomar. Fijo que mañana a primera hora los encuentras en Pedreña jugando al golf como dos potentados. Yo te aseguro que esta vez, o haces negocio o te quitan la venda de los ojos.

—Ya lo veremos, desde luego, pienso fusionarme con la naval Marítima, S. A., y verás después dónde quedas.

—Ya me contarás, Andy, ya me contarás.

—Y tú, entretanto, aquí con tu amante de turno.

La cortina se movió apenas. La voz de Borja sonó más metálica que nunca.

—Yo no tengo por qué darte explicaciones, Andy. Mis cosas privadas son muy mías. Pero si te interesa, te diré que yo no tengo amante. Yo no soy Melly ni Belén... ni por supuesto, en absoluto avasallador. Para mí el amor tiene una importancia vital y si tengo algo es una novia con la cual, si ella quiere, me pienso casar.

—Tú no tienes por qué mencionar mis asuntos.

—Pues guárdate tú de mencionar los míos. Repito que yo no avasallaría jamás a la nurse de mis nietos. Me bastaría con mi mujer, si la tuviera, y pienso tenerla. Ni me acostaría con la esposa de un amigo porque el amigo es alcohólico y ella una zorra caliente, eso es lo que hay.

La cortina se movió un poco más. Borja aún añadió ante el hosco silencio de Andy:

—Así que de moral no hables. Tú eres, como tu padre, un amoral, pero no pienses que los demás somos todos como tú. Los demás aman o no aman, pero cuando aman lo saben hacer y tienen suficiente con una mujer. Ahora largo y que sea la última vez que pisas mi dúplex. ¿Queda claro, Andy? Porque si sigues por ese camino, no tendré reparo alguno en contarle a Bern lo que me has pedido que hiciera con los retratos...

—¡Cállate, maldita sea!

—Duele, ¿eh? Y si la francesa entrega sus cintitas..., tú verás.

—Eres un canalla.

—Respondo a tono con lo que tú has dicho, y ten cuidado en el futuro cuando menciones a mi novia. ¡Es mi novia! Mientras ella quiera, claro. Pero jamás tendrá el denominativo de amante. Que quede eso muy claro.

—Dentro de unos días vas a saber lo que es bueno, Borja, te lo juro por tu madre..., que siempre me pareció una puta.

Borja alzó una mano y en el silencio se oyó un golpe seco.

Hubo una tensión tremenda, indescriptible, y luego la helada voz de Borja.

—Espero que en el futuro sepas bien lo que dices y de quién lo dices...

Andrés Urrutia se llevó la mano a la cara y su voz sonó como un trueno.

—¡Jamás, nunca, te voy a perdonar!... Algún día, y pronto, te devolveré la bofetada —y esta vez salió disparado.

Hubo un silencio larguísimo. Borja se apretó las sienes con las dos manos. Algo se movió entre las cortinas. Un lejano reloj estaba dando las ocho campanadas de la tarde.

El sol aún entraba por las ventanas...

La figura de Mappy Urrutia se deslizó en silencio. Iba camino de la puerta. Pero de pronto Borja dio un salto, se le plantó delante y dijo con tono sordo:

—No he podido evitarlo, Mappy. No he sido capaz. Igualmente le hubiera destrozado cuando me ha mencionado lo de la amante.

Iba a sujetar el brazo femenino, pero Mappy lo retiró con presteza y Borja dejó caer el brazo a lo largo del cuerpo con una mueca crispada en sus labios.

—Ya veo —dijo con amargura— que nada sirve de nada.

—Es tan amarga la realidad —replicó ella con un tono ahogado— que me da vergüenza. No sólo de ti, sino también de mi padre. No te das cuenta de que yo había levantado un pedestal para ti y un altar para mi padre y ahora de golpe, tras una cortina, descubro que tú eres un farsante, mi padre un amoral y mi madre una víctima. No censuro que le hayas cruzado la cara a mi padre. Yo misma lo hubiese hecho si pudiera salir a decirle que tu amante era yo... Pero las cosas no son tan simples, y sí bastante más sucias de lo que creía. Acabo de saber tantas cosas con tan pocas palabras que me siento avergonzada de haberlas oído.

—Se ha encendido mi sangre por hablar con Andy, Mappy. No pensé en ese instante ni que era tu padre. Estaba defendiendo únicamente mi postura.

—Una postura que a todas luces es tan amoral como la de papá, que engaña a mi madre con la nurse de mis sobrinos y con su mejor amiga, Belén. ¡Dios mío! Cuánta porquería...

—Pienso que no te hice adulta con mi amor, Mappy. Pienso que adulta, lo que se dice adulta, lo estás siendo ahora al darte cuenta de que la irracionalidad es humana, y que la lógica a veces es ser irracional... Lo siento. Pero no me obligues a decirte una vez más que precisamente por toda esa irracionalidad yo te amo. Yo te necesito, seré muy sucio y seré amoral para los negocios, pero para ti soy un virtuoso. Yo te adoro. Y si la palabra tan simple que tanto significa y que tan poco se dice, la tengo que repetir, te la repito. Te quiero. Te quiero tanto que sería capaz de cualquier cosa, de cualquier atrocidad o de cualquier heroicidad por ti.

—Pero nunca renunciarás a tu venganza.

—No es venganza. Es el fin de un trabajo concienzudo llevado a cabo día a día, durante años. Ésa es la pura y dura realidad. Todo lo demás son pantomimas. Todo lo demás que no sea tu amor, y el hundimiento de tu padre. Ya ves qué amor le tiene a su hermano. Pues es el hermano de Pol. Me ha creído cuando le he dicho que convencería a Pol para dejar su casa y me ha creído cuando he afirmado que luego se la vendería a él. No fue nunca cierto. Lo único cierto de mi vida eres tú. Lo demás es la consecuencia de un atropello a mi padre que le hizo consentidor sin desear serlo. Y la vergüenza de mi madre, que se acostó con tu abuelo porque él se lo ordenó.

—¿Y por qué tuvo que ser así?

—Pues aunque fuera de otra manera, y mi madre quisiera hacerlo, él, Teo Urrutia, debería haber respetado a la mujer de su capitán. ¿Entendido? Yo lo hubiese hecho.

—Tú no sabes lo que hubieses hecho en su lugar. De eso hace demasiado tiempo y actualizar viejas historias siempre es ruin y es negativo. De todos modos, tampoco te voy a juzgar. Tú y papá sois de la misma calaña. Me estoy preguntando si no seréis hermanos.

—Eso no lo repitas.

—Perdona. Pero déjame salir.

—Mappy, por favor...

—No soy capaz, ¿entiendes? No soy capaz.

—Pero tú me quieres.

—Ojalá pudiera olvidarte —casi gritó—, pero no me toques. No se te ocurra tocarme.

—Sabes que si te toco, tú no me rechazarás.

—Eso es lo que no quiero preguntarme. Y si de verdad me quieres algo, respeta que yo me vaya así, sin haberme tocado siquiera.

—Pero dime...

—No puedo decirte lo que no sé. Tendrá que pasar tiempo.

—Dios mío, Mappy. ¿Qué podría hacer?

—Ya no serviría de nada ni siquiera que retrocedieras en cuanto a mi padre. Ya no serviría. Tendría siempre la duda dentro de mí y además, al valorar las cosas, me valoro sólo yo. No sería capaz de sobrellevar vuestras inmundicias por mucho que te amara.

Borja, desesperado, fue a tocarla, pero ante el gesto de ella bajó de nuevo el brazo, si bien lo subió enseguida, y apoyó la mano en la puerta por encima de la cabeza femenina.

—Mappy, tu padre ha olido tu perfume. Es posible que no se dé cuenta hoy ni mañana, pero un día cualquiera puede asociar las cosas... Yo te aconsejaría cambiar de colonia si no quieres que tu padre se entere de quién es la mujer que yo veo en este dúplex. No sé quién le habrá dado la información, pero da igual. El caso es que Matías estaba abajo sentado en el coche, porque si él no me avisa hubiera ocurrido una desgracia, ya que si tu padre te encuentra aquí...

—Tal vez un día de éstos se lo diga —le cortó Mappy con voz debilitada—. Tal vez. No soporto esta situación.

—Piensa bien antes en los dos, en ti y en mí. Piensa que por encima de todo para mí estás tú, y que a fin de cuentas para ti debería estar yo. Nadie nos va a ayudar nunca. Y si no nos defendemos el uno al otro, o ambos juntos, me temo que esa batalla la gane la vida, porque ni la habré ganado yo, ni tú, ni siquiera tu padre. Yo le habré hundido de cualquier forma. Él, te lo repito, dará con su cabeza en el muro de granito. Quiero que eso lo sepas. No más mentiras ni ocultaciones. Marítima, S. A. y todo el *holding* que hay en su entorno fue levantado por un pobre diablo que juró vengar a su madre. Yo soy el mayor accionista junto con personas que han creído en mi gestión y no se han equivocado... Ya sé cuán duro es saber esto y cuán doloroso va a serle a tu padre. Yo no sabía, por supuesto, que tú ibas a ponerte entre ambos. Eso ni siquiera lo sospeché. Pero estás ahí y tendrás que tomar partido por uno u otro, y eso sí será racional. Que tomes el que sea, pero que lo tomes consciente de lo que estás haciendo. Por supuesto, tu padre te apartará de mí cuanto le sea posible, para siempre querrá, pero un día, cuando sea, tú te darás cuenta de que has sacrificado mucho por nada. Ni tú ni yo teníamos previsto que un día seríamos felices juntos, que nuestro amor estaba por encima de las inmoralidades de tu padre y de mis ambiciones o venganzas.

—Pero tú... —dijo Mappy intensamente—. No vas a renunciar a esa venganza.

—No tengo razón alguna para hacerlo. Ya está todo minado, ya está funcionando desde hace mucho tiempo, ya en vida de tu abuelo, imagínate... Cuando tu abuelo se jubiló y pasó la gestión a tu padre, yo ya estaba detrás de todo. Con poco dinero, pero con algo en cada esquina. Se han reído de mi semanario cutre y yo mismo me he reído. Pero mi poder nació de eso. Ya ves qué simple. Las especulaciones que haya hecho posteriormente son el añadido y la forma de ganar dinero. Hice uso de todo mi poder de gestión y pateé mucho el extranjero hasta conseguir un capital que me ayudara, y hoy mi empresa es un *holding* internacional y tu padre piensa que se van a fusionar... Lo siento, Mappy. Estamos destruyendo lo mejor de nuestra vida y es lo que siempre lamentaré. Pero todo depende de ti...

—Lo siento, Borja.

El aludido bajó la mano de la puerta, donde la tenía apoyada y la dejó caer a lo largo del cuerpo, pese al leve gesto que hizo para asirla por la nuca.

Sabía lo que aquello supondría para Mappy, y lo que él no haría jamás sería forzarla, manipularla, atraparla en su pasión. La quería demasiado para humillarla tanto. Por eso dijo con desgana, alicaído y destrozado, sin fingir, y Mappy sabía que no fingía:

—Es el último adiós, Mappy, ¿no es así?

—No lo sé. Pero las cosas se han precipitado demasiado, todas juntas no son fáciles de asimilar. O yo estaba inmadura o no comprendo todo lo que está pasando. Ni siquiera en este instante sabría decir si te necesito o te digo adiós para siempre. De todos modos, en los asuntos empresariales de papá no voy a meterme. Voy a desear con todas mis fuerzas vivir al margen de tanta inmoralidad..., de tanta mezquindad...

—Te voy a pedir algo encarecidamente. No despidas a Matías. Mientras esté a tu lado, pensaré que eres aún algo mío. Déjame al menos pensar eso aunque te parezca tonto...

Mappy salió sin decir si lo despediría o no, pero Matías le comunicó a Borja al día siguiente que la señorita Mappy, al menos de momento, no lo había despedido.

* * *

—¡Tengo bastante con mis problemas —vociferaba Andrés en el salón, solo ante su mujer— para que ahora tu hija, nuestra hija, viva recluida! ¡Tres días sin sentarse a la mesa, ¿qué le ocurre?! ¡Encima, tengo a Pol con su mujer viviendo al lado. Los veo en su piscina desde la torre. Los veo bajar en su cochecito eléctrico como si fueran los dueños y señores de este lugar...!

—Andrés, deja de gritar tanto... Ellos están en su propiedad. El día que los veas cruzar el seto, grita. Y en cuanto a Mappy, se siente debilucha, y dice que se va a ir un mes por ahí de vacaciones.

—Te dice eso a ti.

—Sí, sí. Soy su madre. Las madres siempre entendemos mejor a los hijos. Tú soluciona tus asuntos empresariales y olvídate por unos días de todo lo que te rodea. ¿No tienes una entrevista con los socios del periódico en Pedreña? Pues vete.

—Los he citado para esta tarde. Pero es que las cosas que suceden en mi casa también me afectan. Y lo que sucede en la mansión de al lado, tanto o más. Pol de nuevo cerca de mí. ¡Es lo peor que podía ocurrirme! Y ese hijo de...

—¡Andrés!

—¿Qué pasa? ¿No me ha cruzado la cara?

—¿Has dicho por qué fue? ¿O es que lo he olvidado yo?

—Dije que su madre era una...

—Andy, por el amor de Dios, ¿qué pretendías? ¿Que encima te bendijera?

—Dije sencillamente lo que fue.

—Era su madre, y por esa razón te están pasando a ti las cosas que te están pasando.

—Quisiera que vieras su nido de amor... Vaya con el tipo. Encima, una amante y, según dice Bergara, una niña bien. ¿Te has fijado? ¡Una niña bien! ¿A quién querrá engañar ese gañán? A mí no, por supuesto. Dile a Mappy que hoy la quiero ver sentada a la mesa con todos, ¿entendido? Basta ya de recluirse. Ni que fuera ella la protagonista de ese asunto.

—Lo que menos le importa a Mappy es todo ese problema que tú tienes encima. Ella es joven y vive a su manera. Pero si han terminado ya las clases en la universidad, es lógico que quiera irse y se irá. Al menos, yo le daré mi consentimiento.

—¿Cuándo se lo he negado yo? Pero una cosa es eso y otra, que no me mire a la cara, que no se siente a la mesa y que parezca en esta casa una extraña.

—Tal vez le parezca tan mal como a ti la vecindad, Andy. Eso es lo que quizá le sucede. Pero ahora vete porque Bern te está esperando en el coche, y según has dicho tienes una entrevista en el campo de golf de Pedreña y debes recorrer veintitrés kilómetros.

—Los despojaré del periódico y cuando lo tenga todo bien atado volveré a Madrid y me entrevistaré con don Manuel Sarmiento. Mira que apellidarse como tú...

Se fue al fin. Isa suspiró. Lanzó una mirada desde el ventanal hacia las mansiones cercanas. Se notaba vida en ellas. Por supuesto, los Morán vivían allí y, según tenía entendido, Borja no se había movido de Santander aún. Por lo visto, se quedaba. Pues vaya plan.

Andy no viviría tranquilo mientras no lo destruyera y su hijo Jesús le había asegurado que el tronco era difícil de roer, que Borja tenía más dinero y poder del que parecía. Dejó de mirar a las mansiones que se entrelazaban no muy lejos de su jardín y se dirigió hacia el vestíbulo, cruzándolo y subiendo la escalera despacio. Pensaba qué dichosa Salomé, teniendo un marido tan apacible como Pol. Porque Pol era muy apacible, muy sereno. Él no se inquietaba por nada. Vivía cómodamente y el que lo manipulaba todo era Borja, pero por lo visto lo hacía a gusto de Pol, porque Pol no decía ni pío.

Pol siempre había sido cómodo y un buenazo, y Salomé era feliz amando a su marido y teniendo unas amigas con las cuales salían los matrimonios y hacían unos viajes al año y todo lo demás. Había comprensión plena en esa pareja. O eso parecía. Ella, en cambio, siempre cargaba con las pesadillas de Andy, que era como un huracán y orgulloso como un sultán.

Llamó con los nudillos a la puerta del cuarto de Mappy.

—¿Puedo pasar, Mappy?

—Pasa, mamá.

Y la dama ya estaba dentro cerrando de nuevo. El cuarto de Mappy, a pesar de la decoración funcional y minimalista, siempre fue muy de jovencita, de niña aún inmadura. Ella prefería que Mappy no lo cambiara y le gustaba que siguiera siendo niña.

Mappy, por su parte, dejó su postura abandonada tendida sobre el lecho y puso los pies en el suelo. Vestía bermudas y una camisola. Las sandalias de tiritas estaban sobre la alfombra.

—Mappy, papá dice que bajes a sentarte a la mesa como todos. Yo pienso que tiene un poco de razón. Hace tres días que llegaste por la noche, ya tarde, y te encerraste aquí.

—Me baño todos los días en la piscina, mamá.

—Sola. Siempre procuras estar sola. Además, cuando no te miran tienes cara de crispación. Si hay algún problema...

—¿Es que no hay suficiente con la guerra de papá?

—No es tu guerra, Mappy. Son cosas de hombres.

—Hablas como si yo fuera una cría, y dentro de tres años seré abogada y ejerceré... No pienses que voy a permitir que mi padre me mantenga toda la vida. Soy una mujer vital y he de trabajar para mantenerme, para ser independiente.

—Las mujeres de los Urrutia...

—No, no, mamá. No me hables de mujeres inmovilistas. No me van. Yo soy una mujer moderna y voy a trabajar. Ser algo por mí misma. Yo sola. Hasta donde pueda llegar, pero no me quedaré a contemplar a mi marido como si fuera el sultán. Yo vivo en otra onda y, por supuesto, no es mi forma de ser cruzarme de brazos o mirar a mi marido como si fuera un rey y yo su dama. No, mamá, no.

—Pero no te alteres para decirme algo tan evidente.

—Es que me saca de quicio que me digas que las Urrutia esto y aquello. Yo seré Urrutia, pero eso no me enorgullece nada.

—No digas eso.

—¿Que no? ¿Y qué quieres que diga? ¿Que el abuelo Teo hizo bien seduciendo a la madre de Borja porque era la esposa de su capitán? De uno de sus capitanes... ¿Es que Teo Urrutia ha tenido hijos con todas las esposas de los capitanes de sus barcos?

—Claro que no. No blasfemes así. Tu abuelo era como era y eso ya no tiene vuelta de hoja, pero seguramente Margarita Morán le alentó.

—¡Mamá!

—¿Qué sucede, Mappy? ¿Por qué gritas así?

—No soporto que se afirmen cosas que no se vieron, que no se palparon. Y además, te diré una cosa, mamá, y no sé qué pensarás de ello, pero no es más hombre el que se lanza que el que renuncia. Si Margarita Morán era tan débil, en el abuelo estaba respetar su debilidad...

—Mappy, qué cosas tan extrañas dices.

—Así es mi moral.

—Que por lo visto no se parece en nada a la moral de tu difunto abuelo.

—Es que mi abuelo era un amoral.

—¡Jesús, Jesús!, qué cosas dices. Si tu padre te oyese...

—Tal vez mi padre algún día tenga que oírme.

—Pero ¿qué te pasa? ¿Qué te han dicho? ¿Qué es lo que te ocurre ahora con nosotros?

Mappy se aplacó.

—Me voy a dar un paseo por el campo de golf en el cochecito eléctrico, mamá. Eso es lo que haré. Estoy nerviosa.

—Di que estás crispada, y es la primera vez que te veo así.

Mappy ya lo sabía. Como sabía igualmente que estaba luchando contra su otro yo, e iba a ser difícil ganarle la batalla.

—Bajaré a almorzar, no te preocupes.

—Es que tu actitud irritada y poco clara no es normal, Mappy. Eso lo debes comprender. Bastante tiene tu padre encima para que tú le pongas cara de vinagre.

Mappy salió arrastrando la bolsa de playa. Isa suspiró de nuevo. Con tanto problema ajeno y personal la estaban matando a ella.

Desde el ventanal del cuarto de su hija vio a ésta salir al jardín, bordear la glorieta y subir al cochecito eléctrico poniéndolo en marcha hacia el picadero.

«Mejor que se reúna con Helen —pensó Isa—, Helen siempre quita asperezas a las cosas.»

Y más tranquila, regresó al salón.

* * *

Bern, cuando se ponía nervioso, tenía la costumbre de enroscar un dedo en su barba. La tenía crecida y si bien la recortaba de vez en cuando, aquellos días se había olvidado de ir al barbero o de arreglársela él.

Sentado en el salón del club de Pedreña, escuchaba la conversación de Palomar con su padre. Muntaner no había acudido a la cita y, según explicaba Palomar, había delegado en él.

—Lo que yo haga, bien hecho está —decía Eusebio Palomar con mansedumbre—. Di lo que quieras, Andrés.

—Tú e Ignacio Muntaner tenéis en el periódico un puñado de acciones. Yo lo que quiero ya os lo dije. Pago lo que sea por vuestro accionariado.

—Es que el asunto no es tan simple, Andrés. No es nada simple. El periódico siempre fue el hobby de tu padre. Cuando lo dejó en poder de Pol Morán, el diario se fue más bien a la bancarrota. Después falleció tu padre y hace tiempo, no demasiado, que Pol se quedó con él porque tu padre se lo regaló. ¿No fue eso?

—Esas historias las sé de siempre. Lo que interesa ahora es determinar qué pides por tu accionariado y qué cantidad pide tu amigo. Vosotros antes no erais nadie. No os conocía de nada. Ahora, sin embargo, sois bastante influyentes y el periódico ha sido saneado. Va bien. Pero me pregunto qué periódico en una democracia va mal. Antes uno no podía decir las cosas, pero ahora se dicen todas tanto si son verdaderas como si son mentiras. El periódico se vende por esa razón, se venden todos los periódicos por una razón muy simple: todos queremos saber cómo anda el país y, por lo visto, vosotros habéis hecho del periódico partidista un periódico plural e independiente. Merecéis credibilidad. Dejó de ser el periódico del Movimiento Nacional para ser el periódico del poder.

—¿En qué quedamos? —Eusebio rio a su pesar—, porque si es independiente, no puede estar a favor del poder. Y repito, nosotros somos neutrales.

—Cómo sois o dejáis de ser me importa un rábano. Borja compró las acciones de Pol y Pol, que es un vago de narices y un cómodo, y le basta con su mujer para divertirse, se ha lavado las manos. Ya se las ensucia lo suficiente su hermano. De modo que queda claro lo que yo pido de ti y de tu amigo.

—¿Y qué piensas hacer con las acciones?

—Eso es cosa mía.

Un camarero se acercó al grupo y le dijo a Palomar que le llamaban por teléfono con urgencia.

—Un segundo —pidió el hombre aún joven y apuesto levantándose—, enseguida estoy contigo.

Se fue a una cabina y la conversación fue corta. La voz al otro lado era la de Ted.

—Dilo.

—¿Así? ¿Sin más?

—Sin más. Es la orden que acabo de recibir.

—¿Y qué va a pasar?

—A ti debe tenerte sin cuidado. Di la verdad pura y dura. Lo demás déjalo de cuenta de quien proceda.

—Diantre, Ted. Por lo visto se destapan las cartas.

—Tú y Muntaner os iréis a Madrid dentro de dos días. Allí sois necesarios. Aquí ya habéis cumplido.

—Entonces...

—Lo que te digo. Es una orden de arriba.

—Cómo está el patio, oye. —Eusebio Palomar rio—. Con lo que nos divertíamos en Pedreña... Seguro que Borja va a dar el tiro de gracia.

—Que no os importa lo que suceda. Estaba todo previsto. Pero vosotros en este asunto sois peones y el tablero de ajedrez ya está gastado. Sin preguntas de ningún tipo os largáis mañana mismo. Os tendré dispuesta la documentación en la redacción... Para recoger vuestra firma de cesión está en Santander Donald Smith, de modo que... espero no tener que añadir nada más. Se acabó la buena vida o, al menos, en adelante tendréis que justificar mejor lo que ganáis. Vuestro cometido en el periódico ha terminado.

—¿Y debo ser explícito?

—Palomar, no acabes con mi paciencia y con otras, que será mucho peor para ti. Tú conoces la consigna. Se trata del asunto abiertamente y lo demás lo dejas para otros que si tienen que hablar, hablarán lo que les convenga.

—¿Sabes una cosa, Ted? Uno no conoce nada de cuanto está haciendo. Y le gustaría... Ya ves, le gustaría saber algún detalle.

—Pues me temo que lo que tengas que saber lo sepas ya, porque no interesa que entres en nada de lo que ignoras. Sabes muy bien lo que hacer. Hazlo. Recibes la orden ya. Te la estoy dando yo y te aseguro que no me la he sacado de la manga.

—De acuerdo, de acuerdo. Ignacio Muntaner no ha venido.

—También estaba previsto. Tú eres el que da la cara ahora y la vas a dar muy bien, ¿está claro?

—De acuerdo.

—Pues hasta mañana, que os veré en el aeropuerto.

Eusebio Palomar colgó el receptor y caminó con paso seguro de regreso al salón.

—Ya estoy de vuelta —decía sentándose ante su poderoso interlocutor—. No se puede ser hombre de negocios.

Andrés pensó que no había conocido a Palomar como hombre de empresa hasta que empezó todo aquel asunto del periódico, pero tal vez lo fuese en otro ámbito y él no lo supiera.

—Veamos qué nos decíamos —añadía Palomar repantigándose en el butacón.

Bern enredaba más y más el dedo en su barba. Cuando hablaba su padre él nunca metía baza, pero aquella tarde todo le estaba pareciendo una película de ficción. Primero su padre se pasó los veintitrés kilómetros hablando de Mappy, que si lo miraba mal, que si apenas le hablaba, que se cerraba en su cuarto y que él tenía una vida familiar que deseaba sostener. Después la emprendió con la amante de Borja y la bofetada que le dio él y todo lo que se dijeron, y vuelta a mencionar a la amante del bastardo que seguramente era una niña bien, como decía Bergara, y estaba engañándola como engañaba a todo el mundo. Y luego aquella conversación interrumpida y el deseo de su padre, que saltaba a la vista, de pagar lo que fuera por el accionariado en el periódico de aquellos dos.

—Decíamos que os compro vuestro accionariado. Que le pongas precio.

—Verás, Andrés, verás. Es que la cosa no es nada fácil. Una parte la tienes tú, otra es de Pol...

—Pol no figura en la escritura de cesión. A Pol lo absorbió por entero Borja Morán y repartió las acciones. Tú y Muntaner tenéis una parte, Borja otra y la restante la tengo yo. Y ahora yo os compro vuestra parte.

—Y la segunda maniobra tuya será poseer la mayoría y darle una patada en el culo a Borja.

—Lo que yo haga después, te tiene sin cuidado. La oferta es ésa. Pide lo que sea.

Bern observó cómo Palomar se removía nervioso en el butacón y no supo qué razón le impulsaba a pensar que allí algo se cocía cuyo contenido él desconocía.

—Mira, Andrés, mira. Pienso que has llegado tarde. Si lo quieres mirar por ese lado, porque si lo miras con un poco de realismo y atención te darás cuenta de que tanto Palomar como yo somos hombres de paja, pero hombres de Borja.

Bern hizo tal rizo en la barba que le quedó el dedo prendido en ella. Andrés Urrutia estalló sordamente como una granada.

—Me estás diciendo que las acciones...

—Son de Borja. El periódico es de Borja. Enterito, salvo las acciones que te dio a ti y que supongo que te quitará un día de éstos. Ésa es la realidad. Lo siento.

—¿Que el periódico es de Borja? ¿Estás seguro?

—Claro que sí. Realmente, no son ni de Borja. Nunca dejaron de ser de Pol.

—¿Tú estás loco?

—Claro que no, Andrés. Claro que no. A buen seguro Muntaner y yo no te íbamos a negar el accionariado si pudiéramos disponer de él... Pagabas mucho y nosotros lo que deseamos es hacer negocio. Pero estamos atados de pies y manos y somos hombres de paja. Siempre fuimos hombres de paja, Andrés, es la puñetera verdad.

Bern lanzó un ¡ay! del dolor que le ocasionó tirar del dedo que se le había enredado en la barba. Su padre ni lo miró. Pero sí que miraba alucinado al tal Palomar.

—¿Quieres decirme que mi puñado de acciones también son paja, Palomar?

—No, Andrés, no te quiero decir eso. Te estoy diciendo que estás en tal minoría que el día que a Borja le dé la gana te da una patada en el culo, y perdona la expresión, pero es la más adecuada en este caso, y te lanza por la orilla del muelle, que en este caso evidentemente es de la redacción. Así de sencillo.

En el coche regresaron a Santander. Andy aún bramaba como si le estuvieran quemando a fuego lento. Bern ya no hurgaba en la barba, pero sí que apretaba con desesperación los dedos en el volante.

* * *

Helen miraba tan alucinada hacia el helipuerto de los Morán que Mappy, tendida en una hamaca en la terraza, retiró las gafas de sol que ocultaban la crispada mirada de sus verdes ojos y preguntó.

—¿Qué miras con tanta atención?

—¿No estás oyendo un ruido muy característico?

—Claro. Es el helicóptero de papá, que lo trae de vuelta. Tenía una entrevista con no sé quién.

—Del helicóptero de papá, nada —dijo Helen apretando las manos en la balaustrada—. De ese aparato no baja papá.

Mappy se levantó al fin.

Llevaba más de una hora tirada al sol sobre una hamaca en la terraza de la mansión de su hermano Jesús. Helen había estado a su lado y el silencio entre ambas había sido casi absoluto. Mappy llevaba muchos días, más de tres, en un mutismo incomprensible y a Helen, que era indiferente por naturaleza, no se le ocurrió pensar que debía preguntarle qué le sucedía.

—¿Quién baja entonces? —preguntó Mappy yendo hacia su cuñada y apoyándose en la balaustrada a su lado.

Desde allí se veía no sólo el helipuerto de los Morán, sino todo el entorno, las carreteras serpenteantes que descendían y las dos mansiones unidas por soportales ubicadas al fondo en una llanura separada de la de su padre por un largo seto.

—De ese helicóptero ha bajado Borja Morán —dijo Helen—. Mira si quieres. Lo verás mejor con los prismáticos.

Mappy no asió los prismáticos. Giró la cabeza y después el cuerpo, y volvió a tenderse en la hamaca de colores, cubriéndose los ojos con gafas oscuras.

—Además —añadía Helen, que seguía mirando con los prismáticos—, tiene la marca en las alas. Y es una B cruzada con una M. ¿Desde cuándo puede un tipo como Borja disponer de un helicóptero? Igual tiene también un *jet*. Sorpresas así la asustan a una. Un tipo que parecía tan apacible, y tan sumiso, dedicado a ayudar a tu padre, y ahora de repente, destapándose su fortuna, y debe de ser muy abundante, porque... la pinta no es para menos.

Silencio absoluto por parte de Mappy. Helen retiraba los prismáticos de los ojos para añadir enseguida:

—Y no baja solo. Tiene un cochecito eléctrico como el nuestro y se va en él con un señor que tiene toda la pinta de ser extranjero, rubio, grande y alto.

—Deja de mirar, Helen —siseó Mappy—. Te estará viendo y pensará que le vigilas.

—Pues claro que lo vigilo. Sabrás ya lo que hay, ¿no? Jesús dice que papá estaba equivocado. Que la fortuna de Borja no es poca cosa. Que está asociado con ingleses.

—Y será verdad.

—Entonces, no sé qué hace papá luchando contra él. ¿Por qué no se asocia y acaba de una vez? Ya sabemos que las fortunas en quince años han cambiado de mano, y en diez, y en menos. A los Urrutia les tocó perder, pues tal vez sin tanto orgullo les toque ganar otra vez asociados con Borja.

—No entiendes nada de este asunto, Helen —dijo Mappy sin moverse de la hamaca donde seguía tendida—; papá jamás se dejará vejar por Borja. Y me temo que lo que quiere Borja es verlo humillado a sus pies...

Helen dejó los prismáticos colgando del respaldo de una butaca de mimbre y se fue a sentar en una hamaca frente a la cual estaba tendida Mappy.

—Yo ya se lo dije a Jesús. Que no luche por recuperar las acciones. Que se quede con el dinero. Con sus intereses vivimos. ¿Para qué machacarse la cabeza por una empresa en decadencia? Si Borja se propuso tirarla, la tira, ya la ha tirado. La ha desarticulado, ¿no? Pues imagínate lo que hará en el futuro si le da la gana. O cede papá, y un Urrutia, según papá, no cede nunca..., o Borja la absorbe de un plumazo.

En vez de seguir la conversación por aquellos derroteros, Mappy dijo de repente:

—¿Cuándo se va la nurse?

—¿Cómo?

—Eso, eso. ¿No decíais que deseaba marcharse? Bern la pretendía, pero parece que eso se quedó así, en agua de borrajas.

Helen se inclinó un poco hacia delante.

—Oye —susurró confidencial—, yo no sé si Bern dio marcha atrás, aunque creo que sólo lo hizo en apariencia. Pero yo sé algo que me contó Jesús.

—¿El qué? —y en la voz de Mappy había un temblor especial que Helen, tan a lo suyo, no percibió.

—Parece ser que Bern se cortó un poco debido a una juerga que tuvo con unas frescas..., ya sabes. Esas chicas de alterne. Le hicieron una foto haciendo el amor. Ni más ni menos que así, y le amenazaron con que si insistía con lo de Melly, le enseñarían las fotos a la francesita y, según Bern, la francesita es demasiado pura para disculpar una salida de tono de su novio. No sé si me explico.

—Demasiado bien.

Mappy apretó los labios. Sabía lo de la foto, pero también sabía algo que ignoraba Helen y que ella nunca iba a decirle. Pero desde que supo la verdad oída a través de una cortina fue pensando en montones de detalles que hasta conocer aquello le habían pasado inadvertidos; las veces, por ejemplo, que al regreso de su padre de la oficina llamaba a Melly y se la llevaba con él mientras una criada o la misma Helen se quedaba con los chicos. Su padre reclamaba a Melly con el pretexto de unas traducciones... Eran visiones que le hacían temblar de ira, de pena, de indignación.

—De todos modos —dijo, como si el asunto no le interesara demasiado—, tus chicos ya podrán ir al parvulario.

—¿Pretendes que me quede yo sin institutriz? Mira, Mappy, yo no nací para cuidar críos. Para parirlos, bueno, tampoco voy a parir más por mucho que se empeñe tu hermano. Mi padre dice siempre que si los hombres tuvieran hijos habría tres en cada familia. El que tiene la mujer primero, el que pare el hombre después y el tercero de la mujer otra vez. El hombre no repetiría, ¿entiendes? De modo que la igualdad empieza ya por eso.

—No cabe duda, Helen, pero tú eres una Urrutia desde que te casaste y parece ser que las mujeres Urrutia sólo sirven para traer hijos al mundo, porque, que yo sepa, ninguna ha trabajado aún.

—Yo no me casé para trabajar fuera de casa ni dentro de ella. Yo quiero vivir como me place, de ahí no paso.

Mappy se levantó. No se despojó de las gafas, pero sí lanzó una mirada ajena con cierta desgana.

—Yo sí trabajaré, Helen. En eso y en otras muchas cosas romperé la tradición. Terminaré la carrera de derecho y la ejerceré. Cómo y dónde, no lo sé, pero es evidente que no soy sólo una mujer de hogar. Además, estimo que son compatibles las dos ocupaciones. El realizarte fuera de casa y el realizarte dentro.

—Estos días andas un poco desganada —rio Helen—, por eso estás pesimista.

—¿Y quién te ha dicho que me siento pesimista?

—¿Cómo va tu relación con Otto Malvives?

Mappy pensó que su cuñada podía ser una buena confidente, pero enseguida desechó la idea. Helen tenía la boca de trapo y poco sentido común, y encima era de una comodidad ofensiva. Por eso se alzó de hombros.

—Somos amigos.

—Oye —Helen parecía súbitamente chismosa—, ¿sabes ya lo de Borja Morán?

Mappy no parpadeó.

—Sé que tiene toda la intención de apoderarse de la empresa de papá.

—No, eso ya se sabe. Sobre el particular se saldrá con la suya. Ya lo verás. Dice Jesús que lleva años fraguando la venganza y que jamás perdonará que su madre tuviera dos hijos que no son de su padre. Me refiero al capitán, padre de Borja. Además, ahora mismo acabas de verlo tú, ha descendido de un helicóptero con la marca de Borja Morán que no es del vecino, sino suyo; cuando se tiene un aparato de ésos y un Testarossa como el suyo y una mansión como esa que se alza ahí abajo, y compra una hipoteca de dos mil millones, hay mucho más detrás. De cómo lo hizo me importa un rábano, el caso es que lo tiene, que es poderoso. Yo no me refería a nada de eso. Me refería a su amante.

Mappy se asió al respaldo de una butaca.

—¿Una... amante?

—Pues claro. No pensarás que un tipo de ésos tiene una novia. Tendrá varias amantes. Pero, según se comenta, tiene una especial con la cual se ve... en secreto. Y asómbrate, dice Jesús que es una niña bien de Santander. ¡Casi nada! El día menos pensado sale todo a la luz en esas revistas que tienen un olfato especial y no se callan nada, y cuando resulta que un tipo anónimo es rico y se le conoce la fortuna, también se le conoce enseguida la vida privada. No se respeta nada. Las vidas privadas se hacen públicas de la noche a la mañana. Eh, ¿adónde vas?

—No me voy a quedar aquí hasta la noche.

—Pero me dejas con la palabra en la boca.

—Es que me he acordado de que tengo que hacer algo esta noche. Además, he visto regresar el coche de Bern y, según mamá, papá está enfadado porque no acudo al comedor.

—¿Y por qué no acudes?

—Estoy harta de oír siempre las mismas cosas. Que si Borja esto y que si el dinero lo otro. Papá tendrá que dejar de pelear con él, máxime si es tan poderoso como tú dices.

—Poderoso y frío, calculador y duro. Es duro como el granito.

—Te veré otro día, Helen.

Helen comentaría más tarde con su marido: «Y se ha ido enseguida en el cochecito eléctrico. Yo seré muy despistada y es verdad que lo soy, pero me parece que a Mappy algo la inquieta». Y Jesús replicó sosegadamente: «Lo que nos inquieta a todos, Helen. Borja nos está haciendo papilla».

* * *

Mappy ya oyó los gritos desde el vestíbulo. Eran de su padre.

A punto estuvo de seguir su camino hacia el cuarto y olvidarse de la recomendación de su madre. Ella no podía sentir admiración por el autor de sus días. Siempre la había sentido hasta saber lo de Belén, la mujer de su amigo Iñaki, y lo de la nurse y de tantas cosas de las cuales creía capaz a su padre. Una cosa era todo lo que hiciera Borja y lo que sobre el particular sintiera ella. Pero otra muy distinta era la amoralidad de su padre, y eso la crispaba como jamás cosa alguna la había crispado.

Resultaba tremendamente triste reconocer que la vida era una miseria moral indescriptible. De una esquina del vestíbulo, cuando ella estaba dudando si entrar o no en el salón, emergió una figura muy conocida.

—Señorita Mappy.

La joven se disponía a taparse los oídos, pero no lo llegó a hacer. Se quedó mirando a Matías con expresión inmóvil, como asombrada.

—Señorita Mappy, si me lo permite... le doy un recado.

—No quiero recados —replicó secamente.

Y se dirigió al salón dejando a Matías solo y plantado. Mappy entró en el salón cuando su padre gritaba.

—¡Y encima, me topo con un inglés en la redacción llamado Donald Smith o algo así. ¿Qué crees que ha dicho, Isa?!

—Cálmate, Andrés. Te va a dar un infarto.

—Pues prefiero que me dé un infarto a vivir con esta tensión insoportable. Sabrás que el tal hijo de mala madre es todo un multimillonario. El periódico es suyo y mis acciones una caca. Las tengo que depositar porque, como es lógico, la mayoría me las arrebata. He sido un juguete en poder de ese cabrón.

—¡Andy!

—Perdona, Isa, perdona. Pero es que me van a saltar la tapa de los sesos de tanto darle vueltas al asunto. ¿Sabes qué más? Se ha comprado un *jet* o lo tenía sabe Dios desde cuándo, y yo considerando que era un pobre diablo que se vendía por dos duros. Lo he subestimado, Isa, lo he subestimado mientras él se hacía de oro y terminó haciéndose con los crudos. Y yo comprando aconsejado por él a unos precios abusivos para alcanzar uno mucho mayor que nunca llegó. No hizo más que ponerme zancadillas y todo esto viene de lejos, y ahora, en menos de un año, ha saltado por los aires y me ha dado a mí en plena decadencia comercial.

—O sea —comentaba Isa atragantada—, que has salido del periódico.

—Pues claro. No he salido, pero saldré mañana o pasado, legalmente porque él me pondrá en la calle. Y además ya sé que su capital es en comandita con los ingleses. Casi nada. El capital extranjero no es nunca de dos mil libras o dos mil dólares, Isa. Es de cantidades ingentes, y él es socio de ese Donald Smith que he conocido esta tarde. Bern y yo hemos pasado por la redacción después de ver a Palomar en el club de Pedreña. ¿Qué supones que son Palomar y Muntaner? Dos testaferros, dos hombres de paja. La sociedad Moted, S. A. es una sociedad auténtica, sólo para el periódico, y allí los accionistas mayoritarios son Borja Morán y Pol. O sea que Pol jamás dejó el periódico. Lo dejó en poder de los testaferros de su hermano, pero todo para que yo confiara, cayera en la trampa y me fueran desarticulando poco a poco.

Mappy había entrado y se había pegado a la pared del salón con las manos tras la espalda. Las sentía heladas como la nieve y no sabía si es que las tenía frías por todo lo que en su estado anímico estaba produciendo lo que oía o por el frío de la pared. Como fuera, su padre no la había visto aún, aunque sí Bern, que la miraba como diciendo: «Es así. Ni más ni menos que así, y todos nosotros estamos en medio».

—Mañana mismo iré a Madrid y hablaré con Sarmiento, y ten por seguro que lo venderé al precio que sea. Pero yo no me asociaré jamás con Borja. No me comerá el coco, no me hundirá. Me retiraré con el dinero y mandaré al carajo todo el entramado empresarial. Pero estar supeditado a ese hijo de puta, en mi vida.

—Andy... —Isa sollozaba—. Andy, que tu lenguaje...

—Qué lenguaje ni qué carajo. Aquí las cosas son así y me han atrapado de mala manera y con mentiras, con operaciones engañosas, con una confianza que...

—Tú le dabas confianza, papá —dijo Mappy de repente y Andy fue girando la cabeza como si oyera al mismo demonio—. Tú se la has dado, pero a la vez que le dabas tu amistad, también le dabas tu desprecio. Eso lo vimos todos. Has luchado con un enemigo peligroso, pero tú ibas a engañarlo a él. ¿Es o no es así?

Andy fue caminando despacio hacia ella sin dejar de mirarla. Pero Mappy no se cortaba por ello. Nunca pensó que de repente se sentiría tan fuerte para defender una causa que consideraba equidistante.

No es que ella se inclinara por una de las partes, es que entendía que las dos partes fueron malas, fraudulentas y engañosas. Las dos partes, no más una ni menos la otra.

—¿A ti quién te ha dado vela en este entierro, Mappy? —preguntó el padre serenándose un poco porque a él su hija predilecta siempre le imponía mesura—. Dime qué sabes tú de todo este asunto.

—Yo sé lo que he ido viendo desde que se leyó el testamento. Pero las cosas, por lo visto, venían de lejos.

—Claro que venían de lejos, pero yo no sabía qué se había fraguado.

—De todos modos, los que estamos aquí, y estamos mamá, Bern, tú y yo, sabemos que menospreciabas a Borja. Hablabas de él con desprecio, pero a la vez le utilizabas.

—Creía yo que le utilizaba.

—El pecado es el mismo, papá.

—¿Me estás diciendo que te inclinas de su lado?

—Yo quiero ser realista, papá; racional y lógica. Y tus voces no me asustan ni tampoco los tacos ni los insultos. Yo no estoy estudiando en la universidad para colgar el título. Voy a desear una vida independiente y mi trabajo. Por supuesto que yo no comulgo con la vida que han vivido siempre las mujeres Urrutia. No tengo nada en contra de ellas, pero no voy a seguir su ejemplo. O los tiempos han cambiado o yo nací diferente o me educaron para ser una persona útil a la humanidad, no un mueble que sólo sirve para acicalarse.

—Muy callada tenías tu condición feminista.

—Ni soy feminista ni soy machista, papá. Soy yo y te aseguro que quiero ser como soy.

—Al margen de todo el problema familiar.

—Dentro del problema familiar, pero a mí particularmente no me parece tan grave. En cambio, sí me parece de una gravedad imperdonable que mi abuelo abusara de la confianza de uno de sus capitanes y utilizara a la esposa de ese capitán para hacerle dos hijos.

—¿Qué dices, pero qué dices?

—Digo lo que estoy pensando.

—O sea, que tú perdonas a Borja y todas sus cochinadas.

—Yo no tengo nada que perdonar a Borja ni nada que culpar. Yo analizo las cosas con toda la imparcialidad que puedo y creo poder lo suficiente. Por supuesto, ni apruebo lo que hizo Borja ni lo que hizo Teo.

—Más respeto, Teo era tu abuelo.

—Teo era un hombre sin escrúpulos. Deshonesto y amoral.

Paf...

La bofetada cayó en la bonita mejilla femenina como un trallazo. De pronto el ruido acalló las voces. Andy se agarró las sienes con ambas manos y agitó la cabeza; Bern dio un paso al frente; Isa fue a tomar a su hija en brazos. Pero Mappy ni siquiera se llevó los dedos a la mejilla lastimada. Su voz sonó en el salón, en aquel silencio desesperado, metálica, pero enérgica y a la vez suave.

—Lo siento, papá. Siento haberte exasperado, pero es lo que pienso. Digo lo que pienso. Las personas no son mejores por ser ricas, sino por ser morales, y tu padre no dio pruebas de haberlo sido. Y sigo refiriéndome a la moralidad... No defiendo a Borja Morán, para nada. Pero no sé lo que yo haría en su lugar. No lo sé. No soy capaz de ponerme en su lugar y bien quisiera hacerlo.

—Cálmate, hija.

—Tú no estás calmada, mamá. Pero yo sí lo estoy. De modo que consuela a papá si quieres, pero no a mí.

—Mappy, no se puede ser tan dura con un padre.

—En este instante no estoy siendo dura con mi padre, lo estoy siendo con un ser humano que pretendió avasallar como su padre había avasallado antes y fue tragado primero. Eso es todo. Ni más ni menos que eso.

Bern se había acercado a ella, la había asido por el brazo y le había dicho nervioso y quedamente:

—Cállate ya, Mappy.

Mappy estaba disparada. No sabía si defendía a Borja, o una voz interior, su otro yo, la obligaba a decir todo aquello. Pero si no lo decía se ahogaría y, quisiera su padre o no, la estaba oyendo. Aún con las manos en las sienes, pero la tenía que estar oyendo.

—Borja Morán habrá pasado años fraguando una venganza y también lo condeno. Pero tú, papá, utilizabas o creías utilizar a Borja. Y eso lo hemos visto todos, y por tanto, no lo puedes negar. Si tú sabías eso, que no te sorprenda ahora descubrir que Borja pensaba de ti otro tanto y también te utilizaba. Sois tal para cual.

Y se volvió dispuesta a marcharse. La voz de Andy, mesurada, dijo quedamente.

—Daría todo lo que tengo por no haberte puesto la mano encima, Mappy. Eso es lo único que puedo decirte.

—No importa, papá.

—Es que no he sabido contenerme. Tú para mí eres lo primero.

—Lo sé, lo sé.

Y se fue a toda prisa. No se dirigió a su habitación. Se fue directamente a la dependencia de los criados. Enseguida vio a Matías. El joven chófer se adelantó a grandes zancadas. Salió delante de ella, que de repente parecía inmovilizada en la entrada de la zona del servicio. En su rostro se adivinaba la crispación y Matías tenía órdenes concretas de espiarlo todo.

Había oído parte de lo que pasó en el salón, pero ignoraba lo de la bofetada y además había procurado entretener al servicio para evitar que oyesen algo de lo que él ya sabía y que fuera después motivo de comentarios. Por eso tal vez se dirigió directamente hacia el exterior y se quedó plantado en la terraza.

—Señorita Mappy...

—Diga lo que sea.

Matías se dio cuenta de que por segunda vez le trataba de usted. Se encogió. Él, por encima de todo, adoraba a la señorita Mappy, y todo lo que le ocurriera le afectaba.

—Yo le traía un recado, señorita Mappy.

—No me lo dé.

—Pero...

—Mañana a las cinco en punto de la tarde me llevará a Pérez Galdós. Eso es todo —y se volvió.

Matías se quedó sobrecogido por la rigidez de una persona que siempre había sido amable, cálida y afectuosa.

Más tarde daba el recado y decía dolido:

—Por segunda vez me ha tratado de usted.

—A las cinco, Matías.

—Sí, señor.

—Cautela.

—Sí, señor. Algo está ocurriendo en esta casa.

La voz al otro lado dijo cortante:

—Matías. Nunca intentes ser el salvador y que tampoco te mueva la curiosidad. Es malo eso...

—Sí, señor.

—Que mañana a las cinco de la tarde esté en Pérez Galdós.

Y la comunicación quedó cortada.

13

Guerra abierta

Donald Smith desayunaba aquella mañana en el iluminado comedor de la mansión de Borja Morán, su socio y representante absoluto en España. Borja había pasado años trabajando en la oscuridad, pero ahora su capital igualaba al del inglés, cuya fortuna arrojaba un saldo considerable.

Moted, S. A. era la sociedad mercantil registrada a nombre de Pol y en ella se recopilaban, además del periódico, otros negocios gráficos de suma importancia, tanto como imprentas e incluso una fábrica de celulosa. Lo que comentaba Donald en aquel instante, dado que conocía todo el entramado personal de su socio, era cómo había podido un tipo como Andrés Urrutia, avezado en los negocios, no fijarse siquiera en los registros mercantiles.

—Por una razón muy simple —adujo Borja sin un átomo de piedad o arrepentimiento—. Porque a Andrés Urrutia todo se lo dieron mascado y comido. Es muy diferente cuando tienes que arrancar las raíces de la tierra, lavarlas y volverlas a plantar. Teo Urrutia tenía un olfato especial, pero murió viejo y decadente y durante años no se enteró de nada. Eso sí, pensó que su hijo lo sabía todo. ¡No podía ocurrir de otro modo en un Urrutia!

—Pero tú has sido muy listo.

—No lo creas, Donald, no ha sido así. He tropezado con un tonto, de ahí mi agudeza y mi argucia. Ha querido mancillarme siempre y de esa debilidad mal comprendida nació mi fortaleza. Yo sí lo utilicé de verdad. Él a mí sólo pensaba que me utilizaba y la diferencia sin duda es notoria. Notoria en el sentido de que si tienes enemigos y los subestimas, estás perdido. Yo sabía con quién me la jugaba. Andy no. Yo era el hijo de un cornudo capitán que se dejó manipular.

—¿Y quién te dice a ti que no haya sido así?

Borja, en vez de enfadarse, soltó su helada risa. Sus párpados ocultaron el brillo de sus ojos.

—Soy su hijo y he tenido tiempo de conocerle un poco. No demasiado porque falleció pronto. Pero sí lo suficiente para saber que era un hombre taciturno y hundido. Y, además, no me interesa a estas alturas si mi padre fue consentidor o no. Lo importante es que yo, como hijo de mi madre, no lo soy.

—Me gustaría saber concretamente en qué situación pretendes dejar a Andrés Urrutia, porque esta mañana he recibido la llamada de Manuel y pide una nueva entrevista el tal Urrutia. Parece ser que desea vender. Tenemos dos opciones: Que des tú la cara al fin y sepa él que el mayor accionista del *holding* eres tú. O comprar, darle el dinero y apoderarnos de la empresa, lo cual no es lo que desea Urrutia. Lo que éste no aceptará nunca es que desaparezca Teo Urrutia, S. A.

—Yo tampoco tengo interés. Es ésa la razón por la cual guardo silencio y me oculto en una falsedad digamos a medias. Ahora mismo Urrutia sabe que en el periódico no tiene nada que hacer. Moted, S. A. le despojará de las pocas acciones que posee, porque la ley ampara a la sociedad ante una minoría semejante. En Marítima, S. A. hubiera sido bien acogido en el momento en que le propusisteis entrar y yo aún no había puesto en ella ni un buque. Después ya no nos servía de nada, una vez despojado de los contratos de fletes en relación con rutas clave, que son las que desde Barcelona recorren todo el Mediterráneo hasta Cerdeña y Montecarlo. Sus barcos son una mierda en esas rutas y lógicamente ni siquiera la influencia tuvo que esforzarse. No interesa al país un turismo pobre, pero sí interesa un turismo millonario y ése es el que utiliza los buques transatlánticos. Lamento que Urrutia no observara esos detalles. En Morrel, S. A. nunca entró por razones obvias. No sabía casi ni que existía. Y en Bormo, S. A. entrasteis con vuestro capital porque yo he preferido eso a mantenerme solo y hemos intercambiado el poder y el accionariado. Andy Urrutia está ahora mismo convencido de que yo mando en el periódico, y tiene razón, pero no sabe en modo alguno que todo pertenece al mismo *holding* y que en él estoy yo como accionista mayoritario. Yo pretendo ahora que saneemos la empresa Teo Urrutia, pero con un nombre añadido... No he luchado años y años sólo para que Urrutia venda su patrimonio, lo convierta en dinero y se retire a vivir de las rentas. Eso no lo voy a consentir.

—Por eso he venido desde Londres. Así que di lo que realmente deseas.

—Tengo varias opciones y he de reflexionar por cuál inclinarme. Y todo ello depende de algo muy anímico.

—¿La chica?

—La chica —dijo Borja con voz bronca—. La chica. La hija de Andy Urrutia, que es toda mi vida. Yo pensé que algún día podría mandarla al carajo como puedo mandar a su padre, pero no es tan fácil. Lo raro es que en un tipo duro como yo quede aún una fibra sensible de tal categoría. Pues aquí la tengo. —Puso un dedo en el cráneo—. No digo aquí —y llevó la mano al corazón— porque sé que todo parte del cerebro. Si algo bueno, noble, sincero, y verdadero queda en mí es una mujer llamada Mappy Urrutia, ésa es la última carta que yo jugaré. Pero espero que Mappy me quiera lo suficiente para que sepa elegir o, al menos, sepa dónde están sus sentimientos.

—Y si esta tarde cuando te veas con ella Mappy te dice que te ama por encima de todo...

—Mappy me ama por encima de todo —cortó Borja brevemente.

—Eso lo sabes por intuición masculina.

—Por mis vivencias, que no fueron pocas, Don. Eso lo tengo claro. Lo que no tengo nada claro es qué hará ella. Si por encima de todo está su padre, o por encima de todo estoy yo. Eso es lo que no sé. No lo sé porque ella es muy ella. Muy personal, está claro que sin mencionar mi vanidad, ni tener en cuenta algo que no existe, en relación con ella, tengo por seguro que me ama tanto que le costará elegir. Pero si tiene que dejar a uno de los dos, espero que sea a su padre, porque, a fin de cuentas, si somos humanos y realistas, valoramos las cosas y los sentimientos desde esa dimensión, Mappy sabe muy bien que el amor no se lo dará su padre, el amor entendámonos que se lo doy yo. Eso por una parte, porque por otra está mi decisión y de ésa no me muevo, de modo que o Mappy o me acepta con todo el bagaje o me tira a la cuneta. Y te diré, querido Don, que tanto si me tira como si me toma, yo voy a seguir con mi decisión. Todo tal cual lo he pronosticado, preparado y cocido. No será el amor de Mappy el que me detenga, eso no podrá hacerlo. No estoy dispuesto en modo alguno a ceder... Y he decidido que Teo Urrutia lleve añadido en el futuro a Borja Morán. Eso es lo que deseo. Si tenemos en cuenta que Andrés tiene un abultado patrimonio en bienes, carece de liquidez y para conseguirla tendrá que vender. ¿Vender qué? Una sociedad en decadencia, una mansión que fue de los Urrutia desde que nacieron, varias generaciones anteriores. Unas carteras de valores que valían un fortunón considerable hace dos años, incluso uno, pero que están tan deterioradas como sus barcos. Puede vender el picadero y el accionariado que tiene en varias casas consignatarias, pero a mí me debe dos mil trescientos millones de pesetas y comprenderás que con esa deuda no puede hacer gran cosa, porque si le exijo el pago inmediato, lo dejo en cueros.

—Que es una idea.

—Tampoco es eso. Si pongo a Urrutia en la picota dispuesto a cortarle la cabeza, nunca tendré a Mappy. De modo que lo que yo deseo es tirar por la calle del medio, esto es, bajarle los humos, obligarle a aceptarme como socio, descolgar el letrero, sanear sus barcos, enderezar la flota y ponerla a ganar dinero. ¿Qué necesito para eso? Meterla en el *holding*.

—Que será lo que Urrutia no desee de ninguna manera.

—Exactamente. Pero yo no he luchado para nada. Ni para hacer concesiones ni para mandarlo todo al garete por amor. Espero que Mappy sea una mujer realista, racional y me mire de dos maneras, como hombre a secas y después como hombre de empresa. Los dos son diferentes. El uno no tiene nada que ver con el otro, pero ninguno de los dos va a ceder. Irán por separado, pero en algún momento han de juntarse y Mappy, si me quiere, lo tendrá que aceptar así.

—De acuerdo. —El inglés se levantó. Hablaba mal el español, pero Borja parecía dominar el inglés a la perfección, por lo que se comunicaban en ambos idiomas, aunque Donald se entendía mejor cuando hablaba el suyo propio—. Tú dirás entonces qué hace Manuel Sarmiento en Madrid con referencia a la entrevista que le está pidiendo Urrutia.

—Dile que le cite para el lunes de la semana próxima.

—¿Y...?

—Verá al presidente.

Don se enderezó presto.

—¿Así, tal cual?

—Así, tal cual... Tengo el Testarossa ahí fuera, ante el portón principal —le dijo a Don—, nos llegamos a la oficina y, si te parece, continuamos hablando.

* * *

Jesús parecía sofocado aquella mañana. Llegó desde su mansión a la de su padre a las nueve en punto. Justo cuando salía el Testarossa de la mansión vecina a la de su padre. Vio al hombre que lo conducía. Era Borja.

—Mirad —dijo irrumpiendo en el salón donde su padre, su madre y Bern desayunaban—. Mirad qué coche.

Los tres se levantaron y se acercaron al ventanal. Por la carretera serpenteante hacia el cruce de la autopista podían ver descender el escandaloso vehículo deportivo conducido por Borja.

Andy dio una patada en el suelo.

—Si será cabrón...

—Pues te falta por saber lo mejor, papá —dijo Jesús sofocado—. Te lo venía a contar cuando he visto ese coche salir de casa de Borja. Acaba de llamarme Salgado para notificarme dos cosas: Primero, que te recibirá el mismo presidente de Marítima, S. A. en Madrid el lunes próximo a las doce de la mañana, y segundo, que Borja Morán tiene un *jet* privado en el aeropuerto. Y, por supuesto, un helicóptero ahí arriba, en su helipuerto. Y si te molestas en acercarte al otro ventanal que da al mar, verás el yate anclado en su embarcadero particular. —Todos los Urrutia, como uno solo, iban hacia aquel ventanal—. Y mira la firma, papá.

—Es la misma —apostilló Bern perplejo— que la de su helicóptero.

—Y tanto. Es la misma que tiene en la puerta principal de su casa. Y la que lleva en todo lo que le pertenece, y me da la sensación de que hay muchas cosas que le pertenecen.

Los cuatro miraban hacia el fondo del acantilado, el embarcadero, y el yate balanceante y majestuoso que parecía de película americana.

—Un palacio flotante —barbotó Andrés Urrutia entre dientes separándose a la vez del ventanal—. ¿Cómo pudo hacer tanto dinero?

—Lleva años en ello, papá. Y por lo visto es un empresario de envergadura y más si está asociado, como ya sabemos, a capital inglés.

Andy empezó a patear el salón de lado a lado.

—Hay que organizarse —dijo—. Lo voy a vender todo. Voy a convertir en dinero todo lo que tengo, le pago, coloco en un banco el resto y a vivir. Me retiro.

—Pero eso es una cobardía.

—Jesús, tú no has terminado ninguna carrera. Bern se ha quedado a medias. Aquí la única que tiene madera de Urrutia es vuestra hermana Mappy, pero parece por su ausencia que el asunto no le interesa gran cosa. Yo no he sido un buen gestor, pero creo que no soy responsable de ello totalmente, sino que lo fue mi padre. En vida, antes de jubilarse, todo lo hizo él. A mí me lo dio masticado. Sólo tuve que tragar. Y tragué. En primer lugar, siempre tuve delante a dos hijos bastardos, dos hermanos que hube de tratar con consideración. Y a su muerte me dejó atado de pies y manos. Soy un heredero universal, es la pura verdad, pero ¿a qué precio? En primer lugar, me dejó el muerto ahí, a dos pasos. Luché como un loco para deshacerme de él y Borja se encargó de ponérmelo delante después de prometerme que me ayudaría a destruirlo... He caído en una trampa por ingenuo. Ahora resulta que cuando yo consideraba que tenía un enemigo insignificante, un don nadie, tengo un enemigo poderoso. Un enemigo que se ha propuesto figurar en mi empresa como socio, con su nombre en letras de neón junto a las de Teo Urrutia, S. A. Antes de que eso ocurra, se lo vendo todo a Marítima, S. A. De modo que el lunes mismo me voy a Madrid y que sea lo que Dios quiera, pero será todo menos aceptar las condiciones de Borja Morán.

Guardó un silencio hosco y después miró a Jesús.

—Le voy a dar donde le duele, Jesús. Por eso te voy a hacer un encargo muy especial y arréglatelas como quieras, pero has de averiguar quién es la amante de Borja.

—¿La amante?

—Sí, la amante. No considero a Borja capaz de tener una novia ni de verlo casado, y mucho menos con una niña bien, como se asegura. Será una puta como todas las que trata.

Mappy entraba en aquel mismo momento al comedor. Había oído las últimas palabras. Andy se mordió la lengua y dijo con una ansiedad desusada en él:

—Perdóname, Mappy. Estaba hablando de... Borja y su amante. No me gusta usar un lenguaje soez estando tú delante, pero a veces, uno pierde la paciencia. Y también la educación.

Mappy apenas si movió los párpados. Se sentó y se sirvió el zumo. Hubo un silencio. Jesús lo rompió para decir un tanto acogotado:

—¿Y cómo voy a averiguar yo eso, papá? Porque si a Borja le interesa tener oculta su relación, no habrá quien la advierta.

—Muchas cosas están ocultas y se descubren. Paga a un detective privado, pero he de sacar a la luz qué chica es a la que está engañando.

—O tal vez prefiera ser ella la engañada, papá —adujo Bern.

—No me interesa quién engañe a quién. Lo que deseo es que se sepa que Borja Morán tiene una amante. Eso es lo que me interesa. En apariencia, él hace una vida de empresario..., parece que poderoso, eso yo no lo sabía. Pero lo estoy sabiendo en estos días. De modo que quiero amargarle la existencia como él me la amargó a mí. No cederé en modo alguno. Así que pienso sacarle al aire sus trapos sucios. Y tú serás el encargado, Jesús. Paga a detectives privados, haz lo que te dé la gana, pero descubre quién es la... fulana que mantiene relaciones secretas con él. No serán muy limpias cuando son tan secretas. Aún tengo en la nariz el raro perfume que olí el día que fui a verle, en su dúplex. Es un dúplex de amor. Un nido preparado para una mujer. Para el sexo... Perdona mi crudeza, Mappy, pero es que intento ser realista.

Isa dijo quedamente con vocecilla angustiada:

—No te metas en su vida privada, es peligroso. Tal vez su amor es sincero y lo tiene oculto como tuvo su fortuna. Que tú seas el que descubra sus secretos me parece un desafío.

—Isa, yo ya sé que eres muy buena, por eso yo jamás te sería infiel.

Mappy se atragantó de tal modo que empezó a toser y su madre le golpeó la espalda con mucha ternura.

—Mappy, se te ha ido por el otro lado.

Mappy siguió tosiendo y al final pidió perdón y se levantó.

—Dices cada cosa delante de tu hija... —le reprochó Isa—. No se puede ser tan bocazas ni hablar de cosas íntimas tuyas y mías. Todos sabemos que eres un hombre familiar, fiel y honesto, pero ahora mismo estás cometiendo una deshonestidad. Lucha con Borja cara a cara, pero deja en paz su vida íntima. —Mappy regresó y se sentó en su lugar, y removió el café con lentitud—. ¿Ya te ha pasado, Mappy? Es muy molesto cuando algo se te va por el otro lado. —Miró de nuevo a su marido e hijos varones—. Ya os decía yo que no vais a destruir nada en la vida de Borja, pero tal vez en la de su amiga... sí. Yo creo que mejor sería que dejarais ese asunto. Puede ser hija o hermana de algún amigo tuyo, Andy. Y si mantiene secreta esa relación, será por razones que a él y a ella les incumben. No eres tú el más indicado para inmiscuirte. No creo, además, que si descubres quién es la chica...

—La fulana, Isa...

—No tienes derecho a prejuzgar algo que ignoras.

—¿Cómo que no? Si todo es limpio, si todo es honesto, si hay un futuro matrimonio a la vista, ¿por qué se mantiene oculta esa relación? Gato encerrado tiene, Isa. Es que tú eres muy inocente. El otro día, cuando estuve en su dúplex, me olió a perfume de mujer. Un perfume raro, como si lo hubiera alterado. Es más, después fui pensando que se parece al olor de Mappy, pero con una alteración agria.

Mappy ni se inmutó. Seguía tomando el café como si estuviera sola, pero tenía dos orejas y en ellas dos oídos.

—Ni siquiera qué perfume usa Mappy. —Sonrió Isa ingenuamente—. Mappy hace días que cambió de colonia. Antes sabía cuándo venía hacia aquí, ahora ya me confunde. ¿Por qué lo has cambiado, Mappy?

—El mismo perfume cansa. Hace tiempo que lo cambié.

Andy seguía a lo suyo.

—Como te decía, Jesús, es mejor que busques tú a los detectives. Les pagas bien y cuando me des toda la información de la fulana, yo mismo la enviaré a la revista más escandalosa. Y ya sabemos cuál es.

Se levantaba dando por finalizado el desayuno.

—Os dejo —dijo a las dos mujeres—. ¿Qué harás tú esta mañana, Mappy? Espero que no sigas enfadada conmigo. Si algo detesto son las rencillas familiares. O estamos todos como una piña o nos destruyen. Y sería lamentable que esto último ocurriera.

—Yo iré a Pedreña con Matías y Doro y volveré por la noche.

—¿Comes en Pedreña?

—Sí.

—Bueno, bueno. —Palmeó el hombro de su hija—. Perdóname lo de ayer, Mappy.

—No te preocupes.

Se fueron el padre y los dos hijos. Isa dijo quedamente:

—Mappy, estás muy dolida. A ti te molesta todo lo que sucede, ¿verdad? Pues no me digas nada a mí. Además..., he salido a las ocho y he dado mi paseo habitual por la finca, y he visto a Salomé regando sus plantas en la terraza. Yo siempre he apreciado a Salomé... El día que vuelvan sus hijos tal vez las cosas sean diferentes. Yo siempre estuve en contra de esa historia familiar sucia, pero la acepté con resignación. Me enamoré de tu padre y me casé con él. Tuve tres hijos y nunca dejé de oír en tu padre la rabia que sentía hacia sus dos hermanos. Menos mal que Tatiana se fue de monja enseguida. Y Pol, además, es una gran persona. Pero no le puedes decir eso a tu padre.

—Tú te has plegado demasiado a su modo de ser, mamá. Pero no todos estamos obligados porque no dormimos con él, ¿entiendes?

—Jesús, Mappy, qué cosas dices.

—La realidad, mamá, la realidad.

—Antes esas cosas las hijas no las decíamos a nuestros padres.

—Tampoco había radio ni televisión ni vídeos ni bombas fétidas.

—La vida es pura evolución. Ya lo sé. Pero una se estanca en la época que le ha gustado.

—Pero no es obligatorio que a las jóvenes nos sigan gustando las mismas cosas que gustaban a nuestros padres. Eso es de todo punto imposible.

—Lo sé, lo sé. Pero es que vuestro lenguaje es demasiado abierto y también vuestras mentalidades. Ni lo uno ni lo otro. Ni nuestra cerradura de antes ni vuestra libertad de ahora. Yo no sé en qué va a acabar todo esto. Imagínate que la novia o la amante o lo que sea esa mujer para Borja, resulte ser hija o hermana de alguien conocido. Tu padre puede hacer mucho daño. Y más como se cuentan después las cosas en las revistas esas que no se callan nada.

—No temas, mamá. Algún día tendrá que saberse.

—¿Tú estás de parte de tu padre en ese sentido?

—Ni de su parte ni en su contra —replicó Mappy levantándose—. Pienso que el día que la chica descubra si de verdad ama y es amada, le importará un rábano lo que diga papá o lo que diga su propio padre. Ponte en el lugar de esa chica, mamá. Estás aún enamorada de papá. Si en un momento dado te dan a elegir entre tu padre o el hombre con el cual te acuestas, y en cuyo amor crees, ¿qué elegirías?

—Es que yo jamás tendría amores ocultos.

—Suponte que los tienes.

—Elegiría a mi novio, claro. Si le amase, por supuesto.

Mappy se inclinó hacia Isa, la besó en el pelo y dijo dulcemente:

—Te veré por la noche, mamá. Me voy a pasar el día en el club de golf de Pedreña.

* * *

Matías condujo el coche en silencio. La orden la recibió por una criada a las diez de la mañana: «La señorita se irá a Pedreña a las once, Matías». Y él tuvo el coche dispuesto. El de Doro estaba también reluciente y Matías mantuvo la puerta del vehículo abierta para que entrara la joven vestida con un modelo blanco de lino, pantalón largo y *blazer*, con una blusa negra debajo.

Por el espejo retrovisor la veía sentada atrás, mirando hacia el paisaje que recorrían y fumando. No fumaba mucho la señorita Mappy, y él ya sabía que cuando encendía un cigarrillo detrás de otro es que los nervios la carcomían. Hizo el recorrido de los veinticuatro kilómetros sin abrir los labios y sólo al entrar en el club recibió la consigna.

Matías ya pensaba que se había olvidado de la cita.

—A las cuatro en la puerta —fue lo que dijo Mappy al descender mientras él mantenía la portezuela abierta—. Despiste a Doro a la salida.

—Iremos a Pérez Galdós —dijo Matías sin preguntar y lamentando que la señorita Mappy le siguiera tratando de usted como si él tuviera la culpa de lo que sucedía en su entorno.

—Sí.

Y allí estaba a las cuatro en punto esperando a que ella saliera, de pie ante el coche con la manecilla de la portezuela en la mano. El coche de Doro, con éste, estaba detrás, pero eso a Matías le tenía sin cuidado. Ya sabía cómo despistar a Doro. Porque además el hombre era tan poco profesional que se olvidaba de todo, y si él fuera el padre de Mappy por supuesto que no le pondría un guardaespaldas semejante. Pero ésa era otra cuestión. Ya en el coche, camino de Santander, a las cuatro y diez, la señorita Mappy dijo:

—El hecho de que despiste a Doro, no implica que deba moverse después usted de Pérez Galdós. Debe estar atento a lo que entre por el portal.

—Sí, señorita.

—Hay unos detectives que desde hoy estarán detrás de la novia del señor Morán.

—Lo ignoraba.

—Por tanto, procure que Doro no sepa dónde deja usted su coche y dónde está estacionado; mejor para usted que lo aparque donde el otro día. Y saque ese artilugio para decir quién entra y quién sale.

—Yo no suelo despistarme, señorita Mappy.

—Mejor para usted.

Matías intentó seguir la conversación, pero ya fue inútil. Por lo visto la señorita Mappy había dicho lo que quería decir y todo lo que dijera él posteriormente le tenía sin cuidado; por eso hizo el resto de los kilómetros en el mayor mutismo y cuando despistó al guardaespaldas, frenó justamente ante el portal de Pérez Galdós. La figura femenina se deslizó y el coche siguió circulando. Dio la vuelta a la calle y se metió por dos más y al fin encontró estacionamiento delante mismo del portal, de modo que podía ver quién entraba y quién salía.

De aquel portal salía y entraba mucha gente. Había una peluquería en el edificio. También había una sauna y un bingo, además de las oficinas y los pisos particulares. Era un edificio muy alto y además sólido, caro. De los mejores de la calle, no lejos del hotel Real, un precioso y elegante hotel de cinco estrellas.

Entretanto Matías, sentado al volante del vehículo, esperaba pacientemente y miraba cuanto le fuera sospechoso. Mappy subió en el ascensor a la quinta planta. Apresurada, ya llevaba el llavín en la mano, pero no tuvo necesidad de introducirlo en la cerradura. La puerta se abrió y Mappy entró como si fuera una exhalación. Borja, en mangas de camisa, y con el pantalón blanco de dril algo caído por la cintura, la siguió después de cerrar la puerta.

—Mi padre dio orden a Jesús de contratar a detectives privados —dijo muy apurada—. Así que pueden descubrir la identidad de tu... amante en cualquier momento.

—Y eso te aterra —replicó Borja con un tono de voz entre cálido y alterado—. Pero a mí me inquieta sólo por ti.

Mappy se despojó de su *blazer* blanco. Se quedó con la blusa de manga corta negra y el pantalón, que le caía como un guante hacia los mocasines negros.

—Además, el calificativo de amante no es el que yo le doy a mi relación amorosa. Yo me casaba mañana mismo. No tiene nada que ver mi situación financiera con mi situación sentimental y personal.

—Sin embargo, da la casualidad de que ambas van unidas por circunstancias afines.

—Según le des tú esa afinidad.

Mappy se había hundido en un sillón y se asía con ambas manos a los brazos del mismo. Borja, en cambio, había quedado sentado enfrente, pero sobre el brazo de un sofá y con las dos piernas abiertas. Entornaba los párpados, como solía hacer, de una forma enigmática. Pero ese modo de ser ya lo conocía Mappy. Sabía que nunca fue un hombre claro, un hombre abierto, pero también sabía que era un tipo emocional y temperamental pese a su aparente frialdad. Con él lo había aprendido todo. Desde un beso al placer de un largo orgasmo. No podía ella ignorar que deseaba a Borja, que no se imaginaba en brazos de otro hombre y que su destino fueron unos esquís en la estación de esquí de Braña Vieja, mucho tiempo antes, en el Alto Campoo, siendo una adolescente. Había pasado un tiempo, y ya era una adulta. Una adulta porque Borja Morán la había hecho así.

Llamarse a engaño respecto a aquello sería considerarse ingenua como su madre. Y ella no era ingenua. Una razón había para ello. Borja jamás la trató como a una cría. La hizo mujer desde un principio y ambos vivieron el amor sin tabúes ni rubores.

A tal razón se decía que seguramente su padre jamás hizo un esfuerzo similar con su madre y por eso Isabel seguía siendo una adulta ingenua y su padre buscaba para sus desahogos sexuales otro tipo de mujer. Lo de siempre. La moda imperante hacía treinta y cuarenta años. Los maridos hacían el amor con sus mujeres y hasta era pecado que las mujeres sintieran el lógico placer del amor, y en cambio se iban a desahogarse eróticamente con sus amigas de turno. Ésa era la diferencia entre ella y su madre, entre Borja y su padre. Las diferencias personales, porque después había otras.

—Yo no sé aún, querida Mappy, qué piensas de esas afinidades. Por supuesto, sé que descubriste muchas cosas el otro día. Cosas que yo hubiera preferido que ignoraras, pero tampoco podía permitir que me consideraras un canalla y a tu padre un santo.

—Ya me di cuenta de que sois tal para cual.

—Con grandes diferencias. Yo tengo motivos poderosos para sentirme herido. Tu padre siente la rabia del que no está solo y quiere a toda costa derribar lo que le estorba. En todo caso, yo he ganado duro a duro mi fortuna. A tu padre se lo dieron todo amasado y bien cocido, y encima realizó una pésima gestión. Eso ocurre siempre que uno no hace el dinero. A tu abuelo, con ser un amoral, jamás le hubiera pillado el toro. Pero yo no te he citado aquí para hablar de asuntos financieros.

—Tú no me has citado.

—Porque no le permitiste a Matías que te diera el recado. Parece ser que hubo trifulca en el salón de tu casa y que tú, en cierto modo, saliste en mi defensa.

—Por lo que recibí una bofetada. Igual que la que tú le diste a mi padre el otro día.

—Yo no voy a consentir jamás que a mi madre tu padre, precisamente tu padre, la llame puta. No se lo consiento a nadie, pero a tu padre de ninguna de las maneras. Y digo lo mismo hace un rato. Nosotros tenemos que dialogar. Aquí no nos reunimos ahora mismo para hacer el amor. No es éste el momento. No creo que te interese. Pero yo me pregunto, y te lo pregunto a ti, si no te va a interesar hacerlo en cualquier otro momento. Si no estás dispuesta a dar la cara, a decirle a tu padre que la amante que busca eres tú... —y sin que ella respondiera, tras un silencio, añadió con suma ternura—. Haré un café para los dos.

Y se fue hacia un mueble sobre el que enchufó una cafetera. Mappy encendió un cigarrillo que fumó a borbotones. Veía la ancha espalda de Borja y sus brazos, que movía disponiendo las tacitas de café.

Las persianas se hallaban levantadas y a través de las cortinas entraba un sol poderoso que bañaba todo el salón. Mappy miraba aquí y allí buscando en la decoración la definición de su padre y no encontraba nada que indicara que era un nido de amor, aunque realmente lo fuese. La imaginación de su padre, sin duda, era sospechosa. ¿Tan habituado estaba a ver reductos eróticos que así comparaba?

—Aquí está tu café, Mappy —dijo Borja interrumpiendo sus pensamientos—. Tómalo con calma, sentémonos, o me sentaré yo porque tú ya estás sentada, y hablemos. Yo no te pido esfuerzos ni sacrificios. Te quiero demasiado para sacrificarte, pero debo admitir que nunca pensé que me estuviera reservada esta situación. Pensé, en cambio, que llegado el momento te diría adiós y tú me lo dirías a mí sin más dolor ni más decepción ni frustración alguna. Pero no ha sido así, y me parece que no ha sido para mí, pero tampoco para ti.

Mappy había aplastado el cigarrillo en el cenicero que tenía a su alcance, y removía la tacita con el oscuro líquido dentro.

La tranquilidad entre ambos indicaba cordura, racionalidad, y sobre todo un interés mutuo por llegar a un entendimiento. Lo que entre ellos no podía existir ni iba a existir sería odio, el odio que en cambio se profesaban Andrés y Borja.

Hubo un silencio reflexivo. Después Mappy preguntó con un hilo de voz:

—Tú no dejarías las cosas de papá así.

Su interrogante era más bien una afirmación. La voz de Borja fue amable pero tajante.

—Nunca.

—Vas a por todas.

—Tampoco es eso. Voy a figurar en una empresa, en la que mi padre fue capitán de barco. Si me interesara arruinar a los Urrutia, ya lo habría hecho.

—Me dirás al menos si no has llegado a ese extremo por mí.

—Lo deseché nada más entender que ni mi andadura sexual me había llevado a enamorarme de ti.

—Es decir, que eso lo haces por consideración a nuestro amor.

—Ni más ni menos. Yo le exijo a tu padre ahora mismo dos mil trescientos millones de pesetas y tu padre no tiene liquidez para pagarme ni vendiendo su mansión. Las cosas han venido bien dadas para mí y mal dadas para tu padre. Y a eso no he contribuido yo. Tu padre fue el niño rico que se encontró de pronto con un patrimonio que no supo gestionar ni desarrollar. Digamos que yo me aproveché de la ignorancia y debilidad de Andy Urrutia, pero no contribuí a ella. Tu padre es hijo de Teo, y mi hermano Pol también. Son distintos, pero en esa cuestión de la vida financiera son muy parecidos. Yo mamé sangre fría de mi padre o su calentura, que nunca pudo manifestar, se me metió toda en el cerebro. Yo haría una concesión y es ésa: no arruinar a los Urrutia, pero sí estar

muy por encima de ellos. Es decir, su negocio emblema Teo Urrutia, S. A. pasaría a llamarse Morán Urrutia, S. A., y sólo yo lo diri-
giría, con tu padre al lado recibiendo mis órdenes.

—Hasta ese punto le quieres humillar...

—Mira, Mappy, cuando se ha vivido años, esos de la infancia y
la adolescencia, humillado, uno crece con el único fin de hacer con
los demás lo que en su día hicieron con uno. Y eso es lo que hay
aquí y ahora.

—Y yo...

—Tú perteneces a mi ámbito personal.

—Un segundo. Yo soy ahora una Urrutia sin formar empresarialmente hablando, pero no será así siempre. Yo no seré jamás una
mujer Urrutia al estilo de las damas de tantas generaciones que han
pasado sin pena ni gloria por esta vida. Yo, por el contrario, voy a
trabajar, y puede que el día de mañana sea tu antagonista en cuestiones financieras.

—No vas a ser antagonista porque yo te amo y tú me amas a mí
y sólo serás mi colaboradora, en todo caso, suponiendo, claro, que
un día todo esto funcionara como yo lo he decidido.

Mappy bebió el contenido de la tacita y la depositó vacía en el
plato y después todo junto en la mesa cercana.

—¿Un cigarrillo, Mappy? —dijo Borja con suavidad.

Y él mismo, sin esperar su consentimiento, se lo metió entre los
labios y después le dio fuego. Encendió otro para sí y se miraron
largamente.

—Papá —dijo Mappy de pronto— se presentará el lunes en Madrid a una cita que tiene con el presidente de la naviera Marítima,
S. A. ¿Conoces tú al presidente?

—Sí.

—Eres tú, ¿verdad?

—Sí.

—Y no te frena el pensar que lo vas a humillar hasta el fondo.

—No.

—Ni que es mi padre.

—No. Siempre veré en él al hijo de Teo. Pero sólo al hijo de Teo. Al hermano de Pol.

—Tú adoras a Pol.

—Ciertamente. Gracias a él soy lo que soy. Pudo muy bien no haberme dicho jamás que había cinco millones que fueron de mi padre. Pudo guardárselos para sí. Yo lo ignoraba. Además, es mucha la diferencia de edad, y para mí fue más padre que mi propio padre. Y te diré que pese a su forma apacible de ser, es digno y siempre sintió la afrenta a su madre como una bofetada. Que lo sepa expresar o no ya es diferente. Él no sería capaz de luchar como yo, pero también de eso es responsable tu abuelo, porque hizo de sus hijos dos inútiles. A Pol porque es vago por naturaleza y a tu padre porque es su vivo retrato pero con un cerebro de cartón y, además, lleno de soberbia.

—Es decir, que si no fuera por mí...

—Es lo único que te concedo. El no poner a tu padre y a tus hermanos en la calle en un escándalo de dimensiones imprevisibles. En todo lo demás, no retrocedo un ápice. Sólo si me aceptas tal cual... estaré feliz.

—Y tú sin más concesiones que evitar el escándalo.

—Mappy, no haré ninguna más. Y pienso que ya me conoces demasiado.

Su mano se alargaba un poco. Iba a tocarla. Mappy sabía que si aquellos finos dedos masculinos la tocaban, sería mujer perdida. Sería cera moldeable en poder de Borja y del amor y del deseo, que todo se entremezclaba en sus sentimientos. Por eso echó la cabeza un poco hacia atrás.

Y después, casi inmediatamente, se levantó.

—Mappy.

—No me digas nada. Ni soy tan fuerte ni tengo voluntad suficiente. Y no por ser Urrutia. Tal vez he tenido un abuelo materno más poderoso que Teo Urrutia, porque en mí experimento sensaciones temperamentales muy fuertes.

—Y las quieres combatir.

—Sí. Aún sí.

—¿Piensas que podrás el resto de tu existencia?

Y se acercó a ella. Sus dos manos se alzaron y cayeron en los hombros femeninos con una suavidad conmovedora. La atrajo hacia su pecho, por la espalda, metió la cara en su garganta. No la besó, pero sí dijo con una ternura que movió toda la sensibilidad femenina:

—Mappy, ¿por qué? Lo nuestro es fuerte, es poderoso; ¿somos tan valerosos? ¿Acaso aquí, solos los dos, sintiendo el calor de los cuerpos rozándose, pensamos en dinero, en poder, en tu padre o en mi madre? No. Somos nosotros dos, los dos solos, y nos es imposible estar más tiempo sin demostrar que nos necesitamos.

—Cállate.

—¿Y te suelto también?

—Por favor...

Borja, con una delicadeza conmovedora, la envolvió en sus brazos. Lo hizo despacio, como él solía hacerlo todo. Sus dedos se arrastraron suavemente y se prendieron en la nuca femenina, con la otra mano la agarró por la cintura. Después la miró así, muy de cerca. Mappy tenía los ojos húmedos, pero también él sintió en los suyos un raro escozor...

—Mappy, yo no quiero tomarte forzada. Me tienes que decir que sí puedo continuar. Si te suelto, si... Tú te estás apretando instintivamente contra mí. ¿Podemos uno de los dos romper los hilos? ¿Quién los rompería por nosotros? ¿Has pensado eso? He visto muchas luchas de padres contra hijos, pero jamás he visto que una pareja renunciara a su ternura sólo porque los padres lo quisieran, y cuando eso ocurre, y ocurre pocas veces, es que el amor de la pareja es débil o fácil de manejar por el poder ajeno. ¿Estamos tú y yo en ese sendero de la debilidad?

Mappy rompió a llorar y Borja le sujetó el rostro entre las manos y lo apoyó en su pecho, sin dejar de acariciar la mejilla femenina.

—Cariño..., dilo ya. Vamos los dos si te parece mejor. Que no siga Jesús volviéndose loco. ¿Un golpe más para tu padre? Tal vez no, tal vez sí.

—Sí, tal vez sí y tú lo sabes, pero yo... yo... no puedo, no soy capaz. No siento fuerzas suficientes ni para decirlo ni para dejar de verte.

Borja la levantó en brazos susurrando:

—Sigue llorando, Mappy..., tal vez los dos necesitamos purificar con nuestro llanto algo que creíamos que podía romperse. Por favor..., sigue llorando.

Mappy seguía llorando, por supuesto, pero a la vez rodeaba con fuerza el cuello masculino, y cuando él la depositó en aquella blandura y cayó sobre ella, empezaron a besarse y a tocarse, como si hiciera siglos que no lo disfrutaran.

—Me faltaba esto —decía Mappy con un gemido—. Me faltaba esto... esto... esto...

Su voz se perdía ya en los labios masculinos y sentía cómo botón a botón Borja le iba quitando la blusa de aquella manera que por sí sola era una dulce incitación...

* * *

—Siéntate, Don, no paras de dar paseos...

—Son las once y Borja ha quedado en estar de regreso a las nueve.

—Pero ¿te ha dicho adónde iba? —preguntó Salomé dejando la revista que estaba hojeando.

—No. ¿Cuándo habla de sus asuntos ? Te diré —explicó Pol blandamente como él era—, desde la torre de esta casa se ve todo el contorno. He visto llegar el coche de Andy con el de sus guardaespaldas detrás. Y a Bern llegar después. También he visto subir a Jesús en su Ferrari pero casi enseguida han bajado de él y Helen se ha ido en el cochecito eléctrico que usan para la finca.

—¿Y qué quieres decir con eso? —Salomé sonrió dulcemente.

Pol hizo un gesto significativo.

—No he visto a Matías por ningún lado.

—Lo cual quiere decir —adujo Don en un mal castellano— que Borja está con la chica.

—Eso es lo que parece.

Don se alzó de hombros. Se hallaban los tres en el elegante y amplio salón de la mansión de Pol. Por unos soportales interiores, en medio de los cuales se veía una piscina cubierta, se comunicaba con la mansión contigua, donde habitaba Borja. Don era su huésped, pero en aquel instante se hallaba en casa de Pol esperando a su socio.

—Me tengo que ir mañana a primera hora —decía Don—. Es la primera vez que Borja se retrasa en una cita. Por supuesto que hubiera sido mejor para todos que la joven Mappy no entrara en ese juego. Pero Borja..., tan acostumbrado a las mujeres, se enamoró por encima de todo y, pese a llevar hasta el fin todo el entramado empresarial, esto de su amor le trae tan de cabeza como la sociedad de Urrutia.

—¿Supones que cederá por ella?

—Salomé, tú no conoces a tu cuñado. Y me temo que tampoco a la chica. Esa joven tiene agallas. Y muy duras. Sería una mala enemiga de Borja. Menos mal que está de parte de mi socio. Si estuviera en lugar de uno de sus hermanos, Borja tendría un frente de granito ante él.

—¿Estáis sugiriendo que Mappy romperá con los suyos por Borja?

—No lo sé, Pol. Pero sería la primera vez que tu hermano perdiese una batalla y me parece que ésta es una de las que más le interesan ganar, aparte, naturalmente, de que no cederá un solo palmo en todo lo demás. Pero no provocará el escándalo, eso no; no obstante, me imagino la destrucción de Andrés Urrutia cuando sepa que la amante de su enemigo es su propia hija. ¡Muy curioso!

Se oía el motor de un coche y Salomé se apresuró a ir hacia el ventanal.

—No es el coche de Borja, pero sí el de Mappy.

Seis ojos se acercaron más al ventanal.

Se veía algo de la glorieta que presidía la entrada de la puerta principal de la mansión vecina.

—Es Matías con Mappy —susurró Pol—. No tardará en regresar Borja.

—¿Y ahora qué? —Salomé rio.

—No lo sé —apuntó Don—. Pero he estado todo el día en la oficina y he almorzado con Borja en el hotel Real... Eso ha sido hasta las tres y media. Él se ha marchado y ha dicho que nos veríamos aquí a las nueve; son las once y cuarto.

—¿Y qué quieres decir con eso?

—Pues que en la oficina he estado con los testaferros de Borja y Ted me ha dicho que Jesús había contratado detectives privados para descubrir la identidad de la amante de Borja.

—¿Y...?

—No sé, pero es grave. Si los detectives descubren la verdad y la sacan a los cuatro vientos, todos los semanarios hablarán de la amante, pero lo que no sabe Andrés Urrutia es que darán un trato muy especial al amante llamado Borja Morán y gran empresario gráfico... Quien saldrá malparada será la familia, no Borja.

—Pero Borja eso lo ignora.

—¿A estas alturas si ha estado con Mappy? Claro que lo sabe. ¿Cómo no va a saber la chica lo que trama el padre, o es que en esa casa las cosas se hablan a escondidas?

—No. Se hablan a la vista de todos.

—Pues más a mi favor.

—No sabemos lo que estás pensando, Don.

—Yo no pienso. Me pregunto qué sucederá si los padres se enteran por la revista de quién es esa amante, niña bien de un sinvergüenza empresario que no respetó nunca demasiado a una mujer. Pero también es cierto que nunca las amó. Las utilizó como a él lo han utilizado ellas.

—Jesús Urrutia no es tonto, Don. Y suponemos que los detectives, cuando se enteren, le dirán que es su hermana.

—Depende. En este país las noticias se pagan y las exclusivas escandalosas, más. En otros países las vidas privadas se respetan. Aquí estáis funcionando con una democracia recién estrenada y la utilizáis mal.

—Entonces supones...

—Sí, sí. Supongo que el último en enterarse será Jesús Urrutia porque cuando se identifique a la supuesta amante, un semanario pagará más por la escandalosa noticia de lo que pagaría el cliente.

—Pero eso es una falta de ética total.

—¿Y quién tiene ética en este país? Llevo muchos años trabajando con Borja en este país, y observo que las noticias, cuanto más escandalosas, más se pagan y más corren; el morbo, la corrupción, y la falta de ética, eso es hoy España. No os hagáis ilusiones.

Y rompió a reír ante la cara de pasmo que ponía el matrimonio. Luego dijo:

—¿Por qué pensáis que María y Raúl, vuestros hijos, no tienen interés alguno en regresar? Han leído demasiadas revistas y periódicos procedentes de España. El día que regresen, si lo hacen, serán tan adultos ya que nada los podrá afectar y todo les resbalará.

—Será mejor que nos sentemos a la mesa, Don —dijo Salomé—, deja tus juicios para cualquier otra ocasión. Esperemos que Borja llame o regrese. Y si ha estado con Mappy como tú supones, y Mappy ya está en su casa, lo lógico es que él llegue pronto. Pero nos vamos a sentar a la mesa mientras tanto.

* * *

Mappy no entró enseguida en el salón. Oyó a sus padres y a sus hermanos y también distinguió la voz de Helen. Por lo visto, la cena aquella noche sería en el comedor grande y todos juntos.

Entró en su cuarto ya desnudándose. Tiró la ropa de cualquier modo en el cesto de la ropa sucia y se dirigió al baño.

Se metió bajo la ducha.

Olía a loción de Borja, a Borja mismo, a muchas cosas juntas.

Se frotó vigorosamente.

—Señorita Mappy —oyó la voz de su criada—, la están esperando para cenar.

—Bajo en cinco minutos.

Y siguió frotándose.

Después salió mojada y se cubrió con una enorme felpa. Se frotó aún más, y también envolvió el cabello en otra toalla más pequeña.

Procedió a ponerse otros pantalones blancos y una blusa igualmente negra. Después sacudió el pelo. Lo tenía empapado, pero a fuerza de frotarlo con la toalla se iba secando un poco.

Respiró hondo ante el espejo. Miró su imagen impávida. No había sido por curiosidad o vicio. Había sido por pura necesidad sentimental, por sus emociones, por su temperamento, porque quiso, en una palabra.

«Tengo madera de Teo —pensó—. O de mi abuelo materno. No lo sé. Pero no soy capaz de huir, de esconderme, aunque tampoco lo voy a gritar. Que me sigan si pueden, y que lo descubran ellos. Al fin y al cabo, les está bien empleado por meterse en las vidas privadas. Estaba claro su partido. Que se defiendan como hombres, no como ratas.»

Ella era de Borja y que nadie se lo discutiera. Claro que dentro aún tenía aquel gusanillo roedor. No poder dominar a Borja en el sentido de que saliera su padre mejor parado. Pero... ¿amaría ella a Borja si Borja Morán cediera? Ésa era la pregunta que seguía en el aire.

Se peinó el cabello y después, serenamente, se aplicó el secador. No lo suficiente, pero sí lo bastante para que su melena lacia no pareciera un estropajo.

Después descendió. Paso a paso, sin apresurarse. Lo primero que oyó fue a Helen.

—Te dije, Jesús, que te abstuvieras. Si tu padre quiere meter las narices en la vida íntima de esa persona, que lo haga él. Por eso estoy aquí. No me siento bien desde que supe que le encomendaste a Jesús esa papeleta.

—Tú te callas, Helen —oyó a su padre político—. Esto es un asunto de los Urrutia, y saldrá a la luz se quiera o no se quiera. Ya sabemos algo.

—¿Que esta tarde han estado juntos?

—Pues sí, Helen, sí. Ahora nos falta por averiguar quién es ella. Y tan pronto lo sepamos le pasaremos el chivatazo a la revista.

—¿Vosotros o los detectives? —preguntaba Helen muy enojada.

Mappy entró en aquel momento, pero ninguno de los allí reunidos se inmutó y la respuesta la oyó horrorizada de boca de su propio padre.

—Los detectives. Se les paga para que averigüen y den el chivatazo directamente a la revista y cuando el escándalo esté en la calle, yo seré el primero en brindar.

—¿Por qué, papá? —preguntó Mappy ocupando un sillón no lejos de la reunión familiar.

Su padre, que no la había visto hasta aquel momento, giró todo el cuerpo.

—Hola, Mappy. Tengo que decirle a Matías que no esté tanto tiempo fuera de casa. Ya empezaba a preocuparme. ¿Qué me preguntabas, hija?

—Por qué ibas a brindar.

—Ah, sí, por la noticia. ¿No lo sabes? Borja sigue viéndose con su amante y según tenemos entendido, es una niña bien de Santander. Le va a sentar como un tiro que se conozcan sus asuntillos sucios. Porque aquí, en Santander, ya se le conoce como empresario de altos vuelos, pero no amigo de faldas, y cuando se involucre a una niña bien no le va a gustar a nadie.

—Pero piensa en el daño que puedes hacer a una familia honorable, papá. Suponiendo que sea como tú dices. Que la amante de Borja —sin inmutarse— sea una niña conocida de familia honorable.

—Al diablo con la familia honorable —rezongó Andrés Urrutia pasando al comedor seguido apresuradamente por su mujer y despacio por sus hijos y nuera. La última era Mappy y nadie diría al verla que se sentía inquietísima. Pero lo cierto es que se sentía inquieta y asqueada—. Que guarden a su hija si pretenden evitar el escándalo. No concibo cómo una mujer de buena familia se lía con ese tipo. Evidentemente, irá detrás de su dinero, y parece que ése tiene suficiente, debido sin duda a su vida de corrupto, a su ideología socialista y a su tráfico de influencias.

Llegaban ya al comedor y cada cual ocupaba su sitio silenciosamente. Sólo su padre hablaba sin perder la irritación.

—No voy a tener piedad. En absoluto. Si Borja Morán está enamorado de ella, que lo dudo, recibirá el escándalo como una bofetada en plena cara, la misma que... —Guardó un hosco silencio. Sólo Mappy, de los allí presentes, sabía a qué iba a referirse su padre, a la bofetada que Borja le dio cuando llamó puta a su madre. Claro que los demás, pensaba Mappy, también lo sabían, pero seguro que ni se acordaban y, además, no la habían presenciado como ella. Las cosas, barruntaba, había que vivirlas para valorarlas—. En cuanto a la mujer en sí, y a la familia de la misma, me tiene sin cuidado. Es más, no voy a preguntar quién es. Cuando los detectives descubran su identidad, tendrán orden concreta de pasar la noticia al semanario escandaloso.

Nadie respondía. El jefe, que era una vez más Urrutia, acallaba las opiniones de su familia. Además, el servicio servía la cena y mientras estuvieron presentes en el comedor, no se habló de nada.

Cuando la puerta se cerró tras la última criada, Andrés volvió a la carga.

—El lunes tengo una entrevista en Madrid con el presidente de Marítima, S. A. O poco puedo o le venderé la empresa, y una vez que el dinero esté en mi poder, pagaré la deuda a Borja, y me quedaré a vivir de las rentas.

—¿Y qué hacemos nosotros dos? —preguntó Bern—, porque supongo que nos darás nuestra parte.

—Teniendo en cuenta que las acciones Urrutia no valen lo que valían cuando mi padre se jubiló, y los millones que pagaré a Borja de vuestros vilipendios, os quedará para ir tirando. De modo que os dejaré las consignas de los barcos. Dedicaos a ellas. Vuestra madre y yo nos dedicaremos a viajar un poco y a vivir aquí. —Miró a Bern más fijamente—. Tú eres el que peor se queda. Y lo digo porque no podré hacer una casa para ti como la de Jesús. De Mappy no me preocupo porque se quedará a vivir con nosotros, pero tú tendrás que ir pensando, si es que un día te casas, en ponerte de acuerdo con tu hermano —ahora miraba a Jesús— y que él te haga un sitio en su mansión. Es demasiado grande para una sola familia. Unas reparaciones y la mansión se puede convertir en dos. Eso suponiendo que todo salga como yo espero. Si sale un poco torcido, tendré que demandar a Borja Morán por los terrenos ocupados de mi finca.

Isa, que nunca contradecía a su marido, dijo en aquel instante con vocecilla algo temerosa:

—Andy, tú no puedes demandar a Borja porque el edificio está en los solares que tú deseabas comprar, y sobre la casa que se demolió, y son de Borja.

—Tú no entiendes de esas cosas, querida Isa —dijo Andy desdeñoso—. No pensarás que me voy a cruzar de brazos teniendo tal vecindad. Puedo pasarme la vida pleiteando con ellos, pero terminaré por echarlos de esta zona. A fin de cuentas, será lo que me entretenga en el futuro. Hacerles la vida imposible hasta que me muera.

Y como nadie parecía oponerse a sus pretensiones más bien hipotéticas, pensaba Mappy, Andy añadió con encono:

—Y pensar que lo subestimé, que no lo valoré en absoluto. Que creí siempre que por un duro se mataba... Cómo es posible que yo haya tenido tan poca vista... Es más, ahora sé que tiene un *jet* en el aeropuerto, un yate de envergadura atracado en el embarcadero y el periódico es suyo como lo es la sociedad Moted, S. A. Tiene además un accionariado importante en Morrel, S. A., que es una sociedad multinacional dedicada a la compra y venta de terrenos y sabe Dios cuántas cosas más. Pero ya me imagino la expresión de los padres de la amante, cuando sepan que Borja Morán tiene relaciones secretas con la hija, y si son secretas es evidente que la está poniendo en evidencia y ninguna familia decente va a tolerar eso. A saber si es una menor.

Terminaron de cenar y se levantó como si allí el único que podía hacer las cosas fuese él. Todos los demás, excepto Mappy, se levantaron tras el patriarca y uno a uno fueron pasando al salón. Mappy se quedó sentada a la mesa haciendo bolitas con las migas de pan.

—Mappy —susurró Helen a su lado—. ¿No vienes?

—Me retiro ya —dijo la joven con desgana—. No soporto la soberbia de papá.

—A ti te adora —dijo Helen posando una mano en el hombro de su cuñada—. ¿Por qué no le convences para que no se meta en ese avispero? Porque si se inmiscuye en vidas privadas, puede salir muy mal parado. Ahora tiene un enemigo, pero mañana puede tener alguno más, como puede ser la familia de la supuesta amante de Borja.

—Tal vez sea eso lo que papá necesite para que doblegue su soberbia, Helen —dijo con un tono cansado, levantándose—. Me voy a la cama. Puedes seguir en el debate de papá. Yo no lo soporto.

Y dejando sola a Helen, se fue hacia el vestíbulo mientras ésta, algo desconcertada, se dirigió al salón, donde aún seguía imaginando triunfos su suegro.

* * *

Don se había ido a Madrid aquella mañana en el avión privado de Borja, en tanto que éste ya no se hallaba en la oficina cutre que ocupaba mientras simulaba que era humilde. Por el contrario, sus despachos se hallaban elegantemente ubicados en un edificio cercano al muelle, si bien en su fachada no había cartel alguno. Sólo en la puerta, en una placa de mármol negra, el nombre de la sociedad Moted, S. A., y debajo, el nombre de Borja Morán con su firma: una M y una B.

Además del periódico, desde aquella oficina se llevaban muchas otras cosas. Y en las dependencias con ventanillas de cristal había muchos mecanógrafos al servicio de ejecutivos.

Ted, que era un afamado hostelero, tenía intereses con Borja y dejaba ya de ser un testaferro. Paco Santana era otro de los jefazos y en aquel momento recibió un fax de Madrid, con el que pasó al despacho principal donde Borja aún trabajaba.

—Oye, la cita es para el lunes a las doce. He recibido esto de Manuel.

—Dame.

Y leyó la noticia que enviaba Manuel desde Madrid.

—O sea, que se dispone a vender.

—Parece que lo prefiere a que lo absorbas.

En aquel momento un botones pedía permiso para entrar. Los dos hombres se le quedaron mirando.

—Es una señora muy rara —susurró el botones—. No la he podido contener. Dice que necesita verle.

—¿Una mujer?

La mujer en cuestión ya estaba detrás del botones y Borja se fue levantando poco a poco hasta quedar erguido y algo crispado.

—Luego hablamos —dijo a Paco y, mirando al botones, añadió—: Déjalo. Que no me moleste nadie; —y después—: pasa, Tatiana.

La monja pasó apresuradamente. Vestía como siempre, un vestido pardo, medias de algodón gruesas y zapatos de cordones. Encima del vestido llevaba una chaqueta de punto de un tono pardo, como el traje.

—Veamos qué cosa te inquieta ahora, Tatiana —apuntó Borja con tono cansado—. Apareces en los momentos más inesperados y no lo entiendo. Tú y yo ya nos hemos dicho cuanto teníamos que decirnos.

—No es así. Ayer por la mañana me visitaron Salomé y Pol y hablamos.

—¿De mí?

—De todo, y sé lo que está fraguando tu enemigo. Y lo que estás pensando tú y lo que va a suceder si las cosas siguen al rojo vivo.

—¿Y vienes tú, con tu rosario y tu hábito a salvarme del infierno?

—Menos ironía. Dices que amas a Mappy..., de acuerdo. Pues evita el escándalo que se va a provocar. Si ella sabe...

—Ella sabe, Tatiana. No es monja. ¿No lo entiendes? Ella es más valiente que tú. Tú, sin vocación, has profesado y te has habituado a vivir en tu convento. Les has llevado toda tu dote y cuando necesitas dinero para tu obra, se lo pides a Pol y sabes muy bien que Pol me lo pide a mí. Déjame las manos libres, ¿quieres? Y no me hables de arrepentimientos ni de tu Dios ni de tantas zarandajas. Tú te has ocultado en un convento para evitar vergüenzas. ¿Con qué fin sales a la calle a buscarlas?

—Yo te quiero, Borja. Siempre te he querido.

—Y yo no lo dudo. Pero tu intromisión en mis oficinas, en mi vida empresarial, es molesta. Es negativa. Yo no voy a retroceder. Nunca, ¿entiendes? No me escondo. Tú te has ido a un colegio de la élite, educas a niñas ricas... ¿Por qué diablos te metes además a cuidar a pobres? No es rentable tu postura y si quieres te doy dinero para tu obra, pero por ese Dios tuyo que nunca será el mío, déjame en paz. Guarda tus consideraciones y tus temores.

—¿Es que Mappy sabe cómo eres y lo consiente?

—Tatiana, te ruego que no menciones a Mappy y menos aquí. Las cosas son como son. Los humanos las hacemos así. Sería tremendo que tú no fueras pura y casta. Pero es lógico que yo no sea nada de eso. ¿Está claro?

—Te vas a condenar.

—Hermana mía —rio Borja flemático—, yo no creo en el infierno ni en el cielo, ni siquiera en el purgatorio. En cambio, creo que todo eso está aquí, en el mundo, y si me equivoco cuando me muera, ya te pediré que uses tu influencia. Espero que me ayudes cerca de san Pedro si todo es como tú dices y contrario a lo que yo considero. Para eso somos hermanos, ¿no? Pues eso.

—Tu irreverencia dice a las claras que ya estás condenado.

—Pues déjame arder en el infierno de esta vida. Sarna con gusto no pica. ¿No se dice así?

—Pero es que tú estás arrastrando contigo a una mujer decente. Su familia está en contacto con detectives y ésos siempre lo descubren todo, y si como se dice, y sabe Pol, las cosas se van a publicar en esas revistas del corazón, que todo el mundo niega leer, pero que nadie deja de hacerlo, hundirás a Mappy y te hundirás tú.

Eso ya lo sabía Borja, pero no hasta los extremos que decía su hermana la monjita. A fin de cuentas, todo estaba en poder de Mappy, y si Mappy no hablaba de su relación sentimental, sería que no

le daba la gana. Y si a Mappy no le daba la gana, él lo aguantaría
todo porque ni el escándalo iba a evitar la caída de Andy Urrutia.
Eso era, en esencia, lo único importante. Lo de Mappy era otra
cosa, opuesta, rotundamente, categóricamente; ya sabía que Mappy
sin él no podría pasar y él sin Mappy, tampoco. Que su relación se
descubriera de una u otra forma le tenía del todo sin cuidado y,
además, así se lo manifestó a su hermana.

—Siempre pensé que bajo tu dureza había una sensibilidad, Borja.

—Y la hay —dijo Borja riguroso y categórico—, pero no para lo
que tú supones. ¿Algo más, Tatiana?

—Voy a citar a Mappy y hablaré con ella.

Borja frunció el ceño.

—Harías muy bien en no inmiscuirte. Tendré que decirle a Pol
y a Salomé que se olviden de visitarte y mucho más de contarte lo
que está pasando. El día que te fuiste al convento rompiste todo
lazo personal con tu familia. Y si piensas que rezando vas a salvar
la fama de mamá, te equivocas. Mamá fue salvada de otro modo. Ya
te dije en muchas ocasiones que tu Dios es de trapo comparado con
el Dios en el cual creía mi madre y creo yo. Tu postura fue la más
cómoda. No te has quedado a luchar, que hubiera sido lo idóneo,
pero para luchar hay que pelearse con uno mismo, y eso no es nada
fácil. En cambio en el convento lo que haces es rezar, y no te olvides
de lo que dice el refrán: «a Dios rogando, pero con el mazo dando».
Buenos días, Tatiana, y olvídate de este camino. Es de muy mal
gusto que a estas alturas pretendas salvar mi alma cuando a mí me
tiene sin cuidado salvarla o destruirla. Mi destino está tomado desde el día que en el colegio un niño me dijo que Pol y Tatiana, mis
hermanos, eran sólo los hijos que parió mi madre, pero que mi
padre no era vuestro padre. Si tienes un poco de imaginación, hazte a la idea de lo que eso marca la vida de un crío...

Hablaba y a la vez se dirigía a la puerta.

—Arturo —llamó—, la monjita ya se va. Acompáñala al taxi.

—Borja...

—Buenos días, Tatiana.

Y con las mismas retrocedió, cerró la puerta y pulsó un botón del dictáfono.

—Ponte en comunicación con Matías y dile que a las siete en el dúplex de Pérez Galdós.

—¿Solo, no?

—Por supuesto.

Y cerró el dictáfono. Después entró de nuevo Paco Santana y siguieron hablando de la entrevista que el lunes siguiente tendría él en Madrid.

* * *

Helen se tiró desde el trampolín y nadó con vigorosas brazadas hasta el lado opuesto. Melly se hallaba con los niños al otro extremo de la piscina, en la zona infantil. En cambio Mappy acababa de llegar y se despojaba del albornoz corto para tirarse al agua enfundada en las dos piezas del bikini que la hacían si cabe aún más esbelta.

Helen nadó hacia ella y ambas, braceando, sostuvieron una conversación en medio de la piscina sin cesar de mover los pies con el fin de mantenerse a flote.

—Te diré que Jesús está muy preocupado.

—¿Sí?

—Por el asunto de la amante de Borja Morán.

—Ah.

—No debe meterse en esas cosas privadas, yo no le hablo desde anoche. A él le manda su padre tirarse desde el acantilado y se tira, y eso no es así.

—¿Y qué más te da a ti?

—¿Te imaginas si la chica de Borja es una amiga mía, una conocida? No pensarás que los detectives, además de vender la noticia a la prensa, se van a callar el nombre de la persona que les pidió y pagó para investigar. Eso siempre se sabe. Siempre se dice.

—No debería inquietarte tanto, Helen —dijo Mappy serenamente—. Lo que sea, sonará.

—¿Tú de parte de quién estás?

—De mí.

—No me refiero a tu tranquilidad. Estoy pensando en el asunto de papá y Borja. Yo supe toda esa historia antes de leerse el testamento, pero no pensé, de ninguna manera, que tras de sí trajera esta cola tan desagradable. Lo vamos a pagar todos. Borja Morán está demasiado herido y no va a perdonar nada. Jesús dice que es un tipo poderoso y que papá calculó mal toda su relación con él menospreciándole, pero aparentando ser su amigo. Ahora él tiene relaciones amorosas o lo que sea y se quieren vengar por ese lado, y a mí me parece de un mal gusto tremendo que se toquen las vidas privadas de personas que no tienen nada que ver con el asunto empresarial y familiar que se ventila aquí.

Como Mappy nadaba hacia la orilla, Helen la siguió y ambas se sentaron en la primera escalera de la piscina, justamente al otro extremo de donde la nurse seguía jugueteando con los dos hijos de Helen.

—¿Qué ha pasado con Melly? ¿No decías que se iba?

—No ha vuelto a recordarlo. Por lo visto, ella y Bern siguen pensando en que un día papá dirá que sí.

—Papá nunca dirá que sí a esa relación —dijo Mappy con desgana—. Jamás.

—¿Por qué estás tan segura?

—Sencillamente porque Melly no es de la clase social que papá considera digna para ser la esposa de su hijo. Así de sencillo. O si no es así, en eso se amparará para evitar la boda. Pero no debemos olvidar que Bern es débil y, en este caso, casi prefiero que lo sea.

—O sea, que a ti tampoco te gusta para esposa de Bern.

—¡Nada!

—Mujer, tampoco hay que ser tan categórica.

—Tengo mis razones. —Se levantó—. Voy a ir a Pedreña a jugar una partida de golf y regresaré por la noche. Las cosas se están poniendo muy mal. No me gusta escuchar a papá y ver a mamá que con la lengua de trapo le da la razón. Papá se emperró en muchas cosas desagradables y le estaría bien empleado algún escarmiento.

—¿Como cuál?

—Hay tantos...

—Estás rara, ¿no?

—Estoy molesta, incómoda. No sabes cuánto deseo que pase el tiempo, que haya terminado la carrera y pueda un día ejercer rompiendo la tradición familiar de las mujeres Urrutia. Yo voy a trabajar, voy a ganar el dinero que gaste y voy a mantenerme y, además, no voy a vivir en la mansión de mis padres. Me han educado en el extranjero. Me han traído a casa cuando les pareció oportuno. No estoy ligada a ellos como Bern y tu marido. Yo soy yo y papá no hubiera podido convencerme de algo que no es ético, como por ejemplo pagar a unos señores para destapar los trapos sucios u ocultos de Borja Morán. ¿Quién nos dice que están ocultos porque son sucios? Pueden ser intensos y muy limpios y estar igualmente ocultos. Papá puede recibir un doble disgusto.

—Disgusto, ¿por qué?

—Porque tal vez Borja tiene una novia, no una amante como papá dice. Pero para papá, todo lo que no sea él es pura basura. Y yo me pregunto si papá le fue siempre fiel a mamá.

—¡Qué cosas dices!

—¿Se lo fue?

—Pues... no sé.

—¿Qué harías tú si no te lo fuese Jesús?

—Oye, qué cosas tan raras dices. Yo no sé qué haría porque no me da la gana de ponerme en ese supuesto, pero supongo que no le perdonaría.

—Es lo que no entiendo, que papá quiera un Dios para sí y otro para los demás. Que no vea la viga en sus ojos y vea el palillo diminuto en los ojos de los otros.

—Estás de un enigmático incomprensible.

—Tengo que irme. Veo que Matías viene a buscarme en el cochecito eléctrico.

—Ese chófer que está a tu único servicio es una alhaja.

—Es la persona de confianza de papá... Ya ves cuánto me cuida mi padre.

—¿Sabes, Mappy? —susurró Helen viendo cómo Matías, no lejos, paraba el cochecito eléctrico esperando a que la joven se pusiera el albornoz sobre el bikini—. Cuando regresaste del internado hace ya tanto tiempo me parecías una cría sin ninguna experiencia. Y me lo seguiste pareciendo durante meses y hasta año y medio más tarde. Ahora que ya has cursado dos años de tu carrera, que queda tan lejos el pensionado, me pregunto si sigues igual.

—¿En qué sentido?

—Pues en todos. Cuando hablas lo haces con un aplomo mesurado, inusitado; diferente. ¿Qué hay de lo tuyo con Otto?

—Por lo visto —sonrió Mappy de modo indefinible— sigue en su máster —y secamente añadió—: Otto nunca fue mi tipo, Helen...

—Pero... tu familia sigue pensando que... será tu marido.

—Ya ves lo poco que me conoce mi familia.

—¿Cuándo eres Mappy, ahora o en otros momentos que pareces mirar y no escuchar?

—Yo siempre soy Mappy, pero no estoy tan segura de ser siempre Urrutia.

—Eso indica que no estás nada de acuerdo con lo que está fraguando tu padre.

—¡Nada!

Y se fue agitando las manos y dejando a Helen un tanto desconcertada. Ella tampoco estaba de acuerdo con su suegro y con nada de lo que le había ordenado a su hijo Jesús, pero no tan era categórica y fría como Mappy para decirlo.

Se alzó de hombros con su habitual indiferencia de persona que le cansa pensar, y se dirigió a la piscina, a la que se lanzó, nadando y emergiendo como una ninfa.

Mappy subió al cochecito eléctrico sin decir palabra; tan pronto Matías lo puso en marcha le dio el recado. La réplica de Mappy fue igualmente tajante.

—Dile —volvía a tratarlo de tú, lo cual ensanchaba el pecho del chófer— que no iré a Pérez Galdós. En cambio, me llevarás tú mismo hasta la parada de taxis del centro y me veré con él en Laredo.

—¿Sin mí?

—Dile que nos persiguen.

—Lo sé.

—Entonces, ya sabes los motivos por los cuales iré en taxi. Me esperarás a las nueve en el mismo sitio de la parada. Despista a Doro.

—¿Debo decírselo así a...?

—Así mismo.

Y como ya llegaban ante la mansión, añadió:

—A las nueve estaré en el coche contigo al volante. Lo demás te lo diré por el camino.

Y con las mismas, descendió y caminó erguida, mayestática pero dulce y femenina, hacia el porche donde su madre descansaba bajo una sombrilla de colorines.

«Ésta —pensó Matías desde su lúcida mentalidad— vuelve a ser la Mappy que hizo Borja Morán...»

* * *

El lunes, a las nueve de la mañana Bern conducía el Mercedes de su padre llevando a éste sentado al lado. Detrás iba el vehículo con los dos guardaespaldas.

Andrés Urrutia vestía un traje de alpaca azul marino, camisa blanca y corbata de un azul algo más claro que el traje. Fumaba su primer cigarrillo mañanero y pensaba tomar su avión privado y, con su escolta y su secretaria Nancy, personarse en Madrid una hora y media después.

Nancy esperaba ya en el avión y Bern aún se preguntaba por qué su padre le había pedido a Jesús la secretaria cuando él tenía una que funcionaba muy bien como intérprete y mecanógrafa. Pero Bern no sospechaba que su padre se consolaba de sus desventuras empresariales con las aventuras sexuales que le ofrecía la bella secretaria que en su día pretendió pescar a Jesús para casarse con él una vez que se divorciase de su mujer actual, cosa que espantó a Jesús.

—Estaremos en Barajas a las diez y media —decía Andrés fumando golosamente—. No hay nada como el primer cigarrillo. Produce un placer de dioses. ¿Qué te decía?

—Que estarás en Barajas a las diez y media.

—Entre una cosa y otra, a las doce me encontraré en el despacho del presidente. Nada de intermediarios. Esta vez voy a tratar el asunto de tú a tú y verás qué chasco se lleva Borja y qué descalabro, porque si me asocio a Marítima, S. A., o Marítima, S. A. me compra, que es el último recurso que usaré, me quedaré de accionista y a la vez recuperaré el dinero suficiente para mantener el patrimonio y vivir bien, dentro de mi esfera social, y además no tendré que estar luchando con ese patán. Por cierto, ¿sabes la última noticia?

Bern sabía unas cuantas, pero ignoraba a cuál de ellas se refería su padre. Es más, pensaba hablarle de sus proyectos, en los cuales naturalmente entraba Melly.

—No sé a cuál te refieres, papá.

—A la amante de Borja. Los detectives vigilaban su dúplex de Pérez Galdós, pero como si fuera adivino no se vio con su amante en ese lugar.

—Pero ¿se vio?

—Claro que se vio. Parece ser que la chica en cuestión tiene un chófer y ése la dejó en una parada de taxis. Subió a uno y se largó. Despistó así a los detectives. Cuando se dieron cuenta, la amante de Borja había volado y no la pudieron seguir. El coche de la joven estaba vacío.

—Pero por el coche se pudo averiguar quién es la chica, ¿no?

—No.

—¿Y eso?

—Pues muy sencillo. Tenía doble matrícula.

—¡Vaya!

—Los detectives consideraron que teniendo la matrícula lo tenían todo, y entonces se encontraron con que dicha matrícula era de un coche ya desguazado. Es decir, falsa.

—¿Y eso es legal?

—Hombre, Bern, será legal o no lo será, pero es lo que se usa para despistar. No perseguían al chófer, sino a la joven, y por tanto, si el coche era de la amante de Borja, había que suponer que también lo sería la matrícula. Pues no. Es un viejo truco que no pillará desprevenidos nunca más a los detectives. Cosas de Borja. Las trampas de Borja, que le van a durar poco tiempo, el que yo tarde en regresar de Madrid.

—Borja no está en Santander, papá.

Andy volvió la cabeza con presteza.

—¿Estás seguro?

—Yo mismo le he visto subir esta mañana al helicóptero en su helipuerto y, según me han dicho en el muelle, se ha ido en su avión privado a las ocho y media. Ha despegado del aeropuerto a esa hora.

—Avión privado, yate, helipuerto... ¿Te das cuenta? Es poderoso, sí, pero no le servirá de nada. Cuando me haya asociado a Marítima, S. A., o haya vendido mi empresa, se quedará con un palmo de narices.

—¿Y si no lo consigues?

—¿Y por qué no voy a conseguirlo? Voy a conseguir todo lo que tengo entre manos. Descubrir la identidad de su amante, derribarlo en las empresas y, con el tiempo, hasta lograré echarlo de mis posesiones. No sabe aún Borja Morán contra quién lucha.

Bern aprovechó la euforia de su padre para tocar dos puntos. Uno de ellos era esencial para él.

—Oye, papá, cuando todo esto haya terminado, espero que me des tu consentimiento para casarme con Melly.

El empresario no dio un brinco, pero sí que se quedó mirando a su hijo como si viera visiones.

—¿Es que sigues en las mismas? —y metiendo la mano en el bolsillo interior de su americana, extrajo una fotografía—. ¿Esto es tuyo? Porque me han mandado varias a casa. Sabrás que las hizo Borja o sus testaferros... De modo que si sigues pensando en ese sentido, debido a mi opinión en contra, no tendré duda alguna en enviárselas a tu amada.

—¡Papá!

—Ni papi. No quiero oír hablar de eso, ¿entendido? Nunca consentiré que mis descendientes hagan bodas fuera de su ámbito social. ¡Estaría bueno! Además, no considero éste el momento más oportuno para hablar de eso. ¿Desconocías tú la existencia de estas fotografías?

—No —dijo Bern decaído—. Lo que no sabía es que también las tuvieras tú.

—Pues ya ves. Borja nunca hizo las cosas mal, siempre que fueran negativas. Ahora tendrá que pagarlas todas juntas.

—¿Y quién le pidió a Borja que me metiera a mí en este lío?

—Y yo qué sé.

—Oye, papá...

—Nada. Estamos llegando al aeropuerto y debo salir de inmediato.

—¿Por qué llevas a Nancy y no a tu secretaria, a Mey?

—Pues muy sencillo. Tal vez al presidente de Marítima, S. A. le gusten las mujeres de bandera. Se la puedo dejar una semana.

—O sea, que sabes muy bien lo que busca Nancy.

Andy pensó que se había excedido. Por eso dijo desdeñoso:

—Uno no es hombre de dos zancadas. Ha dado muchas en la vida y sabe por dónde se anda, y del pie que cojean ciertas mujeres.

—Nancy pretendió liar a Jesús.

—¿Sí?

—Sí. —Estaba furioso—. Sí, y Jesús supo que Nancy no iba a por una hora de pasión a cambio de... Iba a por él. A por el divorcio de Jesús, eso te lo digo para que te andes con cuidado.

—¿Yo? ¿Y qué vela tengo yo en este entierro, salvo la colaboración comercial que me preste esa joven que además de hermosa es una buena secretaria bilingüe?

—Te lo digo por si acaso, papá.

—Cuídate tú, Bern. Te enamoras de verdad y eso es malo. Los sentimientos se guardan en los bolsillos y se usan en cambio el sentido común y el instinto a secas. Todo lo que no sea así, termina mal.

El coche entraba ya en el aeropuerto e iba por la autopista hacia el *jet* particular con la firma cruzada de los Urrutia. Una T y una U entrelazadas con un escudo heráldico en medio.

—Te digo adiós aquí, Bern. Y sé juicioso. Piensa que tu mujer nunca será Melly y sigue mi consejo. Acuéstate con ella, hombre, no seas tímido y verás como no eres el primero. Que te explique ella quiénes fueron los anteriores.

Bern dio una patada en el suelo, pero su padre ya se iba asiendo su portafolios seguido por sus guardaespaldas, uno de ellos con la maleta.

De lejos Andy se volvió para gritarle a su hijo, que aún no había salido de su desesperación.

—Eh, Bern... no sé si regresaré hoy. Ya tendréis noticias mías en la oficina. Vete hacia allá.

El *jet* despegó en diez minutos escasos, y el piloto y el copiloto dejaron de cuchichear entre sí. Vieron, eso también es cierto, cómo su jefe se perdía en un compartimento y los guardaespaldas se quedaban a la vista, leyendo un periódico cada uno.

—Ése —susurró el piloto— ya está con Nancy...

—¿Y qué suponías? —El copiloto rio.

El avión ya surcaba los aires. Andy se despojaba de la camisa y aflojaba la corbata y se sentaba junto a la secretaria.

—Pasaremos el día en Madrid —decía quedamente—. ¿Qué me dices?

Nancy sonrió divertida.

—¿Y si te ven tus hijos?

—Si son dos papanatas, mujer —y su mano se metía ya entre la blusa y el cuerpo de la joven—. ¿A que te gusta? ¿Cuánto me vas a pedir? Porque tú no eres barata... La última vez casi me comprometes, pero creo que quedaste contenta.

Ya la tiraba en el asiento y se desahogaba con ella, mientras Nancy miraba a lo alto y hacía ver que lo pasaba muy bien. Cuando Andy terminó, dijo encantado:

—No me digas que no soy un buen semental.

—Perfecto.

—En Madrid seré mejor. He reservado en un hotel de primera una habitación común. Una buena suite... Tú te quedarás en el hotel esperándome.

—O sea que yo no asistiré a la entrevista.

—Claro que no.

—Bueno, te esperaré en el hotel entonces.

El avión tomaba tierra en Barajas media hora después. El mismo lujoso Mercedes automático último modelo lo esperaba. Había además otro coche con guardaespaldas, así que Andy ordenó a los suyos:

—Tomad un taxi —le dijo a uno de ellos— y llévate a la chica al hotel. Aquí tienes la dirección —le metió un papel en la mano—; ¡la dejas allí y vosotros os volvéis al aeropuerto!

—¿Y no le seguimos?

—Ya tengo guardaespaldas de las personas a quienes vengo a visitar. —Les hizo un gesto descriptivo—. Vosotros haced lo que os digo. Si no regreso hoy, hospedaos en el hotel de aquí y ya me pondré en contacto con vosotros.

—Sí, señor.

—Te dejo el busca para que cuando suene en tu bolsillo llames al número que sabes. Ya tendré ocasión de comunicarme con vosotros.

Después se fue en el Mercedes automático. Le ocurrieron las mismas cosas que en la ocasión anterior. El mismo señor joven vestido de azul que le acompañó la otra vez estaba sentado a su lado, y cuando llegó al edificio le pidieron el carnet, le pusieron en la solapa un cartelito de plástico y el señor de azul le dijo:

—El presidente ejectivo le espera a las doce en punto. Faltan diez minutos. Si quiere pasar a tomar un café...

—No es mala idea —dijo Andy, que ya llevaba la corbata en su sitio y su traje impecable—. ¿Hay cafetería en el edificio?

—Sí, señor.

—Pues vamos.

Diez minutos después, y hallándose aún en la cafetería, una voz dijo por un micro que Andy no veía por parte alguna:

—El señor Urrutia debe personarse en el despacho de presidencia...

Andy se movilizó enseguida. El hombre de azul le acompañó hasta el ascensor y después por la tercera planta del edificio, que parecía solitaria con unas cuantas puertas cerradas. Al fondo, había una que decía: PRESIDENTE.

14

Los perdedores

En aquel mismo momento, en Santander, Ted y Paco recibían en su despacho de la oficina del puerto una visita especial. Ted tenía por costumbre no asombrarse por nada, pero también tenía el hábito de cerrar caminos y aquél lo había cerrado con sumo gusto.

—Pase y siéntese —dijo Paco con mesura—. Le estábamos esperando.

—La información va a ser muy cara.

—No lo ignoramos.

—Tan cara como que pagarán ustedes lo que hubiera pagado Jesús Urrutia y la misma publicación. Pero tratándose de lo que se trata...

—Denos el dossier y no se hable más —cortó Ted—. Eso es. —Iba pasando hojas y viendo fotografías—. Y teniendo toda esta información y las fotos adjuntas..., ¿cómo es que no hicieron uso de ellas? Valen una fortuna.

—¿Para quién?

—Pues no lo sé. —Ted rio con picardía—. Sabrá que no tenemos orden de comprarlas. Pero de todos modos lo haremos y, además, lo tendremos en cuenta en el futuro. Sin embargo, debo advertirle que el semanario no hubiese pagado demasiado, dado de quien se trata. Somos del gremio y la ética en ese sentido funciona a la perfección. Y en cuanto a Jesús Urrutia, no creo que el asunto le dejara tranquilo.

—Ciertamente es un asunto feo para todos, pero en particular para Urrutia. Lo que no entiendo es que sabiéndolo me permitieran continuar y no me llamaran hasta no haber terminado la investigación. Es más, me llamarán dentro de media hora... y no tendría más remedio que entrevistarme con la revista o con Jesús Urrutia.

—Y ambos, por distintas causas, quemarían la información. No me diga que eso lo ignora usted ahora mismo.

—Ahora no. Ayer aún lo ignoraba.

—Trabajaron bien sus hombres, señor detective. ¿Cuánto dinero, y nos olvidamos de todo lo averiguado? O, tal como está el asunto, tal vez, tal vez le permitamos una fotocopia para entregársela a Jesús Urrutia.

—Eso sería una burda burla.

—Sería una forma de demostrarle cuán perdedores son en esta lucha oculta.

—¿Es que piensa que esto se va a mantener en secreto mucho tiempo?

—No, muy poco. Pero no será usted quien dé el pantallazo..., eso es de lo que se trata. Estará oculta todo el tiempo que lo deseen sus protagonistas. ¿Cuánto por su silencio?

—Diez millones.

—Usted sabe que el semanario no pagaría un duro si antes el señor Morán no hubiera dado su consentimiento.

—No sabía... que las cosas fueran así.

—¿En qué sentido?

—El nombre y la personalidad de la señorita.

—Claro que no. Por eso le dejamos seguir adelante. Pero nos parece mucho dinero diez millones por un silencio que dentro de una semana o dos, o tal vez un día, será un secreto a voces.

—Por ese silencio Jesús Urrutia me pagaría lo que le pidiera.

—Eso sí es muy cierto. Pero no nos interesa aún que Urrutia sepa que su hermana es la novia de Borja Morán porque, para su información, le diré que usted buscaba a una amante hipotética o no existente.

—Me hago cargo ahora de todo.

—Diga el precio definitivo.

—Dada la situación, cinco millones.

—Paco —dijo Ted con desgana—, fírmale y que se largue.
—Pero antes lo agarró por la solapa—. Si de esto se sabe una palabra antes de lo debido o de que esa palabra la digan los interesados, no volverá usted a trabajar como detective privado. No se olvide de eso.

—Yo soy un profesional ético. Y si pensaba dar la noticia al semanario es porque tenía esa orden de Jesús Urrutia.

—Qué necios son a veces los hijos de los padres déspotas. Lástima que esta vez el amor sea el único motor que mueve este asunto.

—Su talón —dijo Paco firmándolo y entregándoselo—. Ya sabe a lo que se expone.

—¿Y cuando Jesús Urrutia me pregunte...?

—Sigue en trámite.

—Ya.

—¿Entendido?

—Por supuesto.

—Buenos días.

—Buenos.

Ted y Paco se miraron unos segundos. Después Ted esbozó una sonrisa ahogada.

—Por un lado, le estaría bien empleado a Jesús Urrutia. Pero las órdenes son las órdenes. Y además, a Mappy, con su dulzura y su adhesión a la causa de Borja, merece la pena tenerla muy en cuenta. ¿Sabes, Paco? Nunca pensé que Borja diera a los sentimientos una prioridad semejante. En eso tenía razón Susan. Hizo bien en acercarse más a Manuel. La batalla la perdió en el mismo momento en que apareció la joven Mappy.

Paco Santana suspiró.

—Si piensas que Susan se ha olvidado de Borja porque se haya liado con Manuel, quítatelo de la cabeza. Pero si se mantiene apaciguada, ya es suficiente.

—El año pasado no salía de Santander —sonrió Ted indiferente—, pero se desengañó o Borja, sabiendo a lo que se comprometía, no volvió a traerla. Sea como sea, la única razón de Borja es ésta. —Golpeó el dossier—. Si llevara una intención distorsionada, sería un golpe de gracia para Andy Urrutia. Pero el golpe va a llevarlo en su bolsillo, y está claro que ni el amor de Mappy, con ser tanto, frenará la marcha de las empresas de Borja Morán y la caída del césar que es Andrés Urrutia.

—¿Te ha dicho Borja algo sobre el particular, y me estoy refiriendo a Mappy?

—Borja dice poco de sí mismo y menos aún de sus propósitos o enmiendas. Pero sí dice una cosa y ésa la sabe Mappy. No cejará hasta no haberse salido con la suya, y me lo estoy imaginando en Madrid de presidente de la naviera Marítima, S. A.

—Quieres decir con Urrutia.

—Pues claro. ¿Te imaginas lo que supondrá para él encontrarse con un presidente que es Borja, ni más ni menos?

Ted ocultó el dossier entregado por el detective en un cajón y cerró con llave, deslizando después ésta en el bolsillo.

—Voy a tomar un café; Paco, ¿vienes? Si Borja me llama, ya oiré el busca.

Y ambos salieron de la oficina, deslizándose por las calles adyacentes a los muelles.

—Me pregunto —comentó Paco guasón— qué día y en qué momento decidirá Borja cambiar ese cartelito. ¿Y sabes lo que más me asombra?

—No.

—Que Urrutia, tan listo, no haya buscado aún en el Registro Mercantil de quiénes son ciertas sociedades. Porque ya no hay testaferros. Poco a poco Don Smith ha decidido cambiarlo todo y ahora mismo en el *holding* figura Borja Morán como primer accionista en todas ellas.

—Urrutia es un hombre soberbio, y hace una pobre gestión. Con el imperio heredado de su padre, si él fuera un buen gestor

Borja se haría de oro, pero nunca hubiera podido hincar el diente a una sola de las empresas de los Urrutia. Si la cosa fuera al revés, ten por seguro que Borja se cuidaría muy mucho de que Andrés no le pillara. Para todo hay que tener argucia, don de gestión e inteligencia...

* * *

Una señorita muy elegante, muy bien vestida, introdujo a Andrés Urrutia en la sala de espera.

—Un segundo, que pasará enseguida —le dijo. Y volvió a su mesa.

Andrés lo miró todo con expresión anhelante. La sala de espera era enorme y no había en ella más que tresillos vacíos, mesas con ceniceros y puertas alrededor. Puertas cerradas. Cuando sonó un timbre la señorita dejó su mesa, habló por un dictáfono y dijo acercándose después al visitante:

—Puede pasar.

Y ella misma le abrió camino. Asió las dos puertas correderas y las plegó al tiempo que anunciaba:

—Señor presidente, el señor Urrutia.

Andy entró y sintió tras de sí que la puerta se cerraba y que el sillón giratorio daba la vuelta y aparecía ante él Borja Morán en persona. Los pasos de Andy se detuvieron. Su voz desconcertada sólo supo decir:

—¿Tú...? ¿Por qué tú aquí?

—Pasa, Andy —sonrió Borja entre dientes, ocultando el brillo de sus ojos bajo los párpados en aquel hacer suyo habitual y siempre enigmático—, toma asiento. Deseabas ver al presidente de Marítima, S. A. Pues ya lo estás viendo.

—¿Túúúú?

—Sí.

—¡Pero...!

—Toma asiento. Te lo recomiendo. Eso es. Más que sentarte te has caído; así yo también me pongo cómodo. No me extraña tu asombro porque tengo un estudio en mi poder de tu oferta. La sociedad o fusión que pretendes no es aconsejable.

—¡¿Tú...?! —gritaba Andy como si todos los demonios del mundo se le metieran en la cabeza—. ¿Tú...?

—Sí y olvídate ya de tu asombro. Vamos a tratar el asunto de empresario a empresario. Si tanto querías hablar conmigo, pudiste saber quién era el presidente sólo con acercarte al Registro Mercantil. Pero tú, como siempre tan prepotente, te creíste con derecho a saberlo todo sin estudiarlo. Deberías haber pensado también que Borja Morán no se enfrenta a nadie sin tener seguro el triunfo. Eres el perdedor en esta cuestión, Andy, y ya ves que no pretendo mandarte al carajo. Tampoco te voy a bendecir. Pero las puertas para una salida personal se te van cerrando. Yo debo confesar que las dejé entornadas una a una, para cerrarlas en el momento que considerara preciso.

—Eres un cabrón... Un hijo de...

—Cuidado, Andy. Ya no más insultos. Si pronuncias la palabra que ibas a pronunciar, no habrá ni siquiera un átomo de piedad. Exigiré el pago inmediato de los dos mil trescientos millones y te embargaré, porque tú no dispones de ese dinero ahora mismo ni vendiendo todas tus carteras de valores que además, de hacerlo, sería como vender papel mojado. De modo que ten apagada la hoguera. Y bien sabe Dios que tengo alguna consideración por otros asuntos que ahora mismo no vienen al caso.

Andy sabía eso. Por ello se sentó mejor y lanzó una increpación entre dientes. Después dijo en voz alta:

—Ya me tienes aquí, humillado y hecho polvo como querías; ¿qué más quieres de mí?

—Una fusión no sería posible. Una venta no me interesa. Pero sí una sociedad que cambiara todos los estatutos. Todos los artículos y todos los sistemas jurídicos que han imperado en la empresa familiar hasta ahora.

—O sea, que me meta entre tus puños.

—Más o menos. No eres hombre de gestión. No sabes defender

el patrimonio de tus hijos y yo tengo cierto interés en que no mal-
vendas lo que te queda. Es más, pienso que la nueva sociedad Morán Urrutia, S. A. dará buenos resultados.

—Teo Urrutia S. A.

—No. Nunca más ese nombre. Nunca más... —Su voz era helada—. Renovaré toda la flota, pero a nombre de Morán Urrutia. Y
se empezará de cero, y tú harás lo que yo te diga. Eso es todo lo
que hay, Moted, S. A. es nuestra. De los mismos socios, con capital
inglés y español. El español es mío y el inglés de Donald Smith y
los suyos. Morrel, S. A. es sólo mía, con una pequeña aportación
de una multinacional, pero el presidente soy yo. Con ella compré
los solares cercanos a tu casa. Por tanto no tuve ninguna necesidad de convencer a nadie. Eran muy míos. Ya veo tu expresión de
desconcierto. Me da igual. Marítima, S. A., lo estás viendo, y no
digo nada de Bormo, S. A., que es la empresa gráfica que saca al
aire el semanario cutre, y algún otro más de nivel, para tenerse
muy en cuenta. Todo ello forma un _holding_ muy particular. La
sociedad futura Morán Urrutia, S. A. no tendrá nada que ver con
ese _holding_.

—Me estás diciendo que el mayor accionista serás tú.

—Sí, junto con alguno de tus hijos.

—¿Y yo?

—Tú tendrías una parte respetable, pero nunca la mayoría. Estarás siempre bajo el poder de un accionariado que nos pertenece-
rá a mí y a mi mujer...

—Pero... ¿Te has casado? Porque, vamos, de ti ya no me asombra nada.

—Me casaré un día cualquiera. Tal vez la semana próxima.

—Con tu amante.

—Con mi novia... Ya sé que andas buscándole tres pies al gato.
Mal asunto, Andy, muy feo asunto...

—Oye...

—No entiendo cómo me has conocido tan poco. Deberías haber supuesto desde que iba a la escuela que el chico de la bicicleta

no miraba tu casa con envidia, pero sí la miraba con rencor... Dios nos libre de herir a una gacela, Andy. Tú has herido a un halcón...

—No hice nada para herirte.

—Tampoco ahora te lo voy a discutir. Pero está muy claro que el nombre de Morán lo vas a reivindicar quieras o no quieras, y eso es todo. Hay más cosas y quizá te duelan bastante más, pero no voy a ser yo quien te las diga. Merecerías por supuesto que te las dijeran otras personas pagadas por ti mismo.

—¿Qué me quieres decir?

—Nada ya. Estás hundido. Estás dominado. Eres el perdedor y te aceptas así o te pegas un tiro, y me parece que un hijo de Teo no es tan valiente para pegarse un tiro, porque si fuera valiente su padre jamás abusaría de una indefensa mujer, la mujer de uno de sus capitanes. Siento que te esté costando tan cara a ti la ligereza de tu padre. Pero ya se suele decir que a veces pagan justos por pecadores. Aunque tú a justicia no juegas, eso lo tengo yo muy claro.

—¿Y a qué juegas tú?

—Yo juego a defender el honor mancillado de mi padre. Eso deberías haberlo sospechado siempre debido a mi personalidad; una personalidad, digamos, que tú no has captado ni valorado. En cambio, sí que te has dedicado a menospreciarla. Ya ves el resultado.

—Soy hermano de Pol.

—Oh, sí, y a buenas horas te acuerdas, después de buscarme a mí para hundirle y echarlo de su casa. ¿Cómo has podido ser tan necio? ¿Tan ciego, tan absurdo y tan mezquino? Yo sé amar a las personas, Andy. Yo sé sentir un gran afecto hacia los míos, y Pol era mi hermano aunque por desgracia fuera también el tuyo. Ya ves tú qué pronto se notó que somos hijos de distinta madre. Pol, afortunadamente, es cándido como Margarita Morán debió de serlo. Pero yo soy como el capitán y si al capitán lo hizo tu padre consentidor, yo me lo imagino las veces que habrá confundido sus lágrimas con salitre. Eso no se lo perdonó a Teo. ¿Y quién eres tú sino un calco de aquel villano hijo de puta, el cabrón que se tiró a mi madre delante de todo dios?

Andy se fue levantando. Por un momento sintió miedo de que Borja lanzara el puño contra su cara.

—Te están esperando en Barajas —dijo Borja calmándose de repente—. Ya no necesitas ni ir a buscar a la puta que tienes en el hotel. Mi gente la ha sacado de él y la llevado de vuelta a Barajas. De modo que lárgate y sé franco con tus hijos, porque también sabré si lo vas a ser o vas a seguir mintiendo.

Dicho lo cual pulsó un timbre y apareció rápidamente la elegante señorita.

—El señor Urrutia se despide, señorita Berta. Haga el favor de acompañarlo hasta el coche. Se va directo a Barajas.

Andrés aún dudó, pero sabía ya, observando la mirada helada de su antagonista, que todo estaba perdido. Todo... salvo algo que empezaba a hacerse obsesivo en su mente. Borja lo tendría por un perdedor, pero él no se consideraba aún vencido.

Dejó, pues, la oficina para seguir a la señorita que le abría camino, y no volvió el rostro para mirar de nuevo a su interlocutor.

En el ascensor se hallaba el hombre vestido de azul, el cual, sin decir una palabra, le condujo a la calle, y después abrió la portezuela del Mercedes dando una seca orden al chófer que conducía el vehículo.

—A Barajas... Buenos días, señor Urrutia.

Andy no respondió. Entró en el vehículo, aplastó el portafolios en sus rodillas y el Mercedes, silenciosamente, se puso en marcha.

* * *

Mappy se estaba enterando de varias cosas en aquel instante. Su padre había regresado inesperadamente a las dos de la tarde y había llamado a sus hermanos y a Helen. Su esposa también estaba presente y ella lo estaba por pura casualidad.

De haberse hallado Borja en Santander, seguro que no estaría allí. De todos modos, no sabía qué indignaba a su padre hasta el paroxismo. Parecía fuera de sí, envejecido diez años en unas horas, con la corbata torcida y la voz que parecía salirle de la garganta en un grito gutural. Era tal la ira que sus hijos le miraban como si de repente les hubiesen cambiado el padre en el viaje de Madrid a Santander o al revés.

—¡Ha sido —gritaba Andy fuera de sí— como darme un golpe en las sienes! ¿Os lo imagináis? Pues podéis imaginároslo. En un despacho de puta madre, sentado en un sillón y en calidad nada más y nada menos que de presidente del *holding* más importante de España, y yo considerándolo un mierda. ¿Qué me decís? No, si no hace falta que me digáis nada. Pero no he perdido aún la batalla. ¡Oh, no! Está muy equivocado Borja Morán si piensa que me doy por vencido. No podré enfrentarme a él empresarialmente hablando, pero... sí de otro modo.

Cruzaba el salón de parte a parte. Ocho ojos iban espantados de un lado a otro siguiendo la figura despavorida del cabeza de familia. Los de Mappy, en cambio, estaban inmóviles. Había algo que no sabía y estaba enterándose en aquel momento. Sabía que el poder de Borja era mucho, pero que fuera presidente del *holding* y citara a su padre para humillarlo de una vez por todas, lo ignoraba.

Sin embargo, y pese al dolor que sentía, se mantenía silenciosa, aunque expectante. Nadie parecía fijarse demasiado en ella. Todas las miradas convergían en la figura despavorida de Andrés Urrutia, que sin cesar en sus precipitados paseos, como si midiera el salón, no paraba de lanzar improperios.

—Claro que no me ha vencido. Es muy posible que consiga que la sociedad de Teo desaparezca y logre lo que se ha propuesto, por lo cual fingió, luchó y se humilló toda su vida. Pero me queda la última carta por jugar, y si como dice piensa casarse pronto, verás el escándalo que se levanta cuando los detectives den con su amante y toda la prensa hable del asunto.

»No voy a cejar hasta descubrirlo. No pienso en modo alguno abandonar. Me habrá vencido en la empresa, pero no como persona.

—Cálmate, Andy —decía Isa a punto de sollozar.

El marido se detuvo y lanzó sobre ella una mirada furibunda.

—Isa, lo que menos deseo en este instante son tus lágrimas. De modo que deja ya de gemir.

Se detuvo y como nadie decía palabra, y todos seguían mirándole espantados, barbotó:

—Con gemidos nada se arregla. Con lamentaciones, tampoco. He sido un inocente. Ya sé, ya sé. Vais a decir todos que le subestimé. Pues es la puta verdad. No pensé jamás que un tipejo semejante tuviera ese poder. Ni se me pasó por la cabeza. Pero no estoy vencido ni mucho menos. ¡Jesús —gritó—, Jesús! ¿Qué sabes de esa amante?

—Los detectives están en ello, papá.

—Pues habrá que espabilarlos. Darles prisa. Le voy a desbaratar el matrimonio. Porque dijo que se casaba, ¿qué os parece? Se casa y se ve con su amante en un dúplex o en su casa de Laredo.

—Luchar con sus mismas armas —adujo Helen, que siempre le molestaba que Jesús estuviera metido en aquel feo asunto— es lo esencial. Pero hurgar en su vida privada no me parece ético.

—¿Y quién te pide a ti parecer, nuera?

—Papá... has involucrado a mi marido en este asunto. Y eso no es de recibo. Hazlo tú, entrevístate tú con los detectives. Averigua tú lo que quieras averiguar, pero no me parece a mí que Borja, si es presidente de ese *holding*, lo que demuestra habilidad y excelente gestión, deje cabos sueltos por el camino para que los recojas tú.

—Qué sabrán las mujeres... Jesús —volvía a mirar a su hijo—, quiero toda la información para mañana mismo. Él volverá y lo primero que hará será destruir el cartel de Teo Urrutia, S. A. Y formará una sociedad nueva. Una sociedad donde él sea el cabeza de todo. El cabeza visible. Y yo no me convierto en su esclavo ni aunque me maten porque soy capaz de pegarme un tiro. Y además, ahora mismo pienso visitar a Salomé y a Pol y les diré lo que se merecen. Porque ésos desde un principio han colaborado con él y, a fin de cuentas, Pol es tan hermano mío como lo es de Borja.

—Yo en tu lugar... —se atrevía a decir Isa—. No iría.

—Pero tú no estás en mi lugar. ¡Qué saben las mujeres de eso!

—Se le ocurrió en aquel momento mirar a su hija allí sentada y silenciosa—. Eh, Mappy, ¿qué me dices ahora de tu defendido? Porque en más de una ocasión diste la cara por él y ahora resulta que se te va a comer las acciones que tienes en la sociedad como se comerá las de Bern y las de Jesús y las mías.

Mappy no respondió absolutamente nada. Estaba fumando pensativa y así continuó. No sabía, por supuesto, que Borja, pese al amor que sentían uno por el otro, hubiera citado a su padre en Madrid en calidad de presidente del *holding*. Le parecía de un mal gusto innecesario y, además, no creía que un rencor y un odio dieran para tanto, hasta el punto de disfrutar humillando a su enemigo, que a fin de cuentas era su padre.

—¿No dices nada, Mappy?

—Lo que yo hubiera dicho —replicó la joven— sería aún peor, papá. Si me das permiso, me retiro un rato. Necesito estar sola.

—Ve, ve, por mí. Pero no te olvides de que yo estoy luchando por todos vosotros. Que a Borja no le interesáis. Él piensa formar una nueva sociedad donde figurará el nombre de Morán Urrutia y a Teo que lo parta un rayo. Y yo, naturalmente, tendré que cederle el puesto. ¿Es que no tiene suficiente con su poder lejos de todo esto? ¿Por qué ha de hundirme y con qué derecho? Pues yo sabré cómo dañarlo. Será muy duro, será muy frío, y me consta que lo es, pero también tendrá un poco de sensibilidad. No será mucha, pero suficiente para que se le haga pedazos. Voy a saber quién es la mujer con la cual se ve y después provocaré el escándalo. No le favorecerá nada ese escándalo. En absoluto. A un hombre empresario como él, con un buen cartel como tal, y por lo visto dispuesto a casarse decentemente, no es de buen gusto que de repente se le descubra una doble vida, una amante que le visita a todas horas. Yo lo averiguaré.

Y salió sin más palabras. Caminaba a paso apresurado, como un demente, como un vendaval. Helen dijo cuando se oyó la puerta:

—Mamá, haces mal en llorar. Lo que debes hacer es evitar que complique más las cosas.

—¿Cuándo he podido yo dominar a Andy, Helen?

—Pues que haga él lo que proceda hacer, pero que deje a mi marido en paz. Ni Jesús ni yo tenemos interés en saber quién es la amante de Borja. Que ha triunfado y que la sociedad en el futuro no será Teo, está claro. No ha luchado por lo contrario durante toda su vida. Yo en su lugar tampoco sé qué haría.

—Aquí —dijo Bern tomando por primera vez la palabra— todo se hizo al revés desde el principio. Si mi abuelo tenía amores con la mujer del capitán, debería haber ocultado esa relación. Pero no. Por lo visto, a Teo le gustaba parecer un semental y no se conformó con hacerle dos hijos. Los ha mantenido ahí. —Estiró el dedo señalando la mansión vecina—. Eso no lo perdona un hijo legítimo así como así, pero es lógico también que no lo perdone el hijo del capitán. De ahí parte el fallo y de ahí surge todo un cúmulo de odios que en realidad son todos coherentes con el destino y la realidad. Tal vez ello se deba, y me refiero a como yo veo las cosas, a que nosotros los jóvenes damos una importancia vital a la fidelidad. Por lo visto para mi abuelo el demostrar virilidad era un orgullo. Pues aquí están las consecuencias.

—No se trata de lo que pienses tú ni lo que piense tu padre —adujo Isa sollozando—. Se trata ahora mismo de que nuestra vida social y económica van a cambiar.

—Nadie en Santander —dijo Helen brevemente— ignora que la vieja historia está vigente. Nadie de vuestros amigos o conocidos. Teo nunca ocultó su paternidad... La lucha entre hermanos está declarada, pero da la casualidad de que el herido de verdad es el hijo de Margarita Morán, que a ése sí le engendró el capitán. La cosa, pues, para mí está clara. Habéis perdido en cierto modo, pero aunque mamá diga o piense lo contrario —miraba a su marido y cuñados—, tal vez vosotros habéis ganado, porque no os mueve el afán de que continúe siendo Teo Urrutia la sociedad y os importará un bledo quién figure en ella mientras se sostenga. Y que tu marido, mamá, fue un mal gestor, está muy claro.

—¡Helen!

—Me saca de quicio que haya involucrado a mi marido en este asunto privado de la vida de Borja. Eso lo tengo clarísimo.

—¿Adónde vas, Mappy?

—Me retiro, mamá.

—Tu cuñada está diciendo algo esencial que no le gustará a tu padre; ¿qué dices tú de eso? ¿Piensas como Helen?

—Con referencia a la vida privada de Borja, sí. Rotunda y categóricamente sí, pero no voy a mover un solo dedo porque papá continúe las averiguaciones. Tal vez eso le duela después más que perder la empresa.

Y salió sin esperar respuesta.

* * *

Pol y Salomé se hallaban jugando al dominó sentados en una esquina del salón y el sol bañaba toda la pieza cuando algo irrumpió en su casa haciendo ruido y los criados intentaron detenerlo. Pero ya estaba allí y una criada se disculpó con la señora.

—No he podido... detenerlo.

—Olvídalo —dijo Salomé muy suavemente—. Pasa, pasa, Andy.

Andy pasó como un huracán. Tenía la corbata torcida, estaba desmelenado y el primer botón de la camisa desabrochado. No llevaba chaqueta y el faldón de la camisa se le salía por un lado de la cintura.

—¿De dónde sales así, Andy? —preguntó Pol rompiendo a reír—. Parece que vuelvas del embarcadero de salvar a algún náufrago.

Andy empezó a gritar y dijo en sus gritos todo lo que ya sabemos. Su viaje a Madrid, su encuentro con el presidente y todo lo que hablaron allí y la terrible amenaza que surgió después.

—Así que esto no se queda en agua de borrajas ni mucho menos. No quise nunca que mi padre te visitara, pero siempre os visitó. A ti y a Tatiana. Seguro que Tatiana se fue de monja para ocultar la vergüenza. Pero yo te juro por quien soy que esto no se queda así. Logrará hacerme tragar Morán en el anuncio de la sociedad, y en la misma, pero yo lo voy a hacer pedazos.

—Nunca entendí muy bien tu modo de ser, Andy —dijo Pol con su serenidad habitual—. Déjame que te diga que yo siempre te aprecié. Nuestro padre nos enseñó eso. Yo nunca entendí las razones que has tenido tú para odiarme de ese modo.

—Mi padre era muy mío.

—No lo dudo. Pero resulta que también lo era de Tatiana y mío. Si te digo la verdad, no me siento nada orgulloso de ello.

—Nadie te pide que lo estés. Pero sí te digo que seguiré luchando para que dejes este lugar.

—Oye, Andy —apuntó Salomé tan apacible como su marido—. ¿Y qué harás?

—¿Que qué haré? Lo primero conseguir que los detectives a quienes pago descubran la identidad de la amante de vuestro hermano. Porque no sé si sabéis que tiene una amante. Una amante con la cual se ve en su dúplex de Pérez Galdós y en su casa de Laredo, y sabe Dios dónde más. Pero yo voy a descubrirlo todo, daré la noticia a la prensa y el escándalo estará servido.

Salomé y Pol se miraron consternados. Andy, observando las miradas, añadió a grito pelado:

—¡Será el golpe de gracia para Borja! Un golpe moral que no olvidará en toda su asquerosa vida y tampoco la familia de la joven que, según parece, es una niña bien y jovencita. No sé con quién se va a casar Borja ni me importa. Se casará con una de sus amantes, pero no con la de aquí, porque si pensara casarse con ella no la mantendría oculta.

—Cuánto mejor harías olvidando tus venganzas, Andy —dijo Pol atragantado—. Cuánto mejor. Hay mil motivos por los cuales Borja puede tener en secreto su relación. Ten por seguro que Borja pudo haberse relacionado con millones de mujeres, pero amante no ha tenido nunca. No vaya a ser que la chica con la cual se ve y que tú dices que es de familia pudiente, sea su futura mujer y vayas a dar un planchazo más. Ya tienes bastante con haber perdido la sociedad naviera. Porque ésa la has perdido, Andy. Te pongas como te pongas, se formará una compañía nueva. Es más, tengo entendido que te llamarán los asesores de Borja en cualquier momento para firmar la nueva cesión..., la nueva compañía, y me imagino que dentro de unos días será derribado el letrero que campea en tu edificio con el nombre de Teo. Teo se morirá de verdad esta vez... Pero ten cuidado. Todo lo demás debería ser sagrado para ti. No digas después que yo no te he advertido. Y ahora bien sabe Dios que no te estoy advirtiendo desde mi condición de hermano de Borja. Te estoy advirtiendo desde mi situación de hermano tuyo.

—Nunca te acepté como hermano y no te voy a aceptar ahora.

—Eso es cosa tuya —terció Salomé—. Tampoco Pol te lo ha pedido. Pero me temo que tengas un mal enemigo. Y el peor enemigo que tienes, Andy, eres tú mismo y tu maldita soberbia.

—¿Qué sabes tú? Con tener un lecho y un tipo obseso como Pol, te basta.

—Evidentemente me estás dando un honor inusitado, Andy. En efecto, somos muy felices juntos y Pol no necesita buscar aditivos pasajeros, porque en mí lo encuentra todo. Pero al margen de eso, que es una tontería con referencia a tu opinión sobre nosotros dos, te diré que te has buscado un mal enemigo, Borja es frío y tiene el cerebro muy bien colocado. Y si toda su vida, desde que tuvo uso de razón y supo lo que pasaba en su entorno, decidió hundirte, ten por seguro que nadie te salvará. Pero yo te aconsejaría prudencia, y no me preguntes por qué. Tú estás pensando en dañar a Borja y yo te digo que te puedes dañar más a ti mismo sin que aún te hayas dado cuenta.

—¡¿Más?! —gritó él tozudo, que no entendía lo que su cuñada intentaba decirle—. ¿Más daño aún? Mujer, no digas tonterías. Él obtendrá mi empresa, pero yo le voy a destruir moralmente.

Y los dejó plantados, saliendo del salón a grandes zancadas.

Cuando llegó a su casa bajaba Mappy hacia el vestíbulo escalón a escalón, como si los contara.

Su padre se detuvo en el primer escalón esperándola.

—Mappy, no pienses que soy un fracasado.

—Me parece, papá, que sobre el particular hablamos distinto lenguaje.

—Ven aquí.

Y la asió por el codo llevándola hacia el salón, donde ya sólo estaban Bern y su madre, pero no la pareja formada por Jesús y Helen.

—Vamos a ver, he ido a ver a esos dos obsesos. —Con la cabeza hizo un movimiento indicando la casa de la colina—. Ya les advertí lo que haría con Borja. Es evidente —no había soltado aún el brazo de Mappy, pero hablaba para los tres— que Borja en cuanto a la empresa me ha vencido. Pero hay cosas que los hombres respetamos una barbaridad y los sentimientos cuando existen también cuentan. La empresa aún se puede salvar. Y eres tú, Mappy, la que puede hacerlo.

La joven alzó la cara. Jamás ojos verdes más hermosos expresaron menos interés.

—Sí, sí. No me mires con esa impasibilidad. Tu boda con Otto Malvives terminaría con todo esto. De modo que dile ya que sí. Es tu deber ayudar en momentos de apuro.

—¿Ayudar a qué, papá?

—A salvar mi situación. Germán Malvives es riquísimo. Ése siempre tiene dinero líquido. Yo ahora mismo no puedo disponer de la deuda que tengo contraída con Borja, pero si Malvives me echa una mano...

Mappy se separó de su padre y se fue al ventanal... Lanzó una mirada al exterior y vio a Matías.

Matías hacía una seña. Ella sabía muy bien qué intentaba decirle. Pero en aquel instante no se movió del ventanal aunque negó con la cabeza afirmando:

—Nunca he sido novia de Otto, papá —dijo Mappy serenamente.

—Pero tú ibas a Madrid a verle.

—Eso es lo que decías tú.

—¿Qué estás indicándome?

—Pues eso, que Otto Malvives y yo somos amigos, pero sólo

amigos. Entre nosotros no existió jamás una relación sentimental. El que decía que yo iba a ver a Otto eras tú.

—¿Y entonces...?

—Mientras tú piensas cómo vencer a Borja y descubres la personalidad de su amante, yo tengo que salir. Estoy citada con unas amigas en Pedreña. Volveré por la noche.

Y cruzaba ya ante su padre y su madre y el mismo Bern, que aún no se había movido. Andy asió por un brazo a su hija.

—Mappy, ¿qué te pasa? ¿Es que no tienes interés en colaborar con tu familia? No tendrás una amistad sentimental con Otto Malvives, pero es evidente que cuando tú quieras, la puedes tener, y según he averiguado, Otto ha regresado de Nueva York, donde hacía el máster. Yo sé que Malvives no tiene la misma raigambre que Urrutia, es evidente que el padre es un rico hostelero, pero no está el momento para andarse con esos miramientos. Sé que Germán Malvives se sentiría muy orgulloso de que su hijo único se casara con una Urrutia.

—Me temo, papá, que yo no soy Bern. Yo me casaré por amor el día que sea, que no sé cuándo será. Pero repito que Otto es un amigo, como un hermano, pero nunca será el hombre al que ame. Además, quiero decirte que en tu pelea particular con Borja Morán yo no voy a entrar. Ni te considero a ti un virtuoso ni a Borja un ángel. Sea como sea, a ti te quiero como padre, pero no me casaré nunca contigo. No sé si estoy siendo irreverente, o si, por tu aspecto, me estás considerando deslenguada. Pero supongo que me estás entendiendo. Entre un amor sentimental y un amor fraternal la elección es obvia porque, de lo contrario, no sería humana o si fuese humana sería tonta.

—¡No sé por qué me dices todo eso! —bramó el padre—. Me estás faltando al respeto.

—Mappy, yo digo...

—¡Isa, tú te callas!

—¿Ves, papá? Yo no sería como mamá. No podría mi marido hacerme callar teniendo razón. No sé lo que va a decir mamá, pero conociendo su docilidad te dará la razón a ti; sin embargo yo no soy tu mujer, no comparto tu lecho y te pido perdón de nuevo por mi crudeza, pero es que no tengo otra, porque la única real y categórica que encuentro es ésta; eso significa que ni siendo tu mujer te daría la razón si no la tuvieras. Como comprenderás, tengo motivos sobrados para repetir una vez más que hablamos distintos lenguajes. Y no aconsejo a Bern que siga mi ejemplo porque tengo motivos para pensar que está mal encaminado. Pero no por él, sino por ti, y ya conoces las causas...

Andy se agitó como si le dieran un mazazo en la cabeza. Dio un paso al frente con la mano alzada, pero de pronto la dejó caer a lo largo del cuerpo, se volvió y se fue a grandes zancadas. Mappy, que seguía allí de pie, con la cara levantada, dijo únicamente:

—Voy a salir.

—Un momento —susurró la madre—; ¿qué has querido decir a tu padre que así de espantado se ha ido?

—Mamá, papá sabe muy bien lo que he querido decirle. —Miró a Bern—. Lo siento, Bern.

Pero Bern, tan inocente como siempre, no supo por qué su hermana lo sentía.

* * *

—Déjame aquí —pidió Mappy a Matías, que conducía su vehículo.

—Pero...

—Aquí, Matías. Tomaré un taxi en la esquina.

—La estarán siguiendo.

—¿Y qué? Algún día se tendrá que saber. La bomba puede estallar en cualquier momento. Lo mejor es que estés lejos. Pide ayuda a los hombres de Borja y márchate de mi casa cuanto antes.

—No la dejaré sola, señorita Mappy.

—¿Aquí o en mi propia casa?

—Aquí puedo dejarla si lo considera conveniente, pero en su casa no. El día que su padre sepa que la mujer que busca es usted...

—A veces hay soberbias que merecen un palo así. Siento que tenga que ser yo quien se lo dé. Deja mi coche aparcado en una calle próxima a Pérez Galdós. Tengo doble llave. Regresaré sola cuando lo considere conveniente.

—¿Y debo despedirme?

—Sí. De mi casa cuanto antes; sobre mí, mi padre no podrá ir jamás. Soy muy diferente a él, pero capaz de enfrentarme a quien sea. En cambio, tú puedes ser el más perjudicado y no me da la gana. Repito que vayas a la oficina de Ted y le digas lo que hay.

—Es que yo sé algo, señorita Mappy.

—Tal vez lo sepa yo también, Matías.

—Borja no quiere que sufra usted; por tanto, frenará a los detectives. Pero también deseará que el asunto termine de una vez.

—Lo que sea me lo dirá Borja. No te preocupes. Tú me has dado el recado. Está de regreso y me espera. Eso es suficiente...

—Es que, tal y como están las cosas, tal vez el señor Urrutia se persone en el dúplex y si no le advierto... Permítame al menos estar cerca de la casa y poder advertirle si se acerca.

Mappy saltaba al suelo negando con la cabeza. Vestía un modelo de hilo color verde botella. Falda recta, y *blazer* con una camisa de un tono naranja. Era llamativa su vestimenta, pero le sentaba como un guante y, además, realzaba su belleza rubia. Su enorme esbeltez, su esplendorosa juventud.

—Haz lo que quieras, Matías, pero repito que debes dejar mi coche en la calle próxima y son las seis de la tarde, de modo que si me siguen, que lo dudo, ya no es cosa mía. Si mi padre se presenta en el dúplex, no me ocultaré. Además, me temo que reciba un escarmiento si es que los detectives le dan soluciones, que también lo dudo, al saber que la identidad de la mujer que busca es su propia hija. —Una amarga sonrisa curvó sus labios—. Es una lucha oculta insoportable y pretendo que termine cuanto antes. Mis ideas están claras. No tengo embotado mi cerebro. Sé lo que quiero y sé lo que no debo querer. Puedes dejarme aquí. Tomaré ese taxi que viene libre.

En efecto, a un movimiento de su mano el taxi se detuvo y Mappy se perdió en él, dio una dirección y se repantigó en el asiento con cierta crispación. Media hora después Matías entraba en la oficina del muelle.

—No te preocupes —dijo Ted después de oír toda la versión del chófer—. Es mejor no volver. ¿En qué has venido?

—En taxi. He dejado el coche donde la señorita Mappy me ha dicho.

—Puedes quedarte aquí o irte a casa de Pol. Por supuesto, a casa de los Urrutia no debes volver. Cuando estalle el bombazo serás el más perjudicado, y como a por Mappy su padre no podrá ir, porque Mappy es mucha Mappy, irá contra ti, que has ayudado a ocultar lo que de verdad hundirá a Andrés Urrutia.

—Pero... ¿si los detectives...?

—No dirán palabra, Matías —apuntó Paco Santana, que estaba escuchando mientras fumaba—. Ésos ya han dicho todo lo que tenían que decir y el dossier llegará a Jesús Urrutia sólo si Mappy lo desea. Pero me temo que Mappy usará otros métodos para decirle a su padre que la supuesta amante es ella.

—¿Y qué hago yo?

—No te preocupes. Te has portado bien, has sido fiel a una causa y eso es muy importante. Borja puede destruir, pero también construir. Así que... dentro de una semana ese edificio de ahí abajo perteneciente a los Urrutia será remodelado. Y no por fuera, sino por dentro, y ese letrerito tan mono que hay en la fachada desaparecerá para aparecer otro inmediatamente. Eso sí que no lo podrá evitar ni Mappy ni Dios.

El artilugio que llevaba Ted en el bolsillo sonaba en aquel instante.

—Puedes irte —dijo Ted—. Tengo que hacer una llamada.

Paco asió a Matías por el codo y lo sacó de allí.

Ted, entretanto, marcaba un número.

—Oye..., procura que Matías no vuelva a casa de los Urrutia.

—Ya lo he hecho. ¿Adónde debe ir?

—Llévalo contigo. Dentro de seis días ese edificio de Teo Urrutia, S. A. será cambiado y Matías es joven y emprendedor. Búscale un buen puesto como hombre de confianza.

—Estás en el dúplex.

—Sí.

—¿Solo?

—Solo.

—Pero ¿no ha llegado Mappy?

—Me voy ahora mismo a Laredo. Tengo el coche abajo y lo conduciré yo. Mappy me espera allí. El taxi la ha llevado directamente.

—¿Qué estás tramando, Borja?

—No lo sé. Yo no tramo nada. Yo me callo en esta cuestión. Pero no sé aún qué hará Mappy. Sé que me ama y que me inspira una viva ternura a mí, tan duro. Pero sé también que algo me tiene que decir y que eso no me va a gustar demasiado. Me ha llamado por teléfono desde su coche.

—¿Y...?

—He notado en su voz una rara vibración de contenida ira.

—Si rompéis esa relación... los detectives romperán el silencio. Eso tenlo por seguro. Y el semanario, por mucha ética que tenga, no dejará en el cajón la noticia; esto entre tú y yo, ni creo que tenga piedad con Jesús Urrutia, porque, estando fuera tú del juego, es seguro que los detectives intentarán cobrar por los dos lados. Yo no me fío. Cuando llegue el momento la filtración aparecerá y nunca se sabrá de dónde procede.

—Si yo tengo que romper con Mappy porque Mappy haya dejado de amarme, ten por seguro que en esa fachada de enfrente no figurará Urrutia, sino Morán a secas... Yo no me ato con facilidad. Una cosa es el amor y otra mi persona con las empresas adjuntas. Y en eso me temo que Mappy se parece a mí. No quisiera tenerla por enemiga. Es la más fuerte y poderosa de todos los Urrutia. Tal vez por eso estoy loco por ella y me asombraría y disgustaría mucho saber que de repente hice algo que disipara para siempre el amor de Mappy. Creo, además, que Mappy Urrutia odiaría con la misma fuerza que ama y prefiero tener su amor. Estoy luchando por ello y en ese sentido no intento asestar a Andy ningún golpe mortal. Porque además, entre el dinero y la consideración a su hija y su felicidad, Andy no dudaría en elegir su dinero. Es el clásico cerdo que prefiere el pienso a una cama mullida.

—Borja, a veces me das miedo.

—Lo peor que pudo ocurrirme —dijo Borja a través del teléfono con voz bronca— fue conocer a Mappy y considerarme tan fuerte como para poderla dejar el día que terminase mi faena. Pero a la vez fue lo mejor porque he conocido las delicias del amor, cuando yo sólo tenía en cuenta el sexo. Te dejo, Ted. Sólo te llamaba para que retuvieras a Matías si fuese por ahí, y ya veo que ha hecho aquello que yo haría en su lugar. Mappy me dijo por teléfono desde su coche que lo había despedido con el fin de evitarle problemas. Ha sido una buena medida. Te dejo porque salgo ahora mismo en mi Maseratti hacia Laredo.

—¿Cuándo te veré?

—No lo sé. Pero mañana mis abogados inician las gestiones para formar la nueva sociedad, que será registrada con mi nombre a la cabeza. En todo el resto de la semana no me voy a mover de Santander, de modo que ya me verás y decidiremos cómo enfocamos el asunto. La papeleta peor está por venir.

—Que se desatará cuando Andrés Urrutia sepa que tu...

—Mi novia, Ted.

—Pero él dice tu «amante», de modo que cuando él descubra que tu hipotética amante es su hija estallará el bombazo.

—Según lo enfoque Mappy, y eso lo sabré enseguida.

—Un segundo, Borja.

—Dime.

—¿Qué pasaría si Mappy de pronto se va a Laredo para decirte que se acabó todo entre los dos?

—Ni siquiera me lo imagino. Pero si entre su padre y yo elige a su padre, hundiré a Andy hasta convertirlo en un títere de los muelles, y no podrá consignar un barco en toda su vida y su condición de armador se habrá ido al carajo. No voy a tener piedad de él aun con Mappy por esposa, pero si esa esposa me falla, pensaré que no soy un hombre sino un monstruo, y los monstruos no suelen tener sentimientos ni piedades ni consideraciones, y si asoma la sensibilidad, se la encierra en el puño entre las pezuñas. Eso es lo que ocurrirá. Pero aún soy humano y necesito seguir siéndolo, y la única persona en este mundo que es capaz de mantenerme en tal estado es Mappy Urrutia, para mi desgracia, y también, en contraste, para mi bendición.

* * *

El Maseratti último modelo entró bajo el portón y Borja sintió el seco ruido al cerrarse sobre sus goznes. Inmediatamente saltó del vehículo en dos zancadas con sus pantalones de dril beige y su Lacoste rojo y sus mocasines de fina piel calzados sin calcetines, subiendo hasta el porche. La puerta cedió a su leve impulso, lo que le confirmó que Mappy ya le esperaba.

Nadie al ver a Borja tan impulsivo lo hubiera relacionado con el frío hombre de negocios, con el frío y mayestático señor que conducía varias empresas desde el más absoluto anonimato.

No la llamó a gritos ni siquiera en voz baja. Sabía que Mappy no estaba precisamente muy animosa, así que irrumpió en el salón y miró en todas direcciones hasta verla tendida en un sofá con la cabeza ladeada como si durmiese.

Borja frenó su impetuosidad y levantó un puf que dejó situado junto al sofá, y se sentó en él hasta desinflarlo de forma que sintió en sus posaderas la dureza del suelo. Se quedó así, con las piernas dobladas formando dos espirales y la barbilla apoyada sobre las rodillas y sujetando ambas piernas con las dos manos.

El sol se había metido ya y las sombras empezaban a invadirlo todo. Pero Borja no encendió las luces. Aún veía perfectamente a la joven dormida y supuso, sin equivocarse, que la noche anterior Mappy no había pegado ojo. Aunque ella mantenía en apariencia una gran serenidad, su cerebro, por supuesto, no se había quedado quieto.

La contemplación de Mappy dormida producía en Borja una

ternura infinita. Todo quedaba diluido ante aquella dulce visión inofensiva. Hasta el mismo Andy, vengativo y soberbio, resultaba en aquel instante un ser vulgar y en modo alguno merecedor de atención por su parte. Pero bien sabía que no era así. Y bien sabía también que ni siquiera Mappy podría lograr de él lo inalcanzable, que en aquel caso concreto sería dejar a Andrés Urrutia en paz, porque para dejarlo en paz tendría que olvidar una afrenta con la cual había vivido a cuestas toda su existencia.

Como si la mirada negra de Borja tuviera telepatía, los ojos verdes de Mappy se abrieron. Primero dio la sensación de que se había despistado, que no sabía dónde estaba y que la visión de Borja allí sentado, casi encogido en el puf, no le decía nada. Pero una vez que parpadeó, volvió de repente a la realidad.

Se sentó. Puso los pies descalzos en el suelo y retiró con un gesto muy femenino las greñas lacias que le caían sobre el rostro.

Borja le puso los zapatos sin hablar.

—Tendría que odiarte, Borja —susurró Mappy con cierta angustia—. Tendría que aborrecerte por haber citado a papá en Madrid y presentarte como presidente. Ya sé, ya sé que lo eres, pero podrías haberle ahorrado esa vergüenza. ¿No es suficiente ya lo que has conseguido? Me ha dolido ver la desesperación de mi padre, Borja, ¡me ha dolido! Te amo, pero no a este precio.

Borja hizo algo que hacía casi siempre. Levantarse, sentarse a su lado en el sofá, asirla en silencio por la nuca con los cinco dedos e impulsarla hacia atrás. Cayó sobre ella. La miró largamente.

—Yo quisiera odiarte a ti, Mappy. Quisiera poder hundir a tu padre hasta el mismo estercolero, pero entiendo que tus hermanos no tienen la culpa y, además, quizá merezca la pena ayudarlos, ayudarlos a no depender de su padre sino de sí mismos. Pero de todos modos yo te adoro y pasar sin ti sería igual que si ahora mismo me arrancara la vida con entera frialdad. —Le hablaba sobre la boca—. No he podido superar mis sentimientos desde que te conocí. He querido, pero no he podido. En esto has ganado tú. Solo tú no eres perdedora en esta cuestión.

—No podemos odiarnos, Borja. Yo venía con toda la intención de decirte..., de renunciar, de...

—Lo he sabido por tu voz a través del teléfono del coche, Mappy. Pero hay algo que está por encima de todo. Ahora sólo falta que digamos cómo, cuándo y de qué manera. Es la última papeleta que nos queda.

—Ya.

—¿Ya?

—Sí. Tú sabes cómo hacer que todo ese dossier llegue a Jesús. Detendrá el primer golpe. No es cobardía, no. Es sencillamente que prefiero que el golpe lo reciban con lentitud a través de Jesús... A fin de cuentas, fue él quien contactó a los detectives...

—¿Estás segura de que no quieres ser tú misma?

—No me beses así. Después... Ahora piensa que necesito todo mi sano juicio para pensar en la forma de golpear menos... Si yo se lo digo cara a cara a mi padre, puede enloquecer y no deseo ver a mi madre en medio. Dentro de una semana todo estará solucionado. Los dos casados y la empresa con otra estructura... Yo, el día que termine mi carrera, deseo ser una más. Mis acciones estarán en esa compañía porque yo a ti no te debo nada, excepto mi felicidad sentimental.

—A veces, Mappy, pareces un Borja Morán en mujer.

—No querría nunca ser tu enemiga, pero si un día llegara a serlo y estuviéramos enfrentados en esa sociedad, no me dejaría llevar un solo derecho. Eso quiero que lo sepas. Una cosa es tu condición de hombre, que yo amo y necesito, y otra mi condición de persona ajena al amor.

—Pero ahora me amas.

—Ahora sería incapaz de escapar de tus brazos, de tus besos, de tu deseo. Te deseo tanto como tú a mí y temo que sea un deseo demasiado denso, demasiado extremo, demasiado avasallador. Somos uno del otro intensamente y de eso no soy capaz de escapar. Me enseñaste a vivir el amor de muchas maneras, me enseñaste a ser erótica, a ser tierna, a ser dulce, a ser apasionada, y a ser ardiente y, sobre todo, a desear con la fiereza de una mujer de verdad. ¿Puedo ya renunciar a eso?

—No puedes porque estamos ambos dentro del mismo círculo. Del mismo deseo. De este que estamos sacando ahora mismo. —Su lengua buscaba la punta de los labios femeninos y ella dilataba sus labios para sentir con mayor intensidad el beso que se iba apretando lentamente. Las manos femeninas rodeaban el cuello de Borja y Borja le buscaba con la punta de los dedos la sensibilidad de sus senos deslizando la mano bajo la blusa de color naranja.

Después todo se volvía borroso o con intensas chispitas, envolviendo la oscuridad. Más tarde Mappy dijo con voz queda:

—No seas así... Llama ya...

—Te quedas esta noche...

—Nos quedamos.

—¿Y...?

—Sí...

En la oficina de su restaurante (uno de los varios que poseía), Ted recibía un toque en su busca. De inmediato salió disparado a marcar un teléfono. La consigna fue breve, pero contundente.

—Sí, ya...

—De acuerdo —dijo Ted.

Y volvió a colgar el teléfono.

* * *

Esa noche a las nueve en punto Jesús recibió dos llamadas en su mansión. Una era de su madre, preguntando si Mappy estaba allí.

—No, mamá.

—Es que se ha ido a Pedreña y no ha vuelto aún.

—Otras veces volvió más tarde.

—Eso es verdad. Pero como ha tenido con su padre unas palabras... Vuestro padre está hecho una fiera.

—Papá ha perdido la partida, mamá. Eso es todo y no se tolera por ello.

—¿Qué va a pasar?

—Pues no lo sé, o sí, sí. He recibido la visita de Ted y Paco esta mañana. Están los asesores de Borja disponiendo la nueva sociedad Morán Urrutia. El letrero caerá un día de éstos.

—Suponiendo que no averigües lo de la amante de Borja y tu padre pueda detener esa caída.

—¿Por medio del chantaje?

—No creo que tu padre se pare en tales minucias, Jesús. Ya le conoces.

—El caso es, mamá, que no le conocía. Lo estoy conociendo ahora. De todos modos Helen y yo estamos cenando y después iremos a vuestra casa con el fin de ayudar a papá a reaccionar. Hay cosas que no tienen escapatoria y ésta, desgraciadamente, es una de ellas. Helen dice, y yo también pienso así, que no es ético hacerse con un secreto de esa categoría íntima para doblegar a un titán. Nos parece que ni eso lograría desbancar a Borja Morán, y tanto Helen como yo nos tememos que la única que saldría malparada sería la joven con la cual Borja se juega la sexualidad.

—Será mejor que bajéis tan pronto terminéis de cenar.

Aquella cena nunca terminó, porque nada más colgar el teléfono, éste volvió a sonar.

—¿Señor Urrutia?

—Sí.

—Soy el detective privado.

—Ah, ya era hora. ¿Sabe algo?

—Lo sé todo. Le estoy enviando por un mensajero personal el dossier con todos los datos. Ahora mismo puede encontrar usted al señor Morán y a su amiga en la casa de Laredo.

—¿Sí?

—Sí.

—Visíteme mañana para que le pague —dijo Jesús entre entusiasmado y alicaído.

—Antes de diez minutos tendrá el dossier en su poder.

Nada más colgar, Jesús le contó a Helen lo que pasaba. Y también en aquel momento sonaba el timbre y se oían pasos, y después la puerta de la mansión se cerró de nuevo. La criada apareció con una carpeta tipo folio, sellada con un doble celo.

—Aquí está todo —dijo Jesús—. Vamos al salón.

—No has terminado el postre.

—Déjalo para después.

Y se fue ya abriendo el carpetón.

—¡Helen!

—¿Qué grito es ése, Jesús?

El aludido mantenía la carpeta abierta, se hallaba de pie y su rostro se había crispado en una mueca intensa. De pronto Helen vio que todo le caía de las manos y ocultaba la cara entre ello y rompió en sollozos roncos ahogados...

—Dios, Dios..., Dios —repetía—. Dios...

Helen, asustada, se inclinó hacia el suelo y lo primero que vieron sus ojos fue la fotografía de Mappy. Después tuvo agallas para leer el informe y ver las muchas fotografías que reproducían la figura de su cuñada entrando en el portal de la calle Pérez Galdós y en la casa de Laredo.

—Virgen María —susurró—. Dios nos ampare... Jesús, cállate, por favor... Cállate —y asía la cabeza de su marido contra su pecho—. Jesús, Jesús, ¿qué hacemos? Aquí hay una nota de Mappy. La ha escrito ella, Jesús... Escucha: «Jesús —leyó Helen con voz atragantada—, díselo tú a papá. Yo no siento ni vergüenza ni cobardía. Únicamente quiero estar lejos de su ira cuando lo sepa. Como fuere, voy a ser la mujer de Borja. Nunca he sido su amante. He sido siempre su novia y de eso hace ya... demasiado tiempo. Por favor, Helen..., decidlo de la mejor forma que os parezca».

Jesús dejó de sollozar y con los ojos rojos e hinchados le arrebató el papel de la mano.

—Oh, Mappy, Mappy —decía—. Oh, Mappy, ¿cómo has podido?

Jesús se levantó de un salto.

—Ésos tienen orden de pasar la noticia a la prensa —y corrió al teléfono, marcó un número y enseguida respondió una voz—. Oiga... he recibido el dossier. Las órdenes que le di de pasar la noticia a la prensa...

—No somos tontos, señor Urrutia.

—Le pagaré para que...

—Estamos pagados ya.

—¿Me está diciendo que alguien sabe que yo tengo este dossier en mi poder?

—Es que lo ha recibido porque nos lo han ordenado.

—¿Quiere decirme...?

—Sólo lo que le he dicho. El encargo me lo hizo usted y cumplí, pero he cumplido también con el silencio pagado por otras personas. Por supuesto, el poder no lo tienen los Urrutia en este instante, don Jesús.

—¿Y mi hermana...?

—Hemos buscado una amante, pero nos encontramos con su futura esposa. La diferencia es notoria, ¿no le parece? Buenas noches. No tema, la noticia queda en familia.

Y al otro lado colgaron. Jesús, en cambio, se quedó con el auricular en la mano hasta que Helen se lo quitó y colgó el receptor.

—¿Vamos a tu casa, Jesús? A casa de tus padres.

—Dios mío, ¿se imagina Mappy lo que esto está suponiendo para mí?

—Sí. Me ha oído defender muchas veces su causa, y bien sabe Dios que no la defendía porque supiera nada ni nada sospechara. La defendía sólo como ser humano. Tu padre tendrá que aceptar eso como está aceptando su derrota empresarial. Teo Urrutia dejó demasiado odio tras de sí en esta lucha oculta, que al destaparse ahora está generando mucha amargura a todos los que han permanecido inmersos en ella. Y ojalá sea la última.

Cuando descendían en el cochecito eléctrico, Jesús decía aún con voz destrozada:

—Helen, ¿cómo lo decimos?

—Como es, ni más ni menos. No veo que una noticia así, una

realidad semejante, se pueda disfrazar. Además, Jesús, si Mappy está de acuerdo en que lo sepan tus padres, la respuesta es clara. Esta noche no regresará a casa. Y si es así, me resulta del género tonto que tu padre intente ya nada más. Ha perdido la batalla desde todos los flancos y Mappy, que vivió inmersa en todo el problema, sabe cómo reaccionará, de modo que se pone a cubierto pero no cede un ápice. Mucho tiene que amar a Borja Morán y me imagino que el asunto ya viene de muy lejos. ¿Adónde iba Mappy los fines de semana con Matías y Doro? Dos hombres sin duda que también Borja acaparó para sí.

* * *

Irrumpieron ambos en el salón cuando Andy vociferaba amenazante. Bern se dio cuenta enseguida de que algo pasaba. También Isa preguntó alteradísima:

—Jesús, ¿qué ocurre? Estás blanco como la pared...

—Tengo algo muy delicado que decir.

—¡¿Delicado?! —gritaba Andy obsesionado con su idea—. ¿Delicado? ¿Quién habla aquí de delicadeza? Lo que tienes es que espabilar a los detectives. He de darle a Borja el tiro de gracia y se lo daré donde más le duela.

—Me pregunto —murmuró Helen con una sangre fría que le dio miedo hasta a su marido— por qué sabes que eso le va a doler. Si lo mantiene en secreto y se piensa casar y tú mismo lo has dicho, papá, ¿no puede ser la misma mujer la que se ve con Borja?

—¿La misma? —y Andy reía como un loco—. ¿La misma mujer y la mantiene oculta? No digas tonterías.

—Me temo, papá, que es tal como Helen te está indicando, y creo además que el nombre de esa supuesta amante no va a solucionarte nada. ¿Por qué no dejas las cosas tal cual están?

—Porque la semana próxima el letrero de Teo Urrutia será derribado y en su lugar aparecerá otro, por eso mismo. Y puede que lo que quiero saber evite que eso suceda.

Helen miró a Jesús y Jesús a Helen, y tanto Isa como Bern se acercaron a ellos uno por cada lado.

—Mamá, papá.. Bern... La mujer que visita a Borja... esa mujer...

Se oyó un doble grito.

—¡No!

—¡Imposible!

Andrés Urrutia se olvidó por un segundo de su ira y giró su cuerpo hacia su familia.

—¿Qué está pasando? ¿Por qué os miráis así ?¿Dónde anda Mappy, que son las diez y no ha vuelto?

—Papá...

Andy gritaba desaforado.

—¡Isa, o dejas de llorar o rompo algo en tu cabeza. ¿A qué viene ese llanto? ¿Y qué te pasa a ti, Bern, que estás golpeando la cabeza contra la pared?!

—Toma —dijo Helen—. Pienso que mereces saberlo así. Y aún me pregunto cómo Borja no permitió que la noticia llegara a la prensa. Estoy segura de que mucho tiene que amar para haber cedido esa parcela de triunfo.

Los ojos de Andy miraban desorbitados la fotografía de su hija y leía mal que bien el contenido del papel que Helen le había entregado.

—¡No! —gritó—, ¡Imposible! Ahora mismo... Pero ahora mismo salgo para Laredo. Ahora mismo... y ojalá me mate por el camino si esto es cierto. Tendrá que decírmelo ella. Dios Santo, ¿cómo es posible?

—Andy...

—No me toques..., Isa. No me toques. Seguro que tú sabías... Seguro...

Parecía enloquecido. Apretaba la fotografía y el papel entre sus dedos, pero al mismo tiempo golpeaba su propia cabeza contra el tablero de la mesa. Una y otra vez. Una y otra vez... Y su voz sonaba bronca y destrozada.

—No, no. No puede ser... No quiero que sea. Me tendrá que escuchar a mí... No, no...

Y de pronto levantó la cabeza y se dirigió a la puerta. Isa gritó:

—¡Que no vaya solo..., por el amor de Dios, que no vaya solo...!

* * *

—Gracias, Tatiana —decía Borja por primera vez en su vida emocionado—. Gracias. De algo tenía que servir tu monjío.

—Más respeto, Borja —decía el hombre que acompañaba a Tatiana—. Acabo de casarte y no me parece que seas muy reverente con tu hermana. Casar de una hora para otra a dos personas que no conocía de nada es demasiado, pero si estoy aquí se debe a mi estima por Tatiana.

—Él es así, padre —dijo Tatiana con suma ternura—. Pedro —llamaba a otra persona que los miraba con mucha curiosidad—, dales el libro de familia. Que no se diga que se han casado sólo por la Iglesia. Te hemos traído también al juez, Borja, y nunca he hecho nada con más gusto. Pero yo no vendo nada. Yo reverencio un amor sincero. De modo que ya nos vamos.

—Perdona, Tatiana —dijo Mappy con suavidad—. Sé que mi padre vendrá a buscarme y no quiero ir. Entre mi padre y mi marido la elección la tengo clara. Aquí en esta breve ceremonia no ha habido venganza de nada. Es en lo único que conseguí que Borja dejara de ser el hijo de tu madre.

—Dios os bendiga —susurró Tatiana—. Nosotros nos vamos ya. —El sacerdote y el juez la miraban con enorme admiración—. Espero que de ahora en adelante todo sea más llevadero. A fin de cuentas, Andy no es tan malo y se dará cuenta de que el amor está por encima de todas las miserias humanas.

—Gracias por haber acudido a mi llamada, hermana. —Borja sonrió con un poco más de humanidad a la monjita—. De algo tenía que servirme tu amistad con los curas y los jueces... Pero quiero que sepas que Mappy y yo nos sentíamos casados sin este librejo que nos entregáis. Si me caso lo hago sólo por Mappy. De haberla querido menos, seguro que terminaría mi vida a su lado sin certificado ni zarandajas.

—Dios te perdone tus herejías —dijo el cura.

Borja extrajo del bolsillo un fajo de billetes prensado con una goma y los puso en manos del sacerdote.

—Para las necesidades de su capilla, padre. Y si quiere, rece un poco por nosotros.

—¿Serás tan duro como pareces o lo serás sólo en apariencia, Borja?

—Será, padre. Soy duro porque me empezaron a golpear muy pronto. Pero soy blando para querer a mi mujer, a mi hermana pese a ser monja y a mi hermano Pol. Todo lo demás me pasa bastante inadvertido. Pienso que vivo más apaciblemente así...

Por toda respuesta el cura se guardó en el bolsillo el abultado fajo de billetes, diciendo:

—Si las caridades se pueden arreglar con indulgencias, y se pueden, yo te perdono.

Cuando el automóvil salió del recinto con Pedro al volante, un juez amigo del cura y la monja, Borja dijo a su pesar con el sarcasmo que le caracterizaba:

—O sea, me perdona después de haber puesto entre sus dedos un millón de pelas. Así es la vida, Mappy —y giró la cabeza—; Mappy, ¿qué demonios te ocurre ahora? —Fue hacia ella apretándola amorosamente contra sí.

—¿Por qué has de parecer tan duro cuando eres tan blando?

—Para ti, Mappy, para ti. ¿Qué hora es? Porque te queda por vivir la última papeleta.

—¿Por qué supones que vendrá?

—Porque si no, dejaría de ser Andy Urrutia... Pero tranquila, ¿eh? Y deja de llorar, cariño. Tú y yo sabemos lo que sentimos. ¿Qué importa lo que digan, piensen o hagan los demás? Tú no eres ni Melly ni Belén, ni siquiera la amiga de turno de tu padre. Porque sabrás que ahora se lo pasa divinamente con Nancy, la secretaria que tu hermano no quiso tener a su lado.

—¿Jesús?

—Jesús tendrá una cierta monotonía en su vida por el tiempo que lleva casado, y además se casó siendo un crío, pero ama a Helen y es de los tipos de ahora, Mappy. Los tipos actuales no somos infieles. Amamos o no amamos, pero cuando amamos, nos basta una mujer. Y Jesús es un tipo honesto como tu madre.

—¿Crees que mi madre sabe que papá...?

—No. Es una infeliz. Pero el que lo sepa o no a tu padre le tiene sin cuidado y tu madre, si un día lo sabe, actuará como aquellas mujeres que solían decir: «Cosas de hombres».

Mientras hablaba la sujetaba como hacía siempre, con una ternura viva, por la nuca, y con la mano libre le acariciaba el pelo y la mejilla y también le cogía la barbilla de modo que, al besarle la boca con cautela, Mappy instintivamente se apretaba contra él.

—¿Será que no he conocido más hombres?

—No —reía Borja—, no se trata de eso. Porque yo suelo ser un hombre diferente cada día y en mí has conocido dos docenas. No, Mappy, no. Aquí se trata únicamente de los sentimientos que están por encima de cualquier otra consideración o situación. —Bajó la voz—. Mappy, quiero decirte que forcé a Tatiana a venir con sus dos amigos hasta aquí porque tengo miedo.

—¿Miedo?

—De que los razonamientos de tu padre se te lleven de mi lado. Si estás casada... la fuerza de ese matrimonio celebrado como si fuera un juego, pero siendo a la vez algo muy serio, tendrás que elegir no entre tu novio o tu padre sino entre tu padre y tu marido, y no he sabido jamás de ninguna esposa enamorada que cediera hacia su padre en situación semejante.

—¿Adónde me llevas?

—No lo sé. Porque te llevaría a la cama, pero no quiero forzarte. Además, hemos estado en ella hasta decidir nuestro futuro, y tampoco quiero que llegue tu padre y nos encuentre en cueros.

—Nunca dejarás de ser como eres, ¿verdad?

—¿No te gusto así?

—Pero es que para mí, en esa cálida intimidad, eres todo ternura. ¿Cómo puedes cambiar tanto ante los demás?

—No tengo ningún interés en que me conozcan los demás. Me basta con que me conozcas tú. Y además —la cerraba contra su cuerpo—, además, Mappy querida... Tú me conoces tanto tanto que sabes muy bien que en mí hay dos personas. El empresario que no ceja nunca ni nunca pierde y el hombre desnudo que te desea y te ama. Luchar contra esos dos hombres cuando en realidad se unen y siempre están unidos, es perder el tiempo. O se aceptan los dos o no se acepta ninguno de los dos, y tú desde siempre has aceptado a ambos. Primero aceptaste al hombre que te abría los ojos a la vida. No sabías ni adónde ibas ni el camino que recorrías. El hombre a secas de aquellos momentos no pensaba en el después, ni siquiera en el sentimiento posterior que estaba despertando el goce vivido. Debo confesar, y eso nunca te lo he ocultado desde que fuiste viendo mi trayectoria profesional, que mi intención era olvidarte. Dejarte el día que terminara mi labor, y aquí se acabó la historia. Pero aquí tienes al duro, al incorruptible, al impermeable, que se ha vuelto permeable bajo tu mirada y tus besos, y como no quiero parecer cursi, porque no lo soy, déjame que te bese, que compartamos aquí de pie una de nuestras locuras eróticas, y después que sea lo que tenga que ser.

Mappy se plegó a él y juntos se deslizaron hacia el salón. Al rato se oyó un largo suspiro y la voz de Mappy emocionada.

* * *

El timbrazo vibró en todo el silencio de la casa, como si tras él fuera a continuar un terremoto. Borja no se inmutó demasiado. En cambio, Mappy se bajó del diván y apresuradamente se puso la falda y la blusa.

En el dedo medio de la mano derecha notaba una rara sensación y de pronto miró como si aquel objeto le fuera impropio. Era la alianza de oro que Borja le había puesto en él unas horas antes.

—Tranquila —dijo Borja—. Si pierdes el control como la persona que pulsa el timbre, estás perdida. Yo no lo voy a perder, Mappy, ni aunque me llame hijo de puta, como hizo en otra ocasión.

—¿Cómo puedes tener esa sangre fría?

—Muy sencillo —replicó Borja yendo hacia la puerta, desde la cual pulsó un botón, y el portón fue abierto y entró en él a toda velocidad un automóvil—. La tuve en la nevera desde los ocho años, cuando en el colegio un niño muy caritativo me dijo que mi padre era un cornudo.

—Borja, es mi padre. Por favor...

—Si no voy a luchar con él ni con tus hermanos. Mappy, ¿no te das cuenta de que ante todo eres tú? Ellos son tu familia. El hecho de que la haga polvo no quiere decir que los hunda. Ya no, hundirlos no. Pero tendrán que trabajar para mí, mal que les pese. Y tú sabes, querida Mappy, que me has aceptado tal cual soy. Y si soy así, y lo he sido desde los ocho años, no pretenderás que cambie en dos días ni en dos meses ni nunca. No voy a matar a tu padre, que sería lo que me separaría de ti, pero nunca, ¡jamás!, voy a olvidar que es hijo del hombre que poseyó a mi madre poniéndola en evidencia y colgó una cornamenta en la digna cabeza de un capitán de barco.

—Y ese capitán era tu padre.

—Exactamente.

Y muy tranquilo abrió la puerta por la cual entró un Andy enloquecido y dos jóvenes tranquilizados y asustados.

—Eres un cabrón hijo de...

—Andy..., cuidado con la lengua. En una ocasión te crucé la cara, no quisiera que esta vez me obligases a rompértela. Además, ¿por qué no te calmas? A fin de cuentas deseabas a un hombre rico para tu hija. Pues ya lo tienes. Ésta —y asió a Mappy contra sí por la cintura— no es mi amante, ni nunca la tuve por tal. Y no por consideración a ti, valga la advertencia. Por ella. Porque la quise, me permití esa debilidad y, además, me correspondió.

—Mappy —Andy temblaba sujeto por los brazos por sus dos

hijos—, Mappy, tienes que mandarlo al diablo ahora mismo. Es un mal bicho. Es una rata de muelle. Es el hijo de... una...

—Andy, si sobre ese tema dices una palabra más, sintiéndolo mucho voy a partirle la cara a mi suegro.

Hubo un silencio. Sólo Bern y Jesús sujetaban a su padre. En cambio Mappy, ya serena, se mantenía pegada a Borja.

—Te has casado con ella, hijo de perra...

—Mira, Andy. Tú y yo somos de la misma calaña. Y no me hagas explayarme porque sería muy desagradable que tus hijos oyeran tus pecaditos y pecadotes. Yo no tuve nunca amantes. Tuve mujeres. Y un día se me ocurrió que no estaría mal darte dos patadas a la vez. Una en tu maldita economía ya bastante resquebrajada y otra en el corazón. Y mira tú por dónde el que se dio la patada a sí mismo fui yo, pero como bien dice el refrán, sarna con gusto no pica. Me enamoré de Mappy. Ésa es la suerte que has tenido. Ahora mismo podrías estar vociferando ahí y yo entregarte a tu hija tranquilamente, pero resulta que tu hija es ahora mi esposa. De modo que todo cuanto digas no te va a servir de nada. Pero quiero que sepas una cosa, y además que la oigan tus hijos, para que en el futuro, si pueden, no te imiten ellos: has despreciado siempre a tus hermanos. Yo era la secuela que quedaba de todo aquello y encima no era hijo de tu padre. Un poco de piedad, un poco de humildad, un poco de consideración hubiera bastado... Pero tú no hiciste nada de eso. Tú, dentro de tu soberbia, despreciaste a tu hermano Pol y empujaste a tu hermana Tatiana a un convento cuando seguramente no tenía vocación de monja. Tú pretendiste utilizar al canijo de Borja desde que empezó a demostrar que no era tan pusilánime como tu hermano Pol. Por medio de él intentaste despojar a Pol de su casa. Pol para mí fue un padre. Un padre, además, muy joven, un hombre sano, honesto y cabal, que es algo vago, pero Dios le bendiga su vagancia porque con ella no ha dañado a nadie. Cuando se leyó el testamento de tu padre, yo no acudí. Pero sabrás que para entonces hacía tiempo que yo estaba liado con Mappy. No has sido humilde siquiera para perdonarme un devaneo. Y supone que fuera efectivamente un devaneo y alguien te dijera, esos detectives privados que contrataste, que la amante de tu enemigo era tu propia hija. Hubiera sido gracioso, ¿eh, Andy? Pero ya ves, es mi esposa. Estamos casados y si tu furia mengua algo viendo el libro de familia, Mappy te lo puede mostrar.

Andy infló el pecho. De repente dijo, más apaciguado:

—Si te has casado con ella, y vas a defender sus intereses en la sociedad Teo Urrutia, supongo que en concesión a tu amor seguirá con ese título.

—No. —Borja rio ocultando el brillo de sus ojos bajo el peso de los párpados—. En eso no transijo, Andy. Te dije que Teo desaparecería de ese cartel luminoso y desaparecerá dentro de unos días. La sociedad estará formada por cinco personas. Tus dos hijos, que no creo tan tontos como para desperdiciar una ocasión así, mi mujer y yo, y después tú con una cartera accionarial cómoda. Lo bastante para sentarte en una oficina a consignar barcos. Porque el armador, de ahora en adelante, seré yo, y en mi ausencia será mi gente. Mi grupo, que para eso está trabajando conmigo desde que tus hijos empezaron a jugar a los barcos.

—Eres un maldito estercolero. Mappy, estás a tiempo de elegir. Yo o él. Y te aseguro que aún puedo luchar.

—Es que yo no quiero luchar como tú, papá. Yo voy a trabajar el día que termine la carrera y ayudaré en la empresa que se va a formar como accionista de la misma. Pero no tengo nada que elegir. Desde el día que me enamoré de Borja lo tuve claro.

—Tu madre, yo...

—Formáis un matrimonio, papá. Yo formo otro. Comprenderás que si no estuviera dispuesta a esto, cuando contrataste a los detectives, te hubiera detenido. No quise hacerlo.

—Pero lo hizo tu novio, porque sólo se llegó a donde él quiso que se llegara.

—Eso es mucha verdad, Jesús. Tampoco creo que tú —añadió Borja— estés tanto de parte de tu padre, que a fin de cuentas nunca os incitó a seguir estudiando y os sentó en un despacho donde vuestra gestión era nula. Te aseguro que en adelante no va a ser nula tu gestión. —Después miró a Bern, que seguía silencioso—. Y tú, Bern, no eres responsable de nada y pienso que algún día querrás tener un hogar. Y tal como somos los jóvenes de hoy, no nos apetece tener dos mujeres. La mansa casada y la leona de fuera. De modo que de tu trabajo y buen hacer depende tu futuro... En cuanto a vuestro padre, sabe mucho de consignar barcos, y seguro que lo vamos a necesitar... Otra cosa no la esperéis de mí. Amistad y honestidad, sí. Afecto..., pues en cierto modo, pero el que gane el pan se lo comerá y el que no sepa ganarlo, tendrá que buscar otro lugar donde se lo den.

—Eres un...

—Ya lo has dicho, Andy. ¿Por qué no dejas que tus hijos, por una vez en su puñetera vida, tengan voz y voto? Tú has imitado a tu padre toda tu vida. Pero te has olvidado de una cosa muy importante. Teo Urrutia era un hijo de puta, pero era listo. Tú eres un hijo de puta, cabrón, pero tonto. La diferencia es notoria. Y no quiero con esto que pienses que te insulto. Hago, a secas y rudamente si quieres, un retrato moral de tu persona. ¿Algo más?

Andy giró en redondo y gritó:

—¡Vamos, chicos!

Los dos chicos se miraron.

Después Bern dijo:

—Yo me asociaré contigo, Borja.

—Y yo —añadió Jesús.

—Y vuestro padre también. ¿Dónde va a estar mejor? Sabe que sin mi dinero su empresa quebraría en un año o dos y eso sí le humillaría. A fin de cuentas, me ha pescado como yerno y sabe que lo que suceda aquí no sale de aquí. Eso sí, el letrero y la gestión caen mañana mismo.

Y cayeron.

* * *

Tres días después, dos electricistas ponían en la fachada de los Urrutia un letrero mayor y más luminoso. Y aquel letrero decía simplemente Morán y Urrutia, S. A.

Para entonces Borja y Mappy se habían ido en el yate de éste hasta Cerdeña, para terminar en la Costa Azul.

En ese tiempo se formó una nueva sociedad, fue registrada y remozadas sus dependencias. Bern y Jesús ocuparon sendos despachos, uno al lado del otro. Ted y Paco Santana eran los ejecutivos poderosos en ausencia de Borja.

Andy Urrutia decidió jubilarse anticipadamente.

A lo largo de su dilatada carrera literaria, Corín Tellado publicó unos cuatro mil títulos, ha vendido más de 400.000.000 de ejemplares de sus novelas y ha sido traducida a numerosos idiomas. No en vano figura en el *Libro Guinness de los Récords* de 1994 (edición española) como la autora más vendida en lengua castellana. Mario Vargas Llosa opina: «La vasta producción de Corín Tellado quedará como muestra de un fenómeno sociocultural». Y eso es algo que no se le puede negar: su condición de fenómeno sociológico, más allá de las modas, las culturas y los momentos históricos que atraviesan sus numerosos lectores.

El éxito de Corín Tellado reside en su facilidad para conseguir que sus lectoras y lectores se identifiquen con los personajes crea. Corín Tellado fue pionera, tanto en su forma de vivir como en la de enfocar su trabajo.

Trabajadora infatigable, durante casi toda su vida escribió a diario, excepto en raras y muy puntuales ocasiones.

Bajo el seudónimo de Ada Miller cuenta también con varias novelas eróticas.

Encontrarás más información sobre la autora y su obra en:
https://www.planetadelibros.com.mx/editorial/
ediciones-corin-tellado/522
www.corintellado.com